rowohlt
POLARIS

AF839258

Anne Stern

FRÄULEIN GOLD

Die Lichter der Stadt

Roman

Rowohlt Polaris

Originalausgabe
Veröffentlicht im Rowohlt Taschenbuch Verlag,
Hamburg, Oktober 2023

Covergestaltung bürosüd, München
Karte © Peter Palm, Berlin
Coverabbildung Richard Jenkins
Satz aus der Foundry Wilson
bei Pinkuin Satz und Datentechnik, Berlin
Druck und Bindung CPI books GmbH, Leck
ISBN 978-3-499-00918-1

«Wir wurden Ärztinnen und Juristinnen und Journalistinnen und Ministerialbeamtinnen. Wir gingen in den Lebenskampf und bewährten uns, soweit man sich, geduldet halb und halb gehasst, bewähren kann. Wo wir aber auftauchten, kurzröckig, kurzhaarig (...), fuhren die Männer der älteren Generation zusammen und fragten: ‹Was sind das für Geschöpfe?› Wir antworteten: ‹Die neue Frau.›»

Gabriele Tergit: *Die Frauen-Tribüne*, 1933

«Das Recht des Menschen ist's auf dieser Erden,
da er doch nur kurz lebt, glücklich zu sein,
teilhaftig aller Lust der Welt zu werden,
zum Essen Brot zu kriegen und nicht einen Stein.»

Bettlerkönig Peachum in Bertolt Brecht:
Die Dreigroschenoper, 1928

PROLOG

Samstag, 27. August 1927

Die klapprige Leiter schwankte gefährlich, als sich Harry auf einer der oberen Sprossen auf die Zehenspitzen stellte und zur Decke des Theatersaals reckte. Nur die Notbeleuchtung brannte und tauchte den Raum mit den klobigen Bühnenaufbauten und den hohen Filmleinwänden in schummriges Licht. Einen Moment hielt er inne und bemühte sich, die Balance wiederzugewinnen, während er mit beiden Händen den schweren Vorhangstoff umklammerte, den er anbringen wollte.

Milli lachte. Sie saß unten auf dem Bühnenrand, baumelte mit den Beinen und sah zu ihm hinauf, wie er da wie ein lausiger Akrobat auf der Leiter herumzappelte.

«Es hilft nichts, dich an dem Ding festzuhalten», sagte sie. «Jedenfalls nicht, solange es nicht an der Decke hängt, sondern nur in der Luft schwebt.»

«Sehr witzig.» Harry ließ den roten Samtstoff sinken, sodass der Saum unten am Fuß der Leiter auf dem Boden schleifte. «Was glaubst du, was ich hier gerade mache?»

«Ich dachte, du wolltest den Vorhang anbringen», sagte Milli ungerührt und zog an ihrer Zigarette. Die Glut glomm rot im Halbdunkel des leeren Theatersaals auf. «Aber offenbar hast du nur vor, dir den Hals zu brechen.» Ein Rauchring schwebte durch die Luft zu Harry hinauf und verlor sich an der unbeleuchteten Decke.

«Dann hilf mir doch», sagte er und sah sie herausfordernd von seinem Aussichtspunkt an.

«Ich?»

Sie machte eine gezierte Bewegung durch das kurz geschnittene Haar. Anschließend bog sie den Kopf mit dem silbernen Stirnreif zurück und reckte das Kinn, mimte die große Diva – ziemlich überzeugend, wie er zugeben musste.

«Ich bin Schauspielerin, Harry, keine Bühnenarbeiterin. Piscator hat mich nicht engagiert, um hier Handlangerdienste zu machen.» Aber sie lächelte.

Harry fiel keine Erwiderung ein. Er konnte ihr nicht böse sein. Eigentlich war Milli schwer in Ordnung und ein guter Kamerad. Und nebenbei eine knorke Schauspielerin, die, wenn sie sich anstrengte, vielleicht einmal genauso berühmt werden würde wie die große Tilla Durieux, die im neuen Stück hier im Haus die Hauptrolle spielte. Aber an der gerade erst eröffneten Piscator-Bühne im Theater am Nollendorfplatz gab es keine große Trennung zwischen Arbeitern, Dramaturgen und Schauspielern. Sie alle dienten dem Theater, sie alle bewunderten – manche mehr, manche weniger – Erwin Piscator, den großen Intendanten, und wollten ihm und seinen Ideen folgen. Jeder leistete seinen Beitrag, so wie das in einer echten Gemeinschaft nun einmal war. Auch wenn Harry natürlich zu Ohren gekommen war, dass es trotzdem dann und wann Streit mit den anderen gab, mit den Stückeschreibern und den Dramaturgen, wenn diese nach den Proben noch zusammensaßen, ihre Zigarren rauchten, tranken und mit den Händen in der Luft herumfuchtelten. Piscator sei elitär, hatte jemand gesagt, ein bürgerlicher Piefke im proletarischen Kostüm. Und außerdem ein Traumtänzer, der keine Ahnung vom Geschäft habe. Nur von der Kunst, das ja, doch ein Theater musste schließlich auch Gewinne machen. Warum sonst hatte Piscator sich bei der Volksbühne mit dem gesamten Vorstand überworfen? Warum sonst hatte er seinen Hut nehmen müssen und hier im Theater am Nollendorfplatz einen Neuanfang versucht? Es war ein ungeheures Wagnis, in diesen Zeiten eine neue Bühne zu gründen, und nur durch eine ordentliche Finanzspritze eines Gönners war das Risiko überhaupt möglich. Doch Harry glaubte an den kleinen, schlanken Mann mit den feinen Gesichtszügen, der sich mit den Arbeitern solidarisierte und versicherte, er mache Theater für jedermann.

Mit aller Kraft zerrte Harry nun an der schweren Stoffbahn. Es wäre doch gelacht, wenn er das Ding nicht endlich an seinen Platz bringen würde, damit die Probe heute Abend mit Vorhang stattfinden konnte. Mit zusammengebissenen Zähnen reckte er sich erneut, und tatsächlich gelang es ihm diesmal, erst einen, dann zwei Haken, die an einer Schiene die Decke entlangliefen, in die Ösen des Stoffes zu schieben. Ermutigt schob er seinen Körper weiter nach vorn, streckte sich zum dritten Haken – und verlor seinen Halt.

Er wedelte mit den Armen, flog durch die Luft und landete unsanft auf den Bühnenbrettern. Es schepperte, und er fand sich, zur Hälfte vom heruntergerissenen Vorhang bedeckt, auf dem Hosenboden wieder. Die Leiter krachte einen halben Meter neben ihm auf die Dielen.

Milli war aufgesprungen, doch als sie sah, dass ihm nichts passiert war, begann sie lauthals zu lachen. Sie drückte die Zigarette am Rand der Bühne aus und musterte ihn halb spöttisch, halb mitleidig.

Harry rieb sich den Steiß und fluchte. Dann sah er in Millis fröhliches Gesicht mit dem weit aufgerissenen Mund und den blitzenden Augen und musste einfach mitlachen.

«Hast du auch eine Fluppe für mich?», fragte er und befreite sich von dem schrecklichen Vorhang.

Im Sitzen rutschte er auf seinem schmerzenden Hinterteil über die Dielen zum Bühnenrand. Milli setzte sich neben ihn, zündete erst sich, dann ihm eine Zigarette an. Ein wenig roter Lippenstift klebte noch am Mundstück, als sie sie ihm reichte.

Da saßen sie nun wie zwei Schulgören auf der Mauer und pafften einträchtig.

«Glaubst du, es wird ein Erfolg?», fragte Harry ins Dämmerlicht hinein.

«Das hier?» Milli machte eine unbestimmte Geste durch den Raum. «Auf jeden Fall! Wir werden eine Legende sein.»

Die Bestuhlung im Parkett war schon fertig, die Billetts für diese Plätze würden teuer verkauft werden. Oben auf den Rängen dagegen wollte Piscator die Karten zu Spottpreisen verscheuern, er wollte sein Theater nicht nur mit erlauchten Gästen des Bürgertums, sondern auch mit Arbeitern füllen. Ein proletarisches Haus sollte es werden. Und trotzdem würde er nicht an den modernsten Mitteln, den teuersten Kostümen, den größten Talenten der Stadt sparen, so hatte er es bei seiner Ansprache vor ein paar Tagen verkündet, als die Proben begonnen hatten. «Wir werden Theatergeschichte schreiben», hatte er beteuert, ganz ähnlich wie Milli eben. Und Harry, der kein Künstler, sondern nur ein einfacher Arbeiterjunge war, hatte sich bei dem *Wir* mitgemeint gefühlt und war stolz gewesen. Von klein auf hatte er Theaterluft geschnuppert, hatte seinen Vater, einen Maschinenbauer, stets begleitet und wollte in dessen Fußstapfen treten. Denn der Duft nach weißer Schminke, nach süßlichem Kunstblut und staubigen Polstersesseln war ihm vertrauter als alles andere. Es war eine Welt der Maskerade und Tünche im Gesicht der Schauspieler, doch dahinter, das wusste Harry, zeigte sich die Wahrheit. Es war eine andere Wahrheit als die, die in den Zeitungen stand, aber deshalb doch kein bisschen weniger wahrhaftig und groß.

«Ich werde jedenfalls alles geben», sagte Milli und blies weitere Rauchringe zur Decke.

Harry glaubte ihr aufs Wort. Ihr Profil mit der klassischen Nase und dem energischen Kinn war das eines zukünftigen Stars, fand er. Am liebsten hätte er einmal ihre Hand genommen und ihr einen Kuss aufgedrückt, doch er wagte es nicht. So sah er sie nur von der Seite an, bewunderte die langen Wimpern und die weiche Linie ihrer Wangenknochen im Halblicht. Und er nahm sich vor, keine einzige Vorstellung zu verpassen, in der sie mitspielte, und sie nicht aus den Augen zu lassen, solange er das Glück hatte, im Theater in ihrer Nähe zu arbeiten.

«Du ...», sagte er gedehnt, als ihm etwas einfiel. «Heute während der Probe hat jemand nach dir gefragt.»

«So?» Sie drückte ihre Zigarette aus. «Wer denn? Ein heimlicher Bewunderer?»

«Es war eine Frau», sagte Harry. «Sie war äußerst schick, Haare wie schwarzer Lack und mit einem richtigen Pelzkragen am Mantel.»

Irrte er sich, oder wurde Milli blass?

«Hat sie was gesagt?»

Harry zuckte die Schultern. «Nicht viel. Nur, dass ich dich grüßen soll.» Er suchte in seinem Gedächtnis nach der seltsamen Formulierung, die die Fremde gebraucht hatte. «Von deiner Vergangenheit soll ich dich grüßen», sagte er dann, als er sich wieder erinnerte.

«Also, ich habe keine Ahnung, wer das ist», blaffte Milli und wirkte beinahe zornig.

In ihren Augen stand ein Ausdruck, den Harry noch nie darin gesehen hatte. Sonst war Milli ein Ausbund an Lebensfreude und Selbstbewusstsein mit ihren großspurigen Gesten und ihrem verführerischen Lächeln. Doch jetzt wirkte sie auf einmal wie ein verängstigtes Kind.

«Das war alles?», fragte sie heiser. An ihrer Schläfe pochte eine kleine Ader.

Harry nickte verwundert. «Ja», sagte er. «Vielleicht war es auch nur ein Scherz?», fügte er zerknirscht hinzu, weil er Milli Kummer gemacht hatte. «Die Frau kam mir vor, als hätte sie sich verkleidet.»

«Ja, wahrscheinlich hatte sie das auch», sagte Milli und nickte bekräftigend. «Eine von diesen Verrückten, die hoffen, ein Engagement bei einem Theater zu bekommen, wenn sie sich nur genug auftakeln.» Ihre Wangen hatten wieder Farbe.

«Komm», sagte sie und sprang auf. «Ich werde mal nicht so sein und dir mit dem Vorhang helfen. Schließlich will ich nicht zusehen, wie du gefeuert wirst, ehe in diesem Kasten auch nur die Premiere stattgefunden hat.»

Harry stand ebenfalls auf. Er war froh, dass Milli wieder die Alte zu sein schien. Aber sie hatte ihn nicht täuschen können. Sie wusste ganz genau, wer diese Frau war, die heute während der Probe zum Hintereingang des Theaters gekommen war. Er hatte es in dem Erschrecken gesehen, das über ihr Gesicht gehuscht war. Doch wenn sie ihm nicht sagen wollte, woher sie sich kannten und was diese aufgedonnerte Puppe von ihr wollte, würde sie ihre Gründe haben.

1.

Donnerstag, 29. August 1929

Die gehäkelte Mütze aus feinstem weißem Garn rutschte Meta jedes Mal über die Augen, wenn Hulda sie ihr aufsetzte, und sosehr sie daran zog und zerrte, sie passte einfach nicht richtig. Doch Meta liebte dieses Kleidungsstück abgöttisch. Zweimal schon hatte Hulda wie ein Spürhund das ganze Viertel rund um den Barbarossaplatz abgrasen müssen, weil das Mützchen verloren gegangen war und Meta sich weigerte, nach Hause zu gehen, bevor es gefunden wurde. Einmal hatte es eine helfende Hand über den niedrigen Zaun am Spielplatz gehängt – Hulda würde dem ehrlichen Finder ewig dankbar sein. Das andere Mal fanden sie es schließlich nach einem ermüdenden Auf und Ab durch die Straßen Schönebergs doch noch in Metas Manteltasche.

«Großmamas Mütze!», sagte Meta stolz und stülpte sich das schmuddelige Ding nun selbst über die wilden, dunklen Locken, sodass nur noch ihre Nasenspitze herausschaute.

Hulda enthielt sich jeden Kommentars. Tatsächlich war die Mütze ein Geschenk zu Metas drittem Geburtstag im Juni gewesen, als sie beide bei den Wenckows im Garten eingeladen gewesen waren. Die Hauswirtschafterin Jolante, die seit den seltenen, aber regelmäßigen Besuchen von Hulda und Meta in Frohnau wieder deutlich aufgeblüht war, und eine ungeheuer elegante Clara, Metas Tante und nun angehende Modezeichnerin, hatten eine Tafel auf der Wiese gedeckt, Lampions in die Bäume gehängt und üppig aufgetischt. Kakao und Torte gab es – und für Metas Puppe namens Jette sogar alles noch einmal in einem eigenen kleinen Porzellanservice in winzig. Selbst Friedemann Wenckow hatte sich bequemt, der kleinen Festgesellschaft zu Ehren seiner Enkelin für eine halbe Stunde beizuwohnen. Allerdings hatte er nur mürrisch seine Zigarre geschmaucht und war, als Meta auf seine Knie kletterte, vollends verstummt. Doch Hulda hatte gesehen, dass über seine finstere Miene eine Rührung gestrichen war, die nicht mehr daraus wich, bis sie sich mit Meta an der Hand zurück zur Bahnstation aufmachte. Meta hatte, wie sie es immer tat, noch lange gewinkt, selbst, als das hübsche Anwesen der Wenckows längst hinter der Straßenbiegung verschwunden war und Huldas Anspannung sich wieder etwas gelegt hatte.

Seufzend beugte sich Hulda jetzt über ihre Tochter. «Wenn der Winter kommt, brauchst du aber eine wollene Mütze», sagte sie. «Eine, die nicht rutscht.»

«Dann muss Großmama eben eine neue stricken», war die Antwort, und Hulda verbiss sich ein höhnisches Lachen. Viktoria Wenckow strickte nicht, sie kaufte alles, was ihr Herz begehrte, bei *Wertheim*. Doch wieder sagte Hulda nichts. Wenn sie auch mit den Eltern ihres verstorbenen Verlobten Johann noch immer nicht warm wurde, so war das doch kein Grund, ihrer Tochter die geliebten Großeltern zu vergällen. Es würde der Tag kommen, da Hulda die Konflikte zwischen den Erwachsenen auch vor Meta nicht mehr würde verbergen können. Aber noch war es nicht so weit.

«Komm», sagte sie, «Tante Liesbeth wartet auf dich.»

«Aber ich will Jette mitnehmen», sagte Meta und flitzte los.

Hulda blickte ihrer Tochter nach, wie sie auf ihren stämmigen Beinchen in den weißen Kniestrümpfen zurück in die Schlafkammer lief, um die Puppe zu holen. Nervös sah sie auf die Uhr. Man erwartete sie in der Mütterberatungsstelle am Nollendorfplatz, in der sie seit zwei Jahren als Hebamme arbeitete. Dort liefen die Uhren schneller als woanders, glaubte Hulda, und alle, die dort wirkten, schienen einem unsichtbaren, aber stets gegenwärtigen Takt hinterherzuhetzen. Hulda war leider schon des Öfteren angeeckt, weil sie es nicht immer schaffte, Meta pünktlich um halb acht in der Kindertagesstätte abzugeben. Immer ging in letzter Sekunde etwas schief. Ein Loch zeigte sich im Strumpf, das fünf Minuten zuvor noch nicht da gewesen war, ein Spielzeug musste dringend gefunden werden, oder Meta entschied, dass es ein guter Zeitpunkt wäre, sich ohne ersichtlichen Grund auf den Boden zu werfen und sich dort zehn Minuten lang schreiend zu wälzen – bis Frau Bodelheim von unten mit dem Teppichklopfer gegen die Decke schlug.

Doch heute würde alles gut gehen. Meta kam schon zurück, in ihrer Sicht behindert durch das verflixte Mützchen, aber strahlend und mit Jette im Arm. Ein Glasauge der Puppe war vor längerer Zeit verloren gegangen, und so wirkte der Blick aus dem Porzellangesicht etwas starr, was Metas Liebe allerdings keinen Abbruch tat.

Es war eine der ureigensten Fähigkeiten von Kindern, dachte Hulda, die Dinge, die nach allgemeinem Maßstab kaputt, hässlich oder armselig schienen, ganz besonders innig zu lieben – als machte der Makel sie erst wertvoll.

Hulda wollte schnell noch die Tür zu ihrem winzigen Balkon schließen, auf dem sie auch in diesem Sommer trotz der Rückschläge der letzten Jahre versucht hatte, Geranien zu ziehen. Das Ergebnis waren ein paar bunte, aber schon deutlich erschlaffte Tupfen inmitten verdorrter Blätter und bräunlichen Gestrüpps in den modrigen Blumenkästen. Ein Stockwerk darunter dagegen blühten die Bodelheim'schen Geranien, wie sie wusste, in diesem sich bereits verabschiedenden Spätsommer in überbordender Pracht, als hätten sie nicht die gleiche schattige Ausrichtung des Balkons wie auf Huldas Etage.

Sie schüttelte den Kopf über sich selbst. Denn ihr ging auf, dass eigentlich nichts an ihrem Leben perfekt war. Nichts außer Meta. Und dass sie sich besser beizeiten ein Beispiel an ihrer kleinen Tochter nehmen und endlich genug Liebe für das Unvollkommene, das Gescheiterte, das Zweifelhafte ihrer Existenz aufbringen sollte. Nur so könnte sie ihr Leben in etwas verwandeln, auf das sie stolz wäre. Und stolz, das wollte sie sein, sie war schließlich Hulda Gold, die ihren Kopf stets erhoben trug – komme, was wolle. Und so trat sie noch einmal rasch hinaus auf den Balkon in die überraschend kühle Luft, ließ den Blick über die sonnige Straße streifen und sog den Duft von frischem Kaffee ein, der aus einer Nachbarwohnung zu ihr zog. Dann knipste sie eine der letzten verbliebenen rötlichen Blüten im Kasten ab und steckte sie sich ins Knopfloch ihres Blousons. Ermattet sanken die Blütenblätter auf den hellen Stoff, doch sie hielten sich tapfer am Stängel.

«Mama!», brüllte Meta von drinnen. «Die Strümpfe kratzen! Ich will sie aus–zie-hen!»

Hulda atmete tief ein, verabschiedete wehmütig den herrlichen Mokkaduft und trat wieder ins Zimmer. Ein weiteres morgendliches Gefecht wartete auf sie, und sie war gespannt, wer diesmal als Siegerin daraus hervorgehen würde, ehe ein neuer Tag in Schöneberg beginnen konnte.

«Komm, mein Schatz», sagte sie und ging vor Meta auf die Knie. «Ich ziehe sie dir aus. Gehst du eben ohne Strümpfe, auch wenn Tante Liesbeth natürlich schimpfen wird.» Sie spürte, wie sich ganz schwach ihr Gewissen meldete, weil sie im Begriff war, ihre Dreijährige zu erpressen, doch schnell sprach sie weiter: «Und vielleicht nimmt sie dich dann nicht mit, wenn ihr heute nach dem Frühstück alle zusammen auf den neuen Spielplatz geht.»

Meta hielt inne. Ihr Mund stand leicht offen, als sie überlegte. «Also packen wir die Strümpfe ein», erklärte sie, zog sie sich endgültig von den Beinen und schlüpfte mit einem triumphierenden Glitzern in den Augen in ihre Lackschuhe. «Tante Liesbeth soll sie mir anziehen, nicht du.»

Hulda überlegte einen Moment und entschied dann, dieses Ergebnis als Teilerfolg zu betrachten. Sie biss sich auf die Lippen, um ein Lachen zu unterdrücken, von dem sie nicht wusste, ob es ihrer eigenen armseligen Vorstellung als Respektsperson galt oder ihrer starrköpfigen Tochter. Kurzerhand rollte sie die Kniestrümpfe ein und stopfte sie in Metas Tornister aus Leder. Er war ein Geschenk von Benjamin Gold gewesen, Huldas Vater, ebenso wie die schon arg strapazierte braune Hebammentasche, die gepackt neben der Wohnungstür wartete.

Mochte Meta ihre Großeltern in Frohnau noch so gernhaben, so vergötterte sie ihren Großpapa Benjamin. Er war der lustigste Großvater der Welt. Weil er sie hoch in die Luft fliegen ließ, weil er ihr zwei Portionen Eis kaufte und sie bei all seinen Freunden und Bekannten herumzeigte wie einen Hauptgewinn. Und obwohl Hulda gelernt hatte, ihren Vater mit einer gewissen Skepsis zu betrachten und auf der Hut zu sein – die überbordende Liebe, die er seiner Enkelin schenkte, brachte auch ihr Herz zum Schmelzen. Was er bei seiner eigenen Tochter versäumt hatte, das bekam nun Meta. Und Hulda gönnte es ihrer vaterlosen Tochter von Herzen.

Metas Vater Johann war vor ihrer Geburt verunglückt, und Hulda riss sich ein Bein aus, um der Kleinen Vater und Mutter gleichzeitig zu sein. Meistens gelang es ihr recht gut, fand sie. Doch ein Großpapa, der nur ein paar U-Bahn-Stationen entfernt lebte und zu jedem Schabernack mit seiner Enkelin aufgelegt war, half mehr, als Hulda es je zu hoffen gewagt hätte.

«Nun aber flott», sagte sie mit einem letzten Blick auf die Uhr, «sonst verpasst du noch das Frühstück. Und ich muss auch zur Arbeit.» Sie schloss die Balkontür und schob ihre Tochter aus der Wohnung.

Ihrer kratzenden Strümpfe entledigt, rannte Meta die Treppen hinunter. Währenddessen schnappte sich Hulda die Puppe, legte sie zu Strümpfen und Pausenbrot in den Tornister, griff schnell nach Tasche und Schlüsselbund – und holte ihre Kleine doch erst unten ein.

Der Barbarossaplatz mit dem Kinderbrunnen und dem großen *Chamisso-Lyzeum* für Mädchen lag im morgendlichen Spätsommerlicht und war so schön und heimelig anzusehen, dass Hulda sofort spürte, wie sehr ihr Herz für diese Gegend schlug. Es war zwar noch recht frisch, aber Hulda schien es gar nicht schlimm, dass ihre Tochter mit bloßen Beinen in die Kindertagesstätte ging, auch wenn man dort auf ordentliche Kleidung achtete.

Metas Lackschuhe klapperten auf dem Pflaster, als sie die Barbarossastraße hinunterlief und an der Ecke Karl-Schrader-Straße stehen blieb, wie es zwischen ihr und Hulda verabredet war. Sie wusste, dass sie nicht allein die Fahrbahn überqueren durfte, und als Hulda ankam, fasste Meta gleich nach ihrer Hand und ließ sich über den Damm führen. Dann aber gab es kein Halten mehr. Wie jeden Morgen begann Meta beim Anblick des *Pestalozzi-Fröbel-Hauses* zu rennen, so schnell sie ihre kurzen Beine trugen. Im Hof des roten Backsteinbaus spielten schon ein paar Kinder, und Meta wurde mit großem Hallo begrüßt. Einer der kleinen Jungen, Friedrich, der einen besonderen Narren an ihr gefressen hatte, wackelte auf sie zu und breitete die Arme aus.

«Me-A», krähte er mit verstopfter Nase, und Meta küsste ihn wie eine Puppenmutter fürsorglich auf den streng gezogenen Scheitel.

«Guten Morgen, Fräulein Färber», begrüßte Hulda die Erzieherin über den Zaun hinweg und reichte ihr den Tornister.

«Ist bei Ihnen noch einmal der Hochsommer ausgebrochen?», fragte die Frau im hellgrauen Kittel und ließ missbilligend den Blick über Metas nackte Beine gleiten. «Wir werden heute höchstens zwanzig Grad haben. Mittags!»

«Die Strümpfe sind da drin», sagte Hulda und deutete auf den Tornister. Sie wusste nicht, warum, aber manchmal hatte sie in der Gegenwart der Erzieherin das Gefühl, selbst das Kind zu sein, das gemaßregelt wurde. «Ich hatte gehofft, Sie könnten sie Meta später anziehen? So kalt ist es doch auch gar nicht.»

Liesbeth Färber nickte, ihre Miene aber blieb grimmig. «Wenn das jeder machte, käme ich zu nichts anderem mehr, Fräulein Gold», sagte sie. Ihr Gesichtsausdruck zog sich erst wieder glatt, als sie zu den Kindern hinüberblickte und ein Lächeln um ihre Lippen spielte. «Aber besser ein starker Charakter als anders, richtig?»

Hulda atmete auf. «Das sehe ich auch so», sagte sie.

In diesem Moment schlug die Glocke der Apostel-Paulus-Kirche, und Hulda zuckte zusammen.

«Ich muss los», sagte sie, «danke noch einmal, Fräulein Färber.»

«Ja, und vergessen Sie nicht, dass wir heute schon um zwei Uhr schließen», sagte die Erzieherin. «Die Fortbildung ... Sie wissen es doch noch? Wir haben einen Redner zur frühkindlichen Bildung und Hygiene im Haus, er kommt extra von der Universität. Holen Sie Meta bitte pünktlich ab.»

«Natürlich», sagte Hulda und rollte im Geiste mit den Augen. Sie hatte den Termin völlig vergessen. Wie sollte sie das nur wieder schaffen? Doch ihr blieb keine Wahl.

Sie schickte Meta noch ein Handküsschen, die bereits in der Sandkiste saß und für Friedrich einen knirschenden Kuchen backte, den dieser tatsächlich aß. Dann eilte sie über das Pflaster davon. Die Tasche schlug ihr bei jedem Schritt gegen die Hüfte, und ihre Laune war rabenschwarz.

Dabei sollte sie dankbar sein, dachte Hulda, während sie in Richtung Winterfeldtplatz abbog und das herrschaftliche Gebäude des Erziehungsheims hinter sich ließ. Denn dass sie überhaupt einen Platz in einem Kindergarten gefunden hatte und arbeiten gehen konnte, kam einem Wunder gleich. Es war nicht leicht gewesen, ihn zu ergattern, erst die Empfehlung ihrer früheren Kollegin Grete Fischer hatte Wunder gewirkt.

Und doch schien es, als verginge kein Tag, an dem nicht etwas Unvorhergesehenes geschah, das es Hulda unmöglich machte, ganz normal ihre Arbeit zu verrichten – ein Schnupfen, eine erkrankte Erzieherin, eine Fortbildung. Jedes Mal musste sie dann bei der leitenden Hebamme in der Beratungsstelle zu Kreuze kriechen und sich entschuldigen, weil sie eine alleinstehende Mutter war, die ihren Pflichten nicht nachkommen konnte. Und jedes Mal hatte sie das Gefühl, dass der Kredit, der ihr in den Augen ihrer Vorgesetzten gewährt wurde, dahinschmolz. Wann, fragte sie sich bang, würde das Maß voll sein? Wann würde sich die Mütterberatungsstelle eine Hebamme suchen, die keine Verpflichtungen hatte außer ihrer Berufung und – wenn es hochkam – einem Schoßhündchen?

Huldas Magen knurrte. Wenn sie sich beeilte, konnte sie sich noch einen Schusterjungen beim Bäcker am Marktplatz kaufen. Neben dem schnellen Frühstück auf die Faust liebte sie es außerdem, ihrem Freund Bert, dem Zeitungsverkäufer, einen guten Morgen zu wünschen. In seinen Augen hatte sie sich nicht verändert, noch immer zog er sie schrecklich gerne auf, wie eh und je, nur um im nächsten Moment der reizende ältere Herr zu sein, dem sie sich schon so lange zugehörig fühlte wie sonst nur wenigen Menschen.

Es war merkwürdig – sosehr sie Meta liebte, so erleichtert fühlte sie sich jeden Morgen, wenn sie ihre kleine Tochter für den Tag wohlbehalten abgegeben hatte und leichtfüßig wie früher durch Schöneberg ging. So, als gebe es da neben der pflichtbewussten, sorgenden Mutter, die sie versuchte, für Meta zu sein, immer auch noch die andere Frau. Die Hulda, die sie gewesen war, bevor sie ein Kind bekam. Eine Frau mit Freundschaften, mit einem Beruf, mit Talenten und einer Passion. Selbst nach drei Jahren hatte sie die Sehnsucht nach dieser früheren Version von sich nicht aufgeben können. Nein, sie war sogar noch stärker geworden, seit die Babyzeit vorbei war und ihr Kind begann, sich Stück für Stück eine eigene Identität zu erkämpfen.

Hulda lächelte. Niemals würde sie Meta hergeben, das stand außer Frage – ihr Kind war für sie wie ein Körperteil, so eng mit ihr verwoben, dass sie nicht sagen konnte, wo Hulda aufhörte und Meta begann. Aber genauso wenig, wie sie jemals wieder auf ihre Tochter verzichten konnte, würde sie die alte Liebe zur Freiheit begraben, die sie nach wie vor in sich trug und die sie für immer spüren würde, dessen war sich Hulda sicher.

Und wenn sie, wie jetzt, ganz allein mit der Nase in der Morgensonne und dem abgewetzten Griff ihrer Hebammentasche in der Hand in Richtung Winterfeldtplatz lief und nur sich selbst gehörte, war alles ganz und gar so, wie es sein sollte.

2.

Donnerstag, 29. August 1929

Die Nollendorfstraße lag noch im frühmorgendlichen Dornröschenschlaf, als Bert die Haustür aufstieß und hinaus aufs Pflaster trat. Fröstelnd zog er die Jacke enger um sich und schlang einen Moment die Arme um den Leib – über Nacht war es kühler geworden. Der Spätsommer zeigte sich noch sonnig, aber in der Luft hing eine Ahnung von Herbst. Man konnte ihn noch an nichts anderem festmachen als an einem Gefühl.

«*Eines Morgens riechst du den Herbst …*», murmelte Bert eine Gedichtzeile von Tucholsky und ließ den Blick hinauf zum blauen Himmel wandern, zu den noch grünen Blätterkronen des Ahorns, der vor seinem Haus wuchs. «*Es hat sich eigentlich gar nichts geändert – und doch alles.*»

Ach, für den guten *Tucho*, diesen Ausnahmedichter, hatte er schon lange eine Schwäche.

Gedankenverloren trabte er die Straße in Richtung Osten weiter. Fast angeberisch türmten sich links und rechts die stuckverzierten Fassaden auf, mit ihren schweren Balkonen und geschwungenen Ornamenten aus Gips. Sie erweckten zu Unrecht den Anschein, wohlhabende Bewohner hinter ihren Fensterscheiben zu beherbergen. Dies war eine Straße der kleinen Leute, und die Häuser selbst erinnerten sich wahrscheinlich nur noch mit Mühe an die früheren, großspurigeren Tage der Gründerzeit, als sie erbaut worden waren. Unter den Balkonen der ersten Etage duckten sich die Kellergeschäfte bis unters Trottoir hinab – ein Gemüsefritze, ein Händler für Damenstrümpfe *en gros*, eine kleine Zigarettenfabrik, dann die Eckkneipe, aus deren offen stehender Tür schon zu dieser Tageszeit Bierdunst herauszog – oder noch? Die Nächte in Schöneberg waren endlos, sie wurden nur von einer Sperrstunde unterbrochen, in denen die Wirte mürrisch und mit tiefer Müdigkeit in den Gesichtsfalten ihre Böden wischten. Dann kamen schon die Stammkunden des Morgengrauens, setzten sich auf die immer noch klebrigen Barhocker, in den Händen bereits einen Korn, und ignorierten den Tag, bis er sich endlich wieder verzog und erneut den Lichtern der Nacht Platz machte.

Bert hob die Hand und grüßte Frau Wilhelm, die kleine, drahtige Besitzerin der Kneipe, die drinnen im Halbdunkel Gläser spülte. Sie nickte ihm ohne Regung zu und paffte weiter freihändig ihre Zigarette, die ihr wie festgewachsen zwischen den Lippen klemmte, während ihre rissigen Hände unentwegt arbeiteten. Er lief weiter, bog rechts in die Maaßenstraße ab und musste unwillkürlich lächeln beim Anblick einer fremden Dame im spitzenverzierten Morgenrock, die am offenen Fenster im ersten Stock eines Hauses stand und mit wogendem Busen eine graue Bettdecke ausklopfte. Im Zimmer daneben rasierte sich ein Herr mit einem Barbiermesser, das halbe Gesicht noch voll mit weißem Schaum. Ein Grüppchen Tauben wackelte gurrend und, wie Bert fand, vorwurfsvoll an ihm vorüber, als wäre er allein schuld daran, dass sich heute früh noch niemand bequemt hatte, ein paar Brotkrümel auf dem Weg zur U-Bahn am Nollendorfplatz zu verlieren.

Sie taten ihm allerdings nicht so leid wie die beiden barfüßigen Jungen mit hohlen Wangen, die ihm ein paar Schritte weiter auflauerten und bettelnd die Hände aufhielten. Als er bedauernd den Kopf schüttelte und an ihnen vorbeiging, weil er kein Kleingeld dabeihatte, veränderten sich die Mienen der Kinder von einem unterwürfigen Lächeln zu Grimassen. Der Kleinere von beiden spuckte aus und rief Bert etwas hinterher, was klang wie «Geizijes Backpfeifenjesicht!».

«Alle Hagel!», bestätigte sein etwas längerer Kumpan, und beide zogen schimpfend Richtung Nollendorfplatz davon.

Bert ging stirnrunzelnd weiter. Es war schlimm, dass es so viel Armut in Berlin gab, und es tat ihm in der Seele weh, dass Kinder in dieser Stadt noch immer hungern mussten. Er selbst wusste nur zu gut, wie sich der Hunger anfühlte, wenn man noch im Wachstum war und jeden Tag einen ganzen Laib Brot mit dick Butter auf jeder Schnitte verdrücken könnte, aber höchstens ein, zwei trockene Scheiben abbekam. Es war viele Jahre, ja Jahrzehnte her, dass er ein solches Kind gewesen war, doch das nagende Gefühl von Hunger hatte er nie vergessen.

Heute herrschten wieder ähnliche Zustände in Berlin. Die Arbeitslosigkeit war in den vergangenen drei Jahren weiter angestiegen, und immer mehr Familien wussten nicht, wie sie ihre zahlreichen Sprösslinge satt bekommen sollten. Aber dass man sich deswegen auf offener Straße beschimpfen lassen musste, wenn man doch selbst kaum wusste, wo man blieb, das ging ihm trotzdem über die Hutschnur.

Bert war bei der neu gebauten Bedürfnisanstalt am Winterfeldtplatz angekommen, die vielen Bewohnern ein Dorn im Auge war. Nicht wegen des Baus – die schöne gusseiserne Erscheinung mit dem verzierten Dach machte einiges her und stammte von dem berühmten Architekten Heinrich Lassen –, sondern wegen des zwielichtigen Volks, das eine solche Einrichtung unweigerlich anzog. Und tatsächlich stoben in dem Moment, als Bert auftauchte, zwei Gestalten auseinander und jagten über den Platz davon. Der eine war ein junger Hüpfer mit Kniebundhosen und einem hübschen Knabengesicht unter der Schirmmütze, der andere ein etwas älteres Semester, und noch im Wegeilen schloss der Kerl verstohlen den Gürtel. Ob sie ihr Stelldichein beenden konnten, oder ob Bert sie zu früh aufgestört hatte, konnte er nicht sagen.

Mit gemischten Gefühlen erinnerte er sich an einstige Tage, als auch er dann und wann auf diese Weise nach schneller Liebe gesucht hatte. Es war aufregend und beängstigend zugleich gewesen, noch immer stand der Paragraph 175 im Gesetzbuch. Doch heute schrieben sie immerhin das Jahr 1929, und der Schöneberger Kiez rund um den Nollendorfplatz hieß nicht umsonst im Volksmund das *Eldorado* Berlins – nach der gleichlautenden, berühmten Bar in der Lutherstraße, wo man es mit den Gesetzen, was die Liebe anging, nicht so genau nahm. Es schien doch wirklich langsam einer freieren Welt entgegenzugehen, dachte Bert, plötzlich vergnügt.

Frau Grünmeier, die Blumenverkäuferin, die soeben in Begleitung ihres Mopses vom Karren stieg, obwohl gar nicht Markttag war, teilte seine Freude aber offenbar nicht. Sie stemmte die Hände in die Hüften und sah den beiden Flüchtenden mit zusammengezogenen Brauen nach. Dann hob sie drohend den rundlichen Zeigefinger.

«Da brat mir einer ’nen Storch», keifte sie. «Dass ihr euch nicht schämt, ihr Kanaillen!»

Jetzt erst bemerkte sie Bert und senkte rasch ihr rotes Gesicht. «Guten Morgen», brachte sie nur heiser hervor.

Bert konnte förmlich sehen, wie es hinter der breiten Stirn

unter dem geblümten Kopftuch arbeitete. Ein wenig fühlte er den Stich, denn natürlich wusste er, was Frau Grünmeier von ihm und seinesgleichen dachte, und dass sie es scharf verurteilte, wenn Männer sich mit Männern vergnügten – oder gar Frauen mit Frauen, was hier in den Straßen ringsum auch längst keine Seltenheit mehr war. Besonders der *Toppkeller* in der Schwerinstraße hatte einen entsprechenden Ruf, aber auch viele andere kleine Varietés und Destillen.

Bert musste sich erneut ein Lächeln verkneifen. Die Situation war einfach zu drollig und die Blumenverkäuferin mit ihrem zu Tode empörten Gesicht ein Bild für die Götter.

«Ihnen auch einen wunderschönen guten Morgen», sagte er so beschwingt, wie er konnte, und neigte sogar den Kopf zu einer angedeuteten Verbeugung, als begrüßte er seine Tanzpartnerin auf einem Debütantenball. Er ließ sich nicht anmerken, dass ihre Abneigung ihn schmerzte, zumal er ja trotz allem wusste, dass sie nichts gegen ihn persönlich hatte. «Ist das Wetter nicht herrlich?»

«Ganz herrlich», murmelte sie und schickte sich an, die Blumenkübel vom Karren zu holen.

«Aber warten Sie mal – heute ist doch ein ganz normaler Donnerstag, oder irre ich mich?», fragte Bert und beobachtete mit diebischer Freude, wie sich das Gesicht der Frau erneut verfärbte, diesmal in Richtung Dunkelrot.

«Ja, schon», sagte sie gedehnt und vermied den Blick in seine Richtung, «aber nur an zwei Tagen die Woche verkaufen, dit is nischt.» Wenn Frau Grünmeier sich aufregte, fiel sie in den Berliner Dialekt, den sie sonst versuchte abzuschütteln – schließlich war sie die Tochter von einem Rittmeister aus Pankow, wie sie stets betonte, und nicht irgendwer.

«Sie öffnen doch schon zusätzlich einmal die Woche am

Sonntag, nach dem Gottesdienst», sagte Bert, der wusste, dass sie auch dafür eigentlich keine offizielle Genehmigung hatte. Er dagegen hatte das Glück, an manchen Tagen bis zu vier Zeitungsausgaben verkaufen zu können. Beiläufig suchte er den Schlüssel zu seinem Kiosk in der Westentasche. «Immer nur die Arbeit im Kopf, Gnädigste?»

«Wir müssen alle sehen, wo wir bleiben, oder?», antwortete Frau Grünmeier und zuckte mit den Schultern. Ihre Miene wurde bittend. «Sie werden mich doch nicht verpfeifen, lieber Bert?»

«Wo denken Sie hin!», rief er und breitete entsetzt die Arme aus. «Wir Leute vom Winterfeldtplatz müssen zusammenhalten, liebe gnädige Frau – oder?»

«Jenau!», gab sie zurück, und an ihren Augen, die sich zu Schlitzen verengten, sah Bert, wie wenig ihr die Erkenntnis behagte, dass sie soeben eine Art Versprechen abgegeben hatte.

Er begann, leise und zufrieden vor sich hin zu summen, während er zum Pavillon trat, in dem er seinen Zeitungsladen betrieb. Doch als er genauer hinsah, fuhr er zurück.

«Donnerwetter», entfuhr es ihm so laut, dass Frau Grünmeiers Mops von der vergammelten Fischgräte, die er im Rinnstein gefunden hatte, jäh abließ und quiekte – denn richtig bellen konnte er nicht.

«Bert?», rief die Blumenverkäuferin, ließ einen Topf Sonnenblumen, den sie soeben vom Wagen gehievt hatte, auf die Steine sinken und eilte zu ihm. «Was ist denn?»

Ihr Blick fiel auf die Tür des Pavillons, und sie griff sich mit der Hand an die ausladende Brust unter der Kittelschürze, als müsste sie ihrem Herzen darunter Halt geben. «Wat sagt der Mensch dazu!», rief sie. «Da kriegste die Motten!»

Das Schloss an der kleinen Tür war aufgebrochen, sie stand einen Spalt offen. Und die Laterne, die sonst vor dem Fenster hing, war zerschellt, die feinen Glassplitter lagen auf dem Pflaster des Marktplatzes.

«Sie wurden ausgeraubt, Bert», fasste Frau Grünmeier nach ein paar Sekunden einträchtigen Schweigens das Malheur zusammen. «Die Leute werden immer dreister. Warum macht denn die Regierung nichts? Wir unbescholtenen Bürger werden an der Nase herumgeführt von diesem ganzen Ganovenpack, es wird immer ärger mit der Welt.»

Bert lauschte ihren Tiraden nur mit halbem Ohr. Seine Knie waren weich, und er sehnte sich plötzlich nach einem Stuhl, auf den er hätte sinken können – und nach einem Moment Stille.

Stattdessen riss er sich zusammen, öffnete vorsichtig die Tür und spähte ins Innere seines Pavillons. Drinnen herrschte eine große Verwüstung, das sah er auf den ersten Blick. Die Zeitungsstapel waren achtlos beiseitegeworfen worden, das dünne Papier verteilte sich in Fetzen und in Klumpen über den Boden des engen Raums. Seine Lieblingspfeife aus türkischem Meerschaum lag zerbrochen dazwischen, jemand musste sie – ob absichtlich oder nicht – mit einem Fußtritt zerschmettert haben. Und die Kasse, in der Bert das Wechselgeld verwahrte, war aufgebrochen worden, die Lade klaffte gähnend leer.

Bert stöhnte. Nicht immer nahm er die Einnahmen des Tages mit nach Hause, denn es war nicht ratsam, in der Abenddämmerung mit zu viel Bargeld durch Schöneberg zu spazieren. Einen Teil ließ er, verschlossen in der Kasse, über Nacht im Pavillon und ging lieber ein paarmal die Woche mittags damit zur Bank, um es dort auf ein Konto einzuzahlen. Gestern, am Mittwoch, hatte er dies aber nicht geschafft, weil der Winterfeldtplatz den ganzen Markttag über wie ein Bienenstock gesummt hatte und sich die Kunden gegenseitig die nicht vorhandene Klinke seines Lädchens in die Hand gegeben hatten. Und nun hatte er den Salat!

«Fehlt etwas?», fragte Frau Grünmeier, die hinter Bert auf der Straße stand und versuchte, über seine Schulter etwas zu erkennen.

Bert drehte sich zu ihr um und bemühte sich, ruhig zu atmen, doch es fiel ihm schwer.

«Etwa hundertfünfzig Mark», sagte er schwach.

Die Blumenverkäuferin sog bestürzt die Luft ein. «Dit is dolle», sagte sie und legte ihm, offenbar aus einem Impuls heraus, einen Moment mitfühlend die Hand auf die Schulter, ehe sie sie mit einem erschrockenen Gesichtsausdruck wieder zurückzog.

Nun liefen immer mehr Passanten vorüber, der Platz belebte sich zusehends. Und wer auf dem Weg zur Arbeit wie sonst auch eine Zeitung kaufen wollte, blieb kurz stehen und besah sich kopfschüttelnd die Bescherung. Einige murmelten ein paar Worte des Bedauerns, das Grüppchen der Herumstehenden wurde größer.

Von der Bäckerei zog wie jeden Morgen Brötchenduft über das Pflaster, doch der Geruch, den Bert sonst liebte, verursachte ihm heute Übelkeit. Frieda, die Kellnerin im *Café Winter*, unterbrach das Wischen der Stühle draußen auf der Terrasse einen Moment und kam herüber, die kräftigen Arme in die Seitennähte ihrer Kellnerschürze gestützt.

«Sie müssen die Polizei holen», rief sie schrill. «Zurzeit trifft es hier ja eenen nach ’m anderen in der Nachbarschaft.»

«Ja, die Polizei», sagte ein Mann, der ebenfalls stehen geblieben war. «Warten Sie, ich laufe zum Fernsprecher.»

«Aufhängen müsste man das Pack», verlangte eine fremde Stimme. «Was sind das nur für Zeiten? Früher hätte es so etwas nicht gegeben, unter dem Kaiser herrschte noch Ordnung im Lande.»

Einige gaben dem Mann recht, andere widersprachen, und eine hitzige Diskussion darüber, welche martialische Strafe Räuber und Einbrecher verdienten, entspann sich. Eigentlich hatten es ja alle eilig, aber wenn etwas los war, vergaß man gern kurz das Mahnen der Stechuhr in den Büros. Für einen kleinen, gepflegten Disput mitten auf der Straße war immer Zeit in Berlin.

Bert aber hatte das Gefühl, dass er gar nicht richtig anwesend war. Die Stimmen rauschten über ihn hinweg, klangen merkwürdig fern, als sprächen sie durch Watte zu ihm. Wann hatte sich der blassrosa Himmel über dem Platz hellblau gefärbt? Der sonst so vertraute, verlässliche Glockenturm der Matthiaskirche schien plötzlich bedrohlich zu schwanken. Bert klammerte sich an dem Fensterbrett fest, das ihm normalerweise als Verkaufstresen diente, wenn er drinnen im Kiosk saß. Das Atmen fiel ihm schwer, und er zerrte an seinem steifen Kragen, den er wie immer zu Weste, Uhrenkette und dunkler Jacke trug. Für gewöhnlich fühlte er sich pudelwohl in seiner Kleidung, doch jetzt hatte er das Gefühl, dass sie eine steinerne Hülle war, die sich drückend auf seine Brust legte. Sein Herz stolperte, er spürte es ganz deutlich, und eine schreckliche Angst befiel ihn, die ihn bis ins Mark lähmte und seine Knie zittern ließ, sodass er langsam zu Boden ging und dort zu sitzen kam wie ein Kartoffelsack.

«Bert!», rief eine vertraute Stimme, und er sah, wie sich durch das Getümmel der Schuhe und Hosenbeine, die ihn umgaben, zwei schlanke, strumpflose Beine in abgetragenen

Pumps drängten und auf ihn zueilten. Er hob den Blick und sah Hulda, in Bluse und dunklem Rock, die lederne Tasche an sich gepresst. In ihrem blassen Gesicht stand nichts als Sorge. Oder doch, da war noch etwas anderes, dachte er mit schwindenden Kräften – absolute Entschlossenheit.

«Macht Platz!», rief sie energisch. «Lasst mich durch!» Dann fiel sie neben ihm auf die Knie, hielt ihn bei den Schultern und sah ihn forschend an. «Bert», sagte sie, leiser diesmal, «lieber guter Bert, was haben Sie?»

«Ich ... kann nicht richtig atmen», presste er hervor. «Der Schreck ...» Er wies matt auf die aufgebrochene Tür seines Kiosks. «Ich ...»

«Still!», zischte sie. «Nicht mehr reden!» Sie wandte den Kopf und erblickte Frieda zwischen den Schaulustigen. «Rufen Sie einen Krankenwagen», sagte sie mit fester Stimme, und nur Bert hörte das unterdrückte Zittern darin. «Machen Sie schon!»

Frieda presste die Lippen zusammen, doch dann rannte sie los Richtung *Café Winter*, wo es einen Telefonanschluss gab.

«Legen Sie sich hin», sagte Hulda zu Bert. Sie stützte ihn, half ihm dabei, sich lang aufs Pflaster zu legen, hielt jedoch seinen Kopf in ihrem Schoß. Er genierte sich etwas – er, ein Mann, der Eleganz und gute Sitten liebte, hier auf dem staubigen Boden ... Aber er tat, wie ihm geheißen. Denn es fühlte sich trotz allem richtig an, sich ihr zu überlassen, auch wenn seine Eitelkeit Risse bekommen mochte.

«Ihre Jacke!», rief Hulda einem der umstehenden Männer zu, die noch immer unschlüssig gafften und Maulaffen feilhielten. Und als der Fremde nicht sofort reagierte, wurde sie lauter: «Her damit, aber ein bisschen plötzlich!»

Verdutzt zog der Mann nun tatsächlich seine Jacke aus

weichem Gabardinestoff aus, und Hulda schnappte danach, knüllte sie zusammen und schob sie Bert unter den Kopf, sodass er mit dem Oberkörper noch etwas höher lag. Dann öffnete sie mit wenigen, geschickten Bewegungen die Knöpfe an seinem Kragen, die seinen schwachen Fingern zuvor entglitten waren. Es half ein winziges bisschen, Bert kam wieder zu etwas Atemluft, auch wenn es ihm noch immer so vorkam, als läge ein Felsbrocken auf seiner Brust.

«Hulda ...», sagte er leise, doch sofort schüttelte sie den Kopf.

«Halten Sie die Klappe», sagte sie, doch obwohl die Worte schroff waren, klang ihre Stimme zärtlich. «Sie bleiben jetzt genau so und atmen einfach nur ganz langsam und ruhig weiter, so gut Sie können. Das ist Ihre einzige Aufgabe, verstanden?»

Er nickte gehorsam.

Schließlich wandte sich Hulda an die Herumstehenden. «Sie gehen jetzt weiter», sagte sie fordernd. «Hier gibt es nichts zu sehen. Und Sie ...» Sie deutete auf den Mann, der nun in Hemdsärmeln vor ihnen stand. «Sie dürfen bleiben, Sie bekommen gleich Ihre Jacke wieder.»

Murmelnd und nur sehr zögerlich zerstreute sich die Menge. Nur der unfreiwillige Jackenspender und Frau Grünmeier standen weiterhin herum wie bestellt und nicht abgeholt, das sah Bert aus den Augenwinkeln. Über den blauen Himmel jagten ein paar wollweiße Wölkchen wie übermütige Lämmer. Frau Grünmeiers Gesicht war noch immer sehr erhitzt, und sie knetete ein Taschentuch in den Händen, als stünde sie an einem Grab und beweinte einen geliebten Verstorbenen.

Obwohl Bert alles andere als nach Lachen zumute war, bemerkte er doch, dass etwas wie Galgenhumor in ihm aufkeimte. Was war das nur für ein absurder Morgen? Nichts ahnend war er hergekommen, hatte nur Zeitungen verkaufen und Pläuschchen halten wollen wie jeden Tag – und dann das! Wie schnell sich die Welt drehen konnte, wie schnell alles zuoberst und zuunterst lag! Noch immer saß etwas Schweres auf seiner Brust, hockte dort und blies ihm Todesatem ins Gesicht, er spürte es ganz deutlich und zitterte.

Dem Himmel sei Dank für Hulda, dachte er dann und wagte einen Blick in ihr Gesicht, das über ihm schwebte. Er sah es verkehrt herum, doch es erschien ihm schöner als je zuvor. Sie war gerade im richtigen Moment gekommen. Erschöpft schloss er die Augen und dämmerte weg.

Erst, als die Sirene des nahenden Krankenwagens ertönte, riss es ihn wieder aus der halben Ohnmacht, in die er geglitten war. Die Sanitäter kamen und tauschten ein paar Worte mit Hulda, schließlich beugte sich einer über ihn und untersuchte ihn kurz, eher er den anderen Anweisungen gab. Zu dritt hoben sie ihn hoch und legten ihn auf eine Trage. Über ihm drehte sich erneut der Kirchturm durch das Himmelsblau.

Bert fühlte sich wie eine willenlose Gliederpuppe, als er so über das Pflaster schwebte, fort von seinem armen, so schändlich behandelten Kiosk, fort von allem, was ihm lieb und vertraut war. Noch hielt Huldas Hand die seine, doch dann entglitten ihm ihre Finger. Die Männer schoben ihn ins Innere des Krankenwagens, und er meinte, einen hitzigen Wortwechsel zwischen einem Sanitäter und Hulda zu hören, die sich draußen vor der Wagentür stritten. Mit einem Mal klang ihre Stimme zu ihm herein.

«Lieber Bert», rief sie, «halten Sie durch. Ich komme nach, sobald ich kann.»

Die Türen des Wagens knallten zu, und die Sirene sprang wieder an. Jaulend verlangte sie für das rettende Gefährt

Durchlass auf den Straßen Schönebergs. Bert spürte, wie sich der Krankenwagen in Bewegung setzte. Erneut schloss er die schweren Lider, und diesmal überließ er sich seinem Schicksal. Das Letzte, was er vor seinem inneren Auge sah, war Huldas Gesicht – verkehrt herum, umrahmt von ihren kurzen schwarzen Ponysträhnen und mit einem Ausdruck, den er noch nie zuvor an ihr gesehen hatte.

3.

Donnerstag, 29. August 1929

Frollein?»

Hulda zuckte zusammen. In der Hand hielt sie ein Glasfläschchen, und einen Moment starrte sie verwirrt auf die weißliche Flüssigkeit, mit der es gefüllt war, ehe ihr aufging, dass die junge Frau mit dem Säugling auf dem Arm, die vor ihr auf einem Stuhl saß, wohl darauf wartete, dass sie es ihr hinüberreichte.

«Verzeihung, Frau Trott», sagte sie und hielt der Frau die Flasche hin. «Ich war kurz in Gedanken.»

Tatsächlich fiel es Hulda schon den ganzen Vormittag furchtbar schwer, sich auf ihre Arbeit zu konzentrieren. Die Sorge um Bert saß ihr wie ein Klammeraffe im Nacken. Immerhin hatte ein Anruf im Auguste-Viktoria-Krankenhaus – heimlich vom unbesetzten Büro der Leiterin hier in der Beratungsstelle aus – ergeben, dass er am Leben war und auf welcher Station sie ihn nach Feierabend besuchen konnte. Sie würde Meta mitnehmen müssen, doch das ließ sich nicht ändern. Hier kam sie so schnell nicht weg, nachdem sie sich schon eine Rüge wegen ihres Zuspätkommens eingefangen hatte.

Die junge Mutter griff nach dem Fläschchen, mit der anderen Hand umklammerte sie weiterhin ihr Kind. Das Baby weinte und fuchtelte mit den Fäustchen in der Luft herum, und Hulda trat rasch neben die beiden, zog sich einen Stuhl heran und zeigte Frau Trott, wie sie den Sauger an das kleine Mündchen halten musste, damit ihr Kind trinken konnte. Das winzige Gesicht war krebsrot und sah, wie die meisten Neugeborenengesichter, aus wie das eines zerknitterten Greises. Mehrfach schnappte das Baby nach der Milchquelle, doch vor Aufregung gelang es ihm nicht, den Sauger zu fassen. Das Geschrei schwoll an, und Hulda spürte, wie ihr der Schweiß auf der Stirn ausbrach.

Schon tauchte ein sorgfältig ondulierter grauhaariger Frauenkopf mit einem weißen Häubchen – genau so einem, wie auch Hulda und die anderen Hebammen es in der Beratungsstelle trugen – über dem Paravent auf. Hochgezogene Augenbrauen, eine randlose Brille, tiefe Falten von der Nase zum Kinn und ein Damenbart, um den sie wohl auch der ein oder andere Herr beneidete – Frau Ludwig, die Leiterin der Mütterberatungsstelle, wollte ganz offensichtlich nach dem Rechten sehen.

«Das Kind hat Hunger», sagte sie mit ihrer tiefen, immer leicht heiseren Stimme und trat hinter der provisorischen Stellwand hervor, sodass nun auch ihre ganze, etwas hagere Gestalt zum Vorschein kam. Ihre Füße steckten in klobigen Damenschuhen, die bis über die Knöchel geschnürt waren, und ihre Beine, anders als Huldas nackte Unterschenkel, in dicken braunen Strümpfen. Fräulein Färber im Kindergarten wäre äußerst zufrieden gewesen, dachte Hulda.

«Was Sie nicht sagen ...», murmelte sie, doch so leise, dass die beiden Frauen es nicht verstehen konnten.

Hulda war aufgestanden und hatte sich zu der kleinen Küchenzeile umgedreht, auf der sie zuvor das Wasser auf einer

Kochplatte erhitzt hatte. Genau so eine Kochplatte hatte sie auch einst besessen, in ihrer Kammer bei Frau Wunderlich. Kurz wurde sie wehmütig bei der Erinnerung. Rasch drehte sie sich um und sah Frau Ludwig fest an. Es hatte schließlich auch seine Vorteile, kein junges Ding mehr zu sein. Hulda traute sich heute mehr als früher, sich zu behaupten, selbst ihren Vorgesetzten gegenüber.

«Wir haben alles im Griff, Frau Ludwig», sagte sie daher beinahe kühl und versuchte, das an- und abschwellende Weinen des verzweifelten Babys zu übertönen, das das Gegenteil anzeigte. «Und zu viele Köche verderben den Brei, wenn Sie verstehen, was ich meine.»

Frau Ludwig hob konsterniert die Hände, ihre Brillengläser rutschten den Nasenrücken hinab und wurden sogleich wieder hinaufgeschoben. «Wie Sie meinen», sagte sie kratzig und verschwand.

Hulda atmete auf und sah zu ihren beiden Schützlingen hinüber. Auch auf Frau Trotts Oberlippe glänzte Schweiß, und Hulda fühlte eine Welle der Solidarität in sich aufsteigen. «Also, noch einmal von vorn, meine Liebe», sagte sie, «wir bekommen das hin, Sie werden sehen.»

Die junge Mutter lächelte zaghaft und nickte. Dann strich sie ihrem Kind beruhigend über das kahle Köpfchen und setzte erneut die Flasche an. Hulda stützte beide von der Seite, und endlich stülpten sich die Lippen des schreienden Bündels über den Sauger, schlossen sich fest darum – und das Kind begann zu trinken. Das Weinen erstarb.

Erleichtert lauschte Hulda in die plötzliche Stille hinein. Es war eine solche Wohltat, als ließe ein heftiger Schmerz urplötzlich nach.

«Gut gemacht», flüsterte sie, um das Trinken des Babys

nicht zu unterbrechen. «Mal sehen, wie viele Milliliter die Kleine jetzt schafft, sie hat ja einiges aufzuholen.»

Tatsächlich war es höchste Zeit, dass dieses Kind Nahrung zu sich nahm, dachte Hulda im Stillen. Noch ein paar unerquickliche Stunden mehr, und sie hätte das Neugeborene und seine Mutter in ein Krankenhaus einweisen lassen müssen, um Schlimmeres zu verhindern.

«Ich dachte, es wäre ein Kinderspiel, wenn sie erst mal auf der Welt sind», flüsterte Frau Trott, während sie weiter krampfhaft Flasche und Kind festhielt und augenscheinlich versuchte, sich kein Stückchen zu bewegen. «Alle reden immer nur von der Geburt, nie davon, was danach auf einen zukommt.» Sie seufzte. «Das Stillen hat nicht geklappt, ich hatte kaum Milch, egal, wie viel ich gegessen habe. Deshalb musste ich auf das Fläschchen umsteigen. Aber dass mein Mariechen das nun auch verweigert, hätte ich nicht gedacht.»

«Das sind ganz normale Anpassungsschwierigkeiten», sagte Hulda so beruhigend, wie sie konnte. «Ihre Tochter muss sich erst mal an diese seltsame neue Welt gewöhnen und braucht dabei eben etwas Unterstützung.»

«Aber die Tochter von meiner Nachbarin ist genauso alt, und da ist das Trinken gar kein Problem», sagte Frau Trott, und Hulda sah, wie eine einzelne Träne über ihre jugendliche Wange herablief.

Ach, wie gut kannte Hulda die quälenden Selbstzweifel einer Mutter! In den ersten Tagen und Wochen nach der Geburt waren sie am größten, und sie verließen einen nie mehr ganz – wahrscheinlich bis zum Lebensende.

«Jedes Kind ist anders», sagte sie. «Und wir wissen vorher nun einmal nicht, was uns erwartet. Aber ich glaube, jede von uns bekommt das Kind, das für uns das richtige ist, Sie werden sehen, wie schnell Sie sich aneinander gewöhnen. Und falls es Schwierigkeiten gibt, sind wir für Sie da, Frau Trott.»

«Danke», schniefte sie und sah auf ihr trinkendes Kind hinunter. Die Fäustchen öffneten sich nun langsam, der ganze kleine Körper entspannte sich, und die Gesichtsfarbe, die eben noch dunkelrot vom Weinen gewesen war, wechselte ins Rosige. «Wie gut, dass es Sie gibt!»

Hulda freute sich über das Lob. Es gab viele Tage, an denen sie ihrer früheren Tätigkeit als Geburtshelferin hinterhertrauerte – der Anspannung, der Aufregung, den unvorhersehbaren Wendungen des Geburtsvorgangs und dem Erfolg, wenn alles gut ging und sie den Eltern ein gesundes Baby in die Arme legen konnte. Sie würde nie aufhören, das alles zu lieben! Aber die Tätigkeit einer freien Hebamme war mit ihrem Leben als alleinstehende Mutter eines Kleinkinds nun einmal nicht vereinbar: mitten in der Nacht hinauszurennen, stundenlang nicht verfügbar zu sein und danach erschöpft einen halben Tag lang zu schlafen, um nachzuholen, was ihr nachts versagt worden war. Sie konnte von Glück sagen, dass die Beratungsstelle eines Sozialvereins hier am Nollendorfplatz, der von der Stadt unterstützt wurde, sie eingestellt hatte. Mit festen Arbeitszeiten, einem kleinen, aber sicheren Gehalt und der Aussicht auf eine sehr überschaubare Rente. Und auch hier in den hellen Räumen in Schöneberg war immer etwas los, auch hier konnte sie helfen. Nicht auf die gleiche, manchmal dramatische Weise wie früher, aber doch im Kleinen. Fälle wie Frau Trott und ihr trinkfaules Baby waren der beste Beweis dafür, dass ihre Fähigkeiten nicht vergeudet waren. Der Rest, sagte sich Hulda und stand vorsichtig auf, um Mutter und Kind nicht zu stören, war nichts als Eitelkeit. Und die konnte sich eine wie sie nun einmal nicht leisten.

Die Zeiten für falschen Stolz waren vorbei, wie ihre liebe Freundin Jette, die Apothekerin in der Bülowstraße, nicht müde wurde zu betonen, wann immer Hulda ihr anvertraute, dass sie sich manchmal in ihrer neuen Stelle schlichtweg langweilte. Dabei konnte sie es selbst Jette nicht richtig erklären, was es bedeutete, auf der einen Seite ständig unter Druck und höchster Anspannung zu arbeiten, um möglichst vielen Frauen beizustehen, und auf der anderen Seite gleichzeitig ein nagendes Gefühl andauernder Unterforderung zu spüren. Denn das, was sie hier tat, war nicht ihre eigentliche Berufung, das wusste Hulda. Und niemals würde sie sich gut genug belügen können, um eines Tages selbst daran zu glauben.

Bei dem Gedanken an Jette fiel Hulda ein, dass sie die Freundin lange nicht gesprochen hatte. Es wurde Zeit, ihr wieder einmal einen Besuch abzustatten, aber der Tag hatte einfach nicht genug Stunden für all das, was sie gern tun wollte.

Sie trat an das Waschbecken und wusch sich die Hände, dann kippte sie Desinfektionsmittel aus einer Flasche darüber und verrieb es sorgfältig zwischen den Fingern.

«Sie machen hier einfach mal weiter», sagte sie leise zu der jungen Frau. Zufrieden sah sie, dass sich der Milchpegel im Fläschchen bereits abgesenkt hatte. «Ihr Kind wird aufhören, wenn es satt ist. Dann auf jeden Fall ein Bäuerchen machen lassen und am besten bald danach eine zweite Runde anbieten. Ich sehe später wieder nach Ihnen.»

«In Ordnung.» Frau Trott nickte, ohne den Blick vom Gesicht ihres kleinen Mariechens zu nehmen.

Hulda trat hinter dem Paravent hervor in den großen Raum, der durch mehrere Stellwände abgetrennt war, hinter denen sich die Hebammen und Krankenschwestern mit den Frauen ein wenig zurückziehen konnten. Weiter vorn lag der

Empfang. Und links ging eine Tür ab, die ins Arztzimmer führte. Dort arbeiteten wechselnde Bereitschaftsärzte, um die Mütter oder ihre Kinder zu untersuchen und zu beraten, Medikamente zu verschreiben und Überweisungen auszustellen. Rechts war eine weitere Tür, hinter der die Waschräume lagen. Im Obergeschoss gab es einen Gymnastikraum, in dem Frau Ludwig einmal wöchentlich körperliche Ertüchtigung nach dem Wochenbett anbot. Hulda hatte einmal dabei zugesehen, wie sich zwanzig Wöchnerinnen in langen Turnhosen rhythmisch auf den Matten wälzten, während Frau Ludwig wie ein Feldwebel auf und ab marschierte und Anweisungen gab, die Muskeln «untenrum» anzuspannen. Huldas Lust, selbst einmal einen solchen Kursus zu besuchen, war bei diesem Anblick schlagartig gesunken. Auch wenn sie ab und zu spürte, dass sie etwas Gymnastik durchaus gut gebrauchen könnte, denn ihr Rücken schmerzte häufig und sie hatte sich nach Metas Geburt nur wenig Erholungszeit gegönnt. Ob sich das irgendwann rächen würde?

Alle Welt hatte in letzter Zeit die Sportwut ergriffen, eine Welle der Begeisterung fürs Tennisspielen und – vor allem – fürs Boxen schwappte durchs Land. Auch Frauen schnürten die Boxhandschuhe und stiegen in den Ring. Oder sie stählten ihren Körper bei der morgendlichen Gymnastik, sobald sie aus dem Bett stiegen. Es schien, als wollte man den eigenen Körper, das einzige Gut, das einem wirklich gehörte, auf alles vorbereiten, was da kommen mochte – und wovor man sich vielleicht heimlich fürchtete. Perfekt sollte der Körper sein, schlank, gehärtet, muskulös und wehrhaft, egal ob Mann oder Frau. Doch Hulda hatte noch nie eine besondere Inbrunst für den Sport gespürt und konnte sich einfach nicht dafür erwärmen, mochte er auch noch so modern sein.

Sie sah sich um. Die wenigen Räume waren schon alles, was die Beratungsstelle in Schöneberg zu bieten hatte. Neben Frau Ludwig und ihr arbeiteten hier noch eine jüngere Hebamme, Paulina Wolff, sowie mehrere Kinderschwestern, die auch am Empfang saßen. Berge konnten sie nicht versetzen, es war kein Vergleich zu Huldas früherer Tätigkeit in der Frauenklinik in Mitte, doch sie hatten einen guten Ruf in der Gegend und jeden Tag beinahe mehr Zulauf, als sie bewältigen konnten.

Auch jetzt standen wieder mehrere Frauen vorne an der Anmeldung, wo eine der Schwestern hinter dem Empfangstisch saß, ihre Daten aufnahm und ihnen Wartenummern zuwies, damit sie aufgerufen werden konnten. An erster Stelle sah Hulda eine junge Frau stehen, deren hübsches Gesicht auffiel. Sie war klein, hatte hellbraunes, sehr kurz geschnittenes Haar und einen knallrot bemalten Kussmund. An der Hand hielt sie ein winziges, puppenhaftes Mädchen, das wohl gerade erst laufen gelernt hatte und noch entsprechend wacklig auf den dünnen Beinen stand, die wie zwei Stöckchen unter dem Hemd hervorsahen.

Hulda wischte sich den Rest Rivanol von ihren Händen am Kittel ab und ging zur Anmeldung.

«Ich bin gerade frei», sagte sie zu der Kinderschwester und streckte dann die Hand zu der jungen Mutter aus. Die Frau ergriff sie und schüttelte sie.

Die Kinderschwester sah flüchtig auf. «Fräulein Gold, das ist Fräulein Nowak», sagte sie.

Irrte sich Hulda, oder betonte ihre Kollegin das *Fräulein* besonders? Nicht jeder hieß es gut, wenn Frauen ohne Ehering am Finger Kinder bekamen, wie Hulda aus eigener Erfahrung nur zu schmerzlich wusste.

«Kommen Sie bitte mit», sagte sie und lächelte Fräulein Nowak aufmunternd an. Dann beugte sie sich zu der Kleinen hinunter. «Und wer bist du?», fragte sie.

«Das ist Edyta», sagte die junge Frau anstelle ihrer Tochter, und Hulda, die sich wieder aufrichtete, sah aus der Nähe, dass unter ihrem Make-up tiefe Schatten unter den Augen lagen. Es tat ihrer Schönheit jedoch keinen Abbruch. Hinter den roten Lippen blitzten schneeweiße ebenmäßige Zähne hervor, ihre Haut sah weich und zart aus, und ihr knielanges, taillenloses Kleid mit den langen Ärmeln ließ eine makellose, knabenhafte Figur erahnen. Sie erinnerte Hulda an jemanden, doch sie wusste nicht, an wen.

Kurzerhand führte sie die beiden hinter eine andere Trennwand, nicht weit von der, hinter der Frau Trott mit Mariechen saß und das Kind, der himmlischen Stille nach zu urteilen, noch immer erfolgreich fütterte. Hier, im Verschlag nebenan, stand eine stoffbespannte Bank, daneben gab es eine kleine Kiste mit etwas Spielzeug.

Edyta taumelte gegen die Kiste, setzte sich auf ihren Windelpopo und nahm mechanisch einen Teddy heraus, den sie mit großen, leeren Augen betrachtete. Sie wirkte seltsam teilnahmslos, fand Hulda.

«Bitte, nehmen Sie Platz», sagte sie zu Fräulein Nowak. «Wie kann ich Ihnen helfen?»

Die junge Frau setzte sich grazil wie eine Tänzerin auf die schmale Bank, Hulda nahm am anderen Ende Platz.

«Ich mache mir Sorgen um Edyta», sagte Fräulein Nowak gedämpft, damit das Kind sie nicht hörte. Ihre Stimme war dennoch erstaunlich melodiös. «Sie nimmt einfach nicht zu. Im Frühling ist sie ein Jahr alt geworden, aber man sieht es ihr kaum an.»

«Waren Sie schon bei einem Kinderarzt?», fragte Hulda.

Fräulein Nowaks Wangen färbten sich hitzig. «Allerdings», sagte sie, «aber da bin ich schneller wieder raus, als ein Schwein blinzelt.»

«Warum das denn?»

«Er hat mir alles Mögliche unterstellt», sagte sie mit blitzenden Augen. «Erst behauptete er, ich würde meiner Kleinen einfach nicht genug zu essen geben. Aber das stimmt nicht, ich schaffe alles heran, was ihr schmecken könnte. Gut, es ist natürlich nichts Besonderes, ich habe nicht viel Geld. Aber ich tue, was ich kann.»

«Da bin ich ganz sicher», sagte Hulda.

«Dann meinte er, es liege an der Schwangerschaft», fuhr Fräulein Nowak fort. «Es sei doch allgemein bekannt, wie Frauen in unserer Zunft so lebten. Dass wir nur saufen würden, den ganzen Tag, und dass Edyta dadurch bereits im Mutterleib geschädigt worden sei.» Sie schüttelte den Kopf. «Aber ich schwöre, ich habe keinen Tropfen Alkohol angerührt, sobald ich wusste, dass Edyta auf dem Weg war.»

«Wie kommt der Arzt denn dazu, Ihnen das einfach zu unterstellen?», fragte Hulda erstaunt. «Und welche ...» Sie zögerte. «Welche Zunft meint er?»

«Ich bin Schauspielerin», sagte Fräulein Nowak. «Hier im Theater am Nollendorfplatz, gleich nebenan. Und es stimmt, mein Leben ist vielleicht anders als das der meisten Mütter, aber diese Ächtung habe ich trotzdem nicht verdient!» Ihre Stimme brach, und sie wandte das Gesicht ab.

«Das finde ich auch», sagte Hulda. Sie rutschte etwas näher und legte der Frau einen Moment ihren Arm um die zuckenden Schultern. «Ich bin sicher, dass Sie sich sehr viel Mühe geben. Es muss sehr anstrengend sein, mit den vielen Proben, den Vorstellungen abends und dann mit einem so kleinen Kind.»

Fräulein Nowak sah sie dankbar an. «Schon das hilft», sagte sie, «ein wenig Mitgefühl.»

«Ich hoffe, ich habe noch mehr zu bieten», sagte Hulda. «Edyta sollte am besten gleich von einem unserer Ärzte untersucht werden, nachdem ich sie gewogen und gemessen habe. Aber natürlich sehe ich auch so, warum Sie sich Sorgen machen, und ich fürchte, zu Recht.» Sie betrachtete Edytas ausgemergeltes Körperchen und hob sie auf die große Waage. Die Kleine wog kaum mehr als die Babys, die mit einigen Monaten hierhergebracht wurden. Behutsam dirigierte Hulda das Mädchen zur Wand, wo das Maßband hing, und auch hier bestätigte sich ihre Befürchtung. «Wir müssen der Sache auf den Grund gehen, weshalb sie unter dieser Gedeihstörung leidet.» Sie notierte die Daten auf einem Klemmbrett.

«Das ist es, oder?», fragte Fräulein Nowak mit schreckgeweiteten Augen. «Eine Gedeihstörung. Ich habe das Wort noch nie gehört, aber es passt. Oh Himmel, ich fühle mich schrecklich.»

«Wo ist das Kind denn, wenn Sie arbeiten?», fragte Hulda behutsam.

Das Gesicht der Frau verdunkelte sich. «Ich lasse sie bei meiner Mutter», sagte sie, «mir bleibt nichts anderes übrig. Aber ich wünschte, ich hätte einen besseren Platz für sie. Meine Mutter ist nicht gerade ...» Sie brach ab. «Nein, ich darf nicht undankbar sein», fuhr sie schließlich fort. «Mutter ist der einzige Mensch, den ich auf der Welt habe.»

Hulda schwieg. Sie hatte das Gefühl, dem Problem schon näher zu kommen: eine alleinstehende, viel zu junge Mutter – Fräulein Nowak war sicher keine zwanzig Jahre alt –, ein allzu zartes, ja unterernährtes Kind, das hin- und hergeschoben wurde, wahrscheinlich kaum Stabilität kannte, kaum regelmäßige Tagesabläufe ... Fräulein Nowak tat sicher ihr Bestes, doch es war unter diesen Umständen nicht genug.

Hulda würde ihr diese Wahrheit beibringen müssen, so früh wie möglich, und sie anregen, etwas in ihrem Leben zu ändern. Doch sie musste es anders anfangen als dieser unsensible Kinderarzt, der die junge Frau nur noch mehr aufgebracht hatte. Sie musste sie auf ihre Seite ziehen, um dem Kind helfen zu können, das jetzt apathisch dasaß, den Teddy in den Armen, und sich langsam hin und her wiegte, als suchte es Trost in der regelmäßigen Bewegung.

«Was Sie brauchen», sagte sie in munterem Ton zu Fräulein Nowak, «ist vor allem erst mal ein starker Kaffee. Wir haben drüben beim Empfang eine Kanne stehen, Sie können sich gerne bedienen. Und sparen Sie nicht an der Sahne! Ich nehme derweil Edyta mit zur Untersuchung bei unserem Bereitschaftsarzt, Sie können ihre Tochter dann in fünfzehn Minuten wieder bei mir abholen. In Ordnung?»

«Danke schön», sagte die junge Frau und stand auf. «Es ist schön, wenn einem jemand mal zuhört, Fräulein ... Gold?»

«Ach, wissen Sie was, nennen Sie mich doch einfach Hulda. Ich bin auch nur eine Mutter, mehr nicht.»

«Wirklich?», fragte Fräulein Nowak überrascht, doch sie wirkte erfreut. «Also gut, dann Hulda. Ich heiße Ludmila. Aber alle nennen mich Milli.» Sie fuhr sich mit einem bezaubernden Lächeln durchs kurze Haar, wobei der Ärmel ihres Kleides ein wenig nach oben rutschte und ihre Unterarme freigab. Sie waren mit blauen Flecken übersät, es sah aus, als hätte jemand die zarte Haut mit großen Händen brutal zusammengequetscht.

Hulda sog die Luft ein, doch schon fiel der Stoff wieder über die Arme der jungen Frau und verbarg die Versehrungen. Milli schien nichts bemerkt zu haben, und auch Hulda tat so, als wären ihr die Hämatome nicht aufgefallen. Sie nahm Edyta an der Hand, und die Kleine ließ sich ohne Protest in Richtung Untersuchungszimmer führen, während ihre Mutter dem Kaffeeduft folgte, der vom Eingangsbereich her verführerisch durch den Saal zog.

4.

Donnerstag, 29. August 1929

Natürlich war Hulda viel zu spät dran, als sie mit heftig pochendem Herzen die Karl-Schrader-Straße entlangrannte. Die Kirchturmuhr hatte soeben zweimal geschlagen. Keuchend erreichte sie das hohe schmiedeeiserne Tor der Kindertagesstätte und sah, dass niemand mehr im Hof war. Der kleine Spielplatz mit der Schaukel lag vereinsamt im späten Mittagslicht, ein gelb-rot gestreiftes Windrad drehte sich langsam in der warmen Brise des Spätsommertags. Spätestens um diese Tageszeit musste kein Kind mehr Strümpfe tragen.

Die Luft, die heute früh noch kühl gewesen war, war nun warm und weich und strich zärtlich über Huldas erhitztes Gesicht. Und obwohl sie wusste, dass drinnen die Erzieherinnen auf und ab liefen und immer wieder auf die große Uhr in der Eingangshalle sahen, ungeduldig das letzte spielende Kind auf dem Fußboden betrachtend – Meta –, konnte Hulda nicht anders, als sich einen Moment an die Mauer zu lehnen und durchzuschnaufen, ehe sie hineinging. Ihr war flau, denn für ein Mittagessen hatte die Zeit nicht gereicht, und ihr Kopf war voller Sorgen. Wie ging es Bert? War das, was ihn da heute früh zu Boden gestreckt hatte, wirklich das, wovor sie sich fürchtete? Und wer hatte seinen Pavillon aufgebrochen? Warum hatten sich die Räuber ausgerechnet ihn ausgesucht, der doch selbst seit Jahren kämpfen musste, um von seinen mageren Einnahmen leben zu können? Vom Zeitungenverkaufen wurde niemand reich, und nun hatten ihm diese Halunken auch noch so übel zugesetzt. Hulda wollte so schnell wie möglich zu ihm, sie musste herausfinden, was los war, was ihm fehlte.

In dem Moment fiel ihr die Einladung zu einem Polterabend für den morgigen Abend ein, an die sie den ganzen Tag geflissentlich nicht gedacht hatte. Seit Wochen schon schob sie den Gedanken an dieses Fest fort, kaute auf ihren gemischten Gefühlen herum wie an einer unverdaulichen Speise. Bert aber, den sie ins Vertrauen gezogen hatte, hatte versprochen, abends zu ihr in die kleine Wohnung zu kommen und auf Meta aufzupassen, während sie für ein paar Stunden fortging. Damit aber war es nun Essig, und Hulda wusste nicht, ob sie – abgesehen von ihrer Angst um Bert – deswegen betrübt sein sollte oder erleichtert. Denn nun bot sich ihr ein Ausweg, *nicht* in die Hasenheide nach Kreuzberg fahren zu müssen. *Nicht* Karls glückliches Lächeln sehen zu müssen, wenn er, Hand in Hand mit dieser Frau – Hulda vermied es noch immer, sich ihren Vornamen zu merken –, altes Geschirr zerschmetterte und sich feiern ließ. Sich und seine Zukunft, in der sie, Hulda, wirklich und wahrhaftig und ganz und gar endgültig nichts mehr zu suchen hatte. Nur Abschiednehmen durfte sie noch, das fremde Glück einmal mit eigenen Augen ansehen, um sich durch diesen scharfen Schnitt ein für alle Mal von alten Hoffnungen und Träumen zu befreien.

«Verzeihung, ich habe eine Frage», sagte da plötzlich eine atemlose Stimme neben ihr.

Hulda öffnete die Augen. Sie hatte das Gesicht der Sonne

zugewandt gehabt, und das helle Licht hatte warmrote Kringel auf ihre Lider gemalt. Nun musste sie blinzeln, denn alles wirkte verschwommen.

Erst sah sie nur schimmernde Brillengläser vor sich, und weil sie eben an Karl gedacht hatte, stolperte ihr Herz einen dummen Moment lang, ehe ihr klar wurde, dass es ein anderer Mann war. Ein Mann, den sie noch nie zuvor gesehen hatte. Dunkle Haare mit ein paar Silberfäden an den Schläfen, ein schmales, etwas kantiges Gesicht. Samtbraune, leicht vergrößerte Augen hinter der kleinen runden Brille. Und ein äußerst schöner Mund mit sehr ebenmäßigen Zähnen, der sie jetzt anlächelte.

Hulda richtete sich verwirrt auf.

«Ja?», fragte sie. Dann fiel ihr ein, wie spät es war, und dass Fräulein Färber drinnen wahrscheinlich bereits einen Veitstanz aufführte. «Oh, äh … Entschuldigung. Ich muss leider weg», sagte sie, ehe er seine Frage stellen konnte. Sie machte einen großen Schritt, stolperte ungeschickt über ihre eigenen Füße und verlor das Gleichgewicht.

Der Fremde erwischte sie beim Arm und hielt sie fest. Er war kaum größer als sie, doch sein Griff war kräftig.

«Hoppla», sagte er und lachte. «So schnell habe ich noch keine Frau in die Flucht getrieben.»

Etwas an diesem Lachen ließ sie trotz der Eile innehalten. Oder war es die Wärme seiner Hand an ihrem Ellenbogen, die er auch jetzt, da Hulda wieder fest auf dem Boden stand, nicht gleich fortzog?

«Es tut mir wirklich leid», sagte sie und machte sich mit einem kleinen Bedauern frei, «aber ich muss meine Tochter abholen. Ich bin furchtbar spät dran, und die Erzieherinnen schmieden bestimmt schon Pläne, um mich zu lynchen.»

«Ah, dann ist das hier doch die Pestalozzi-Fröbel-Einrichtung?», fragte er.

«Ja», sagte sie, ging an ihm vorbei und sah sich noch einmal nach ihm um, während sie das Tor aufstieß. Jetzt erst fiel ihr auf, dass er recht elegant gekleidet war. Aber etwas an seinem verstrubbelten Haar und seinen Lachfältchen sagte ihr, dass dies nicht die Kleidung war, die er normalerweise trug. Er wirkte in seinen langen schwarzen Hosen und den polierten Schuhen irgendwie verkleidet. Obwohl er sicher älter war als sie, hatte er sich etwas Jugendliches bewahrt, wie ein Junge, der in einen steifen Konfirmandenanzug gesteckt worden war. Oder vielleicht eher in die festlichen Kleider für die Bar-Mizwa?

«Ich suche die Aula», sagte der Mann.

Hulda hielt ihm das Tor auf, sodass er ihr aufs Gelände folgen konnte, dann ging sie an der Sandkiste mit ein paar einsamen vergessenen Förmchen vorbei.

«Die kenne ich leider nicht», sagte sie über die Schulter, «aber versuchen Sie es doch mal dort drüben im Haupthaus. Der Pförtner müsste Bescheid wissen.» Sie deutete in die Richtung.

«Da war ich schon», sagte er, «aber niemand zu sehen. Alles wie ausgestorben. Also bin ich wieder nach vorn auf die Straße.»

Hulda blieb stehen. «Ach, richtig, heute gibt es einen Vortrag. Wahrscheinlich sitzen schon alle oben im Saal.» Sie runzelte die Stirn. «Irgend so ein Superhirn soll über frühkindliche Erziehung dozieren.» Sie wunderte sich über ihre eigene Scharfzüngigkeit. Aber es war einfach zu viel – Berts Zusammenbruch, die Hetzerei den ganzen Tag über, ihr leerer Magen und das Wissen, dass sie gleich von der Erzieherin ausgezankt werden würde wie ein unartiges Kind. Und das auch noch zu Recht. Dazu die Aussicht, morgen Karl wiederzusehen und gute Miene zum bösen Spiel machen zu müssen.

Der Fremde aber lachte nur leise, ihre harten Worte schienen ihn nicht zu stören, sondern zu erheitern.

«Diese Superhirne können einem ganz schön auf den Geist gehen, oder?», sagte er. «Ich wette, Sie könnten selbst so einiges zu frühkindlicher Erziehung erzählen, oder? Gnädige Frau?»

«Fräulein», sagte sie automatisch. Dann fügte sie hinzu: «Darauf können Sie Gift nehmen. Ich bin nicht nur Mutter, sondern auch Hebamme, da habe ich tatsächlich schon so einiges gesehen.» Sie lächelte versöhnlich. «Und ich sehe es noch heute – ich arbeite nämlich in einer Beratungsstelle für Mütter am Nollendorfplatz.»

Er sah sie mit wachem, offenem Blick an, die Lachfältchen um seine Augen blieben.

«Man sollte öfter die Frauen fragen. Sie sind die wahren Expertinnen», sagte er.

Hulda zuckte mit den Schultern. «Aber die Koryphäe ist sicher wieder ein Mann, der selbst noch kein Kind großgezogen hat. So ist es doch immer.» Sie nickte ihm zum Abschied zu. «Ich wünsche Ihnen trotzdem einen erhellenden Nachmittag. Mich erwartet jetzt eine Standpauke.»

«Viel Glück», sagte er. «Und danke. Aber ich fürchte, der Nachmittag wird ziemlich langweilig.»

Hulda drückte die Tür zum Haus auf, in dem sich der Kindergarten befand. Hinter dem Fenster neben dem Eingang erahnte sie bereits die Silhouette von Fräulein Färber, die Arme über der Brust verschränkt. Doch noch einmal drehte sie sich nach dem Mann um, sie wusste selbst nicht, weshalb.

Er war bereits ein paar Schritte Richtung Haupthaus gegangen und hob jetzt winkend die Hand. «Mit einem haben

Sie allerdings Unrecht», rief er mit seiner vollen Stimme quer über den leeren, sonnigen Hof.

«So?» Sie fühlte sich mit einem Mal seltsam aufgekratzt.

«Die Koryphäe *hat* Kinder aufgezogen», rief er. «Zumindest bemüht sie sich sehr, auch wenn es ein hartes Brot ist.» Mit diesen Worten verschwand er durch die hohe Holztür.

Jetzt erst war Hulda die schmale Mappe aufgefallen, die er unter dem Arm trug. Und es durchfuhr sie heiß. Doch ehe sie weiter über diese merkwürdige Begegnung und ihre eigene, nun unglücklich erscheinende Figur in dem Stück nachdenken konnte, kam ihr Fräulein Färber entgegengestürmt, an der Hand Meta, die wiederum Jette umklammert hielt. Etwas an der Puppe war anders, doch Hulda konnte es nicht gleich erkennen.

«Also wirklich, Fräulein Gold», begann die Erzieherin und baute sich vor ihr auf. «Ausgerechnet heute –»

Hulda hob schnell die Hand und schnitt den Wortschwall ab. «Sie haben ganz recht! Mit allem, Fräulein», sagte sie und legte ein Bitten in ihre Stimme. «Es tut mir wirklich sehr leid. Aber wie ich gerade erfahren habe, hat der Vortrag noch nicht begonnen, Sie schaffen es also noch.»

«Es ist bereits Viertel nach zwei!», protestierte Fräulein Färber, der etwas der Wind aus den Segeln genommen schien. «Ich kann es unmöglich noch pünktlich schaffen.»

«Aber der Redner ist auch gerade erst eingetroffen», sagte Hulda und blickte der Erzieherin begütigend ins Gesicht. «Bitte, gehen Sie, rasch! Und noch einmal – Entschuldigung!»

Ohne weitere Erklärung nahm sie Meta bei der Hand und führte sie nach draußen. Das Mädchen trug bereits den kleinen Tornister auf dem Rücken und war mit Strümpfen und Schuhen ausstaffiert – fix und fertig zum Abholen.

Die Kleine zog einen Flunsch, als sie mit Hulda nach draußen trat.

«Du bist zu spät», maulte sie. «Immer bist du zu spät, sagt Tante Liesbeth.»

Das stimmte doch gar nicht, dachte Hulda und sah der Erzieherin grimmig nach, die gerade über den Hof lief und ebenfalls durch die große Tür ins Haupthaus verschwand. Was fiel der Frau ein, ihrem Kind solche Flöhe ins Ohr zu setzen? Auch wenn sie heute mit Recht verärgert gewesen war, gefiel es Hulda nicht, derart vor ihrem Kind angeschwärzt zu werden. Sie nahm sich vor, mit Fräulein Färber zu reden. Aber nicht mehr heute.

«Hast du Lust, auf den Spielplatz zu gehen?», fragte sie Meta. «Oder zum Kinderbrunnen?»

Da fiel ihr Blick erneut auf die Puppe, und jetzt erst erkannte sie das Ausmaß der Veränderung, die mit Jettchen vor sich gegangen war.

«Oh, Meta», rief sie und sank auf die Knie. Sie zog die Puppe in ihre Arme und strich ihr über das seidige Blondhaar – oder das, was davon übrig war, denn es stand in kurzen Strähnen wild vom Schädel ab. An einigen Stellen sah man das Porzellan des Puppenkopfes durchschimmern. «Was hast du getan?»

«Wir haben heute Friseur gespielt», sagte Meta mit Unschuldsmiene. «Emilie war Monsieur Ferdinand», sie verhaspelte sich drollig bei der französischen Aussprache, «und Jette war ...» Sie überlegte und deutete schließlich auf Hulda. «Du!»

Hulda lachte, aller Ärger verflog. Sie griff sich an ihre eigenen kurz geschnittenen Haare, die nur bis zum Kinn reichten, und betrachtete dann erneut die Puppe. Tatsächlich, jetzt erkannte sie mit etwas gutem Willen die Absicht der beiden kindlichen Friseurinnen. Was Jette da trug, war ein sehr kurzer, aber äußerst modischer Bubikopf. Die Mädchen hatten ihr sogar einen schimmernden Haarreif gebastelt, wozu sie Silberfolie aus Fräulein Färbers Bastelkorb zu einer Art Wurst gedreht und ihr in die Fransen gesteckt hatten. Außerdem sah Hulda, dass auch der Rock der Puppe mit kindlicher Hand deutlich gekürzt worden war, was ihre Beine richtig zur Geltung brachte und ihr einen leicht verruchten Anschein gab.

In diesem Aufzug, dachte sie, könnte die Puppe Jette in einer der einschlägigen Bars rund um den Nollendorfplatz zum Swingtanzen gehen und würde dabei eine gute Figur machen. Mit ihrem neuen Aussehen erinnerte sie entfernt an Anita Berber, die ehemalige Königin der Schöneberger Nächte, die letztes Jahr leider an Tuberkulose gestorben war.

«Hat denn das Fräulein nicht mit euch geschimpft?», fragte sie in dem Bemühen, etwas erzieherische Absicht an den Tag zu legen. «Immerhin dürft ihr euch doch nicht einfach so die Schere nehmen, oder?»

«Sie hat sogar ganz doll geschimpft», gab Meta zurück. «Und sie hat gesagt, wir haben die schöne Puppe ...» Sie suchte nach dem richtigen Wort. «... verschandelt», brachte sie dann stolz heraus. «Aber ich habe gesagt, dass Mädchen kurze Haare haben dürfen, genau wie Jungen.»

Hulda seufzte und erhob sich. Sie gab Meta die Puppe zurück und nahm ihre Tochter bei der Hand. «Das stimmt, mein Schatz», sagte sie. «Und lass dir bloß niemals etwas anderes einreden.»

Meta hüpfte neben ihr her die sonnengewärmte Straße entlang, jegliche schlechte Laune schien verflogen. Ihre kleine Hand war klebrig, und Hulda betete stumm, dass es nur Marmelade war und nicht Klebstoff, der neben Scheren und Silberfolie auch in den Bastelkörben lag. In der Pestalozzi-Fröbel-Einrichtung legte man großen Wert auf die Eigenständigkeit der Kinder, auf ihre freie Wahl beim Spiel, und Meta machte von diesen Freiheiten, die es zu Huldas Zeiten in der Erziehung noch nicht gegeben hatte, ausgiebig Gebrauch. Solche Gerätschaften in den Fingern ihrer Tochter und deren naseweiser Freundin Emilie waren gefährliche Waffen. Hulda war bereits einmal in die Kindertagesstätte zitiert worden, um dabei zu helfen, verstopfte Schlüssellöcher wieder von Metas Klebekünsten zu befreien, nachdem die freiheitliche Benutzung von *Pattex* der Leiterin des Kindergartens dann doch zu viel geworden war. Hulda verspürte nicht den Wunsch nach einer Wiederholung.

Von fern hörte sie die Glocke des Eismanns bimmeln, und Hulda beschloss, dass dieser frühe Nachmittag, den sie so unverhofft mit Meta verbringen durfte, genau danach verlangte – nach einer Kugel Himbeereis. Vielleicht wäre es die letzte in diesem Jahr, dachte Hulda, und ganz sicher würde sie ihren knurrenden Magen besänftigen und auch ihre eigene gute Laune wiederherstellen. Sie seufzte erneut. Eigentlich war es doch viel schöner, hier mit ihrer hüpfenden, quirligen Tochter durch die Straßen zu laufen und gleich am Brunnen die Füße ins kühle Nass tauchen zu dürfen, als noch den ganzen Nachmittag in der Beratungsstelle hin und her zu hetzen. Sie war einfach trotz ihrer morgendlichen Verspätung vor dem Ende ihrer Schicht gegangen und hatte der missgelaunten Frau Ludwig versprochen, die Stunden ein anderes Mal wieder wettzumachen – wie auch immer ihr das gelingen sollte.

Nun lag der restliche Tag vor ihr, und sie würde, bevor sie Bert im Krankenhaus einen Besuch abstattete, dem Nachmittag die letzten Sonnenstunden abtrotzen können, in dem Versuch, den Sommer nicht gehen zu lassen. Diesen schier endlosen Sommer, der so wunderschön gewesen war, mit hellblauem Himmel an jedem Morgen, voller warmer Tage, voller Sonnenschein und Leichtigkeit, trotz all dem Schweren, das Huldas Leben bestimmte.

Die ganze Stadt hatte aufgeatmet, hatte getanzt und gefeiert, als würde dieses Elixier des Sommers nie zur Neige gehen. Man hatte sich von den immer wieder neu erstrahlenden Tagen wärmen lassen, innerlich und äußerlich. Ein wenig zuversichtlicher waren sie alle geworden hier in Berlin, so als wäre das herrliche Wetter eine Entschädigung für die harten Jahre, die hinter ihnen lagen. So, als wäre doch eine bessere Zukunft möglich, eine echte Chance endlich für sie alle greifbar, trotz der düsteren Schatten, die durch die politischen Querelen auf die Stadt fielen. Und plötzlich wünschte Hulda wirklich, dass dieser Sommer nie zu Ende gehen würde.

Wenig später saßen sie und Meta am Kinderbrunnen, direkt neben dem steinernen Mädchen mit dem Apfel. Ringsum erhoben sich die herrschaftlichen Eckhäuser am Platz, das Lyzeum, die *Barbarossa-Apotheke*, eine Posamentwarenhandlung mit feinsten Spitzen und Borten in den Schaufenstern und die *Kaffeehandlung Tengelmann*, von der ein herrlicher Duft herüberzog. Meta ließ ein Papierschiffchen schwimmen, das ihr ein netter älterer Herr auf der Bank nebenan, der Hulda ein wenig an Bert erinnerte, aus einer Zeitungsseite gebastelt hatte. *Graf Zeppelin sicher gelandet*, behauptete die Schlagzeile, die sich backbord am Schiffchen entlangzog.

Hulda seufzte wohlig. Und sie ertappte sich dabei, wie sie an den Mann mit der runden Brille dachte, den sie vorhin beim Abholen in der Kindertagesstätte getroffen hatte. Das Gefühl, sich vor ihm zur Närrin gemacht zu haben, ließ sie nicht los. Aber die Erinnerung an sein Lachen milderte es auf unergründliche Weise. Sie hätte zu gern seinen Vortrag gehört und herausgefunden, ob dieser, wie er so kokett behauptet hatte, wirklich langweilig gewesen war. Sie wagte es zu bezweifeln.

Als ein Terrier in den Brunnen sprang, ging das Papierschiffchen in einem Wellensturm unter, während sein verzweifeltes Frauchen versuchte, den Hund wieder herauszuzerren.

«Komm, Meta», sagte Hulda und stand auf. «Wir machen noch einen Ausflug.»

«Wohin?», fragte Meta, sprang vom Brunnenrand und fasste nach ihrer Hand. Das Schiffchen war schon vergessen.

«Wir besuchen Bert», sagte Hulda. «Er braucht uns.»

«Wo ist er denn?»

«Im Krankenhaus», sagte sie behutsam. «Er liegt dort in einem Bett und darf nicht aufstehen.»

«Wird er heute Nacht auch da schlafen?» Jetzt klang Metas Stimme aufgeregt, das war eine unerhörte Neuigkeit für sie.

«Ja», sagte Hulda und seufzte. «Wahrscheinlich schläft er dort einige Zeit, ehe er wieder nach Hause kommt.»

«Dann ist es wirklich wichtig, dass ich ihn besuchen gehe», sagte Meta ernst und nickte gewichtig zu ihren Worten. «Denn wer soll ihm sonst Gute Nacht sagen?»

Hulda hatte plötzlich einen Kloß im Hals. Sie musste schlucken, und erst an der Tramhaltestelle in der Grunewaldstraße hatte sie sich wieder ganz in der Gewalt.

5.

Freitag, 30. August 1929

Noch einmal von vorn!», rief Walter Mehring, und die Schauspieler, die kurz aus ihren Rollen gefallen waren, nahmen wieder ihre Position für die zweite Szene ein. Einige saßen in dunklem Mantel und mit angeklebten Schläfenlocken auf der schmalen Hebebühne, die, von dicken Tauen gehalten, in der Luft schwebte wie ein riesiges Schaukelbrett. Ein anderer trug eine dunkle Melone auf dem Kopf – er spielte den geldgierigen Börsianer. Auf einer Tafel hinter ihm waren mit weißer Kreide die Börsenkurse von New York angeschrieben, denn das Stück handelte von der Inflation 1923.

Grelles Scheinwerferlicht leuchtete die weiß geschminkten Gesichter aus, fast sahen die Schauspieler aus wie Puppen und nicht wie echte Menschen. Ein Effekt, der vom Bühnenbildner László Moholy-Nagy gewollt war, wie Milli wusste. An den Wänden hingen großflächige Plakate und Fotocollagen, sie zeigten albtraumhaft die dunkle Stadt und ihre grellen Lichter, dazwischen verzerrte, grimassierende Gesichter, Apparate und riesige Metallbauten mit Zahnrädern. Filmfetzen jagten darüber hinweg wie über eine Leinwand, während ohrenbetäubende Musik dazu schepperte, an- und wieder abschwoll.

Das war Piscators Theatermaschine, die überall in der Stadt

berühmt und berüchtigt war – und die entweder geliebt oder gehasst wurde, und manchmal sogar beides gleichzeitig.

Milli saß etwas tiefer, auf einer weiteren, sich unentwegt drehenden Bühne. Dort hockte sie zusammen mit ein paar anderen Schauspielerinnen in zerfetztem Rock und mimte eine Bettlerin, die einen Herrn in Gehrock und Zylinder, der auf dem äußersten Rand der Bühne balancierte, um einen Groschen anbettelte. Flehend hob sie die Hände und versuchte, das Gefühl der Übelkeit zu ignorieren, das sie bei den Proben auf diesem drehenden Ding regelmäßig überfiel. In solchen Momenten fragte sie sich, weshalb sie hier bei Piscator und seiner verrückten Theatertruppe ausharrte, anstatt einfach in der *Scala* ein paar Straßen weiter anzuheuern. Dort könnte sie gemeinsam mit anderen hübschen Mädchen die Beine schwingen und Federboas durch die Luft wirbeln. Das Aussehen dafür hatte sie, das wusste sie genau. Und Champagner, so hörte man, floss nach den Vorstellungen auch genug. Schlecht bezahlen würde man sie dort wie hier, das machte keinen großen Unterschied für eine junge Schauspielerin, die zwar etwas Talent hatte, aber keiner der großen Stars war.

Aber etwas ging von diesem Ort am Nollendorfplatz aus, an dem sie seit zwei Jahren ein Engagement hatte, trotz allem. Man hielt zusammen an der Piscator-Bühne, man war überzeugt, gemeinsam etwas Großes zu schaffen. Als Milli damals kurz nach ihrer Einstellung mit zitternden Knien zum Intendanten geschlichen war, um ihm ihre Schwangerschaft zu beichten, hatte er kein Aufhebens gemacht und sie schon kurz nach der Entbindung zurück auf die Bühne geholt, weil er an sie glaubte. Und obwohl das Theater schon wenige Monate nach Spielaufnahme 1928 gleich wieder bankrottgegangen war, blieben die Schauspieler und Dramaturgen Piscator treu.

Sie kamen zurück, sobald er erneut Geld aufgetrieben hatte, um in diesem Sommer einen Neustart zu wagen. Milli dachte, dass man zwar nicht behaupten konnte, sie seien hier eine große, glückliche Familie – nein, auch hier gab es genug Zoff und Streit, Drama und Intrigen, wie es im Theater nun einmal üblich war. Aber sie rauften sich irgendwie immer wieder zusammen, und von der großen Diva Durieux bis hin zum kleinen Bühnenarbeiter waren sie alle ein selbstverständlicher Teil des Ganzen.

Milli sah sich um, niemand achtete auf sie. Der Dialog zwischen Paul Baratoff, der den Juden Kaftan spielte, und Reinhold Schünzel in der Rolle eines deutschnationalen Kaufmanns ging mal wieder im Rauschen und Scheppern der Filmeinspielungen unter. Mehring hob mit entnervter Miene die Hand und brach die Probe ab.

«Deutlicher artikulieren!», rief er. «Baratoff, besonders du! Das Jiddische muss herausknallen und darf nicht im Allgemeinen untergehen. Die Zuschauer sollen glauben, du kämst direkt aus deinem Schtetl in Riga. Also, noch mal von vorn, die Herren!»

Schünzel warf sich in Position, beugte sich zu Baratoff vor und sagte mit öliger Stimme: «Die Hauptsache ist, dass Sie Ihre Dollars beisammen haben, Kaftan!»

«Ich hab Dollars», antwortete Baratoff, lauter diesmal, gespielt näselnd und jiddisch eingefärbt. «Ich hab oich groiße Geschäfte ... Tuche ... un Seife ... und Speck un ...»

«Halt!», rief Mehring dazwischen und streckte die Fäuste in die Luft.

Milli setzte sich bequemer hin und zog sich das löchrige Tuch vor die Brust. Viele der anderen Schauspieler ringsum seufzten und gaben das Spiel ebenfalls wieder auf.

«Du musst bemitleidenswerter wirken, Baratoff!», erklärte Mehring ungestüm. «Du bist ein armer jüdischer Kaufmann, du bist ein Opfer der Systeme! Alle müssen mit dir mitfiebern, hörst du? Sie sollen dich nicht hassen, das ist ganz falsch!» Er blickte sich unbeherrscht um, sah zu Piscator hinüber, der unten im Zuschauerraum mit gerunzelter Stirn die Probe verfolgte. «Verdammt!», rief er. «In ein paar Tagen ist Premiere. Wir wollen den Leuten doch etwas bieten, wir wollen die echte Straße auf diese Bretter hier bringen! Der Saal soll kochen und nicht einschlafen, hört ihr, ihr Kanaillen?»

«Kurze Pause», rief Piscator knapp und winkte Mehring zu sich.

Die beiden Männer zogen sich tiefer in den Zuschauerraum zurück und begannen, sich verschwörerisch zu beraten.

Milli sah zu ihrer Kollegin hinüber und rollte mit den Augen. Achselzuckend kletterte diese in ihren aufreizenden Netzstrümpfen von der Drehbühne, ließ sich heruntergleiten und verschwand in Richtung Garderoben. Auch Milli hüpfte jetzt von dem Höllending und war froh, endlich wieder festen Boden unter den Füßen zu haben. Die Filmsequenzen brachen abrupt ab, die Musik verstummte in einem letzten Würgen, und die Deckenlichter gingen an.

Plötzlich zerbrach die ganze Illusion, und es wurde deutlich, womit sie es hier eigentlich zu tun hatten: ein Haufen Enthusiasten und brotlose Künstler in Lumpen, mit süßlich riechender Schminke im Gesicht, und ein schmutziger, leerer Theatersaal voller seltsamer Aufbauten und Gerätschaften, die im hellen Licht harmlos und unnütz wirkten. Sie brauchten wirklich dringend einen Erfolg!

«Willst du eine?», fragte eine Stimme, als Milli hinter die Bühne trat.

Sie drehte sich um.

Harry hielt ihr eine Zigarette hin, die bereits brannte, und Milli nahm sie dankbar entgegen und tat einen tiefen Zug. Auch er zündete sich eine an. Dann schlenderten sie zur Seitentür des Theaters und traten auf die Straße.

Ein makelloser hellblauer Himmel spannte sich über die Dächer des Nollendorfplatzes, und Milli musste nach der Dunkelheit im Inneren blinzeln. Im Theater tauchte man wie in eine andere Welt ab, und trat man endlich einmal heraus, fand man sich im Sonnenlicht zwischen normalen, nicht kostümierten Menschen, die keine Ahnung von den Vorgängen drinnen hatten, oft nicht sofort zurecht. Doch manchmal dachte Milli, dass auch die Passanten hier auf den Straßen und Plätzen unwissentlich durch ein ewiges Spiel taumelten, in dem unklar war, wie es ausgehen würde.

Harry machte Rauchkringel, die durch die warme Luft in Richtung der geschwungenen Kuppel der Bahnstation schwebten, die alle hier nur die *Pickelhaube* nannten. Gerade ratterte eine U-Bahn über den Viadukt mit den gläsernen Fenstern. Über den Platz lief ein Wurstmaxe mit seinem Bauchkessel und rief seine heiße Ware aus. Ein paar Bengel umrundeten ihn feixend auf Rollschuhen. Auch Straßenbahnen, Omnibusse und schwarze Limousinen schoben sich vorüber, denn es war einer der verkehrsreichsten Plätze Schönebergs.

Milli betrachtete Harry aus den Augenwinkeln. Er war ein netter Kerl, der sie hartnäckig umwarb. Weshalb es ihn tief getroffen hatte, als sie ein Kind von einem anderen erwartete – den Namen des Kindsvaters hatte sie nie preisgegeben, er spielte keine Rolle. Milli hatte Harry die Enttäuschung sehr wohl angemerkt, doch er hatte sie nicht fallengelassen, sondern war auch weiterhin an ihrer Seite. Manchmal ging ihr seine beharrliche Anbetung auf die Nerven, aber an anderen Tagen spürte sie durchaus eine große Zuneigung zu ihm. Er war ein hübscher junger Mann, der stärker war, als es auf den ersten Blick den Anschein hatte, und dessen Solidarität sie sich immer sicher sein konnte. Doch was wären sie beide nur für ein Paar gewesen? Sobald Harry wüsste, wer sie wirklich war – was sie *tat*, um zu überleben –, musste er sie ohnehin hassen, so wie alle anderen sie hassen würden, wenn ihr Geheimnis ans Licht käme. Nein, es war besser, sie hielt ihn auf Abstand und nährte seine Hoffnung nicht weiter – obwohl sie gerade heute eine Umarmung und ein paar liebevolle Worte mehr als genug gebrauchen konnte.

Unwillkürlich strich sie sich über die Arme und spürte durch den dünnen Stoff ihres zerlöcherten Hemds die schmerzenden Stellen.

Wie immer schien Harry genau zu wissen, wie es ihr ging, als lägen ihre inneren Nöte vor ihm wie die Seiten eines offenen Buches. Er legte einen Arm um sie, eine Freiheit, die er sich seit einigen Wochen ab und zu herausnahm, wenn sie ihn nicht abwehrte, und sah ihr treuherzig ins Gesicht.

«Schlechter Tag heute, Milli?»

Sie knuffte ihn ein wenig zu hart und machte sich los. «Und wenn schon, dir würde ich nichts davon auf die Nase binden», spottete sie.

«Du kannst mir alles erzählen, das weißt du doch?»

Denkste, dachte Milli, sagte jedoch nichts, sondern rauchte nur weiter schweigend vor sich hin. Sie musste an ihren Besuch in der Mütterberatungsstelle denken und an diese Hebamme mit dem seltsamen Namen, zu der sie aus einem unerfindlichen Impuls heraus Vertrauen gefasst hatte. Dabei hielt sie eigentlich am liebsten Distanz zu ihren Mitmenschen und verließ sich nur auf sich selbst. Ein Mal, ein einziges Mal in ihrem Leben, hatte sie den Fehler gemacht, jemandem zu vertrauen, und sie bezahlte bis heute dafür. Mit Blut. Doch sie würde nicht noch einmal so dumm sein.

Diese Hulda aber hatte sie, anders als der schreckliche Arzt, nicht verurteilt und ihre Fähigkeiten als Mutter nicht herabgewürdigt. Sie hatte ihr jedoch auf den Kopf zugesagt, dass sie etwas ändern musste, im Interesse ihrer Tochter. Allerdings hatte es nicht vorwurfsvoll geklungen, was Milli allen Wind aus den Segeln genommen hatte. Mit einem Ernährungsplan, einem Stapel Essensgutscheinen und strikten Vorgaben, sich an feste Mahlzeiten zu halten, hatte Milli die Beratungsstelle verlassen und sich eisern vorgenommen, die Ratschläge umzusetzen, die diese fremde, aber sympathische Frau ihr gegeben hatte. Und das strahlende Gesicht von Edyta, als sie ihr die ersten Leckereien heute Morgen zum Frühstück kredenzt hatte, war ihr Lohn gewesen. Von nun an würde es aufwärtsgehen, das nahm sie sich fest vor. Es dürfte allerdings schwierig werden, ihre Mutter auf den neuen Tagesablauf einzuschwören, der, wie Hulda gesagt hatte, Edyta die nötige Sicherheit geben sollte, regelmäßig zu essen und sich besser zu entfalten.

«Schweigsam wie ein Grab bist du heute», sagte Harry, und Milli hörte eine Spur Ungeduld in seiner Stimme.

«Ach, lass mich», sagte sie kratzbürstig. «Ich hab meine Sorgen, wie jeder Mensch.»

«Vielleicht kann ich dich ja davon ablenken», sagte er und strahlte schon wieder. «Ich lade dich ein, in den Kintopp! Sie spielen den neuesten *Pat und Patachon* im UFA-Pavillon.» Er deutete quer über die Straße zu dem fensterlosen Bau mit der großen Leuchtreklame, an dem viele Menschen auf ihrem Weg zur Arbeit oder in der Mittagspause vorübereilten. «Na, ist das nichts?»

«Wann denn?», fragte Milli zögernd. Eigentlich wollte sie so oft wie möglich abends zu Hause sein, bei Edyta, das gehörte auch zu ihren neuen Vorsätzen. Das würde sich aber ohnehin nur schwer umsetzen lassen, mit den Proben, den Aufführungen – und mit den anderen Verpflichtungen, an die sie nicht denken wollte. Auch heute Nacht würde sie erst im Morgengrauen wieder zurück sein, aber wenigstens wäre sie dann bei Edyta, wenn diese aufwachte.

Milli war hin- und hergerissen. Sie liebte das Kino, es ließ sie alle ihre Sorgen für ein paar Stunden vergessen, besonders die lustigen Filme des Duos Pat und Patachon, deren überlebensgroße Plakate schon seit Tagen drüben am Lichtspieltheater hingen. Es zog sie dorthin, an diesen glitzernden Ort mit den bequemen Sesseln und den noch bequemeren Illusionen, die über die riesige Leinwand flackerten und die eigene Existenz klein und unbedeutend werden ließen. Sie konnte dort verschwinden, sich auflösen, ja ganz aufhören, sie selbst zu sein. Wenigstens für kurze Zeit, ehe die Realität sie wieder einholte. Und die Angst vor den Nächten, in denen sie weder zu Hause bei Edyta war noch auf der Bühne stand.

«Nächsten Donnerstag», sagte Harry, «nach der Generalprobe lade ich dich in die Spätvorstellung ein. Was sagst du?»

Milli zuckte zusammen. «Da kann ich nicht», sagte sie knapp und trat ihre Zigarette am Boden aus.

Harry wirkte enttäuscht, fragte jedoch nicht nach, wofür sie dankbar war. Sie hätte ihm eine Lüge auftischen müssen, und das wollte sie nicht. Sie hatte ihn wirklich gern! Aber sie war nun mal nicht frei, und sie brachte Unheil über die Menschen, denen sie zu nahekam. Gerade Harry hatte das nicht verdient.

«Kommst du?», fragte sie und wandte sich zur Tür. «Es geht bestimmt bald weiter.»

«Das glaube ich nicht», sagte Harry. «Wenn Piscator und Mehring erst einmal ihre Köpfe zusammenstecken, dauert das doch ewig.»

Trotzdem trottete er hinter ihr her durch den Seiteneingang und folgte ihr ins düstere Innere des nur schwach erleuchteten Theaterflurs.

«Ich bin gespannt, ob wir alles rechtzeitig bis zur Premiere schaffen», sagte Milli, um Harry abzulenken. «Bisher ist dieses Stück ein einziges Chaos, und ich fürchte, uns Schauspieler wird nach dem Ende der Vorstellung die ein oder andere Tomate treffen.»

«Oder ein gespitzter Bleistift wird uns alle aufspießen», ergänzte Harry. «Wie man hört, wird Alfred Kerr höchstselbst kommen. Und der nimmt nie ein Blatt vor den Mund, wenn ihm etwas nicht gefällt.»

Auch das bewunderte Milli an Harry – er war ein kluger Kopf. Obwohl er nur als Bühnenarbeiter arbeitete, kannte er alle Namen der großen Kritiker der Stadt und fieberte mit den Künstlern mit, wenn es an die Besprechungen ging.

Das war auch nur denkbar an einem Theater wie dem ihren, dachte sie stolz, hier waren alle gleich. Erneut sehnte sie sich danach, Harry in die Arme zu ziehen und ihm sogar einen Kuss auf die Wange zu geben, doch sie hielt sich – wie immer – zurück.

«Auf jeden Fall hoffe ich, dass es nur Gemüsegeschosse gibt, die am Donnerstag fliegen werden», sagte er, während sie weiter in Richtung Bühne gingen.

«Wieso?», fragte Milli, blieb stehen und drehte sich zu ihm um.

Harry sah sie ernst an. «Du weißt doch selbst, was das für ein Stück ist, das wir da spielen. Es wird vielen Leuten nicht gefallen. Nicht nur den Zeitungsfritzen und den Kulturheinis, sondern auch ganz anderen Leuten.» Er senkte die Stimme. «Der Pförtner hat mir erzählt, Piscator habe sogar schon Drohbriefe erhalten. Wenn er dieses *Judenstück* aufführen sollte, setze es was!»

Milli lachte. «Du kannst einem ja richtig Angst machen», sagte sie. «Das wird schon nicht so wild werden. Krakeeler gibt es doch immer.»

«Hoffentlich hast du recht», sagte Harry und legte ihr einen Moment die Hand auf die Schulter, ehe er an ihr vorbeiging.

Die Wärme seiner Finger blieb zurück, und Milli schloss einen Moment die Augen. Wie gern hätte sie ihm erzählt, dass es keine rechten Krakeeler waren und keine Schreiberlinge mit spitzer Feder, vor denen sie Angst hatte, sondern jemand ganz anderes. Aber sie wusste, dass dies nicht möglich war. Und dass sie für immer allein mit ihrer Angst bleiben musste.

Berliner Tageblatt und Handels-Zeitung
Freitag, 30. August 1929

«Gespenster» gehen in Schöneberg um

Die Einbruchsserie, über die wir im Tageblatt *bereits berichteten, hat in der Nacht von Mittwoch auf Donnerstag ihre freche Fortsetzung gefunden. Gestern erschien auf dem Polizeirevier Frau Ilse Wittmann, Prokuristin der Restauration* Fröhliches Stübchen *in der Barbarossastraße, um anzuzeigen, dass bei ihr ein Einbruch stattgefunden habe. Die gewitzten Ganoven leisteten sich ein Meisterstück, als sie bei laufendem Betrieb die unteren Kellerräume leerten. Dabei wurden Sachwerte und Geld entwendet. Insgesamt entstand laut Angaben der Verantwortlichen ein Schaden von etwa tausend Reichsmark. Frau Wittmann gab an, dass zum Zeitpunkt der Tat eine Gesangsveranstaltung in ihren Räumen stattfand, eine junge, bislang unbekannte Sängerin gab Berliner Schlager zum Besten. Durch die besondere Lautstärke im Schankraum hat keiner der Anwesenden etwas Verdächtiges bemerkt. Es ist wohl nicht übertrieben zu sagen, dass die Verbrecher – erneut lautlos und ohne Spuren zu hinterlassen – wie eine Bande aus Gespenstern agieren. Wegen laufender Untersuchung gab es bislang keine Stellungnahme der Kriminalpolizei.*

– –

Wetteraussicht für morgen in Berlin und Umgebung: mild, leicht bewölkt, sonst heiter.

6.

Freitag, 30. August 1929

Bitte, Meta», flehte Hulda, «es ist jetzt wirklich Schlafenszeit.»

Sie kniete auf den Dielen vor dem Bett und hielt Metas Hand. Die kleinen weichen Finger kamen sonst einfach nicht zur Ruhe. Sie strichen und streichelten über Huldas Arme, flogen hoch zu ihren Haaren und zwirbelten eine Strähne darin, krabbelten dann über Huldas Nacken und griffen wieder nach ihrer Hand. So ging es manchmal fast eine Stunde, ehe Meta endlich die Waffen streckte und einschlummerte.

Jeden Abend gab es dieses Einschlafritual, und Hulda wusste nie, was überwog – die Freude an den Streicheleinheiten oder der Verdruss, nicht einfach aufstehen und gehen zu können. Und stets schwankte sie zwischen einer großen Zärtlichkeit für ihre Tochter und der Sehnsucht, sich zu befreien. Zwischendurch musste sie immer wieder an Frau Ludwigs Ausführungen in den Kursen zum gesunden Kinderschlaf denken, in denen diese den werdenden Müttern einbläute, nichts sei so schädlich für ein Kind, wie es abends durch übertriebene Liebkosungen vom Schlafen abzuhalten. Mit großen Augen folgten die jungen Frauen den Ausführungen der älteren Hebamme, streichelten ihre runden Bäuche mit ahnungslosem Lächeln und knabberten Kekse. Für Frau Ludwig waren sie eine leichte Beute.

Aber wenn ihre Vorgesetzte darüber dozierte, dass ein eigenes Zimmer mit geschlossener Tür das Beste für den Nachwuchs sei und Schreien bekanntlich die Lungen kräftige, musste Hulda stets weghören. Sie schloss dann die Augen und zählte bis zehn, damit sie der Kollegin nicht vor allen Zuhörerinnen ins Wort fiel und ihren Senf zu dem Thema dazugab. Denn sie ahnte, was Frau Ludwig, die aus einer anderen Zeit stammte, davon halten würde. Doch hinter dem Paravent, allein mit einer Frau, ließ Hulda sich nicht daran hindern, die Wahrheit auszusprechen. Dass Kinder nun einmal oft Schwierigkeiten hatten, alleine einzuschlafen. Dass sie Nähe brauchten und Mitgefühl. Und dass sogar die führenden Pädagogen dies längst erkannt hatten und es an den Universitäten lehrten. Es war nun mal die Aufgabe der Eltern, für ihre Kinder da zu sein, das Weinen auszuhalten und ihnen liebevoll dabei zu helfen, zur Ruhe zu kommen.

Aber wenn Hulda selbst dann wieder eine Stunde lang Metas Wälzen beigewohnt hatte, während draußen vor den geschlossenen Vorhängen das Leben verrann und sie in der dunklen Kammer eingesperrt war, bekam Frau Ludwigs Rat, das Kind einfach schreien zu lassen, manchmal doch eine überraschende Sogkraft.

«Schläft Bert jetzt auch schon?», murmelte Meta.

Hulda stöhnte unterdrückt. Der gestrige Besuch im Krankenhaus hatte ihre Tochter offenbar ganz besonders aufgewühlt, schon den ganzen Tag über hatte sie heute von nichts anderem gesprochen.

«Ich denke, ja», flüsterte sie. «Er liegt sicher ganz behaglich mit den anderen Männern im Schlafsaal und ruht sich aus.»

Sie dachte an das Bild, das sich ihnen gestern Nachmittag im Auguste-Viktoria-Krankenhaus geboten hatte. Bert hatte Beruhigungsmittel bekommen und schlaff und müde im Krankenhausbett gelegen, als sie ankamen. Doch immerhin schien er stabil. Da Hulda keine Verwandte war, gaben ihr die Ärzte keine Auskünfte, aber aus dem, was Bert selbst zu berichten hatte, konnte sie sich einen ungefähren Reim machen. Es war offenbar – Gott sei Dank! – kein Herzanfall gewesen, vor dem sie sich so gefürchtet hatte. Denn einen solchen Infarkt konnten die Ärzte noch immer nur sehr schlecht behandeln. Die meisten Patienten starben daran, trotz neuer Medikamente, die aus Fingerhut gewonnen wurden und manchmal eine stabilisierende Wirkung zeigten. Bert aber litt wohl an etwas, das die Ärzte in seiner Nähe flüsternd als «Nervenanfall» diagnostiziert hatten. Ja, so etwas gab es. Dass ein Mensch, der unter großer Anspannung stand, plötzlich meinte, keine Luft mehr zu bekommen. Es war erst einmal nicht lebensgefährlich, doch es machte Hulda trotzdem Sorgen, denn sie wusste genau, dass es dagegen kein einfaches Mittel gab – wie gegen die meisten Leiden der Seele, die noch immer unerforscht waren.

Die Ärzte hatten Bert zunächst mehrere Tage Bettruhe und ausreichend Flüssigkeit verordnet, dazu Barbiturate, die ihn beruhigen sollten. Er würde also noch unter ärztlicher Beobachtung bleiben. Danach sei er wieder der Alte, behauptete er treuherzig. Doch beim Blick in sein bleiches Gesicht und seine tief liegenden Augen war es Hulda schwergefallen, daran zu glauben. Er war schon lange nicht mehr ganz auf dem Posten. Und der Schreck über den Raubüberfall hatte ihn nun vollends niedergestreckt.

Ein schlechtes Gewissen plagte Hulda, weil sie es nicht hatte kommen sehen und ihm nicht früher beigestanden hatte. Sobald es ihre Zeit ermöglichte, wollte sie erneut zu ihm ins Krankenhaus fahren, das hatte sie sich fest vorgenommen.

Die gleichmäßigen Atemzüge ihrer Tochter ließen sie in ihren Gedanken innehalten. Endlich! Metas Hand glitt aus Huldas Fingern und lag nun, zur Faust geballt, neben ihrem Gesicht mit den geschlossenen Lidern.

Auf einmal wirkte Meta viel kleiner als eben noch, als sie wach gewesen war, und wie immer, wenn es endlich geschafft war, überkam Hulda plötzlich Sehnsucht danach, den kleinen warmen Körper noch einmal in die Arme zu nehmen. Doch um nichts in der Welt würde sie diesem Impuls nachgeben, denn Metas Schlaf war heilig. Er bedeutete ein paar Stunden Freiheit für Hulda, die ansonsten Mangelware in ihrem Leben war.

Auf Zehenspitzen schlich sie aus dem Schlafzimmer und wagte nicht zu atmen, ehe sie den dicken Teppich im Flur erreicht hatte. Hier knarrte der Boden nicht so sehr wie die alten Dielen in der Kammer, in der Meta und sie schliefen, und sie konnte beruhigt fester auftreten. Nicht zu fest allerdings, denn Frau Bodelheims empfindliche Ohren in der Wohnung unter ihr sollte man besser nicht überstrapazieren, wenn man nicht am nächsten Tag mit einer Tirade im Treppenhaus bedacht werden wollte.

Hulda rieb sich den schmerzenden Rücken und ging leise in die winzige Küche. Ein Gasherd, ein leuchtend blau lackiertes Wandbord – Huldas ganzer Stolz – und ein etwas wackliger Holztisch mit zwei Stühlen – mehr gab es hier nicht.

Auf Metas Platz lag ein dickes Kissen, das mit einem alten bestickten Stoff von Frau Wunderlich, ihrer früheren Zimmerwirtin, bezogen war. Gedankenverloren strich Hulda über die verblichenen Buchstaben aus blauem Garn. *Am häuslichen Herd sei Glück dir beschert*, stand da. Und immer, wenn Hulda die Worte las, musste sie lächeln. Sicher hatte Frau Wunderlich, wie alle Frauen ihrer Generation, eine etwas andere Art des häuslichen Glücks vor Augen gehabt, als sie, wahrscheinlich noch in ihren Mädchentagen, diese Stickerei angefertigt hatte. Doch für Hulda, die den alten Bezug geerbt hatte – wie überhaupt etliches, was sich in ihrer Wohnung befand, geerbt, geliehen oder gebraucht beim Trödler erstanden war –, ergab der Spruch einen überraschenden neuen Sinn. Für Frauen hatte sich einiges geändert. Viele hatten in der Inflation ihre Mitgift verloren, die Aussicht auf *Glück am heimischen Herd* war damit deutlich geringer geworden. Und die alte Regel, dass nur die Ehe Glück versprechend war, löste sich mit einem lauten Knall in Luft auf. Außerdem gab es nach dem Krieg viel zu wenig junge Männer, und immer mehr Frauen drängten auf den Arbeitsmarkt.

Auch Hulda genoss diese Freiheit der neuen Zeit, heute mehr denn je. Niemals zuvor hatte sie eine Wohnung ihr eigenes Zuhause nennen können. Niemals zuvor hatte in ihrem Leben alles seinen Platz gefunden. Sie hatte ihr kleines Auskommen, sie hatte, wenn man die Küche mitrechnete, drei Räume zur Verfügung, in denen sie schalten und walten konnte, wie sie wollte. Und sie hatte ein Kind, wie sie es sich schon lange – wenn auch heimlich – gewünscht hatte. Sie besaß ein echtes Heim, einen Ort, an den sie gehörte.

Gut, es fehlte, jedenfalls in Frau Wunderlichs Augen, trotz allem der sorgende Ehemann, der sie auf Händen trug. Doch man konnte nicht alles haben. Auch wenn ihre frühere Wirtin dieser Umstand äußerst betrübte, wie sie Hulda bei jedem Wiedersehen unter die Nase rieb. Die ältere Dame hatte sogar angefangen, ihr zerknitterte Fotografien von ledigen Männern in ihrem Bekanntenkreis mitzubringen und unaufgefordert zuzustecken. Doch als Heiratskupplerin taugte Frau Wunderlich ganz und gar nicht. Alle Exemplare, die Hulda so seltsam steif vom Zelluloid anstarrten, blieben ihr fremd. Für keinen dieser Herren würde sie sich jemals erwärmen können.

Dann doch lieber allein, dachte sie, setzte den Kessel auf den Gasherd und entzündete die Flamme, die sogleich heimelig im Halbdunkel tanzte.

Hulda wünschte allerdings, sie könnte diese Haltung auch dann aufrechterhalten, wenn sie erneut auf Karl träfe. Mit dem ehemaligen Kommissar hatte sie immer wieder Anläufe unternommen, ein gemeinsames Leben zu gestalten, doch sie beide waren mehrfach daran gescheitert. Es hatte einfach nie gepasst – erst war Karl tief in seine Alkoholsucht abgerutscht, dann hatte Hulda sich mit Johann Wenckow verlobt. Als Meta vor drei Jahren unter abenteuerlichen Bedingungen geboren wurde, hatte Karl ihr beigestanden. Da war Johann bereits tot gewesen, und Hulda hatte ganz kurz geglaubt, das Fenster, das Karl und sie brauchten, um endlich zueinanderzufinden, sei doch noch aufgegangen. Aber gleich darauf hatte er ihr gebeichtet, dass es da eine andere Frau in seinem Leben gab, mit der die Sache ernst zu werden schien. Und wie ernst, das war Hulda erst vor Kurzem klar geworden.

Morgen nun, am letzten Augusttag, würde Karl in der evangelischen Garnisonkirche am Kaiser-Friedrich-Platz in Kreuzberg heiraten. Seine Pippa – allein bei dem Gedanken an ihren Namen biss Hulda sich auf die Lippen.

Zum heutigen Polterabend, zu dem er sie eingeladen hatte, würde sie jedenfalls nicht gehen können, weil sie niemanden hatte, der auf Meta aufpasste. Bert fiel aus, und ihren Vater mochte Hulda so spontan nicht fragen. Sie hatte vorhin sogar noch versucht, Clara Wenckow, Metas junge Tante, in ihrem Mädchenpensionat zu erreichen. Doch Clara war über das Wochenende zu ihren Eltern nach Frohnau gefahren, wie Hulda am Telefon von einer säuerlichen Frauenstimme erfuhr.

Sie drehte das Gas aus, ehe der Kessel schrillen konnte, und goss heißes Wasser in eine bereitstehende Tasse. Nachdenklich sah sie zu, wie das Kaffeepulver darin kreiselte und langsam auf den Grund sank. Aus irgendeinem Grund hatte sie einerseits wenig Lust, zu Karls Feier zu gehen, andererseits spürte sie doch, dass es ein wichtiges Ereignis war, vor dem sie sich nicht drücken sollte.

Um der alten Freundschaft willen würde er sich freuen, wenn sie käme, hatte Karl bei einem ihrer letzten, sporadischen Treffen gesagt, die eigentlich nur noch dazu dienten, dass er Meta sehen konnte. Seit er durch einen dummen Zufall praktisch der Geburtshelfer der Kleinen gewesen war, verband ihn etwas mit Meta, das Hulda immer wieder von Neuem rührte. So steif und höflich sie beide seither umeinander herumschlichen – mit Huldas Tochter war Karl von Anfang an ein Herz und eine Seele gewesen. Deshalb hatte Hulda sich zusammengerissen. Sie hatte zwar nicht zu hoffen gewagt, dass sich noch einmal etwas änderte – zumal sie sah, wie Karl an Pippas Seite aufblühte, wie verliebt er war –, aber sie hatte zu Metas Gunsten die brüchige Freundschaft zu ihm aufrechterhalten. Immer, wenn sie ihn sah, staunte sie über seine Entwicklung. Mit eisernem Willen hatte er dem Schnaps abgeschworen, rührte nun schon seit Jahren keinen Tropfen mehr an. Außerdem hatte er sich aus den Klauen seines Erzeugers befreit, des zwielichtigen Geschäftsmannes Antoni Wolkow, der ihn nur ausgenutzt und für die eigenen kriminellen Eskapaden eingespannt hatte. Stattdessen hatte Karl nun in Kreuzberg, am Belle-Alliance-Platz, eine eigene Detektei eröffnet. Woher er die nötigen Mittel dazu genommen hatte, wusste Hulda nicht, sie ahnte jedoch, dass sein Schwiegervater in spe dahintersteckte: der erfolgreiche Fotograf Alfred Rosine, der seiner Tochter Pippa nichts abschlagen konnte. Ihr Familienunternehmen in der Katzlerstraße florierte, wie Karl Hulda einmal gesagt hatte, und nun würde groß Hochzeit gefeiert werden.

Pippa hatte sich als echter Glückstreffer für Karl erwiesen. Während Hulda und ihre unstete Liebe zu dem gut aussehenden Ex-Polizisten Karl North endgültig Geschichte waren. Hulda nippte am heißen Kaffee und verzog das Gesicht, als sie sich die Zungenspitze verbrannte.

Ach, sie wusste nicht einmal, ob sie ihn wirklich noch zurückhaben wollte. Sie hatte es eigentlich nie recht gewusst. Aber es schmerzte, dass er sich nun offensichtlich entschieden hatte und dass dieser kleine Funke, der trotz allem immer zwischen ihnen getanzt hatte, nun wirklich erloschen sein sollte. Zurück blieb eine Leere, eine leise Sehnsucht, die in den letzten Jahren immer größer geworden war – von der Hulda ihrer alten Wirtin Frau Wunderlich aber ganz bestimmt nichts erzählen würde.

Ein Klopfen an der Tür ließ Hulda hochfahren.

Hoffentlich schlief Meta bereits tief und fest, dachte sie stirnrunzelnd und stellte die Kaffeetasse ab. Dann ging sie in den Flur, um zu öffnen. Doch sie zögerte kurz, weil sie an Bert und den ausgeraubten Kiosk denken musste. Das Verbrechen ging um in Schöneberg, und sie als alleinstehende Frau sollte besser keinem Fremden die Tür öffnen, noch dazu nach Einbruch der Dunkelheit.

«Wer ist da?», fragte sie gedämpft durch die geschlossene Tür.

«Irmgard Bodelheim», tönte es von draußen.

Hulda verdrehte die Augen und schob den Riegel zurück. Was hatte sie denn nun schon wieder verbrochen, dass die Nachbarin sie sogar am Abend noch heimsuchte?

Sie öffnete die Tür einen Spalt und spähte hindurch. Draußen, im dämmerigen Hausflur, aus dem der durchdringende Geruch nach Bohnerwachs in ihre Wohnung zog, stand Frau Bodelheim, wie immer in gestreifter Kittelschürze und mit braunen Strümpfen und Schuhen. Die wenigen grauen Haarsträhnen hatte sie sich mit Wasser nach hinten gekämmt, sodass ihr etwas grobes Gesicht seltsam nackt aussah. Sie hielt ein längliches Päckchen in der Hand.

«Dit is bei mir abjegeben worden», brummte sie und streckte es Hulda hin. «Bin aber keene Postzentrale, sagen Se dit Ihren Bekannten.»

Verdutzt nahm Hulda das Paket entgegen. «Ich erwarte gar nichts», sagte sie.

Ihr Blick fiel auf den Absender, und sie musste wider Willen lächeln. Benjamin Gold, Savignyplatz.

Natürlich!, dachte sie, ihr Vater liebte es, Geschenke für Meta zu kaufen. Wahrscheinlich hatte er mal wieder einen Teddybären oder ein gedrechseltes Pferdchen in einem der schönen Spielzeugläden Charlottenburgs entdeckt und nicht widerstehen können. Geld besaß er genug.

«Danke», sagte sie. «Das ist wirklich nett, Frau Bodelheim.» Der Paketbote hatte Hulda wohl nicht angetroffen, da sie den ganzen Tag unterwegs gewesen war.

Sie wollte die Tür wieder schließen, doch die Nachbarin blieb stehen und schien auf etwas zu warten.

Hulda sah sie zögernd an.

«Ist noch etwas?» Sie überlegte. «Möchten Sie vielleicht einen Moment hereinkommen?», fragte sie dann und wusste im nächsten Moment nicht, weshalb sie das um Himmels willen bloß anbot. Wollte sie wirklich den Abend mit ihrer Nachbarin verbringen, die sie kaum kannte?

In Frau Bodelheims mürrische Miene trat eine Art grimmiges Lächeln. «Wenn Se druff bestehen», sagte sie und drängte sich bereits an Hulda vorbei.

Verblüfft sah Hulda ihr nach und schloss die Tür. Frau Bodelheim war schon im Wohnzimmer, also ging Hulda hinterher. Fieberhaft überlegte sie, was sie der Frau anbieten konnte. Da fiel ihr zum Glück die Flasche *Mampe Grüne Pfefferminze* ein, die auf dem Wandbord in der Küche versauerte, seitdem eine dankbare Wöchnerin sie Hulda als Geschenk in die Beratungsstelle gebracht hatte.

«Möchten Sie einen Likör?», fragte sie.

«Da sag ick nich Nein.» Frau Bodelheim ließ sich ächzend auf das kleine durchgesessene Sofa sinken, das Hulda beim Trödler in der Nollendorfstraße gekauft und bei ihrem Einzug mithilfe von Jettes Mann nach oben geschleppt hatte.

Hulda nickte. Sie ging in die Küche und nahm die einzigen beiden Schnapsgläser, die sie besaß, vom Bord, dazu die unangerührte Flasche. Im Hinausgehen streifte sie bedauernd die halbvolle Kaffeetasse mit dem Blick, ließ sie aber stehen. Zurück im Wohnzimmer goss sie das giftgrüne Zeug ein und stellte Frau Bodelheim eines der Gläser hin. Das andere leerte sie mit einem Zug und schüttelte sich innerlich. Die Werbeplakate für *Mampe* hingen in der ganzen Stadt, doch Hulda trank lieber ein Kognaksoda. Allerdings hatte sie selbst dazu seit langer Zeit kaum Gelegenheit gehabt.

«Piekfein haben Se's hier», sagte die Nachbarin und blickte sich um.

Ihre Miene drückte das Gegenteil von ihren Worten aus, und Hulda vermutete, dass ihre sachliche, funktionale Einrichtung einer Frau wie Irmgard Bodelheim eher nicht zusagte. Sie war ein Stockwerk tiefer wahrscheinlich mit deutlich mehr Nippes, Spitzendeckchen und Plüsch eingerichtet, wie man es um die Jahrhundertwende geschätzt hatte. Doch Hulda liebte ihr Wohnzimmer – das flache, hellgraue Sofa, den Art-déco-Zeitungsständer aus Messing, die Deckenlampe mit dem hellen Schirm und das große, farbenfrohe Gemälde, das ihr Vater gemalt hatte. Es zeigte in abstrakten Formen zwei Frauen in kurzen Kleidern und mit Federboas, die Arm in Arm über den abendlichen Potsdamer Platz liefen. Er war an der großen Verkehrsampel zu erkennen, deren Licht auf Benjamins Bild grüngolden durch die Nacht schimmerte.

Frau Bodelheim hätte hier wohl lieber einen Hirsch im Walde gesehen, dachte Hulda amüsiert und goss sich noch einen Schnaps ein. Oder ein paar gestickte Sinnsprüche neben Porzellanfiguren aus dem letzten Jahrhundert. Letztlich ähnelte sie Frau Wunderlich, die sich ebenfalls über Huldas «neumodischen» Stil beklagte. Doch auch in diesem Punkt waren neue Zeiten angebrochen. Das alte, staubige Mobiliar der Kaiserzeit wurde nach und nach durch eine reduziertere, frischere Einrichtung ersetzt, die den Wind der Zukunft in die muffigen Gründerzeithäuser tragen sollte. Jedenfalls, wenn man es sich leisten konnte.

Leider fehlte Hulda – wie den meisten Berlinern – jedoch das nötige Kleingeld, um so zu wohnen, wie es die Zeitschrift *Elegante Welt* oder der Architekt Walter Gropius in seinen Artikeln im *Uhu* forderten. In den Magazinen war alles Glas,

Stahl, Marmor und Licht. Aber wie so vieles, was diese neue Zeit ausmachte, konnten es sich die meisten Menschen nur von außen ansehen. Sie träumten von den schwebenden Häusern eines Le Corbusier, hockten aber weiter in ihren Löchern ohne Wasserklosett. Sie sehnten sich nach einem *Adler*-Cabrio mit sechs Zylindern, gingen aber im wirklichen Leben zu Fuß.

Hulda hatte zumindest im Rahmen ihrer kleinen Möglichkeiten dafür gesorgt, dass ihr Zuhause etwas von dem neuen Zeitgeist atmete, der mit seinen Versprechungen auf ein besseres, freieres Leben einen großen Sog auf sie ausübte.

Frau Bodelheim hatte von all diesen Überlegungen keine Ahnung. Mit geübter Geste kippte sie den Likör hinunter und hielt Hulda wortlos das leere Glas zum Auffüllen hin.

«Die Kleene schläft?», fragte sie.

Hulda nickte und setzte sich in den Freischwinger, ebenfalls ein Schnäppchen vom Gebrauchtwarenhändler. Alle Welt saß heutzutage in diesem wippenden Stuhl, der irgendwo in der Mitte zwischen Himmel und Erde zu schweben schien. Es war das Möbelstück ihrer Zeit. Huldas Exemplar hatte zwar zerkratzte Stahlbeine, war aber immer noch tauglich zum Schwingen und Träumen.

Sie streckte die Beine von sich. «Endlich schläft sie», sagte Hulda. «Wie Sie ja leider manchmal mit anhören müssen, ist meine Tochter nicht die Schnellste beim Einschlafen.»

«Is nich immer leicht, oder?», fragte Frau Bodelheim mit unerwarteter Empathie. «Die Gören fressen einem die Haare vom Kopf. Ick weeß, wovon ick rede. Hab selbst viere uffjezogen.»

«Eine reife Leistung», sagte Hulda.

«Aber keens is mir jeblieben.» Plötzlich schimmerten Frau

Bodelheims Augen auffällig feucht. «Vier Söhne. Alle viere im Krieg jefallen.» Sie hustete rasselnd und schlug sich an die Brust. «Kanonenfutter, nischt weiter.»

Hulda schwieg betroffen. Sie dachte an Meta, die nebenan in einem hoffentlich tiefen Schlaf in den Kissen lag, an ihr kleines, weiches Gesicht, die Grübchen an ihren speckigen Armen, ihre regelmäßigen Atemzüge. So hatten auch Irmgard Bodelheims Jungen einst in ihren Betten gelegen, und nun waren sie alle tot.

«Das ist furchtbar», sagte Hulda. Und auf einmal tat es ihr leid, dass sie stets mit einer Mischung aus leisem Spott und Ungeduld an die Nachbarin dachte.

Man wusste nie, weshalb jemand so war, wie er war, dachte sie mulmig. Und wer wusste schon, was aus ihr, Hulda, werden würde, wenn Meta jemals etwas zustieße? Ob sie dann auch nur schlecht gelaunt mit dem Teppichklopfer an die Decke pochen und ihren Nachbarn auf die Nerven fallen würde? Oder Schlimmeres?

Ihr ging auf, dass Frau Bodelheim wahrscheinlich einfach einsam war und sich deswegen oft so bärbeißig verhielt.

«Kommen Sie doch ruhig öfter mal hoch», sagte sie und versuchte, einladend und aufrichtig zu klingen. «Es ist doch viel schöner, wenn man sich in der Nachbarschaft ein bisschen kennt.»

«Dit is wahr», sagte Frau Bodelheim, die sich nun ungefragt das dritte Gläschen Pfefferminzlikör eingoss. Ihr verbissenes Gesicht entspannte sich, und sie rekelte sich behaglich in Huldas Sitzkissen. «Wird jemacht! Und wenn Se mal jemand brauchen, der 'n Auge uff die Kleene hat, könn' Se jern jederzeit fragen. Ick hab ja Zeit zum Totschmeißen!»

Hulda schluckte. Sie dachte an Karl und den Polterabend.

Wenn Meta erst einmal richtig tief schlief, konnte neben ihr eine Bombe explodieren, sie wachte nicht mehr auf. Erst in den frühen Morgenstunden wurde ihr Schlaf wieder leichter und unruhiger, doch dann wäre Hulda ja längst zurück.

«Ich hatte für heute Abend tatsächlich eine Einladung», sagte sie zaghaft, «aber es ist gar nicht wichtig, und vermutlich wäre es Ihnen ohnehin zu spontan.»

Frau Bodelheim sah sie aufmerksam an.

«Wat Interessantes?», fragte sie.

Ihre Augen glänzten, doch nicht mehr von Tränen, wie Hulda sah, sondern vor Neugier. Oder vom Schnaps? Den sollte sie lieber bald wegstellen, dachte Hulda, ehe die Nachbarin hier gleich noch den Shimmy tanzte.

«Nichts Besonderes.» Sie winkte ab. «Nur ein Polterabend eines alten Bekannten.»

«Soso», sagte Frau Bodelheim. «So 'ne junge Pflanze wie Sie hat so einije alte Bekannte, wat?» Sie grinste süffisant und überlegte kurz. «Na, denn nischt wie los!» Sie fuchtelte mit den Händen in der Luft. «Ick halte hier die Stellung. Wenn Se mir nur vorher noch 'n Käffchen kochen würden?»

Hulda war noch nicht ganz überzeugt. Sie kannte die Nachbarin ja kaum. Andererseits, was sollte schon passieren? Außerdem kam sie sich Karl gegenüber schäbig vor, nicht auf seinem Polterabend zu erscheinen, ohne abzusagen. Nachher dachte er noch, sie gönne ihm sein Glück nicht?

Wieder einmal funkte Hulda ihr dummer Stolz dazwischen – sie würde nicht kneifen! Der Pfefferminzlikör schwappte in ihrem Blut und gab ihr gerade das richtige Maß an Übermut, um sich nun doch ein wenig auf das unverhoffte Abenteuer zu freuen.

«Also gut», sagte sie. «Aber wirklich nur auf einen Sprung!

Ich bleibe nicht lange weg, sonst ist Ihr Mann am Ende böse auf mich, weil ich Sie einspanne.»

«Mein Männe is heute ohnehin beim Kegeln im Verein», erwiderte Frau Bodelheim leichtfertig. «Der kommt nich vor Morgengrauen, und denn is er dicht. Da kann ich jenausojut hier ein Nickerchen halten.» Sie klopfte aufs Sofa.

Hulda nickte, stand auf und ging in die Küche. Sie brachte den Kessel wieder zum Kochen und richtete auf einem Teller auch noch eine Stulle mit Leberwurst an. Dann huschte sie in die Kammer, zog ihr bestes Kleid vom Haken und tauschte es gegen die zerknitterte Bluse und den Rock. Es stammte noch aus früheren Tagen, als sie über ein gutes Gehalt in der Frauenklinik verfügte, war aus rosa Seide und an der Brust silbern durchwirkt. Der fransige Rock fiel nur bis knapp über die Knie. Seit der Schwangerschaft hatte Hulda ein paar Kilos zugelegt und nach der Geburt nicht wieder ganz verloren, doch da das Kleid taillenlos war, störte das nicht. Im Gegenteil, dachte Hulda, als sie kurz im Halbdunkel einen Blick in den Spiegel warf, die neuen weiblichen Rundungen standen ihr gar nicht schlecht. Auch wenn das gängige Schönheitsideal nach Frauen verlangte, die so androgyn und eckig waren wie möglich.

Rasch drückte sie ihrem schlafenden Töchterchen noch einen Kuss auf die Stirn, dann ging sie auf leisen Sohlen wieder hinaus.

In der Küche bereitete Hulda schnell einen frischen Kaffee zu, nahm Tasse und Teller und trug beides zu Frau Bodelheim ins Wohnzimmer. Diese hatte es sich bequem gemacht und eine Zeitschrift aus dem Messingständer genommen, die *Berliner Illustrierte*, die Hulda manchmal von Bert geschenkt bekam, wenn bereits die nächste Ausgabe im Kiosk lag.

Zufrieden nahm Frau Bodelheim die Stärkung in Empfang.

«Nu aber raus mit Ihnen», sagte sie mit vollem Mund, ohne von dem bebilderten Artikel aufzusehen, den sie las. «Stürzen Se sich ins Jetümmel, Frollein.»

Das letzte Zögern fiel von Hulda ab. Und ehe sie es sich anders überlegen konnte, schlang sie sich im Flur ein graues Schultertuch um und verließ die Wohnung.

Unten im Hof stand ihr Fahrrad, und wenige Augenblicke später saß sie sicher im Sattel und fuhr durch den milden Augustabend, in dem jedoch schon eine Ahnung vom Berliner Herbst hing – brennende Kohle aus den Küchen und Hinterhöfen der Stadt und nächtliche Feuchtigkeit, die aus den Vorgärten zog. Die Räder schnurrten, der Asphalt zog unter ihr vorbei, und der Fahrtwind fuhr ihr unter den Rock und schmiegte sich an die bloßen Beine.

Wann, fragte Hulda sich, als sie erst durch die Akazienstraße, dann über die grell illuminierte Hauptstraße mit ihren vielen Bars und Leuchtreklamen fuhr und auf die Rote Insel abbog, war sie das letzte Mal spät am Abend allein unterwegs gewesen? Es musste sehr lange her sein, und beinahe hatte sie vergessen, was für ein herrliches Gefühl das war, wenn die Stadt voller Nachtschwärmer, Musikfetzen und Lichter an einem vorbeiflog.

Sie fuhr durch die Monumentenstraße, die Richtung Viktoriapark nach Kreuzberg führte, und spürte ihr Herz immer wilder klopfen. Hier hatte sie vor einigen Jahren für kurze Zeit gelebt, hier lag die Praxis von Grete Fischer, in der Hulda als ledige Schwangere untergekommen war, bis ein schrecklicher Kampf zwischen befeindeten politischen Lagern im Kiez dazu geführt hatte, dass Grete festgenommen wurde. Doch heute war sie wieder frei, lebte und arbeitete in der Sedanstraße, nur wenige Meter von hier.

Beim Gedanken an ihre sture Bekannte, der sie viel zu verdanken hatte, musste Hulda lächeln. Dann trat sie noch kräftiger in die Pedale, freute sich am kühlen Kitzeln der Fransen ihres Kleides, die über ihre Beine tanzten, und bereitete sich darauf vor, gleich Karl wiederzutreffen. Das erste Mal seit fast einem halben Jahr – und womöglich das letzte Mal für eine lange Zeit.

Sie wusste nicht, ob es am Pfefferminzlikör lag, an der betörenden Sommerabendluft oder an dem Gedanken an den Unbekannten vom gestrigen Nachmittag, der ihr nicht aus dem Kopf ging – aber beides hatte auf einmal seinen Schrecken verloren.

7.

Freitag, 30. August 1929, später

Huldas aufgekratzte Stimmung hielt an. Als sie, vom Radfahren etwas außer Atem, in den *Schultheiss*-Festsaal in der Hasenheide trat, den Karl und Pippa für ihren Polterabend gemietet hatten, konnte sie erst einmal kaum etwas erkennen. Das Licht war schwach und der Raum gedrängt voll mit Menschen. Man hatte die Tische beiseitegeschoben, das Essen war schon beendet. Ebenso wie der offizielle Teil des Festes, bei dem offensichtlich Geschirr zerschmissen worden war, um dem Brautpaar Glück zu wünschen. Denn unter Huldas Schuhsohlen knirschten Scherben, als sie sich zwischen den Herumstehenden und Tanzenden hindurchdrängte – der ganze Saal war inzwischen eine einzige Tanzfläche.

Die Gäste waren festlich gekleidet, doch nicht auf die Weise, die Hulda vor Jahren bei den Bällen der adeligen Freunde ihres Verlobten Johann gesehen hatte, sondern weitaus bescheidener.

Die meisten, dachte Hulda und schob sich weiter durch die Menge, mussten von der Braut eingeladen worden sein, denn Karl hatte, soweit sie wusste, nicht viele Freunde und auch keine richtige Familie. Pippa Rosine aber, deren Sippe in Kreuzberg alteingesessen und beliebt war, schien sehr viele Bekannte zu haben. Die jüngeren Herren trugen offene Jacken und

Schiebermützen oder schmale Hüte, die Frauen steckten in Kleidern, die dem von Hulda ganz ähnlich waren. Alle tanzten ausgelassen Charleston, die Kapelle spielte ohrenbetäubend. Ein schwarzer Trompeter blies kraftvoll in sein Instrument, und ein anderer Musiker hieb auf das Schlagwerk ein, während ein dritter derart die Quetschkommode bediente, dass ihm der Schweiß von der Stirn troff. Ein Banjo- und ein Saxophonspieler waren auch mit von der Partie und vervollständigten die Jazzband.

Offenbar, dachte Hulda erstaunt, wusste Pippa, wie man feierte und wen man anheuern musste, damit der Saal qualmte.

Die Tanzenden warfen die Arme in die Luft, sie hielten sich nicht paarweise umschlungen, sondern standen jeder für sich, aber doch dicht gedrängt, mit zuckenden Schultern und Knien, inmitten des Scherbenmeers. Sicher war schon eine Menge Champagner und Bier geflossen, denn die Gesichter waren erhitzt, die Augen glänzten, und oftmals war jegliche Zurückhaltung für das Gegenüber aufgegeben worden. Viele küssten sich ausgelassen inmitten des Spektakels. Nur etwas weiter am Rand standen die älteren Herrschaften, klammerten sich an ihren Gläsern fest und betrachteten teils kopfschüttelnd, teils amüsiert das Treiben der Jugend.

Hulda sah sich um. Ganz hinten in der Ecke erkannte sie Karls frühere Sekretärin, Fräulein Fink, die nie zu altern schien und doch schon um die achtzig sein musste. Sie hatte sich ein bodenlanges Kleid aus Flanell übergeworfen, das an ihren Gliedern schlackerte wie ein Nachthemd. Ja, sie wirkte magerer als früher. Oder lag das am schlechten Licht? In ihrer Frisur saß, seltsam zusammenhanglos mit dem Rest ihrer Erscheinung, eine Art Taftschleife. Auf dem Tischchen neben

Fräulein Fink stand eine beachtliche Anzahl leerer Schnapsgläser, und ihrem abwesenden, leicht verklärten Gesichtsausdruck nach zu urteilen war sie allein die tapfere Vertilgerin gewesen. Irrte sich Hulda, oder klopfte sie sogar mit ihren Schuhen den Takt der Musik mit und hob ab und zu rhythmisch die Schultern, unfreiwillig mitgerissen von der Musik?

Hulda erinnerte sich an die denkwürdige Nacht vor mehr als drei Jahren, in der Fräulein Fink sich aus der Not heraus gemeinsam mit Karl als hilfreiche Geburtshelferin erwiesen hatte. Gerade wollte sie sich zu ihr durchschlagen und sie begrüßen, da packte sie jemand am Arm. Sie erkannte den vertrauten Griff an der Berührung, ehe sie sich umdrehte.

«Hulda!», rief Karl. Sein Gesicht war nur wenige Zentimeter von ihrem entfernt, trotzdem zerrissen die zeternden Trompetenklänge und das Scheppern der Trommeln die Worte, ehe sie ihr Ohr erreichten. «Ich dachte schon, du kommst nicht mehr. Schön, dass du es geschafft hast!»

«Ehrensache!», schrie sie zurück und musterte ihn unauffällig. Er trug einen schwarzen Smoking, etwas, was sie noch nie an ihm gesehen hatte, da Karl sonst eher sorglos, ja manchmal allzu nachlässig gekleidet war. Seine Brillengläser waren jedoch so verschmiert wie eh und je, und die Wangen seines schön geschnittenen Gesichts gerötet. Doch sie roch keinen Alkohol in seinem Atem, was sie ihm hoch anrechnete. Am Vorabend der eigenen Hochzeit, wenn alle Gäste sich nach Strich und Faden betranken, nüchtern zu bleiben, war wirklich eine Meisterleistung.

Gleichzeitig beugten sie sich vor.

«Du siehst toll aus», brüllte er ihr ins Ohr.

«Alles Gute!», brüllte Hulda in seins.

Sie sahen sich an und lachten. Es hatte etwas Befreiendes,

und der Ring, der sich bei seinem Anblick kurz um Huldas Brust gelegt hatte, lockerte sich.

«Prima Party», sagte sie in normaler Lautstärke, aber mit so deutlicher Mimik, dass er es verstehen konnte.

«Ein Wahnsinn!» Ungläubig schüttelte er den Kopf. «Ich kenne kaum jemanden hier. Pippa ist übrigens da drüben bei ihren Eltern.» Er deutete mit dem Daumen irgendwo in die Menge. «Willst du sie begrüßen?»

Hulda winkte schnell ab. «Später. Erst brauche ich etwas zu trinken.»

Er schickte sich an, für sie zur Bar zu gehen, doch sie bremste ihn.

«Ich mach das schon», rief sie. «Das hier ist dein Abend, Karl!»

Er lächelte unsicher. Einen Moment hielt er sie fest, seine Hand schmiegte sich an ihren Rücken, während sich um sie herum ein Kreis aus Tanzenden enger schloss und sie näher zueinander hinschob. Die erneute Berührung rief Hulda alles ins Gedächtnis, was zwischen ihnen gewesen war: ihre erste Begegnung in der heruntergekommenen Küche einer Wöchnerin, bei der sie den mürrischen, linkischen Kommissar aus tiefstem Herzen verabscheut hatte. Ihre nächtlichen Gespräche auf den Brücken am Landwehrkanal – sie hatten über den kniffligen Mordfall gesprochen, in den sie sich beide verstrickt hatten, und waren sich widerwillig nähergekommen. Ihre erst zaghaften, dann leidenschaftlichen, aber zunehmend verzweifelten Versuche, den anderen zu lieben, komme, was wolle – und letztlich ihr schmerzhaftes Scheitern. Die schreckliche Nacht, in der Karl wie von Sinnen vom Schnaps und von der Angst, Hulda zu verlieren, um ihre Hand angehalten hatte. Und ihr Nein, das alles zerstörte. Schließlich die

Jahre, in denen sie so etwas wie eine Freundschaft verbunden hatte, mit stets wackligen Beinen auf dem doppelten Boden der Gewissheit, dass da eigentlich mehr war. Und dass sie es doch nicht wieder so weit kommen lassen durften, wenn sie sich nicht erneut verletzen wollten. Und nun dieser Abend, in den alles zu münden schien. An dem alles endete.

Oder alles neu begann?

Aus einem plötzlich aufwallenden Gefühl der Zuneigung heraus schlang Hulda die Arme um seinen Hals, zog ihn näher und küsste ihn auf den Mund. Sie hoffte, dass es im Eifer des Gefechts niemandem auffallen würde, und es dauerte auch nur eine Sekunde, ehe sie ihn wieder losließ.

Erschrocken sah er sie an, während um sie herum die Leiber johlten und stampften, als wäre nichts gewesen.

Hulda lachte erneut. Und wie schon zuvor machte sie dieses Lachen leicht und froh, so froh, wie sie schon lange nicht mehr gewesen war.

«Viel Glück, Karl!», rief sie ihm zu. Dann wandte sie sich von ihm ab, ehe er sie zurückhalten konnte, und zwängte sich durch die schwitzende, jubelnde und klatschende Menge zur Bar hindurch.

Der Ausschank bestand nur aus einem Holztisch voller Flaschen und benutzter Gläser sowie etlichen Bierkästen, die darunter gestapelt waren. Dahinter rackerte sich ein aufgelöster Kellner ab, mit verschwitztem Haar und schief hängender Fliege um den Hals. Wortlos streckte er Hulda ein randvoll gefülltes Champagnerglas entgegen und genehmigte sich danach gleich selbst noch eines.

Hulda trank durstig. Das Getränk rann weich durch ihre Kehle und gesellte sich prickelnd zu der wehmütigen Fröhlichkeit in ihrem Bauch. Sie leerte das Glas, hielt es dem Kellner wieder hin und ließ es auffüllen. Zur Musik wippend, drehte sie sich zurück zur Tanzfläche. Von Karl war nichts mehr zu sehen, offenbar hatte ihn die Menge verschluckt, oder er war zu seiner Braut zurückgekehrt.

Jetzt erst sah sie Pippa. In unnachahmlich lässiger Pose lehnte sie an der Wand – und trug einen hellen Hosenanzug! Anlässlich ihrer eigenen Hochzeit! Kurz hatte Hulda den schockierten Gesichtsausdruck von Frau Wunderlich vor Augen, und sie musste an sich halten, um nicht ins Champagnerglas zu prusten. Ihre alte Zimmerwirtin würde hier endgültig vom Glauben abfallen, dass noch irgendein Rest Anstand und Sitte in der Welt übrig war. Und wahrscheinlich würde sie das Armageddon heraufbeschwören, das unweigerlich nahte, wenn Frauen nicht einmal mehr wie richtige Frauen gekleidet waren.

Unfreiwillig stieg in Hulda Bewunderung für Karls Verlobte auf, auch wenn sie dabei ein wenig mit den Zähnen knirschte. Er hatte einen guten Griff getan, das musste der Neid ihm lassen.

Hulda seufzte. Der Vorsatz, Konversation mit Fräulein Fink zu machen, war vergessen. Die Champagnerbläschen segelten blubbernd durch ihr Blut, und ihr wurde wieder einmal bewusst, wie ungeübt sie im Feiern, Ausgelassensein und Trinken inzwischen war. Wo war ihre Jugend hin, wo waren die Jahre geblieben, in denen sie die Nächte zum Tag gemacht und sich in allerlei Spelunken herumgetrieben hatte? Plötzlich war sie zu einer Mutter geworden, einer richtigen Matrone, die an den Abenden das Haus hütete und nur noch vom Sofa aus den Eskapaden der Romanfiguren folgte, deren Leben sie als Ersatz für eigene Abenteuer begierig Seite für Seite verschlang, während sie Schokoladenkekse in sich hineinstopfte.

Doch nicht heute Abend! Heute Abend war sie zurück im Getümmel. Mit einem Mal bekam Hulda Lust zu tanzen.

Sie ließ sich tiefer in die wogende und schwitzende Menge hineinziehen. Wie sanfte Wellen im Meer nahmen die Tanzenden ihren Körper mit und gaben ihn erst in ihrer Mitte wieder frei. Hulda genoss es, sich treiben zu lassen, sie lauschte auf die Rhythmen der Musik und begann ebenfalls, die vertrauten Bewegungen mitzumachen. Vor Jahren, als sie nächtelang durch die Bars der Stadt gezogen war, hatte man vor allem Shimmy getanzt, bei dem man hauptsächlich die Schultern schüttelte und den Oberkörper vor- und zurückwiegte. Jeder konnte auf diese Weise tanzen, es gab keine Regeln, keine festen Schritte, keinen Partner, der einen führte und die eigenen Bewegungen bestimmte. Hulda hatte diese Regellosigkeit genossen, der man sich hingeben konnte, ohne sich lächerlich zu machen. Denn solange alle die gleichen seltsamen Bewegungen vollführten, ging man in der Masse unter. Ein Raum voller Narren, und die Gemeinschaft war es, die den Genuss perfekt machte.

Doch als Hulda sich nun umsah, stellte sie fest, dass die Zeiten sich geändert hatten. Es reichte nicht länger, mit den Schultern zu zucken, nein, der ganze Körper war nun in Bewegung. Die Männer und Frauen ringsum gingen in die Hocke, fuchtelten mit den Händen, kreuzten Arme und Beine wie Gliederpuppen, die von unsichtbaren, aber mächtigen Fäden gezogen und gelenkt wurden. Sie formten abwechselnd X- und O-Beine, knickten Knie und Ellbogen ab, ruderten ekstatisch mit den Gliedern in der Luft herum.

Erst war Hulda etwas schüchtern, dann aber überließ sie sich diesem neuen Tanz. Der Charleston forderte alles von den Tanzenden, doch bald merkte Hulda, dass er auch viel zurückgab. Eine unwirkliche Freude erfasste sie, eine angenehme Albernheit, und sie wurde mutiger und wirbelte ähnlich wie die anderen mit den Armen herum.

Eine junge Frau in einem paillettenbesetzten Kleid und mit extrem kurzem Haar zwinkerte ihr zu, strich einmal zwischen zwei Tanzschritten wie zufällig über Huldas Wange. Hulda lächelte zwar zurück, tanzte dann aber weiter zu einer anderen Stelle, denn das, was das Mädchen offenbar begehrte, konnte sie ihm nicht geben.

Die Musik steigerte sich, der Saal tobte und polterte, stampfte und klatschte. Der Schweiß troff. Huldas Glas war leer, und sie war völlig außer Atem.

Wer hätte das gedacht?, überlegte sie keuchend und staunend. Dass sie einen solchen Spaß haben würde – ausgerechnet auf Karls Polterabend?

Wieder berührte sie jemand am Arm, doch diesmal war es weder die weiche Hand des Mädchens noch Karls unverkennbarer Griff. Hulda drehte sich um und blieb verdutzt stehen. Vor ihr stand ein anderer Mann. Auch er trug eine Brille, hatte jedoch nicht helles Haar wie Karl, sondern dunkles. Auch er zeigte ein unwiderstehliches Grinsen im Gesicht. Genau dieses Gesicht hatte sie gestern am Tor des *Pestalozzi-Fröbel-Hauses* gesehen – und obwohl sie es nicht gern zugab, seitdem auch ein paarmal in ihren Tagträumen.

«Was machen Sie denn hier?» Er stellte lautstark die Frage, die Hulda auf der Zunge gelegen hatte. «Sie verfolgen mich wohl?»

«Na, hören Sie mal», rief Hulda zurück, während sie sich wunderte, warum sie sich so irrsinnig freute, ihn hier wiederzusehen. «Sie laufen doch *mir* nach.»

Er hob entschuldigend die Hände. «Na gut, Sie haben mich erwischt!»

Weil sie beide als Einzige still standen und sich dem walzenden und wandernden Strom entgegenstellten, der immer weiterfließen musste, wurden sie permanent angerempelt. Der Mann sah sich um, schaute in die schwitzenden, glücklichen, teilweise entrückten Gesichter um sie herum, dann lachte er Hulda an, genau so, wie sie sein Lachen in Erinnerung hatte.

Er beugte sich zu ihr. «Ich bin Max.»

«Hulda.»

Er nickte knapp, als habe er genau das erwartet. Dabei war ihr Name, wie sie wusste, eher ungewöhnlich. Mit einer komischen Verbeugung hielt er ihr die Hand hin.

«Darf ich bitten?»

Hulda lächelte. Es war so absurd, diesen artigen Satz, der aus früheren Tagen kam, an diesem Ort zu hören. Und gleichzeitig machte es sie beide zu Verbündeten.

«Mit Vergnügen», rief sie, ergriff seine Hand und ließ sich herumwirbeln.

Sie war erstaunt, wie mühelos ihr Gegenüber in den wilden Tanz glitt, wie sicher er den Charleston beherrschte – viel besser als sie. Er sah ganz anders aus als neulich, trug keinen steifen Anzug, sondern gestreifte Hosen und eine kurze Weste über einem Hemd, dessen Ärmel er locker aufgekrempelt hatte. Sein Haar war wieder etwas zerzaust, und seine Augen strahlten bei jeder Drehung, jeder Bewegung, jedem Stampfen.

Während sie mit Max tanzte, fühlte Hulda sich, als hätten sie nie etwas anderes getan. Leicht und frei und ungeheuer glücklich – so musste es sein, das Leben, dachte sie. So müsste man sich immer fühlen, an jedem einzelnen Tag.

Die Banjos klapperten wie wahnsinnig, ein Saxophon quakte über die Köpfe hinweg, und Hulda spürte, wie der Rausch des Tanzes auf sie übergriff, alle Sorgen hinwegspülte, alles Schwere auslöschte. Die tanzende Menge schien zu schweben – sie alle schienen sich gemeinsam über ihre kleinen Leben zu erheben und zu etwas Größerem zu werden, zu einer Einheit, in der es nicht mehr darauf ankam, mit welchen Gedanken und Gefühlen jeder Einzelne heute hergekommen war. Und sie, Hulda, war mittendrin, auch sie löste sich auf – und war doch ganz bei sich. Immer wieder sah sie das Gesicht von Max aus der Menge auftauchen, es war ihr zugewandt, nur ihr, und sie fühlte sich unbeschreiblich froh.

Als die Musik wechselte und nun das etwas sanftere Akkordeon die Melodie übernahm, griff Max nach Huldas Hand und deutete mit fragender Miene in Richtung Bar. Sie nickte und ließ sich fortziehen, bis sie am Rand der Tanzfläche stehen blieben, lachend und vollkommen außer Atem.

Hier konnte man sich etwas besser unterhalten, obwohl die Musik nach wie vor über sie hinwegströmte und die auf der Tanzfläche Zurückgebliebenen weiter anstachelte.

«Das hätte ich nicht erwartet», sagte Max, der sich von einem vorbeigetragenen Tablett zwei Gläser Champagner schnappte und ihr eins hinhielt.

Hulda fragte nicht nach, ihr gefiel die Mehrdeutigkeit dieses Satzes. Stattdessen trank sie durstig. «Sie kennen also das Brautpaar?»

Irgendwie schien es seltsam, ihn jetzt noch zu siezen, doch ohne das Tanzen fühlte sie sich ihm gegenüber wieder befangener.

«Ich kenne Pippa seit Ewigkeiten», sagte er. «Wir hatten bei derselben strengen Geigenlehrerin Unterricht und trafen uns jede Woche bibbernd auf dem Flur. Das verbindet. Und Sie?»

Ein hintergründiges Lächeln schimmerte auf. «Sie sind, wie ich sehen konnte, mit dem Bräutigam sehr vertraut?»

Hulda verschluckte sich fast an ihrem Champagner.

«Der Kuss war eine Albernheit», sagte sie schnell. «Es musste einfach noch ein letztes Mal sein, damit ich wirklich verstehe, dass da nichts mehr ist.»

«Und?», fragte er scheinbar ungerührt. «Hat es geklappt?»

«Absolut», sagte sie und meinte es so.

«Gut», sagte er. «Das hatte ich gehofft.»

Plötzlich wusste Hulda nicht mehr, wohin mit ihren Händen, verlegen spielte sie am Glas herum. Gleichzeitig sah sie sich einen Moment wie von außen und fand, dass sie eigentlich zu alt oder zu erwachsen für all das hier war. Warum aber fühlte es sich dann so herrlich an?

«Du scheinst mich ja sehr zu vermissen», hörte sie da eine Stimme hinter sich. Hulda fuhr herum.

In diesem Moment setzte die Musik aus, und ein enttäuschtes Raunen ging durch die Menge. Vor Hulda stand eine Frau in mittlerem Alter. Sie trug einen karierten Rock, der ihr bis knapp über die Knie ging, und eine modisch geschnittene kurze Jacke. Ihr helles, sandfarbenes Haar war etwas länger und hochgesteckt. Insgesamt war sie eine herbe, unauffällige Schönheit. Und sie sah nicht Hulda, sondern Max an, der prompt etwas Abstand zwischen sich und Hulda brachte.

«Leni!», sagte Max und räusperte sich in die ungewohnte Stille hinein, die nur noch von Gläserklirren und Gesprächsfetzen erfüllt war. «Ich wusste gar nicht, dass du noch kommst.»

Es schien Hulda, als wäre zugleich mit der Musik ein schützender Mantel von ihnen genommen worden. Als hätte jemand das Tuch des Zauberers fortgezogen, unter dem sich eben noch die Magie ins Unermessliche gesteigert hatte – und dahinter wartete nun die Realität auf sie.

Sie fröstelte plötzlich in ihrem dünnen Kleid und verschränkte die Arme vor der Brust.

Die Frau betrachtete Max mit undurchdringlicher Miene. Dann richtete sie ihre Augen auf Hulda und streckte ihr mit gemessener Geste die Hand hin.

«Guten Abend», sagte Hulda und ergriff zögernd die kalten Finger der Fremden. «Mein Name ist Hulda Gold.»

«So», sagte die Frau, und Hulda bewunderte beinahe, wie jemand so viel Geringschätzung mit solch einem kleinen Wort ausdrücken konnte. «Wie nett. Mein Name ist Marlene Dessauer.» Sie deutete knapp auf Max. «Seine Frau.»

Hulda wünschte sich mit einem Mal, dass Frau Bodelheim heute Abend einfach vor ihrem scheppernden Radioapparat eingeschlafen wäre wie wohl sonst auch, anstatt zu ihr hochzukommen. Wie viel lieber läge sie selbst jetzt zu Hause auf dem Sofa, eine Decke über den Beinen und einen zerlesenen Schundroman in der Hand, und verfolgte die Intrigen und menschlichen Abgründe nur aus zweiter Hand. Stattdessen musste sie hier in einer Schmierenkomödie mitspielen, die sie bis zum unerwarteten Erscheinen dieser Frau Dessauer für den möglichen Beginn einer ganz leidlichen Romanze gehalten hatte.

8.

Samstag, 31. August 1929

Margret Wunderlich war eine Frau, die ein gutes Stück Sahnetorte außerordentlich zu schätzen wusste. Sie war keine Kostverächterin wie all die jungen dünnen Dinger, die neuerdings die Berliner Straßen bevölkerten und bei denen man, selbst mit einem scharfen Blick durch die Lorgnette, kaum mehr sagen konnte, ob es sich überhaupt um Frauen handelte oder nicht. Wie Hungerhaken sahen sie alle aus, wie Knaben – erst recht in diesen schrecklichen taillenlosen Fetzen. Alles nur noch Knochen und Ecken und flache Brust, keinerlei weibliche Rundungen, wie man sie früher, zu Margrets Zeit, an einer echten Frau noch geschätzt hatte.

Gedankenverloren tätschelte sie sich den ausladenden Bauch unter ihrem Samtrock, dessen Knopf heute Morgen abgesprungen war, als sie sich nach ihrem Katerchen gebückt hatte. Doch der Verdruss hatte nicht lange angehalten, es war ohnehin bequemer in der Taille ohne den dummen Knopf.

Sie stand vor dem *Café Winter* und betrachtete mit Kennermiene die Auslage im Fenster. Wie immer verlockte hier eine ansehnliche Anzahl Kuchen, Torten und Törtchen die Vorübergehenden dazu, durch die Tür mit dem klingelnden Glöckchen einzutreten oder an einem der runden Bistrotischchen auf dem Bürgersteig Platz zu nehmen – und ein großes Stück zu bestellen. Und genau das gedachte Margret jetzt auch zu tun.

Was es hier nicht alles gab! Buttrigen Gugelhupf, Herrentorte, Buttercremetorte ... aber besonders hatte es ihr heute ein Zitronentörtchen angetan, auf dem eine Rose aus Marzipan erblühte wie ein Gedicht.

Margret setzte sich entschlossen in Bewegung. Doch als sie die Tür aufstoßen wollte, bot sich ihr unerwarteter Widerstand. Ungläubig rüttelte sie am Türknauf, dass die Scheiben klirrten. Dann sah sie zur Turmuhr hinauf. Es war bereits früher Nachmittag, die Marktleute räumten schon ihre Wagen wieder ein. Ein Fuhrwerk voller Kartoffeln mit zwei Braunen davor setzte sich gerade in Bewegung. Es war wirklich beste Kaffeetrinkzeit. Was war denn nur los?

Sie legte die Hände ans Fenster und versuchte, durch die Scheiben zu spähen. Da tauchte aus dem dämmrigen Inneren das Gesicht von Helene Winter neben den Spitzengardinen auf. Sauertöpfisch wie immer sah sie aus, was bei einem solchen Mannequin-Antlitz eigentlich eine richtige Sünde war, fand Margret. Sie bedeutete der jungen Wirtin mit energischem Winken, dass sie Einlass verlangte. Doch Helene fuchtelte nur unwirsch in der Luft herum. Es sah beinahe so aus, als wollte sie Margret von ihrer Tür vertreiben.

Na, nu hört's auf, dachte Margret empört und schüttelte den Kopf mit den vielen weißen Löckchen. Wenn die Gastwirte am Winterfeldtplatz so ihre besten Kunden behandelten, war es nicht mehr weit bis zum Konkurs. Das würde sie Herrn Winter junior, den sie eigentlich sehr schätzte, beim nächsten Mal unmissverständlich klarmachen.

Sehnsüchtig blickte sie auf ihr Törtchen in der Auslage und

versuchte, sich mit der Tatsache abzufinden, dass sie heute nicht mehr näher herankommen würde.

«Haben Se's denn nicht gehört?», fragte eine Stimme hinter ihr, und Margret drehte sich um. Frau Grünmeier stand vor ihr auf der Straße und rieb sich die groben Hände mit den erdigen Fingernägeln an einem Lappen ab.

«Nein», sagte Margret atemlos. «Was denn?»

«Die Winters wurden ausgeraubt», erklärte Frau Grünmeier mit Grabesstimme.

«Du liebe Güte!» Margret fächelte sich entsetzt Luft zu und trat noch einen Schritt näher zur Blumenverkäuferin. «Das kann doch nicht sein!»

«Doch», sagte Frau Grünmeier und rollte vielsagend mit den Augen. «Eener nach'm anderen, Frau Wunderlich. Man muss ja dankbar sein, dass man nicht auf offener Straße massakriert wird in diesen Tagen.» Sie fuhr sich mit einem schmutzigen Finger über die Kehle, als erwartete sie, dass gleich Jack the Ripper persönlich auftauchen und sie zur Strecke bringen würde.

Margret schauderte wohlig. «Liebe Frau Grünmeier», sagte sie mit so viel Theatralik in der Stimme, wie sie aufbringen konnte, «wie furchtbar ist das alles. Erst der arme Bert, nun das *Café Winter*. Wer ist als Nächstes dran? Und wie kann die Regierung das nur zulassen?»

Frau Grünmeier schnaubte. «Der Müller, dieser Sozi, gehört ins Kittchen dafür, wie er das Land vor die Hunde gehen lässt.» Sie ballte nun die Hände zu Fäusten. «Das hat man davon, wenn gottlose Sozialdemokraten das Ruder übernehmen. Hin ist alle Ordnung, aller Sinn für das Gute. Ich habe es ja immer gesagt! Wir sind ein Volk ohne Führung, Frau Wunderlich!»

Bisher war es Margret stets als ein wenig unter ihrer Würde erschienen, allzu lange mit der Blumenverkäuferin zu reden, deren proletarisches Auftreten und ungepflegte Erscheinung ihr schon immer suspekt waren. Sie selbst war schließlich Hausbesitzerin und konnte stolz auf eine gute hanseatische Bildung sein. Doch heute sprach ihr die Frau so recht aus dem Herzen, und sie spürte, wie eine gewisse Zuneigung sie erfasste. Es war schön, einmal verstanden zu werden! Und was Frau Grünmeier da zuletzt gesagt hatte, war die reinste Wahrheit.

«Das haben Sie richtig ausgedrückt», sagte sie daher und legte der Frau sogar einen Moment ihre Hand auf den stämmigen Arm.

Frau Grünmeier schien erfreut. Sie blickte zum Zeitungskiosk hinüber. «Haben Sie mit Bert gesprochen?», fragte sie. «Ich gebe zu, ich bin nicht glücklich darüber, was er in seiner Freizeit so treibt – wenn Sie wissen, was ich meine.» Bedeutungsvoll sah sie Margret von unten her an, und Margret nickte betrübt – oh ja, sie wusste! «Aber man macht sich ja doch Sorgen. Und dass es für ihn so dicke kommen musste, dit wünscht man ja keenem!» Sie fiel wieder ins Berlinerische, was Margret geflissentlich überhörte.

«Gerade heute Vormittag war ich bei ihm in der Klinik», berichtete Margret stolz, «nur deswegen bin ich jetzt erst hier auf dem Markt. Ich wollte mich ein wenig stärken, wissen Sie, so ein furchtbarer Krankenbesuch zehrt einen ja regelrecht aus.»

«Geht es ihm denn so schlecht?», fragte Frau Grünmeier und riss die Augen weit auf. «Ist es wirklich das Herz, wie alle sagen?»

Margret wiegte unbestimmt das Haupt. Ganz verstanden hatte sie eigentlich nicht, was Bert niedergestreckt hatte, als sie heute mit einem Säckchen stärkender Hustenbonbons, auf die schon ihre verblichene Mutter bei jeder Art von Leiden geschworen hatte, an seinem Krankenbett erschienen war. Er hatte, blass, aber aufrecht in den Kissen sitzend, herumgedruckst und etwas von *schwacher Konstitution* und *verschleppter Grippe* gemurmelt.

«Ein richtiger Herzanfall war es jedenfalls nicht», sagte sie zur Blumenverkäuferin. «Bert hat beteuert, morgen wieder auf den Beinen zu sein. Er wolle sich aus dem Krankenhaus entlassen und bald wieder im Kiosk stehen.»

«Unkraut vergeht nicht», sagte Frau Grünmeier, die es schließlich wissen musste, und beide Frauen seufzten noch ein wenig und wiegten mitfühlend die Köpfe.

Margret spürte, wie froh sie sein würde, wenn alles wieder beim Alten wäre. Wenn Bert wieder seine Zeitungen verkaufte, wie gewohnt jeden Morgen mit Fräulein Hulda Unverschämtheiten austauschte – und sie selbst wieder ins *Café Winter* einkehren könnte, zu heißer Schokolade und Zitronentörtchen.

Du entkommst mir nicht, sagte sie stumm zur Marzipanrose, die sie noch immer durch die Scheibe hindurch anlachte – höhnisch, wie es ihr schien.

Da hörte sie Schritte zum Café eilen und riss erneut den Blick von den Herrlichkeiten in der Auslage los. Felix Winter kam gelaufen. Beim Anblick von Margret und Frau Grünmeier, die wie Wachtposten vor der Tür seines Lokals standen, verlangsamte er seinen Gang ein wenig. Und wenn Margret es nicht besser gewusst hätte, hätte sie geglaubt, in seiner Miene etwas wie Verdruss zu lesen. Doch dieser Unmut musste eine andere Ursache als ihre Anwesenheit haben, sagte sie sich, schließlich war der gute Mann soeben Opfer eines abscheulichen Verbrechens geworden.

«Herr Winter!», rief sie und breitete die Arme aus. «Was hört man denn für schreckliche Sachen?»

«Ach», sagte Felix und blieb stehen. «Es ist wirklich sehr ärgerlich.»

Alles an ihm wirkte heute verkehrt. Die Schiebermütze, die er sonst trug, fehlte. Stattdessen hatte Margret freien Blick auf seinen kurz rasierten Schopf und – als er einen Moment den Kopf wandte – auf die drei breiten Hautwülste, die seinen Nacken bildeten. Die Weste, die er über dem braunen Hemd trug, war schief geknöpft, und die Hakenkreuzbinde, die sonst akkurat am Oberarm saß, flatterte auf halb acht.

«Fehlt sehr viel?», fragte Margret mitfühlend. «Wie ernst ist denn die Lage, mein Lieber?»

«Die Kasse wurde aufgebrochen», sagte er, «sie ist leer. Das waren über tausend Mark. Und dann, was schlimmer ist, haben diese Banditen den ganzen Weinkeller ausgeräumt. Auch die Spirituosen haben sie mitgenommen.» Er deutete nach drinnen, und tatsächlich bemerkte Margret jetzt die leeren Regale hinter der Theke, wo sonst die schimmernden bunten Flaschen mit Pfefferminzlikör, Whisky und Gin standen. «Ich konnte noch gar nicht den ganzen Schaden überblicken.»

«Aber wer tut denn nur so etwas?», rief Margret empört. «Was machen denn diese Halunken mit all dem Zeug?»

«Verkaufen?» Felix hob müde die Schultern. «Austrinken? Wahrscheinlich beides ... Was weiß ich?» Er sah sich um und senkte die Stimme. «Aber eins ist klar», sagte er dann, «da waren Profis am Werk. Das Türschloss wurde säuberlich geknackt, und nichts wurde zerstört. Die wussten genau, was sie tun, und wie sie sich ungesehen davonmachen.»

«Hat man denn schon eine Spur?», fragte Frau Grünmeier begierig.

Felix schüttelte den Kopf. «Nichts», sagte er düster. «Die Polizei ist machtlos – behaupten sie jedenfalls. Wir braven Bürger sind wieder auf uns gestellt, wie immer. Ich hoffe wirklich, dass wir Deutschen uns das nicht mehr lange gefallen lassen. All das Drecksgesindel, das hier bei uns einfällt und uns in den Ruin treibt, all die Schmarotzer aus Osteuropa ...» Er brach ab, und eine feine Röte zog über seine Stirn. «Nichts für ungut, Frau Wunderlich», sagte er dann, bemüht ruhig. «Verzeihen Sie meine Kraftausdrücke, das ist nur der Ärger.»

«Nicht doch», beruhigte sie ihn, «das würde wohl jeder verstehen. Und gerade sagte Frau Grünmeier noch etwas ganz Ähnliches zu mir.»

«Man kennt sich in der Welt einfach nicht mehr aus», sagte Felix, und in seiner Stimme mischten sich Erleichterung über ihr Verständnis und eine tiefe Sorge. «Alles steht Kopf! Die Stützen der Gesellschaft, wir Unternehmer, werden nicht geschützt vor dem Verbrechen. Deutschland ist noch immer verhasst in der Welt und tief verschuldet. Wie sollen wir uns da je wieder herausarbeiten?» Er schnaubte grimmig. «Und wer soll das Land denn auch noch zusammenhalten? Wir deutschen Männer, die unsere Heimat verteidigen wollten, wurden 1918 von den Dolchführern in unserer Mitte hinterrücks daran gehindert. Und nun leben wir, wie es scheint, für immer in Schande.» Er kratzte sich am Schädel, aus seinem Gesicht sprach nun blanke Wut. «Aber ausländisches Gesocks darf unsere Stadt unterwandern, sich überall breitmachen und seine Langfinger nach unserem deutschen Geld ausstrecken. Oder uns sogar ungestraft ausrauben.»

«Sie meinen, es waren Ausländer?», fragte Frau Grünmeier. Ihre Hängebacken zitterten vor Erregung. «Dit kann ick mir denken! Die sind ja überall, spielen hier ihre primitive Musik, verführen die deutschen Frauen und bestehlen unbescholtene Bürger.» Sie verschränkte schützend die Arme vor ihrer großen Brust, als wollte sie aller Welt demonstrieren, dass sie nicht eine von denen war, die sich von so einem dahergelaufenen Fremden umgarnen ließe.

Margret sah zwischen ihr und Felix hin und her. Das ging ihr dann doch etwas zu weit, denn welche Beweise gab es dafür, dass Fremde die Einbrecher waren? Sie dachte an Jake Smith, den amerikanischen Trompeter, dem eine ihrer Mieterinnen in ihrer Wohnung im Erdgeschoss der Winterfeldtstraße 34 Deutschstunden gab. Zuerst war Margret auch nicht begeistert gewesen, dass dieser Mann, dessen Haut tiefschwarz glänzte, in ihrem Haus – dem Haus ihres lieben verstorbenen Gatten – ein und aus ging. Was würden die Nachbarn sagen? Doch dann hatte der Herr Smith sich im letzten Winter erboten, Margret die Kohlensäcke nach oben zu tragen, und sie hatte dankbar angenommen und ihm in ihrer Küche einen Kaffee gekocht. *Bitte sehr, schwarz wie die Nacht*, hatte sie gesagt und ihm eine Tasse serviert – da hatten sie beide laut lachen müssen. Seitdem war es zur festen Gewohnheit geworden, dass er Margret ab und zu half und sie ihm immer ein Stück Butterkuchen aufhob, den er so liebte.

Nein, alle, die es aus fremden Ländern herzog in ihre Stadt, waren gewiss nicht schlecht, da konnte sie Felix und Frau Grünmeier nicht zustimmen. Doch es fiel ihr schwer, ihre Gedanken in Worte zu kleiden, es war kompliziert. Und so schwieg sie.

Ehe Felix antworten konnte, wurde die Tür des Cafés von innen aufgestoßen. Helene stand im Türrahmen. Auch sie, die sonst makellos onduliert und geschminkt war, wirkte derangierter als gewöhnlich. Die herrlichen blonden Zöpfe waren zerzaust, und eine steile Sorgenfalte zog sich über die Puppennase.

«Felix!», zischte sie, ohne Margret und Frau Grünmeier zu begrüßen. «Komm endlich herein. Die Polizei wird gleich noch einmal hier sein, und ich muss Mutter um drei Uhr die Zwillinge abnehmen.»

Felix blickte bedauernd zwischen Margret und Frau Grünmeier hin und her. «Meine Damen», sagte er, «die Pflicht ruft.»

«Viel Glück!» Frau Grünmeier hob die geballte Faust in die Luft – ob sie damit zeigen wollte, dass sie ihm die Daumen drückte oder ihre Kampfbereitschaft signalisierte, vermochte Margret nicht zu sagen. Auf jeden Fall wandte sich die Blumenverkäuferin ab und stampfte in Richtung Marktplatz davon, wo sich eine ansehnliche Schlange vor dem Blumenstand gebildet hatte. Ihr Lehrling konnte den Ansturm kaum bewältigen und sah ihr über die Eimer voller Dahlien, Astern und später Rosen flehentlich entgegen.

Margret nickte den Winters zu und drehte ebenfalls bei. Nachdenklich umrundete sie den sonnigen Platz, ließ den Fleischer hinter sich, dann den *Salon Ferdinand* und ging weiter Richtung Bayerisches Viertel, wo die *Konditorei Schönholz* lag. Dort, so hoffte sie, würde sie etwas finden, das ihren knurrenden Magen besänftigte und wenigstens einen dürftigen Ersatz für die verpasste Köstlichkeit bei Felix Winter bot. Etwas, womit sie ihre Sorge über die Auflösung der Welt, von der Felix gesprochen hatte und die auch sie immer mehr spürte, wenigstens für einen Augenblick vertreiben konnte.

9.

Samstag, 31. August 1929

Das vertraute Klimpern von Geschirr und kleinen Kaffeelöffeln und das Fauchen der Kaffeemaschine begrüßten Hulda, als sie mit Meta an der Hand ins *Café Pony* eintrat. Ein unwiderstehlicher Duft nach frisch gemahlenen Kaffeebohnen umhüllte sie zärtlich, und sie sog ihn ein wie ein lange entbehrtes Elixier.

Ihr Schädel brummte nach gestern Abend ordentlich, dabei hatte sie gar nicht so viel getrunken. Doch sie war erstens aus der Übung, und zweitens mischte sich in den leichten Champagnerkater das dumpfe Gefühl von Verlegenheit, weil sie sich allzu leicht von dem interessanten Fremden aufs Glatteis hatte führen lassen. Woraufhin sie auch prompt und äußerst schmerzhaft auf dem Hintern gelandet war.

«Morgen, die Herrschaften», brummte Inge, die Besitzerin des kleinen Cafés, die hinter dem Tresen mit Geschirr hantierte und nicht gleich aufsah. Dann aber hob sie den Blick und bemerkte erst Hulda und danach Meta. Ihre Miene hellte sich auf, und sie kam um den Tresen herum, während sie sich die Hände an der groben Leinenschürze abwischte.

Inge erinnerte Hulda immer an eine Bulldogge, allerdings an eine äußerst friedliche. Sie hatte schlaffe Wangen und traurige, halb verhangene Augen. Doch ihr Mokka war ausgezeichnet. Und sie hatte – was Hulda noch mehr an ihr schätzte – vom ersten Tag an, als Hulda vor knapp drei Jahren übernächtigt und griesgrämig mit einer brüllenden Meta im Arm in ihrem Café Zuflucht suchte, um zu stillen, einen Narren an der Kleinen gefressen. Hulda selbst hatte das Gefühl, hier nur in ihrer Rolle als Metas Mutter geduldet zu werden, doch das war ihr recht.

«Inge!», rief Meta, machte sich los und flog in Inges fleischige Arme. «Spielen wir wieder Kaffeehaus?»

Inge lachte über beide Ohren. «Du bist mir eine», sagte sie, «das ist kein Spiel, sondern meine Arbeit.»

Meta nickte und schüttelte achtlos die Mütze von ihren dunklen Haaren, sodass sie zu Boden segelte. «Und ich helfe dir. Du hast gesagt, ich bin dir eine große Hilfe!»

«Absolut!» Inge wechselte einen amüsierten Blick mit Hulda. «Dann komm mal zu mir nach hinten. Als Erstes kannst du abstauben.»

Hulda, die sich jeden Abend verzweifelt – und erfolglos – abmühte, ihrer kleinen Tochter die Bedeutsamkeit des Aufräumens nahezubringen, sah erstaunt, wie Meta begeistert strahlte, als hätte Inge ihr angeboten, mit ihr auf den Jahrmarkt zu gehen, wo sie so viele Süßigkeiten essen dürfte, wie sie wollte. Mit ihrer kleinen Hand ergriff Meta den Staubwedel und begann, voller Ernst und Wichtigkeit alle Oberflächen in dem kleinen, eher düsteren Caféraum zu polieren. Ein älterer Herr mit Weste und Uhrenkette, der an einem der runden Holztische saß und versuchte, seine *Berliner Illustrierte* zu lesen, musste sogar die Füße heben, damit Meta auch den Boden in seiner Ecke auf Hochglanz bringen konnte. Dafür war der Staubwedel zwar eher nicht gedacht, aber Inge war keine Frau, die auf derlei Feinheiten Wert legte.

Sie machte sich wieder an der Kaffeemaschine zu schaffen und stellte Hulda, die auf einem Barhocker am Tresen Platz genommen hatte, wortlos einen dampfenden Mokka und den Zuckerstreuer hin.

«Und ein Aspirin?», fragte sie diskret, aber ganz selbstverständlich. Inge war es gewohnt, dass sich Samstagfrüh alle möglichen abgehalfterten Gestalten vom Nollendorfplatz in ihre kleine Kaffeestube schleppten, um sich aufpäppeln zu lassen.

Hulda zögerte, lehnte dann aber ab. Der leise Kopfschmerz, der an ihren Schläfen zerrte, konnte vielleicht noch durch eine große Menge Kaffee in Schach gehalten werden. Wenn nicht, hatte sie zu Hause einen ansehnlichen Vorrat Schmerzmittel von Jette gehamstert. Wenigstens musste sie heute nicht arbeiten, dachte sie erleichtert. Zwar galt für Angestellte weiterhin die Sechstagewoche, doch samstags öffnete die Beratungsstelle nur in kleiner Besetzung, und Hulda war erst in drei Wochen wieder dran mit einem Dienst.

Sie schlürfte die starke heiße Brühe wie Medizin und sah sich in dem kleinen Café um. Ab und zu ging das Glöckchen, und ein weiteres müdes Gesicht drängte herein – hier ein Bubikopf, da eine Melone, dann wieder eine Schiebermütze. Das Publikum war gemischt, Geschäftsmänner tranken hier ihren Kaffee neben Stenotypistinnen, und verkannte Literaten kritzelten ihre Notizbücher voll. Dann kam ein älterer Herr mit Schläfenlocken herein, stopfte seine Pfeife und bestellte einen Tee mit viel Kandis. Es war Doktor Löwenstein, Hulda hatte ihn länger nicht gesehen. Früher war er Stammgast im *Café Winter* gewesen. Aber schon vor Jahren hatte Huldas Jugendfreund Felix ihr gestanden, dass er dem alten Herren nahegelegt hatte, sich ein anderes Lokal zu suchen. Die Gäste der Winters waren zunehmend deutschnational und sollten nicht durch den Anblick eines altersschwachen Juden vergrätzt werden.

Hulda hatte sich darüber sehr geärgert, denn auch wenn sie es nicht zeigte, so war sie doch per Herkunft eine Jüdin. Was Felix vor vielen Jahren nicht daran gehindert hatte, um ihre Hand anzuhalten, dachte sie mit einem Anflug von spöttischer Bitterkeit, doch das war längst Geschichte. Und er hatte sich seitdem sehr verändert – genau wie sie.

Hier aber, im *Café Pony*, schien sich niemand an dem Anblick des alten Mannes zu stören, der nun ganz selbstverständlich Platz nahm, seinen langen dunklen Mantel über einen Stuhl legte und eine Zeitung entfaltete, um sie durch seine halben Brillengläser zu studieren.

War Hulda der Besitzerin Inge ohnehin schon dankbar, weil sie ihr einen Moment Ruhe verschaffte und Meta nun mit Kreide auf der Menütafel herumschmieren durfte, so stieg ihre Hochachtung vor der einfach wirkenden Frau jetzt noch mehr. Hier bei ihr konnte jede und jeder sein, was er oder sie wollte, wenn man nur den Kaffee bezahlte. Und selbst das war kein Gesetz, denn Hulda hatte schon oft beobachtet, wie Inge jemanden anschreiben ließ.

Sie vermutete, dass die Cafébesitzerin die Schulden auch nicht immer eintrieb, sondern die kleinen Beträge derer, die arbeitslos waren und sich eigentlich nicht einmal mehr einen Mokka leisten konnten, irgendwann stillschweigend aus dem Büchlein radierte. Tatsächlich gab es in Berlin wieder mehr Arbeitslose als noch vor ein paar Jahren. Nicht so viele wie zur Zeit der Inflation, aber doch genug, dass man an den Bahnhöfen regelmäßig über unkenntlich vermummte Körper auf dem Gehweg steigen musste. Offensichtlich gab es nicht einmal in den Männerunterkünften der Stadt genug Platz, wo man unter fragwürdigen Bedingungen und auch nur in Schichten schlafen konnte. Geschweige denn in einem der Betten, die in Privathäusern für Schlafburschen zur Verfügung standen.

Auch gestern waren Hulda bei ihrer etwas schwankenden Rückfahrt durchs nächtliche Kreuzberg nach Schöneberg die vielen Nachtschwärmer aufgefallen, die nicht alle nur aus Freude am Herumtreiben die Straßen bevölkerten, sondern vor allem aus Mangel an Alternativen. Darunter auch die unzähligen, leicht bekleideten Mädchen, die stark geschminkt und unentwegt rauchend an den Ecken herumhingen und resigniert auf Kundschaft warteten. Sogar einige Jungen waren darunter, die besonders rund um die Schöneberger Plätze auf Freier aus waren und dabei so viel Haut zeigten, dass es Hulda fröstelte, denn die Nacht war bereits kühl. All diese armen Seelen prägten die nächtlichen Stunden der Stadt. Einer Stadt, die sich in der Dunkelheit, wenn sich nur die Neonlichter in den Scheiben spiegelten, ganz anders zeigte als bei Tag. Wie eine greise düstere Königin kam Hulda ihr liebes altes Berlin bei Nacht vor, die sich noch ein letztes Mal die glitzernden Juwelen angehängt hatte und nicht bemerkte, dass sie selbst nur noch Haut und Knochen war. Ein Skelett auf seinem Thron mit notdürftiger Tünche über dem Totenschädel.

«Mama!» Metas Stimme riss sie aus ihren seltsamen Gedanken. «Sieh mal.»

Die Tochter hielt ihr ein weiches Fellknäuel entgegen, das sich in ihre kleinen Arme schmiegte und schnurrend mit den Haarspitzen der Kleinen spielte.

Hulda blickte fragend zu Inge.

«Minka hat Junge bekommen», sagte die Cafébetreiberin

und polierte mit ungerührter Miene ihre Gläser. «Eins haben wir behalten.»

Hulda ahnte, was mit den übrigen Tierchen des Wurfs geschehen war, doch sie sagte nichts. Als sie das selige Gesicht ihrer Tochter sah, lächelte sie nur und streichelte ebenfalls das kuschelweiche Bündel. Manche Wahrheiten brauchten nicht unbedingt ans Licht gezerrt zu werden.

Wie diese Wahrheit gestern – die hätte für Huldas Geschmack auch gern für immer vor ihr verborgen bleiben können: Max Dessauer, dem sie sich für ein paar Augenblicke so herrlich nah gefühlt hatte, als sie wie selbstverständlich mit ihm durch den pulsierenden, dröhnenden Saal in der Hasenheide getanzt war und herumgealbert hatte ... Dieser Mann also war gar nicht der alleinstehende Junggeselle, den sie sich kurz herbeiphantasiert hatte. Wenn sie ehrlich war, hätte sie es wissen müssen, er hatte schließlich bereits bei ihrer ersten Begegnung Kinder erwähnt. Doch sie hatte sich blind und taub gestellt, als er gestern so unverhofft an ihrer Seite aufgetaucht war. Und sie hätte es vorgezogen, unwissend zu bleiben. Aber der Auftritt seiner Frau hatte Hulda schneller, als sie es wollte, Augen und Ohren zurückgegeben und ihr gründlich den Kopf gewaschen. Zwar hatte Max sie noch halb entschuldigend, halb fröhlich angestrahlt, als könnte er kein Wässerchen trüben. Doch sie hatten kein ungestörtes Wort mehr miteinander wechseln können, und Hulda hatte sich nach zwei weiteren Anstandsminuten aus dem Staub gemacht. Sie hatte sich mit zittrigen Knien auf ihren Drahtesel geschwungen und dem Ort ihrer Niederlage – denn so fühlte sie sich, wie eine Boxerin, der ein technischer K.o. zugefügt worden war – den Rücken gekehrt. Nicht einmal von Karl und Pippa hatte sie sich verabschiedet, aber das war vielleicht ganz gut so. Es reichte, dass sie eine Ehefrau gegen sich aufgebracht hatte, sie verspürte wenig Sehnsucht, auch noch auf eine eifersüchtige Braut zu treffen.

Pippa hatte ohnehin gewonnen, in diesem Spiel, das Hulda nicht einmal mit allen Mitteln, sondern nur halbherzig gespielt hatte. Wenigstens jetzt, ganz am Ende, wollte sie sich an die Regeln halten und Karl von ihrer störenden Anwesenheit befreien.

Und Max ebenso.

Sie hatte wirklich ein großartiges Händchen mit den Männern, dachte sie und schnaubte in ihren Mokkarest. Einer ihrer Verflossenen war mittlerweile überzeugter Nazi, einer trat vor den Altar mit einer anderen und würde ab morgen in den Flitterwochen auf Usedom weilen, und einer war tot. Nun kam noch ein verheirateter Professor des Wegs, na, danke! Sie sollte es einfach aufgeben und der Welt und sich selbst weiteren Ärger ersparen!

«Sieben Tage Regenwetter ist nichts gegen Ihr Gesicht, Fräulein Gold», sagte Inge und stellte ihr wortlos eine zweite dampfende Tasse vor die Nase. «Ein Sauertopf nach dem anderen wird hier an meinen Tresen gespült! Ist denn schon November?»

Hulda zwang sich zu einem schiefen Lächeln. «Sie haben recht», sagte sie. «Ich habe eigentlich keinen Grund zum Meckern.»

«Ach, Sie finden doch immer was», war Inges wenig höfliche Antwort. «Schon als Sie das erste Mal herkamen, haben Sie sich nur beschwert. Ihr Baby schlief nicht gut, und Sie waren immer müde, hungrig und patzig.»

Hulda schwankte zwischen Empörung und befreitem Lachen. Die direkte Art der Cafébesitzerin war bekannt in der

Nachbarschaft und gefiel ihr normalerweise – solange sie sich nicht, wie jetzt, selbst eine Kritik abholte, die sich gewaschen hatte.

«Oje», sagte sie. «Ich muss Ihnen wohl sehr auf die Nerven gegangen sein.» Hulda erinnerte sich an diese ersten Monate mit der winzigen Meta nur noch wie durch einen Schleier. Es war eine wunderbare und gleichzeitig furchtbar beängstigende Zeit gewesen, in der sie tatsächlich so gut wie nie geschlafen hatte, sondern die ganze Nacht damit beschäftigt gewesen war, ihre kleine Tochter satt zu kriegen, die eigentlich durchgehend trinken wollte. Vor allem immer dann, wenn Hulda endlich ein wenig eingedämmert war, riss Metas hungriges Stimmchen sie schnellstens wieder aus dem Schlaf. Im Morgengrauen hatte sie oft in ihrer damals noch neuen, beinahe leeren Wohnung gestanden und dabei zugesehen, wie das Licht langsam über die Straßen und hoch zu ihrer Fensterbank gekrochen war. Sie hatte sich so allein wie noch niemals zuvor in ihrem Leben gefühlt – und das trotz des warmen, schnaufenden, süß duftenden Menschleins in ihren Armen. Oder gerade deswegen? Die Mutterschaft war ein knochenhartes und einsames Geschäft. Sie hatte es als Hebamme gewusst, aber erst am eigenen Leib erfahren müssen, um es wirklich zu verstehen.

«Kann gut sein, dass ich ein echter Griesgram war», sagte Hulda achselzuckend zu Inge. Dankbar nippte sie an dem frisch aufgebrühten Kaffee, während sie abwesend Meta dabei zusah, wie diese sich mit dem jungen Kätzchen am Boden wälzte. «Nichts für ungut!»

Inge winkte ab. «Dafür haben Sie ja den süßen Fratz», sagte sie und betrachtete ebenfalls Meta und die kleine Katze. In ihren tief liegenden, verschatteten Augen stand eine solche Zuneigung, dass auch Hulda warm wurde. «Sie sind ein richtiger Glückspilz, Fräulein Gold!»

Gerade überlegte Hulda, ob sie diese Behauptung unterschreiben würde, als das Glöckchen wieder bimmelte und hinter ihr Schritte zu hören waren. Sie drehte sich auf ihrem Hocker halb um und sah, dass Milli Nowak, die junge Schauspielerin, die sie aus der Beratungsstelle kannte, das Café betreten hatte. Richtig, dachte sie, Milli hatte ein Engagement im Theater gleich nebenan. Und so, wie sie aussah, brauchte sie nicht nur eine Tasse Kaffee, sondern gleich die ganze Kanne.

«Morgen», murmelte die junge Frau verschlafen.

Ihre Augen waren schwarz umrandet, die Schminke nach einer langen Nacht zerlaufen. Das kurze helle Haar wirkte zerzaust und ihr Rock zerknittert. Doch was Hulda irritierte, war der rote Striemen, der über Millis weichen Hals lief wie ein Brandmal. Der war neulich noch nicht da gewesen, als sie in der Beratungsstelle aufgekreuzt war, das wusste Hulda genau. Allerdings waren ihr damals schon die blauen Male an den Armen aufgefallen.

«Wie immer?», fragte Inge und goss bereits großzügig Mokka ein, ohne auf die Antwort zu warten.

Milli taumelte einen Moment und musste sich am Tresen festhalten, ehe sie rasch auf den freien Hocker neben Hulda glitt.

«Guten Morgen, Milli», sagte Hulda und versuchte, sich nichts anmerken zu lassen.

Da erst erkannte Milli sie. «Oh.» Sie räusperte sich. «Hulda, das sind ja Sie!»

Nun bemerkte Hulda auch den stechenden Geruch nach Gin, der von ihr ausging. Mit zitternden Fingern griff Milli nach der Tasse und trank in kleinen Schlucken. Inge und

Hulda wechselten einen Blick, dann schob die Cafébesitzerin der jungen Frau den Zuckerstreuer hinüber und bedeutete ihr mit dem Kinn, sich zu bedienen. Gehorsam und mit langsamen Bewegungen wie im Halbschlaf schüttete sich Milli die weißen Krümel in den Kaffee, rührte mit schlingernden Bewegungen um und trank noch einen großen Schluck. Dann nahm sie mit dankbarem Nicken die beiden weißen Pillen entgegen, die Inge ihr hinhielt, steckte sie sich in den Mund und schluckte ein paarmal krampfhaft. Anders als Hulda ging sie offenbar nicht davon aus, dass sie den Tag ohne die mildernde Wirkung von Salicylsäure überstehen würde. Und Hulda musste ihr beim erneuten Blick in ihr käsiges Gesicht stumm recht geben.

«Sie dürfen nichts Schlimmes von mir denken», flüsterte Milli ihr zu und hielt sich weiter an ihrer Kaffeetasse fest, als könnte sie sich nur mit ihrer Hilfe aufrecht auf dem Hocker halten. «Ich habe Ihren Ratschlag nicht vergessen, wirklich. Gleich gehe ich zurück nach Hause und kümmere mich um Edyta.»

«Davon bin ich überzeugt», sagte Hulda. Sie bemühte sich, so neutral wie möglich zu klingen. «Ich bin im Übrigen nicht im Dienst», ergänzte sie dann. «Und selbst wenn, wären Sie mir keinerlei Rechenschaft schuldig.»

Sie sah zu Meta hinüber, die inzwischen die Katze aus ihren Patschehänden entlassen hatte und stattdessen mit Kreide auf den klebrigen Boden des Cafés unbeholfene Hüpfekästchen gemalt hatte. Gerade bemühte sie sich, auf ihren dicken Beinchen von Feld zu Feld zu hüpfen, wie sie es wohl den größeren Kindern auf der Straße beim *Himmel und Hölle*-Spiel abgeschaut hatte. Ein ums andere Mal plumpste sie auf den Hosenboden. Doch das trübte ihre gute Laune nicht.

Inge schien zum Glück nichts dagegen zu haben, dass ihr Fußboden derart verschönert worden war, und Hulda schwankte zwischen dem Pflichtgefühl, ihr Kind zu mehr Ruhe zu ermahnen, und der Sehnsucht, einfach sitzen zu bleiben und noch ein paar ruhige Minuten zu verleben. Außerdem sorgte sie sich um Milli und wollte zu gern wissen, was die junge Frau heute Nacht getrieben hatte, dass sie aussah wie ihre eigene Karikatur.

Milli war Huldas Blick gefolgt. Fragend sah sie Hulda an, und diese nickte.

«Das ist meine Tochter», sagte sie, «sie ist drei Jahre alt.»

In Millis trübe Augen trat ein Ausdruck, den Hulda nicht deuten konnte. War es Ärger? Neid? Nein, dachte sie dann, es war Schmerz. Die schmerzliche Erkenntnis, dass ihr eigenes Kind sich nicht so schnell entwickelt hatte wie Meta und es wohl auch nie tun würde. Außerdem die Angst, daran schuld zu sein. Und obwohl Hulda wusste, dass sie in der Betreuung und Begleitung ihres eigenen Kindes wohl meistens tatsächlich recht gut abschnitt, kannte sie diesen Schmerz doch ganz genau. Jede Mutter kannte ihn. Jede Mutter hatte Angst davor, ihrem Kind nicht genug bieten zu können. Es nicht immer so lieben zu können, wie es das verdiente, oder die Liebe vielleicht nicht oft genug zu zeigen.

In einem ähnlichen Impuls, wie sie ihn schon neulich verspürt hatte, legte sie sachte einen Arm um die junge Schauspielerin. Doch diesmal war es nicht die Umarmung einer Beraterin für ihren Schützling, sondern Solidarität unter Müttern.

Milli zuckte einen Moment zurück, dann entspannte sie sich und lächelte Hulda zaghaft an.

«Ich gebe nicht auf», sagte sie. «Ich muss mich nur noch etwas mehr anstrengen, um Edyta die Mutter zu sein, die sie braucht. Es ist nur so ... Der Mensch muss leben.»

Die letzten Worte klangen bitter, und wieder fragte sich Hulda, was Milli in der vergangenen Nacht getan hatte. Oder hatte tun müssen, um ihrem Kind das Überleben zu sichern, um die nächste Mahlzeit zu verdienen. Sie ahnte, was es gewesen war, und es tat ihr furchtbar leid. Aber sie konnte nichts tun, jedenfalls nicht mehr als das, was sie bereits getan hatte – der jungen Frau einen Rat geben. Vielleicht konnte sie ihr noch eine der Adressen der vielen Frauenvereine aufschreiben, in denen Not leidende Mütter unterstützt wurden und sich ab und zu Lebensmittel wie Milchpulver und Äpfel abholen durften. Doch die Entscheidung, ihr Leben in die Hand zu nehmen, die musste von Milli allein getroffen werden – wie bei all den anderen, die zu Huldas Beratungen kamen.

Es gab eben nichts umsonst, auch wenn es bei den Frauenvereinen und Suppenküchen manchmal den Anschein hatte, schon gar nicht für Frauen, die ohnehin den Bodensatz der Gesellschaft bildeten. Nein, hinter jedem geschenkten Teller Suppe stand eine enorme Kraftanstrengung – als bedürftiger Mensch musste man die eigene Scham überwinden und hingehen, und zwar jeden Tag erneut. Für Mütter war es ganz besonders schwer, in dieser harten Welt zu überleben. Nichts bedrohte Frauen so sehr mit Armut wie die Tatsache, dass sie ein Kind bekamen. Noch schlimmer war es nur, wenn es sich um ein uneheliches Kind handelte.

Hulda fröstelte und zog ihren Arm zurück. Wie nah sie selbst diesem Zustand gewesen war! Und wie schnell es auch für sie bergab gehen konnte, sobald etwas schieflief – eine Kündigung, eine Krankheit, ein dummer Unfall, mehr brauchte es nicht. Jede Störung des mühsam errichteten Systems, in dem sie sich eingerichtet hatte, konnte ihren Ruin bedeuten. Nur wenige Zentimeter trennten eine Hulda Gold von einer Milli Nowak. Das sollte sie nie vergessen!

«Ihr Kaffee geht auf mich», sagte sie zu der jungen Frau, die dankbar nickte. Dann zahlte sie bei Inge und stand auf. «Meta», rief sie, «Zeit zu gehen. Wir müssen noch einkaufen.»

«Nein! Ich will aber nicht!», rief Meta.

Hulda sah, wie einer der gefürchteten Wutanfälle ihrer Tochter heraufbrodelte, doch Inge rettete sie. Sie griff in ein Bonbonglas, das versteckt unter dem Tresen stand, und hielt Meta zwei eingewickelte bunte Drops hin.

«Wegzehrung, meine Süße», sagte sie.

Meta strahlte und hielt, den Wind aus den Segeln genommen, die Hand auf. Sie versuchte sogar, in ihren verschmutzten weißen Strümpfen zu knicksen, was ihr allerdings misslang, sodass sie nur einen drolligen Hüpfer machte.

«Küss die Hand», sagte sie lispelnd, und Hulda verbiss sich ein Lachen.

Das hatte sich die Kleine von Bert abgeguckt, der dies stets zum Abschied am Zeitungskiosk sagte. Ein dumpfes Gefühl durchfuhr Hulda beim Gedanken an ihren guten alten Freund, und sie nahm sich vor, bald in der Klinik anzurufen oder vielleicht sogar noch einmal vorbeizufahren, um sich davon zu überzeugen, dass es ihm besser ging.

«Küss sie selbst», sagte Inge und winkte.

Während Hulda sich aufmachte, rutschte Milli vom Hocker und rief: «Warten Sie!» Sie schien etwas fester auf ihren schlanken Beinen zu stehen als zuvor. Aufgeregt nestelte sie an ihrer Tasche. «Ich habe hier Karten für die Premiere am Freitag», sagte sie und fischte ein paar zerknitterte Billetts hervor, von denen sie Hulda zwei hinhielt. Ihr Blick ließ keine Möglichkeit zu, das Geschenk abzulehnen, darum ergriff Hulda die beiden Karten.

«Danke», sagte sie. Dann las sie, was darauf gedruckt stand: *Der Kaufmann von Berlin, von Walter Mehring. Uraufführung.*

«Ich war ewig nicht im Theater», sagte sie.

«Vielleicht macht es Ihnen Freude», sagte Milli, beinahe kleinlaut. «Das Stück ist nicht ganz einfach, die Geister werden sich dran scheiden. Aber es ist immerhin was ganz Neues.»

«Ich würde es gern sehen», sagte Hulda. Sie ärgerte sich, dass ihr sofort Max in den Sinn kam. Wie gerne sie ihn ins Theater eingeladen hätte! Doch das war nach gestern Abend undenkbar. Und davon abgesehen müsste sie erst einmal eine Kinderbetreuung finden, um erneut abends ausgehen zu können.

Seufzend nahm sie Meta bei der Hand, grüßte in die Runde und ging zur Tür. Sie warf noch einen letzten Blick auf das Hüpfekästchenspiel, mit dem ihr Kind den Boden verziert hatte. *Himmel und Hölle.* Ja, das Leben war wohl manchmal das eine, manchmal das andere – aber allzu oft hing man irgendwo in der Mitte fest.

10.

Samstag, 31. August 1929

Wir gehen schon vor», rief Jona, ohne sich noch einmal umzusehen, und zog seinen jüngeren Bruder Rafi mit sich in Richtung einer Gruppe Halbwüchsiger, die mit Kippas und in dunklen Anzügen auf den Treppen der Synagoge in der Fasanenstraße standen und auf sie warteten.

Die Brüder rannten los, zwei jungen Wildpferden gleich, die endlich die ungeliebten Zügel ihrer Besitzer abgestreift hatten und nun bockend und unter ausgelassenem Wiehern flüchteten.

«Ist gut», rief Max seinen Söhnen hinterher, «beim Gottesdienst sitzen wir aber wieder zusammen!» Doch er war sicher, dass sie ihn nicht mehr gehört hatten. Oder hören wollten. Er verdrehte die Augen, während er spürte, wie sich seine Großmutter Ela schwer auf seinen Arm stützte.

Heranwachsende Söhne zu erziehen, war eine Herausforderung, der er sich manchmal kaum noch gewachsen fühlte – und das, obwohl er immerhin eine Koryphäe der Pädagogik war und sich sogar in kindlicher Psychiatrie habilitiert hatte. Doch all das Expertenwissen galt nichts, wenn es um die eigenen Sprösslinge ging. In den Momenten, in denen er versuchte, mit wohlgewählten Worten zu seinen beiden Jungen durchzudringen, und dennoch nichts als leere Blicke und gelangweilte Mienen erntete, fühlte er sich plötzlich sehr viel älter, als er es mit seinen vierzig Jahren war. Junge Menschen lebten einfach auf einem ganz anderen Planeten, dachte er, sie sahen die Welt aus einer anderen Perspektive als ihre Eltern, schienen oft fern und unerreichbar und waren um keine Ausrede verlegen, sich auch räumlich von ihren lieben Verwandten zu entfernen.

Max beobachtete, wie seine beiden Söhne jetzt mit großem Hallo und Schulterklopfen von ihren Freunden begrüßt wurden, und seine Sorge legte sich wieder etwas. Immerhin fanden sie Halt unter Gleichaltrigen, waren nicht allein. Es war nur natürlich, dass Heranwachsende von ihren Familien fortstrebten, sich lösten und eigene Wege gingen. Und schließlich kam es ihm und Leni auch zupass, dass die Kinder größer und unabhängiger wurden. Sie brauchten ihre Eltern nicht mehr allzu sehr, und man musste Jona und Rafi auch nicht länger eine einträchtige Ehe vorspielen. Denn eine solche, dachte Max und verlangsamte seinen Schritt, war längst Vergangenheit, wenn es sie überhaupt je gegeben hatte. Mit den Jahren war die Beziehung zwischen Leni und ihm zu einem Lügengebäude verkommen, außen vielleicht noch immer ansehnlich, aber innen hohl und dem Einsturz nahe. Kaum jemand wusste davon, der ein oder andere ahnte höchstens etwas.

«Deine Frau kommt heute wohl nicht?», fragte seine Großmutter mit brüchiger, aber nichtsdestotrotz gut verständlicher Stimme. Sie hatte seinen Arm losgelassen und stützte sich schnaufend auf ihren Stock, während sie neben ihm herschlurfte. Oh ja, die alte Frau war eine von denen, die einen sechsten Sinn hatten, dachte Max stirnrunzelnd. «Nu, das kennen wir ja schon», fügte sie noch hinzu.

«Du sollst sie nicht immer *meine Frau* nennen», sagte Max unwirsch. «Sie hat einen Namen, Großmama.»

«Ich dachte, ich sollte dich ab und zu daran erinnern, dass ihr verheiratet seid», war die schnippische Antwort. «Nicht, dass ihr es irgendwann einfach vergesst. Aber gut, wenn es dir lieber ist: Marlene kommt also nicht zum Gottesdienst?»

«Nein», sagte Max und blieb stehen. Er zwinkerte in die helle Sonne dieses schönen Sabbat-Morgens, die über dem Dach der Reformsynagoge stand und so zuversichtlich strahlte, als wollte sie ihm Mut machen, das Wortgefecht mit der alten Dame zu überstehen. Ein tiefblauer Himmel zog sich an diesem letzten Augusttag über die Dächer der Stadt, und das Licht brach sich in den oberen Glasfenstern des Tempelbaus.

Doch Max war es heute beinahe zu grell. Der Champagner, den er gestern Abend beim Polterabend seiner Kindheitsfreundin Pippa Rosine getrunken hatte, schien noch immer durch sein Blut zu perlen. Eine prickelnde Unruhe saß ihm im Körper. Dazu gesellte sich ein diffuser Kopfschmerz, der allerdings auch die Folge eines Frühstücks in eisigem Schweigen sein konnte. Leni, die Jungen und er hatten in der Wohnung in der Pestalozzistraße schmallippig und wortkarg ihren Hefezopf hinuntergewürgt und waren bald vom Tisch aufgestanden, während Elsbeth, ihre Perle, mit eingezogenem Kopf abräumte. Max hatte etwas von Schreibarbeit gemurmelt und war in sein Arbeitszimmer geflüchtet. Dabei überhörte er geflissentlich Lenis Bemerkung, was wohl seine Großmama dazu sagen würde, dass er am Sabbat arbeitete. Natürlich war das nicht ernst gemeint. Die Dessauers gingen am Samstag zwar in die Synagoge und feierten die großen jüdischen Festtage, doch davon abgesehen hielt sich bei ihnen niemand mehr an die alten Bräuche und Gesetze. Selbst Großmama Ela scheute sich seit dem Tod ihres Mannes, der strenggläubig gewesen war, nicht mehr, auch am Tag des Herrn die Lampe zu entzünden oder Briefe zu schreiben.

Früher, in besseren Tagen, hatten Leni und ihm solche kleinen, humorvollen Sticheleien Spaß gemacht, doch mittlerweile hatten sie jegliche Freude daran verloren, die spitzen Bemerkungen waren nur noch boshaft und kühl. Leni behandelte ihn, als machte er alles falsch, dabei war sie es doch gewesen, die als Erste die Gesetze der Ehe und der Liebe mit Füßen getreten hatte – schon vor vielen Jahren.

Max schloss die Augen, schob die Brille hinauf und rieb sich die Nasenwurzel mit Daumen und Zeigefinger.

«Leni fühlt sich nicht gut», sagte er und bemühte damit seiner Großmutter gegenüber die gewohnte lahme Ausrede, die zum geflügelten Wort geworden war. Was auch immer an gemeinsamen Aktivitäten anstand – eine Fahrt ins Grüne, um an der Havel zu picknicken, eine Familienfeierlichkeit, ein Empfang an der Universität, bei dem man die beiden Dessauers zusammen erwartete –, stets fühlte sich Leni nicht wohl und musste daheimbleiben. Nur, wenn es etwas war, das sie und ihre geliebte Arbeit betraf – auch Marlene Dessauer war eine gefragte Psychiaterin und Dozentin an der Universität –, schien sie plötzlich vor Kraft zu strotzen. Dann blühte sie auf, ging ihm jedoch möglichst aus dem Weg.

Max seufzte. Das Wort Scheidung, das er seit Jahren versuchte, aus seinen Gedanken zu verbannen, forderte immer lauter Gehör. Auch wenn ihm bei der Vorstellung an den Skandal ganz anders wurde.

Auch Ela war stehen geblieben. «Marlene mag ihren eigenen Kopf haben», krächzte sie, «aber Familie geht über alles.»

Sie packte ihn am Ärmel. «Wir Dessauers haben einen guten Ruf zu verteidigen, Mäxchen!»

So hatte sie ihn schon immer genannt, schon damals, als er bei ihr und Großvater Leo lebte, weil seine Eltern jung gestorben waren. Er würde immer ihr Mäxchen bleiben, das wusste er, doch wenn ein derartiger Schatten auf ihren Namen fiel, wie es im Fall einer Scheidung geschehen würde, könnte sie ihm das sicher nicht verzeihen.

Langsam schritten sie weiter nebeneinanderher, und Max stützte sie immer noch fürsorglich am Arm. Sie näherten sich der Synagoge, wo nun schon viele Menschen auf dem Vorplatz standen. Max erkannte den Rabbi, Julius Galliner, der in einem schwarzen Anzug neben Leo Baeck, dem Gemeindevorsteher, stand und engagiert auf ihn einredete. Das Lachen der beiden Männer dröhnte über den Platz.

Die jüdischen Einwohner der Charlottenburger Viertel waren eine eingeschworene Gemeinschaft, in der beinahe jeder jeden kannte, obwohl sie zahlenmäßig immer weiter wuchs. Man hatte hier seinen Platz, man heiratete untereinander, feierte zusammen, trauerte gemeinsam, führte geschäftliche Beziehungen. Hier auszubrechen, sich mit einem Skandal ins Aus zu katapultieren, war ein kniffliges Unterfangen, und diejenigen, die es dennoch wagten, begaben sich automatisch ein wenig an den Rand. Besonders um der Kinder willen bemühte man sich lieber, eine Scheidung zu vermeiden.

Bisher hatten Leni und Max deswegen auch versucht, sich zu arrangieren. Leni lebte ihr Leben und er seines, die Kinder verbrachten immer mehr Zeit in der Schule und mit ihren Kameraden. So gingen die Jahre hin, und es schmerzte ihn auch nicht mehr allzu sehr, wenn er wieder einmal einen fremden Duft an Lenis Mantel bemerkte oder ein dunkles oder rötliches Haar auf ihrer Bluse entdeckte, während ihre Mähne eher die Farbe von Haferkörnern hatte. Er verschloss die Augen vor den offensichtlichen Tatsachen, verschloss aber auch seine eigene Sehnsucht nach Nähe, nach Berührung, nach Hingabe – um seine Familie zu schützen.

Doch er spürte, wie seine Kraft nachließ. Wie dieser Mantel aus Schweigen, den er um sie beide gelegt hatte, nach und nach Risse bekam. Zumal sich die Zeiten änderten, denn was noch vor einigen Jahren undenkbar gewesen war, brach sich nun Bahn. Was als unmoralisch gegolten hatte, schien plötzlich möglich, vor allem hier in Berlin, wo die Uhren schneller zu gehen schienen als woanders.

Sogar ein eigenes sexualwissenschaftliches Institut hatte man in der Stadt gegründet. Der liberale Arzt Magnus Hirschfeld leitete es und trat auf Kongressen auf, bei denen er Homosexualität öffentlich als normale Spielart der Natur vorstellte. Und immer öfter sah man schwule Paare im Stadtbild – zwei Männer oder zwei Frauen, die Hand in Hand gingen, miteinander tanzten, sich sogar küssten, als wäre gleichgeschlechtliche Liebe kein Tabu mehr, sondern vollkommen in Ordnung. Man traf sie auf Partys, in Cafés, in der Straßenbahn – überall.

Max beobachtete Leni in solchen Momenten, sah, wie ihr Blick an den Frauen hängen blieb, wie die Augen sich weiteten, wie ein Lächeln um ihren Mund spielte. Sie wirkte dann glücklich. Über seine eigenen Gefühle war er sich weniger klar. Einerseits verspürte er eine große Wut – darauf, dass Leni mit ihrem Egoismus und ihrem Dickkopf im Begriff war, ihre Ehe zu zerstören, ihm alles zu nehmen, was sie gemeinsam aufgebaut hatten. Andererseits hatte er es immer gewusst, hatte gewusst, dass sie anders fühlte als er. Schon vor seiner Hochzeit war ihm das klar geworden, auch wenn er es noch nicht hätte in Worte fassen können wie heute. Jüdische Ehen wurden damals, als sie beide jung gewesen waren, in den bürgerlichen Kreisen Charlottenburgs von den Eltern gestiftet, von Ehevermittlerinnen angestoßen, und Braut und Bräutigam schickten sich drein, weil die Alten eben meistens besser wussten, was für die nächste Generation gut war. Nicht immer aber wurden dabei zwei Menschen zusammengefügt, die zueinander passten. In Lenis Fall hätte keiner der Männer gepasst, die ihren Eltern von der alten Frau Zacharias vorgeschlagen worden waren – keiner der Chaims, Jakobs und Isaaks auf den gestellten Fotografien, die von der Ehevermittlerin vor ihnen auf dem eichenen Esstisch ausgebreitet wurden. Die Wahl war schließlich auf ihn, Max Dessauer, gefallen, weil Leni und ihn ähnliche Interessen verbanden. Sie beide studierten Psychiatrie und Pädagogik und interessierten sich für die Bildung und das Erziehungswesen. Tatsächlich hatten sie lange Zeit gemeinsam geforscht und gearbeitet, es waren ihre besten Jahre gewesen, als die sachlichen akademischen Themen, mit denen sie sich befassten, zu ihrer gemeinsamen Leidenschaft wurden. Woanders aber, vor allem im Schlafzimmer, gab es von Anfang an keine Leidenschaft, und die beiden Söhne wurden pflichtschuldig, aber ohne große Freude gezeugt.

Kurz nach dem Krieg dann fing Leni an, abends zu verschwinden. Sie ließ die noch kleinen Kinder in der Obhut von Max und kehrte erst im Morgengrauen wieder. Erhitzt, zerzaust, mit schuldbewusster Miene, aber glücklich. Da hatte er gewusst, dass er vor der Wahl stand zwischen einer Explosion, die sein Zuhause von innen heraus zersplittern würde, oder dem Weg der Vernunft. Ehe und Liebe, das war nicht dasselbe. Wenn Leni sich Letzteres woanders holen konnte, so stand auch Max diese Möglichkeit offen, und ab und zu machte er davon Gebrauch. Diskret natürlich und ohne dass jemand danach an gebrochenem Herzen leiden musste.

Doch mit den Jahren wuchs die Sehnsucht – nicht nur nach neuen, unbekannten Körpern, sondern nach einem Menschen, mit dem er alles teilen konnte: Kopf, Leib und Herz. Er wusste, dass es das geben musste, er kannte Paare, bei denen es so war. Und seitdem er vierzig geworden war, drängte ihn immer mehr die Frage, ob es das wirklich gewesen sein sollte für ihn, oder ob er nicht doch noch einmal einen neuen Weg wagen sollte, ehe es zu spät war. Denn wie lange konnte man mit einer Lüge leben, ohne dass sie einen von innen heraus vergiftete und bitter und zynisch werden ließ?

Großmama und er waren nun bei der Menschenversammlung auf den Stufen der Synagoge angekommen. Flüchtig sah Max aus den Augenwinkeln, dass erneut Schmierereien mit weißer Farbe an einer der seitlichen Mauern des schönen Gebäudes angebracht worden waren. Aber er vermied es, die Worte zu lesen, die er ohnehin kannte. Es verging kaum eine Woche, dass nicht einer der vielen Deutschnationalen hier nachts vorbeikam und seiner Wut auf die Juden Luft machte, doch der Gemeindediener wusch das hasserfüllte Geschmier regelmäßig und mit bewunderungswürdigem Gleichmut wieder ab. Es half nichts, sich darüber aufzuregen, Kretins gab es überall und zu allen Zeiten. Sie würden schon verstummen, wenn es mit dem Land und seinen Bewohnern weiter aufwärtsging und die Dolchstoßlegende um die Juden und andere verleumderische Märchen endlich verstummten.

«Professor Dessauer», rief Leo Baeck und winkte ihn zu sich. «Kommen Sie, alter Freund!» Er breitete die Arme aus, und Max schritt dem Älteren über die wenigen Stufen entgegen und begrüßte ihn und die anderen. Für Ela hatte der Gemeindediener bereits einen Klappstuhl herbeigetragen, auf dem sie, umringt von anderen Frauen, Platz nahm.

«Ich höre, Sie sind sehr gefragt», sagte der Gemeindevorsteher, und Rabbi Galliner nickte bekräftigend. «Eine Einladung nach der nächsten und dazu die vielen Vorlesungen. Kein Wunder, dass Sie noch immer keine Zeit hatten, in unseren Verband einzutreten.»

Die Männer lachten, und Max lächelte ebenfalls entschuldigend. Seit Monaten lagen ihm die beiden älteren Herren in den Ohren, dass er sie in der *Zentralwohlfahrtsstelle der deutschen Juden* unterstützen solle.

«Ich überlege es mir», sagte Max ausweichend. Er war noch nie ein großer Vereinsmeier gewesen, sondern arbeitete lieber nach seinen eigenen Regeln und suchte sich seine Verbündeten für die Sachen, die ihn antrieben, selbst.

«Mit Ihren Kontakten wären Sie jedenfalls ein großer Zugewinn», sagte Baeck und legte ihm die Hand auf die Schulter. «Gerade Sie haben doch ebenso wie wir ein Interesse daran, dass soziale Einrichtungen für Juden besser geschützt werden. Schließlich schlägt Ihr Herz für Kinder und deren Interessen, genau wie unseres.»

«Das stimmt», sagte Max und entzog sich der Hand des Älteren höflich, aber bestimmt. «Allerdings differenziere ich dabei nicht zwischen jüdischen und nichtjüdischen Kindern.»

Ein dritter Mann, den Max ebenfalls vom Sehen kannte, mischte sich ein. «Aber sehen Sie sich doch mal um», sagte er aufgebracht und deutete auf die Schmierereien an der Wand. «Für unsere Interessen müssen wir noch stärker eintreten, außer uns tut das in diesem Land nun einmal keiner. Es gibt wahrlich schon genug Wohlfahrtsstellen und Hilfsvereine für Deutsche.»

«Ich bin Deutscher», sagte Max ruhig, und jetzt konnte er sich wieder an den Namen des Mannes erinnern. «Und Sie auch, Dr. Levy. Wir, die wir hier in Preußen geboren wurden, haben alle die deutsche Staatsangehörigkeit.»

«Und doch diskutiert man überall unsere *Deutschstämmigkeit*, im Parlament, in den Zeitungen und den Behörden», sagte Dr. Levy bitter, und die anderen Männer nickten düster. «Sie sollten darüber nachdenken», fuhr er fort und deutete auf Max, «zu wem Sie wirklich gehören.»

«Ich bevorzuge es, mir selbst zu gehören», sagte Max und wunderte sich über den aufsässigen Ton in seiner Stimme. Im Grunde war er mit den Männern ja einer Meinung, die Situation der Juden in Berlin war alles andere als zufriedenstellend. Aber plötzlich hatte er es so satt, stets in Schubladen denken zu müssen, stets in «Wir» und «Die anderen» zu unterteilen. Er war doch schon so lange nur noch ein Sabbat-Jude, einer, der ab und zu, um seine Großmutter nicht zu enttäuschen, betete, ansonsten aber nicht viel mit dem jüdischen Leben am Hut hatte. Warum nur musste er sich zeitlebens mit solchen Fragen herumschlagen?

«Denken Sie noch einmal darüber nach», sagte Baeck beschwichtigend. «So jemanden wie Sie, mit Ihrer Expertise und Ihrem Querkopf, könnten wir besonders gut gebrauchen. Und Ihre liebe Gattin ist ja längst Mitglied im *Jüdischen Frauenbund*.»

«Die Damen sind ohnehin besser darin, sich um andere zu sorgen und zu kümmern», ergänzte Max großmütig. «Sie sind die eigentlichen Expertinnen in der sozialen Frage.»

«Da haben Sie recht», sagte der Rabbiner und schob sich die

Kippa wieder zurecht, die bei dem Wortwechsel ins Rutschen gekommen war. «Und nun – Friede sei mit euch.» Er zog den Gebetsschal enger um sich und erhob die Stimme. «Kommen Sie herein», sagte er zu den Umstehenden, die noch immer den Sonnenschein vor der Synagoge genossen. «Lassen Sie uns Gottesdienst feiern.»

Er ging voraus, und nach und nach folgten ihm alle ins Innere des Gebäudes, auch die jungen Leute, die bis eben auf den Stufen herumgealbert hatten und sich nun bemühten, ernst zu werden, wie sie es gelernt hatten, wenn man ein Gotteshaus betrat.

Max war auf der Stufe vor dem Eingang stehen geblieben und vergewisserte sich, dass seine Großmutter von zwei befreundeten Frauen hineingeleitet wurde. Dann suchte er seine Söhne und sah gerade noch ihre Haarschöpfe mit den schief sitzenden Kippas in der Synagoge verschwinden.

Ein letztes Mal wandte er sein Gesicht den Sonnenstrahlen zu. Denn ein Gedanke ließ ihn nicht los, doch er bekam ihn nicht zu fassen. Es hatte etwas damit zu tun, was Baeck über die Frauen gesagt hatte. Und Max hatte heute schon den ganzen Tag über an eine bestimmte Frau denken müssen: Hulda, die geheimnisvolle Hebamme, die ihm nun schon zweimal über den Weg gelaufen war. Auch sie war eine Expertin für das Soziale, das spürte er. Viel mehr jedenfalls als seine von Baeck so gelobte Frau, die sich vor allem im Frauenverein engagierte, um ihre wissenschaftliche Karriere voranzutreiben – oder vielleicht auch aus anderen, privateren Gründen, denen er lieber nicht zu viel Raum in seinen Gedanken geben wollte. Aber da war noch etwas an Hulda, worüber er nachgrübelte, während er durch das mächtige Portal in die Stille eintrat und die belebte Fasanenstraße hinter sich ließ.

Er könnte schwören, dass auch sie aus einer jüdischen Familie stammte, auch wenn er nicht wusste, weshalb er sich da so sicher war. Und am Allerwenigsten wusste er, weshalb das plötzlich für ihn, der doch erstens verheiratet und zweitens laut eigener Beteuerung gar nicht traditionell war, plötzlich so ungeheuer wichtig erschien.

11.

Sonntag, 1. September 1929

Genau so musste der Septemberbeginn aussehen, dachte Hulda und ließ den Blick durch den Viktoriapark schweifen. Es war echtes Sonntagswetter! Einige Blätter in den Kronen der großen Kastanienbäume und Eichen, die hier großzügig Schatten spendeten, hatten sich bereits zart verfärbt, das Grün spielte hier und da ins Rötliche, Gelbe, Orangefarbene. Die weite, sanft abfallende Wiese hingegen war noch tiefgrün, und über dem Kreuzberg mit dem hoch aufragenden Denkmal spannte sich ein weiter, strahlend blauer Himmel ohne eine einzige Wolke. Von etwas weiter her klang das Plätschern des Wasserfalls, der auf der anderen Seite die künstlich aufgeschichtete Felslandschaft hinabstürzte. Allein dieses Geräusch hatte eine kühlende, beruhigende Wirkung.

«Ist es nicht herrlich heute?», fragte Hulda mit geschlossenen Augen ihre Freundin Jette und sog die warme Luft ein, auch wenn darin bereits ein Hauch herbstlicher Verfall lag.

Vom Spielplatz klangen helle Stimmen herüber. Ein Gemisch aus Lachen, Kreischen und ab und zu auch Weinen eines fremden Kindes. Ringsum saßen die Mütter und die Kindermädchen auf den Bänken, um auf die Brut achtzugeben, um nebenbei aber auch zu plaudern, ein Buch zu lesen oder zu stricken. Alles reckte sich noch einmal der Sonne entgegen, in dem Versuch, jeden Strahl einzufangen und für den Winter aufzubewahren wie eine Notration.

Jette saß neben ihr auf der Bank, doch sie gab keine Antwort. Hulda öffnete ein Auge und sah, dass sie zu ihrer fünfjährigen Tochter Billy hinüberstarrte, die gerade versuchte, die zwei Jahre jüngere Meta auf die Schaukel zu hieven. Es gelang beim dritten Versuch, und Meta quietschte zufrieden und verlangte, angeschubst zu werden.

Erst jetzt fiel Hulda auf, wie blass die Freundin war. Sie hatte es vorher nicht bemerkt, hatte sie offenbar nur flüchtig angesehen, als sie beide sich mit den Mädchen an der Monumentenbrücke getroffen hatten, wo Schöneberg zu Kreuzberg wurde. Ihr letztes Treffen war Wochen her, Hulda hatte nie Zeit finden können, und auch Jette war wie immer ordentlich eingespannt in ihr anstrengendes Leben zwischen Kind, Ehe und der *Löwen-Apotheke*, die sie in der Bülowstraße führte. Doch die ungesunde Gesichtsfarbe und die tiefen Schatten unter ihren Augen besorgten Hulda plötzlich.

«Alles in Ordnung?», fragte sie.

Langsam schüttelte Jette den Kopf, und Hulda bemerkte voller Bestürzung, wie Tränen in die Augen der Freundin traten. Sie versuchte zwar, diese hinter ihrem Zwicker unauffällig fortzustreichen, ehe sie ihre Wangen herabrollen konnten, doch das täuschte Hulda nicht.

Rasch legte sie den Arm um die Freundin und streichelte ihren Rücken. Jette lachte erstickt auf und wischte nun, da sie endgültig aufgeflogen war, mit energischen Bewegungen in ihrem Gesicht herum, schniefte und putzte umständlich ihren Zwicker an einem Rockzipfel, ehe sie ihn wieder aufsetzte.

«Es geht mir schon wieder besser», sagte sie. «Aber ich hatte, ehrlich gesagt, ein paar harte Wochen.»

«Was ist denn passiert?»

Jette zögerte. «Ich war schwanger, Hulda.»

Betroffen sah Hulda sie an. «Du ... *warst* es? Oh, Jette!»

Wieder zog die Freundin die Nase hoch, doch sie brach nicht erneut in Tränen aus, sondern biss sich nur auf die Lippen.

«Ich habe es verloren», sagte sie schließlich mit heiserer Stimme. «Es war auch gar nicht geplant, ich dachte ohnehin, ich sei viel zu alt, um noch ... na, du weißt schon. Immerhin bin ich über vierzig! Aber dann habe ich mich halt doch gefreut. Ein Geschwisterchen für Billy, das wäre was.» Ihre Stimme brach, dann räusperte sie sich. «Es sollte eben nicht sein», sagte sie tonlos und starrte in ihren Schoß.

Hulda spürte, dass auch ihr die Tränen kamen. Sie zog die Freundin noch enger an sich. «Es tut mir so leid», sagte sie. «Das ist hundsgemein.» Vorsichtig musterte sie Jette. «Es geht dir ganz schön nach, oder?»

Jette nickte stumm und schien um Fassung zu ringen. Hulda wartete einen Moment, gab der Freundin Zeit, sich wieder zu fangen.

«Und dein Herr Martin?», fragte sie dann leise. «Was sagt er dazu?»

Jette lächelte bitter. «Ich habe es ihm nicht erzählt», sagte sie. «Was wissen denn die Männer von diesen Sachen? Ich wollte ihm keine falschen Hoffnungen machen, und wie du siehst, tat ich ja auch ganz recht daran. Eines Nachts hatte ich eine starke Blutung ... Oh Hulda, es war so schrecklich! Ich habe mich stundenlang immer wieder auf die Toilette geschleppt, bis es endlich aufhörte.» Sie zuckte mit den Schultern. «Meinem Mann habe ich gesagt, ich hätte eine Magengrippe. So konnte ich mich wenigstens einen Tag ausruhen, ohne dass er etwas gemerkt hat.»

«Aber warum denn?», fragte Hulda. «Er hätte dir sicher beigestanden.»

«Ich weiß», sagte Jette, «aber das ist es ja! Dann hätte ich auch noch seine Traurigkeit ertragen müssen, sein Leid! Nein, ich mache es lieber mit mir selbst aus. So, wie wir Frauen es schon immer mit diesen Dingen gehalten haben. Am Ende bleibt uns doch nichts anderes übrig, oder?» Zaghaft versuchte sie zu lächeln. «Eigentlich ist es ja auch gut so», sagte sie tapfer. «Ich weiß gar nicht, ob ich das alles noch einmal hätte durchmachen können – die Schwangerschaft, die Geburt, die schrecklichen Nächte, die vielen Krankheiten ... Mit Billy sind wir gerade über den Berg.» Sie deutete zu ihrer Tochter, die noch immer geduldig Meta auf der Schaukel anschubste. Huldas Tochter schwang die Beine hoch in den Himmel und jauchzte. «Das Leben wird endlich wieder etwas einfacher, und manchmal denke ich, die nächsten Jahre könnten die besten unseres Lebens werden.»

Hulda betrachtete die beiden Mädchen – eines schlank und blond gelockt, eines pummelig und mit glattem dunklem Bubikopf. Bei dem Anblick ging ihr das Herz auf. Sie drückte Jettes Arm. Wie tapfer die Freundin war!

«Ich glaube, du hast recht», sagte sie. «Wir haben wirklich Glück!»

Sie nahm ein buntes Kastanienblatt, das vom Baum über ihr auf die Bank gesegelt war, und fuhr sacht mit den Fingern über das komplizierte Adergeflecht. Wie durchscheinend und zerbrechlich es war, dachte sie, aber dennoch stark, biegsam und in sich perfekt.

Auch das sogenannte schwache Geschlecht hatte diese Stärke, wenn es darauf ankam. Und Jette mit ihrer weichen hellen Haut und dem silberblonden Haar, das an eine Elfe denken ließ, hatte genug Zähigkeit für drei. Trotzdem mussten die Frauen aufpassen, dass ihre immer wieder bewiesene Stärke und Haltung nicht zu einer Steifheit im Rückgrat führte. Gedankenverloren betrachtete Hulda das biegsame Blatt in ihren Händen. Die Frauen durften einfach nicht zulassen, dass das Leben sie zu sehr härtete und sie zu Stahl wurden. Aber wie machte man das – stark sein und weich bleiben zugleich? Das ging ja schon beim Eierkochen nicht!

«Es gibt da noch eine andere Sache», sagte Jette leise.

Hulda sah erschrocken auf. «Oh! Was denn?»

«Ich wollte es dir eigentlich gar nicht sagen», antwortete Jette, und Hulda schüttelte unmerklich den Kopf. Genau diese Härte meinte sie, die dazu führte, dass jede von ihnen allein kämpfte, sich vor anderen verschloss.

«Du kannst mir alles sagen», fuhr sie auf. «Du musst sogar, hörst du?»

«Deswegen erzähle ich es dir ja jetzt», beschwichtigte Jette sie. «Kein Grund, mir die Augen auszukratzen ...» Sie seufzte abgrundtief. «Die Apotheke wurde überfallen.»

«Verdammt!», rief Hulda so laut, dass eine Mutter auf der Nachbarbank von ihrer Häkelarbeit hochschreckte und neugierig zu ihnen herübersah. Hulda senkte die Stimme. «Das gibt's doch nicht», sagte sie. «Eingebrochen? Bei dir auch?»

«Ich habe das von Bert gehört.» Jette nickte düster. «Das Schlimme ist – ich war auch noch selbst schuld.»

«Wie das denn?»

«Es war eben kein Einbruch, Hulda! Nicht wie damals, während der Inflation, als irgendwelche Abhängigen die Scheibe einschlugen. Das war eine Verzweiflungstat von armen Schluckern, das kann immer passieren. Aber diesmal war es anders. Die hatten einen Plan, das waren Profis.»

Aus den Augenwinkeln sah Hulda, wie Meta und Billy von den Schaukeln zur großen Buddelkiste hinübergingen und sich dort im sonnengewärmten Sand niederließen.

«Eine Frau kam in den Laden», fuhr Jette fort, «sie verwickelte mich in ein Gespräch, fragte nach irgendwelchen Inhaltsstoffen und wollte alles ganz genau wissen, und ich geriet ins Schwitzen, als noch weitere Kunden hereinkamen.» Sie schüttelte den Kopf, als versuchte sie, die Erinnerung ganz genau heraufzubeschwören. «Und dann plötzlich wurde die Frau ohnmächtig», sagte sie, «sie schien zu schwanken und griff sich ans Herz. Ich bekam einen großen Schreck. Es war zwei Tage nach ... du weißt schon, ich war selbst noch wacklig auf den Beinen und einfach nicht sehr aufmerksam.» Jetzt sah Jette aus, als grämte sie sich. «Jedenfalls half ich ihr, sich auf den Boden zu legen, und leistete Erste Hilfe. Eine Kundin, die wartete, bat ich, den Notruf zu wählen. Es war ein richtiges Tohuwabohu. Der Krankenwagen kam irrsinnig schnell, so schnell habe ich das noch nie erlebt. Sie nahmen die Frau mit, plötzlich waren alle fort. Und als ich mich umsah, bemerkte ich, dass die Regale ausgeräumt waren! Und die Kasse, die ich Rindvieh wohl offen gelassen hatte, war leer!»

Hulda starrte sie mit offenem Mund an. «Einer dieser anderen Kunden ...», begann sie. «Du meinst, er hat dich ausgeraubt, während du dich um die ohnmächtige Frau gekümmert hast?»

Jette nickte. «Ich verstehe zwar nicht, wie ich das alles nicht mitbekommen konnte. Aber es muss derjenige gewesen sein, der ganz hinten in der Schlange gestanden hatte. Leider weiß ich gar nicht mehr, wie er aussah.»

Hulda überlegte. «Du hast natürlich die Polizei gerufen», sagte sie.

«Sicher, aber du weißt ja, wie es ist.» Jette machte eine wegwerfende Handbewegung. «Natürlich haben sie kaum Leute. Und das ist schließlich nur *ein* Überfall in einer ganzen Reihe von Einbrüchen und Delikten rund um den Winterfeldtplatz. In der letzten Zeit hat es doch auch noch einige andere betroffen, denk nur an Berts Kiosk. Oder an diese Wirtin in der Barbarossastraße und auch der Schuster bei meiner Apotheke um die Ecke.» Sie lächelte gequält. «Der war vielleicht fertig!», sagte sie und zog die Augenbrauen hoch. «Geld hatte er kaum im Laden, aber man hat ihm zwölf Paar Schuhe geraubt. Und weißt du, was das Verrückte ist? Nur Damenschuhe! Etwas anderes haben die Banditen nicht mitgenommen.» Ihr Lächeln vertiefte sich. «Wollten wohl ihre Ganovenfrauen zu Hause überraschen.» Doch dann verdüsterte sich ihre Miene wieder. «Was für ein Schlamassel für die ganze Nachbarschaft», sagte sie grimmig. «Gestern hat es dann auch noch Felix Winter erwischt.»

Hulda fiel erneut aus allen Wolken. «Wie bitte?», fragte sie. «Das wird ja immer bunter.»

«Eine Kundin hat es mir am Abend erzählt, kurz bevor ich zusperren wollte», sagte Jette. «Diesmal hatten sie es wohl vor allem auf die Wein- und Spirituosenvorräte abgesehen.»

Hulda dachte an Felix. Sie beide hatten sich in den vergangenen Jahren weit voneinander entfernt, doch eine solche Gemeinheit wünschte sie ihm nicht. «Schuhe ...», sagte sie langsam, «Weinflaschen ... Diese Leute haben offenbar Geschmack.»

«Meinst du, es sind immer die gleichen?», fragte Jette. «Eine Bande?»

Hulda zuckte mit den Schultern. Sie überlegte und setzte zu einer Antwort an, doch da zerriss ein Schrei den Frieden, der bis jetzt über dem Spielplatz gehangen hatte. Hulda fuhr auf, sah gehetzt über die Spielgeräte zum Buddelkasten und entdeckte Meta und Billy. Jettes Tochter schrie lauthals und hielt sich den Arm, Meta brüllte ebenfalls aus Leibeskräften und stampfte wie ein Rumpelstilzchen in den Sand, dass es nur so spritzte.

Kurz wechselte sie mit ihrer Freundin einen Blick, dann sprangen beide gleichzeitig auf und liefen zu den Kindern hinüber, die mit weit geöffneten Mündern voreinander standen und schrien, als würden sie abgestochen. Der offensichtliche Zankapfel, ein blaues Sandeimerchen eines anderen Kindes, lag zwischen ihnen im Sand.

«Was ist denn hier los?», fragte Hulda entgeistert. Da erst sah sie die ordentliche Bisswunde auf der zarten hellen Haut von Billy. Sehr akkurat und knallrot zeichneten sich darauf die Abdrücke von Metas Milchzähnen ab. «Meta!», rief sie aufgebracht und ging in die Knie. Sie packte ihre schreiende Tochter am Handgelenk und zog sie zu sich. «Hast du Billy etwa gebissen?»

«Ich – mag – Billy – nicht!», kreischte Meta. «Nie wieder mag ich sie mehr! Sie nimmt mir alles weg!» Ein Schluchzen schüttelte den kleinen drallen Körper, und obwohl Hulda wütend auf ihr Kind war, zog sie Meta in die Arme.

Währenddessen tröstete Jette ihre Billy und untersuchte die Wunde. «Mein armer Schatz», sagte sie. «Da gehört eine Kompresse drauf.»

Hulda blickte auf. «Ich habe Verbandszeug in meiner Tasche.» Sie deutete zurück zur Bank. «Wir können ein Tuch am Wasserfall feucht machen und drauflegen.» Sie wandte sich wieder an ihre Tochter. «Ich möchte nicht, dass du andere Kinder beißt», sagte sie mit fester Stimme. «Das tut furchtbar weh.»

Huldas Wangen waren heiß, sie spürte, wie ihr stellvertretend für Meta die Scham durchs Gesicht spülte, doch gleichzeitig wunderte sie sich über diese Empfindung. Wofür sollte sie sich denn eigentlich schämen? Ein Kleinkind musste erst lernen, dass man anderen nicht wehtun durfte, und viele Erwachsene wussten es bis heute nicht.

Sie sah zu Jette hoch und hoffte inständig, dass die Freundin es Meta nicht lange übel nähme, dass sie Billys Arm so übel zugerichtet hatte.

Doch Jette war, wie immer, überlegt und pragmatisch.

«Streit gehört zum Leben dazu», sagte sie und streichelte den goldlockigen Schopf ihrer schluchzenden Tochter.

«Aber Beißen nicht!», rief Billy und funkelte Meta an. «Das macht man nicht!»

«Das stimmt», sagte Jette und sah Meta streng an.

Meta hatte aufgehört zu weinen. Fasziniert betrachtete sie die Wunde am Arm ihrer älteren Freundin. «Tut es weh?», erkundigte sie sich und wischte sich den Rotz ab.

Billy nickte finster, aber doch auch eine Spur stolz.

Vorsichtig streckte Meta die Hand aus und strich über Billys Arm. «Ich kann *Heile, heile Segen* singen», bot sie an.

Jettes und Huldas Blicke kreuzten sich, beide mussten sich das Lachen verbeißen. *Tut mir leid*, formte Hulda tonlos mit ihren Lippen, und Jette winkte ab.

Wenig später machten sich alle vier in wiederhergestellter Eintracht auf, den Spielplatz zu verlassen. Zwei andere Mütter, die die Szene beobachtet hatten, machten dem Grüppchen Platz, und Hulda hörte im Vorbeigehen, wie die eine zur anderen sagte: «Bei mir hätte das Gör ein paar hinter die Löffel gekriegt, damit es das lernt.»

Hulda riss sich zusammen, um sich nicht umzudrehen und

ein Wortgefecht zu beginnen. Stumm griff sie nach ihrer Tasche auf der Bank und ging weiter. Sie wusste, dass es sinnlos war, mit den Frauen über Erziehung zu diskutieren. Althergebrachte Weisheiten und neue reformerische Ansichten prallten aufeinander, ob auf den Spielplätzen, in den Hörsälen oder in den Kindergärten. Die einen lobten Pestalozzi und Fröbel in den Himmel, redeten der italienischen Pädagogin Montessori nach dem Mund oder verehrten den vor ein paar Jahren verstorbenen Rudolf Steiner. Die anderen erzogen ihre Kinder einfach so, wie es schon ihre Eltern und Großeltern getan hatten, frei nach Schnauze und mit gelegentlichen Ohrfeigen, manchmal auch mit Prügel.

Die kleinen Leute in Berlin hatten oft zu viele Kinder und mussten einen harten Alltag bewältigen. Es war Luxus, sich über Erziehungsfragen Gedanken machen zu können. Vielmehr war Gewalt in vielen Haushalten das einzige Mittel, um mit den Kindern fertigzuwerden, handfester Streit war in den beengten, düsteren Behausungen der Mietskasernen an der Tagesordnung. Die Not und der Hunger machten auch vor den Kindern nicht Halt, vor allem nicht vor ihnen, da sie als letztes Glied in der Kette zu den Schwächsten zählten.

Nachdenklich ging Hulda mit ihrer Tochter an der Hand hinter Jette und Billy her. Sie war dankbar dafür, dass sie Meta so erziehen durfte, wie sie es für richtig hielt. Dass sie für ihre Tochter einen Platz in einer so fortschrittlichen Einrichtung wie der in der Karl-Schrader-Straße bekommen hatte. Dort ging man mit der Zeit und empfing die Kinder in offenen, hellen, einladenden Räumen. In so einem modernen Kindergarten konnten sie ihren Neigungen, ihren Interessen, ihrer Kreativität nachgehen. Niemand wurde dort dazu gezwungen, den Teller voller Graupen aufzuessen, auch gab es keine

Stockschläge mehr, wie es noch vor Kurzem üblich gewesen war, um die Kinder zum gewünschten Verhalten zu bringen. Wenn sich Hulda einige ihrer geduckten, verhärmten Zeitgenossen ansah, spürte sie die Wirkung früherer Erziehungsmethoden auf die älteren Generationen, und sie war froh, dass eine neue Zeit angebrochen war, zumindest für einige von ihnen. Zumindest für Meta und Billy.

Sie umrundeten das neogotische Denkmal mit dem hohen Spitzturm, das im vergangenen Jahrhundert zur Erinnerung an die Befreiungskriege errichtet worden war, und näherten sich dem Plätschern des Wasserfalls. Unten am Kreuzberg mündete er in einen Teich, der war ihr Ziel. Doch Billy schien ihren Schmerz schon vergessen zu haben, sie hüpfte bereits vorneweg über den Kiesweg. Meta machte sich los und folgte ihr. Beide Mädchen sangen lauthals den Vers *Heile, heile Segen*, was eher wie Kriegsgeschrei klang.

Hulda schloss zu Jette auf und hakte sie unter. Sie gingen durch den großzügigen Park, der zu allen vier Seiten von hohen Gründerzeithäusern jenseits der Straßen umrahmt war. Das Meckern einer Ziege klang durch die sonntägliche Idylle, denn auf der anderen Seite, wo die Parkwege zur Katzbachstraße abfielen, lagen Tiergehege, und die Spaziergänger konnten dort Ziegen und Enten mit Körnern füttern.

«Und was ist mit dir?», fragte Jette und betrachtete Hulda durch ihren Zwicker. «Über dich haben wir heute noch gar nicht gesprochen.»

Hulda winkte ab. «Da gibt es nichts», sagte sie. «Bei mir passiert doch nie etwas.»

Jette blieb stehen. Trotz ihrer Blässe und der Müdigkeit schummelte sich ein Funkeln in ihren Blick hinter der Brille. «War Freitag nicht der Polterabend?»

Hulda nickte. Sie hatte allerdings wenig Lust, ihrer hellhörigen Freundin davon zu erzählen. Kurz überlegte sie, Jette einfach anzuschwindeln und zu behaupten, sie sei gar nicht da gewesen. Doch dann erinnerte sie sich daran, wie wichtig ihr Ehrlichkeit in dieser Freundschaft war und dass Jette ihr heute auch schon einiges anvertraut hatte.

«Ja», sagte sie daher und fügte knapp hinzu: «Ich war da, es war nett, ich habe was getrunken, dann bin ich wieder gegangen. Das war's.»

Jette kicherte. «Ach, Hulda», sagte sie. «Es ist schon erstaunlich, wie unglaublich schlecht du lügst.»

«Ich lüge gar nicht!», protestierte Hulda.

«War es schwer?», fragte Jette, ohne darauf einzugehen. «Ihn mit der anderen zu sehen, meine ich?»

«Woher weißt du das?», fragte Hulda überrascht und hatte sogleich wieder das Gesicht von Max Dessauer vor sich. «Ich hab dir doch noch gar nicht –» Sie unterbrach sich und presste die Lippen aufeinander. Jetzt erst ging ihr auf, dass Jette von Karl und Pippa gesprochen hatte.

Jette legte ihr eine Hand auf den Arm, und Hulda sah, wie es hinter der blassen, sommersprossigen Stirn ihrer Freundin auf Hochtouren arbeitete. «Vergiss die Kompresse», sagte sie und deutete auf die fröhlichen Mädchen, die vor ihnen hereilten. «Billy geht es gut. Wir gehen jetzt zu den Ziegen, die Kinder bekommen Körner zum Füttern und sind beschäftigt, und du, meine Liebe …» Sie bohrte Hulda ihren Zeigefinger in die Brust, sodass Hulda lachend zurückwich und in gespielter Unterwerfungsgeste die Hände hob. «Du erzählst mir gefälligst alles, jedes Detail.» Sie schnaubte. «Und wage es nicht, etwas auszulassen! Kapiert? Ich rieche das Drama förmlich! Und ich kann weiß Gott ein wenig fremdes Drama gebrauchen, um mich von meinem eigenen Kummer abzulenken, das bist du mir schuldig!»

Mit diesen Worten hakte sie Hulda unter und rief nach Meta und Billy. Und Hulda staunte wieder einmal darüber, wie geschickt Jette darin war, unter ihrer, Huldas, Oberfläche zu lesen – eine Eigenschaft, die sie an der Freundin bewunderte, jedoch nicht immer liebte.

12.

Sonntag, 1. September 1929

Irma Siegel war eine Ausnahme. Und diese Tatsache wurde ihr jeden Tag aufs Neue von ihren Kollegen und Vorgesetzten, von ihrer Familie und nicht zuletzt von sich selbst vorgehalten. Denn eine weibliche Kriminalbeamtin, das war etwas, das sich eigentlich von selbst verbot. In Preußen war dies lange unterstrichen worden, indem den Frauen, die trotzdem als Kriminalpolizistinnen in der *Roten Burg* am Alexanderplatz arbeiteten, nicht einmal eine Uniform zugestanden wurde. Sie trugen Zivilkleidung und kümmerten sich um kleinere Delikte, um Straftaten von minderjährigen Mädchen und Prostituierten. Erst vor zwei Jahren hatte Irma in der Kleiderkammer des Präsidiums ihren Uniformrock, die geknöpfte Jacke mit dem Ledergürtel und den breitkrempigen Hut abholen dürfen, die sie fortan ganz offiziell als Mitglied des Kriminalerstandes auswiesen.

Doch heute trug sie Rock und Bluse, sie war an diesem Sonntag nicht offiziell im Dienst, sondern machte Überstunden, um den Aktenbergen beizukommen.

Im Mundwinkel brannte ein Zigarillo, ohne den sie nicht denken konnte. Tief gebeugt saß sie an ihrem Schreibtisch, der nur von einer kleinen Leuchte beschienen wurde, eine winzige Insel aus Licht inmitten des dunklen Amtszimmers, von der feine Rauchzeichen in geheimnisvollen Kringeln aufstiegen.

Vor den hohen Fenstern des Präsidiums stand der Abend, die tickende Uhr, die an der grünlichen Wand gegenüber ihres Schreibtisches hing, zeigte Viertel nach neun. Sanft massierte Irma sich die Stirn, denn ihr Kopf schmerzte nach den langen Stunden hier im Halbdunkel, zwischen all den staubigen Aktendeckeln und in einer Dunstwolke aus Tinte und den Farbbändern der Schreibmaschinen. Ihr Mann war ungehalten gewesen, als sie angekündigt hatte, wieder einmal am Sonntag arbeiten zu müssen, doch der Berg an unerledigten Dingen hatte überhandgenommen. Sie hatte Bedauern geheuchelt und versprochen, am nächsten Wochenende endlich mit ihm und den Kindern in den Lunapark zu gehen. Einmal die Seele baumeln zu lassen – obwohl die Gören streng genommen schon zu alt dafür waren, Karussell zu fahren, sie würden bald die Schule abschließen und ihrer Wege gehen.

Wenn Irma ehrlich war, verbrachte sie die langen Sonntagnachmittage gerne hier in der Schreibstube der *Kriminalinspektion-K*. Und zwar am liebsten allein, ohne die Kolleginnen, ohne schnatternde Stenotypistinnen und, vor allem, ohne männliche Kriminaler in den angrenzenden Zimmern, die auf dem Weg zur Kantine gern rein zufällig den Kopf durch die Tür steckten – doch nicht für ein Fachgespräch, sondern für einen Flirt mit den jungen Hühnern.

Für derlei war Irma nicht zu haben. Es gab verheiratete Frauen, die ein Verhältnis eingingen und sich über Mittag von einem Kollegen oder Vorgesetzten in eine kleine, verschwiegene Konditorei einladen ließen. Alle Welt hatte ein Verhältnis heutzutage in Berlin! Aber Irma verspürte kein Interesse an so etwas, und das nicht nur, weil sie Mann und Familie hatte. Für sie zählte einfach nichts als die Arbeit. Und das war schon immer so gewesen.

Sie war eben anders als die übrigen weiblichen Kriminalbeamtinnen, anders überhaupt als alle. Irma Siegel habe Haare auf den Zähnen, hieß es, und manchmal Schlimmeres – oh ja, sie wusste, was man auf den Fluren draußen, die gespickt waren mit langen Reihen blutiger Fotografien von ungelösten Fällen, über sie redete. Und tatsächlich war sie mit ihren eisgrauen Haaren, die sie stets in einem straffen Dutt trug, und dem ewigen Duft nach Zigarillo sowie ihren breiten Schultern wahrlich kein Mannequin. Doch sie hatte längst beschlossen, sich nicht darum zu scheren, was andere über ihr Aussehen oder ihr Auftreten dachten. Und wenn sie sonntags ganz allein in den düsteren Räumen der *Roten Burg* umherging, in aller Freiheit die Akten hin- und hertrug, in Seelenruhe Fotografien sortierte und sich in ihre Fälle vertiefte, war sie glücklich.

Sie war es nur dann nicht, wenn sie feststeckte, wie jetzt, in diesen ärgerlichen Vorkommnissen in Schöneberg. Rund um die Bülowstraße, die Kurfürstenstraße und den Nollendorfplatz blühte die Kinderprostitution, doch alle Akteure hielten dicht gegenüber der Polizei. In dieser Welt waren nicht die Zuhälter die Feinde, nicht die gewalttätigen Freier, wenn es hart auf hart kam, sondern immer nur die Bullen, gegen die man sich zusammenraufte und verbündete. Vor allem, wenn die Uniformierten auch noch weiblich waren und man sie nicht für voll nehmen musste. Irma hatte das Gefühl, mit beiden Füßen in einem Sumpf gefangen zu sein, in dem sie nicht vorankam. Ein beklemmendes Gefühl war es, wie in einem dieser Träume, die einen kurz vor dem Erwachen im Morgengrauen quälten, wenn man um sich schlug und keine Luft bekam, nur um schließlich festzustellen, dass die Bettdecke bleiern über dem eigenen Gesicht lag.

Eine Fürsprecherin der Kinder und der jungen Frauen hatte sie sein wollen, als sie vor Jahren begonnen hatte, in der *Kriminalinspektion-K* in Berlin zu arbeiten. Eine Bresche hatte sie für diese unterprivilegierten, geschundenen Kreaturen schlagen wollen. Sie arbeiteten eng mit den Fürsorgeeinrichtungen der Stadt zusammen, und manchmal – wenn auch eher selten – gelang es ihnen, eine arme junge Seele zu retten, manchmal gab es eine Erfolgsgeschichte. Aber ach, viel zu oft gelang es eben nicht, und alles ging den Bach runter. Viel zu oft liefen die Mädchen aus den Einrichtungen, in denen man sie mühsam untergebracht hatte, fort, sobald sich ihnen die Gelegenheit bot. Kehrten zurück zu ihren Zuhältern, die sie mit einer Mischung aus gefühlsbetonter Bindung und Erpressung gefügig und loyal hielten. Irmas Gardinenpredigten, den richtigen Weg zu wählen, richteten da wenig aus. Außerdem waren so viele dieser Mädchen abhängig von Kokain und Morphin, dass sie alles für die nächste Prise, die nächste Spritze tun würden und immer wieder in die Arme ihrer Peiniger zurückkehrten. Und dieser Kreislauf war in Schöneberg rund um die Bögen der Hochbahnhöfe besonders wirkmächtig.

Doch Irma war keine Frau, die sich von schwierigen Umständen in die Flucht schlagen ließ. Im Gegenteil, sie verbiss sich dann nur noch mehr in scheinbar aussichtslose Fälle. Auf der langen Bahn aber würde sie als Siegerin ins Ziel laufen, da war sie sicher.

Also frisch ans Werk!, dachte sie und beugte sich wieder tiefer über ihre Arbeit.

In diesem Moment waren auf dem Korridor Schritte zu hören, und Irma hob verärgert den Kopf. Es war aber nur die

Putzfrau Lise, die hier allwöchentlich das Linoleum mit der gleichen Hingabe wischte, mit der Irma sich Aufnahmen von Brandwunden und Hämatomen auf Kinderhaut ansah.

«Juten Abend», brummte Lise und schleppte den Putzeimer herein. «Ham Se keen Zuhause, Frau Kriminalrätin?»

«Kommissarin», verbesserte Irma sie. Ihre Vorgesetzte Friederike Wieking trug den Titel der Kriminalrätin, sie hatte die weibliche Inspektion aufgebaut, die erste in Preußen. Irma dagegen war nur eine einfache Beamtin. «Ich habe viel zu tun.»

«Dit gloob ick gern!», war die Antwort. «Aber jetze heißt es: Füße hoch!»

Gehorsam legte Irma ihre Beine in den dicken Stiefeln auf einen Stuhl und paffte ein paar Züge, während Lise begann, in kreisenden Bewegungen den Boden zu wischen. Als sie unter Irmas Tisch fertig war, stieß sie gegen die Ecke, und ein paar Fotografien segelten herunter und landeten auf den feuchten Streifen, die der Feudel hinterlassen hatte.

Lise beugte sich ächzend hinunter und hob die Zelluloids auf. Dabei fiel ihr Blick auf die abgebildeten Grausamkeiten, und sie schüttelte sich, dass ihre runden Schultern unter dem Kittel bebten. «Jottchen, Frau Siegel», sagte sie erschrocken, «mit wat Sie sich rumschlagen müssen!»

«Das ist wahr», sagte Irma, stellte die Füße wieder auf den Boden und nahm die Fotografien schnell an sich. «Aber jemand muss es machen.»

«Worum jeht's denn da?»

Irma zögerte, doch Lise und sie waren alte Bekannte. Die Putzfrau würde sicher nichts ausplaudern.

«Ein Zuhälterring in Schöneberg», sagte sie und formte einen vollendeten Rauchring. «Mädchenhandel, Prostitution

Minderjähriger und allgemeiner Sittenverfall rund um den Nollendorfplatz. Dazu kleinere Einbruchsdelikte.»

«Minderjährige?», fragte Lise kopfschüttelnd und schob sich eine graue Strähne zurück unter das Kopftuch. «Sowat gab's zu meiner Zeit nich, Frau Kommissarin!»

Irma wollte widersprechen, denn natürlich hatte es diese Verbrechen immer gegeben. Der Kinderschutz zur Jugendzeit von Lise war im Vergleich zu heute geradezu lächerlich gewesen. Immerhin gab es mittlerweile Fürsorgesysteme, Sozialverbände und eine Abteilung bei der Kripo, die sich ausschließlich mit solchen Fällen beschäftigte. Doch es war trotzdem ein Kampf gegen Windmühlen. Die Armut und die fehlende Bildung weiter Teile der Berliner Bevölkerung führten dazu, dass die Regeln der Straße immer stärker sein würden als die des Gesetzbuchs.

«Es gibt gerade eine richtige Serie von Einbrüchen und Raubdelikten in dieser Gegend», fuhr sie seufzend fort. «Das macht das Ganze noch komplizierter, es ist ein einziges Dickicht rund um den Nollendorfplatz.»

«Zustände sind das!», jammerte Lise. «Kann man diesen Kerlen nicht das Handwerk legen?»

«Ich versuche es, Lise», sagte Irma. «Deswegen bin ich heute mal wieder den ganzen Tag hier im Präsidium, anstatt mit meiner Familie an der Havel zu picknicken und abends Knacker bei *Mutter Hoppe* zu speisen.» Dass sie diese sonntäglichen Spaziergänge mit Mann und Kindern ohnehin nicht besonders vermisste, verschwieg sie, Lise hätte das falsch verstanden. Es war einfach gesetzt, dass eine Frau, wenn sie einer bürgerlichen Herkunft entstammte, irgendwann heiraten und Kinder bekommen musste – wollte sie nicht als Sonderling gelten. Doch dass ein solches Leben nicht jeder Frau gleichermaßen lag, das wusste Irma schon lange. Und sie hatte für sich das Beste draus gemacht und verschaffte sich durch ihre Arbeit den notwendigen Ausweg aus der Enge des Familienlebens. Manchmal, besonders, als die Kinder noch klein gewesen waren, hatte diese Enge sie regelrecht gewürgt. Dann hatte Irma in den Abendstunden am Fenster ihrer Wohnung gestanden und den Himmel betrachtet, das Azurblau, das sich mit der Dämmerung mehr und mehr in eine geschlossene dunkle Decke ergoss wie Tinte, und sich weit weggewünscht. In ihrem Rücken die Bettchen mit den schlafenden Kindern, in der Küche die Geschirrberge, im Wäschekeller die Laken, die abgenommen werden wollten, in der Wohnstube ihr Ehemann, der mit einem Glas Likör auf sie wartete, damit sie es sich *gemütlich* machen konnten. Die Gleichförmigkeit der Tage, die Anforderungen des Haushalts, die trotz ihrer Berufstätigkeit auf ihr lasteten, und der ewige Anspruch eines Mannes auf ihren Körper waren für Irma schwer zu ertragen. Und so hatte sie begonnen, sich diesem Gefängnis mehr und mehr zu entziehen. Inzwischen verbrachte sie jede freie Sekunde im Präsidium, wo sie ganz sie selbst sein konnte, nur sich allein gehörte. Es war himmlisch!

«Aber Familie is ooch wichtich», sagte Lise und nahm den Feudel wieder auf. «Ohne sind wir Frauen doch anjeschmiert. Bin ick froh, dass ick meenen Fritze habe.» Sie hielt inne. «Diese Mädels da», fügte sie dann nachdenklich hinzu, «haben nich so viel Glück wie wir. Keenen Mann, der sie beschützt! Die haben nur einander.»

Sie setzte das rhythmische Wischen des Linoleums fort und arbeitete sich Stück für Stück weiter durch das Schreibzimmer. Irma beobachtete sie noch einen Moment. Sie dachte über Lises letzten Satz nach. Dann kam ihr ein Gedanke, der mehr und mehr Gestalt annahm. Sie drückte den Zigarillo im Aschenbecher aus, nahm ein Blatt Papier und spannte es in die kleine *Olympia*-Schreibmaschine. Ohne noch einmal aufzusehen, begann sie zu tippen.

Berliner Tageblatt und Handels-Zeitung
Sonntag, 1. September 1929

Erneut Schöneberger «Geisterstunde»

Drei weitere Einbrüche der «Gespensterbande» sind im Polizeirevier zur Anzeige gebracht worden. Zwei davon trafen beliebte Unternehmer des Viertels: den Schuhmacher Heiner Brandt aus der Bülowstraße und den Wirt des beliebten Cafés am Winterfeldtplatz, Herrn Felix Winter.
Der Überfall auf eine Apothekerin in der Bülowstraße kam der Redaktion des Tageblatts *erst jetzt zur Kenntnis. Frau Henriette Martin gab auf Befragen hin die Auskunft, dass die Ganoven sich nicht zu schade waren, eine Frau als Lockvogel vorauszuschicken, um in einem offenbar bewusst herbeigeführten Tohuwabohu wertvolle Medikamente und den Inhalt der Kasse zu stehlen. «Ich hatte keine Angst, alles ging ja so schnell», berichtete uns die hübsche Inhaberin und junge Mutter. Sie zeigte sich unserem Redakteur gegenüber tapfer, doch kann der Schreiber dieses Artikels nicht verhehlen, wie verabscheuungswürdig es ihm erscheint, auf solch perfide Weise gegenüber unschuldigen weiblichen Personen zu agieren. Diese Bande kennt kein sittliches Gebot und keinen Anstand, und es wäre wünschenswert, dass die Berliner Polizei endlich aus ihrem Dornröschenschlaf erwachte und Taten folgen ließe, um diesen gefährlichen Männern das Handwerk zu legen.*

\- -

Wetteraussicht für morgen in Berlin und Umgebung: leicht bewölkt, heiter.

13.

Montag, 2. September 1929

«Na, wovon Sie träumen, wüsste ich ja zu gern!»
Hulda schreckte auf. Sie sah ins lächelnde Gesicht ihrer Kollegin Paulina Wolff und spürte, wie sie rot wurde.

«Ich träume gar nicht!»

Schnell rückte sie sich verlegen die Haube auf dem Haar zurecht und konzentrierte sie sich wieder auf die Abrechnungen, die Paulina ihr hingelegt hatte – Babykost, sterile Kompressen, Pflaster, Kautschuksauger und Antiseptika. Es waren die Materialien, die sie im vergangenen Monat in der Beratungsstelle verbraucht hatten. Hulda setzte wortlos ihre Unterschrift darunter und schob das Papier zurück über den Tisch, während sie dem neugierigen Blick der anderen Frau auswich.

Sie saßen im hinteren Teil der Beratungsstelle. Es war gerade wenig los, und Paulina hatte vorgeschlagen, schnell den Bürokram bei einer Tasse Kaffee zu erledigen, ehe nach den meist ruhigen Mittagsstunden erfahrungsgemäß der Nachmittagsansturm kam. Hulda hatte eingewilligt, aber sie war nicht bei der Sache. Seit sie Jette gestern ausführlich von ihrer Begegnung mit Max Dessauer erzählt hatte, war der Mann, den sie schon abgeschrieben hatte, wieder sehr plastisch in ihren Gedanken aufgetaucht. Sein Lachen, sein humorvoller Blick und die Erinnerung an das Gefühl, als sie miteinander getanzt hatten – all die Bilder schwappten durch ihr Bewusstsein und ließen die nüchternen Zahlenkolonnen und Preise auf den Abrechnungen zu einem unlesbaren Brei verschwimmen.

«*Dein Mund sagt ‹Nein›*», trällerte Paulina und grinste vielsagend, «*doch deine Augen sagen ‹Ja›.*» Sie schüttelte ihre blonden Locken und klimperte übertrieben mit den getuschten Wimpern.

Hulda musste lachen. Spielerisch stieß sie die Kollegin in die Seite. «*Jedoch ich weiß, dein Herz schlägt heiß*», vervollständigte sie singend die bekannte Schlagerzeile von Willy Rosen.

Beide Frauen kicherten, verstummten allerdings abrupt, als Frau Ludwig mit strenger Miene zu ihnen trat.

«Ich bitte Sie, meine Damen», sagte sie mahnend, «wir sind hier nicht in der *Scala*.»

Sie eilte weiter, und Hulda und Paulina sahen sich an und prusteten los, versuchten aber, ihr lautes Lachen mit den Fäusten zu ersticken.

«Also», flüsterte Paulina, «wer ist es?»

«Es ist streng genommen wirklich niemand», antwortete Hulda. «Ich dachte für einen Moment, da könnte etwas sein ...» Sie zuckte mit den Schultern. «Aber wie es aussieht, ist er verheiratet, und alles war nur ein Hirngespinst.»

«Das ist zu dumm», sagte Paulina kopfschüttelnd und schnalzte, «dass die Guten immer verheiratet sind.»

Ehe Hulda antworten konnte, wurde die Tür der Beratungsstelle aufgestoßen, und zwei Frauen taumelten herein. Die eine war hochschwanger und hielt sich stöhnend das Kreuz, die andere stützte sie.

«Hilfe!», rief die Begleiterin und sah sich um. «Wir brauchen jemanden hier. Schnell!»

Hulda und Paulina sprangen auf und liefen nach vorn. Auch die Krankenschwester, die am Empfangstresen vor sich hin gedöst hatte, eilte herbei. Gemeinsam dirigierten sie die beiden Frauen hinter einen Paravent, wo eine Liege stand, und halfen der Schwangeren, sich hinzulegen.

Hulda bemerkte ihre fadenscheinigen Kleider und die abgestoßenen Schuhspitzen, und als sie den Blick höher wandern ließ, sah sie in ein verhärmtes, bleiches Gesicht, in das sich die getrocknete Schminke hineingefressen hatte und ein Spinnennetz bildete wie bei einer zerborstenen Maske.

«Haben Sie Schmerzen?», fragte sie und fühlte den Puls am Handgelenk.

Die Frau auf der Liege stöhnte nur als Antwort.

«Wehen hat sie, das sehen Sie doch», sagte die andere, die in einem etwas besseren Zustand schien, aber auch recht ärmlich gekleidet war. «Kann ich sie hierlassen?», fragte sie dann atemlos. «Ich muss ins Büro. Mein Chef macht mir die Hölle heiß! Wenn ich noch mal zu spät bin, brauche ich nicht wiederzukommen, gibt genug Mädchen wie mich, sagt er.» Sie schnaubte. «Und recht hat er!»

«Warten Sie», sagte Hulda, «wir brauchen wenigstens den Namen und die Anschrift Ihrer Freundin.»

«Ihr Name ist Trudi Meier.» Die Frau wandte sich bereits zum Gehen. «Anschrift gibt's nicht. Mal hier, mal da.» Sie blickte noch einmal über die Schulter. «Viel Glück, Trudi», sagte sie und lief hinaus.

Paulina und Hulda wechselten einen Blick. «Bringen Sie mir meine Tasche?», bat Hulda die Schwester, die sofort losrannte.

«Meinen Sie nicht, wir sollten sie ins Krankenhaus bringen?», fragte Paulina mit einer feinen Sorgenfalte über der Nasenwurzel.

Der Atem der Schwangeren, die bis jetzt noch immer kein Wort gesagt hatte, ging stoßweise. Auf ihren bleichen Wangen waren zwei hitzerote Kreise erschienen.

«Ich sehe einmal nach.» Hulda desinfizierte sich schnell am Waschtisch die Hände. Dann schob sie behutsam den mehrfach geflickten Rock der Frau auf der Liege hoch.

«Keine Angst», sagte sie mit ruhiger Stimme, «mein Name ist Hulda Gold, und ich bin Hebamme. Ich werde Sie jetzt kurz untersuchen, dann wissen wir mehr.»

«Ich hab aber Angst!», flüsterte Trudi und sah Hulda zum ersten Mal in die Augen. Die reine Panik stand darin.

«Ich helfe Ihnen», sagte Hulda. «Und meine Kollegin, Fräulein Wolff, auch.»

Paulina nickte und lächelte Trudi beruhigend zu. Diese legte ihren Kopf zurück auf die Liege und überließ sich mit resignierter Miene Huldas Händen.

Als Hulda sie rasch und geübt abtastete, fand sie ihre Vermutung bestätigt.

«Schon acht Zentimeter», murmelte sie Paulina zu, die sogleich die Augenbrauen hochzog.

«Dann also kein Krankenhaus», seufzte sie leise und trat ebenfalls an den Waschtisch, um sich die Hände zu reinigen.

Die Krankenschwester kam mit Huldas Tasche zurück. «Brauchen Sie noch etwas?», fragte sie. «Soll ich vielleicht Frau Ludwig verständigen?»

Hulda sah zu Paulina. Die schüttelte den Kopf.

«Es ist fast zwölf Uhr», sagte sie und ein Lächeln spielte um ihre Lippen. «Um diese Zeit hält Frau Ludwig doch ihr Nickerchen oben auf den Gymnastikmatten.»

«Lassen wir ihr die wohlverdiente Ruhe», entschied Hulda. Auch wenn sie ahnte, dass die Leiterin der Beratungsstelle keine Freudensprünge machen würde, wenn sich in ihren heiligen Hallen eine tatsächliche Geburt ereignete, denn das war nicht vorgesehen. Aber mit etwas Glück würde sie die ganze Sache verschlafen, Trudi war schon fast so weit. Und Hulda spürte ein vertrautes Kribbeln im Magen. Sie würde endlich wieder einmal eine Geburt erleben, endlich wieder das tun, was sie so liebte.

Das Gefühl war so überwältigend, dass es sie selbst erstaunte. Etwas in ihr, das lange lose gewesen war, rastete ein.

«Danke schön.» Sie entließ die Schwester, die wieder nach vorn zum Empfang ging. Dann entnahm sie ihrer Tasche das Hörrohr und trat wieder zu Trudi. Diese hatte die Augen geschlossen und ihre Hände links und rechts in den Metallrahmen der Liege gekrallt. Sie ließ die Wehen, die schon sehr schnell hintereinanderkamen, über sich ergehen, wobei sie sich bei jeder neuen Schmerzwelle aufbäumte und lang gezogen stöhnte. Doch es kam kein Schrei über ihre Lippen. Hulda, die sich an Metas Geburt vor drei Jahren erinnerte, verspürte große Bewunderung für die Unbekannte vor ihr. Sie selbst hatte auf den letzten Metern deutlich mehr Krach gemacht. Und bei der Erinnerung an Karls verzweifeltes Gesicht, der durch einen dummen Zufall ein unfreiwilliger Zaungast gewesen war, musste sie sich ein Lächeln verkneifen.

«Sie machen das ganz prima», versicherte sie Trudi und beugte sich über den weit vorstehenden Bauch. Mit dem Hörrohr lauschte sie einen Moment konzentriert und blickte dabei auf die Zeiger der großen Uhr, die an der Wand der Halle hing. Sie zählte und nickte dann befriedigt.

«Ihrem Kind geht es hervorragend», sagte sie. «Mir scheint sogar, es schläft, so ruhig und gleichmäßig geht der Herzschlag.»

Trudi öffnete die Augen und griff nach Huldas Hand. Sie presste die Finger schmerzhaft zusammen und starrte Hulda an. «Ich will kein Kind bekommen», wisperte sie angstvoll. «Ich darf einfach nicht, hören Sie? Kann ja kaum für mich allein sorgen, wie soll ich das noch mit einem Baby schaffen? Dann gehe ich endgültig vor die Hunde.»

Paulina trat zu ihnen. «Darüber können wir später sprechen», sagte sie sanft.

«Nein!» Es war ein heiserer Aufschrei aus tiefster Seele. «Es geht nicht. Bitte, ich will das Kind nicht, ich kann es nicht ernähren. Warum ist man überhaupt auf der Welt? Warum ist das Leben ein solches Elend?» Schlaff sackte Trudi in sich zusammen, eine einzelne Träne rann über ihr geschminktes Maskengesicht und hinterließ eine krumme Spur auf ihrer Wange.

Als die nächste Wehe kam, klammerte sie sich jedoch wieder an der Liege fest und japste, presste die Lippen fest zusammen und schwieg verbissen, bis der Schmerz abebbte.

Hulda und Paulina wechselten erneut einen stummen Blick. Sie ahnten beide, wie das Leben dieser Frau aussah, sie begegneten so vielen solcher Frauen in ihrem Beruf. Vielleicht war Trudi früher auch in einem Büro angestellt gewesen wie ihre glücklichere Bekannte, doch sie war nicht mehr die Jüngste, sicher schon Ende dreißig. Bei Sekretärinnen in diesem Alter begannen die Chefs in den modernen Büroetagen, sich nach jüngerem, frischerem Material umzusehen. Wer es bis dahin nicht geschafft hatte, sich unentbehrlich zu machen, oder, noch besser, eine gute Partie zu ehelichen, wurde unter fadenscheinigen Gründen gekündigt und landete auf der Straße. Am Ende blieb nur ein Gewerbe übrig, das allen Frauen offenstand, doch auch in diesem Beruf machten sich Jugend und Schönheit bezahlt. Die älteren, weniger hübschen Frauen mussten von den vereinzelten Freiern leben, die bereit waren, beide Augen zuzudrücken. Da es immer mehr Konkurrenz gab, wurde dies zusehends schwieriger. Und vermutlich hatte Trudi, die nun hier in den Wehen lag, ihren beklagenswerten Zustand auch noch ihrem Broterwerb zu verdanken und war von einem der Männer, mit denen sie schlief, schwanger geworden. Die letzten Monate mussten sehr hart gewesen sein, denn der Wert einer Hure nahm mit zunehmendem Bauchumfang naturgemäß ab, bis die Einnahmen ins Bodenlose sanken.

Hulda bemitleidete sie aus tiefstem Herzen. Doch das Kind, das nun auf die Welt kommen wollte, wusste nichts von alledem. Es hatte neun Monate lang in einer warmen, weichen, dämmrigen Höhle gelebt, war neugierig durchs Fruchtwasser geschwommen, hatte den dumpfen Stimmen und Musikfetzen gelauscht, der vertrauten Stimme seiner Mutter, und war stetig gewachsen, zuverlässig versorgt durch die Nabelschnur. Und nun war es ihm zu eng geworden in seiner kleinen Welt. Es drängte hinaus, schob sich mit sanften Drehungen durch den Geburtskanal. Unbeirrt, unaufhaltsam, von den gleichmäßigen Wehen hinausgetrieben, auf die Öffnung hin, Richtung Licht, das Leben bedeutete.

Trudi konnte nichts tun, als mitzugehen, mitzuschwimmen, die Schmerzen zu ertragen und zu atmen, immer weiter zu atmen, angefeuert von Hulda und Paulina.

Ein paarmal spähte Hulda an dem Paravent vorbei und sah jedes Mal erleichtert, dass noch immer niemand in die Beratungsstelle gekommen war, sodass Trudis Stöhnen von der Welt draußen am Nollendorfplatz unbemerkt blieb. Dort gingen die Dinge ihren Gang, ungerührt, unwissend, ohne eine

Ahnung von dem Wunder, das sich hinter den Fenstern der Mütterberatungsstelle vollzog. Niemand hatte der Zeugung dieses kleinen Menschleins Bedeutung beigemessen, sie war achtlos, wahrscheinlich lieblos erfolgt. Und beinahe ebenso unbemerkt wurde das Kind nun geboren.

Als zuerst der Kopf, dann der Körper in einem Schwall Fruchtwasser herausglitten, fing Hulda das Kind gekonnt auf und wickelte es nach blitzschneller Untersuchung in ein Handtuch, das Paulina bereitgelegt hatte. Alles schien in Ordnung, das Baby war komplett entwickelt und lief schnell rosig an. Es schrie nicht, öffnete jedoch seine tintigen, verklebten Augen und besah sich einen Moment ganz ruhig, und, wie es Hulda schien, verwundert diese seltsame neue Welt, in die es da geschleudert worden war. Ob es Enttäuschung empfand?, fragte sie sich einen Moment und verwarf dann den dummen Gedanken gleich wieder. Das Kind erwartete nichts, es würde sich mit dem Leben arrangieren. Vielleicht würde es irgendwann dagegen aufbegehren, vielleicht andere Entscheidungen treffen, bessere Entscheidungen als seine Mutter? Auch das konnte Hulda nicht beurteilen. Vorerst musste sie dafür sorgen, dass es warm und trocken blieb und Nahrung erhielt, die es dringend benötigte – je mehr, desto besser.

Die Nachgeburt kam sofort, und Paulina versorgte Trudi mit freundlichen Worten und patenten Griffen.

«Sie haben einen kleinen Jungen», sagte Hulda und hielt der Frau auf der Liege das Kind hin. Doch sie drehte das Gesicht fort und schüttelte den Kopf.

«Ich kann nicht», sagte sie tonlos. «Bitte, zwingen Sie mich nicht dazu, ihn anzusehen.»

Hulda zögerte einen Moment, doch sie wusste, dass es zwecklos war. Daher rief sie nach der Schwester, damit diese ein wenig Babykleidung heraussuchte. Es gab einen großen Fundus in einer Kommode in der Ecke, den sie aus Spenden finanzierten, um Not leidenden Müttern, die zu ihnen in die Beratungskurse kamen, aushelfen zu können.

Während sie das Kind behutsam ankleidete, sprach Hulda mit leiser, warmer Stimme zu dem neugeborenen, namenlosen Jungen. Sie log ihm vor, dass er an einen guten Ort gekommen sei, dass man sich um ihn kümmern werde, und strich ihm über den Kopf, der noch feucht von der Geburt war. Er hatte eine entzückende Stupsnase, und Hulda musste einmal kräftig schlucken, um die Tränen zu verdrängen, die ihr ärgerlicherweise kamen, als sie sich seine Zukunft ausmalte. Doch sie durfte nicht wegen eines unbekannten Kindes heulen, das nur kurz durch ihre Hände glitt und gleich von Fremden abgeholt werden würde. Die Schwester hatte bereits nach der Fürsorge telefoniert, die Kollegen würden kommen und das Kind mitnehmen. Dann würde der Adoptionsprozess eingeleitet. Vielleicht hatte der Junge Glück, vielleicht würde seine auffallend hübsche Nase dafür sorgen, dass sich ein kinderloses Paar in ihn verliebte und ihn als den seinen annahm. Vielleicht würde er aber auch, wie so viele, in einem der Waisenhäuser der Stadt unterkommen, wo ihn ein sehr bescheidenes Dasein erwartete. Das Jahr 1929 war nicht gerade arm an elternlosen, bedürftigen Sprösslingen, sie bevölkerten nicht nur die Kinderheime, sondern auch die Straßen.

Hulda streifte dem Kleinen ein Hemdchen über, schloss zärtlich Knopf für Knopf des Jäckchens über seiner Brust und drückte ihn dann seufzend der Schwester in die Hand, die bereits ein Fläschchen mit Säuglingsmilch angerührt hatte – nur eine winzige Menge, damit sich der Babymagen daran gewöhnen konnte. Ohne Beanstandung nahm das Kind den

Sauger in den Mund und begann zu trinken. Seine kleinen Ohren zuckten bei jeder Bewegung des Kiefers, und Hulda warf einen letzten Blick auf ihn, wie er da in den Armen der unbekannten Frau mit weißem Häubchen lag. Arglos, hilflos – und doch vollkommen.

Hoffentlich würde er sich durchbeißen, dachte sie. Er schien das richtige Temperament zu haben, genügsam und doch hartnäckig. Ideale Charaktereigenschaften für einen Menschen, der von der ersten Sekunde seines Lebens an nur einen einzigen Fürsprecher hatte – sich selbst.

Sie wandte sich zu der frisch Entbundenen um und sah, dass die Frau bereits versuchte, aufzustehen.

«Sie sollten sich noch ausruhen», sagte sie, doch Trudi schüttelte verbissen den Kopf und schob die Beine von der Liege. Paulina hatte ihr Vorlagen aus Vlies unter den Rock geschoben, um den Blutstrom aufzuhalten.

«Ich will nur weg», sagte sie, und vermied es, zu dem trinkenden Kind hinüberzusehen. «Ich schäme mich so, ihn zurückzulassen!» Sie schluchzte trocken auf, unterdrückte das Weinen aber sofort wieder. Ihr Gesicht wurde hart. «Es ist besser so, für alle.»

«Ich brauche wenigstens noch eine Unterschrift», sagte Hulda und stützte Trudi auf dem Weg zur Anmeldung. Dort fischte sie ein Formular aus einer Schublade und füllte die entsprechenden Felder rasch aus. «Sie müssen unterschreiben, dass sie den Anspruch auf das Kind aufgeben. Aber ...»

Sie wollte Trudi noch einmal sagen, wie groß die Tragweite einer solchen Entscheidung war, und dass sie sich Zeit lassen sollte. Doch ehe sie weitersprechen konnte, hatte die Frau ihr bereits den Füllfederhalter aus der Hand gerissen und eine krakelige Unterschrift auf das Papier geworfen. Dann humpelte sie ohne ein weiteres Wort und ohne einen Blick zurück zur Tür und verschwand draußen im Licht.

«Was ist denn hier los?», fragte eine heisere Stimme auf dem Treppenabsatz, und Hulda stöhnte tonlos. Sie drehte sich um und sah Frau Ludwig entgegen, die mit rosigen Wangen und leicht verstrubbeltem Haar von ihrem Mittagsschlaf heruntergekommen war.

«Wir hatten einen Notfall», sagte sie schnell und kehrte zurück hinter den Paravent. «Aber alles ist in Ordnung.»

Frau Ludwig war ihr gefolgt und äugte nun hinter die Trennwand, wo die Schwester noch immer mit dem trinkenden Säugling auf einem Stuhl saß, während Paulina behände die Spuren der Geburt beseitigte. Doch sie erfasste sofort, was geschehen war.

«Das ist ja die Höhe!», rief Frau Ludwig empört und stemmte die Hände in die ausladenden Hüften. «Wir sind doch hier keine Geburtenstation. Warum haben Sie denn keinen Krankenwagen gerufen?»

«Es war zu spät», sagte Hulda. «Die Sanitäter wären jetzt erst eingetroffen. Aber alles ist gut gegangen.» Sie zögerte. «Wir wollten Sie ja um Rat fragen, Frau Ludwig, aber Sie waren einfach nicht aufzufinden.»

Eine zarte Röte huschte über das Gesicht der Leiterin. «Nun», sagte sie und räusperte sich, «es ist ja nichts passiert. Ich lasse es Ihnen noch einmal durchgehen, Fräulein Gold.» Sie sah hinüber zu Paulina. «Und Ihnen auch, Fräulein Wolff. Aber bitte, beim nächsten Mal keine Alleingänge mehr.»

Sie trat zu der Schwester und betrachtete einen Moment die zuckende Nase des Babys, das in einen seligen Milchschlummer gesunken war. Ein gelblicher Tropfen hing ihm noch im zarten Mundwinkel, die weichen Finger der einen Hand waren vertrauensvoll geöffnet. Mit der anderen umklammerte es einen Blusenknopf an der Schwesterntracht.

«Mutter auf und davon?», fragte Frau Ludwig, die Trudis Abgang gerade noch mitverfolgt hatte. «Ist wohl besser so, so wie die aussah.» Sie musterte noch einmal das herzige Gesicht des Neugeborenen. «Wirklich ein Jammer», sagte sie mürrisch. «So ein hübsches Kind. Hoffen wir, dass es nicht unter die Räder kommt, wie die meisten.»

Mit diesen Worten schritt sie resolut nach vorne zur Anmeldung, wo sich soeben die Kollegen der Kinderfürsorgestelle eingefunden hatten. Hulda sah ihr nach. Unwillkürlich fragte sie sich, ob sie selbst in einigen Jahren ebenfalls so hart sein würde, so steifnackig und spröde. Ob auch ihr Schritt sich von tänzelnd zu stampfend verändern würde, als zermalme sie bei jeder Bewegung mit Gewalt die Sorgen unter ihren Sohlen.

Vielleicht machte das dieser Ort mit einem, dass man alles Weiche, Hoffnungsvolle, Zärtliche aufgeben musste? Dass man es sich abgewöhnte, mitfühlend zu sein? Würde auch sie bald zu einer Frau Ludwig werden, wenn sie für immer hierbliebe? Schließlich waren ihre jugendlichen Tage schon lange vorbei, und das Leid, das sie jeden Tag mitansehen musste, ohne dass sie wirklich etwas dagegen tun konnte, würde auch bei ihr unweigerlich Spuren nach sich ziehen. Tag für Tag, Jahr für Jahr in der Beratungsstelle. Obwohl sie doch genau wusste, was sie eigentlich tun wollte.

Mit einem leisen Frösteln schlug Hulda die Arme um ihre Schürze und fragte sich, wie viel Zeit ihr wohl noch bliebe, ehe sie endgültig den Traum aufgab, wieder als Geburtshelferin zu arbeiten?

«Rauchen Sie eine mit?», fragte Paulina und hielt Hulda

eine angebrochene Packung Zigaretten hin. Und obwohl Hulda normalerweise ablehnte, nickte sie aufatmend.

«Das wäre wundervoll», sagte sie und folgte der blonden Kollegin, den brennenden Glimmstängel bereits zwischen den Fingern, hinaus ins Sonnenlicht.

14.

Dienstag, 3. September 1929

Als Bert die Tür zu seiner kleinen Wohnung in der Nollendorfstraße aufschloss, hatte er zum ersten Mal seit Tagen das Gefühl, wieder durchatmen zu können. Drinnen roch es muffig, denn die alte und klapprige Küche war immer etwas feucht, und er hatte fünf Nächte nicht zu Hause verbracht, in denen er also auch nicht hatte lüften können. Fünf Nächte außer Haus! Das war nicht vorgekommen, seit er hier in Schöneberg lebte, und er hatte nicht das Bedürfnis, es bald zu wiederholen.

Wie froh er nach den schier endlosen grauen Tagen im Krankenhausbett war, wieder daheim zu sein!

Seufzend ging er durch den Flur in die Küche und riss das Fenster auf, wobei wie immer etwas Farbe vom Rahmen abblätterte. Bert streckte den Arm hinaus und schüttelte die Splitter ab, sodass sie an der schwärzlichen Fassade hinunter in den Hof rieselten. Dann sog er tief den vertrauten Duft nach Kohleofen und in Fett gebackenen Kartoffelpuffern ein. Er sah sich um. Eine räudige Katze spazierte unten an den Mülltonnen vorbei und blickte zu ihm hinauf, sie maunzte, vorwurfsvoll, wie ihm schien, drückte ihren mageren Körper an der Hauswand entlang und verschwand.

Aus irgendeinem Grund musste Bert an Hulda denken, die

manchmal einen ähnlichen Blick hatte, wenn sie ihn ansah – mit dieser Mischung aus Ungeduld und Neugier oder, in guten Momenten, widerstrebender Zuneigung. Er lächelte bei dem Gedanken an sie und erinnerte sich an ihren Besuch in der Klinik. Ein wenig unangenehm war es ihm noch immer, dass sie ihn am vergangenen Donnerstag hatte beistehen müssen, weil ihm seine Nerven einen derartigen Streich gespielt hatten. Er hatte es nicht gern, wenn er um Hilfe bitten musste, lieber war er derjenige, der anderen beisprang. Doch das Alter, das machte ihm immer öfter einen Strich durch die Rechnung. Es befiel seine Knie, die neuerdings laut knacksten, wenn er die Treppe hinaufstieg, grub an seinen Stirnfalten und ließ ihn die Endlichkeit des Lebens spüren – ganz unvermittelt, aber deutlich. Und dann war da natürlich noch dieses merkwürdige Leiden, das angeblich seine Seele befallen hatte.

Schon früher, als Junge, hatte er das Gefühl gekannt, dass es ihm ganz plötzlich die Luft abschnürte. Die Angst zu ersticken, rührte von einem Vorfall her, der ihm in einer Nervenheilanstalt zugestoßen war. Ein übereifriger Psychiater hatte ihm, dem stummen Kind, durch gewaltsames Untertauchen in kaltes Wasser das Sprechen beibringen wollen. Es war eine gewöhnliche Therapiemethode gewesen, seinerzeit, doch das änderte nichts daran, dass Bert beinahe vor Angst gestorben wäre. Zum Glück war er aus dieser schrecklichen Anstalt befreit worden, und unerwartet hatten sich gute Leute seiner angenommen. Er hatte gelernt, das grauenvolle Gefühl des Ertrinkens zu verdrängen. Irgendwann reichte es, wenn er langsam bis zehn zählte, wenn es sich wieder einmal einstellte. Dann beruhigte sich sein Herzschlag sofort, und die eiserne Umklammerung, die seinen Brustkorb zusammenpresste, ließ nach.

Doch in letzter Zeit half das nicht mehr, und all das Schwere, die Angst und das Gefühl des Verlassenseins, das seine Kindheit als Waise bestimmt hatte, brachen sich mit zunehmendem Alter wieder Bahn. Bert hatte plötzlich das Gefühl, eine brennende Stange Dynamit in seinem Inneren mit sich herumzutragen, die jederzeit explodieren konnte. Es war kein angenehmes Gefühl! Und auf einmal wurde ihm etwas klar, das er eigentlich immer schon gewusst hatte – niemand entkam seiner Vergangenheit.

Ächzend entzündete er den Gasherd, stellte den Kessel mit Wasser auf die bläulich tanzenden Flammen und starrte eine Weile vor sich hin, ehe das Wasser kochte. Dann goss er sich einen schnellen Kaffee auf, fand einen ganz und gar trockenen, jedoch nicht verschimmelten Brotkanten und trug seine Beute zum Küchentisch, wo er sich niederließ und das harte Stück genießbar machte, indem er es in den Kaffee stippte. Er streckte die Füße von sich und fuhr sich durchs stoppelige Gesicht. Die Bartpflege war in diesem Siechenhaus, in dem man ihn seiner Meinung nach viel zu lange festgehalten hatte, zu kurz gekommen. Sobald er sich ein wenig gestärkt hatte, wollte er sich rasieren und seinen prächtigen Schnauzbart mit der ungarischen Bartwichse in Form bringen, die er bevorzugte und die ihm Hulda ab und an aus der *Drogerie Richter* in der Gleditschstraße mitbrachte.

Doch zuallererst brauchte er ein Pfeifchen!

Betrübt dachte Bert an seine Lieblingspfeife, die wohl noch immer zerschmettert im Kiosk auf dem Boden lag. Frau Grünmeier hatte das kleine Lädchen, wie Hulda ihm berichtet hatte, ordnungsgemäß abgeschlossen, nachdem man ihn abtransportiert hatte. Er hatte durch die Hebamme noch einmal ausrichten lassen, dass niemand etwas im Inneren anrühren dürfe, denn er wollte, dass die Polizei sich die Sache ansah. Doch als er mehrfach vom Krankenhaus aus versucht hatte, bei der Wache eine Anzeige wegen Einbruchs zu machen, hatte er schließlich verblüfft von einer gehetzt klingenden Stimme am anderen Ende der Leitung erfahren, dass die Ordnungshüter keine Leute hatten, um ein so kleines Delikt zu verfolgen.

«Na, hören Sie mal!», hatte er ungläubig in die Sprechmuschel gerufen. «Das heißt, die Verbrecher in unserer Stadt haben praktisch freie Hand?»

Da war die Verbindung plötzlich unterbrochen worden, und das Fräulein vom Amt hatte sich eingeschaltet. Ob er einen weiteren Anruf wünschte?

Bert hatte davon abgesehen.

Dann würde er am morgigen Markttag also eben nur den Schlüssel von der Blumenverkäuferin zurückfordern, schnell etwas Ordnung im Inneren seines Heiligtums machen, sich dann mit den aktuellen Ausgaben der Zeitungen eindecken und in den kommenden Tagen und Wochen verkaufen, was das Zeug hielt, um die Verluste in Grenzen zu halten.

Bert erhob sich, suchte nach seiner zweitliebsten Pfeife, stopfte sie und steckte sie sich an. Schmauchend trat er wieder ans geöffnete Küchenfenster.

Die Abenddämmerung kam schon viel früher als noch vor ein paar Wochen, sanft griff sie nach den Dachschindeln, der Teppichklopfstange und den Schornsteinen. Sie hüllte all das ein, saugte die Farben aus den Gegenständen und schmeichelte den weißen Rauchschwaden, die von der Pfeife emporkletterten. Und eine seltsame Sehnsucht stieg in Bert hoch, als er die kühle, feuchte Luft einatmete, die nächtliche Abenteuer versprach.

Er sah auf seine Taschenuhr. Es war zu früh zum Schlafengehen.

Entschlossen trat er an den Tisch zurück, stellte den Spiegel mit den abgestoßenen Kanten auf den Küchentisch und holte die Waschschüssel. Sorgfältig rasierte er sich die stoppeligen Wangen und ließ nur den Schnauzer stehen, den er jedoch auch ein Stück kürzte. Der herbe, holzige Duft, der aus der Blechdose mit der *Stern*-Pomade aufstieg, war vertraut und gab ihm Sicherheit. Anschließend marschierte er in die Schlafkammer und nahm ein frisches Hemd von der Kleiderstange. Das Binden der Fliege ging ihm leicht von der Hand, man hätte ihn tief in der Nacht wecken können – er würde sich den Propeller in null Komma nix um den Hals wickeln können.

Wenig später trat er aus der Wohnung in den Hausflur.

Beim Hinuntergehen ignorierte er den Protest seiner Gelenke auf der Treppe mit Willenskraft, und als er unten auf der Straße stand und die glimmenden Lichter betrachtete, die nach und nach in den Luken und Fenstern der Häuser aufflammten und lockende Grüße in den Abend sendeten, fühlte er sich um zehn Jahre verjüngt. Er gehörte trotz allem noch nicht zum alten Eisen, zum Ausschuss. Er war im besten, wenn auch in einem reifen Alter! Und wann, wenn nicht jetzt, da er dem Krankenhaus entronnen und wieder frei war, sollte er denn das Leben genießen?

Seine Schritte zogen ihn wie von selbst über den Asphalt, durch die Nollendorfstraße Richtung Westen. Er bog in die Motzstraße ein, lief an den vielen kleinen Kneipen vorbei, den Litfaßsäulen und leuchtenden Laternen.

An der nächsten Straßenecke stand ein Mann, der, mit Sternkarten und astrologischen Postkärtchen bewaffnet, in den Abendstunden versuchte, Passanten zu einer Zukunftsdeutung zu überreden.

«Mein guter Herr», schnarrte er mit geheimnisvoll gedämpfter Stimme zu Bert, «nicht so eilig. Ich kann Ihnen sagen, was an Ihrem Firmament steht. Nur eine Mark fuffzig, weil Sie es sind.» Er packte Bert am Ärmel. «Die Sterne lügen nicht, ich sehe für Sie in die Zukunft.»

«Danke», sagte Bert, «ich sehe lieber selbst nach.»

Damit machte er sich los und ging weiter, die Hände tief in den Manteltaschen vergraben. Er genoss das Summen der Stadt, die Musikfetzen, die aus den Jazzkellern hinaufwehten, das Klappern vieler Absätze auf dem Pflaster. Über die hell erleuchtete Lutherstraße schoben sich die vergnügungssüchtigen Abendschwärmer, dicht an dicht, und jeder hatte ein Ziel. Die Herren im Smoking mit seidenen Damen am Arm strebten in die *Scala*, über deren Eingang ein elektrisch glitzernder Schriftzug und ein Plakat mit jungen Tanzgirls lockten. Ganze Cliquen halbwüchsiger Jungen mit schief sitzenden Mützen auf den Köpfen zog es in die dunklen Tanzdielen, wo man umsonst Bier trinken konnte und wo den Freiern das Geld aus der Tasche gelockt wurde. Kichernde Stenotypistinnen hingen an den Lippen männlicher Büroangestellter und ließen sich ins Kino einladen. Und vor dem *Eldorado* standen amerikanische Touristen und Leute, die einmal berühmt werden wollten, und warteten auf den Einlass.

Normalerweise kam Bert nicht oft her. Das *Eldorado* war nicht ganz seine Kragenweite, außerdem wurde es von vielen Homosexuellen und Transvestiten in Berlin als Touristenmagnet beschimpft. Bert mied das Etablissement auch deshalb, weil sich dort nur die sogenannte *Crème* der Gesellschaft versammelte, mit neureichem Geld um sich schmiss und das eigentliche schwule Leben in den Schmutz zog. Nichtsdestotrotz übte dieser Ort auf ihn einen magischen Sog aus, seit das Lokal vor zwei Jahren eröffnet worden war. Die Musiker, die hier spielten, verstanden ihr Handwerk und wurden anständig entlohnt. Das Publikum war ein wenig schrill, aber gepflegt. Zudem war das *Eldorado* groß und anonym genug, um zwischen den vielen Besuchern unterzugehen. Und nicht aufzufallen, war stets Berts Bestreben, wenn er ausging. In den kleinen Tanzdielen für Männer, die er früher manchmal besucht hatte, war man wie auf dem Präsentierteller, jeder kannte dort jeden. Im *Eldorado* dagegen verschmolz er, wenn er durch die Tür trat, mit der Menge. Außerdem kamen nur wenige Schöneberger hierher, was die Chance, erkannt zu werden, minimierte.

Hier ist's richtig, versprachen große Lettern über dem Eingang, und Bert seufzte stumm.

Ja, das wäre etwas!, dachte er. Wenn man doch nur einmal richtig sein könnte! Richtig als der, der man nun einmal war. Allein dieses Versprechen machte den Laden für ihn so anziehend, auch wenn er natürlich wusste, dass alles freche Werbung war und die Worte nur deshalb dort standen, damit er hereinkam und sein sauer verdientes Geld für Nepp und Schlepp ausgab. Doch warum nicht, wenn man sich dafür einmal eine Stunde lang wohl in seiner Haut fühlen durfte?

Ein hübscher Boy zog den roten Vorhang zur Seite, der den kühlen Wind und ungebetene Zaungäste von der halb offenen Tür fernhalten sollte. Er nickte, und Bert glitt hinein.

Drinnen war alles rot und golden, mit schimmernden Lampen beleuchtet, die gerade genug enthüllten und doch das meiste im Schatten verbargen. Als Frauen verkleidete Kellner gingen zwischen den runden Tischen umher und servierten

Cocktails, eine Band spielte Jazz, und auf einer Bühne tanzte ein Mann im silbernen Abendkleid, sanft berieselt von den sprühenden Funken einer Discokugel, die über sein geschminktes Gesicht und den muskulösen Körper glitten.

Bert wurde schwindlig, als er dem ewigen Kreiseln der Lichter zusah, und er suchte sich rasch einen freien Tisch in der Ecke des Lokals, lehnte sich an die rote Seidentapete und bestellte einen Whisky beim Kellner. Schwach spürte er das schlechte Gewissen, weil der Arzt im Krankenhaus ihm für die nächste Zeit strenge Abstinenz angeraten hatte, aber etwas in ihm zwang ihn dazu, die Regeln heute zu brechen. *Das Leben ist kurz*, schoss es ihm durch den Kopf, und was morgen sein würde, wusste niemand – nicht einmal der arme Sterndeuter, der wahrscheinlich noch immer draußen in den Straßen vergeblich auf Kundschaft wartete. Er hatte eine brotlose Kunst für einen Ort wie Berlin gewählt, überlegte Bert, denn wer wollte hier schon genau wissen, was die Zukunft brachte? Es kam eh immer schlimmer, als man dachte, das wussten alle Bewohner dieser kalten, harten Stadt. Und es schien besser, man machte das Beste aus dem Heute, als aufs Morgen zu hoffen. Besser, man überließ sich eine weitere lange Nacht der seligen Unwissenheit, wann all das hier in Rauch aufginge, trank einen guten Tropfen und bestaunte schöne Menschenkörper in einem ewigen Taumel, ehe die Morgendämmerung unerwünschte Klarheit ins Dunkel brachte.

Bert lehnte sich in seinem Fauteuil zurück, schwenkte die goldene Flüssigkeit in seinem Glas, das der Kellner soeben gebracht hatte, und ließ den Blick schweifen.

War es noch vor wenigen Jahren riskant gewesen, sich öffentlich als Homosexueller zu zeigen, hatte sich nun in kurzer Zeit alles geändert. Der Paragraph 175 war durchaus noch gültig, doch man wurde nicht mehr einfach so beim Besuch eines Transvestitenlokals verhaftet. Bert selbst hatte vor einigen Jahren im Bülowkiez eine solche unschöne Erfahrung gemacht, inklusive des Abtransports in der Grünen Minna und eines Eintrags ins Register, woran er ungern dachte. Doch heute fühlte er sich sicherer als je zuvor. Polizeipräsident Zörgiebel war zwar seit dem schrecklichen *Blutmai* im vergangenen Frühjahr umstritten, als während einer Demonstration der KPD friedliche Bürger von der gewaltbereiten Polizei erschossen worden waren. Doch was das sogenannte sittliche Leben in den Straßen Berlins anging – die Nachtlokale, die Tanzkneipen, die vielen Homosexuellenbars –, war der Polizeipräsident milder als seine Vorgänger. Und Bert schien es, als sei endlich wirklich eine neue Zeit für Menschen wie ihn eingeläutet worden.

«Ist hier noch frei?», fragte ein Herr im mittleren Alter. Er trug unauffällige Kleidung und schien aus dem Nichts gekommen zu sein. Fragend lächelte er Bert an.

Bert musterte kurz die gewienerten Schuhe, die gebügelten Hosenbeine und die gepflegten Hände, dann nickte er knapp. Erst als der Unbekannte ihm gegenüber Platz nahm, sah er die freundlichen Augen mit den vielen Lachfältchen rundherum in dem glatt rasierten Gesicht, und ein unerwartetes, seltsames Gefühl ergriff ihn.

«Mit wem habe ich das Vergnügen?», fragte er halblaut.

«Arnold», sagte der Mann.

Es war üblich, in solchen Momenten lieber auf Nachnamen zu verzichten, und diese Gewohnheit hatten auch die neuen, freieren Zeiten nicht tilgen können.

«Bert.» Er neigte den Kopf. «Was trinken Sie, Arnold?»

«Ein Viertel Roten», sagte sein Gegenüber, und Bert winkte eine der ausladenden Damen mit starkem Bizeps unter den Spitzenärmelchen herbei und bestellte einen Spätburgunder und für sich noch einen Whisky.

Um sie herum tanzten blonde Bubiköpfe mit schwarz gekleideten Herren, freche Jungs mit Hosenträgern und Fluppe im Mundwinkel mit gestriegelten Gigolos, Großbankdirektoren mit selbst ernannten Schauspielerinnen, deren schlaff herabhängende Federboas etwas gerupft aussahen, sowie schöne junge Frauen mit anderen schönen jungen Frauen. Die Stimmung wurde noch ausgelassener, als der Mann im Abendkleid trotz anhaltendem Applaus die Bühne verließ und nach ihm eine androgyne Lady im Kostüm eines indischen Maharadschas auftrat.

«Öfter hier?», fragte Arnold, nachdem er an seinem Wein genippt hatte.

Bert schüttelte den Kopf. «Es ist mir meistens etwas zu exaltiert, wenn Sie wissen, was ich meine.»

Arnold lächelte. «Ich verstehe sehr gut», sagte er. «Aber für solche Biedermänner wie uns gibt es unter den Paradiesvögeln eben nicht den perfekten Platz, richtig? Und trotzdem gehören wir nun einmal dazu.»

Bert staunte. Das waren schon seit langer Zeit seine eigenen Gedanken. Er machte sich nichts aus der schrillen, lauten Szene rund um den Nollendorfplatz, er hatte kein Interesse an Pailletten, falschen Locken und Brüsten, an durchzechten Nächten und Kokainspritzen. Doch ab und an sehnte er sich nach Gesellschaft von seinesgleichen, aber es gab nur sehr wenige Alternativen für einen Mann wie ihn als solche glitzernden Orte.

Verstohlen betrachtete er Arnold, der mit eleganter Geste sein Weinglas hielt und sehr aufrecht im Sessel saß. Wäre er ihm nicht im *Eldorado* begegnet, so hätte Bert ihn für einen braven Ehemann gehalten, vielleicht sogar einen Pastor, denn der steife Kragen seines Hemdes war beinahe zu eng geknöpft, um noch als modisch zu gelten. Arnold wirkte wie einer anderen Zeit entstammend. Und Bert kam der Gedanke, dass er hier selten zuvor jemanden getroffen hatte, der ihm selbst so ähnlich schien. Und der ihm trotzdem – oder gerade deswegen? – so gut gefiel.

«Darf ich fragen, was Sie sonst in Ihrer Freizeit machen, wenn Sie nicht hierherkommen?», fragte er, um das Gespräch in Gang zu halten.

Arnold sah ihn an, Verlegenheit spielte um seine Lippen.

«Ach», sagte er und trank einen Schluck Wein, «eigentlich nichts Besonderes. Ich fürchte, ich bin ein ziemlich langweiliges Exemplar. Ein Bücherwurm bin ich, und ab und zu gehe ich ins Konzert.» Er zuckte mit den Schultern. «Aber allein macht es mir nicht immer Freude.»

Bert hielt den Atem an. «Welche Autoren schmecken Ihnen denn besonders, so als Bücherwurm?»

Arnold überlegte einen Moment. «Tucholsky», sagte er, «Erich Kästner. Die Manns. Und natürlich die Gedichte von Else Lasker-Schüler. Sie lebt ja hier um die Ecke im *Hotel Sachsenhof.*»

«Eine Wortkünstlerin», bestätigte Bert, der die exzentrische Dichterin, die in seinem Alter sein musste, ab und zu am Nollendorfplatz sah. «Und was ist mit den anderen wunderbaren Schriftstellerinnen unserer Zeit? Kennen Sie Vicki Baum?»

Arnold nickte heftig. «Der neue Roman ist eine Wucht», sagte er. «Ich habe mir im Frühling jede Woche die *Berliner Illustrierte* gekauft. Wie sich all diese Charaktere mit ihren Schicksalen im Hotel treffen, hat mich sehr berührt.»

Er schmunzelte. «Auch wenn Alfred Kerr, dieser scharfe Hund, behauptet hat, die Texte seien *Romankitsch* und bloß ein *Schmarrn.*» Langsam strich er mit einem Finger über den Rand seines Weinglases. «Ich lese eigentlich alle Fortsetzungsromane, die es gerade gibt, das ist wie eine Sucht.»

Bert schluckte. Er zog eine zerlesene Zeitung aus seiner inneren Jackentasche und hielt sie seinem Tischherrn hin. Die Seiten waren schon so oft umgewendet und neu geknifft worden, dass das Papier an den Kanten mürbe geworden war.

«Haben Sie das hier dann auch gelesen?», fragte er. «Alfred Döblin. Es sind bisher nur Vorabdrucke, aber ich habe gehört, dass jetzt im Herbst das ganze Buch bei Fischer erscheinen soll.»

Arnolds Augen weiteten sich, als er nach der Zeitung griff und ein paar Zeilen überflog. «*Berlin Alexanderplatz*», sagte er, «ich habe bisher keinen Teil verpasst. Ist es nicht ein unglaubliches Werk?»

«Ich habe nie etwas Derartiges gelesen», sagte Bert und beugte sich näher zu Arnold. «Diese Sprache – das Erzähltempo, einfach unerhört und ganz und gar genial! Und die Figur des Franz Biberkopf ...»

«Noch nie habe ich gleichzeitig einen solchen Ekel und ein solches Mitgefühl für eine Romanfigur verspürt», sagte Arnold und las ein paar Sätze vor: «*Franz, du möchtest dich doch nicht verstecken, du hast dich schon die vier Jahre versteckt, habe Mut, blick um dich, einmal hat das Verstecken doch ein Ende*». Seine Stimme war ruhig, klar, und Bert schien es, als sei er ein geübter Vorleser. Dann ließ Arnold das Papier wieder sinken. «Sehr unheimlich, wie diese Stimme aus dem Nichts mit Franz Biberkopf spricht. Wie Gott mit Hiob! Läuft es einem da nicht kalt über den Rücken?»

Bert nickte. *Einmal hat das Verstecken doch ein Ende*, wiederholte er stumm im Kopf. Er spürte, wie seine Hände ganz leicht zitterten. Doch nicht, weil ihn die Textstelle so mitnahm – er hatte sie bereits viele Male gelesen –, sondern weil ihm klar wurde, wie gut es tat, sich mit einem anderen Mann über Literatur zu unterhalten, und wie froh er mit einem Mal war, dass Arnold sich heute Abend zu ihm gesetzt hatte. Das Tanzen und Singen um sie herum nahm er kaum noch wahr, nur die spielenden, neckenden Lichter der Discokugel, die über sie beide dahinglitten, wieder und immer wieder.

Erneut betrachtete Bert unauffällig das freundliche Gesicht ihm gegenüber. Es war ihm nun schon vertraut, ebenso die schöne Stimme von Arnold, und während er noch darüber nachdachte, wie angenehm ihm dieser eigentlich Fremde war, wie sympathisch und ja, anziehend er auf ihn wirkte, erwachte ein warnendes Schrillen ganz hinten in seinem Kopf, leise, aber unüberhörbar. Es war nicht das erste Mal, dass er sich blenden ließ, nicht das erste Mal, dass er glaubte, einen Seelenverwandten gefunden zu haben. Er sollte sich vorsehen. Das *Eldorado* war kein Ort, an dem man sich traf, um ab sofort gemeinsam durchs Leben zu gehen. Eher war es ein Lokal, in dem man jemanden suchte, um eine einzige, belanglose Nacht miteinander zu teilen und sich dann im Morgengrauen für immer fortzuschleichen – die Einsamkeit und ein schales Gefühl von Versagen im Gepäck.

Doch ehe er diesen Gedanken zu viel Raum geben konnte, spürte er, wie Arnold kurz seine Hand berührte. «Es ist spät», sagte er und deutete auf das Treiben um sie herum.

Alle Gestalten in dem rötlich dunklen Raum wirkten inzwischen ziemlich betrunken, wie Bert zugeben musste. Am Nebentisch saßen zwei junge Fräuleins mit Baskenmützen auf den Knien zweier Geschäftsmänner und schäkerten mit ihnen. Zwei Kerle in Knickerbockers – ein Liebespaar – tanzten eng umschlungen an ihnen vorüber. Und in einer anderen Ecke des Saals klappte gerade ein Transvestit zusammen, der wohl die Mengen an Champagner, die hier getrunken wurden, nicht vertragen hatte.

«Ich gehöre ins Bett», sagte Arnold, «morgen stehe ich früh auf.»

Bert wusste nicht, ob er enttäuscht oder erleichtert sein sollte. Er nickte, nahm die Zeitung vom Tisch und stopfte sie sich wieder in die Jacke. Dann schnippte er nach dem Kellner.

Doch Arnold legte erneut seine Hand auf Berts Ärmel.

«Erlauben Sie», sagte er, holte Geld aus seiner Anzugtasche und gab es dem Kellner, der mit geschürzten Lippen dankte und mit seinen falschen Wimpern klimperte.

Arnold stand auf, und Bert tat es ihm nach. Gemeinsam drängten sie sich durch den vollen Tanzsaal hinaus auf die Straße.

Die kühle Luft war eine Wohltat nach dem stickigen, süffigen Dunst, und Bert sog sie tief in seine Lungen und suchte in der Westentasche nach seiner Pfeife.

«Dann heißt es also Leb wohl», sagte er unbestimmt und wusste selbst nicht, was er sich eigentlich erhoffte.

«*Aber heut nicht lange, ich hab so wenig Zeit, ich muss nach Hause*», zitierte Arnold.

Bert sah sein leises Lächeln im Laternenschein. Kurz überlegte er, dann fiel der Groschen. «Das sagt das junge Mädchen bei Döblin zu ihrem Freier am Rosenthaler Platz», murmelte er. «Sie können wohl den ganzen Roman auswendig?»

«Nur die besonders schönen Stellen.» Arnold tippte sich an den Hut. «Werde ich Sie mal wiedersehen, Bert?»

Es klang flüchtig dahingesagt, doch Bert meinte, unter dem leichten Ton etwas herauszuhören, das sein Herzklopfen verstärkte. Irrte er sich, oder war er nicht allein mit seinen Gedanken, mit seiner Sehnsucht nach jemandem, der ihn verstand? Wirklich verstand und sich aus vollem Herzen für ihn interessierte?

Er fasste Mut. «Wann immer Sie möchten», sagte er. «Ich bin jeden Tag auf dem Winterfeldtplatz zu finden.»

«Das werde ich mir merken», sagte Arnold, schenkte Bert noch ein letztes Lächeln und löste sich dann im Dunkel der Straße auf, dort, wo das Licht der Laternen nicht mehr hinfiel.

Bert stand noch eine Weile unschlüssig da. Gedankenverloren stopfte er sich die Pfeife und zündete sie an. Er sah dem weißen Rauch nach, der sich aus dem Pfeifenkopf drängte und im Nachthimmel verflüchtigte. Dann fiel ihm ein, wie die Textstelle weiterging, die Arnold eben zitiert hatte: *Sie tun mir nicht weh*, sagte das Mädchen in Döblins Geschichte noch.

Obwohl Arnold diese Worte nicht mehr ausgesprochen hatte, war Bert sicher, dass er genau wusste, wie der Absatz endete. Und entgegen seiner sonstigen Vorsicht entschied Bert, dass es ein Versprechen gewesen war.

15.

Mittwoch, 4. September 1929

Eine ungeheure Erleichterung durchfuhr Hulda, als sie an diesem Morgen über den Winterfeldtplatz lief und sah, dass Berts Kiosk geöffnet war. Sie hatte es trotz ihrer guten Vorsätze nicht mehr geschafft, ihn erneut im Krankenhaus zu besuchen, weshalb sich in die Erleichterung eine Spur schlechtes Gewissen mischte. Doch die Freude, dass er wohlauf und schon wieder am Arbeitsplatz war, überwog, und sie lief eilig zu ihm hinüber.

Bert stand mit akkurat gebundener Fliege, gestutztem Bart und überhaupt sehr aufrecht hinter seinem Fensterchen und kam bei ihrem Anblick sofort heraus. Unauffällig schaute Hulda an ihm vorbei durch die schmale Tür ins Innere des Pavillons. Bert hatte bereits aufgeräumt und alle Spuren des Einbruchs beseitigt. Fein säuberlich stapelten sich die frischen Zeitungsstapel hinter ihm.

«Wie geht es Ihnen?», fragte sie und forschte in seinem Gesicht.

«Danke», sagte Bert und lächelte ihr beruhigend zu. «Ich bin wieder auf dem Posten, wie man so schön sagt.»

Huldas Erleichterung vertiefte sich. Bert hatte rosige Wangen und wirkte wach und frisch, obwohl es erst kurz nach acht Uhr morgens war. Sogar ein blütenweißes Einstecktuch ragte aus seiner Brusttasche, als habe er sich heute besonders herausputzen wollen. Er wirkte äußerst elegant. Hulda selbst fühlte sich in ihrem Jumper vom Vortag und dem Rock mit dem ärgerlichen Fettfleck deutlich zerknitterter. Zudem knurrte ihr der Magen. Wie an fast allen Tagen hatte sie es nicht geschafft zu frühstücken, bevor sie Meta in die Kindertagesstätte gebracht hatte. Sie würde ihren Hunger wie gewöhnlich mit einem Schusterjungen vom Bäckerstand stillen. Doch das musste noch einen Moment warten, entschied sie.

«Und Sie sind sicher, dass Sie schon wieder arbeiten sollten?», fragte sie vorsichtig.

Bert winkte ab. «Mir fehlt nichts, Fräulein Hulda», sagte er. «Sie können aufhören, mich zu bemuttern. Ein kleiner Schwächeanfall, mehr nicht.»

«Sie und ich, wir wissen doch genau, dass es nicht nur das war», sagte sie und bemerkte verärgert, wie besorgt und gleichermaßen schnippisch sie klingen musste. Sie gab sich einen Ruck und fuhr sanfter fort: «Aber natürlich haben Sie es am besten im Gefühl, was Sie sich zutrauen können. Sie sehen jedenfalls – wenn Sie mir die Bemerkung erlauben – sehr gut aus, Bert.» Sie musterte ihn erneut anerkennend. «Beinahe wie einem Magazin für gehobene Herbstmode entsprungen.»

«Was man von Ihnen nicht behaupten kann, liebe Hulda», sagte Bert, und in seinen Augen tanzte der Spott, den Hulda so furchtbar liebte. Ihre Freude darüber, dass er wirklich ganz der Alte schien, überwog den Ärger über seine kleine Frechheit, doch um sich ihre Rührung nicht anmerken zu lassen, spielte sie mit.

«Das ist ja wohl die Höhe», sagte sie hochmütig. «Wagen Sie es ja nicht, einer alleinstehenden, berufstätigen Mutter Vorwürfe wegen ihres nachlässigen Äußeren zu machen. Sie können von Glück sagen, dass ich nicht im Nachthemd hier erscheine, so chaotisch, wie mein Leben gerade ist.»

«Das wäre wenigstens mal etwas Neues», sagte Bert. «Außerdem, meine Liebe, kann einen schönen Menschen ja bekanntlich nichts entstellen.»

Hulda nahm es als Friedensangebot und lächelte gnädig.

In dem Moment kam ein Pärchen an den Kiosk, er mit schwarzer Melone, sie mit Stöckelschuhen und Krimmerkragen. Der Hutträger verlangte eine *Vossische* und ein Paket *Overstolz*, und Bert händigte ihm beides aus und dienerte.

«'n paar Tage Urlaub gemacht?», fragte der Mann. «Tat Ihnen wohl gut, wie ich sehe.»

«Herrlich war's», erwiderte Bert und bedeutete Hulda mit den Augen, nur ja nicht dazwischenzufunken. Als das Paar wegging, sah er ihnen vergnügt hinterher. «Die Kunden wissen von nichts», sagte er dann leise zu Hulda. «Jedenfalls die meisten. Ist mir auch nur recht so. Krankheit ist schlecht fürs Geschäft, aber wenn man sich rarmacht, weil man in der Sommerfrische war, wirkt es belebend.»

«Gibt es eigentlich Erkenntnisse von der Polizei?», fragte Hulda. «Haben Sie Anzeige erstattet?»

«Die Mühlen der Bürokratie in unserem Land mahlen langsam», sagte er leichthin. «Aber darüber müssen Sie sich nicht ihr hübsches Köpfchen zerbrechen.»

«Und warum haben Sie dann heute so unverschämt gute Laune?», fragte Hulda und sah ihm misstrauisch dabei zu, wie er beschwingt das Geld des Melonenträgers in die Kasse legte.

Die rosige Farbe in Berts Gesicht vertiefte sich für einen Moment, er wirkte auf einmal verlegen. Doch seine Augen strahlten.

«Ach, es ist einfach ein herrlicher Tag, finden Sie nicht?», sagte er.

Hulda sah über den Marktplatz. Die Weißdornbüsche ringsum raschelten im sanften Morgenwind. Erneut strahlte eine helle Septembersonne von einem wolkenlosen Himmel auf die vielen Buden und Stände mit den gestreiften Markisen. In den Kübeln von Frau Grünmeier leuchtete ein wahres Dahlienfeuer, und der Duft nach frischen Schrippen und sahnigem Käse zog vorüber. Drüben beim *Café Winter* schien auch alles wieder seinen gewohnten Gang zu gehen, jedenfalls entdeckte Hulda die Kellnerin Frieda, wie sie mit gewohnt schlaffen, lustlosen Bewegungen die Thonetstühle auf die Terrasse stellte und herzhaft gähnte, ohne sich die Hand vor den Mund zu halten. Von eventuellen Spuren des Einbruchs, von dem Jette Hulda erzählt hatte, war nichts mehr zu sehen.

«Ja», stimmte sie Bert zu, «ein herrlicher Morgen. Und trotzdem ...» Wieder sah sie ihn aus halb geschlossenen Augen an. «Mir kommt es so vor, als ginge etwas mit Ihnen vor.»

«Dasselbe könnte ich von Ihnen behaupten», sagte Bert und kniff ebenfalls die Augen zusammen. Sein Schnauzbart zuckte vergnügt. «Sie wirken irgendwie ... verklärt, Fräulein Hulda.» Er überlegte, dann schlug er sich an die Stirn. «Was bin ich für ein Hornochse!», rief er. «Meinetwegen konnten Sie ja gar nicht zu der Feier Ihres Verflossenen gehen.»

Hulda schnaubte. «Keine Sorge», sagte sie grimmig, «ich war trotzdem da.»

«Und Sie haben es offensichtlich ganz besonders genossen», sagte er spöttisch und zwirbelte seinen Moustache.

«Sie haben ja keine Ahnung!», antwortete Hulda. Die Erinnerung an den Abend schmeckte noch immer schal. Und auf einmal hatte sie genug von dem Gespräch. «Ich brauche endlich ein Frühstück», sagte sie etwas zu schroff und fügte sanfter hinzu: «Aber nur, wenn Sie mich entbehren können, Bert?»

«Ungern», sagte er und schmunzelte. «Aber mir ist klar, dass ich das berühmte Fräulein Gold nicht ewig an meinem Kiosk festhalten kann. Andere haben auch noch Anspruch auf Ihren Charme!» Bert zwinkerte kaum merklich. «Er sprüht heute, mit Verlaub, ganz besonders hell.»

Wortlos drehte Hulda sich um und ging dem Schrippenduft nach.

Unkraut verging offenbar tatsächlich nicht, dachte sie halb verärgert, halb froh, während sie auf ihre gefüllte Bäckertüte wartete.

Kurz darauf kam sie mit vollen Backen in der Beratungsstelle an und stieg gleich ins obere Stockwerk, wo der große Gymnastikraum lag. Drinnen wartete schon eine ansehnliche Menge werdender Mütter, die von Paulina Wolff mit Keksen und Kaffee versorgt wurde. Auch Hulda goss sich nach dem Eintreten erst einmal eine Tasse ein und trank das schwarze Gebräu mit großem Genuss. Dann bat sie zusammen mit ihrer Kollegin die durcheinanderschnatternden Frauen darum, auf den bereitstehenden Stühlen Platz zu nehmen, und bemühte sich um ihre Aufmerksamkeit.

«Schön, dass Sie alle gekommen sind», sagte sie laut und baute sich vor ihnen auf. «Mein Name ist Fräulein Gold. Ich gebe heute diesen Kursus zur Säuglingspflege.»

«Haben Se selbst ooch Kinder?», fragte eine vorwitzige Schwangere in der ersten Reihe.

Hulda nickte. «Ja, ich habe eine Tochter.»

«Und warum sind Se dann noch'n Frollein?», gab die Frau zurück.

Einige der Anwesenden lachten leise. Doch die Vorlaute wurde von einer Frau hinter ihr mit einem kleinen Nackenstüber traktiert. «Pah, Elsie», sagte sie, «du hast gut reden. Wo doch alle wissen, dass dein Kind drei Monate *zu früh* auf die Welt kommen wird.»

Das Lachen ringsum wurde lauter.

«Aber in Weiß hast du trotzdem geheiratet, du Frechdachs», rief eine andere Frau, und Elsies pausbackiges Gesicht verzog sich. Doch dann lachte sie mit. Einige der Frauen schienen sich aus dem Kiez zu kennen, und Elsie nahm es ihren Bekannten augenscheinlich nicht krumm.

«Nischt für unjut, Frollein Gold», sagte sie zu Hulda, «ick hab bloß 'ne große Klappe.»

«Mal sehen, ob ich eine noch größere habe», sagte Hulda mit gespielt strengem Blick. «Ich habe Ihnen heute jedenfalls viel zu erzählen. Und nun nehmen Sie sich bitte alle eine von den Puppen, die unter Ihren Stühlen liegen.» Sie beobachtete, wie die Schwangeren ihrer Aufforderung Folge leisteten. «Bitte gehen Sie sorgfältig damit um», bat sie, «es sind Käthe-Kruse-Puppen, die extra für Säuglingskurse hergestellt wurden.»

Die folgenden zwei Stunden vergingen damit, dass Hulda und ihre Kollegin den Frauen zeigten, wie man ein Neugeborenes hielt, wie man ihm die Stoffwindeln umband, es zum Stillen anlegte und danach Bäuerchen machen ließ. Die meisten waren eifrig dabei, und kleinere Ermüdungserscheinungen wurden von den nachgelegten Keksen aufgefangen. Schließlich ging Hulda ganz zufrieden zwischen den Frauen umher, zeigte hier noch einen Kniff, korrigierte dort eine Haltung und gab allgemeine Lobesworte von sich. Sie wusste natürlich, dass es im echten Leben, mit einem lebendigen, womöglich schreienden, sich windenden oder schlecht trinkenden Baby ganz anders sein würde als mit einer Puppe aus Stoff und Zelluloid. Doch irgendwo musste man schließlich anfangen, und eine Aufgabe der Beratungsstellen in der Stadt war es, Prävention zu betreiben und die Mütter dafür zu sensibilisieren, welche Aufgaben auf sie zukommen würden. Die meisten Frauen, die herkamen, stammten aus einfachen Verhältnissen und besaßen kaum Wissen über den menschlichen, geschweige denn den kindlichen Körper. Sie wussten nicht, wie wichtig es war, die Hautfalten der Babys trocken zu halten, damit sich keine Keime einschlichen. Und dass es gefährlich war, Säuglinge zu schütteln, um sie zum Schweigen zu bringen.

Hulda vollbrachte mit ihren Kursen keine Wunder, aber sie hoffte doch, dass sie den Frauen ein wenig Sicherheit vermitteln konnte. Denn Selbstvertrauen war, wie sie aus eigener Erfahrung wusste, bei der Aufzucht kleiner Kinder wertvoller als reines Wissen. Es brachte einen dazu, selbst in durchwachten Nächten und schwierigen Momenten immer wieder zu neuen Höchstleistungen aufzulaufen.

Eine Frau fiel Hulda auf. Sie stand etwas abseits, hielt die Käthe-Kruse-Puppe, einen kleinen Jungen mit aufgemalter Stirnlocke, im Arm und summte versonnen vor sich hin. Eigentlich hatte Hulda längst Anweisungen gegeben, an den Puppen zu üben, Hemdchen und Strümpfe anzuziehen, doch der Junge mit den rosigen Wangen und blitzenden Mausezähnen hinter seinen Porzellanlippen war noch immer nackt, nur mit einer Windel bekleidet, und die Frau drückte seinen schmalen Stoffkörper fest an sich.

«Soll ich es Ihnen noch einmal zeigen?», fragte Hulda und streckte die Arme nach der Puppe aus.

Sofort wich die Frau zurück, hielt den Jungen noch fester und sah beinahe feindselig aus. Jetzt erst bemerkte Hulda, dass sie, anders als die anderen Schwangeren, einen noch immer flachen Bauch unter dem zu weiten Rocksaum hatte.

Behutsam berührte Hulda sie am Arm. «Wie heißen Sie?», fragte sie.

«Gabriele», sagte die Frau zögernd. «Gabriele Eich.»

«Setzen wir uns einen Moment?», fragte Hulda und zog zwei Stühle herbei. Sie bedeutete ihrer Kollegin wortlos, weiterzumachen.

Fräulein Wolff nickte und klatschte in die Hände, woraufhin sich die anderen Frauen um sie versammelten. «Wir kommen zum Thema Beikost», sagte Paulina Wolff resolut, «folgen Sie mir bitte in die Küche.»

Die «Küche» war nur ein langer Holztisch an der Längsseite des Saals, auf dem für diesen Zweck einige Gemüsesorten und Schüsseln platziert waren. Auch einen kleinen elektrischen Herd gab es. Fräulein Wolff würde den werdenden Müttern nun ein schmackhaftes Breirezept für Kinder ab sechs Monaten zeigen.

Das Stimmengewirr entfernte sich ein wenig, und Hulda setzte sich und beugte sich näher zu der Frau mit der Puppe hinüber, die auf den anderen Stuhl gesunken war.

«Wann kommt denn Ihr Kind?», fragte sie. Nicht aus Neugier, sondern weil sie spürte, dass Gabriele Eich zum Sprechen gebracht werden sollte – und vielleicht sogar wollte.

Zaghaft fuhr diese sich über den Bauch. «Im Januar oder Februar», flüsterte sie. Dann brach sie zusammen, schlug die Hände vors Gesicht, sodass die Puppe herunterrutschte, und schluchzte. «Jedenfalls sollte es das.»

Hulda fing den Jungen geschickt auf und legte ihn auf den

Boden. «Aber etwas ist schiefgegangen?», fragte sie dann und zog ein Taschentuch aus ihrer Schürzentasche. Es stammte ebenfalls aus Frau Wunderlichs Aussteuertruhe und duftete trotz vieler Wäschen noch sacht nach dem Veilchenparfüm seiner früheren Besitzerin.

Gabriele schien das nicht zu stören, sie presste es auf ihre Augen, während ihre Schultern zuckten.

«Ich habe es verloren», brachte sie mit erstickter Stimme hervor. «Vor zwei Wochen. Einfach so. Wir haben so lange darauf gewartet, dass ich schwanger werde, und dann – futsch!» Sie schniefte und putzte sich die Nase. «Wissen Sie, ich hatte mich schon für diesen Kursus heute angemeldet, und ich konnte einfach nicht absagen. Aber jetzt denke ich, dass ich schuld bin, ich habe das Kind verhext, habe es viel zu früh als selbstverständlich genommen. Doch es war von Anfang an nicht für mich bestimmt.»

Erneut schluchzte sie auf, und einige der anderen Frauen sahen von den weißen Rüben, die sie gerade unter Paulina Wolffs Anleitung klein hackten, neugierig zu ihnen herüber. Doch Hulda ignorierte sie.

«Das ist nicht wahr», sagte sie ruhig, «und das wissen Sie. Vorfreude wird nicht bestraft, es ist nur menschlich, dass man sich freut. Vor allem, wenn man lange darauf gewartet hat.» Sie zögerte. «Ich wollte auch sehr lange ein Kind und bekam keines», fügte sie schließlich hinzu und staunte im selben Moment darüber, dass sie das einer Fremden anvertraute. Jahrelang hatte Hulda diese Tatsache nicht einmal vor sich selbst zugeben können, hatte sich eingeredet, dass sie ohne Kind besser dran wäre, freier, glücklicher. Doch es war eine Lüge gewesen.

«Ehrlich?» Gabriele hob die verweinten Augen. «Aber nun haben Sie eines!»

«Ich hatte großes Glück», sagte Hulda. Und wieder wunderte sie sich, warum sie diese Worte erst vor Frau Eich aussprechen musste, um zu spüren, wie viel Wahrheit darin steckte. Sie war oft so müde, fühlte sich allein mit ihrer Tochter und heillos überfordert, dass sie nicht immer spürte, wie selig sie im Grunde war, seit es Meta gab. «Und ich wünsche Ihnen, dass Sie nicht aufgeben, sondern irgendwann auch Glück haben.»

«Danke», flüsterte Gabriele. Die Tränen waren getrocknet, nur ihre Augen schimmerten noch rot gerändert.

«Ich gebe Ihnen einen Kontakt in der Frauenklinik», sagte Hulda. «Vielleicht können die Kollegen dort die Ursache finden, weshalb Sie es schwerer haben, schwanger zu werden. Es kann auch an Ihrem Mann liegen, er sollte sich ebenfalls untersuchen lassen.» Als Gabriele Eich zaghaft nickte, fuhr Hulda fort: «Und wenn es so weit ist und Sie Ihr Kind haben», sagte Hulda, «dann kommen Sie wieder her und zeigen es mir, ja? Und wir wickeln jetzt diesen Knaben hier», sie deutete auf die Puppe am Boden, «und ziehen ihm gemeinsam etwas Warmes an.»

«Das möchte ich gern tun», sagte Gabriele und lächelte tapfer. «Schließlich bin ich angemeldet, oder? Und ein wenig Übung kann nicht schaden.»

«Ich hole Ihnen ein Hemd und eine Hose», sagte Hulda. «Haben Sie eine Lieblingsfarbe?»

«Blau», sagte Gabriele und hob den kleinen Jungen wieder auf. «Himmelblau!»

«Kommt sofort», rief Hulda und ging zu dem Kleiderfundus in der Nähe des Eingangs. Gerade als sie durch die Babysachen schauen wollte, wurde die Tür aufgestoßen, und Huldas Atem stockte für eine Sekunde.

Ein Mann schob sich herein – brauner Anzug, dichtes dunkelsilbriges Haar, eine Brille mit kleinen, kreisrunden Gläsern auf der Nase – und ein breites Lächeln im Gesicht.

«Entschuldigung», sagte Max Dessauer und strahlte Hulda so entwaffnend an, dass sie einfach zurücklächeln musste. «Arbeitet hier vielleicht eine stadtbekannte Koryphäe namens Hulda Gold? Man hat mich hier raufgeschickt. Ich bräuchte dringend eine Beratung.»

16.

Mittwoch, 4. September 1929

Hulda wusste nicht, wohin mit ihren Händen, als sie später am Nachmittag neben Max über den Platz lief. Sie steckte sie hastig in die Rocktaschen und sah ihn verstohlen von der Seite an, wie er da mit federndem Schritt neben ihr herging, kaum größer als sie, aber sehr präsent. Seine Wangen waren leicht gerötet, und um den Mund hatte er wieder dieses eigentümliche Lächeln, das ihn so sympathisch machte, mit zwei sanften Falten an den Mundwinkeln, die ihm einen sensiblen, nachdenklichen Zug gaben.

Genau das war es, was sie so anzog, schoss es ihr durch den Kopf – sein leichter, freundlicher Humor, gepaart mit einer darunter liegenden, auf den ersten Blick nur zu erahnenden Ernsthaftigkeit. Doch sie war da. Und Hulda wusste auf einmal, dass man mit ihm keine albernen Spiele treiben konnte, jedenfalls nicht lange.

Und mit ihr?, dachte sie, während sie beide unter Lebensgefahr die Straße überquerten und nur knapp einer bimmelnden Straßenbahn auswichen. Hatte sie nicht auch genug von Spielchen dieser Art?

Mit Karl war es ein einziger Seiltanz gewesen, eine jahrelange Hängepartie voller Auf und Ab. Es war aufregend gewesen, niemals zu wissen, woran man war, aber auch kräftezehrend. Und mit Johann? Bei ihm, musste sie zugeben, war sie es gewesen, die das Katz-und-Maus-Spiel perfektioniert hatte. Sie hatte ihn hingehalten und ihm niemals reinen Wein eingeschenkt. Nicht aus Boshaftigkeit, sondern weil sie sich einfach niemals ihrer Gefühle für ihn sicher gewesen war. Nun war er tot, schon seit vier Jahren, und das trübe Schuldempfinden wich zum Glück immer mehr den schönen, den leichten Erinnerungen an unbeschwerte Tage mit ihm am See, beim Tanzen, im Kino ...

«Ich hoffe, ich war nicht zu aufdringlich, Sie hier bei Ihrer Arbeitsstelle zu überfallen», sagte Max in ihre Gedanken hinein, und sie schüttelte schnell den Kopf. «Danke, dass ich auf Sie warten durfte. Ich wusste ja, wo Sie arbeiten», fuhr er fort, «aber ich musste ein paar Tage lang meinen Mut zusammennehmen, um herzukommen. Unsere letzte Begegnung war nicht gerade ...»

«Ideal?», fragte Hulda.

Er lachte leise. «So ist es», sagte er. «Es ist leider etwas verzwickt in meinem Leben.»

«Aber in welchem Leben denn nicht?» Hulda hob die Augenbrauen.

Ein Maroni-Mann trat ihnen in den Weg und klingelte aufdringlich mit seiner Glocke. Er war der erste, den sie dieses Jahr sah, dachte Hulda fast erschrocken. Kam denn jetzt wirklich schon der Herbst?

«Möchten Sie?», fragte Max, und als sie nickte, bestellte er eine Tüte der dampfenden Esskastanien und hielt sie ihr hin, dann bezahlte er den Verkäufer.

Mit spitzen Fingern schälte Hulda eine heiße Frucht und steckte sie sich vorsichtig in den Mund. Sie war froh, einen Grund zu haben, mit Max ein wenig hier stehen zu bleiben, froh, ihre Hände beschäftigen zu können. Sie schälte auch ihm eine Marone, und einen Moment kauten sie einträchtig.

«Was ist denn nun aber ganz genau verzwickt?», fragte sie dann.

«Kommen Sie immer gleich zur Sache?», fragte Max und wischte sich einen Krümel aus dem Mundwinkel.

«Ich sehe keinen Grund, weshalb wir um den heißen Brei herumreden müssten», sagte Hulda. «Dafür sind wir beide wirklich zu alt, oder?»

«Ich auf jeden Fall», erwiderte er, «bei Ihnen, finde ich, könnte man durchaus noch jugendlichen Leichtsinn als Grund gelten lassen.»

«Danke für die Blumen», sagte Hulda. «Aber ich fürchte, ich bin auch schon zu lange auf dieser seltsamen Welt, um mich selbst noch für dumm verkaufen zu können.» Sie sah ihn an. «Sie sind verheiratet.»

«Da haben Sie recht.» Er nickte ernst.

«Ich will auf keinen Fall eine Familie zerstören», sagte sie. Im nächsten Moment hätte sie sich auf die Zunge beißen können. Wer wusste denn schon, ob Max überhaupt auf diese Weise an ihr interessiert war, ob diese Gefahr bestand? Andererseits war er extra heute hergekommen, nach Schöneberg, um ihr nachzustellen, wie er selbst gerade zugegeben hatte. Das musste doch etwas zu bedeuten haben. Oder nicht?

«Glauben Sie mir», sagte Max, «das könnten Sie gar nicht.»

Huldas Mut sank weiter. Sie kam sich auf einmal außerordentlich dumm vor.

Er sah es ihr wohl an, denn er griff schnell nach ihrer Hand, drückte sie sanft und zog sie dann kurz an seine Lippen.

«Sie haben mich missverstanden», sagte er, «Sie könnten mir sogar verflixt gefährlich werden, glauben Sie mir.» Noch einmal küsste er ihre Hand, und Huldas Herz pochte. «Nur ist die Zerstörung leider längst geschehen. Meine Ehe ist ... schwierig.»

Hulda spürte Unbehagen bei seinen Worten und entzog ihm ihre Finger. War es nicht das, was alle untreuen Ehemänner gegenüber ihren Geliebten behaupteten? Dass sie daheim nicht genug geschätzt würden, dass sie es bei ihr, der anderen Frau, viel besser hätten? Aber Hulda wollte auf keinen Fall diese andere Frau sein!

«Sie denken jetzt wahrscheinlich, dass das jeder untreue Mann behauptet», sagte Max, und Hulda fuhr zusammen.

Sie starrte ihn an. «Gedankenleser sind Sie also auch?»

«Nun», sagte er, «bei Ihnen ist das nicht allzu schwierig, ihre Miene ist sehr ... sagen wir mal, ausdrucksstark.»

Hulda lachte entwaffnet. «Das sagt Bert auch immer», erklärte sie. «Er behauptet, ich sei für ihn und die ganze übrige Welt ein offenes Buch.»

«Bert?» Eine winzige Sorgenfalte trat auf seine Stirn unter den dichten Haarlocken. Und diese Reaktion glaubte wiederum Hulda recht gut lesen zu können. Es freute sie insgeheim sehr, dass er eifersüchtig war, musste sie zugeben.

«Mein guter alter Freund Bert, der einen Zeitungskiosk hier in der Nähe betreibt», sagte sie. «Er ist übrigens im gleichen Alter wie mein Vater, falls es Sie interessiert.»

Erleichterung trat in Max' Gesicht, und auch das bemerkte Hulda mit Befriedigung.

«Ihr Vater ist Benjamin Gold, richtig?», fragte er dann.

Überrascht ließ sie die Marone, die sie gerade schälte, sinken. «Woher wissen Sie das?»

Er zuckte mit den Schultern. «Ich habe mich ein wenig umgehört», sagte er. «Wenn ich nicht gerade Vorträge im *Pesta-*

lozzi-Fröbel-Haus halte, arbeite ich als Pädagoge an der Universität. In akademischen Kreisen kennt jeder jeden. Und vor allem kennen alle den berühmten Benjamin Gold von der Kunstakademie!»

«Ja», sagte Hulda mürrisch und biss in die Esskastanie. «Mein lieber Vater hat es schon immer verstanden, sich in den Vordergrund zu drängen.»

«Keine Sorge», sagte Max, «die Gefahr besteht garantiert nicht.» Er schenkte ihr einen langen Blick.

Sie schwiegen beide verlegen. Hulda sah zum Theater hinüber, wo am Seiteneingang Lieferanten, Schauspieler und Bühnenarbeiter geschäftig ein- und ausgingen. Ihr Blick fiel auf das Plakat, das über dem Portal neben den steinernen Masken hing, von denen einige lachende, andere weinende Gesichter zeigten. *Der Kaufmann von Berlin. Premiere!*

«Hätten Sie Lust, Freitagabend mit mir ins Theater zu gehen?», fragte sie, ohne nachzudenken.

Max wirkte überrascht, nickte aber sofort. «Auf jeden Fall», sagte er. «Denken Sie an etwas Bestimmtes?»

«Zufällig habe ich zwei Theaterkarten für die Premiere übermorgen», sagte sie und deutete zur Piscator-Bühne hinüber. «Ein Geschenk von einer der Frauen, die zu mir in die Beratung kommen. Sie spielt in dem neuen Stück mit.»

«Sie kennen wirklich interessante Leute», sagte er. «Aber das wundert mich nicht.»

Wieder hatte Hulda einen kurzen Moment lang das ungute Gefühl, er wollte ihr nur schmeicheln. Doch dann sah sie in seinen Augen ehrliches Interesse, und das tat ihr so gut, dass sie etwas übermütig wurde. Plötzlich waren ihre Sinne wie geschärft, und sie nahm alles intensiver wahr als zuvor – die frische Luft, die über den Platz wehte, die Sonne, die jetzt am späten Nachmittag von Westen her auf die Pickelhaube des Bahnhofs schien und sich im Glas brach. Das Rattern der Hochbahn über die eisernen Viadukte, das Stimmengewirr der vorüberhastenden Passanten, die sich an ihrem Feierabend vor dem U-Bahn-Eingang drängten, und das Klingeln der Glocke des Maroni-Manns. Alles verdichtete sich, wurde zu Musik, zu Rhythmus, zum Hintergrund für das, was da gerade zwischen ihr und Max entstand. Dabei wusste sie noch gar nicht, was es war. Wusste nicht, ob sie es überhaupt zulassen durfte. Doch etwas an ihm flößte ihr Vertrauen ein, sagte ihr, dass sie zuversichtlich sein durfte. Sie wusste, dass sie ihn eigentlich weiter ausfragen müsste, was es mit seiner Frau, mit seiner Ehe auf sich hatte. Dass sie klare Verhältnisse schaffen sollte, ehe mehr zwischen ihnen geschah als ein unschuldiges Herumstehen auf einem belebten Platz mit einer Tüte Maronen in den Händen.

Doch Hulda verspürte auf einmal überhaupt keine Lust, den Zauber des Augenblicks damit zu zerstören. Und so stand sie nur da, freute sich über sein Lächeln und erwiderte es mutig.

«Arbeiten Sie schon lange in der Beratungsstelle?», brach Max irgendwann das Schweigen.

«Seit über zwei Jahren», sagte Hulda. «Ich hatte Glück, dass ich mit einem kleinen Kind dort anfangen konnte. Eine Ärztin, die ich kenne, hat beim *Pestalozzi-Fröbel-Haus* ein gutes Wort für mich eingelegt, sodass ich meine Tochter in den Kindergarten bringen kann.»

Er sah sie forschend an. «Aber Sie sind trotzdem nicht glücklich», stellte er fest.

Verblüfft runzelte sie die Stirn. «Das würde ich so nicht sagen», wich sie aus.

«Wie dann?»

Sie hob die Schultern. Die Marone schmeckte plötzlich bittersüß.

«Ich war früher freischaffende Hebamme», erklärte Hulda, «keine Mütterberaterin auf einem Amt. Und ehrlich gesagt, fürchte ich, dass ich den Frauen, die zu uns kommen, nicht immer gerecht werde.»

«Weil Sie eigentlich etwas anderes tun möchten.»

Hulda fiel auf, dass er keine Fragen stellte, sondern wie selbstverständlich ihre Gedanken zusammenfasste. Es gelang ihm auffallend gut.

«Sie haben eine ausgezeichnete Menschenkenntnis», sagte sie.

Max lächelte bescheiden. «Das wiederum liegt wohl an meinem Beruf», sagte er. «Ich bin Pädagoge und rede viel mit Menschen. Und wenn ich nicht rede, denke ich über sie nach.» Sein Gesicht leuchtete, als er das sagte, und Hulda ging auf, dass auch er seinen Beruf liebte. Es kribbelte in ihrem Bauch.

Da fiel ihr Blick auf die Uhr oben am Bahnhofsgebäude, und sie schrak zusammen.

«Ich muss Meta abholen», sagte sie, knüllte die leere Papiertüte zusammen und steckte sie in die Rocktasche.

Leise Enttäuschung zog über Max' Gesicht. Doch dann nickte er.

«Natürlich», sagte er. «Ich sehe Sie also am Freitag.»

«Wenn Frau Bodelheim sich gnädig zeigt ...», sagte Hulda, und als er sie fragend ansah, fügte sie hinzu: «Meine Nachbarin. Jemand muss ja bei meiner Tochter bleiben.»

«Richtig», sagte er. «Meine Söhne sind schon so groß, ich habe ganz vergessen, wie es ist, wenn man noch einen solchen Zwerg hat.»

«Aber es wird leichter, oder nicht?», fragte Hulda. «Schließlich werden sie alle irgendwann größer.»

«Das Zweite kann ich bestätigen», sagte er, und ein leises Bedauern trat in seine Stimme. «Aber leichter wird es eigentlich nicht, nur ... anders.»

Sie mochte ihn unheimlich gern, dachte Hulda unvermittelt. So gern, dass ihr schwindlig wurde. Sie packte ihre Tasche fester.

«Bis übermorgen dann», sagte sie. «Treffen wir uns hier, vor dem Theater? Um Viertel vor acht?»

«Ich bin da», sagte er. Es klang, als meine er damit mehr als nur eine Verabredung an einem beliebigen Abend. Und Hulda merkte es sich.

Sie wusste nicht, wie sie sich von ihm verabschieden sollte. Schließlich legte sie eine Hand auf seinen Ärmel, und er strich mit einer kurzen, zarten Geste über ihre Finger. Wortlos sahen sie sich an, doch es war ein beredter Blick, in dem sehr viel lag, was man nicht hätte aussprechen können. Dann drehte Hulda sich um und lief eilig über den Nollendorfplatz. Sie hielt den Kopf hoch und zwang sich, sich nicht nach Max umzusehen. Aber als sie nach einem Zickzacklauf durch Automobile, Pferdefuhrwerke und Trams endlich heil drüben angekommen war und in die Motzstraße einbog, konnte sie es nicht länger aushalten und wandte sich um.

Er stand noch immer auf der anderen Seite des Platzes, ein unbewegter Punkt inmitten des Gewimmels, und sah ihr nach. Als er ihren Blick auffing, hob er noch einmal die Hand und winkte ihr über die Straße hinweg zu.

Hulda drehte sich um und rannte weiter. Sie hätte sich ohrfeigen können – wie viel besser, wie viel überlegener hätte es gewirkt, wenn sie sich nicht umgedreht hätte! Gleichzeitig spürte sie, wie sich ein idiotisches Grinsen auf ihrem Gesicht ausbreitete, ohne dass sie es verhindern konnte. Halb grimmig, halb lachend lief sie weiter über bunt gefärbtes Laub, das das Straßenpflaster bedeckte wie ein Teppich, und hatte das Gefühl, ihr Herz spränge ihr gleich aus der Brust und flöge in den strahlend blauen Himmel.

Nein, dachte sie überrascht, sie war noch nicht zu alt, aber doch alt genug, um ganz sicher zu wissen, dass aus so etwas sehr schnell Ernst werden konnte. Und sie hatte keine Ahnung, ob sie dafür bereit war. Denn wie die Dinge standen, würde am Ende mit Sicherheit jemand verletzt werden. Jemand würde leiden, so hoffnungsvoll und fröhlich jetzt auch alles beginnen mochte. Im besten Fall würde es nur sie selbst sein, doch wahrscheinlich würde es dabei nicht bleiben. Aber ihre Euphorie wollte einfach nicht weichen.

Warum nur, fragte sie sich, als sie bereits die hohen Mauern der Kindertagesstätte vor sich auftauchen sah, wurde man nicht klüger mit den Jahren? Weshalb wurde mit zunehmendem Alter alles immer noch komplizierter?

17.

Donnerstag, 5. September 1929

Am Lützowplatz malten die Laternen grelle Feuerkreise in die Nachtluft, sie schienen unheilvoll zu flackern. Sternförmig gingen die Straßen hier wie dunkle Schächte in alle Richtungen und bohrten sich in die Stadt. Milli drehte sich einmal um die eigene Achse und atmete tief die kühle Nachtluft ein, die vom Landwehrkanal herüberwehte.

Es war kurz vor Mitternacht, die Generalprobe lag hinter ihr und steckte ihr noch gehörig in den Knochen. Es war ein Hauen und Stechen gewesen, nichts hatte geklappt. Eine Schauspielerin war auf der Drehbühne ohnmächtig geworden, und Mehring und Piscator hatten erst das Ensemble und schließlich sich gegenseitig angeschrien, bis sie heiser waren. Ihr gemeinsamer Freund Bert Brecht war kurz aufgetaucht und hatte versucht, die Wogen zu glätten, doch angesichts des Chaos hatte er sich schnell seine Zigarre in den Mund gesteckt, ein letztes Mal mitleidig in die Runde geblickt, seinen Hut genommen und war wieder zur Hintertür verschwunden. Er hatte es auch nicht nötig, sich hier aufzureiben, denn seine *Dreigroschenoper* am Schiffbauerdamm lief wie geschmiert.

Die Probe war in einem allgemeinen Durcheinander zu

Ende gegangen, und am Ende war auch noch der Vorhang von zwei Streithähnen heruntergerissen worden.

Morgen mussten sie sich mehr anstrengen, dachte Milli und rieb sich die schmerzende Stirn. Wenn man den Gerüchten glauben wollte, würde es voll werden. Sowohl die vorderen Plätze waren verkauft als auch die in den hinteren Reihen und auf den Tribünen, die für ein paar Groschen rausgingen. Viele Kritiker hatten sich angesagt, man wartete gespannt auf die Eröffnung der Zweiten Piscator-Bühne. Erwartungsvoll, aber auch hämisch, denn in der Theaterwelt wussten alle, mit welchem Riesenkrach der Dramaturg damals an der Volksbühne gegangen war. Und mit welchem Knall er danach bereits einmal mit seiner neuen Bühne zur Hölle gefahren war. Ob er sich diesmal beweisen konnte?

Tja, dachte Milli und schauderte, wenn es morgen so lief wie heute, dann gute Nacht!

Sie zwang sich, die Grübelei über das Theater beiseitezuschieben und sich auf die Aufgabe zu konzentrieren, die nun vor ihr lag. Mit eiligen Schritten umrundete sie den Springbrunnen und spähte in Richtung Schöneberg. Endlich tauchte eine schmale Gestalt mit Hütchen auf und tippte sich, als sie näher kam, zweimal an die Lippen – das Erkennungszeichen.

Wortlos ging Milli der sehr jungen Frau entgegen, nickte ihr kurz zu und hakte sie unter. Obwohl sie sich noch nie gesehen hatten, wussten beide genau, was zu tun war.

Gemeinsam liefen sie quer über den Platz und auf den Eingang des vornehmen *Hotel Baier* zu. Unten im Erdgeschoss war das Restaurant, wo sich die feineren Herrschaften zum Dinieren einfanden. Dunkle glänzende Karossen parkten vor dem Gebäude, und Milli überprüfte nervös den Sitz ihrer Pfauenfeder, die sie sich in die Perücke gesteckt hatte. Kurz sah sie sich selbst in der spiegelnden Fensterscheibe, ein schemenhaftes Bild: weißblonder Bubikopf mit spitzen Herrenwinkern an den Seiten, dunkel geschminkte Lippen, ein schimmerndes Charlestonkleid, falsche Perlen um den Hals. Auch ihre stumme Begleiterin hatte sich in Schale geworfen, sie trug einen gestreiften engen Hosenanzug mit einer knappen Weste und hatte dunkles Lockenhaar unter dem hübschen Filzhut.

«Zum Anbeißen sehen wir aus», brach die andere jetzt das Schweigen und rückte sich mit rascher Geste den Hut noch schiefer ins Gesicht, während sie ihrem Spiegelbild zulächelte. «Die *Principessa* wird zufrieden mit uns sein.» Sie klimperte übertrieben mit den falschen Wimpern. «Denn mal ran an die Buletten!»

Gemeinsam traten sie durch die Tür, die ihnen ein livrierter Boy aufhielt. Milli schnippte ihm ein glänzendes Zweimarkstück zu, das er geübt auffing, dann gingen sie weiter ins Restaurant hinein.

An den Wänden glitzerten diamantförmige Leuchten, der Boden war mit einem dicken Perser ausgelegt, der jeden Schritt verschluckte wie ein hungriger Tiger. Einige Gäste saßen an weiß gedeckten Tischen, tranken Wein, speisten Austern und Kalbsbraten, und Milli ließ ihren Blick rasch über jedes einzelne Gesicht gleiten. Sie kannte niemanden und atmete erleichtert auf. Bis jetzt ging alles nach Plan.

Am Klavier saß Eddie, der überall in Berlin spielte, wo man ihn bezahlte, und ließ die Finger über die Tasten gleiten. Er würdigte sie beide keines Blickes, aber Milli sah, dass er sie bemerkt hatte, weil seine Ohren ein bisschen zuckten. Sie kannte das Stück nicht, das er spielte, sie kannte ohnehin eigentlich nur Schlager. Doch das hier war kein Laden für Lieder wie *Schöner Gigolo* oder *Die Susi bläst das Saxophon*, das hier war ein Ort, an dem man zu Chopin oder Mozart dinierte, sich über Politik, Banken und Kunst unterhielt, und, vor allem, Geld ausgab. Erst später würde die Stimmung ungezwungener werden, aber selbst dann würde der Tanz elegant und zurückhaltend sein und die Wildheit, den Hunger auf die Körper Fremder im sanften Kerzenlicht verstecken.

Trotzdem wusste Milli genau, dass auch die feinen Herrschaften hier alle nur mit Wasser kochten. Am Ende ging es ihnen nur darum, zu glänzen, zu genießen und, wenn möglich, den Abend nicht allein auf dem Hotelzimmer zu beenden.

Und da kamen sie ins Spiel.

Ihre Begleiterin zog sie zu einem freien Tisch, ganz in der Nähe einer reinen Herrengruppe. Geschäftsreisende, vermutete Milli, aus der deutschen Provinz, einer Kleinstadt im Rheinischen vielleicht oder aus dem Harz. Sie hatten schon ein paar Flaschen Wein geleert, wie man sah, ihre Gesichter waren gerötet, und sie sprachen sehr laut, prahlten mit ihren Geschäften und den heutigen Einkäufen bei *Tietz* am Wittenbergplatz.

Als Milli und ihre Gefährtin sich setzten, ließen sie sich dabei Zeit, stellten umständlich ihre Täschchen ab, warteten, bis der Ober den Stuhl zurechtrückte, und sorgten dafür, dass wirklich jeder der Männer ihre Ankunft bemerkt hatte.

Der Kellner fragte nach ihren Wünschen. Geflissentlich ignorierte er die Tatsache, dass die beiden Frauen in ihren billigen Kleidern, die nach mehr aussehen sollten, aber einem geübten Auge ihre schäbige Herkunft verrieten, sich ein solches Restaurant eigentlich nicht leisten konnten. Denn er wusste sehr wohl, dass sich die Sache im Laufe des Abends regeln würde, und verzog keine Miene.

«Was können Sie uns empfehlen?», fragte Milli mit gekonntem Augenaufschlag und Piepsstimme. «Gesund soll es sein, bitte, und schmackhaft.»

«Krabbensalat», sagte der Ober gelangweilt, «und dazu einen Haut-Sauternes.»

Das war nicht der teure Wein, das wusste Milli, aber er war süß und schmeckte den Damen. Ihr zwar nicht, aber darum ging es heute nicht.

«Reizend», rief ihre Begleiterin und klatschte in die Hände.

Milli zog eine Puderdose aus ihrem Täschchen und verschönerte sich ausgiebig. Genüsslich malte sie mit dem Lippenstift ihren roten Mund noch röter an. Jetzt waren alle Augen des Nebentischs auf sie gerichtet, und einer der Herren, ein Jungspund im Anzug, dem bereits ein paar Schweißtropfen auf der Stirn standen, schnippte in Richtung Ober.

«Bringen Sie doch den schönen Damen eine Flasche Champagner auf meine Rechnung», rief er so laut, dass alle es auch garantiert hörten.

Der Kellner dienerte mit undurchdringlicher Miene und eilte, um das Gewünschte zu holen.

Milli lächelte dem großzügigen Spender so reizend zu, wie sie konnte. Etwas drehte sich ihr dabei im Magen um, doch dieses Gefühl war ihr so vertraut, dass es ihr kein bisschen schwerfiel, es zu übergehen. Stattdessen stopfte sie sich, sobald das Essen kam, zwei Gabeln voller Krabben und Mayonnaise in den Mund und schloss einen Moment die Augen. Sie dachte kurz an Edyta, und ihr kamen fast die Tränen bei dem Gedanken daran, wie gern ihr Kind Mayonnaise mögen würde, wenn es nur jemals die Gelegenheit dazu bekäme, sie zu probieren. Am liebsten hätte Milli sich ein paar von den Leckereien ins Taschentuch gewickelt und später mit nach Hause zu ihrer Mutter gebracht, wo die Kleine jetzt hoffentlich längst schlief. Doch das würde die Fassade bröckeln lassen, die sie heute Abend aufrechterhalten musste – komme, was wolle.

So trank sie hastig ein ganzes Glas Champagner hinterher und ignorierte das Brennen hinter ihren Lidern. Ihre Begleiterin schien allerdings etwas bemerkt zu haben, denn sie trat ihr mit ihrem Stöckelschuh unter dem Tisch schmerzhaft gegen das Schienbein, sodass Milli Angst um ihre kunstseidenen Strümpfe bekam. Sie riss sich zusammen, denn die Mission durfte nicht gefährdet werden. Die Konsequenzen wären schrecklich, viel schrecklicher, als so eine halbe Nacht zu ertragen, die ihr bevorstand. Man musste daran denken wie an einen Besuch beim Zahnarzt, dann ging es schneller vorbei.

Eddie hieb nun mit einem etwas flotteren Stück in die Tasten, einem Foxtrott. Nach Mitternacht wurde in Berlin beinahe jedes Restaurant zum Tanzsaal, auch wenn nicht überall Shimmy und Charleston getanzt wurden. Milli beherrschte sogar die klassischen Gesellschaftstänze, Walzer, Foxtrott, Tango, die hier auf dem Programm standen. Ja, die ganze Palette hatte sie zu bieten, nach jahrelanger Übung in diesem Geschäft.

Geziert tupfte sie sich die Lippen und zählte im Geiste von fünf herunter. Da hörte sie schon den Stuhl am Tisch nebenan rücken.

«Darf ich um diesen Tanz bitten, mein blondes Fräulein?»

Milli blickte hoch, geradewegs ins Gesicht des jungen, spendierfreudigen Geschäftsmannes. Er sah von Nahem noch jünger aus – und eigentlich gar nicht schlecht, fand sie. Geübt zwang sie sich zum Erröten.

«Mein Herr», sagte sie, «ich kann meine Freundin nicht allein hier sitzen lassen.»

«Oh!», rief der junge Mann, «das haben wir gleich. Eberhardt?» Er winkte einem seiner Bekannten zu, einem etwas älteren Semester, der einen feschen Oberlippenbart und einen Stresemann trug. Sofort warf dieser die Serviette auf den Tisch und kam ebenfalls herüber.

Er reichte Millis Begleiterin die Hand.

«Wie heißen Sie, Schönste?», fragte er und zog ihre Hand nah an seine Lippen.

«Sieglinde», hauchte Millis dunkelhaarige Tischnachbarin. «Und das», sie deutete auf Milli, «ist meine Cousine Martina.»

«Und ich heiße Martin!» Der junge Mann strahlte Milli an und half ihr auf. «Da haben wir uns ja gesucht und gefunden.» Sogleich umfasste er sie besitzergreifend und dirigierte sie in die Mitte des Raums, der rasch zur Tanzfläche geworden war. Auch an den anderen Tischen hatten sich einige Paare gefunden und begannen, eng umschlungen zu tanzen.

Martins Hände waren heiß und verschwitzt, und Milli duckte sich darunter weg, doch dann wurde ihr klar, dass dies ohnehin keinen Sinn hatte, und sie überließ sich seufzend seinen suchenden Fingern. Schon beim zweiten Tanz betastete er freimütig und ein wenig grob ihr Hinterteil durch den dünnen Kleiderstoff. Sie ertrug es und tauschte nur im Vorbeitanzen mit der falschen Sieglinde ein Augenrollen aus. Auch deren Kavalier hatte sie fest im Griff, versuchte sogar, ihren Hals zu küssen. Milli entschied, dass nicht mehr viel fehlte, um den Abend dem Punkt zuzutreiben, auf den sie eigentlich hinsteuerten. Es wäre ohnehin besser, es hinter sich zu bringen. Doch ein paar Gläser mussten noch getrunken werden, um ihr Ziel zu erreichen.

«Ich habe schrecklichen Durst», hauchte sie daher ihrem feurigen Tänzer ins Ohr.

Er zog sie sogleich zur spiegelnden Bar, wo sich wie durch Zufall auch die angebliche Sieglinde und ihr Eberhardt einfanden. Der Barmann öffnete eine neue Flasche Wein und schenkte großzügig ein, und während die Mädchen nur nippten, leerten die Herren ihre Gläser in langen Zügen und ließen sich immer wieder nachfüllen.

«Ich hätte furchtbar gern einen Cobbler», sagte Milli, denn sie hatte mit einem Mal das Gefühl, sich wenigstens etwas für diesen Abend entschädigen zu müssen.

Sieglinde sah sie scharf an, doch Martin lächelte.

«Aber natürlich», sagte er und wandte sich an den Barmann. «Einen Ananas-Cobbler für die junge Dame.»

Milli mochte lieber Aprikosensaft, aber sie wusste, dass es zu weit gehen würde, weitere Wünsche zu äußern.

Sie bedankte sich artig, als das Kristallglas vor ihr abgestellt wurde. Das süße Getränk stieg ihr schnell zu Kopf, aber der kleine Schwips war ein schönes Gefühl, er hüllte alles in Watte.

Plötzlich kicherte Sieglinde schrill auf und legte beide Arme um die Männer, zog ihre Köpfe zu sich, als wollte sie ihnen ein Geheimnis verraten. Dann erzählte sie laut einen zotigen Witz.

Milli nutzte die Chance, öffnete blitzschnell die winzige Klappe von ihrem Ring und ließ in jedes der Weingläser, die vor den Männern standen, ein paar Tropfen fallen. Niemand hatte etwas bemerkt, der Barmann mixte gerade einen Cocktail für ein anderes Paar, und Milli griff beiläufig nach der Weinflasche und goss die Gläser auf.

«Sie sind mir ja ein richtiges Früchtchen», sagte Eberhardt begeistert zu Sieglinde. Und auch Martin lachte viel zu laut über den Witz, den er wohl gar nicht verstanden hatte.

«Ihre Cousine ist eine Wucht», sagte er und zog Milli noch enger an sich. «Aber Sie sind hübscher.» Er hauchte ihr einen Kuss aufs Ohrläppchen, während seine Hände an ihrem Rückenausschnitt herumfummelten. Dann leerte er erneut sein Weinglas, verzog bei dem unerwartet bitteren Geschmack kurz den Mund, winkte dann aber gleich dem Barmann, dass er Nachschub brauchte.

Zehn Minuten später gab Sieglinde ihr ein Zeichen. Die Augen der beiden Männer waren inzwischen glasig, und ihre Gesten wirkten plötzlich so fahrig, als tasteten sie sich suchend durch die Wasser eines Ozeans. Doch in dem allgemeinen Trubel bemerkte es sonst niemand.

Milli legte beide Arme um den Nacken von Martin, während Sieglinde nach Eberhardts Hand griff und sich dichter an ihn drängte.

«Können wir es uns hier irgendwo ein bisschen gemütlicher machen?», hauchte Milli ihrem Begleiter ins Ohr, und er lachte kollernd.

«Du amüsierst dich wohl prächtig mit mir, Blondchen?» Unvermittelt wurde er noch vertraulicher.

«Und wie», sagte Milli mechanisch. «Amüsieren ist doch das Wichtigste, oder? In Zeiten wie diesen?»

«Du sagst es.» Er lallte bereits. «Bald geht hier eh alles in die Luft.» Er lachte auf. «Ich arbeite bei der Bank, du hast ja keine Ahnung, was da los ist.»

«Ach ja?», fragte sie und bemühte sich, interessiert zu klingen. Sie selbst besaß nicht einmal ein Bankkonto. Die Miete für die Kochstube, in der sie, ihre Mutter und Edyta lebten, übergab sie jede Woche der mürrischen Portiersfrau in kleinen Scheinen. Manchmal auch in vielen Münzen. Und wenn es ganz eng wurde und sie nicht genug Geld übrig hatte, musste sie ihr aus dem Weg gehen. Dann keifte die Frau im Flur wieder etwas wie: *Geh endlich stempeln, du Schlampe.*

«Böse Dinge tun wir dort», flüsterte Martin. «Böse, böse Dinge.» Seine glasigen Augen waren weit aufgerissen. «Bald gibt es einen großen Knall, und alles explodiert wie in einem Pulverfass. Weil nämlich ...» Er hielt sich an der Bar fest, weil er plötzlich schwankte. «Hoppla», sagte er. «Wo war ich? Ach ja, weil nämlich das viele schöne Geld, das wir da für unsere Kunden angeblich ganz brav aufbewahren ...» Er beugte sich dicht an ihr Ohr und flüsterte heiser: «Das gibt's eigentlich gar nicht mehr.»

Milli betrachtete unauffällig die dicke Beule unter seiner Weste, wo sie seine Brieftasche vermutete. «Aber das Geld da», sagte sie und tippte spielerisch auf seine Brust, «das existiert wirklich, oder?»

«Worauf du dich verlassen kannst», sagte er und wandte sich an den Barmann. «Die Rechnung geht auf mich», lallte er. «Die ganze, verstanden?»

«Auch die Krabben?», fragte der Barmann und deutete mit dem Daumen auf den verlassenen Tisch, wo Millis und Sieglindes leere Teller standen.

«Vor allem die!», rief Martin und zog Milli enger an sich. «Komm mit, du süße Krabbe», sagte er heiser, «jetzt gehen wir uns woanders amüsieren. Drei Stockwerke höher.»

Milli zwang sich, ihr Schaudern zu überspielen. Sie ahnte, dass ihre leise Hoffnung, er werde oben sofort einschlafen, nicht in Erfüllung gehen würde. Man musste die Tropfen aus dem Ring wohldosieren, sonst war es zu gefährlich, und Martin würde trotz seines Rausches seine letzten Kräfte zusammennehmen, um mit ihr zu schlafen. Was zwar einkalkuliert war – aber dennoch unerträglich.

Milli wusste, dass Eberhardt und ihre Partnerin ihnen gleich folgen würden, in ein anderes Zimmer irgendwo oben im *Hotel Baier*. An Martins Hand ließ sie sich zu den Aufzügen ziehen, und sobald sich die Türen der engen Kabine geschlossen hatten, begann er, ihr das Kleid von den Schultern zu streifen – ohne den Liftboy zu beachten, der sich diskret räusperte, seine Gäste jedoch nicht an ihrem Tun hinderte.

Wenig später waren sie oben. Milli starrte auf die Beule an Martins Weste, wo das viele Geld steckte. Sie klammerte sich gleichsam mit den Augen daran fest, während er sie grob am Arm aus dem Fahrstuhl bugsierte und den schummrig beleuchteten Hotelflur hinunterzerrte. Er schien es jetzt eilig zu haben, und der Wein, die Droge und seine Begierde ließen den Grobian, der er offenbar eigentlich war, vollends zutage treten.

Kaum hatte er es geschafft, sein Zimmer mit dem Schlüssel zu öffnen, stieß er sie hinein. Milli erkannte Holztäfelung, schwere Vorhänge, dunkle Bordüren. Die Nachttischlampe, die Martin jetzt anschaltete, hatte einen Wackelkontakt und flimmerte aufgeregt, dann ging sie wieder aus. Milli war es lieber so. Undeutlich sah sie, wie Martin sich fast selbst erwürgte, bei dem Versuch, seinen Schlips zu lösen. Sie half ihm, da sie wünschte, es ginge schnell vorüber.

Als sie beide schließlich entkleidet waren, fielen sie auf das weiß bezogene Bett. Die Laken kratzten, fand Milli, und sie versuchte, eine angenehmere Position zu finden, doch da war Martin schon über ihr und packte sie mit festem Griff. Sie sah seine Augäpfel, die weiß in der Dunkelheit des Zimmers aufleuchteten. Nur durch einen Spalt in den Samtgardinen schien sanft das Licht vom Lützowplatz herein.

Bevor Milli die Augen zukniff, um sich endgültig Martins

unbeholfenen Berührungen zu überlassen, bemerkte sie den noch offen stehenden Geldschrank, der in eines der Wandborde neben dem Bett eingelassen war. Etliche Bündel Banknoten lagen achtlos hingeworfen da.

Etwas wie Triumph loderte trotz ihres Ekels in Milli auf. Wie hatte die falsche Sieglinde vorhin zu ihr gesagt? Die *Principessa* würde zufrieden mit ihnen sein? Ja, der Plan ging auf, endlich einmal würde es ihr gelingen, einen Teil ihrer Schuld bei dieser Frau zu bezahlen. Es war, trotz allem, ein gutes Gefühl.

Dann überließ sie sich der Schwärze.

18.

Freitag, 6. September 1929

Der Tag war eine einzige Misere gewesen, dachte Hulda, während sie im *Pestalozzi-Fröbel-Haus* am Boden hockte und Meta dabei zusah, wie diese versuchte, sich selbst die Schuhe zuzuschnüren. Hulda hatte sich bei der Arbeit verspätet, weil die Kindertagesstätte heute wegen einer dienstlichen Besprechung aller Erzieherinnen erst um zehn Uhr geöffnet hatte. Danach häuften sich die kleineren und größeren Dramen in der Beratungsstelle. Eine verzweifelte Mutter brachte ihren aus einer Kopfwunde blutenden Sohn, weil sie so schnell nicht wusste, wohin – er war am Nollendorfplatz über die Straßenbahnschienen gestolpert und aufs Pflaster gefallen. Hulda hatte das schreiende Kind notdürftig zusammengeflickt und verpflastert und der Mutter zur Beruhigung erst einen Kaffee und, als das nicht half, einen heimlichen Schnaps verabreicht. Eine Schwangere hatte mit Verdacht auf Eklampsie ins Krankenhaus gebracht werden müssen. Und schließlich war Frau Ludwig auf der Treppe zum Gymnastikraum umgeknickt und fluchend in ein Taxi gestiegen, um zum Röntgen zu fahren – in Begleitung einer seufzenden Paulina Wolff, die hilflos mitansehen musste, wie ihr Feierabend flöten ging.

Und doch hatte nichts von alledem Huldas gute Laune trüben können. Sie ertappte sich im Gegenteil dabei, wie sie leise vor sich hin pfiff, während sie Bandagen aufrollte, schwangere Bäuche abtastete, mit dem Hörrohr auf das galoppierende Geräusch eines schlagenden Fötusherzens lauschte und immer wieder Kaffee kochte. Nicht einmal die feinen Regentropfen, die ab mittags an den Fensterscheiben der Beratungsstelle herabliefen, konnten ihr die Vorfreude auf den heutigen Abend nehmen. Sie würde Max Dessauer wiedersehen, sie würde einen ganzen Abend mit ihm verbringen. Es würde Gelegenheit geben, sich mit ihm zu unterhalten und herauszufinden, was ihre Bekanntschaft zu bedeuten hatte. Und, was das Wichtigste war, sie hätte Zeit, um ihm nah zu sein.

Vorausgesetzt es klappte mit der abendlichen Betreuung für Meta.

Geistesabwesend versuchte Hulda im Flur des Kindergartens einen der Schnürsenkel zu packen zu bekommen, doch ihre Tochter schubste die mütterlichen Hände von sich und bestand weiter darauf, es allein zu tun.

Nachsichtig lächelnd ging Fräulein Färber an ihnen vorüber, doch Hulda meinte, unter ihrem Lächeln eine sanfte Geringschätzung zu sehen. Wahrscheinlich dachte die Erzieherin bei sich, dass diese modernen Mütter ihre Kinder einfach nicht mehr im Griff hatten. Oder war das nur Huldas eigene Wahrnehmung, ihre eigene Furcht vor dem Versagen? Man war sich selbst immer die schärfste Kritikerin, davon konnte Hulda ein langes Lied singen.

Frau Bodelheim war leider nicht da gewesen, als Hulda gestern Nachmittag unten geklopft hatte. Und ihr Mann hatte, als er mitten am Tag mit einer schmuddeligen Nachtmütze auf dem Kopf und grauen Bartstoppeln auf den faltigen Wangen endlich geöffnet hatte, nur vermelden können, dass seine Angetraute zwei Tage auswärts bei ihrer Schwester verbrachte.

«Hat die Kleene wieder Bauchschmerzen?», fragte er noch und deutete mit dem Daumen nach oben. Dann kratzte er sich ausgiebig am Bauch und stierte Hulda aus wässrigen Augen neugierig an.

«Nein, wieso?», fragte Hulda verwundert.

«Brüllt ja andauernd», brummte er, zog den karierten Morgenrock enger um sich und knallte die Tür zu.

Hulda hatte darauf verzichtet, erneut anzuklopfen und ihm zu erläutern, dass Dreijährige grundsätzlich andauernd brüllten, ob mit oder ohne Bauchschmerzen. Aber es hatte ohnehin keinen Zweck.

Ihren Freund Bert mochte sie so kurz nach seinem Zusammenbruch nicht fragen. So war Hulda auf die Idee mit Benjamin verfallen. Eigentlich versuchte sie, ihn so selten wie möglich um Hilfe zu bitten, denn es fühlte sich nach all den Jahren, in denen er ihr kein richtiger Vater gewesen war, falsch an. Außerdem wusste sie, dass er viele Abendtermine hatte. Er ging in den Restaurants und Sälen der Stadt ein und aus, tummelte sich auf Vernissagen, in Galerien, bei Eröffnungen und Empfängen jeder Art. Und um nichts in der Welt wollte sie ihm dabei in die Quere kommen.

Seit er mehr als ein Jahr in der Levante verbracht hatte, um seinen Stil als Künstler weiterzuentwickeln, war sein Ruhm in Deutschland noch gestiegen. Er hatte mehrere neue Einzelausstellungen gehabt und war zum Vizepräsidenten der Akademie ernannt worden. Alles schien sich um ihn zu reißen. Und obwohl Hulda wusste, dass er Meta liebte, wollte sie doch nicht, dass er das Gefühl hatte, sie bände ihn mithilfe seiner

Enkelin an sich. Stets hatte sie darauf geachtet, unabhängig von ihm zurechtzukommen, und dabei wollte sie bleiben.

Aber in diesem Fall hatte sie eine Ausnahme machen müssen. Und als sie schließlich mit klopfendem Herzen in sein Büro am Pariser Platz telefonierte, wo er tagsüber meistens anzutreffen war, wenn er nicht in seinem Atelier in Charlottenburg arbeitete, hatte seine Stimme erfreut geklungen, was sie ihm hoch anrechnete. Punkt sechs wollte er in der Eisenacher Straße sein. «Und ist denn eigentlich das Klimbim für mein Herzblatt angekommen?», hatte er nach seiner Zusage noch gefragt. Hulda hatte ihm versichert, dass Meta von den bunten gedrechselten Kreiseln begeistert gewesen war und einen davon seitdem sogar jeden Abend mit ins Bett nahm.

«Mein Schatz», sagte sie jetzt in einer Eingebung zu Meta, «wir müssen wirklich los. Der Großpapa kommt doch heute zu dir.»

Das waren die magischen Worte, die Meta gebraucht hatte. Bereitwillig streckte sie ihre rundlichen Füße in den offenen Schuhen zu Hulda herüber und ließ sich endlich beim Zubinden helfen. Dann lief sie voraus aus dem Kindergarten und brüllte die frohe Botschaft über den ganzen Hof zu Liesbeth Färber hinüber, die dort auf Knien Buddelförmchen im Sand einsammelte.

«Mein Großpapa kommt heute!»

Fräulein Färbers Gesicht strahlte plötzlich. «Wie wunderbar, Meta», rief sie zurück. «Grüß ihn schön von deiner Tante Liesbeth.»

Amüsiert erinnerte sich Hulda an den Tag, als Benjamin sie einmal beim Abholen begleitet und sämtliche Erzieherinnen zum Schmelzen gebracht hatte. Einen Mann wie Benjamin Gold hielt nichts und niemand auf, dachte sie mit widerwilliger Bewunderung, egal, wie die Wogen des Lebens auch spielten, er blieb immer obenauf. Besonders, was die Damenwelt betraf.

Hand in Hand liefen Meta und sie durch die Barbarossastraße, bogen am Kinderbrunnen ab, traten in den Hausflur und gingen die Stufen hinauf in die Wohnung. Während Hulda Kaffee kochte, spielte Meta mit ihrer Jette, die nach dem neuen Haarschnitt immer noch ein wenig gerupft aussah, von ihrer Puppenmutti jedoch noch mehr geliebt wurde als zuvor.

Langsam kam der Abend heran, und Hulda sah immer öfter nervös zur Uhr an der Küchenwand hinauf. Die Zeiger tickten unaufhörlich weiter, es war lange nach sechs.

Wo blieb Benjamin nur? Sollte sie sich lieber schon umziehen, damit sie bereit zum Aufbruch wäre? Eigentlich hatten sie besprochen, gemeinsam zu Abend zu essen und ein wenig zu plaudern. Gegen ihren Willen spürte Hulda den alten Ärger in sich aufsteigen. Benjamin war nie bekannt für seine Zuverlässigkeit gewesen, doch sie hatte gehofft, dass sich das nicht auf Verabredungen mit seiner Enkelin erstreckte.

Gerade bestrich sie eine Schnitte für Meta mit Teewurst, da klopfte es endlich an der Tür, und Hulda lief erleichtert in den Flur und öffnete.

Als sie ihren Vater sah, erschrak sie jedoch gehörig. Seine weiße, prächtige Haarmähne schien in Aufruhr, war zerzaust und strubbelig. Und auf der Wange prangte eine Platzwunde, die nur notdürftig versorgt war. Der Rest seines sonst immer rosigen, strahlenden Gesichts war bleich.

«Papa?», sagte sie und wunderte sich über das ungewohnte Wort aus ihrem Mund. Normalerweise vermied sie es, ihn so vertraulich anzusprechen, doch für einen Moment hatte die Sorge überhandgenommen. «Was ist denn passiert?»

«Nichts, nichts.» Er winkte ab und kam herein. «Kaum der Rede wert, Huldakind.»

Hulda schloss die Tür und packte ihn am Arm. Es schien ihr, als zittere er leicht. Angst stieg in ihr auf.

«Komm mit», sagte sie leise.

Meta hatte das Klopfen nicht gehört, sie sang lauthals in ihrem Zimmer, und Hulda wollte, dass dies noch einen Augenblick so bliebe, bis sie etwas aus ihrem Vater herausbekommen hatte. Sie zog ihn in die Küche und drückte ihn auf einen der Holzstühle. Ungefragt stellte sie eine Tasse Kaffee vor ihn hin, die sie sich eben selbst aufgegossen hatte.

«Sag schon», drängte sie und setzte sich ihm gegenüber, «was ist los?»

Benjamin wich ihrem Blick aus. «Dumme Sache», sagte er, «bitte verzeih, dass ich so spät bin.» Er räusperte sich und schlürfte einen Schluck Kaffee. Dann sagte er mit belegter Stimme: «Ich wurde überfallen.»

Hulda starrte ihn an. So kannte sie ihn gar nicht, so kleinlaut, beinahe beschämt. Obwohl sie sonst stets etwas an ihm auszusetzen hatte, spürte sie überrascht, wie eine Art Beschützerinstinkt sie überkam. Ihr glorreicher, dröhnend fröhlicher, stets unerträglich starker Vater saß hier wie ein Häuflein Elend – wer hatte Schuld daran?

«Wer war das?», fragte sie und hörte, dass auch ihre Stimme seltsam kratzig klang. «Wurdest du ausgeraubt? Das ist ja hier in der Gegend gerade an der Tagesordnung.»

Doch zu ihrer Überraschung schüttelte er den Kopf. «Es ging ihnen nicht um Geld ...» Auf einmal hatte er Tränen in den hellblauen Augen.

Bestürzt griff sie nach seiner Hand. Die Haut darauf zierten Kratzspuren und verkrustetes Blut.

«Aber was wollten sie dann?»

«Sie haben sich einen Spaß gemacht», sagte er und verschüttete ein paar Tropfen Kaffee, weil seine Hand zitterte, als er erneut trinken wollte. «Einen Spaß mit dem alten Juden.»

Verständnislos sah Hulda ihn an. «Sie haben dich geschlagen, nur, weil du Jude bist?», fragte sie. «Wer? Warum?»

«Nazipack.» Er machte eine wegwerfende Handbewegung. «Solche jungen Bengel in SA-Kluft. Du weißt doch, braunes Hemd, Koppel, Armbinde. Eine kleine Horde, sie warteten am Hintereingang der Akademie auf mich, wo ich ab und zu in Ruhe eine Zigarette rauche. Das müssen sie gewusst haben.»

«Sie haben dir aufgelauert?», wiederholte Hulda fassungslos.

Er nickte dumpf. Sein weißes Haar hing nun schlaff herab bis tief in seine Stirn. «Ich habe mich gewehrt», sagte er. «Zwei von ihnen sehen genauso übel aus wie ich.» Einen Moment klang wieder die übliche Selbstüberschätzung aus seiner Stimme. «Aber sie waren in der Überzahl. Sie krakeelten herum, riefen ‹*Juda, verrecke*› und ähnliche Absurditäten.» Benjamin sank wieder in sich zusammen, er wiegte den Kopf hin und her, als bezweifelte er seine eigene Geschichte. «Ich meine, kannst du dir das vorstellen? In unserem Land, mitten in Berlin?»

«Irgendwo im Scheunenviertel vielleicht», sagte Hulda stirnrunzelnd, «in einem Hinterhof, wo sich die rechten und linken Banden bekriegen – aber doch nicht direkt am Pariser Platz.» Kurz dachte sie an den Vorfall vor einigen Jahren, als Grete Fischer und ihr geliebter Theo, ein stadtbekannter Kommunist, von den Völkischen angegriffen worden waren. Theo war dabei sogar erschossen worden. Doch das war ein handfester politischer Streit gewesen, kein Überfall auf einen unschuldigen Zivilisten. Noch dazu einen bekannten Künstler.

«Ich weiß, was du denkst», sagte Benjamin, der das Mienenspiel seiner Tochter beobachtet hatte. «Das passiert doch keinem Benjamin Gold.» Er strich sich das Haar aus der Stirn. Sein Gesicht hatte wieder etwas mehr Farbe, und seine Augen blitzten nun in der gewohnten Intensität. «Das habe ich auch geglaubt, bis heute.» Er packte sie bei den Handgelenken. «Aber es war ein Trugschluss, Huldakind! All die Ehren und Würden haben mir gar nichts genutzt, als sie da vorhin über mich herfielen. Ich meine, ich bin Träger des deutschen Verdienstkreuzes, verdammt noch mal! Ich bin deutscher als alle diese Hunde zusammen. Aber sie haben die wirksameren Argumente.» Er ließ Hulda los, deutete auf seine geballte Faust. «Gewalt ist stärker als Kultur und gute Sitten.» Er seufzte. «Das habe ich heute gelernt. Wir sollten es nicht vergessen.»

Einen Moment schwiegen beide. Benjamins letzte Worte hingen wie eine unheilvolle Mahnung in der kleinen Küche.

«Ich sehe mir deine Wunde mal an», sagte Hulda endlich.

Sie wollte aufstehen, doch ihr Vater schüttelte den Kopf. «Nichts da», sagte er. «Hugo, der Kneipenwirt neben der Akademie, hat schon ganze Arbeit geleistet. Noch mal lasse ich da niemanden dran.»

Hulda, die Benjamins Dickkopf kannte, setzte sich wieder. «Und jetzt?», fragte sie. «Hast du Anzeige erstattet?»

«Natürlich», sagte er und trank den Rest Kaffee aus. Er wirkte müde. «Sie gehen der Sache nach.» Er schnaubte leise, um zu zeigen, was er davon hielt.

Auch Hulda ahnte, wie wenig Erfolg versprechend das war. Benjamin kannte ja nicht einmal die Namen seiner Angreifer. Außerdem wussten alle in der Stadt, dass gerade unter Polizisten die Judenfeindlichkeit immer mehr zunahm. Ihr Engagement würde in Fällen wie diesem also nicht besonders hoch sein.

Benjamin sah auf. Sein Blick fiel auf die Uhr. «Geh jetzt», sagte er, «du hast doch eine Verabredung.»

«Kommt nicht infrage», protestierte Hulda entrüstet, doch ehe sie weitersprechen konnte, schnitt er ihr mit einer Geste das Wort ab.

«Natürlich gehst du», sagte er. «Keine Widerrede. Ich habe ja Meta. Ein Abend allein mit meinem Herzblatt ist genau die richtige Medizin.» Er stand auf, spähte in den Flur und rief laut: «Wo steckt die Kleine überhaupt?»

«Großpapa!», schallte es da auch schon von der Küchentür. Meta hatte endlich Benjamins Stimme gehört.

Er fing das Mädchen in seinen Armen auf und wirbelte es herum. «Na, Prinzessin?», sagte er, und Hulda sah, wie sehr er sich bemühte, sich vor Meta nichts anmerken zu lassen. «Spielen wir wieder Kutsche?»

«Ja!», rief Meta und küsste ihn. «Ich bin der Kutscher und du das Pferd.» Dann bemerkte sie die Wunde auf der Wange ihres Großvaters. «Hast du dir wehgetan?»

«Ja», sagte er und stellte sie wieder auf den Boden, «aber es ist schon viel besser.»

«Bist du hingefallen?», fragte sie ernst. «Ich falle auch andauernd hin.» Zum Beweis zeigte sie ihm einen eingebildeten blauen Fleck am Knie, der, wie Hulda wusste, von einem Sturz vor Wochen herrührte und längst verheilt war.

«Ach du liebe Güte!», sagte Benjamin und pustete auf die Stelle. «Da werden wir beiden Invaliden uns heute Abend mal ganz gehörig auskurieren.» Mit den Augen bedeutete er Hulda, endlich zu verschwinden.

Nach einem letzten Zögern eilte sie in die Kammer und zog sich um. Diesmal entschied sie sich für einen einfachen grauen Rock und eine saubere Bluse, denn das hübsche Abendkleid kannte Max schließlich schon. Und sie wollte ihm ohnehin nicht das Gefühl geben, sie putzte sich für ihn heraus. Allerdings konnte sie nicht widerstehen, sich wenigstens mit ihrer *Elida*-Puderdose einen etwas strahlenderen Teint zu zaubern und sich die Lippen tiefrot nachzuziehen.

Als sie wieder ins Wohnzimmer kam, kniete Benjamin auf dem Boden, und Meta saß rittlings auf ihm und traktierte ihn mit einem Kochlöffel, den sie als Gerte benutzte.

«Hüh, mein Pferdchen», rief sie und kicherte.

Hulda musste lächeln, als Benjamin von unten zu ihr heraufsah und ein gespielt gequältes Gesicht machte.

«Das Pferdchen ist bereit zum Dienst», sagte er. «Vergnüg dich ruhig. Du siehst übrigens sehr hübsch aus, Töchterchen.» Er lächelte breit und verzog dann wegen der Wunde schmerzvoll das Gesicht. «Darf ich fragen, wohin es heute Abend geht?»

Hulda biss sich auf die Lippen. «Ins Theater», sagte sie so vage wie möglich.

«Ich wollte eigentlich wissen, mit wem», sagte Benjamin. «Aber das kannst du mir ja immer noch erzählen, habe ich recht? Irgendwann?»

«Ja», sagte Hulda, «irgendwann.» Es war zwischen ihnen noch nie üblich gewesen, sich über derartige Details auszutauschen. Auch sie wusste nicht, wie Benjamins ständig wechselnde Gefährtinnen hießen, die ihr ohnehin niemals vorgestellt wurden.

«Und welches Stück wird gegeben?», fragte Benjamin und richtete sich ächzend auf, was von Meta, die nur widerwillig von seinem Rücken herunterrutschte, maulend quittiert wurde.

«*Der Kaufmann von Berlin*», sagte Hulda.

Benjamin stieß einen leisen Pfiff aus. «Von Piscator?», fragte er. «Drüben am Nollendorfplatz?»

«Der Autor heißt, glaube ich, Mehring», sagte Hulda, die sich an den Namen auf dem Plakat erinnerte.

Benjamin runzelte die Stirn. «Die ganze Stadt spricht davon», sagte er. «Und du hast Karten für die Premiere? Das ist allerhand!»

Hulda nickte. «Ein zufälliges Geschenk», sagte sie.

Düster starrte Benjamin jetzt vor sich hin, beinahe wirkte er wieder so blass und abgekämpft wie vorhin bei seiner Ankunft. «Das Stück ist nicht ohne», sagte er leise, «und man munkelt, dass es einen Skandal geben könnte.» Unwillkürlich tastete er nach seiner Verletzung an der Wange. «Die SA hat ihre Anhänger in der ganzen Stadt dagegen aufgestachelt, sie haben überall Stimmung gegen Mehring und Piscator gemacht», fuhr er fort. «Bestimmt werden einige von ihnen auch kommen und versuchen, Krawall zu schlagen.» Er betrachtete sie zweifelnd. «Bist du sicher, dass du da heute Abend unbedingt hinmusst, Huldakind? Komm, ich gebe dir ein bisschen Geld, und du kaufst für dich und deinen Kavalier Karten für die *Scala*, ja? Da gibt es auch hübsche Sachen zu sehen.»

In Hulda regte sich Widerstand. Benjamin mochte heute besonders aufgewühlt und deswegen vielleicht überempfindlich sein, aber sie konnte es nicht leiden, wenn er sie derart bevormundete.

«Ich bin am Nollendorfplatz verabredet», sagte sie kühl, «und zwar seit fünf Minuten. Ich kann schon auf mich selbst aufpassen.»

Einen Moment schien es, als wollte Benjamin noch etwas sagen, doch dann zog ein verbindliches Lächeln über sein Gesicht. «Natürlich», sagte er. «Das weiß ich doch. Dann viel Spaß!»

Hulda warf Meta eine Kusshand zu und ging aus der Wohnung. Bevor sie die Treppe hinunterlief, hörte sie durch die zugezogene Tür wieder ihre Tochter, die Benjamin erneut mit lauten *Hüh*-Rufen antrieb, und dazwischen die Stimme ihres Vaters, wie er rief: «Bitte, bitte – erst ein Zuckerstückchen!»

Halb verstimmt, halb gerührt trat sie auf die abendliche Straße und begann nach einem Blick auf die Uhr, die oben am Turm des Lyzeums hing, zu rennen.

19.

Freitag, 6. September 1929

Der Saal kochte, anders konnte man es nicht sagen. Hulda spürte das Trampeln der Zuschauer bis tief in ihren Körper hinein, die Begeisterungsschreie mischten sich mit lauten Buhrufen und grellen Pfiffen. Vorne auf der Drehbühne standen die Schauspieler, abgekämpft, verschwitzt, die weiße Schminke gesprungen vom Grimassieren. Sie hielten sich an den Händen und verbeugten sich, wieder und wieder, und versuchten zu lächeln, doch Hulda sah in dem ein oder anderen Gesicht auch eine unbestimmte Angst. Sie schienen bereit, sich jederzeit zu ducken, falls aus dem Zuschauerraum Wurfgeschosse angeflogen kämen. Doch der rasende Applaus brandete immer lauter über die Sitze hinweg wie ein nicht minder schweres Geschoss. Der Lärm manifestierte sich, türmte sich auf zu einer gewaltigen Welle, die drohte alles hinwegzureißen und zu Boden zu werfen.

Huldas Herz klopfte, während sie selbst tapfer applaudierte. Längst waren alle aufgestanden, in einer solch aufgeheizten Atmosphäre konnte niemand still sitzen.

Ganz links in der Reihe der Schauspieler erkannte sie Milli, in zerfetzten Netzstrümpfen und mit aufgerissenen Augen, wie sie, ohne zu blinzeln, in das Scheinwerferlicht starrte. Die Filmsequenzen, die den ganzen Abend über durch den Saal geflackert waren und ihren schwarz-weißen Glanz über die Gesichter der Zuschauer hatten gleiten lassen – als wären deren Leiber die eigentliche Leinwand –, waren abgewürgt worden und verstummt. Im Schein der Wandstrahler kam nun die wirkliche Welt wieder zum Vorschein. Das Albtraumhafte der Inszenierung löste sich auf, und mit einem Mal waren die düsteren Gestalten auf der Bühne wieder nur noch Schauspieler in schwarzen Gewändern, mit zerdrückten Hüten und angeklebten Bärten, die sich bereits im Verbeugen die Schminke von den Wangen wischten und darauf zu hoffen schienen, dass der schützende Vorhang endgültig fiel.

«Himmel!», rief Max, der neben Hulda stand und ebenfalls wild klatschte. «Wo haben Sie mich denn hier bloß reingezerrt? Ich glaube, gleich explodiert der Saal.» In seiner Miene standen Erstaunen, vielleicht Bewunderung für das Stück und eine leise Furcht davor, was nun geschehen würde.

Auch Hulda spürte dieses Summen und Brodeln, als wäre das ganze Theater am Nollendorfplatz im Begriff, in die Luft zu gehen.

«Vielleicht sollten wir gehen», sagte sie laut, damit er sie durch das Tosen hörte, «ehe die Leute noch die faulen Eier rausholen.»

Er lachte und nahm sie fest beim Arm. Gemeinsam drängten sie sich durch die Reihen, und mit ihnen waren auch schon viele weitere Zuschauer im Aufbruch, während andere noch wie festgewachsen dastanden und weiter jubelten oder mit den Fäusten drohten – je nachdem, wie ihnen das Stück gefallen hatte.

Hulda wusste nicht, was sie selbst davon hielt – ein jüdischer Migrant, der durch Intrigen mit nur hundert Dollar zum Finanzkönig der Stadt wurde, und ein hinterlistiger deutscher

Schieber namens Müller, der den Juden Kaftan ausnutzte, um einen rechtsnationalen Putsch zu finanzieren. Schließlich eine Stadt – ihr liebes Berlin! –, die zum Schauplatz wildester Prügeleien und Verbrechen wurde, ein Sumpf, in dem sich die Extremisten suhlten und das Geld alles regierte, während das Volk nackt und roh, wie gehäutet in der Gosse lag … Es war ein beängstigender Blick auf die Zustände gewesen, den Mehring und Piscator ihren Gästen bei der Premiere zugemutet hatten, und Hulda fröstelte trotz der überhitzten Luft im Saal, die eigentlich so dick war, dass man sie schneiden konnte.

Max' warme Hand hielt sie fest, und schließlich erreichten sie die Saaltüren und traten erleichtert ins Foyer. Doch kaum nahm das Tosen aus dem Zuschauerraum ein wenig ab, hörten sie auch schon von draußen laute Schreie, ja Gebrüll. Instinktiv schien Max sie in den Arm zu nehmen und ein Stück zur Seite zu schieben, während er durch die offene Tür auf die Straße spähte.

«Die SA marschiert auf», sagte er mit hochgezogenen Brauen. Die feinen Linien an seinem Mund vertieften sich, und seine freundlichen, humorvollen Augen wurden dunkel. «Natürlich, den Rechten gefällt das alles hier ganz und gar nicht.»

«Ich möchte trotzdem nicht bleiben», sagte Hulda und sah sich unbehaglich um. Auch andere Gäste des Theaters standen in Hut und Mantel unschlüssig herum und überlegten, ob sie sich hinauswagen sollten. Ständig gingen die Saaltüren auf und zu, und immer mehr Menschen drängten zu ihnen ins Foyer.

«Mir wird es hier zu eng», sagte Hulda und kämpfte gegen den plötzlichen Schwindel, der sie ergriffen hatte.

«Dann Augen zu und durch», entschied Max, legte ihr den Arm um die Taille und schob sie zum Ausgang.

Gemeinsam traten sie in die kühle Nachtluft, doch die Erleichterung währte nur kurz. Der Nollendorfplatz war zu einem Exerzierplatz geworden, heller Fackelschein erleuchtete die im Mondlicht fahl aussehenden Häuser und den Bahnhof mit der schimmernden Kuppel. Hunderte uniformierte Männer in braunen Jacken, mit braunen Mützen oder Kampfhelmen marschierten in dichten Reihen durch die Nacht, angetrieben von den gebrüllten Kommandos ihrer Anführer. Die schweren Stiefel knallten aufs Pflaster, und immer wieder schallten Parolen aus Hunderten Kehlen. «*Juda, verrecke!*», grölten die Männer, «*Mehring an den Galgen!*» und «*Knüpft die Judenfreunde auf!*». Eine große Menge Schaulustiger hatte sich auf den Gehwegen rund um den Platz versammelt, sie jubelten mit oder schrien ihren Hass gegen die Marschierenden heraus.

Auch linke Kämpferkolonnen waren da, sie hatten sich in Grüppchen vor dem Theater zusammengerottet und drohten den stampfenden Nazis mit den Fäusten. «Nazipack raus!», brüllten sie.

Hulda umklammerte Max' Hand noch fester, ihr brach der Schweiß aus. Die ganze Szene war unwirklich, wie ein weiteres Theaterstück, das nicht mehr drinnen auf der Bühne, sondern hier auf dem ihr vertrauten und doch auf einmal so fremden Platz weitergespielt wurde. Es war, als würde die Geschichte, die sie eben noch von ihrem Sessel aus gesehen hatte, weitergesponnen. Als würde sie aus dem Theatersaal hinaus in die Stadt quellen wie überkochender Brei. Aber nun war Hulda auf einmal nicht mehr nur Zuschauerin, sondern mittendrin, als spielte sie mit! Als galten die Parolen der Braunhemden auch ihr. Und sie war es, die an den Galgen sollte, sie war das jüdische *Pack*, das die Fackelträger so sehr hassten. Sie sollte *verrecken*.

So auch Max, dachte sie plötzlich und sah ihn an. Schon bei ihrer ersten Begegnung hatte sie geahnt, dass er ebenfalls jüdisch war. Das Fackellicht huschte über sein Gesicht, in dem sie größte Anspannung las. Auch eine fremde fiebrige Wachheit stand darin, und ihr wurde bewusst, dass er dasselbe empfand wie sie. Dies hier war ein Moment, an den sie beide sich lange erinnern würden. Wie ein Albtraum, aus dem sie bisher stets hatten erwachen können, der plötzlich wahr wurde.

«Verschwinden wir?», fragte sie, und er nickte, fasste sie noch enger um die Taille und zog sie rasch in die Motzstraße, fort von dem furchtbaren Treiben auf dem Platz vor dem Theater.

Sie liefen ein paar Schritte, dann rannten sie beinahe, keiner von ihnen wandte sich um. Erst als sie am *Hotel Sachsenhof* vorbeigelaufen und an der nächsten Ecke angelangt waren, wo es etwas ruhiger wurde, blieben sie stehen und sahen sich an. In Huldas Schläfen klopfte der Puls, eine plötzliche Erregung schoss durch ihre Adern. Das Licht der Laternen spiegelte sich in Max' Brillengläsern, sein Mund sah so verletzlich aus, und ehe Hulda wusste, was sie tat, flog sie in seine Arme, drängte sich dicht an ihn.

Sie spürte, wie er sie umfasste und sie noch enger an sich zog. Sein Körper fühlte sich wunderbar warm an. Hulda vergrub ihre erhitzte Stirn in seiner Halsbeuge, sog seinen Duft ein – so fremd, so vertraut.

Schließlich nahm er ihr Gesicht in beide Hände und suchte mit seinen Lippen ihren Mund. Sie versank in seinem Kuss, der überraschend fest und leidenschaftlich war. Kein vorsichtiges, suchendes Tasten, wie sie vielleicht erwartet hatte, sondern ungestüme Zärtlichkeit, die keinen Aufschub duldete. Es war, als hätten die beängstigenden Szenen im Theater und auf dem Nollendorfplatz etwas in ihnen beiden freigesetzt, das dort tief im Verborgenen geschlummert hatte. Nun brach es sich Bahn, sie küssten sich, als gäbe es weder Gestern noch Morgen.

Wenn dies der Untergang der Welt ist, dachte Hulda zwischen zwei Atemzügen, dann bin ich froh, dass ich ihn auf diese Weise verbringe.

«Unerhört! Nehmt euch 'n Zimmer», knurrte eine männliche Stimme, und die Spannung löste sich und ließ sie auseinanderfahren.

Ein älteres Paar ging an ihnen vorbei. «Keene Scham nich'», ergänzte die Frau im Weggehen die Worte ihres Begleiters. Dann pfiff sie nach ihrem Pinscher, der sich gerade lustvoll an einem Baumstamm gerieben hatte und nun widerwillig hinter seinem Frauchen herdackelte.

Hulda und Max sahen sich an und brachen beide in Lachen aus. Es war befreiend, und doch bedauerte Hulda heimlich, dass sie gestört worden waren. Es war lange her, dass sie etwas Ähnliches empfunden hatte, sie hätte Max ewig so küssen können.

«Dieser Abend übertrifft meine kühnsten Erwartungen», sagte er und rückte seine Brille gerade. «Du bist wirklich für eine Überraschung gut, Hulda.»

Sie war froh, dass das steife Siezen ein Ende hatte.

«Obwohl ich zugeben muss», fügte er hinzu und räusperte sich, «dass ich dich schon viele Male im Traum geküsst habe.»

«Ich hoffe, du bist nicht enttäuscht worden», sagte sie.

Seine Augen weiteten sich. «Du hast ja keine Ahnung!», sagte er ohne weitere Erklärung, und Hulda beschloss, es als Kompliment zu nehmen. Sein Blick sagte alles.

«Was sagst du zu dem Vorschlag des nächtlichen Spaziergängers?», fragte er und nickte in die Richtung, in die das Ehepaar verschwunden war. Vom Nollendorfplatz klang immer noch der Tumult zu ihnen.

Hulda verstand sofort. «Ein Teil von mir möchte nichts lieber als das», sagte sie ehrlich. «Aber ein anderer Teil braucht vorher ein paar Antworten.»

Er nickte. «Und die sollst du auch bekommen. Wie wäre ein Kaffee bei Tageslicht? Dabei besprechen sich solche Dinge besser.»

«Gern», sagte Hulda. «Heute Nacht scheint unsere Urteilsfähigkeit getrübt.»

Er zog sie erneut an sich. «Allerdings», flüsterte er, dicht an ihrem Ohr. «Aber ich glaube, mein Urteil, was dich angeht, steht fest. Und es lässt sich auch bei Tag nicht mehr ändern.»

«Würdest du es gern ändern können?», fragte sie.

«Nein», sagte er sofort. «Auch, wenn ich gerade nicht weiß, wo mir der Kopf steht – in dieser einen Sache bin ich sicher.»

«Ich auch», sagte sie, ehe sie darüber nachdenken konnte.

In Max' Gesicht trat jetzt Erleichterung und eine kindliche Freude, die sie noch mehr für ihn einnahm.

«Also, wann sehen wir uns wieder?», fragte er.

«Ich bin eigentlich nie frei», erwiderte Hulda spöttisch. «Immer, wenn meine Tochter im Kindergarten ist, muss ich arbeiten.» Sie überlegte. «Wir könnten am Sonntagnachmittag spazieren gehen, ich würde eine Freundin bitten, auf Meta aufzupassen.» Jette hatte bereits einige Male angeboten, dass Meta zum Spielen zu ihnen kommen könne, damit Hulda mal einen freien Nachmittag hatte. Hulda hatte es bisher ausgeschlagen, und auch jetzt wollte sie Jette nach den schlimmen Wochen, die hinter ihr lagen, nicht noch mehr aufbürden. Doch sie wusste, dass es ihrer Freundin gefiel, die beiden kleinen Mädchen mit Kuchen zu bewirten. Außerdem wäre Evelyn da, die Kinderfrau, um sie zu unterstützen. Vielleicht wäre es also doch möglich?

Gleichzeitig wunderte sich Hulda, wie bereitwillig sie auf einmal nach Möglichkeiten suchte, mit Max allein zu sein. Bisher hatten die wenigen Anwärter, die sich in den letzten Jahren um sie bemüht hatten, hinter Meta zurückstehen müssen, und Hulda hatte sie auf diese Weise stets in die Flucht geschlagen. Die Männer hatten gespürt, dass sie nicht frei war, nicht bereit, sich auf jemanden einzulassen. Und sie selbst war darüber, wenn sie ehrlich war, in keiner Weise traurig gewesen.

«Sonntagnachmittag ist ein bisschen schwierig», sagte Max. Aber dann wischte er seine Bedenken mit einer Handbewegung fort. «Ach, was soll's. Ich bekomme das schon hin.»

«Sicher?», fragte Hulda.

«Sicher.» Er drückte ihre Hand. «Sonntag um halb vier? Sagen wir, vorm *Josty* am Potsdamer Platz?»

«Ich werde da sein», sagte Hulda.

Plötzlich tönte ein gellender Pfiff durch die Nacht, dazu Sirenen – nun war offenbar auch die Polizei eingetroffen, doch das hieß in einer Stadt wie Berlin nicht, dass die Straßenszene dadurch schnell befriedet wurde. Im Gegenteil, der *Blutmai* hatte es vor wenigen Monaten eindrucksvoll gezeigt, als sich Polizisten und Demonstrierende eine Schlacht mit über dreißig Toten geliefert hatten. Hulda hoffte inständig, dass am Theater niemand zu Schaden kam.

«Ich begleite dich lieber bis nach Hause», sagte Max.

Hulda schüttelte den Kopf. «Ich muss nur einmal hier abbiegen und ein paar Schritte laufen», sagte sie und hob verwundert die Schultern. «Ein verrückter Abend!»

«Alles völlig wahnsinnig», bestätigte er und blickte in die Richtung, aus der die Sirenen heulten. «Darüber sprechen wir auch am Sonntag, ja? Wenn wir neben unserem persönlichen Drama noch Zeit haben für die Politik.»

Hulda lächelte schief. Sie sah, wie schwer es ihm fiel zu gehen, und es freute sie und verursachte ihr gleichzeitig ein Ziehen im Herzen, das sie längst vergessen geglaubt hatte. Das letzte Mal, dass sie etwas Ähnliches gespürt hatte, war mit Karl gewesen, als sie mit ihrem schmerzlich-schönen Tanz umeinander begonnen hatten. Das Gefühl jetzt war dem von damals so ähnlich – und doch so anders, so neu und aufregend, dass sie ein Seufzen unterdrücken musste.

Schließlich ging Max, er sah sich noch einmal nach ihr um und winkte, dann bog er um die Ecke. Hulda stand auf der Straße und blickte in den dunklen Himmel. Sie wollte sich gerade ebenfalls zum Gehen wenden, als ihr eine schmale Gestalt entgegenkam. Hulda erkannte die Frau mit den hellblonden Haaren nicht gleich. Doch der Gang und das herzförmige Gesicht waren unverwechselbar: Es war Milli. Sie hatte sich herausgeputzt, trug nicht länger das heruntergekommene Kostüm aus dem Theaterstück, sondern ein paillettenbesetztes Kleid und klappernde Schuhe.

Hulda hob die Hand zum Gruß, aber die junge Frau wandte den Blick ab und tat so, als bemerkte sie Hulda nicht. Oder hatte Milli sie wirklich nicht gesehen? Sie warf jetzt einen gehetzt wirkenden Blick um sich und verschwand im Eingang zum *Hotel Sachsenhof*.

Hulda stand verwundert auf der Straße. Was tat die junge Schauspielerin so kurz nach der Premiere hier? Und was sollte der befremdliche Aufzug? Was suchte sie in dem bekannten Hotel, anstatt nach Hause zu ihrem Kind zu gehen?

Plötzlich fühlte Hulda sich unter dem weiten, tiefschwarzen Nachthimmel so allein, als schwebte sie im Weltall und betrachtete das seltsame Treiben in der Stadt von oben. Der Zwischenfall ihres Vaters fiel ihr ein, und sie meinte auf einmal wieder, die blutdürstigen Schreie aus den Kehlen der Nazis zu hören, als wären sie hinter ihr her. Dann dachte sie an Meta und ihr schlafendes Gesichtchen auf den Kissen in der Kammer.

Schaudernd zog sie ihren dünnen Mantel enger um sich, schlang die Arme um den Oberkörper und eilte in Richtung Eisenacher Straße. Nach Hause. Wo zwei vertraute Menschen an einem sicheren Ort auf sie warteten.

20.

Freitagnacht, vom 6. auf den 7. September 1929

Irmas Blick glitt über den leblosen Körper, der zwischen zwei der eleganten Tischchen am Boden der Hotelbar lag, den Kopf merkwürdig nach hinten verrenkt, als habe der Mann bis zum Schluss nach Atem gerungen. Doch es hatte ihm nichts genützt.

Sie prägte sich alles genau ein. Die Kleidung der Leiche – elegante, aber unauffällige Gabardinehosen, ein Hemd aus teurem Tuch, gewichste Schuhe, denen man nur mit geübtem Auge die von Hand gefertigten englischen Nähte ansah. Die umgestürzte Tischlampe, die der Sterbende vermutlich im Sturz mitgerissen hatte, und deren Glasschirm, der in Hunderte Scherben zersplittert war. Der eingetrocknete, gelblich weiße Schaum in seinen Mundwinkeln und die Hand, die sich auf Höhe der Brust in das Hemd gekrallt hatte. Eine hilflose Geste, die von den Schmerzen zeugte, die der Mann erlitten haben musste, ehe er starb.

Der Anblick schnürte Irma den Hals zu, sie bekam nicht oft Tote zu sehen. Auch heute war es reiner Zufall, dass sie hergeschickt worden war. Sie hatte Bereitschaft gehabt, und der Kollege Brunner von der Mordkommission hatte sich in Erwartung einer ruhigen Nacht ein paar gepflegte Schnäpse hinter die Binde gekippt und war zum Zeitpunkt des Notrufs nicht mehr einsatzfähig gewesen. «Toter am Nollendorfplatz? Fahren Sie da hin», hatte Brunner gelallt. «Sie sind doch Expertin für die Gegend!»

So stand sie jetzt hier im *Hotel Sachsenhof*, zusammen mit dem Fotografen Hannes Scholz, der bereits eifrig drauflosknipste. Gespenstisch blitzte es immer wieder auf, und ein grelles Licht fiel auf die Leiche.

Der Arzt, der den Notruf getätigt hatte, hockte an einem der Tische, auf dem noch zwei Rotweingläser standen, und säuberte sich gelangweilt die Fingernägel. Hannes hatte ihn eigentlich gebeten, sich vom Tatort fernzuhalten, doch er war wohl zu neugierig, um nicht in der Nähe zu bleiben.

Irma hingegen passte seine Anwesenheit gut, sie würde ihn später noch ausführlich befragen.

«Was für 'ne Schweinerei», knurrte der Nachtportier, ein älterer Herr mit Stirnglatze und grauem Bartschatten. Mit mürrischer Miene betrachtete er das Desaster auf dem Boden seiner Hotelbar. «Ein Skandal, und das in diesen Zeiten!» Betrübt strich er sich über die Stoppeln in seinem Gesicht. «Wer kommt denn jetzt noch hierher? Ist eh schon nur noch eine Absteige für arme Künstler und gescheiterte Existenzen. Wenn jetzt auch noch die letzten Geldsäcke wie der da wegbleiben», er nickte beinahe vorwurfsvoll zum Toten hinunter, «dann können wir dichtmachen.»

Er trat einen Schritt auf Irma zu und legte etwas Mitleidheischendes in seinen Blick.

«Gibt es den Hauch einer Chance, dass niemand was hiervon erfährt?», fragte er. «Schließlich muss es ja gar kein Verbrechen gewesen sein.»

Irma runzelte die Stirn. «In Ihrem Hotel ist ein Mensch zu Tode gekommen», sagte sie streng. «Wahrscheinlich sogar durch Gewalteinwirkung, denn er war jung und schien gesund. Der Arzt sagt außerdem, dass er keine Brieftasche bei sich trug, was auf Raub hinweist. Ich denke, Sie und Ihre Vorgesetzten sollten ein gewisses Interesse daran haben, dass die Sache aufgeklärt wird.»

Der Portier sah aus, als bezweifelte er das. «Ich habe den Direktor ja auch schon verständigt», sagte er. «Aber haben Sie eine Ahnung, was ich mir anhören durfte, weil ich um die Zeit störe? Er weilt gerade mit seiner Gattin im Bergischen Land und sagte, ich solle die unschöne Sache hier allein regeln. Und zwar so schnell wie möglich.»

Irma zuckte mit den Schultern. Ihr war es nur recht, dass hier nicht gleich ein jovialer Direktor um die Ecke kam und ihre Kompetenzen als Frau anzweifelte. Mit diesem älteren Nachtportier wurde sie fertig. «Fangen wir also mit Ihnen an», sagte sie und stemmte die Arme in die Seiten. «Wo waren Sie, als der Mann zu Boden ging?»

Der Portier zuckte zurück und griff sich an den Hals, als hätte sie ihn bedroht. «Was wollen Sie damit sagen, Fräulein?», stammelte er mit weit aufgerissenen Augen. Die Tränensäcke darunter zeugten von Jahrzehnten durchwachter Nächte und zu viel Gin. «Bin ich jetzt etwa verdächtig?»

«Frau Kriminalkommissarin Siegel», berichtigte sie ihn scharf. «*Alle*, die heute Nacht hier waren, sind verdächtig», fuhr sie dann seelenruhig fort. «Ich muss Ihre Personalien aufnehmen, Herr ...»

«Laffert.» Der Mann räusperte sich. «Emil Laffert.» Er richtete sich auf, als werde ihm jetzt erst klar, dass dies hier wirklich geschah und dass er eine Rolle in diesem nächtlichen Albtraum spielte.

«Erzählen Sie der Reihe nach, was passiert ist», bat Irma und zückte ihr Notizbuch, wobei sie sich bemühte, ihre zitternden Hände in den Griff zu bekommen. In Wirklichkeit war sie nämlich alles andere als gelassen. Sie besaß wenig Erfahrung mit Ermittlungen, die Mord und Totschlag einschlossen, bisher hatte sie vor allem verängstigte Minderjährige, kleine Stricher und geschundene Mädchen verhört. Doch sie beschloss, sich nicht ins Bockshorn jagen zu lassen, sondern so hart wie möglich zu erscheinen, damit niemand merkte, dass sie eigentlich nur eine bessere Frauenfürsorgerin war und ihre Tätigkeit im Präsidium meistens nur belächelt wurde. Das hier war ihre Gelegenheit, allen das Gegenteil zu beweisen. Morgen würde die ganze Mordkommission wissen, dass Irma Siegel aus der *Kriminalinspektion-K* die Erste am Tatort gewesen war.

Hannes knipste ungerührt weiter, und sie war unendlich dankbar für seine Anwesenheit.

«Also?», fragte sie knapp.

«Ich ... Ich weiß gar nichts», stotterte Emil Laffert und hob die Hände, um seine Unschuld zu unterstreichen. «Der Herr hat hier heute Abend ein Zimmer genommen und gleich bezahlt, mein Kollege hat es im Büchlein vermerkt. Adalbert Lichtenstein ist der Name. Dickes Portemonnaie, wenn Sie mich fragen.»

«Sie waren da schon im Dienst?»

«Gerade angetreten», sagte Laffert, «ich fange immer um acht Uhr abends an und mache durch bis früh morgens um sechse. Dann kommt der Kollege wieder.»

«Wie ging es weiter?», fragte Irma und kritzelte eifrig ihren Block voll. Sie sah aus den Augenwinkeln, wie sich der Arzt erhob und zur Leiche trat. Er ging auf die Knie und besah sich den Toten genauer, während Hannes befriedigt an seiner Kamera herumhantierte.

«Der Herr ging auf sein Zimmer», sagte der Portier, «gegen zehn Uhr kam er herunter und verlangte, noch eine Kleinigkeit zu speisen. Das Restaurant war halb voll, ein ganz gewöhnlicher Abend.»

«Er aß allein?»

«Zunächst schon», sagte Laffert. Er druckste herum. «Später gesellte sich eine ... ähm, Dame zu ihm.»

«Eine Bekannte?»

Er hob die Schultern. «Ich kann zwar vom Empfangstresen in die Bar sehen», sagte er, «aber nicht hören, was die Gäste miteinander sprechen.»

Irma beobachtete ihn. «Aber Sie können einen Eindruck wiedergeben, oder?»

Widerstrebend nickte er. «Ich glaube, sie kannten sich nicht», sagte er nach einer Weile. «Die Dame ist auch kein Gast hier im Hotel gewesen, sie kam erst später. Hier wurde eine kleine Party gefeiert, wissen Sie? Und da verliert man schnell mal den Überblick.»

«Wie sah die Dame aus?», fragte Irma.

«Eine Schönheit», sagte Laffert, und Bewunderung schlich sich in sein verlebtes Gesicht. «Nicht mehr ganz jung, aber sehr elegant. Schlank, edler Pelzmantel. Und die Haare rabenschwarz und lang.»

Sehr auffällig, dachte Irma. Würde eine Frau in einem solchen Aufzug einem anderen Menschen etwas antun – vor aller Augen auf einer Party? Unwahrscheinlich, entschied sie. Gleichzeitig erinnerte sie sich an eine Befragung, die sie vor ein paar Tagen bei einer Apothekerin in der Bülowstraße durchgeführt hatte. Es war um die Raubserie gegangen. Und hatte diese Frau Martin nicht eine ganz ähnliche Beschreibung abgegeben, als es um die Hauptverdächtige gegangen war? Besagte Frau hatte eine Ohnmacht vorgetäuscht, wenn sie sich recht erinnerte.

Irma blätterte in ihrem Büchlein und fand die Stelle. Ja, die Personenbeschreibungen waren beinahe identisch.

«Hatten die beiden Streit?», fragte sie und versuchte, das Zittern in ihrer Stimme zu unterdrücken. Sie spürte, dass sie auf einer Spur war.

Doch der Portier verneinte. «Sie haben getanzt», erklärte er, «und getrunken, wie alle hier.» Er dachte einen Moment nach. «Gegen elf kam noch eine Frau», sagte er dann, und Irma horchte auf. «Sie hatte hellblonde Haare, so ein zartes, dünnes Dingelchen», fuhr er fort. «Es schien, als habe die ältere Frau auf sie gewartet, denn sie wurde mit viel Hallo empfangen.» Er wiegte das kahle Haupt hin und her. «Und mit ihr ging die Party erst richtig los», sagte er. «Der ... Verstorbene ...», er linste unbehaglich zur Leiche hinüber, «blühte auf. Er bestellte mehrere Flaschen Champagner für alle Gäste, die noch in der Bar waren.»

«Ich würde gern mit den Kellnern sprechen, die heute Abend bedient haben», sagte Irma.

Der Portier nickte. «Ich schreibe Ihnen gleich die Namen auf», sagte er mit einem Anflug von Erleichterung, als er merkte, dass er nicht mehr der einzige Zeuge war. Er kritzelte etwas auf einen Block, riss das Blatt ab und hielt es Irma hin, die es sorgsam in ihr Notizbuch legte.

«Jedenfalls wurde es immer später», erzählte Laffert weiter. «Die Hotelbar leerte sich nach und nach, und irgendwann ging die große schöne Schwarzhaarige mit ein paar Begleitern weg, sie bestellten ein Taxi. Nur die kleine Blonde und der Herr dort ...» Wieder nickte der Portier zum Toten hinüber. «Die blieben noch auf einen Absacker.» Er kratzte sich am

Kopf. «Ich hab dem Kellner schließlich gesagt, dass er Feierabend machen soll. Die beiden waren mit Cocktails versorgt, und ich habe ihnen dann mitgeteilt, dass die Bar bald schließt, aber sie waren ohnehin sehr ... *beschäftigt.*» Er zog die Augenbrauen hoch, und Irma nickte verstehend.

Ja, sie wusste, womit die Blondine und der feine Herr beschäftigt gewesen waren.

«Tja, und dann muss ich einen Moment eingenickt sein», gestand Laffert. «Denn als ich aufgewacht bin, war die Kleine verschwunden – und Herr Lichtenstein lag so da. Ich hab gleich gesehen, dass der mausetot war, aber ich hab schnell den Arzt gerufen und nichts angerührt.»

«Danke», sagte Irma, klappte das Notizbuch zu und wandte sich um. «Herr Doktor?», rief sie, woraufhin sich der Arzt erhob und zu ihnen herüberkam. «Können Sie mir etwas zur Todesursache mitteilen?»

«Kein Herzschlag mehr», antwortete er und warf sich wichtig in die Brust.

Beinahe hätte Irma grimmig aufgelacht. «So weit bin ich auch schon gekommen», sagte sie spitz. «Aber weshalb?»

Der Mann hob den Zeigefinger. «Tod durch plötzlichen Herzstillstand. Oder Ersticken», sagte er.

«Vielleicht ein Fremdkörper in der Luftröhre?», tippte Irma.

Doch der Arzt schüttelte wie in Zeitlupe den Kopf. «Verräterisch gelb ist der Herr», sagte er, «ich würde auf Überdosis tippen.»

«Wovon?», fragte Irma, die sich über die Wichtigtuerei des Kerls ärgerte. Einen männlichen Polizisten würde er nicht so lange mit seinen dürftigen Erkenntnissen hinhalten, dachte sie verstimmt.

«O-pi-um», sagte der Arzt gedehnt, und an seiner Stimme hörte Irma, wie sehr er es genoss, als Experte aufzutreten.

«Danke», sagte sie knapp. «Sie können gehen. Ich werde eine Obduktion anordnen.»

Er betrachtete sie mit einer Mischung aus Neugier und Skepsis. «Schicken die in der *Roten Burg* jetzt also wirklich schon Frauen zu Kapitalverbrechen?», fragte er. «So schlimm steht es bei den Behörden?»

Er lachte wiehernd und hieb dem Portier beifallheischend in die Seite. Sofort stieß dieser ein heiseres Prusten aus, wurde aber beim Blick in Irmas Gesicht schnell wieder ernst und wirkte nun erst recht betreten.

«Empfehle mich», sagte der Arzt, der wohl auch spürte, dass sein Witz nicht gut angekommen war. Er dienerte übertrieben höflich in Irmas Richtung und verließ die Hotellobby.

Sie tat so, als könnten die Worte des Mediziners ihr nicht das Geringste anhaben. Innerlich jedoch kochte sie.

«Führen Sie mich bitte ins Zimmer, das der Verstorbene bei Ihnen gemietet hat», sagte sie zu Laffert und winkte Hannes, der mit der Kamera zu ihnen trat.

Irmas Verlangen nach einem Zigarillo wurde übermächtig, doch das würde warten müssen.

Hinter Hannes und dem Portier stieg sie die Treppe hinauf, die mit dicken Teppichen belegt war. Irma allerdings nahm kaum etwas von der Inneneinrichtung wahr. Immer wieder passierte es ihr, dass man sie nicht für voll nahm, nur weil sie das falsche Geschlecht hatte. Dabei war sie ebenso gut ausgebildet wie die männlichen Kriminalpolizisten, wenn nicht sogar noch besser. Denn im Studium und in der Assistenzzeit hatte sie sich doppelt anstrengen müssen, um ihren angeblichen Makel als Frau wettzumachen. Hatte doppelt so viel lernen müssen, doppelt so aufmerksam in den Vorlesungen sein müssen, doppelt so genau bei den Übungen zur Spurensicherung und Befragung von Zeugen. Und doch wurden ihre Leistungen nach wie vor nicht wahrgenommen, ja vielmehr öffentlich geschmäht. Wieso, in Gottes Namen, war dies im Jahr 1929 noch immer normal? Hatten die Frauen sich nicht längst ihre Rechte erkämpft? Das Wahlrecht, das Recht, zu studieren und den Beruf frei zu wählen?

Doch all das zählte wenig, solange auf der Welt noch etwa die Hälfte der Menschheit als aufgeblähte Gockel umherlief, die sich für Götter hielten, nur weil sie ein männliches Genital besaßen. Das war wirklich keine Leistung, auf die allein man stolz sein konnte, fand Irma, schließlich war das ein Geschenk des Zufalls und durch Geburt erworben. Und trotzdem hielt das so viele Männer nicht davon ab, ihr bestes Stück vor sich her zu tragen wie einen Pokal, den sie unter äußerster Kraftanstrengung errungen hatten.

Manchmal wünschte Irma, es gäbe gar keine Männer. Wie viel schöner könnte das Leben sein?

Allerdings hätte sie dann heute Nacht auch keinen Fall zu lösen, dachte sie grimmig und folgte dem Portier durch eine der Hoteltüren, die er ihr und Hannes aufhielt. Denn auch das war klar – die Männlichkeit des Opfers, sein Verlangen nach einem hübschen, blonden, anschmiegsamen Geschöpf, hatte ihm den Ärger erst eingebrockt. Mit Geld um sich schmeißen, feiern und den großen Kerl markieren, das war es wohl, was den Toten in seinem Leben angetrieben hatte. Und nun hatte es sich ausgefeiert. Der Champagner war leer getrunken, und für Adalbert Lichtenstein, wer auch immer er gewesen sein mochte, ging es jetzt auf direktem Weg in die Leichenhalle des Polizeipräsidiums, wo sein Prachtkörper aufgeschnitten und obduziert werden würde, ehe man ihn den Flammen der Ewigkeit übergab.

Wo kam bloß diese Schadenfreude her, Irma Siegel?, dachte sie fast schuldbewusst und richtete ihre Aufmerksamkeit wieder auf die Arbeit. Ihre Aufgabe war es nicht, den Toten zu verhöhnen, sondern herauszufinden, weshalb er hatte sterben müssen. Und bei Ermittlungserfolg würde sie mit etwas Glück auch ihren Status bei der Kriminalpolizei stärken, ja, das auch.

Sie betraten das Zimmer, und Irma knipste das Licht an. Ein schmales Bett, ein gewebter Läufer, ein brauner Schrank, ein Telefon. Nichts Besonderes. Die dunkelgrauen Vorhänge waren halb zugezogen, in der Fensterscheibe spiegelten sich die Lichter der Motzstraße und die eines Automobils, das unten gerade vorüberschnurrte. Auf einem niedrigen Tisch waren Zigaretten abgelegt worden, daneben befand sich ein gefüllter Aschenbecher. Einige Kleidungsstücke lagen achtlos herum, ein Koffer stand aufgeklappt auf dem Fußboden, Kleidung quoll heraus. Nichts deutete auf etwas hin, was im Zusammenhang mit Lichtensteins plötzlichem Tod stehen könnte, nichts darauf, dass es einen Streit gegeben hatte.

Irma hob den Telefonhörer ab und wählte eine Nummer. «Kriminalkommissarin Siegel», sagte sie, als sich am anderen Ende jemand meldete. «Wir brauchen im *Hotel Sachsenhof* einen Leichenwagen, bitte.»

Emil Laffert drückte sich in einer Ecke des Zimmers herum und gähnte ausgiebig. «Dauert es noch lange?», fragte er, nachdem Irma aufgelegt hatte. «Der Tresen unten ist unbesetzt.»

«Gehen Sie ruhig wieder an Ihren Posten», sagte Irma, ohne sich nach ihm umzudrehen. «Die Kollegen holen den Verstorbenen gleich ab. Aber halten Sie sich bitte für weitere Befragungen bereit.»

Sie hörte die schweren Schritte des Mannes, die sich entfernten, als er den Korridor zurückging. Hannes hatte bereits wieder begonnen, alles zu fotografieren, und Irma war froh, dass sie ihm keine Anweisungen geben musste – er verstand sein Geschäft. So konnte sie sich ganz auf sich und ihren Blick konzentrieren.

Sie sog alles in sich auf, versuchte, die Atmosphäre im Raum zu erspüren. Diesen Teil der Ermittlungen hatte sie schon immer geliebt, das ruhige Herantasten an den Ort, das Alleinsein mit sich und den eigenen Gedanken, wenn sie eine Verbindung zu den Gegenständen aufnahm, die im besten Fall Aufschluss über einen fremden Menschen bieten konnten.

Sie strich durchs Zimmer, schnupperte an einem Flakon mit Rasierwasser, setzte sich vorsichtig aufs Bett und achtete darauf, so wenig wie möglich zu berühren oder zu verändern. Nirgendwo war eine Spur der fehlenden Brieftasche zu sehen. Als sie zu Boden blickte, sah sie eine kleine weiße Ecke unter dem Bett hervorlugen. Es war ein beschriebenes Blatt Papier, ein Brief, der hinabgesegelt sein musste. Irma zog ihn hervor und versuchte, die Worte darauf zu lesen. Sie hätte eigentlich eine Brille gebraucht, das zunehmende Alter forderte seinen Tribut, doch sie bevorzugte es, ohne Drahtfahrrad auf der Nase herumzulaufen.

Mit Mühe entzifferte sie die Handschrift. Sie war ordentlich, wirkte aber bemüht, als liege die Schulbank des Absenders schon eine Weile zurück.

Verehrter Herr Lichtenstein, mio principe!, stand da, *Sie bitten mich um Antwort. Eine diskrete Adresse ist sicher das*

Hotel Sachsenhof. Dort geht viel Künstlervolk ein und aus – jüngst sah ich Herrn Kokoschka, einmal auch die Lasker-Schüler. Man fragt dort nicht viel … Kommt das uns heimlich Liebenden nicht zupass?
Eine Fotografie, wie Sie es erbitten, habe ich leider zurzeit nicht zur Hand, aber alles wird sich fügen, ich spüre es! Das mit uns muss Schicksal sein. Alles Weitere dann in persona, ich bleibe bis dahin ganz die Ihrige!

Signorina Battista

Bei der Unterschrift hätte Irma fast gelacht. Eine feurige Italienerin warb um einen Prinzen? Sie ahnte, dass die Korrespondenz zwischen der Unbekannten und dem ehemaligen Bewohner dieses Zimmers sich über eine Annonce entsponnen hatte, wie sie täglich zu Hunderten in den Berliner Zeitungen abgedruckt waren. Was da nicht alles gesucht wurde! Reiche Witwen, die arme Schlucker körperlich und finanziell wiederbeleben sollten, kinderliebe Damen, die sich fortan um den verwaisten Nachwuchs kümmern wollten, Inhaber gut laufender Betriebe, in die man gewinnbringend einheiraten konnte. Und von zahlungskräftigen Junggesellen sicher auch das ein oder andere Abenteuer – oder von solchen, die es für ein romantisches Wochenende gern einmal wieder sein wollten.

Wer aber war diese *Signorina Battista*?, fragte sich Irma und steckte den kleinen Brief in die Tasche ihres Uniformrocks. Die Dame mit dem langen schwarzen Haar? Oder das junge Fräulein in Blond, das später dazugestoßen war? Wohl kaum. Wenn die wirklich eine Italienerin war, fräße sie einen Besen!

Blieb aber immer noch die Frage, weshalb der arme Herr

Lichtenstein hatte sterben müssen. Dafür, so entschied Irma, brauchte sie mehr Zeugen als den alten Portier, der jetzt wieder hinter seinem Empfangstresen saß und auf die Ankunft des Leichenwagens wartete.

«Ich denke, das reicht», sagte sie zu Hannes, der noch ein letztes Foto schoss und nickte. «Wir brauchen den Erkennungsdienst. Obwohl ich das Gefühl habe, dass wir hier im Zimmer nur die Fingerabdrücke des Opfers finden werden.»

Diesmal ging Hannes zum Telefon, und während er mit den Kollegen vom Erkennungsdienst sprach, trat Irma ans Fenster und sah hinaus in die nächtliche Stadt.

Alles lag still da, totenstill. Es waren die frühen Morgenstunden, in denen nur Betrunkene oder Verzweifelte noch auf den Straßen unterwegs waren. Kurz dachte Irma an ihre beiden Kinder, die daheim in ihren Betten lagen, und etwas rührte sie. Es war gut, sie dort zu wissen, in Sicherheit und weit fort von Orten wie diesem. Und doch spürte sie keine Sehnsucht nach zu Hause, kein mütterliches Verlangen danach, ihnen die Bettdecke zu richten oder an ihrem Haar zu schnuppern. Nein, sie wusste, dass sie hier genau richtig war. Im Auge der Stadt und mit einer Aufgabe, der die wenigsten gewachsen wären. Denn sie würde sich bewähren, endlich einmal bewähren. Und sie dachte an die Fremde dort draußen in der Schwärze, die sich selbst *Signorina Battista* nannte, und nahm sich vor, sie zu finden. Koste es, was es wolle.

Entschlossen verließ Irma das Zimmer. Unten würden sicher schon die ersten Reporter lauern, die Journaille in der Stadt schlief nie. Es war besser, ihnen ein paar Brocken hinzuwerfen, damit sie Futter für ihre frühmorgendliche Extraausgabe hätten, während sich die Polizei der Aufklärung des Verbrechens widmen konnte.

Berliner Tageblatt und Handels-Zeitung
- Extrablatt -
Samstag, 7. September 1929

Jetzt schlägt's dreizehn!

Nach der inzwischen bezirksweit bekannten Serie von niederträchtigen Einbrüchen der sogenannten «Gespensterbande» (das Tageblatt *berichtete) wurde nun bekannt, dass niemand anderes als eine weibliche Kommissarin die Leitung der Ermittlungen für Schöneberg übernommen hat. Frau Irma Siegel war in der* Inspektion-K *vor allem für unsittliches weibliches Betragen und Kleinkriminalität zuständig. Es ist ein Phänomen unserer Zeit, dass immer mehr Frauen die Tätigkeiten von Männern übernehmen – und sicher, das kann man ruhig großmütig zugeben, nicht immer zum Nachteil der angestrebten Ziele. Der Redaktion mag jedoch die Frage erlaubt sein, ob dies auch im konkreten Fall zutrifft. Hier soll eine Frau eine Bande von skrupellosen Ganoven jagen, die das Viertel seit Wochen zu einem gefährlichen Ort macht? Dabei liegt es allzu nahe, dass die Verantwortlichen im Dunstkreis der Ringvereine zu suchen sind, die Berlin unsicher machen. Sobald dem* Tageblatt *neue Informationen vorliegen, werden wir die geneigten Leser in Kenntnis setzen, inwieweit die Aufklärung dieses Falls seinem glücklichen Ende zustrebt. Wir bitten jedoch um Geduld.*

– –

Wetteraussicht für morgen in Berlin und Umgebung: zeitweise bewölkt, etwas kühler.

21.

Samstag, 7. September 1929

Alles war heute nur für sie, dachte Hulda, als sie am Samstagvormittag mit Meta an der Hand die Eisenacher Straße hinauflief. Das tiefe Blau des Himmels, das wie ein schimmerndes Gewölbe über der Stadt hing, die bunten Blätter der Linden und Buchen, die im Wind spielten. Die scharfen Schatten der Zugvögel, die über den Baumkronen auftauchten und in perfekter Formation ihren Tanz Richtung Süden aufführten. Die warmen Strahlen der Sonne, die sich auf ihr Gesicht legten, es sachte erwärmten – all das schien heute nur für sie da zu sein.

Selbst das Knattern der Automobile und das ewige Getöse der Baustellen, das Rumpeln der Straßenbahnen, dieser ganze Klangteppich der Großstadt, der Hulda manchmal furchtbar auf die Nerven ging, wirkte heute wie Musik. Er war der äußere Rhythmus, der ihre Schritte lenkte, aber auch der Takt ihres Herzens. Wann war sie zuletzt so erwartungsvoll gewesen, so aufgewühlt – und gleichzeitig so glücklich? Sie wusste es nicht. Ein lange verdrängtes Gefühl hatte von ihr Besitz ergriffen, sie erkannte es flüchtig wieder, doch es hatte eine ganz andere, ganz neue Tiefe.

Und es trug einen neuen Namen.

Trotz der Schrecken auf dem nächtlichen Theatervorplatz

hatte sie herrlich geträumt heute Nacht. Max war in ihrem Kopf herumgespukt, seine Hände, sein Lächeln, sein Kuss ...

«Ich habe Hunger!»

Metas Stimme riss sie aus ihren Träumereien. Hulda sah auf das bemützte Köpfchen ihres Kindes hinunter. Es war schon spät, und das kleine Mädchen hatte heute Morgen bewunderungswürdige Geduld mit seiner verträumten Mutter bewiesen.

«Wir sind doch unterwegs zum Markt», beruhigte sie Meta, «dort kaufe ich dir ein Brötchen.»

«Aber es ist noch so weit», maulte Meta, «kannst du mich tragen?»

Seufzend blieb Hulda stehen. Sie umfasste ihre Tochter und hob sie hoch. Wie ein Äffchen schmiegte sich Meta an sie und schlang ihre kleinen Arme um den mütterlichen Hals. Hulda spürte den Wollstoff ihres Mantelkragens, legte ihr Gesicht an die weiche Wange und genoss die Nähe. Auch, wenn ihre Schritte unter Metas beachtlichem Gewicht etwas schwerer und langsamer wurden.

Sie lief, ihr Kind im Arm, die ruhige Eisenacher Straße mit ihren vielen kleinen Geschäften nach Norden, bog dann rechts in die Hohenstaufenstraße mit den prächtigen stuckverzierten Bauten und der bimmelnden Straßenbahn ein. Schon tauchte vor ihr der hohe spitze Turm der Matthiaskirche auf. Darüber flog eine weitere Gruppe Gänse in einem akkuraten V.

Richtung Afrika, dachte Hulda, oder an die südlichen Strände Spaniens und Frankreichs. Sie selbst hatte, wie die meisten Menschen in Schöneberg, das Deutsche Reich nie verlassen, und auch nur selten überhaupt die Stadt. Doch die Zugvögel kamen und gingen, wie es ihnen gefiel.

Jetzt hörte Hulda die ersten Marktschreier, die ihre Waren anboten – den Eiermann, die Butterfrau, den Gemüsefritzen. Die Kirchturmglocke schlug halb elf.

«So, den Rest kannst du laufen», sagte sie zu ihrer Tochter und stellte Meta in ihren Stiefelchen auf dem Pflaster des Winterfeldtplatzes ab. Die Kleine rannte sofort los, sie kannte sich hier bestens aus und wusste, wo man einen Leckerbissen erbeuten konnte, wenn es einem zu lange dauerte, auf die Mutter zu warten. Im Handumdrehen sah Hulda sie beim Käsestand stehen, in den Fingern ein ansehnliches Stück Tilsiter und in offenbar ernsthaftem Gespräch mit dem Händler, der sich in seiner gestreiften Schürze aus seinem Verkaufswagen zu ihr hinunterlehnte.

Hulda schlenderte weiter, behielt Meta aber im Auge.

Vor Berts Kiosk standen sich die Leute die Beine in den Bauch und kauften Gazetten wie geschnitten Brot. Der Zeitungsjunge auf Rollschuhen, der manchmal versuchte, Bert das Geschäft streitig zu machen, flitzte dicht an Hulda vorüber und schrie gellend: «Extrablatt, die *Morgenpost* von heute früh! Alles über die Bestie von Schöneberg!» Er bremste scharf und kam direkt vor ihr zum Halt. «Wollen Sie eins?», fragte er eifrig.

Hulda sah zum Pavillon hinüber. Bis sie dort eine Zeitung bekäme oder Bert zu fassen kriegte, würde es ewig dauern. Und die eine Mark, die ihm durch die Lappen ginge, würde ihn nicht in den Ruin treiben. Also griff sie nach dem Blatt und gab dem Jungen mit leicht schlechtem Gewissen das Geld. Dann las sie die Schlagzeile.

Mord im Sachsenhof!, stand da. *Mann stirbt nach Vergiftungsattacke – und die Polizei tappt im Dunkeln.*

Atemlos überflog Hulda den kurzen, recht reißerisch abgefassten Artikel, in dem der mutmaßliche Täter tatsächlich mehrfach als *Bestie* bezeichnet wurde – weil er einem Unschuldigen offenbar eine gefährliche Substanz verabreicht hatte, an der dieser dann qualvoll gestorben war. Das alles hatte sich im *Hotel Sachsenhof* abgespielt, ganz in der Nähe des Nollendorfplatzes.

Es war das Hotel, an dem sie gestern Abend vorbeigegangen war, dachte Hulda erschrocken. Jenes Hotel, durch dessen Tür sie Milli Nowak hatte verschwinden sehen. Konnte das ein Zufall sein?

«Ist es nicht unglaublich, Fräulein Hulda?», fragte eine bekannte Stimme hinter ihr.

Hulda drehte sich um und erkannte in dem pistazienfarbenen Gebirge aus Spitze und Tüll Frau Wunderlich. Huldas frühere Wirtin trug eine gewaltige Fellhaube auf dem Kopf, was den Eindruck erweckte, sie wäre unterwegs zu einer Expedition mit der sibirischen Eisenbahn, was angesichts der strahlenden Septembersonne etwas verwunderte. Offenbar hatte sie jedoch nur Blumen bei Frau Grünmeier kaufen wollen, denn in ihren Armen lagen zwei Bund Dahlien.

«Guten Morgen, Frau Wunderlich», sagte Hulda.

Doch die ältere Frau winkte ab, als sei für derlei Firlefanz keine Zeit.

«Das Verbrechen geht um in Schöneberg», flüsterte sie und wirkte tatsächlich ein wenig blass um die spitze Nase. Nur ihre kleinen runden Wangen leuchteten vor Aufregung wie zwei Äpfel. «Die Einbruchsserie war ja schon unerhört, aber das schlägt nun dem Fass den Boden aus!» Sie deutete auf das Extrablatt in Huldas Hand. «Ein Mord! Hier, bei uns ganz in der Nähe.»

«Das ist wirklich beängstigend», gab Hulda zu. «Aber bisher

scheint die Polizei ja keine richtige Spur zu haben, wer weiß, ob es wirklich ein Mord war oder doch nur ein Unglück.»

Frau Wunderlich schnaubte. «Sie sind viel zu leichtgläubig, liebes Fräulein! Die Welt ist ein Moloch, und Berlin sowieso. Wir ehrlichen Bürger sind vor niemandem sicher. Apropos: Wo ist eigentlich Ihre Tochter?»

Hulda blickte sich suchend um und entdeckte Meta beim Blumenstand, wo sie Frau Grünmeiers Mops mit Käseresten fütterte. Das Tier röchelte begeistert und konnte sein Glück kaum fassen.

Frau Wunderlich hingegen sah aus, als befürchtete sie, dass gleich ein Unhold hinzugestürzt käme und das Kind mit sich fortrisse. «Gerade Sie», sagte sie mit tadelndem Unterton, «als alleinstehende Frau mit einem kleinen Kind, müssen auf der Hut sein.»

«Ich bemühe mich», sagte Hulda. Sie knüllte das Extrablatt, das sie kaum gelesen hatte, zusammen und stopfte es sich in die Rocktasche.

«Im Übrigen sucht die Polizei Zeugen», fuhr Frau Wunderlich fort. Hulda zuckte zusammen, ließ sich jedoch nichts anmerken. «Eine sehr aufdringliche Frau in Uniform kam gleich heute früh her und wollte wissen, wer aus der Nachbarschaft gestern am Nollendorfplatz oder in der Motzstraße gewesen sei.» Sie schürzte die Lippen. «Es war ja gestern auch so schon einiges los, wie man hört. Ich habe das Trampeln und Wüten dieser Unholde am Theaterplatz bis in mein Bett hinein gespürt.» Betrübt schüttelte sie das Haupt, sodass ihr die Fellmütze ein wenig über die Augen rutschte. «Herr Moratschek sagte heute beim Frühstückskaffee, das sei die SA gewesen, die da einen solchen Radau gemacht hat.»

Hulda nickte. Der alte, etwas verschrobene Mieter, den sie

von vielen gemeinsam verspeisten Frühstückseiern in der Wunderlich'schen Küche kannte, hatte recht. «Ja, es gab gestern eine Premiere im Theater», sagte sie, «und das Stück passte einigen Leuten nicht. Vor allem den Nazis. Ich war selbst da und habe es gesehen.»

Frau Wunderlich machte große Augen. «Sie scheinen aber auch über alles Bescheid zu wissen!» Ein lauernder Zug trat in ihre Miene. «Dabei sollten Sie doch als junge Mutter Heim und Herd hüten, anstatt sich nachts auf den Straßen herumzutreiben.»

Hulda zog es vor, darauf nicht zu antworten. Und wie durch Zauberkraft bewirkte ihr Schweigen, dass Frau Wunderlich nicht weiter nachfragte. Doch ein neuerlicher Verdruss zog bereits herauf.

«Und nun setzen sie bei der Kripo schon Frauen auf die Verbrecher an!», fuhr sie erregt fort, als wäre diese Tatsache die eigentliche Wurzel allen Übels. «Wo soll das hinführen? Wir sind das schwache Geschlecht und nicht dazu gemacht, uns mit Mord und Totschlag zu umgeben, das geht gegen unsere Natur. Gibt es denn keine echten Kerle mehr bei der Polizei, die diesen brutalen Hund dingfest machen können? Müssen nun sogar Weibsbilder dafür herhalten, sich auf Mörderjagd zu begeben?»

Hulda schluckte eine Bemerkung hinunter und musterte ihre ehemalige Wirtin leicht verärgert. Seit jeher waren ihre Meinungen auseinandergegangen, was die «Natur» der Geschlechter betraf. Doch Hulda wusste aus schmerzlicher Erfahrung, wie wenig aussichtsreich eine Debatte mit Frau Wunderlich zu diesem Thema war.

«Ich finde es ehrlich gesagt recht modern, dass es endlich auch Frauen bei der Kriminalpolizei gibt», sagte sie daher vorsichtig. «Aber hat diese Beamtin denn nun einen Zeugen gefunden?»

Frau Wunderlich winkte ab. «Jeder, der laufen kann, war gestern offenbar auf den Beinen», sagte sie verächtlich, «aber die Leute gehen blind und taub durch die Welt. Soweit ich weiß, hat sich niemand gemeldet oder eine Anzeige gemacht.» Sie kam mit ihrem runden Gesicht ein wenig näher und sah Hulda beschwörend an. «Beim Friseur, wo ich mir gerade die Locken legen ließ, sagten sie, dass bei dem Opfer im Hotel die Brieftasche fehlte. Stellen Sie sich das vor, erst vergiftet dieser Unmensch einen unbescholtenen Bürger, und dann raubt er den Ärmsten auch noch aus. Das kann man ja schon Leichenfledderei nennen!»

Huldas Gedanken schweiften wieder zu Milli. Was hatte die junge Frau gestern Abend nach der Aufführung noch im *Hotel Sachsenhof* zu suchen gehabt? Gab es womöglich eine Verbindung zu dem Todesfall? Bei der Vorstellung, dass sie selbst genau die Zeugin sein könnte, die diese Kriminalpolizistin suchte, wurde Hulda unbehaglich. Sie wollte weder in etwas hineingezogen werden noch Milli anschwärzen. Sicher gab es eine ganz andere Erklärung für deren Anwesenheit am Tatort, denn dass die freundliche Schauspielerin mit dem niedlichen Gesicht jemanden getötet hatte, schien undenkbar.

Allerdings wusste Hulda, dass Milli verzweifelt war. Auch ihr Auftritt neulich im *Café Pony* hatte nicht gerade vertrauenerweckend gewirkt, sondern eher so, als sei Milli ziemlich weit unten angekommen und halte sich nur mit Mühe über Wasser.

Am besten wäre es, sie selbst zu fragen, was los war, entschied Hulda. Und sie nahm sich vor, genau das bei ihrer nächsten Begegnung zu tun, auch wenn sie nicht sicher war, ob es ihr überhaupt zustand, im Leben der jungen Frau herumzuschnüffeln.

«Das ist wirklich alles furchtbar», sagte sie zu Frau Wunderlich, die noch immer auf eine Antwort zu warten schien. Sie bemühte sich um ein ernstes Gesicht, damit die ehemalige Vermieterin ihr nicht erneut naive Sorglosigkeit vorwerfen konnte. «Ich hoffe, man findet den Schuldigen bald.»

«Bisher wirkt es eher so, als würde die Polizei schlafen», sagte Frau Wunderlich stirnrunzelnd. «Keiner der Einbrüche hier im Viertel war ihnen bisher sonderlich viel Arbeit wert. Aber vielleicht rüttelt sie das jetzt auf. Einen Mord kann man doch nicht einfach so hinnehmen!» Sie stemmte die Hände in die ausladenden Hüften, wobei ihr die Blumen entglitten und zu Boden fielen.

«Hoffen wir das Beste», sagte Hulda und bückte sich rasch nach den Dahlien, um sie Frau Wunderlich zurückzugeben. Sie wollte das Gespräch gerne beenden. Als Nächstes würde sonst wahrscheinlich eine Tirade gegen die Verrohung der Gesellschaft und den Verfall der Sitten folgen – wie Hulda sie in ihrer Zeit, als sie noch in der Mansarde bei Margret Wunderlich gelebt hatte, allzu oft beim Frühstück über sich ergehen lassen musste. Doch zu ihrem Glück entließ Frau Wunderlich sie mit einem huldvollen Nicken und ging lieber zu Meta und dem Mops hinüber. Mit der linken Hand umklammerte sie nun wieder die etwas zerdrückten Dahlien, mit der rechten zog sie eine Dose mit süßen Drops aus der Tasche ihres grünen Seidengewands.

Hulda ahnte, dass der Schusterjunge, den sie Meta gerade hatte kaufen wollen, getrost noch etwas warten konnte. Ihre zufrieden aussehende Tochter nahm die angebotene Süßigkeit begeistert entgegen, schob sich in jede Wange ein Bonbon und knickste artig, was Frau Wunderlich zu lautem Entzücken veranlasste.

Nachdenklich schlenderte Hulda zu Bert. Inzwischen hatte sich die Schlange vor dem Kiosk gelichtet, nur ein einzelner Kunde lehnte noch an dem Ständer, auf dem die mit Klammern befestigten Zeitungen sacht im Wind flatterten. Er schien in die weit ausgebreitete *Vossische* in seinen Händen vertieft. In dieses große Blatt hatte es ein lokaler Verdachtsfall aus Schöneberg sicher nicht geschafft.

Massaker von Hebron beendet, lautete eine Schlagzeile, die Hulda ins Auge fiel. *Mob ermordet 67 Juden – arabische Nachbarn retten über vierhundert Menschen.*

Woanders auf der Welt wurden die Juden also auch gehasst, sie starben sogar gewaltsam von fremder Hand, dachte Hulda. Sie wurden nicht nur verprügelt, wie Benjamin hier in Berlin, nicht nur mit Parolen geschmäht wie gestern Nacht vor dem Theater. Und doch retteten arabische Nachbarn sie in Palästina – die Brüder und Schwestern derer, die Jagd auf Juden gemacht hatten? Es schien Hulda alles sehr kompliziert.

«Morgen, Bert», rief sie und trat ans Fenster.

Doch da kam der Zeitungsverkäufer bereits aus der niedrigen Tür und breitete die Arme aus. «Welche Freude für müde Augen», sagte er warm.

Hulda ergriff seine beiden Hände. «Sie sehen heute noch besser aus als vor ein paar Tagen», sagte sie erstaunt. «Wenn ich es nicht wüsste, würde ich nicht glauben können, dass Sie erst neulich –»

«Haben Sie schon die Neuigkeiten gehört?», unterbrach er sie, seine Stimme klang plötzlich angespannt.

Hulda schaute ihn erstaunt an. Es war sonst nicht seine Art, ihr mitten im Satz in die Parade zu fahren. Und auch nicht, mit Klatsch zu ihr zu kommen. Sie bemerkte, dass Bert aus den Augenwinkeln zu dem zeitunglesenden Herrn hinüberblickte, und da fiel ihr ein, dass es ihm unangenehm war, wenn die Kundschaft etwas von seinen Malaisen erfuhr. Sie zwinkerte ihm verschwörerisch zu.

«Ja», sagte sie, «unglaublich! Ein Toter im *Sachsenhof*?»

Der Fremde ließ die Zeitung sinken. Er war, wie Hulda nun sah, in einen Artikel im Finanzteil versunken gewesen. *Dow-Jones-Index auf Rekordhoch* stand da in fetten Lettern.

«Wirklich?», fragte er und schob sich den Hut aus den Augen. «Direkt hier um die Ecke?»

«Na, Sie haben wohl bis eben geträumt», sagte Hulda lachend. «Hier auf dem Platz geht es heute ja um nichts anderes.»

«Nun, ich war wohl ein wenig abgelenkt», sagte der Mann. Doch statt auf die Zeitung zu deuten, wanderte sein Blick zaghaft in Richtung Bert, der immer noch da stand und auf einmal nicht zu wissen schien, wohin mit sich.

Hulda blickte erstaunt von einem zum anderen. Was ging hier vor?

Bert räusperte sich. «Darf ich vorstellen?», sagte er zu seinem Kunden. «Fräulein Gold, rasende Hebamme vom Winterfeldtplatz – ach nein, Verzeihung! Neuerdings am Nollendorfplatz stationiert.» Dann wandte er sich an Hulda und deutete zu dem Zeitungsleser hinüber. «Und das ist Arnold, ein ... guter Freund von mir.»

«Ein alter guter Freund – oder ein neuer?», fragte Hulda verschmitzt. Sie hätte blind sein müssen, um das schüchterne, aber selige Lächeln der beiden Männer zu ignorieren, das zwischen ihnen hin und her flackerte.

«Neu», gab Arnold zu und trat zu ihr.

Er schüttelte Hulda die Hand, und sie bemerkte seine gepflegten Fingernägel und dann, als sie wieder aufsah, die freundlichen Lachfalten in seinem glatt rasierten Gesicht. Freude breitete sich in ihr aus. Denn auch Bert hatte rosige Wangen, und um seine Mundwinkel zuckte es.

Als er ihren Blick auffing, zwinkerte er, so schnell, dass Arnold es nicht bemerkte. Huldas gute Laune stieg. Es machte sie stolz, dass Bert in ihr eine Verbündete sah, und sie freute sich für ihn. Nie zuvor hatte er ihr jemanden vorgestellt, niemals überhaupt offen mit ihr über die Liebe gesprochen. Wenn, dann war es um Huldas Verehrer und ihre mehr oder weniger missglückten Geschichten gegangen, doch die Einseitigkeit, mit der sie solche Dinge besprachen, war ihr stets seltsam vorgekommen. Dass es da jetzt einen *guten Freund* in Berts Leben gab und dass er diese Tatsache nicht vor ihr verbarg, hob ihre Freundschaft auf eine neue, noch bessere Ebene.

Unwillkürlich wanderten ihre Gedanken zu Max – und sie grinste in sich hinein und schaute verstohlen in den Himmel, der weit war und blau und leer, eine unbeschriebene Tafel, die auf die Zukunft wartete.

Als sich ihre Blicke erneut trafen, nickten Bert und Hulda sich wissend zu. Sie verstanden sich ohne Worte, und Hulda musste sich zusammenreißen, um dem älteren Herrn mit der Weste und der Uhrenkette nicht im Überschwang ihrer Gefühle um den Hals zu fallen.

Stattdessen strahlte sie die beiden Männer jetzt an und erklärte: «Dann wünsche ich Ihnen beiden einen herrlichen Tag.»

Arnold wunderte sich wahrscheinlich über die derart überbordende Herzlichkeit einer Passantin auf dem Markt, doch es war Hulda egal. Dann fiel ihr ein, dass sie ja Meta dabeihatte, und sah sich schnell suchend nach ihr um.

Ihre kleine Tochter hockte noch immer ein paar Meter weiter beim Mops und liebkoste ihn hingebungsvoll mit ihren speckigen Händchen. Der Hund hatte sich auf den Rücken gelegt und genoss die Zärtlichkeiten hechelnd, mit weit heraushängender Zunge.

Trotz der düsteren Zeitungsmeldungen war heute alles voller Liebe, dachte Hulda und musste sich zusammenreißen, um nicht vor lauter Überschwang ein paar Tanzschritte auf dem Platz hinzulegen.

22.

Sonntag, 8. September 1929

Erst wenige Blätter an den Platanen, Rotbuchen und Robinien im Tiergarten hatten sich bereits verfärbt, und die Wiesen links und rechts der breiten Spazierwege leuchteten nach wie vor sattgrün. Als nehme der Herbst nur langsam Anlauf, gemächlich, weil ihn ja ohnehin nichts aufhalten konnte. Sein Sieg über den Sommer war am Ende gewiss, aber jetzt, Anfang September, ließ er die Menschen gern noch etwas in dem Irrglauben, die warmen Tage seien unendlich.

Doch am Himmel ballten sich heute einige Wolken zusammen.

Huldas Schritte knirschten auf dem hellen Kies. Neben ihr ging Max, die Hände in den Taschen seines leichten Mantels vergraben. Bisweilen war ihr, also ob sein Blick sie von der Seite streifte, aber immer, wenn sie zu ihm hinsah, schien er ihr auszuweichen. Diese merkwürdige Befangenheit, die sie beide fest im Griff hatte, war heute vom ersten Moment ihres Treffens an spürbar gewesen. Wohingegen ihre Gefühle sie Freitagnacht auf der Straße überrannt hatten, als hätte ihr Verstand in dem Moment einfach ausgesetzt. Jetzt aber, im schnell wechselnden Licht dieses Sonntagnachmittags, umgeben von Paaren, die Arm in Arm liefen, von Kindermädchen, die in weißen Schürzen ihre Schützlinge spazieren fuhren, und von bellenden Hunden, schien ihr diese Verabredung mit Max plötzlich ein Fehler. Alles wirkte nüchterner, komplizierter und schäbiger als neulich, unbarmherzig dem Licht und der Realität ausgesetzt. Und Huldas kreisende Gedanken vertrieben auch den letzten Rest Leichtigkeit ihrer früheren Begegnungen.

Max schien es ähnlich zu gehen, denn er blieb einsilbig. Immerhin hatte er bei der Begrüßung an der Omnibushaltestelle vor dem beliebten *Café Josty* kurz den Arm um sie gelegt und sie an sich gedrückt, aber seitdem hatten sie sich nicht berührt. Eine gute Stunde gingen sie schon mit einem halben Meter Abstand zueinander über die gekiesten Wege durch den großen Stadtwald, und noch immer hatten sie es nicht geschafft, das eigentliche Thema anzuschneiden. Nämlich, wie ein verheirateter Vater und eine alleinstehende Frau mit Kind am besten ein Verhältnis anfangen konnten.

Denn genau darum, diese Möglichkeiten auszuloten, ging es doch, dachte Hulda mit einem Mal bitter. Wie profan das klang, wie erbärmlich sie sich dabei vorkam.

Max war stehen geblieben, und Hulda sah sich nach ihm um.

«Findest du das hier auch so seltsam?», fragte er entwaffnend und breitete hilflos die Arme aus.

Hulda nickte. Sie trat zu ihm und stellte sich dicht vor ihn hin. Die Sonne, die erneut hinter einer Wolke hervorgekommen war, lag auf seinem Haar, und seine Augen glänzten hinter der Brille. «Ich wäre am liebsten irgendwo ganz allein mit dir», sagte sie und wunderte sich über ihren plötzlichen Mut. «Ohne neugierige Blicke.»

«Geht mir genauso.» Vorsichtig berührte er sie am Arm, zog

sie fort von der breiten Allee und auf einen kleineren Weg, der von Unkraut überwachsen war. Hier lag der Tiergarten für den Moment leer da, nur ein Eichhörnchen raschelte durchs Laub und flitzte einen Baumstamm empor.

Max trat vor sie und küsste sie zart, als stähle er sich den Kuss. Kurz schloss Hulda die Augen, überließ sich der Berührung seiner Lippen, ehe sie zusammenzuckte, vor ihm zurückwich und sich misstrauisch umsah.

Beide mussten lachen.

«Wie zwei Diebe in der Nacht», sagte er. «Es tut mir leid, dass ich dir das zumute, Hulda. Ich würde alles dafür geben, mit dir an einem Ort zu sein, an dem wir uns nicht dauernd umsehen müssten.»

«Was würde denn eigentlich geschehen, wenn uns jemand sähe?», fragte Hulda.

Er hob die Schultern. «Es würde sicher nicht auf Begeisterung stoßen», sagte er ausweichend. «Und wenn meine Großmutter davon erführe, würde es für mich recht ungemütlich.» Er lächelte zerknirscht, die zwei Falten an seinem Mund vertieften sich. «Aber da muss ich dann wohl durch.» Er wurde wieder ernst. «Es ist so», sagte er und führte Hulda langsam wieder zurück zum Hauptweg, ließ sie jedoch nicht mehr los. «Meine Ehe besteht schon lange nur noch auf dem Papier. Trotzdem hängen viele Menschen daran: unsere beiden Söhne, die ganze Großfamilie, unsere Nachbarschaft in Charlottenburg ... Ich muss endlich klare Verhältnisse schaffen.» Er sah sie an. «Aber das ist nicht so leicht. Eine Scheidung wäre ...» Er unterbrach sich und blickte in die Ferne, wo die tapferen Sonnenstrahlen wie flüssiges Gold auf das Laub am Boden fielen. «Nun, es ist in unseren Kreisen einfach nicht üblich, sich scheiden zu lassen, weißt du?»

«Aber möchtest du es?», fragte Hulda, die beschlossen hatte, nicht länger auf den glühenden Kohlen zu tanzen.

Max starrte auf seine Schuhspitzen, während sie langsam weitergingen, immer noch untergehakt. Er zuckte mit den Achseln. «Ich denke, ja. Aber der Gedanke macht mir auch Angst. Es ist ein großer, ein endgültiger Schritt. Und er würde eine Wahrheit besiegeln, die mich noch immer schmerzt.»

Hulda spürte einen Stich, sie biss sich auf die Lippen und schwieg.

Er schien ihre Verstimmung zu spüren und drückte ihren Arm fester. «Versteh mich nicht falsch», sagte er, «ich liebe Leni nicht. Schon lange nicht mehr. Aber die Liebe ist eben nicht alles, da gibt es auch so etwas wie Verantwortung, Pflicht, Sorge um die Kinder. Und das Gefühl, versagt zu haben, weil ich das, was von mir erwartet wurde, nicht einlösen konnte.» Er pfiff leise durch die Zähne. «Sieh mal an», sagte er, «wie schnell aus einem ganz einfachen ersten Sonntagsspaziergang mit dir gleich ein Beichtgespräch wird! Dabei wünsche ich mir nichts mehr, als die Leichtigkeit des Anfangs mit dir zu genießen, Hulda.»

Sie musste lachen. «Du bist wirklich ein Mann, der mit Worten umgehen kann», sagte sie. «Kein Wunder, dass du Professor geworden bist.»

Er stieß sie sanft in die Seite. «Du hast gut lachen», sagte er. «Ich möchte dir so gern ein paar unbeschwerte Stunden schenken, stattdessen ist alles gleich überschattet von meinen privaten Problemen. Es tut mir wirklich leid.»

«Das muss es nicht», sagte Hulda. «Im Übrigen habe ich weniger leicht reden, als du vielleicht denkst. Meinst du, ich bin ein unbeschriebenes Blatt? Auch ich habe das ein oder andere Gepäckstück aus früheren Zeiten auf dem Buckel. Und ich habe eine uneheliche Tochter. Noch dazu von einem Mann, mit dem es kompliziert war und den ich auch nie richtig geliebt habe.»

«Der schöne Bräutigam?», fragte Max lächelnd, doch Hulda sah die leise Furcht vor ihrer Antwort darunter aufleuchten.

Sie winkte ab. «Karl ist Vergangenheit», sagte sie, und wieder spürte sie, dass es tatsächlich genau so war. «Es gab Zeiten, da hätte ich mir etwas anderes gewünscht, doch die sind wirklich und wahrhaftig vorbei.» Dann fügte sie hinzu: «Aber er ist nicht der Vater meiner Tochter.»

«Wer ist es dann?», fragte Max.

Ein kläffender Spitz raste an ihnen vorbei, die Leine schleifte über den Boden, sein aufgelöstes Frauchen folgte und rief verzweifelt nach ihm, jedoch ohne Erfolg.

Max sah dem Hund nach, aber Hulda spürte, dass er auf eine Antwort wartete.

«Er hieß Johann», sagte sie. «Ein junger Arzt, den ich aus der Klinik kannte, in der ich damals arbeitete. Wir waren eine Zeit lang verlobt, doch ich war nicht richtig mit dem Herzen dabei. Dann gab es ein Unglück, und er ertrank. Da war ich im dritten Monat schwanger.»

Max starrte sie ungläubig an. «Das tut mir sehr leid», sagte er. «Um seinetwillen und für dich. Und für eure Tochter.»

«Ist schon in Ordnung», sagte sie. «Ich komme zurecht, und am Ende lebe ich genau so, wie ich will. Für mich ist alles gut, wie es ist.» Sie wartete auf eine Reaktion. Aber ganz offensichtlich hatte es Max jetzt doch einmal die Sprache verschlagen. «Ich brauche einen Kaffee», sagte Hulda daher schnell. «Traust du dich mit mir ins *Josty*?»

«Auf jeden Fall!» Er nahm ihre Hand. «Aber ich möchte dich vorher noch einmal küssen, wenn ich darf. Denn im *Josty* sind mir dafür dann doch zu viele Augen.»

Hulda ließ sich widerstandslos in seine Arme ziehen.

Zehn Minuten später saßen sie an einem der kleinen runden Tische in dem belebten Café. Wer sie beobachtete, würde nichts von den Stürmen bemerken, die in ihnen tobten, dachte Hulda und sah sich um. Das Publikum war so bunt, wie sie es in Kaffeehäusern seit jeher liebte – junge Frauen in hellen Kleidern, die ihre heiße Schokolade genossen, Schreiberlinge mit zerkauten Bleistiftstummeln und leeren Weingläsern neben ihren Mokkatässchen, alte Männer mit Bärten, halb hinter ihren Zeitungen verborgen, und Paare wie Max und sie, die sich über die Marmortischplatten hinweg unterhielten. Die Kellner wuselten herum, holten immer wieder gefüllte Kaffeetassen von der holzgetäfelten Theke ab und schleppten Kuchenplatten herbei. Es wurde durcheinander gesprochen, gestritten, gestikuliert, und ein lebhaftes Summen hielt den ganzen Raum im Griff. Das Summen der Bohème in einer großen Stadt, die sich selbst oft zu wichtig nahm.

Wie gern Hulda ab und zu Teil dieser Welt war! Auch wenn sie spürte, dass sie nur ein Gast war, denn wie könnte eine kleine Hebamme ohne Studium und ohne Wissen um die Beschaffenheit der Welt zur Bohème gehören?

Max gehörte schon eher dazu, dachte sie und betrachtete ihn. Er hatte ein Bein über das andere geschlagen, hielt die kleine Mokkatasse mit atemberaubender Lässigkeit und schien ganz und gar in seinem Element. Und doch fühlte sie sich mit ihm nicht so falsch wie damals mit Johann an ihrer Seite.

Johann Wenckow, Sohn eines Oberst und Erbe einer Villa in Frohnau, hatte einem anderen Planeten entstammt als

Hulda. Max Dessauer dagegen kam aus einer benachbarten Welt, der Welt des jüdischen Bürgertums, aus der auch Huldas Vater stammte. Und er beschäftigte sich als Pädagoge mit ähnlichen Dingen wie sie – mit der Fürsorge für Kinder, die zu den Schwächsten der Gesellschaft zählten, und mit der Suche nach Lösungen für Not leidende Familien.

«Darf ich dich etwas fragen?» Seine Stimme riss sie aus ihren Gedanken.

«Ja», sagte sie, «natürlich.»

«Arbeitest du eigentlich gern in der Beratungsstelle?»

Verblüfft sah sie ihn über die Mokkatasse hinweg an. Langsam hob sie die Schultern. «Ich arbeite nicht ungern dort», sagte sie vorsichtig. «Aber seit Neuestem ist mir aufgegangen, was ich noch lieber täte.»

«Nämlich?»

«Ich will wieder als Hebamme arbeiten», sagte sie. Und kaum hatte sie die Worte ausgesprochen, wusste sie, dass es die Wahrheit war. «Endlich wieder das tun, was ich am besten kann. Und zwar nicht in einer Klinik, wo ich nur nach der Pfeife der Oberärzte tanze und meine Schichten schiebe, sondern als freie Geburtshelferin.»

Max nickte, als bestätigte sie nur etwas, dass er ebenfalls schon wusste.

«Irgendwie dachte ich mir das, als ich dich neulich dort sah», sagte er. «Du passt nicht in diese Einrichtung, du wirkst da fehl am Platz.» Er lächelte. «Obwohl du mit diesem Häubchen eine gute Figur machst...» Er schnalzte mit der Zunge, und sie trat unter dem Tischchen spielerisch nach ihm.

«Aber es gibt wahrscheinlich keinen Weg zurück», sagte sie dann ernst. «Niemals würde ich das schaffen, nicht, solange Meta noch klein ist.»

«Du bräuchtest jemanden, der dir hilft», sagte er. «Ein Kindermädchen für die Nachmittage oder Nächte, jemanden, dem du vollkommen vertraust.»

Hulda lächelte. «Solche Menschen wachsen nicht auf Bäumen», sagte sie. «Es dürfte kein junges Ding sein, ich bräuchte eine gestandene Person, die mit Meta fertig wird und nichts dagegen hat, zu den unmöglichsten Zeiten zu arbeiten.» Sie lachte bitter auf. «Und Geld dürfte sie am besten auch keines verlangen.»

Max beugte sich vor. «Es muss doch in dieser Stadt irgendjemanden geben», sagte er. «Eine ausgekochte ältere Madame, die schon alles erlebt hat und die froh ist, wenn sie ein kleines Auskommen hat.»

Hulda wusste nicht, weshalb, aber auf einmal stand ihr ein bekanntes Gesicht vor Augen. Große Hasenzähne, ein grimmiges Lächeln, eine Stimme wie ein Reibeisen. Unmerklich schüttelte sie den Kopf. Sicherlich hatte Karl seine Sekretärin nicht ziehen lassen, sicherlich arbeitete Fräulein Fink noch immer für ihn in seiner Detektei. Hulda nahm sich dennoch vor, es demnächst zu überprüfen.

«Ich wünschte auch manchmal, ich könnte mehr direkt mit Menschen arbeiten», sagte Max. «Wirklich etwas bewirken und nicht nur Vorträge und Vorlesungen halten. Vielleicht wage ich es eines Tages auch noch einmal.»

«Und was schwebt dir vor?», fragte sie.

«Ein Jugenderziehungsheim.» Die Antwort kam prompt. «Aber nicht eines von denen, die es schon gibt und in denen die jungen Leute mit Drill gebrochen werden. Sondern eines, in dem sie wirklich wieder auf die richtige Bahn gebracht werden. Durch Fürsorge, Wertschätzung und Unterstützung, verstehst du?»

Hulda fühlte sich Max auf einmal sehr nah. Es war schön, sich vorzustellen, wie ähnlich sie einander im Grunde waren. Sie waren wie zwei Seiten einer Medaille. Beide hatten sie die Sehnsucht danach, den Menschen zu dienen. Etwas zu bewegen im Leben der Kinder und Jugendlichen, denen sie sich verpflichtet fühlten. Es verband sie wortlos.

«Du siehst plötzlich so versonnen aus», sagte Max. «Ich hoffe doch sehr, dass es an mir liegt?»

«Du leidest zumindest nicht an Selbstunterschätzung», spottete Hulda. «Aber tatsächlich hast du recht. Ich überlegte gerade, wie du wohl an deiner Arbeitsstelle in der Universität so bist?»

«Ich denke, ich bin überall ich selbst», sagte er. «Leider bin ich nämlich kein guter Schauspieler und beherrsche keine andere Rolle als meine.»

«Das macht dich nur noch sympathischer», sagte Hulda beinahe verzweifelt. «Aber hast du nicht auch irgendeine Macke, etwas, dass unausstehlich an dir ist? Damit wir Normalsterblichen uns besser fühlen können?»

«Das wirst du schon noch herausfinden», sagte er, «und wahrscheinlich schneller, als mir lieb ist.» In seinem Gesicht zuckte es schelmisch. «Ich rede zum Beispiel im Schlaf, heißt es.»

«Wie gut, dass erst mal keine Gefahr besteht, dir dabei zuzuhören», erwiderte Hulda lachend.

«Nein, wohl leider nicht.» Er hob die Achseln. «Ein Schritt nach dem anderen. Wir waren schon miteinander im Theater, jetzt in einer Konditorei. Was wird das Nächste sein?»

Er trank einen Schluck Kaffee, und auch Hulda nippte an ihrer Tasse, um ihre Verlegenheit zu überspielen. Plötzlich griff Max nach ihrer Hand, seine Finger waren warm und schienen auf ganz selbstverständliche Art mit ihren zu verschmelzen. Dann holte er einmal tief Luft.

«Das hier ist alles gut und schön, Hulda», sagte er so leise, dass ihn sonst niemand hörte. «Aber ich möchte mehr.» Seine Augen sprühten jetzt Funken. «Darf ich das einfach so sagen?» Er forschte in ihrem Gesicht. «Also, natürlich nur, wenn du das auch möchtest.»

Hulda hatte das Gefühl, dass er ihr Herzklopfen durch ihren Pullover hindurch sehen müsste. Die Geräusche, das Stimmengewirr und Geschirrklappern ringsum verebbten und machten einer pulsierenden, ohrenbetäubenden Stille Platz.

«Natürlich will ich», sagte sie, ohne nachzudenken. Gleichzeitig spürte sie mit aller Macht die Wahrhaftigkeit in ihren Worten. Sie wollte es mehr als alles andere, auch wenn sie es bis jetzt sogar vor sich selbst nicht zugegeben hatte.

Max lächelte übers ganze Gesicht.

«Dann werde ich mir etwas einfallen lassen», sagte er. «Und, Hulda?»

«Ja?»

«Ich möchte dir etwas versprechen», sagte er, und ein bittender Ausdruck trat in seine Miene. «Dieser unhaltbare Zustand wird nicht lange dauern. Ich bemühe mich, dass du keiner Peinlichkeit ausgesetzt wirst, Ehrenwort.»

Sie nickte – und war doch irritiert. Peinlichkeit? Es schien ihr auf einmal unwichtig, ob sie sich vor aller Welt zur Närrin machte. *Sie* war schließlich nicht verheiratet, sie war ein freier Mensch.

Auf ihren Lippen lag der bittere Geschmack des Kaffees, und das Koffein floss zusammen mit dem Adrenalin durch ihre Adern wie eine elektrisierende Substanz. Es trieb sie voran, unaufhaltsam durch einen Tunnel, von dem sie nicht wusste, wo er endete, wo sie schließlich ausgespuckt würde. Doch es war ihr ganz egal, auch wenn sie ahnte, dass dies vielleicht töricht war.

Sie lehnte sich gegen die harte Holzlehne des Kaffeehausstuhls und sah, wie sich das goldene Septemberlicht über die proppenvolle Terrasse am Potsdamer Platz und durch die Fenster zu ihnen herein ergoss. Die Wolken hatten sich verzogen. Etwas lag in der Luft, ein Flirren, eine Ahnung von Aufbruch, aber auch von Abschied.

Eine neue Ära war angebrochen, dachte Hulda. Nach vier Jahren, in denen ihr Körper erst der einer Schwangeren, dann der einer jungen, stets übermüdeten Mutter gewesen war, verlangte er nun wieder sein Recht als der einer Frau. Alles in ihr kribbelte, jede Faser schien in Flammen zu stehen, als sie wieder Max ansah.

Nein, nicht nur Gespräche wollte sie mit ihm führen, nicht nur seine Nähe über einen kühlen Marmortisch hinweg spüren, das wusste sie plötzlich mit fast schmerzhafter Schärfe. Gleichzeitig konnte sie kaum glauben, welche Gedanken sich da in ihren Kopf wagten. Aber Max hatte jene Tür geöffnet, die so lange sorgsam verschlossen gewesen war, und hinter der eine längst verschüttet geglaubte Sehnsucht wartete. Und diese Sehnsucht fuhr zurück in Huldas Körper und erfüllte sie – stärker als zuvor.

Ja, dachte sie, *Hulda Gold war wieder zurück im Spiel!*

23.

Montag, 9. September 1929

Als Hulda an diesem Morgen mit Meta an der Hand zum hohen Tor des *Pestalozzi-Fröbel-Kindergartens* kam, wartete dort bereits die Sekretärin der Einrichtung. Ein dünnes, blasses Geschöpf mit Wickellocken, die ihr nervös ums Gesicht tanzten. Bei ihr standen weitere Mütter mit ihren Kindern, und alle machten ein Gesicht wie sieben Tage Regenwetter.

«Meine Damen», sagte das Fräulein gerade, als Hulda näher trat, «ich verstehe Ihre Aufregung, aber gegen Krankheit sind wir nun einmal machtlos.»

Die Frauen ringsum murrten.

«Aber was soll ich denn jetzt machen?», fragte eine, deren drei kleine Jungen in Matrosenanzügen steckten und sie wie Orgelpfeifen umringten. «Ich bin Ärztin, ich kann meinen Dienst nicht tauschen.»

«Und ich hab Kundschaft», rief eine andere und deutete auf ein zweijähriges Mädchen. «Mein Lottchen kann nicht mit in die Wäscherei, die Lauge tut ihr nicht gut.»

Die Sekretärin hob beschwichtigend die Hände. «Ich weiß, es ist für Sie alle nicht leicht», sagte sie, «aber ich kann Ihnen leider nicht mehr sagen, als dass Fräulein Färber die Grippe hat und ihre Gruppe bis auf Weiteres geschlossen bleibt.»

Huldas Herz sank. Das klang nicht gut. In dreißig Minuten wurde sie in der Beratungsstelle erwartet, was sollte sie dort nur sagen? Und wie sollte sie die kommenden Tage meistern? Eine Grippe verging nicht in wenigen Stunden.

«Und es gibt keine Vertretung?», fragte sie zweifelnd.

Die Sekretärin richtete einen kühlen Blick auf sie. «Leider nein. Oder wollten Sie sich vielleicht anbieten, auf zwanzig Kinder aufzupassen, bis Fräulein Färber wieder auf den Beinen ist?»

Hulda verzog da Gesicht. «Ich führe schließlich keine Kindertagesstätte ...», sagte sie mit leisem Vorwurf in der Stimme. «Es ist nicht meine Aufgabe, eine Lösung zu finden.» Gleichzeitig spürte sie, dass es ungerecht war, die Sekretärin für die Probleme verantwortlich zu machen, sie war ja nur die Überbringerin der schlechten Nachricht. Und wenn Liesbeth Färber wirklich mit Grippe im Bett lag, gab es tatsächlich wenig Spielraum.

Sie schluckte den Rest ihrer scharfen Worte herunter und sah zu Boden.

Die Sekretärin versprach, alle auf dem Laufenden zu halten, dann verschwand sie sichtlich erleichtert hinter dem Tor zum *Pestalozzi-Fröbel-Haus*, das mit einem höhnischen Krachen ins Schloss fiel.

Widerstrebend zerstreute sich die kleine Menge auf der Karl-Schrader-Straße. Die Gesichter der meisten Mütter spiegelten Huldas Sorgen, doch keine blieb stehen, keine hatte die Kraft, sich zu solidarisieren und gemeinsam mit den anderen an einem Strang zu ziehen. Was hätte es auch gebracht, weiter auf die Einrichtung zu schimpfen? Alle zerrten wortlos ihre Kinder fort, jede für sich ging wieder nach Hause, um notgedrungen Pläne zu schmieden, wie sie die nächsten Tage herumbringen sollte. In den wenigsten Familien würde der Vater für die Kinderbetreuung einspringen können – oder wollen –, das wusste Hulda, und doch spürte sie einen gewissen Neid, weil die meisten anderen Mütter immerhin verheiratet waren. Sie aber musste, wie immer, ganz allein mit der Situation fertigwerden.

«Ist Tante Liesbeth tot?», fragte Meta und presste Jettchen an sich.

«Aber nein!», sagte Hulda erschrocken. «Sie hat nur etwas Fieber und Husten, so wie du neulich. Weißt du noch? In ein paar Tagen ist sie wieder gesund und kann mit euch spielen.»

«Sie hat wohl ihre Strümpfe nicht getragen», philosophierte Meta und hüpfte schon deutlich fröhlicher voran.

Fieberhaft überlegte Hulda, was zu tun wäre, während sie wie ein begossener Pudel hinter Meta her die Straße zurücktrottete. Um ihre Stiefel wirbelten gelbe Lindenblätter.

Benjamin wollte sie nicht schon wieder fragen, er hatte sein eigenes Leben, seine Vorlesungen, seine Meisterschüler. Metas Tante Clara hatte unter der Woche keine Zeit, sie lernte Modezeichnen im Lette-Verein, wo strenge Anwesenheitspflicht herrschte. Und Jette stand heute in der Apotheke. Sie würde Meta sicher ein paar Stunden nehmen und mit Evelyn und Billy spielen lassen. Doch das Kindermädchen der Martins hatte schon früher einmal durchblicken lassen, dass sie eigentlich nicht für ein weiteres, fremdes Kind angestellt war. Und Hulda wollte ihre Geduld nicht auf die Probe stellen, sie wusste, wie sehr Jette von der jungen Frau abhing. Frau Wunderlich würde es nicht schaffen, sich tagelang allein um ein Kleinkind zu kümmern, und die *Fräuleins* bei ihr im Haus hatten alle Hände voll zu tun mit immer neuen Musikschülern, für die sie sich endlich einen weitreichenden Ruf in der Nachbarschaft aufgebaut hatten. Bert schließlich bediente sicher längst seine Kunden im Kiosk.

Wer also blieb noch?

Hulda kannte die Antwort. Sie schmeckte ihr gar nicht, aber sie wusste, dass sie sich in der Beratungsstelle keine weiteren Ausnahmen erlauben konnte, wenn sie ihre Anstellung nicht verlieren wollte. Wieder war da dieser Abgrund, der sich zu ihren Füßen aufzutun schien, er war so nahe, dass sie erschauderte.

Als sie am Ende der Straße den schwarz-gelben Fernsprecher sah, ergab sie sich in ihr Schicksal.

«Die ganze Woche?», fragte Viktoria Wenckow mit ihrer matten Stimme am anderen Ende der Leitung. «In Ordnung! Ich sage Jolante Bescheid, dass sie das Bett in Claras altem Zimmer frisch beziehen soll.»

Da Hulda schon den Hörer in der Hand hielt, ließ sie sich auch rasch noch mit der Beratungsstelle verbinden, um ihren Kolleginnen Bescheid zu geben, dass sie etwas später käme. Zum Glück war Frau Ludwig nicht da, und Hulda konnte nur hoffen, dass niemand etwas ausplauderte.

Etwas mehr als eine Stunde später kamen sie und Meta in Frohnau an. Und wie immer, wenn sie sich Johanns Elternhaus näherte, befiel Hulda eine große Beklommenheit. Heute umso mehr, da sie die Wenckows um einen derartigen Gefallen bitten musste. Nie zuvor hatte sie ihre kleine Tochter für mehrere Nächte abgegeben, aber sie würde es nicht schaffen, täglich die Fahrtstrecke in beide Richtungen zu bewältigen. Für Meta wäre es sicher herrlich, bei dem schönen Wetter ein paar Tage im weitläufigen Garten ihrer Großeltern zu spielen, behütet von Viktoria und vor allem Jolante, die ohnehin eine ihrer liebsten Spielkameradinnen war.

Als die Haushälterin ihnen die Tür öffnete und Hulda das Strahlen im Gesicht der älteren Köchin und Kinderfrau sah, fühlte sie sich gleich besser. Meta bekam sofort einen großen Keks in die Hand gedrückt und war selig.

Viktoria ließ ausrichten, sie beende gerade noch einen Brief, aber Meta könne bei Jolante in der Küche warten, und sie, Hulda, solle ruhig gleich wieder fahren und nicht auf die Hausherrin warten. Alles sei für den Aufenthalt von Meta vorbereitet, Hulda könne also ganz in Ruhe ihrem Tagwerk nachgehen.

«Die gnädige Frau sagte außerdem, Sie würden sich dann ja ohnehin bald sehen, wenn Sie die kleine Meta Ende der Woche wieder abholen.» Jolante knetete verlegen ein Geschirrtuch. Sie kannte die Schroffheit ihrer Herrin zur Genüge und wusste, dass Hulda den mit höflichen Worten verbrämten Rausschmiss sehr wohl verstand.

Aber Hulda war es auch gar nicht anders gewohnt, als von Johanns Mutter auf Abstand gehalten zu werden. In gewisser Weise war es ihr auch lieber so, eine innige Verbindung hatte sich zu Viktoria nie eingestellt. Immerhin hatten die beiden Frauen eine Art Waffenstillstand geschlossen, und mehr, so ahnte Hulda, würde daraus nie werden. Außerdem käme sie heute ohnehin schon mehr als zwei Stunden zu spät zur Arbeit, daher verzichtete sie auf eine Szene, drückte Jolante das Köfferchen mit Metas Sachen in die Hand, küsste ihre Tochter innig – und ging.

Es war merkwürdig, je weiter sie sich von dem Anwesen entfernte, desto leichter wurden ihre Schritte. Zuerst vermisste sie Metas kleine klebrige Hand in ihrer, den Schwung der dunklen Locken und den Anblick der Sommersprossen auf der kleinen krausgezogenen Nase, und etwas ziepte in ihrer Brust, als sie ohne die Kleine am Bahnhof Frohnau ankam. Doch als sie endlich in der Bahn saß und gen Süden fuhr, zurück nach Schöneberg, und draußen die gelben, roten und orangefarbenen Baumkronen vorüberfliegen sah, die entlang der Bahnschienen winkten, erfasste eine lang vergessene Leichtigkeit ihr Herz.

Einen Moment legte sie die Stirn an die Fensterscheibe der Bahn, schloss die Augen und genoss die wärmende Herbstsonne. Sie hatte die Sorge um ihr Kind für ein paar Tage abgelegt, hatte sie abgegeben wie ein Päckchen, das sie sonst tagein, tagaus mit sich herumschleppte. Es war eine süße Last, aber dennoch eine, die sie manchmal auch gehörig drückte. Und mit Erstaunen stellte Hulda fest, dass es ihr ungeheuer guttat, endlich einmal – wenn auch nur für kurze Zeit – davon befreit zu sein. Die Aussicht, nur ihre eigenen Gedanken zu hören, sich nur mit sich selbst zu beschäftigen, war einfach herrlich.

Es gab so viel, worüber sie nachdenken musste. Bert und seine neue Liebe – wie sehr hoffte sie, dass es gut für ihn lief! Jettes Gesundheit, die ihr Sorgen machte, die Schatten der Fehlgeburt. Und dann war da natürlich noch Max Dessauer – plötzlich ging Hulda auf, dass sie mehrere Abende lang frei sein würde und was das für ein weiteres verschwiegenes Treffen mit ihm bedeuten könnte.

Diesen Gedanken schob sie jedoch erst einmal zur Seite. Zunächst gab es etwas ganz anderes zu klären, das ihr noch dringender schien. Was war mit Milli? Und was hatte die junge Frau mit dem Todesfall im Hotel in der Motzstraße zu tun?

24.

Montag, 9. September 1929, etwas später

Am Nollendorfplatz, wo Hulda aus der Hochbahn stieg, fand sie erneut einen Fernsprecher und rief zum zweiten Mal heute in der Beratungsstelle an, obwohl diese nur ein paar Meter entfernt lag. Doch es schien klug, nicht hineinzugehen, damit ihre Aufmerksamkeit nicht sofort vom Tagesgeschäft vereinnahmt würde und den Kolleginnen keine große Gelegenheit zum Nachfragen bliebe.

Hulda konnte von ihrem Posten auf dem Platz aus sogar geradewegs durch die Glasscheibe des Fensters hineinsehen und verfolgen, wie die diensthabende Schwester am Empfangstresen an den Apparat ging. Sie richtete ihr aus, es habe einen Notfall gegeben, um den sie sich kümmern müsse. Ob sie ihr freundlicherweise die Adresse von Ludmila Nowak heraussuchen könne? Sie mache dort einen Hausbesuch und komme dann gegen Mittag in die Beratungsstelle.

Das war zwar ungewöhnlich, aber da Frau Ludwig mit ihrem verletzten Knöchel noch ausfiel, würde Hulda anbieten, diese Woche jeden Tag bis spätnachmittags zu arbeiten und dadurch ihre Fehlstunden nachholen, was sicher auf Zustimmung stoßen würde. Der Abgrund, vor dem ihr so gegraust hatte, rückte wieder ein paar Zentimeter fort, und sie nahm sich vor, in den nächsten Tagen derart zu brillieren, dass niemand mehr auf die Idee kommen könnte, sie rauszuschmeißen.

Milli lebte bei ihrer Mutter Rozalia Nowak in der Bülowstraße, zwei Straßenecken von Jettes *Löwen-Apotheke* entfernt. Hulda kannte die Häuser in diesem Teil Schönebergs, es waren düstere Mietskasernen mit mehreren Höfen dicht hintereinander. Sie hatte schon so manche Frau dort entbunden. Unter anderem Lilo Schmidt, deren ältere Nachbarin Rita vor Jahren von einem verstörten jungen Mann ermordet worden war. Damals hatten Hulda und Karl sich kennengelernt, und immer, wenn Hulda an dem Eingang vorbeilief, erinnerte sie sich an die Geschehnisse des Jahres 1922. Wie jung sie damals gewesen waren! Es war noch vor der Hyperinflation gewesen, vor dem Pogrom im Scheunenviertel und dem Erstarken der SA auf Berlins Straßen. Ihre eigene Welt war kleiner gewesen und irgendwie vertrauter als das große, funkelnde Chaos, das heute die Stadt bestimmte. Doch sie wollte nicht in jene Zeit zurück.

Mit Schwung drückte sie die schwere Tür der Einfahrt auf, die man ihr in der Beratungsstelle genannt hatte, ging durch den hallenden Durchgang und den düsteren Hinterhof, wich einer Taube aus, die ihre Notdurft geradewegs auf Huldas Bluse verrichten wollte, und kam schließlich in den zweiten Hof. Hier war es noch dunkler, das Licht fiel zwischen den hohen Hauswänden kaum bis hierher.

Auf einer Teppichklopfstange saß ein pausbäckiges Mädchen und baumelte mit den Beinen. Es schnitt eine Grimasse und sah Hulda nach, als diese zur Tür eilte und im zweiten Aufgang verschwand. Die Stufen waren abgetreten, es stank nach Abort und gedünstetem Rosenkohl. Im dritten Stock klemmte neben einer Tür ein Pappschild hinter dem Lichtschalter, der wohl schon lange kaputt war – *Nowak*.

Hulda holte Luft und klopfte. Erst rührte sich lange nichts, dann hörte sie endlich Schritte. Die Tür wurde geöffnet, und ein bleiches Gesicht, umrahmt von hellbraunem, kurz geschnittenem Haar, sah ihr entgegen. Milli schien geradewegs aus dem Bett zu kommen, sie hatte dunkle Ringe unter den Augen und einen Kissenabdruck auf der Wange.

«Fräulein Gold?», fragte sie entgeistert und zog ihren fadenscheinigen Morgenmantel vor der Brust zusammen. Gedämpfte Musik plärrte aus der Wohnung in den halbdunklen Hausflur, eine Männerstimme sang mit schmachtendem, durchdringendem Timbre.

«Sie sollen mich doch Hulda nennen», sagte Hulda. «Darf ich reinkommen?»

«Ich ... weiß nicht», sagte Milli und zauderte. «Ist nicht aufgeräumt.»

«Das macht nichts», sagte Hulda, obwohl sie wusste, dass es Milli unangenehm war. Aber sie wollte um jeden Preis mit der jungen Schauspielerin sprechen. Gleichzeitig fragte sie sich, woher sie eigentlich das Recht nahm, sich in deren Leben einzumischen? Es war eine alte Angewohnheit, die sie schwer ablegen konnte. Solange sie sich mit den Problemen anderer Leute herumschlug, hatte sie weniger Zeit, sich um ihre eigenen zu kümmern. Seit Meta auf der Welt war, hatte dieser Drang allerdings etwas nachgelassen, denn ein Kind forderte eigentlich genug Anteilnahme und Fürsorge von der Mutter. Doch nun war ihr kleines Mädchen in einem anderen Teil der Stadt, trank sicher gerade ihre zweite Tasse heißen Kakao in der Küche und wurde von Jolante nach Strich und Faden verwöhnt. Warum sollte sich Hulda also nicht anderer annehmen, die vielleicht ihrer Hilfe bedurften?

«Ich verspreche, ich störe nicht lange», sagte sie.

Da endlich gab Milli die Tür frei und ließ Hulda eintreten. Die enge kleine Wohnung, die sich jetzt vor ihr auftat, war Hulda nur allzu vertraut, es sah aus wie in allen Mietskasernen der Stadt – und sie hatte im Laufe ihres Berufslebens unzählige von ihnen betreten. In manchen wohnte trotz der Enge und Kargheit aber doch das Glück, eine Wärme, die durch menschliche Nähe und gegenseitige Zuneigung ihrer Bewohner erzeugt wurde. In den meisten allerdings herrschte die reinste Trostlosigkeit.

Die Wohnung der Nowaks gehörte eindeutig zur zweiten Kategorie. Muffig roch es, nach niemals trocknender Wäsche, nach Abfällen und Krankheit. Hulda fröstelte, als sie Milli durch den engen Korridor in die Küchenstube folgte. Hier standen ein rostiger Herd – ein Ungetüm aus Großmutters Zeiten – und ein wackliger Tisch, der von einem Berg Erbsenschoten bedeckt war. Auf einem der beiden Stühle saß mit dem Rücken zu ihnen eine ältere Frau und putzte das Gemüse mit gleichförmigen, matten Bewegungen, während die Musik aus dem voll aufgedrehten Koffergrammophon laut schepperte.

Dein ist mein ganzes Herz, erklang Richard Taubers durchdringender Tenor, sodass die dünnen Fensterscheiben zu zittern schienen.

«Mutter?», rief Milli. «Wir haben Besuch.»

Die alte Frau trug ein ausgefranstes Schultertuch über dem Rundrücken und zeigte keine Reaktion. Vielleicht hatte sie ihr Eintreten über die laute Musik hinweg nicht gehört? Mechanisch pulte sie weiter, löste Erbse für Erbse aus den Schoten, während die Tenorstimme inbrünstig durch den beengten Raum trällerte. *Oh, sag noch einmal mir, ich hab dich lieb.*

Milli sah Hulda schief an. «Sie hört nicht gut», sagte sie entschuldigend.

Hulda nickte abwesend und ließ den Blick unauffällig durch den Raum schweifen. Überall hingen Spinnweben, und auf der Anrichte standen verkrustete Töpfe, in denen Fliegen summten. Jetzt erst bemerkte sie das kleine Mädchen auf dem nackten Fußboden neben dem Herd und erschrak. Edyta saß mit dem Rücken zur kahlen Wand, die Beinchen in schmutzigen Strumpfhosen lang von sich gestreckt, und starrte Hulda an. Sie wiegte ihren winzigen Oberkörper, der in einem zerrissenen Kittel steckte, vor und zurück, vor und zurück, und ihre Händchen fuhren dabei immer wieder schleifend über den dreckigen Boden.

Wie lange saß sie schon dort, während ihre abgekämpfte Mutter den Tag verschlief und die Großmutter sie nicht beachtete?

Huldas Herz zog sich zusammen. Sie trat zu dem Kind, ging vor ihm auf die Knie und nahm seine Hände. Edyta hielt in der Bewegung inne. Ihre Finger fühlten sich an wie ein Vogelgerippe, so leicht und durchscheinend waren sie.

«Edyta», sagte Hulda laut gegen die Operettenmusik an. «Kannst du aufstehen?»

Das Gesicht der Kleinen blieb ausdruckslos. Da packte Hulda sie, ohne nachzudenken, unter den Achseln und hob sie hoch. Das Kind wog so wenig, dass Hulda das Gefühl hatte, einen Säugling in den Armen zu halten. Jähe Schuldgefühle überkamen sie, und sie umklammerte den schmalen Körper noch sicherer. Die Situation bei den Nowaks war noch viel schlimmer, als sie gedacht hatte. Sie hätte schon vor Tagen handeln müssen! Doch Milli war ihr von Anfang an sympathisch gewesen, seit sie in der Beratungsstelle aufgetaucht war. Und Hulda hatte sich blenden lassen, hatte gehofft, die junge Frau würde mit etwas Unterstützung zurechtkommen. Aber die Erkenntnis, wie sehr sie sich geirrt hatte, ließ sie einen Moment schwanken, sodass sie sich an die vor Dreck starrende Anrichte lehnen musste. Doch sie zwang sich zu äußerer Ruhe, auch wenn in ihrem Inneren alles grell und wirr durcheinanderwirbelte. Hier würde es bei ihrem guten Glauben an ein Wunder nun nicht mehr bleiben können, dachte sie schuldbewusst, hier mussten Tatsachen geschaffen werden.

Mit zwei Schritten war Hulda beim Grammophon und nahm den Arm von der Schallplatte. Der Tenor erstarb mitten im schmachtenden Wort *Heeerz*, und endlich sah die alte Frau am Tisch von ihren Erbsen hoch und wandte sich zu ihnen um. Das strähnige Haar fiel ihr ins Gesicht, und ihr Blick aus tief liegenden Augen gab Hulda den Rest. Diese Großmutter war nicht geeignet, um auf ein kleines Kind achtzugeben.

In der Beratungsstelle hatte Milli angedeutet, dass ihre Mutter nicht gerade ihre erste Wahl war, um als Betreuungsperson einzuspringen. Und Hulda war davon ausgegangen, dass Milli, ähnlich wie sie selbst, eben nicht gern ihre Verwandten um Hilfe bat. Doch hier lag der Fall anders, wie sie jetzt erkannte. Es war bitter zu sehen, wie sehr sie sich verschätzt hatte!

Rozalias Blick war unstet, ihre Kleidung verschmutzt, und aus ihrem Mund spann sich ein Speichelfaden, der übers Kinn lief. Sie sah aus, als brauchte sie selbst eine mindestens ebenso zuverlässige Betreuung wie das einjährige Mädchen. Unmöglich konnte man die Kleine ihr anvertrauen, während die Mutter tage- und oft nächtelang nicht nach Hause kam, weil sie Geld verdienen musste.

Hulda trat zu Milli, deren Augen sich mit Tränen gefüllt

hatten. Schreckensbleich starrte sie Hulda an. Offenbar erkannte sie jetzt erst, durch die Perspektive einer Außenstehenden, die Tragweite ihres Elends. Bittend streckte sie die Hände nach ihrer Tochter aus. Doch Hulda schüttelte den Kopf. Sie musste jetzt stark sein und ein Stück weit auch grausam, das wusste sie. In manchen Fällen verlangte es ihre Arbeit, über den Willen eines Menschen hinwegzugehen, um einen anderen zu schützen. Und der Mensch, der hier als Erstes geschützt werden musste – obwohl Hulda wusste, dass eigentlich alle drei in dieser Wohnung dringend der Hilfe anderer bedurften –, war die einjährige Edyta.

Doch vor der starrenden Alten wollte sie das nicht besprechen. «Kommen Sie mit, Milli», sagte sie mit fester Stimme und marschierte an der zitternden jungen Frau vorbei, durch den engen Korridor in eine kleine Schlafkammer. Durch eine Luke rann fahles Licht in den Raum. Klumpige Decken lagen auf einem Matratzenlager, überall türmten sich Kleider, Strümpfe und klamme Tücher. In einer Ecke waren die Wände von Schimmel geschwärzt, und Hulda drückte das kleine Mädchen instinktiv enger an sich.

Milli war ihr gefolgt.

«Bitte», sagte sie, «Sie verstehen nicht ... ich gebe mein Bestes, wirklich, das tue ich. Ich versuche, so viel Geld wie möglich zu verdienen, aber es reicht nicht, es reicht nie. Ich schlafe kaum, ich esse selbst fast nichts, trotzdem ist es –»

«Sie wissen, dass es so nicht weitergeht», unterbrach Hulda sie. «Ich glaube Ihnen, dass Sie alles tun, was möglich ist, dass Sie sich verausgaben bis zur Erschöpfung. Aber ich kann nicht länger tatenlos zusehen.»

«Was ... haben Sie vor?», stammelte Milli und streckte erneut die Hände nach ihrer Tochter aus.

Doch Hulda hielt das Kind noch immer fest im Arm.

«Ich muss die Jugendwohlfahrt anrufen», sagte sie. «Eine Fürsorgerin wird sich um Edyta kümmern.»

«Was bedeutet das?»

Hulda schluckte. «Man wird die Kleine abholen und zunächst in einem Heim unterbringen. Dann sehen wir weiter.»

Milli schlug die Hände vors Gesicht. «Nein», wimmerte sie, «alles, nur das nicht. Nehmen Sie mir Edyta nicht weg, bitte! Ich verspreche, mich zu bessern. Ich verspreche es! Ich tue alles, was Sie wollen, nur lassen Sie mir das Kind!»

Hulda tat es in der Seele weh, Millis Verzweiflung zu sehen, doch sie gab nicht klein bei. *Das Interesse des Kindes geht vor.* Stumm wiederholte sie ihr Sprüchlein, hämmerte es sich wieder und wieder in den Kopf. Daran, nur daran würde sie sich halten.

«Es muss sein», sagte sie mit bemüht fester Stimme. «Es ist für das Wohl Ihrer Tochter. Und wenn Sie Ihr Leben geordnet haben, können Sie Edyta vielleicht auch wieder zu sich holen. Ich werde Ihnen helfen, Milli.»

Die junge Frau starrte sie an. Ihr hübsches, mädchenhaftes Gesicht war nun nicht mehr vor Verzweiflung, sondern vor Wut verzerrt. Sie spuckte aus.

«Sie spielen sich gern als Wohltäterin auf, was, Fräulein Gold?» Ihre Stimme klang jetzt wieder überraschend fest. «Sie denken, dass Sie in Ihren feinen Kleidern, mit Ihrer schicken Frisur was Besseres sind als wir, habe ich recht? Dabei sind Sie auch nur eine Hure, genau wie ich, mit einem unehelichen Balg zu Hause. Was macht Sie uns anderen Frauen denn so überlegen, dass Sie Ihre Nase so hoch tragen, hm?» Wieder spuckte Milli auf den Boden.

Edyta in Huldas Armen begann leise zu weinen, so hatte sie

ihre Mutter wohl auch noch nie erlebt. Es war ein herzzerreißendes Geräusch wie von einem kleinen Tier in Not.

«Es ist nur zu Ihrem Besten», sagte Hulda so ruhig wie möglich, auch wenn ihr die Knie nach Millis letzten Worten zitterten. Hatte sie nicht etwas ganz Ähnliches auch schon gedacht? Die Vorwürfe trafen ins Schwarze, und Hulda spürte, wie sich Betroffenheit in ihr ausbreitete. Doch da war auch eine große Wut. Was fiel dieser Frau ein, den Spieß umzudrehen? Milli war es schließlich, die ihr Kind verwahrlosen ließ!

«Wagen Sie es nicht», schrie Milli, «mir meine Tochter wegzunehmen, Sie dahergelaufene Wundertäterin!»

Hulda ließ den neuerlichen Schwall aus Schimpfwörtern, der nun folgte, auf sich niederprasseln. Jedes Wort wühlte sie noch mehr auf. Sie konnte Millis Wut verstehen, und sie musste ihr sogar tief im Innersten recht geben. Ein Teil von ihr sehnte sich danach, der Furie einfach das kleine Mädchen in die Arme zu drücken und aus diesem stinkenden Loch zu verschwinden, Reißaus zu nehmen vor all dem Schrecklichen, das nun geschehen würde, geschehen musste. *Und doch*, wiederholte sie ihr Mantra, *das Interesse des Kindes geht vor.*

Während sie Edyta weiter festhielt und die Lippen aufeinanderpresste, trat Milli ihr kämpferisch entgegen. Aber Hulda durfte sich nicht hinreißen lassen, sie musste ruhig bleiben.

«Ich verstehe Sie», sagte sie. «Ich kann –» Doch weiter kam sie nicht.

«Dass ich nicht lache!», rief Milli. «Nichts verstehen Sie, gar nichts!»

Hulda sah, dass die andere Frau ebenfalls am ganzen Leib zitterte, und in ihr rangen das Mitleid mit Milli und die Verantwortung gegenüber Edyta miteinander.

«Sie sind nichts weiter als eine Schlange», kreischte Milli, «erschleichen sich mein Vertrauen, verschaffen sich Zutritt zu meiner Wohnung, ängstigen meine Familie und drohen mir. Haben Sie keine Scham im Leibe? Sie Miststück!» Milli griff nach ihrer Tochter, doch Hulda machte einen Schritt rückwärts und reckte ihr Kinn vor.

«Es ist genug, Fräulein Nowak. Sie machen alles nur noch schlimmer. Hier muss etwas geschehen! Es geht um das Leben Ihrer Tochter! Und sollten Sie sich jetzt nicht zusammenreißen, rufe ich die Polizei», sagte sie und spürte, wie sich Hilflosigkeit in ihre Wut mischte.

Millis Gesichtsfarbe wechselte von bleich zu kreideweiß. «Was?», fragte sie entsetzt. «Nein, bitte nicht. Nicht die Polizei!»

Millis Reaktion ließ Hulda an den eigentlichen Grund ihres Besuchs denken, und ehe sie sich bremsen konnte, schoss es aus ihr heraus: «Was hatten Sie übrigens am Freitagabend im *Hotel Sachsenhof* zu suchen?», fragte sie scharf.

Milli erstarrte. Dann erklärte sie schnell: «Ich weiß nicht, was Sie meinen.» Ihre Stimme klang mit einem Mal wie eine rostige Kanne.

«Sie waren dort», fuhr Hulda fort, «ich habe Sie gesehen, um kurz vor Mitternacht. Wenig später starb ein Mann im Hotel. Jetzt ermittelt die Polizei. Man sucht Zeugen. Leute, die etwas gesehen haben. Leute wie mich.» Hulda hörte selbst, wie bissig sie auf einmal klang, doch sie konnte es nicht ändern. «Ich habe bisher nichts gesagt, ich wollte zuerst mit Ihnen sprechen. Also, warum waren Sie dort?»

«Das geht Sie gar nichts an», sagte Milli. Sie hatte sich auf die Lippe gebissen, und Hulda sah einen Tropfen Blut.

«Sie stecken da in irgendetwas drin, habe ich recht?», fragte Hulda. «Ich spüre es. Und ich sehe es. Die Wunden an Ihren

Armen, die Nächte, in denen Sie nicht nach Hause kommen, und dann dieser späte Besuch in einem Hotel, in dem jemand stirbt. Sie sind –»

«Ich bin eben ein böses Miststück», unterbrach Milli sie mit eiskalter Stimme. «Das sagen ja alle. Dann muss es wohl stimmen, oder? Saufen, huren und Gott weiß was noch alles.»

«Aber das passt gar nicht zu Ihnen!», widersprach Hulda. «Ich vermute, dahinter steckt etwas ganz anderes. Jemand zwingt Sie dazu, sich zu prostituieren, habe ich recht?»

«Sie hat mich in der Hand!», schrie Milli. «Aber ich bin keine Mörderin!» Sie schlug beide Hände vor den Mund. Totenstille breitete sich in der schmuddeligen Kammer aus, nur Edytas leises Weinen war zu hören.

«Wer hat Sie in der Hand?», fragte Hulda schließlich.

Nun weinte auch Milli, trockene Schluchzer schüttelten sie. «Die ... *Principessa*», wisperte sie endlich so leise, dass Hulda sie kaum verstand. «Und nun zerstört sie mein Leben.» Plötzlich sackte Milli zusammen, fiel auf das ungemachte Lager am Boden.

Hulda kniete sich erschrocken neben sie, Edyta auf einer Hüfte balancierend, und rüttelte sie an der Schulter. Milli öffnete die Augen, doch sie rührte sich nicht, starrte nur an die Decke.

«Alles ist aus», murmelte sie, «dieser grässliche Mann dort im Hotel ist tot. Ich komme ins Gefängnis, und mein Kind wird ohne Mutter und Vater aufwachsen, genau, wie sie es prophezeit hat.» Sie holte tief Luft. «Ich mache alle unglücklich, das hat sie gesagt, immer wieder hat sie es mir gesagt. Und sie hat recht.»

Damit versank sie in Schweigen.

Huldas Bemühungen, noch mehr aus ihr herauszubekommen, blieben fruchtlos, Milli stierte nur stumm in die Luft und fixierte die Risse im feuchten Putz, bis Hulda sich schließlich erhob.

Edytas Wimmern hatte langsam nachgelassen, auch sie war jetzt wieder still und klammerte sich an Huldas Schulter fest, als wäre die fremde Frau der letzte Anker, der ihr in dieser Welt bliebe. Hulda schmerzte es in der Seele. Sie überlegte, was zu tun war – und kam immer wieder nur zu dem einen Schluss. Ihr würde nichts anderes übrig bleiben, als Milli einen Moment zurückzulassen und mit der Fürsorge zu sprechen. Einen Moment zögerte sie. Konnte sie wirklich das Kind mitnehmen, ohne das Einverständnis der Mutter? Doch nach den Ereignissen der vergangenen Stunde traute sie Milli nicht mehr, sie fürchtete, die junge Frau würde mit Edyta verschwinden, sobald Hulda sie aus den Augen ließe.

Noch einmal beugte sie sich zu Milli, die wie ein Gespenst auf den Decken lag, das Gesicht einer Maske gleich.

«Kommen Sie», versuchte sie es ein letztes Mal. «Wir können gemeinsam mit den Fürsorgerinnen sprechen.»

Doch Milli rührte sich nicht.

Also presste Hulda das kleine Mädchen an sich, stand auf und wandte sich zum Gehen. Sie verließ die muffige Wohnung, eilte die Treppen hinunter und ging mit zügigen Schritten, Edyta noch immer fest auf dem Arm, durch die dicht befahrene Bülowstraße, entlang der Hochbahnviadukte und über den Nollendorfplatz, bis sie zur Beratungsstelle kam.

Ein Stimmchen in ihr verlangte lautstark Gehör: dass sie die Polizei rufen sollte, dass sie sich als Zeugin zu erkennen geben und Millis Anwesenheit am Tatort eines Verbrechens anzeigen musste. Doch sie konnte es nicht, es wäre ihr wie ein abscheulicher Verrat vorgekommen, und sie verschob die Entscheidung auf später. Edyta war jetzt wichtiger.

Hulda erklärte Frau Jonas, der Vertretung von Frau Ludwig, dass das kleine Mädchen in den schmutzigen Kleidern auf ihrem Arm in Verwahrung genommen werden musste, weil das Kindswohl gefährdet war.

«Am besten wäre natürlich eine sofortige Verbringung in einer Pflegefamilie», sagte sie.

Frau Jonas, die eigentlich vor zwei Jahren berentet worden war und nun hatte einspringen müssen, verzog mürrisch den Mund. «Das Leben ist kein Wunschkonzert», sagte sie. «Das arme Dingelchen wird erst mal ins Heim kommen, darauf können Sie Gift nehmen. Wer will denn so ein Häuflein Elend?»

Hulda fröstelte bei den harten Worten ihrer Vorgesetzten, trotzdem musste sie ihr wortlos zustimmen, denn vermutlich hatte sie mit dieser Einschätzung recht.

Frau Jonas nahm den Telefonhörer in die Hand und rief die zuständige Behörde an. Es dauerte, die Verbindung kam nicht gleich zustande, und sie trommelte ungeduldig mit den knotigen Fingern auf der Tischplatte.

Hulda hätte gern erfahren, was die Fürsorgestelle zu sagen hatte, doch sie konnte nicht bleiben. Sie musste so schnell wie möglich zurück zu Milli, ehe etwas noch Schlimmeres geschah, und weiter auf sie einwirken. Sie musste dafür sorgen, dass die junge Frau zur Vernunft kam und sich helfen ließ. Auch die alte Mutter Nowak in der Küche machte ihr Sorgen, sie brauchte ebenfalls dringend Unterstützung.

Kurzerhand drückte sie Edyta, die wieder ihren teilnahmslosen Blick im Gesicht hatte, Paulina Wolff in den Arm und murmelte, sie habe etwas Wichtiges vergessen. Damit verließ sie die Beratungsstelle erneut Richtung Bülowbogen.

Als sie zum zweiten Mal an diesem Tag die Treppen zur Wohnung der Nowaks hinaufstieg, hörte Hulda erneut das Grammophon plärren. Offenbar hatte es jemand wieder angestellt. Was allerdings noch seltsamer war: Die Tür stand einen Spaltbreit offen.

Hulda klopfte, doch da niemand reagierte, trat sie ein und ging durch den düsteren Korridor direkt in die Schlafkammer. In den Decken auf der Matratze hatte sich der Körper von Milli abgezeichnet, doch nun war die Stelle leer. Ahnungsvoll eilte Hulda in die Küche. Auf einmal hatte sie schreckliche Angst vor dem, was sie dort finden würde. Aber zu ihrer Erleichterung saß Rozalia Nowak unversehrt am selben Fleck. Sie hatte eine ansehnliche Menge Erbsen gepult, die sich in einer schmuddeligen Schüssel häuften, doch dann musste etwas vor dem kleinen Küchenfenster ihre Aufmerksamkeit gefordert haben, denn sie starrte bewegungslos nach draußen, die groben Hände schwebten über der Tischplatte. Von Milli war keine Spur zu sehen, und Hulda wusste, dass sie verschwunden war.

Keine Liebe kann auf ewig sein, sang jetzt die schmelzende Stimme auf der Schallplatte, *einmal sagt man sich Adieu, wenn man sich auch noch so liebt.*

Die alte Frau seufzte tief und rasselnd auf. Dann richtete sie ihre hohlen Augen auf Hulda, die noch immer im Türrahmen stand. «Ludmila?», fragte sie mit heiserer Stimme. «Warum kommst du so spät? Das Kind schläft schon.»

Huldas Gedanken rasten. Sie musste Milli finden. Sie musste dafür sorgen, dass dieses Familiendrama ein halbwegs gutes Ende nahm. Sie war es, die jetzt für die ganze Sache verantwortlich war. Es gab hier eine alte, hilflose Frau und da draußen ein Kind, dessen Leben auf dem Spiel stand, das seine Mutter brauchte und auf sie wartete. Und Hulda nahm sich vor, dass Edyta nicht umsonst warten musste.

25.

Montag, 9. September 1929, abends

Hulda streckte stöhnend ihre Füße in Richtung Kamin, in dem ein kleines Feuer prasselte. Sie saß auf Jettes Sofa, in der Hand eine Tasse Kakao und vor sich einen ansehnlichen Stullenteller. Leberwurst, Appenzeller, dazwischen kleine saure Gürkchen und Weintrauben. Ein zweiter gefüllter Teller stand auf dem Tischchen für Jette bereit. Die Apotheke lief gut, und die Martins führten ein schönes Leben in bescheidenem Wohlstand. Hulda ließ den Blick über die neue Wohnzimmereinrichtung schweifen. Neuerdings sah es hier aus wie auf den Einrichtungsfotografien im *Uhu* – flache, geometrisch geformte Möbel, eine große, glatte Messingvase, ein moderner Radioapparat, eine kreisrunde Hängeleuchte an der Decke und hellgraue Vorhänge. Vor dem Fenster stand die beginnende Dunkelheit, und die Laternen auf der Bülowstraße waren soeben aufgeflammt.

«Wie schön, dass ich dich mal einen Abend für mich habe», sagte Jette und ließ sich Hulda gegenüber in einen Ohrensessel plumpsen. Sie biss in eine Käsestulle. «Erinnere mich daran, dass ich gleich nach dem Essen noch die Likörflasche hole, heute wirst du verwöhnt.»

«Es hat also auch sein Gutes, wenn die Kindertagesstätte geschlossen hat», gab Hulda zu.

«Du vermisst Meta bestimmt sehr?»

«Ach», sagte Hulda und zuckte mit den Schultern. «Bald bestimmt. Aber heute hatte ich vor allem einen schrecklichen Tag in der Beratungsstelle.»

Jette sah sie mitfühlend an. «So schlimm?»

Hulda winkte ab. «Wo ist eigentlich dein Mann?», fragte sie, um auf andere Gedanken zu kommen. Die bedrückende Szene in Millis Schlafkammer und ihre eigene schreckliche Pflicht, Edyta in Gewahrsam zu nehmen, saßen ihr noch immer im Nacken.

«Ach, irgendein Geschäftsessen», erwiderte Jette, und ihre Stimme klang eine Spur kühler. «Er ist oft abends nicht da.»

«Und das stört dich?», fragte Hulda behutsam und biss in ein Wurstbrot.

Jette schüttelte langsam den Kopf. «Ich weiß auch nicht», sagte sie. «Früher war das nie ein Problem, aber da geschah es auch nicht so häufig. Heute habe ich manchmal das Gefühl, er ist froh, wenn er weg kann.»

«Warum sollte er?», fragte Hulda entgeistert.

Jette verzog das Gesicht. «Ich fürchte, ich war in letzter Zeit nicht gerade die sonnigste Gesellschaft.»

«Na, hör mal!», rief Hulda. «Das ist doch nur zu verständlich, nach allem, was du durchgemacht hast.»

«Ja, aber davon weiß er ja nichts», sagte Jette. «Und ich würde es bevorzugen, wenn es so bliebe.»

Hulda machte große Augen. «Ich halte das für einen Fehler, Jettchen», sagte sie und richtete sich auf. Sie stellte die Tasse ab, legte das halb aufgegessene Brot hin und sah die Freundin eindringlich an. «Wenn du es ihm nicht sagst, kann er dich auch nicht verstehen. Ihr führt doch eine gute Ehe, verdient er da nicht eine Erklärung, warum du traurig bist?»

«Eine gute Ehe?», fragte Jette zweifelnd. «Weißt du, ich bin gar nicht sicher, ob das überhaupt stimmt.»

Hulda vergaß vor Schreck weiterzukauen. Die Ehe der Martins war ihr immer wie die perfekte Erfolgsgeschichte vorgekommen. Das leuchtende Beispiel dafür, dass es funktionieren konnte – zwei Menschen, die sich gernhatten, die in die gleiche Richtung strebten, Hand in Hand.

«Das verstehe ich nicht», sagte sie verwundert, «ihr beide seid doch unsere Helden! Ihr seid der Grund, weshalb wir anderen die Hoffnung nicht aufgeben, irgendwann ebenso glücklich zu werden wie ihr.»

«Ach, Hulda.» Jette warf ihr einen ihrer berühmten strengen Blicke durch den Zwicker zu. «Nur eine Träumerin wie du kann so etwas sagen. Egal, wie glücklich eine Ehe am Anfang sein mag, der Zahn der Zeit nagt doch an uns allen. Das kann man gar nicht verhindern, fürchte ich. Und bisher ging ja auch wirklich alles glatt, aber die letzten Wochen hier bei uns waren ...» Sie zögerte. «Sie waren schwierig, gelinde ausgedrückt. Irgendwie ist der Wurm drin.»

«Umso mehr ein Grund, dass du deinem Mann reinen Wein einschenkst», gab Hulda knapp zurück. Sie war ein wenig beleidigt, als *Träumerin* belächelt zu werden. «Wenn du mit dieser Heimlichtuerei weitermachst, wird es sicher noch schwieriger. Aber ihr habt es euch doch versprochen, in guten und in schlechten Zeiten. So, dann sind jetzt eben mal ein paar schlechtere Zeiten angebrochen, aber wenn ihr da gemeinsam durchgeht, schafft ihr das sicher.»

Jette kaute nachdenklich an ihrer Unterlippe. «Vielleicht hast du recht», sagte sie. «Und wahrscheinlich bin ich auch einfach ein wenig eifersüchtig auf ihn. Er führt eben das Leben eines Mannes, er kommt und geht, wie er möchte. Er weiß, dass Billy und ich zu Hause auf ihn warten, immer. Und mit dieser sicheren Gewissheit tanzt er durch die Welt, kann in Ruhe seinen Geschäften nachgehen und abends so lange wegbleiben, wie es ihm gefällt, weil er weiß, dass hier zu Hause alles auch ohne ihn weitergeht. Während ich ...» Sie sah Hulda flehentlich an. «Ich versauere hier in meinem Leben als Hausfrau!»

«Aber du bist doch gar nicht nur Hausfrau», sagte Hulda aufgebracht. «Du führst eine gut gehende Apotheke, du bringst ebenso viel Geld nach Hause wie dein Mann. Und du hast einen ebenso anstrengenden Arbeitstag wie er.»

«Ja», sagte Jette spitz und biss in ein Gürkchen, «aber das ändert alles nichts daran, dass ich die Frau bin und er der Mann. Er ist für Billy ein wirklich guter Vater, und er deckt auch schon mal den Tisch, wenn ich ihn darum bitte. Aber denkst du, er hätte je die Wäsche aufgehängt? Er weiß nicht mal, wo der Wäschekeller ist. Oder denkst du, er würde etwas anderes kochen können als Kaffeewasser?» Sie schnaubte. «Männer und Frauen sind nicht gleich, Hulda, auch wenn das die Frauenvereine laut herumschreien und die ganzen Magazine uns weismachen wollen, wie unabhängig und gut gekleidet wir Frauen unseren Mann stehen können. Wie modern die Zeiten sind, in denen wir leben. Aber wir sind doch trotzdem nur Frauen.»

«*Nur Frauen*?», sagte Hulda ungläubig. «Aber Jette, so kenne ich dich gar nicht. Wo kommt das denn alles auf einmal her?»

«Lebenserfahrung», sagte Jette. Sie stand auf und holte nun die Likörflasche vom Sideboard. Sie goss zwei kleine Gläser voll und stellte Hulda eines hin, das zweite leerte sie in einem Zug. «Irgendwann kommst du da auch noch hin.» Dann sah sie erschrocken auf. «Entschuldige bitte», sagte sie hastig und setzte sich neben Hulda aufs Sofa. Sie zog sie an sich und lehnte kurz ihren silberblonden Schopf an Huldas dunklen Bubikopf. «Ich bin wirklich eine richtige Kratzbürste heute. Kein Wunder, dass mein Mann das Weite sucht. Aber ich hoffe, du hältst es trotzdem noch mit mir aus?» Bittend sah sie Hulda von der Seite an.

Hulda lächelte und griff nach ihrer Stulle. «Solange du mich ernährst», sagte sie, «bleibe ich.» Kauend sah sie ihre Freundin an. «Ich bin für dich da», sagte sie, «egal, was passiert. Das weißt du doch?»

«Absolut», sagte Jette. «Und das gilt umgekehrt genauso.»

Einen Moment schwiegen sie verlegen. Dann tauchte ein spitzbübisches Lächeln in Jettes Gesicht auf. «Was macht denn *dein* verheirateter Mann heute Abend eigentlich?» Sie stieß Hulda leicht in die Seite. «Irgendwelche Neuigkeiten an dieser Front?»

Hulda trank einen Schluck Likör. Der fruchtig herbe Geschmack passte hervorragend zur Leberwurst. «Wir haben uns gestern im *Josty* getroffen.»

Jette pfiff durch die Zähne. «Im *Josty*? Na, da hätte er es gleich mit einem Zeppelin in den Himmel schreiben können. Da glotzt doch jeder!» Sie sprang auf, goss sich einen zweiten Likör ein und kuschelte sich wieder neben Hulda, die Beine angezogen.

Hulda schmunzelte. «Ich glaube nicht, dass uns jemand gesehen hat, der uns kennt», sagte sie. «Wir haben uns im Übrigen zusammengerissen.»

«Wie langweilig!» Jette zog einen Flunsch. «Nicht mal ein Kuss?»

«Doch», gab Hulda zu, «aber nicht im Café, sondern draußen im Tiergarten, hinter ein paar Bäumen.»

«Wie die Kinder ...» Jette lachte und trank genüsslich ihren Likör. Sie goss auch Hulda großzügig nach. «Und was nun? Dabei wollt ihr es doch nicht belassen, oder?»

«Was schlägst du vor», fragte Hulda beinahe ärgerlich, «denkst du, ich sollte wirklich eine Affäre mit ihm anfangen? Wo soll das hinführen?»

«Ach, weißt du», sagte Jette und ein nachdenklicher Schleier lag über ihrem Gesicht, «vielleicht sind wir aus dem Alter raus, wo wir uns das immer fragen sollten. Das Leben ist kurz, Hulda, und man kriegt nichts geschenkt.» Sie zuckte die Achseln. «Muss doch nicht immer alles vor dem Traualtar enden», sagte sie. «Darf man sich nicht auch einmal vergnügen?»

Hulda wunderte sich immer mehr über die Freundin. War das wirklich die vernünftige, bürgerliche, stets ein wenig strenge Jette, die sie oft genug aufgezogen hatte, weil Hulda als Hans Guckindieluft durch die Welt spazierte? Dass ausgerechnet sie ihr nun riet, derart draufgängerisch zu sein, überraschte sie.

«Ich weiß nicht, Jette. Ich möchte kein Geschirr zerschmeißen, verstehst du?»

«Aber was geht es dich an?», fragte Jette. «Es ist doch seine Ehe! Wenn er bereit ist, alles aufs Spiel zu setzen für dich, dann musst du nicht den Moralapostel spielen, finde ich. Du bist doch frei!»

Ein ähnlicher Gedanke war auch schon durch Huldas Kopf gestreift, doch aus dem Mund ihrer Freundin klang es auf einmal wie eine Ausrede. «Ich bin ja trotzdem mitverantwortlich», sagte sie und nahm sich noch eine Käsestulle vom Teller.

Jette schnaubte. «Natürlich», sagte sie leise, wie zu sich selbst.

«Wie bitte?», fragte Hulda verwirrt.

«Das ist wieder so typisch für dich», sagte Jette, lauter diesmal, und verdrehte die Augen. «Musst du dir immer gleich jeden Schuh anziehen?»

Hulda schluckte. Sie wollte etwas erwidern, hielt sich dann aber zurück. Sie dachte an den heutigen Tag, an ihren Hausbesuch in der Mietskaserne bei den Nowaks, an die Tagesklinik für Bedürftige, das Gespräch mit der Leiterin des Waisenhauses. Und an Millis Vorwürfe, die Jettes Worten auf eine Weise glichen, die ihr nicht behagte. Etwas musste wohl dran sein an der Anschuldigung, dass sie dazu neigte, ihre eigene Rolle im Leben anderer zu überschätzen, wenn ihr das andauernd von verschiedenen Menschen an den Kopf geworfen wurde.

«Du hast recht», sagte sie zerknirscht. «Ich sollte aufhören, mich in Dinge zu verwickeln, die mich nichts angehen.»

«Oje», sagte Jette ahnungsvoll, «das klingt, als ginge es nicht mehr nur um deinen Schwarm.»

Hulda holte tief Luft und nickte. «Ich hatte heute einen sehr harten Tag», sagte sie. «Ich musste einer jungen Frau ihr Kind wegnehmen, sie konnte sich nicht mehr richtig um das Mädchen kümmern. Und die Fürsorge hat dann auch noch die alte Mutter aus der Wohnung geholt und in eine Einrichtung gebracht.»

«Na, hör mal», sagte Jette stirnrunzelnd, «das meinte ich eben aber nicht. Das ist schließlich deine Arbeit. Da kann man wohl kaum von übereifriger Einmischung sprechen!» Sie legte Hulda einen Arm um die Schulter. «Zum Glück hast du das getan», sagte sie, «wahrscheinlich hast du das Kind gerettet.»

«Kann sein», sagte Hulda. «Aber ich mag die junge Mutter gern, es ist eine Schauspielerin aus dem Theater am Nollendorfplatz. Sie ist sehr begabt und war auch sehr freundlich zu mir – bis heute.» Sie seufzte. «Damit ist nun wohl Schluss.»

«Und was passiert jetzt mit ihr?», fragte Jette. «Bekommt sie

Unterstützung von der Wohlfahrt, damit sie das Kind bald zurückholen kann?»

Hulda schüttelte resigniert den Kopf. «Sie ist verschwunden», sagte sie. «Auf und davon, auch nicht zur Probe im Theater erschienen, wo ich am frühen Abend nach ihr gefragt habe.» Sie verzog das Gesicht. «Wobei das dort offenbar niemanden besonders irritierte. Bis auf einen kleinen Bühnenarbeiter, der Milli zu vermissen schien, als ich ihn nach ihr fragte.» Sie erinnerte sich an das arglose Gesicht des jungen Mannes, den sie beim Rauchen am Hintereingang getroffen hatte. Er war rot angelaufen, als Hulda sich nach Milli erkundigte, hatte aber behauptet, sie nicht gesehen zu haben. Doch Hulda hatte ein komisches Gefühl beschlichen und sich seinen Namen gemerkt – Harry.

«Ist das diese Piscator-Bühne?», fragte Jette. Und als Hulda nickte, fuhr sie fort: «Nach der Skandalpremiere mit der aufmarschierenden SA und den grauenvollen Kritiken läuft es für das Theater wohl eh nicht so gut.»

«Hast du welche gelesen?», fragte Hulda erstaunt.

«Natürlich», sagte Jette, «die Zeitungen sind voll davon.» Sie nahm eine Ausgabe des *Berliner Lokal-Anzeigers* von einem verchromten Tischchen, das neben dem Sofa stand, und drückte Hulda das Blatt in die Hand.

Dreck! Weg damit!, war der Titel der Theaterkritik, der auf der ersten Seite prangte.

Hulda verzichtete darauf, den Artikel zu lesen. Sie wusste, dass der *Lokal-Anzeiger* eher konservative Leserschichten ansprach. Ob Jettes Mann die Zeitung gekauft hatte? Hulda konnte sich ungefähr vorstellen, was die Presse an dem Stück gestört hatte. Alles, was gemeinhin als Bollwerk des Staates galt, war darin verhöhnt worden – Uniformen, Soldaten, Traditionen jeder Art. Doch Max und ihr hatte es trotz allem gefallen. Oder gerade deswegen?

«Was soll ich denn nur mit Milli machen?», fragte sie und legte die Zeitung zurück. Das Schicksal der jungen Frau interessierte sie gerade mehr als das des Theaters, das sie nur einmal zufällig besucht hatte.

«Milli?», fragte Jette.

«Die junge Frau, um die ich mich eigentlich kümmern wollte», sagte Hulda. «Auch wenn ich glaube, dass ich bisher auf ganzer Linie versagt habe.»

«Ach, Hulda», sagte Jette warm, «du bist selbst deine schärfste Kritikerin.»

Gedankenverloren überhörte Hulda den Einwand ihrer Freundin. Ihr war etwas eingefallen. «Milli sagte etwas Merkwürdiges», murmelte sie. «Etwas von einer *Principessa*, die sie unter Druck setzt und zur Prostitution zwingt. Hast du von einer solchen Person mal gehört?»

Jettes Augen hinter der Brille weiteten sich. «Von wem, bitte?», fragte sie. «Wer soll das denn sein?»

«Ach, ich weiß auch nicht.» Hulda, die schon wieder bereute, dieses Detail erwähnt zu haben, winkte ab. «Es ist sicher nicht weiter wichtig.»

Jette beobachtete sie lauernd. «Nun schlägt's dreizehn», sagte sie. «Wo steckst du denn schon wieder drin? Das klingt ja wie in einem schlechten Schicksalsfilm.»

«Ich stecke nirgendwo drin», sagte Hulda und verschränkte trotzig die Arme vor der Brust. «Und wenn doch, dann ist das eben meine Arbeit, genau wie du gerade gesagt hast.»

«Jetzt mal langsam», protestierte Jette, «ich habe nichts dagegen, wenn du deine Arbeit machst und dich um Schwangere und arme Mütter kümmerst, das machst du hervorragend.

Aber jetzt reden wir von Prostitution und kriminellen Umtrieben! Und soweit ich weiß, bist du nicht in der *Roten Burg* als Ermittlerin angestellt, oder?»

Hulda und sie starrten einander an.

Verflixt, dachte Hulda, ihre Freundin hatte wieder einmal großes Talent darin bewiesen, genau ins Schwarze zu treffen. Und trotzdem war es nicht so einfach, wie Jette es darstellte. Denn Huldas Arbeit mit den Schwangeren und Familien umfasste auch die Pflicht, sich um den Bodensatz der Gesellschaft zu kümmern und den Ärmsten beizustehen. Und diese Schicksale waren nun einmal oft eng verknüpft mit der Halbwelt. Nirgendwo sonst lauerte der Abgrund so dicht, rutschte man so schnell ab in die Kriminalität, wie hier am Nollendorfplatz, wenn man zu den Ärmsten zählte, die jeden Tag ums Überleben kämpften. Es hatte keinen Sinn, sich davor zu verschließen, sich in der sauber geschrubbten Mütterberatungsstelle zu verschanzen, Babys zu wiegen und Fläschchen zu sterilisieren, und währenddessen so zu tun, als könnten die dunklen Schatten der Realität nicht bis hinter die Mauern reichen. Oh, sie reichten bis dorthin! Arm sein bedeutete in Berlin fast zwangsläufig, auch kriminell zu werden, denn wer sah schon gern dabei zu, wie die eigenen Kinder hungerten?

Jette senkte als Erste den Blick. «Ich merke schon», sagte sie achselzuckend, «du hast deinen Entschluss gefasst. Und eigentlich habe ich ja auch gar keine Ahnung. Aber Hulda, sei bitte vorsichtig, ja?»

«Natürlich», sagte Hulda und bemühte sich, ihre Stimme fest klingen zu lassen. Aber Vorsicht, so viel wusste sie schon, half nicht immer, sie war schon öfter auf die Nase gefallen. Öfter, als ihr lieb war. Doch sie wollte ihre Freundin nicht beunruhigen. Noch wusste sie ja selbst nicht, was sie als Nächstes unternehmen würde. Nur, dass sie nicht die Hände in den Schoß legen konnte, das war klar. Und langes Warten auf den Sankt-Nimmerleins-Tag hatte noch niemandem geholfen, der in Not war.

«Wenn wir schon nicht weiter über diese komplizierten Dinge reden wollen, dann trinken wir vielleicht noch ein Schlückchen?», fragte Jette und lächelte Hulda an. Sie holte die Flasche zum Sofa, ließ sich wieder neben ihre Freundin fallen und summte eine Melodie. «*Erst trink mit mir ein bisschen Alkohol, mein Schatz*», trällerte sie und goss die Gläser randvoll. «Schließlich müssen wir es ausnutzen, dass du heute Nacht allein bist, oder?»

Hulda prostete ihrer Freundin zu. Aus irgendeinem Grund stieg bei Jettes letzten Worten eine Vision vor ihr auf: ihre leere Wohnung, das frisch bezogene Bett ohne Meta darin – und dann ein leises Klopfen an der Tür.

Offenbar war es bei ihr wie in dem albernen Schlager von Paul Godwin, dachte sie halb amüsiert, halb beunruhigt. Hatte sie *erst einen Schwips*, sagte sie *nicht mehr Nein*. Wenn auch nur zu einem eingebildeten Stelldichein mit Max und ohne dass dieser überhaupt etwas davon wusste.

«Du wirkst etwas verklärt», konstatierte Jette und musterte sie – genau so wie neulich Bert.

Hulda verzichtete auch jetzt auf eine Antwort, kippte nur stumm den Likör hinunter und spürte einen wohligen Schauder am Rücken. Dann riss sie sich zusammen und stand auf.

«Du musst jetzt ins Bett, meine liebe Jette», sagte sie. «Und ich habe noch etwas zu erledigen.»

Jettes Seufzer war abgrundtief, aber Hulda hatte ihren Entschluss längst getroffen.

26.

Montagnacht, vom 9. auf den 10. September 1929

Zitternd wickelte sich Milli in die kratzige Wolldecke, die Harry ihr gegeben hatte. Die Nächte waren schon kühl, und der nackte Zementboden der Hinterbühne erst recht, wenn man die ganze Nacht darauf kauerte. Suchend sah sie sich in dem dunklen Raum um, der nur schwach vom Mondlicht durchs Fenster erleuchtet wurde. Die Kulissen ragten vor ihr auf, im Zwielicht wirkten sie wie groteske Gebilde – Riesen, die an den Rändern verschwammen und mit dem Grauschwarz rundum verschmolzen. Zahlreiche Gegenstände, teilweise mit weißen Laken bedeckt, schimmerten geheimnisvoll, als bestünden sie selbst aus einem milchigen, unheimlichen Licht. Es roch nach Bühnenstaub, Schminke und den alten Polstern der Zuschauersessel.

Aus einem Impuls heraus stand Milli auf und schlich zu einem der weißen Tücher. Sie riss es herunter, und ein übergroßes bemaltes Schaukelpferd kam zum Vorschein, ein längst vergessenes Requisit aus älteren Tagen des Theaters, das Milli anbleckte. Hastig zog sie sich wieder zurück in ihre Ecke, wo die Schatten sie verbargen, das Laken hinter sich herschleifend. Sie faltete es und legte sich darauf, den Leib erneut fest in die Wolldecke gewickelt. Gleich war ihr etwas wohler.

Wie sehr der Mensch darauf angewiesen war, ein Zuhause

zu haben, dachte sie müde, einen Ort, an dem man sich geborgen fühlen konnte, wenigstens ein kleines bisschen. Selbst so ein gefaltetes Laken, dem ein leiser Modergeruch entstieg, war besser als nichts.

Einfach alles war heute den Bach heruntergegangen, noch schneller, als sie es je befürchtet hatte. Milli stöhnte, als sie an die Ereignisse des Tages dachte, und presste sich die geballten Fäuste auf die Augenlider, bis sie Sternchen sah. Sie durfte nicht an Edyta denken, die jetzt bei fremden Menschen war und sicher nicht verstand, wo ihre Großmutter war. Oder ihre Mutter, die sie beschützen sollte. Die doch nur dazu auf der Welt war, um ihrer Tochter beizustehen.

Aber Milli hatte versagt, kläglich versagt. Und Edyta musste dafür büßen. So ging es zu in der Welt, immer bezahlten die Schwächsten für die Fehler der anderen. Selbst wenn die, wie in Millis Fall, ebenfalls schwach waren. Dennoch war das keine Entschuldigung. Es wäre ihre Aufgabe gewesen, standhaft zu sein, sich gegen das Falsche aufzulehnen, um ihrer Tochter eine gute Mutter zu sein. Dass es ihr nicht gelungen war und nun alles auf diese Weise geendet hatte, war unverzeihlich.

Millis Gedanken wanderten zu Hulda Gold. Sie wusste, dass sie die Hebamme gereizt hatte, dass ihre Worte hart und ungerecht gewesen waren. Doch in diesem Moment dort in der armseligen Schlafkammer hatte sie sich in den Augen der anderen gespiegelt und sich regelrecht vor sich selbst geekelt. Und dann hatte Hulda gedroht, zur Polizei zu gehen, ihr Edyta wegzunehmen – und bei Milli war etwas im Innersten zersprungen, wie der Glaszylinder in einer Lampe, die durchbrannte. Sie hatte noch nie jemanden so sehr gehasst wie in diesem Augenblick die Frau mit den dunklen Haaren und dem seltsamen Blick, bei dem man nie genau wusste, wohin sie guckte. Diese Hulda hatte es gewagt, sich an ihrer Tochter zu vergreifen, an ihrem eigenen Fleisch und Blut!

Nicht einmal Leonore hasste sie so sehr in diesem Moment – dabei war die *Principessa* doch diejenige, die sie so quälte, seit so vielen Jahren erniedrigte und in Fesseln hielt. Aber das war eben das Merkwürdige an Leonore – und Milli wusste, dass es nicht nur ihr so ging, auch die anderen Mädchen empfanden so wie sie: Man stand in ihrem Bann, trotz allem. Sooft sie einen auch zwang, Dinge zu tun, die man nicht wollte, so sehr hoffte man doch auch auf ihre Gunst. So hart ihre Worte bisweilen waren, so süß schmeckte ihr seltenes und deshalb so kostbares Lob.

Im Leben bekam man so selten Lob, eigentlich nie, keins der Mädchen, die unter ihrer Fuchtel standen, hatte je wirkliche Liebe gespürt, weder von einer Mutter oder einem Vater noch von einem anderen Verwandten. Bei Leonore aber bekamen sie immerhin so etwas wie Anerkennung.

Milli erinnerte sich, wie sie im Theater am Schiffbauerdamm die *Dreigroschenoper* gesehen hatte. Das Stück hatte sie so sehr an ihr eigenes Leben erinnert! Leonore war ein weiblicher Jonathan Peachum, eine Königin der Bettlerinnen, von deren Laune alles abhing. Es war nicht wirklich Liebe, was sie ihren Mädchen zu bieten hatte, aber es kam näher an ein solches Gefühl heran als alles, was ihre Schützlinge sonst kannten. Aus diesem Grunde blieben sie und taten, was Leonore sagte – und wegen der furchtbaren Angst, was geschehen würde, wenn sie sich weigerten.

Millis Zähne schlugen aufeinander. Sie hatte keinen Plan, wusste absolut nicht weiter. Nachdem Hulda mit Edyta aus der Wohnung gelaufen war, hatte sie nur fliehen wollen. Doch sie wusste nicht, wohin, außer ins Theater. Zum Glück war Harry, den sie schließlich beim Aufräumen fand, wie immer ein guter Kamerad gewesen, und er hatte versprochen, sie nicht zu verraten. Er hatte sie auf die Hinterbühne geschmuggelt und ihr den Schlüssel für den Seiteneingang gegeben, damit sie von innen zusperren konnte. Später wollte er wiederkommen, mit etwas Brot. Und dann sollte sie ihm die ganze Geschichte erzählen.

Ach, armer Harry, dachte sie und kaute auf ihrer Unterlippe, er würde vergeblich darauf warten, dass sie ihm die Wahrheit sagte. Er würde sich erneut ihre Lügen anhören müssen. Eine wie sie konnte keine gute Freundin sein – sie konnte es sich buchstäblich nicht leisten.

Wieder dachte Milli an ihr Zuhause. Die Mutter zurückzulassen war nicht leicht gewesen, doch sie hatte einfach darauf vertraut, dass Hulda zurückkommen und sich um sie kümmern würde. Millis Gefühle für ihre Mutter waren längst nicht so stark wie für Edyta, die alte Frau war ihr schon lange fremd. Sie schämte sich dafür, denn Rozalia hatte sie geboren, aufgezogen und ernährt, immerhin das. Dann war die Krankheit gekommen, das Zittern, Bettnässen, der Verlust der Sprache. Doch Milli war ihr nichts schuldig geblieben, sie hatte sich zur Ernährerin der Familie aufgerappelt, hatte dafür gesorgt, dass jeden Tag etwas zu essen auf dem Tisch stand. Umgekehrt war sie froh gewesen, Edyta nicht ganz allein lassen zu müssen in den Nächten, wenn sie fortmusste. Doch natürlich wusste sie, dass ihre Mutter Hilfe brauchte, dass sie eigentlich nicht mehr bei ihnen leben konnte. Und dass Edyta etwas Besseres verdient hatte. Nur war es leider so, dass es nichts Besseres gab. Milli hatte nichts weiter zu geben.

Wie kam es bloß, dass manche Menschen ein sauberes, schönes Zuhause hatten, dachte sie und schlang die Arme noch fester um sich, als wollte sie sich Halt geben, und andere so unsäglich leiden mussten?

Wieder schoss ihr eine Zeile aus der *Dreigroschenoper* durch den Kopf. *Das Recht des Menschen ist's auf dieser Erden / Da er doch nur kurz lebt, glücklich zu sein.* Und doch galt das für so viele nicht – was Brecht natürlich gewusst hatte, als er den Text schrieb. Und sie, Milli, wusste es auch.

Die himmelschreiende Ungerechtigkeit nahm ihr schier den Atem, und sie musste einfach wieder aufspringen und auf der dunklen Hinterbühne hin und her gehen, um den Gedankenstrom zu unterbrechen. Ihre Schritte hallten gespenstisch durch das leere Theater, und Milli spürte, wie ihr die Tränen über das Gesicht rannen.

Da klopfte es draußen am Seiteneingang. Es klopfte einmal und dann, als Milli schreckensstarr stehen blieb und horchte, noch ein zweites Mal. Sie schlich zur Tür und horchte.

«Harry?», rief sie halblaut, und ihre Stimme hallte so unheimlich durch den Raum, dass sie eine Gänsehaut bekam.

Draußen meldete sich niemand. Da klopfte es wieder, energischer diesmal. Und plötzlich hielt Milli es nicht mehr aus. Sie war so allein und das Theater so dunkel und verlassen. Es musste einfach Harry sein, sagte sie sich, also drehte sie mit bebenden Fingern den Schlüssel im Schloss und öffnete.

Draußen, beschienen von einer Laterne, stand Hulda Gold. Ihre modische Kappe saß ein wenig schief auf dem Kopf, und ihr Lächeln flackerte.

«Milli ...», sagte sie mit rauer Stimme – erleichtert, wie es schien. «Ich wusste, dass Sie hier sein müssen.» Sie stellte ihren Fuß mit dem Stiefel in die Tür, ehe Milli den Eingang zuschlagen konnte. «Ich muss mit Ihnen reden.»

«Sie haben schon genug gesagt», erwiderte Milli feindselig. «Und vor allem genug angerichtet, *Fräulein Gold.*» Sie wollte nicht zu vertraut mit der Frau sprechen, die ihr heute das Liebste genommen hatte, was sie im Leben besaß. Außerdem bemühte sie sich, ihre Stimme fest, ja hochmütig klingen zu lassen, konnte jedoch nicht verhindern, dass sie sich eher kleinlaut anhörte.

Es war seltsam, aber sosehr sie diese Hulda Gold heute Vormittag verabscheut hatte, so froh war Milli jetzt, sie zu sehen und nicht mehr allein mit sich und ihren quälenden Gedanken sein zu müssen. Sie beide kannten sich nur flüchtig, und doch wusste niemand sonst so viel über sie. Außer vielleicht Leonore. Aber Milli spürte, dass Hulda ihr im Gegensatz zu der *Principessa* wirklich gewogen war. Der Instinkt sagte es ihr.

Trotzdem musste sie vorsichtig sein, mahnte Milli sich stumm, denn diese Hebamme war die einzige Fährte, die sie zu ihrem Kind hatte. Und die einzige Person, die ihr helfen konnte, Edyta bald wiederzusehen. Auf keinen Fall durfte sie ihr blind vertrauen, auf keinen Fall einen Fehler machen.

Mit pochendem Herzen trat sie einen Schritt zurück und ließ Hulda herein. Kurz spähte sie noch aus dem Türspalt auf den nächtlichen Nollendorfplatz. Die Laternen lagen im Nebel, ihr Licht flackerte wie halb erstickte Feuer, und eine einsame Nachtbahn ratterte am schwarzen Himmel vorüber. Mit ihren erleuchteten Fenstern wirkte sie wie ein Kometenschweif.

Schnell schlug Milli die Hintertür des Theaters zu und drehte den Schlüssel im Schloss. Dann wandte sie sich zu Hulda um. Ein sanfter Likörduft umwehte sie, und ihre Bewegungen schienen eine Spur fahriger als sonst. Es erleichterte

Milli ungemein, als sie erkannte, dass auch das scheinbar perfekte Fräulein Gold nicht unfehlbar war. Es machte die Situation seltsamerweise um einiges besser.

«Wo ist mein Kind?», fragte Milli rundheraus. «Und was geschieht mit meiner Mutter?»

Hulda kam einen Schritt näher und legte eine Hand auf ihren Arm. Milli ließ es geschehen. «Ihre Mutter ist im Krankenhaus», sagte sie. «Sie schien sehr verwirrt, und man wird sie erst einmal untersuchen und dann vermutlich weiter überweisen. Sie kann nicht mehr allein leben, aber das wissen Sie ja am besten.» Die Hebamme hielt einen Moment inne, dann fuhr sie fort: «Und Edyta ist ebenfalls in guten Händen.» Sie sah Milli eindringlich an. Ihr Gesicht leuchtete im Mondlicht auf, als sich eine Wolke verzog. «Sie ist in einem Kinderheim in Wilmersdorf, aber nur so lange, bis man eine Pflegefamilie findet.»

«Und wie lange wird das dauern?», fragte Milli leise.

«Das weiß ich nicht», sagte Hulda, und Milli rechnete es ihr hoch an, dass sie ihr keine Lügen auftischte, auch wenn die Wahrheit unbequem war. «Aber vielleicht kann sie auch schon bald wieder zu Ihnen zurück, Milli. Wenn Sie sich helfen lassen. Wäre das nicht das Beste?»

«Sagen Sie es mir», antwortete Milli trotzig, «schließlich haben Sie mir Edyta ja weggenommen.»

«Aber Sie wissen doch selbst, dass es so nicht weitergehen konnte.» Huldas Griff um ihren Arm verstärkte sich. «Sie müssen Ordnung in Ihr Leben kriegen, Milli, und dann sieht vielleicht alles ganz anders aus.»

Milli sank erschöpft zu Boden. Sie schlug die Hände vors Gesicht und schluchzte auf.

«Ich weiß nicht, wie ich das schaffen soll», wimmerte Milli, «so etwas wie Ordnung kenne ich gar nicht. Ich habe es nie gelernt.»

«Falsch», sagte Hulda, ließ sich ihr gegenüber nieder und legte beide Hände auf Millis Knie. Ihre Gesichter waren jetzt ganz dicht voreinander. «Sie hatten nie die Chance dazu, es zu lernen. Aber das können wir ändern.»

«Wie?», schluchzte Milli.

«Das besprechen wir am besten bei Tageslicht», sagte Hulda und tätschelte Millis Knie. «Es gibt eine Menge Anlaufstellen, die Ihnen helfen können, fürs Erste jedenfalls.»

Milli heulte noch immer. Sie schämte sich, weil sie vor Hulda Gold weinte wie ein kleines Gör, aber sie konnte es nicht verhindern. Etwas an der Art, wie die Frau zu ihr sprach, und an der Wärme ihrer Hände, die Milli durch ihre fadenscheinigen Strümpfe hindurch spürte, ließ ihr Inneres schmelzen wie Butter in der Sonne. Es tat so gut, dass jemand freundlich zu ihr war – selbst wenn es sich dabei um die Frau handelte, auf die Milli zuvor noch so unglaublich wütend gewesen war.

Dann fiel ihr ein, dass auch Leonore einst freundlich zu ihr gewesen war – und heute bezahlte Milli den höchsten Preis für das kurze Gefühl von Geborgenheit, das die *Principessa* ihr einst gegeben hatte. Das Letzte, was sie brauchte, war noch jemand, nach dessen Pfeife sie zu tanzen hatte.

Kurzerhand schob sie Huldas Hände fort. «Sagen Sie es mir jetzt», beharrte sie. «Was soll ich tun?»

Hulda schwieg einen Moment. Dann räusperte sie sich.

«Erst einmal müssen Sie mir sagen, wer diese geheimnisvolle Frau ist», sagte sie. «Diese *Principessa*, wie Sie sie nennen. Sie darf Sie nicht länger in ihre Machenschaften hineinziehen. Und ich muss wissen, ob Sie an dem Tod dieses Mannes im *Sachsenhof* beteiligt waren. Denn wenn ja, Milli, dann ...»

«Was dann?», fuhr Milli auf. «Dann verraten Sie mich an die Polizei, was?»

«Nein!», sagte Hulda, und Milli zuckte erstaunt zurück bei der Schärfe, die plötzlich in der Stimme der Hebamme lag. «Aber dann brauchen Sie einen verdammt guten Anwalt.»

Milli war verwirrt. «Sie würden mich nicht verraten?», fragte sie kleinlaut.

«Nicht, wenn ich es verhindern kann», sagte Hulda.

«Aber warum?», fragte Milli entgeistert. «Stellen Sie sich vor, ich hätte ihn getötet. Wäre ich dann nicht ein Monster, das man dingfest machen muss?»

Wieder schwieg Hulda, und Milli spürte, dass es in der Frau, die im Schneidersitz ihr gegenüber hockte, arbeitete.

«Ich weiß es nicht», erwiderte Hulda schließlich. «Etwas sagt mir, dass Sie nicht schuld daran sind. Oder dass es ein Unglück gewesen sein muss. Ein Monster sind Sie jedenfalls nicht, egal, was Sie getan haben.»

«Ich war es nicht», flüsterte Milli. «Aber ich hätte es genauso gut sein können, verstehen Sie? Es macht keinen Unterschied, wer ihm das Zeug ins Glas gekippt hat. Diesmal war ich es nicht, das stimmt, und ich schätze, Zeugen könnten das auch bestätigen. Aber ich hätte es jederzeit getan, wenn sie mich darum gebeten hätte.»

«*Sie*?», fragte Hulda. «Die *Principessa*?»

«Sie heißt nicht wirklich so», gab Milli zu. «Aber sie gefällt sich in der Rolle.»

«Und wie heißt sie wirklich?», fragte Hulda.

Milli presste die Lippen aufeinander.

«Sie werden es mir nicht sagen.» Hulda seufzte. «Gut. Das hatte ich auch nicht erwartet. Sie haben schließlich Angst vor dieser Frau. Und Sie sind vermutlich nicht die Einzige.»

«Nein, wir sind viele», murmelte Milli.

«Wie viele?»

Sie zuckte mit den Achseln. «Zwanzig, vielleicht mehr? Genau weiß ich es nicht. Es gibt keine Mitgliederversammlung oder so.» Sie lachte höhnisch auf.

«Aber trotzdem gehören Sie zusammen? Sie alle arbeiten für diese Frau?»

«Kann man so sagen», gab Milli widerstrebend zu. «Aber ich kenne längst nicht alle anderen Mädchen. Das einzige Bindeglied ist Le- ...» Sie verschluckte sich, weil sie beinahe den Namen preisgegeben hätte. «Die *Principessa* eben!»

«Und was», fragte Hulda und rückte wieder näher, «müsste passieren, damit sie euch in Ruhe lässt?»

«Da müsste die Hölle zufrieren», sagte Milli spöttisch. «Sie hat uns alle in der Hand. Wenn sie den Mund aufmacht und uns hochgehen lässt, landen wir alle hinter Gittern, dafür hat sie schon vor langer Zeit gesorgt. Jede von uns hat mehrere Vergehen am Hals ...» Sie zögerte. «Abgesehen von unsittlichem, widernatürlichem Verhalten», fügte sie mit Todesverachtung in der Stimme hinzu. «Sie wissen schon.»

«Ja», sagte Hulda tonlos. «Ich habe die Wunden an Ihren Armen gesehen, Milli. Aber das macht Sie doch nur noch mehr zum Opfer.»

«Das würden die Behörden nicht so sehen», sagte Milli, die bei Huldas Worten unwillkürlich an ihren Pulloverärmeln zog. «Und schon gar nicht die Bullen. Mädchen wie wir sind nur Abschaum, das wissen Sie doch. Wir Frauen werden ohnehin immer härter bestraft als Männer. Ich würde ganz sicher im Zuchthaus landen, es ist alles illegal, was sie von uns verlangt. Und Edyta würde ich nie wiedersehen.» Ihr Herz setzte beinahe aus bei dieser Vorstellung. «Das darf nicht passieren!», sagte sie laut und sprang auf. Sie verschränkte die Arme vor der Brust und sah herausfordernd zu der am Boden sitzenden Hebamme.

Hulda erhob sich ebenfalls, wenn auch mit etwas schwerfälligen Bewegungen. «Ich habe Ihnen schon versprochen, dass ich die Klappe halte», sagte sie. «Am wichtigsten ist jetzt, dass Sie Schluss machen mit diesen krummen Dingern. Dass Sie sich auf Ihren Beruf konzentrieren, auf Ihre Kunst. Sie verdienen doch etwas im Theater, oder?»

«Schon», gab Milli zurück, «aber es ist nicht viel. Und sie zwingt uns, einen großen Teil unserer Einnahmen abzugeben. Darum muss ich ja auch so oft noch nachts für sie ... *arbeiten*» Sie schluckte bei dem Wort. «Ich komme sonst auf keinen grünen Zweig.»

«Aber es muss doch eine Möglichkeit geben auszusteigen», sagte Hulda ungläubig.

Milli lachte. Es war ein bitteres Lachen, das ihr im Halse stecken blieb. Diese Hebamme mochte vielleicht gut in ihrem Beruf sein, sie hatte sicher Erfahrung mit Kindern, mit Geburten und dem ganzen Kram, aber in diesem Moment fühlte Milli sich ihr hoffnungslos überlegen. «Nein», sagte sie schlicht und hob die Schultern. «Das ist es ja, ich kann nicht raus. Bis zum Lebensende nicht.» Und auf einmal überkam sie große Wut. «Ich wünschte, sie wäre tot», stieß sie aus. «Dann wäre ich endlich frei.»

Hulda seufzte erneut. Sie schlang jetzt ebenfalls die Arme um ihren Leib. «Es ist spät», sagte sie. «Morgen ist auch noch ein Tag. Kommen Sie, hier können Sie doch nicht bleiben.»

«Es ist der einzige Ort, an dem ich wirklich gern bin», sagte Milli und ließ ihren Blick über die dunkle Hinterbühne schweifen. Es stimmte, ging ihr in diesem Moment auf, nirgendwo sonst fühlte sie sich so zu Hause wie im Theater. Merkwürdigerweise war genau das der Ort, an dem sie nicht vorgeben musste, jemand anderes zu sein als sie selbst, sogar, wenn sie ihre Rollen spielte.

«Also gut», sagte Hulda. «Ich würde Ihnen raten, sich in den nächsten Tagen nicht allzu viel draußen blicken zu lassen, falls die Polizei nach Ihnen sucht. Wir sollten darauf warten, dass sich die Wogen etwas glätten.»

Milli zuckte zusammen. Ihr wurde schwindlig. Doch sie zwang sich, aufrecht stehen zu bleiben und sich nichts anmerken zu lassen. Deshalb nickte sie knapp, als ginge es nicht um Leben und Tod.

«Kommen Sie am späten Samstagnachmittag ins *Café Pony*», sagte Hulda. «Bis dahin ist etwas Gras über die Sache gewachsen, und wir können weiterreden.»

«Mal sehen», sagte Milli vage. Doch sie wusste, dass sie kommen würde. Was blieb ihr anderes übrig? Es war der einzige Weg. Der einzige Weg zu Edyta!

«Ich erwarte Sie», sagte Hulda. «Samstag. Vergessen Sie es nicht.» Mit diesen Worten drehte sie sich schlingernd um die eigene Achse, ging mit raschen Schritten zur Tür und ließ sich selbst hinaus.

Als Milli hinter der Hebamme abgeschlossen hatte und sich die Stille wieder in den stummen Kulissen ausbreitete, hatte sie plötzlich das unwirkliche Gefühl, Hulda Gold wäre gar nicht da gewesen. Ihr war, als hätte sie das ganze Gespräch nur mit sich selbst geführt. Und ganz besonders einer der Sätze, die gefallen waren, hallte durch ihren Kopf, schlug ihr wie ein nimmer endendes Echo gegen die Schädeldecke. War sie es, die ihn gesagt hatte? Es verschaffte ihr unendliche Befriedigung, den Satz wieder und wieder zu denken und ihn schließlich sogar vor sich hin zu flüstern: «Ich wünschte, sie wäre tot.»

Und auf einmal wurde ihr klar, dass sie nicht die Einzige hier in der Gegend war, die so dachte.

27.

Dienstag, 10. September 1929

Elegant wie eine Dame hüllte sich der abendliche Savignyplatz in dunkel schimmerndes Gold, das von den Laternen auf das schöne Pflaster träufelte. Aus den Restaurants, die entlang der Kantstraße geöffnet waren, klangen das leise Klirren von Gläsern, Stimmengewirr und gedämpfte Musik. Hulda lief unter den mächtigen Linden her, von denen immer noch kleine gelbe Blätter durch die milde Abendluft segelten und sich auf ihre Schulter legten oder ihren Scheitel, ehe ein Windhauch sie erneut fortwirbelte.

Sommer oder Herbst?, dachte Hulda, als sie die breite Kantstraße überquerte, nachdem zwei voll besetzte Doppeldeckerbusse vorbeigefahren waren. Das Wetter konnte sich noch immer nicht entscheiden, die beiden Jahreszeiten lieferten sich einen tänzerischen Wettstreit.

Ein Kellner, der vor der Bar an der Ecke nach Kundschaft gierte, lächelte sie gewinnend an. «Ein Gläschen Wein, junge Dame?», fragte er und deutete servil auf ein rundes Tischchen, das frei geblieben war.

Hulda verneinte freundlich und ging weiter, während er schon den nächsten Passanten anhielt. Der Likör, den sie gestern Abend mit Jette getrunken hatte, saß ihr nach einer allzu kurzen Nacht in den Knochen. Beim Gedanken an das Drama um Milli spürte sie sofort wieder ein schlechtes Gewissen, weil sie wusste, dass sie streng genommen mit der Polizei reden müsste. Aber sie hatte der jungen Schauspielerin gestern Nacht versprochen, ihr zu helfen, und daran würde sie sich halten. Milli verdiente kein Leben hinter Gittern, und Hulda hatte längst beschlossen, ihrem Gerechtigkeitsempfinden in diesem Fall die Oberhand zu lassen und nicht dem manchmal blinden Gesetz.

Die Abendsonne schien schräg über die gemauerten Stadtbahnbögen auf die Gartenanlage, die hier vor wenigen Jahren geschaffen worden war. Das goldgelbe Licht ergoss sich über den Rasen und die Blumenrabatten entlang der schmiedeeisernen Zäune. Hulda drehte sich um und sah zurück zum Bahnhof, wo sie an der südlichsten Stelle der Grünanlage einen Kiosk entdeckte, an dem Limonade und Zeitungen verkauft wurden. Bei dem Gedanken an die kleinen Flaschen mit dem zitronigen Getränk packte sie kurz und jäh die Sehnsucht nach Meta. Ihre Tochter liebte diese Sorte und ließ keine Gelegenheit aus, Hulda eine Flasche aus den Rippen zu leiern.

Hulda hatte mittags in Frohnau angerufen und von einer einsilbigen Viktoria erfahren, dass es Meta wunderbar ging. Sie machte gerade einen Spaziergang mit Jolante und fuhr die Puppe Jette durch die Villengegend.

«Eins noch, Hulda», hatte Viktoria dann gesagt, und ihre Stimme hatte plötzlich einen betrübten Ton angenommen. «Der Zustand von Margaretas Kleidern ...»

«Ja?», hatte Hulda gefragt, obwohl sie genau wusste, worauf es hinauslief.

«Du müsstest mehr darauf achten, sie in Ordnung zu halten», sagte Viktoria. «Ich meine es nur gut, weißt du? Kleider machen schließlich Leute.» Sie räusperte sich. «Und deshalb habe ich die Sache in die Hand genommen.»

Hulda hatte kurz das Gefühl gehabt, gleich zu explodieren, doch dann hatte sie sich zusammengerissen. Sie konnte schlecht ihre Tochter für eine knappe Woche bei den Wenckows abladen, sich aber weiterhin jegliche Einmischung verbitten. Wenn man Hilfe annahm, durften die Helfenden auf einmal mitreden, das war schon immer so gewesen, das war der Preis. Und als Hulda daran dachte, wie sehr auch sie sich im Namen der Hilfsbereitschaft in das Leben anderer einmischte – ungefragt zum Beispiel auch in das von Milli –, konnte sie auf einmal ganz ruhig sagen: «Danke schön.»

Nach dem Gespräch hatte Hulda versucht, sich auszumalen, was es bedeutete, wenn Viktoria Wenckow etwas *in die Hand nahm.* Sie machte sich auf das Schlimmste gefasst.

Langsam schlenderte sie zum Eckhaus hinüber, in dem ihr Vater in einer großen Atelierwohnung lebte. Das leicht beklommene, fremde Gefühl, das sie stets beim Anblick seines Klingelschilds überfiel, schob sie heute entschlossen weg. Tatsächlich war sie nicht oft hier bei ihm in Charlottenburg, und wenn doch, dann hatte sie in der letzten Zeit stets Meta bei sich gehabt. Das kleine Mädchen war ein Puffer zwischen Benjamin und ihr, der größere Zusammenstöße verhinderte, und gleichzeitig der Klebstoff, der sie zusammenhielt. Heute allerdings wollte Hulda die Gelegenheit nutzen, um allein mit ihrem Vater zu sprechen. Sie wollte herausfinden, ob er schon öfter Zielscheibe von Gewalt und Spott geworden war, und ihm ins Gewissen reden, vorsichtiger zu sein. Und vor allem wollte sie – auch wenn sie sich das nicht eingestand – heute Abend auf keinen Fall allein zu Hause sitzen und sich selbst davon abhalten müssen, beim Fräulein vom Amt nach dem

Anschluss eines gewissen Max Dessauer zu fragen. Er hatte gesagt, dass er sich etwas einfallen lassen würde, und nun musste sie einfach warten – und ihn nicht so mir nichts, dir nichts zu sich nach Hause einladen. Das wäre nicht fair!

Aber sie brauchte um jeden Preis Ablenkung. Immer, wenn sie an Milli und die kleine Edyta dachte, spürte sie, wie sich in ihr etwas schmerzlich zusammenzog. Sie wollte ihnen so gern helfen! Aber noch wusste sie nicht genau, wie.

Hulda drückte die schwere Tür auf, die nicht verschlossen war, und trat ins herrschaftliche Treppenhaus. Auf Knopfdruck flammte elektrisches Licht in den Wandleuchten auf. Die Decken waren mit Ornamenten verziert, dicke rote Läufer bedeckten die Treppenstufen und verschluckten Huldas Schritte, und ein poliertes Geländer aus Mahagoni wand sich wie eine Schlange empor.

Hulda stieg hinauf, bis sie vor Benjamins Tür stand. Sie klopfte einmal leise. Von drinnen klang Musik, und Hulda hörte einen Mann reden, doch es war nicht Benjamins volltönende Stimme, sondern ein tiefer, brummiger Bass. Offenbar hatte ihr Vater Besuch.

Sie wollte auf keinen Fall stören und wandte sich gerade wieder zum Gehen, da wurde die Wohnungstür aufgerissen. Ein unbekanntes, bärtiges Gesicht sah ihr entgegen. Der Mann trug einen schwarzen Anzug aus glänzendem Stoff und spitze Schnabelschuhe. Einen Moment starrte er sie an, dann huschte ein Lächeln über sein Gesicht.

«Benjamin», rief er über die Schulter, «es ist nicht der Lieferjunge aus der *Dicken Wirtin*, sondern eine fremde Schönheit.»

«Erlauben Sie mal!», begann Hulda, doch da tauchte schon ihr Vater hinter dem Unbekannten auf. Sein silberweißes

Haar stand wie ein leuchtender Kranz um sein Gesicht, auf der Wange klebte ein Pflaster, und er trug einen seidenen Kimono in Dunkelblau. In der Hand hielt er ein halb gefülltes dickwandiges Whiskyglas.

«Huldakind», rief er, dann stieß er den anderen Mann in die Seite. «Die ist nichts für dich, Simon», sagte er und lachte dröhnend, dass es durchs ganze Treppenhaus hallte.

«Alles hast du dann doch nicht zu bestimmen, Benjamin», sagte der Angesprochene und grinste.

Er betrachtete Hulda weiterhin anerkennend, doch sie trat auf ihn zu, ehe er weiter mit ihr flirten konnte, und hielt ihm die ausgestreckte Hand hin.

«Ich bin Hulda Gold», sagte sie mit fester Stimme.

«Meine Tochter», ergänzte Benjamin mit sichtlichem Vergnügen.

Simon machte ein langes Gesicht. «Verflixt», sagte er und schüttelte Huldas Hand. Dann hellte sich sein Gesicht wieder auf. «Endlich lerne ich Sie einmal kennen», sagte er. «Ihr Vater versteckt Sie ja geradezu.»

«Das ist doch gar nicht wahr!», rief Benjamin. «Meine Tochter ist diejenige, die sich rarmacht. Ich lade sie immer wieder ein, aber sie ziert sich und will möglichst nicht mit ihrem alten Herrn gesehen werden.»

Er zog Hulda in die Wohnung und schloss die Tür.

«Tatsächlich?», fragte Simon und strich sich verwundert über den Bart. «Aber wie könnte man denn nicht gern mit dem göttlichen Benjamin Gold in Verbindung gebracht werden wollen? Da sein Ruhm doch auch ein wenig auf uns arme Sterbliche abfärbt?»

Aus seiner Stimme klang liebevoller Spott.

«Hören Sie nicht auf meinen Vater», sagte Hulda und drückte Benjamin einen flüchtigen Kuss auf die Wange, knapp unterhalb des Pflasters. Die Wunde schien gut zu verheilen, bemerkte sie erleichtert. «Ich gehöre nur einfach nicht in seine Welt, das ist alles.»

«Oder ich in deine», sagte Benjamin.

«Das», erwiderte Hulda spitz, «war schließlich vor langer Zeit *deine* Entscheidung.»

Ein unbehagliches Schweigen breitete sich im Flur aus. Dann warf Benjamin die Arme in die Luft.

«Aber nun bist du ja da», rief er betont fröhlich. «Kommt, kommt, Kinderchen. Wir brauchen mehr zu trinken. Wo nur diese Kanaille aus der *Wirtin* bleibt?» Und an Hulda gewandt fügte er hinzu: «Ich habe Erbsensuppe bestellt, und wir sind am Verhungern.»

Hulda folgte ihm und Simon ins Wohnzimmer, in dem sie sich bei ihren früheren Besuchen nie lange aufgehalten hatte. Wie jedes Mal, wenn sie den Raum betrat, war sie gegen ihren Willen beeindruckt von dem schimmernden Dunkel des Nussbaumholzbodens, den seidenen Vorhängen und der modernen Einrichtung. Auf einem alten Nähmaschinentisch stand ein Grammophon und spielte Musik. In einem marmornen Aschenbecher daneben lag eine Zigarre und qualmte. Das flache Sofa aus Leder war nagelneu, es glänzte im Licht einer Bauhausleuchte, die wie ein ferner Planet von der Zimmerdecke hing. Und die weißen, sicher viereinhalb Meter hohen Wände waren bedeckt von großformatigen, bunt bemalten Leinwänden, die, wie Hulda wusste, fast alle von Benjamin selbst oder von seinen Freunden aus der Kunstakademie stammten – und wahrscheinlich ein Vermögen wert waren.

«Setz dich», sagte Benjamin. «Was trinkst du?»

Hulda ließ sich vorsichtig auf dem Sofa nieder, es quietschte ein wenig. Simon hatte sich in einen Freischwinger aus Stahlrohr und hellem Tuch fallen lassen, der im Gegensatz zu Huldas Stuhl in der Eisenacher Straße sicherlich nicht vom Trödler stammte, sondern vermutlich von Mies van der Rohe nach Fertigstellung persönlich vorbeigebracht worden war.

«Kognaksoda?», fragte sie spitzbübisch, weil sie sicher war, dass ihr Vater das nicht im Haus hatte. Jetzt war ihr doch nach einem Gläschen zumute.

Aber Benjamin öffnete, ohne eine Miene zu verziehen, eine verspiegelte Klappe in einem Sideboard, hinter der eine ganze Bar zum Vorschein kam. Er nahm ein hohes, geschliffenes Glas und mixte im Handumdrehen den gewünschten Drink, der den Vergleich mit dem Kognaksoda im *Moka Efti* augenscheinlich nicht zu scheuen brauchte. Mit einer eleganten Verbeugung reichte er ihn Hulda und füllte dann die Gläser der Herren aus der Whiskyflasche auf.

«Ich habe euch noch gar nicht richtig bekannt gemacht», sagte er. «Hulda, das hier ist ein guter Freund und Weggenosse von mir, Simon Pasternak. Ein genialer Architekt und Bildhauer und ein begnadeter Theoretiker, von dem wir in den nächsten Jahren noch viel hören werden.»

«Danke für die Blumen», sagte Simon und nippte an seinem Getränk, «aber heute wollten wir ja nicht über die durchlauchte Akademie und den ganzen Schmarrn reden.»

«Worüber redet ihr dann?», wollte Hulda wissen und nahm ebenfalls einen Schluck. Der Drink tat sehr gut.

Eins musste der Neid Benjamin Gold lassen, dachte sie, ihr Vater hätte, wäre er nicht Teil der Leitung in der Berliner Kunstakademie, ebenso gut sofort als Barmann anfangen können. Ihm hätte auch in diesem Metier – daran gab es keinen Zweifel – eine glänzende Karriere geblüht.

«Als Sie uns vorhin mit Ihrer holden Erscheinung retteten», sagte Simon spitz, «sprachen wir gerade vom Geld.»

«Auch kein sehr erbauliches Thema», sagte Benjamin und griff nach der qualmenden Zigarre. Etwas in seinem Tonfall ließ Hulda aufhorchen.

«Wieso?», fragte sie, ohne nachzudenken. «Du liebst es doch so. Das Geld, meine ich.»

Wieder schwiegen alle drei einen Moment.

«Nun», sagte Benjamin dann gedehnt und leiser, als es für ihn typisch war, «das stimmt schon. Aber leider liebt das Geld mich in diesen Tagen nicht allzu sehr. Jedenfalls hat ein beträchtlicher Teil gerade das Weite gesucht.»

Simon räusperte sich. «Ihr lieber Vater», sagte er mit Grabesstimme, «hat sich verspekuliert. Dabei ist er sonst doch auf geradezu ekelhafte Weise ein Glückskind.»

Benjamin winkte ab. Kleine Rauchkringel schwebten aus seinem Mund. «Wir müssen meine Tochter nicht mit Details langweilen», sagte er. «Fakt ist, dass ich ein paar Investitionen im Ausland getätigt hatte, und die sind leider nicht ganz so gelaufen, wie meine Berater es mir prophezeit haben. Die wirtschaftliche Lage der Welt scheint desolater, als ich annahm.»

Simon ließ eine Hand als Faust in die Luft fahren und spreizte dann plötzlich die Finger. «Puff!», machte er und leerte sein Glas in einem Zug. «Geplatzt wie eine Blase.»

«Jetzt ist es aber genug», sagte Benjamin scharf.

Hulda sah ihren Vater an. «Du hast Geld verloren?», fragte sie. «War es viel?»

«Tja ...» Benjamin zuckte achtlos mit den Schultern. «Es war nicht wenig.»

Simon hustete theatralisch.

«Aber du musst dir keine Sorgen machen, Hulda», sagte

Benjamin hastig, während er Simon einen warnenden Blick zuwarf. «Dein alter Vater hat alles unter Kontrolle.»

«So?», fragte Hulda. «Hast du das? So wie die Sache mit diesen Schlägern?»

«Oho», sagte Simon und sah Benjamin herausfordernd an. «Deine Tochter ist auf Draht.» Dann wandte er sich wieder an Hulda. «Was sagen Sie nur zu dieser schlimmen Geschichte? Eine echte Ganovenkomödie, in die ihr Herr Vater da neulich geraten ist.»

«Das ist keine Komödie», sagte Hulda ärgerlich, «das war politisch.» Sie blickte zu Benjamin. «Du musst wirklich vorsichtiger sein!»

«Du hast gut reden, Huldakind!», fuhr nun auch Benjamin auf. «Du warst es doch, die neulich nachts gerade noch diesem randalierenden Mob entkommen ist, als vor dem Theater am Nollendorfplatz krakeelt wurde.» Er schüttelte betrübt seinen silbernen Schopf. «Ich hatte dich gewarnt, aber du musstest ja unbedingt in dieses Stück gehen. Bei deiner Rückkehr sahst du aus, als hättest du einen Geist gesehen.»

«Sie waren da?», fragte Simon überrascht. Hulda schien es, als musterte er sie mit erwachtem Respekt. «In Mehrings Skandalpremiere? Wie fanden Sie das Stück?»

«Ich weiß nicht», sagte Hulda und hob die Achseln, «ich fürchte, ich verstehe nichts vom Theater.»

«Es muss grandios sein», sagte Simon mit verklärter Stimme. «Mutig und wegweisend. Das schreibt jedenfalls Kerr, und ihm glaube ich alles.»

Benjamin schnaubte. «Das sehen aber nicht alle so», sagte er.

«Wen interessiert die Meinung von diesen völkischen Hunden?», fragte Simon und machte eine wegwerfende Geste.

«Ich meine auch Kritiker aus unseren Reihen», gab Benjamin zurück. «Sie finden, dass Mehring unnötig den Antisemitismus schürt, indem er den alten Juden zum Bösewicht des Stücks stempelt.»

«Ja», sagte Simon spöttisch, «wenn es nach euch ginge, sollte der Jude an sich unsichtbar werden. Kein *Risches* machen, nicht auffallen, immer unfehlbar sein, oder? Das ist diese glorreiche Assimilation, die euch vorschwebt.»

«Wer ist denn *ihr*?», fragte Benjamin.

«Das weißt du genau, mein Freund», erwiderte Simon scharf. Hulda sah zwischen den beiden Männern hin und her. «Ihr glaubt, ihr seid genauso deutsch wie alle Deutschen», fuhr Simon fort. «Ihr glaubt, man sieht euch das Jüdische nicht mehr an. Aber guck doch, was passiert ist. Dich haben sie angegriffen, diese Schläger von der SA, ausgerechnet dich. Und das auch noch direkt am Pariser Platz, praktisch vor aller Augen! Bist doch nicht so unangreifbar, nur weil du keine Schläfenlocken mehr trägst, oder?»

«Das habe ich auch nie behauptet», sagte Benjamin und zog die Schultern zusammen.

Hulda bemerkte wieder einmal, was meistens nicht sichtbar war, ganz selten aber eben doch durch Benjamins kraftstrotzendes Selbstbewusstsein schimmerte – dass ihr Vater ein alternder Mann war. Und sie erinnerte sich, dass er an dem Abend des Überfalls ganz ähnliche Worte benutzt hatte wie jetzt Simon. Dass keiner von ihnen sicher sei, und dass sie alle, die eine jüdische Herkunft hatten, auf der Hut sein müssten.

«Was wäre denn dein Vorschlag?», fragte er müde. Er legte die halb aufgerauchte Zigarre in den Aschenbecher.

«Ihr solltet in die Offensive gehen», sagte Simon. «Euch als Juden zeigen und gleichzeitig euren Platz als deutsche Bürger behaupten.»

«Leicht gesagt», murmelte Benjamin, und seine Stimme klang voller Bitterkeit. «Den meisten unserer deutschen Mitbürger wäre es wohl am liebsten, wir würden uns in Luft auflösen.»

Hulda trank ihr Glas aus und stand auf. Ein Frösteln lief ihr über den Rücken. Wieder dachte sie an Meta, und sie war unendlich dankbar, dass ihre kleine Tochter gut behütet in Claras Mädchenzimmer im Bett lag, unter einer spitzenbesetzten, warmen Decke, im Arm sicherlich das geliebte Jettchen und rund um das weiche Kopfkissen die alten Teddybären von ihrem Vater Johann, die ihren Schlaf bewachten.

Dennoch hätte Hulda alles gegeben, um sie jetzt nur für einen Augenblick in die Arme ziehen zu können.

«Ich muss nach Hause», sagte sie zu Benjamin, «ich wollte nur kurz nach dir sehen, wegen dieser ... dummen Sache von neulich Abend. Aber ich sehe, es geht dir gut.»

Als hätte er ihre Gedanken gelesen, sah sich Benjamin auf einmal suchend um. «Wo ist eigentlich Meta?», fragte er alarmiert. «Es ist doch schon spät.»

«Sie ist bei den Wenckows», sagte Hulda lachend. Ihr Vater lebte wirklich in seiner ganz eigenen Welt. «Die Kindertagesstätte musste diese Woche leider schließen, da habe ich sie nach Frohnau gebracht. Schließlich muss ich arbeiten.»

«Warum hast du mich denn nicht gefragt?» Benjamin wirkte ehrlich entgeistert. Seine Wangen leuchteten vor Eifer. «Sie ist doch mein Augenstern, ich hätte sie zu mir nehmen können.»

Simon räusperte sich. «Du fährst morgen auf diesen Bauhaus-Kongress nach München», bemerkte er trocken. «Für eine ganze Woche, soweit ich informiert bin.»

«Richtig!» Benjamin schlug sich mit der Hand an die Stirn.

Dann wandte er sich wieder an Hulda. «Aber fragen könntest du trotzdem.» Seine Stimme klang vorwurfsvoll. «Ich will als Großvater nicht nur die zweite Geige spielen.»

«Keine Sorge», sagte Hulda und legte Benjamin eine Hand auf die Schulter. «In Metas Augen bist du Konzertmeister und Dirigent in einem.» Sie lächelte. «Aber zur Kinderbetreuung taugt dein Zeitplan nun einmal nicht.»

Sie winkte Simon zum Abschied zu, und der Freund ihres Vaters winkte zurück und zündete sich eine Zigarre an, die er dem wohlgefüllten Humidor entnommen hatte, als Hulda und Benjamin in den Flur traten.

«Wenn ich erst einmal in Pension gehe», dröhnte Benjamin, während er Hulda zur Haustür brachte, «dann wirst du schon sehen! Dann stehe ich täglich bei euch auf der Matte und bettele um Metas Gunst.» Er räusperte sich. «Und auch um deine», fügte er so leise hinzu, dass Hulda nicht sicher war, ob sie richtig gehört hatte.

Er riss die Tür auf, und kurz drückte sie seine Hand und lächelte ihm zu.

«Ich weiß», sagte sie. Dann schlüpfte sie hinaus, schaltete das Licht an und hörte, wie die Tür hinter ihr ins Schloss fiel.

Das Mahagonigeländer glänzte einladend im Lampenlicht. Hulda blickte einmal das Treppenhaus hinauf, einmal hinab, und als sie sich vergewissert hatte, dass niemand zu sehen war, setzte sie sich kurzerhand auf das Geländer und rutschte hinunter – die Beine in der Luft, als wäre sie wieder sieben Jahre alt und Benjamin hätte ihr soeben ein paar Groschen für ihr Lieblingsbrausepulver zugesteckt, das man schon seit fast dreißig Jahren an Berts Kiosk kaufen konnte.

Unten angelangt, sprang sie ab und wäre um ein Haar mit einem jungen Bengel zusammengestoßen, der mit erschrockenem Blick einen Topf umklammert hielt. Ein appetitlicher Duft nach Erbsen und Speck zog in Huldas Nase.

«Die Herren warten schon», sagte sie zu dem verdutzten Lieferjungen. «Du solltest dich beeilen, wenn du ein Trinkgeld sehen willst.»

Dann stürmte sie in den goldenen Abend hinaus.

Berliner Tageblatt und Handels-Zeitung
Dienstag, 10. September 1929

«Gespensterbande» schlägt erneut zu

Am gestrigen Abend ereignete sich ein weiterer ungeklärter Vorfall in der Bülowstraße. Eine Passantin brach auf offener Straße zusammen und erlitt laut Zeugenaussage einen epileptischen Anfall. «Das arme Ding schnappte nach Luft wie 'ne Flunder an Land», berichtete Frau Grünmeier, eine Blumenhändlerin aus der Umgebung, die gerade ihren Mops spazieren führte und sofort beherzt Erste Hilfe leistete. Weitere Passanten kamen herbeigeeilt und bemühten sich um die angebliche Patientin, dabei kam es zu einem regelrechten Auflauf in der Straße. Schnell schien die junge Frau – eine Blondine – wieder genesen, doch als sie fort war, fehlten vielen der tapferen Helfer ihre Portemonnaies. Einem Beamten des Finanzministeriums wurde sogar ein Koffer entwendet, in dem sich Gegenstände im Wert von vielen Hundert Mark befanden.
Hat hier die «Gespensterbande» erneut zugeschlagen? Immer mehr kristallisiert sich die Masche der Ganoven heraus: Ein hübsches Frauenzimmer wird vorgeschickt, das Passanten oder Ladenbesitzer ablenkt, während die Hintermänner den Diebstahl ausführen. Der Kriminalbeamtin Irma Siegel (das Tageblatt *berichtete) fehlt offensichtlich weiterhin jede Spur, sodass die Anwohner verstärkt gebeten werden, auf sich und ihr Hab und Gut achtzugeben.*

– –

Wetteraussicht für morgen in Berlin und Umgebung: leicht bewölkt, sonst heiter.

28.

Dienstag, 10. September 1929, abends

Es war spät, doch rein gar nichts zog Max nach Hause. Niemand erwartete ihn. Leni war, wie er wusste, bei der Geburtstagsfeier einer Freundin. Max kannte diese Frau nicht persönlich, aber es war seit Jahren ein unausgesprochenes Gesetz, dass er nicht mit eingeladen war. Seine Söhne hatten sich vermutlich schon auf ihre Zimmer verzogen, nachdem Elsbeth ihnen jeweils einen Teller mit belegten Broten gemacht hatte. Sie würden nicht erneut herauskommen, sondern lautstark Musik auf dem Grammophon hören und irgendwann schlafen gehen. Für Max stand sicherlich auch noch ein Abendbrot bereit, das er sich in der schummrigen, viel zu stillen Küche einverleiben konnte. Doch er verspürte wenig Lust darauf, alleine zu sein, und so strich er weiter durch die dunkelnden Straßen Charlottenburgs in Richtung Pestalozzistraße.

Es war ein Zufall, dass er an einem Ort lebte, der nach einem der führenden Pädagogen der letzten Jahrhunderte benannt worden war. Und ein noch größerer, dass er in seinen Forschungen auf ähnliche Ergebnisse stieß wie der berühmte Johann Heinrich Pestalozzi. Dass nämlich ganzheitliche Bildung zum besten Ergebnis führte. Und dass eine Elementarbildung, bei der das Herz ebenso angesprochen wurde wie der

Kopf und die Hand, dem Naturell junger Menschen am ehesten entgegenkam. Max sah es immer wieder an den Kindern in den Erziehungsstätten und Waisenhäusern, die er regelmäßig besuchte, um seine Forschungen zur kindlichen Bildung voranzutreiben. Schläge, Zwang und stumpfes Auswendiglernen brachten nichts als Gegenwehr, Angst und Verstocktheit. Mit den Mitteln der Gewalt oder der Manipulation, was manchmal noch schlimmer war, erreichte man in der Kinderseele wenig Wünschenswertes. Doch es war nach wie vor schwer, die Ideen der Reformpädagogen in das Bewusstsein der Republik zu integrieren. Gerade in den letzten Jahren, so schien es Max, hatte sich eine Gegenbewegung gebildet, genährt von der als schmachvoll empfundenen Niederlage im letzten Krieg. Der Volkskörper, so dachten viele, müsse gestählt werden, dürfe nicht durch Verweichlichung und allzu viel Kunstsinnigkeit wehrunfähig gemacht werden. Damit Deutschlands Kinder, wenn es denn wieder so weit war, nicht erneut auf den Schlachtfeldern versagen, sondern diesmal glorreich siegen würden.

Max fröstelte, und er klappte den Kragen seines dünnen Mantels hoch. Er selbst hatte in diesem Krieg gedient, im *Großen Krieg*, wie er genannt wurde, als wäre das sinnlose vierjährige Schlachten und Sterben etwas Großartiges gewesen, das es zu feiern gälte. Stattdessen wusste er ganz genau, dass nichts Gutes daran gewesen war. Sein Glück war eine Verwundung am Knie gewesen, die ihn vor Schlimmerem bewahrt hatte. Er war Ende 1917 nach Hause geschickt worden, da sich die Wunde entzündet hatte, und hatte lange das Bett hüten müssen. Trotzdem war dem jüdischen Unteroffizier Max Dessauer das Eiserne Kreuz für einen außergewöhnlich verdienstvollen Einsatz verliehen worden, weil er noch mit dem angeschossenen Knie mehrere Kameraden zurück in den Graben geschleppt hatte. Er selbst erinnerte sich nur nebulös an diese Ereignisse. Der Schmerz der Verwundung, die Angst und das ungeheure Kriegsgetöse hatten ihn betäubt und ihn wie unter Hypnose handeln lassen. Seine Großmutter aber war sehr stolz auf diese Auszeichnung, und sie beteuerte immer wieder, dass er das beste Gegenbeispiel war, wenn es um die angeblichen jüdischen Drückeberger des Krieges ging. Noch während der Kämpfe war nämlich angeordnet worden, die Juden unter den deutschen Soldaten zu zählen, um zu belegen, dass sich eine große Anzahl vor dem Waffendienst drücke. Diese antisemitische Propaganda hatte die jüdischen Soldaten naturgemäß empfindlich getroffen, sie hielten ihren Kopf schließlich genauso hin wie die anderen deutschen Kameraden an der Front. Aber wieder ernteten sie keine Anerkennung dafür, sondern nur Häme und Spott.

Ob der Rabbiner und der Gemeindevorsteher doch recht hatten, wenn sie betonten, dass die Juden endlich für sich selbst einstehen sollten? Anstatt immer nur auf einen warmen Empfang in der deutschen Gesellschaft zu hoffen, der doch nie kommen würde?

Der Abendwind wurde stärker, und Max begann nun wirklich zu frieren. Gleichwohl schien es ihm immer noch nicht besonders attraktiv, seine Schritte nach Hause zu lenken. Mit den Füßen wirbelte er Laub auf, während er weiterging. Rechts lag Halensee, vor ihm der Ku'damm mit dem großen *Universum*-Kino am Lehniner Platz, das Erich Mendelsohn letztes Jahr errichtet hatte. Der elegante Rundbogen des beachtlichen Bauwerks schwang sich in den dunklen Abendhimmel. Gegenüber lag das *Kabarett der Komiker* mit dem *Café Leon* im Erdgeschoss. Max ging ab und zu hierher, es war ein

Ort, an dem man einen guten Kaffee bekam und, vor allem, gute Gespräche, denn das Publikum war bunt, belesen – und zu großen Teilen jüdisch.

Auch würde er hier allemal etwas Besseres bekommen als den traurigen Stullenteller daheim, dachte Max und stieß die Tür auf.

Drinnen herrschte das frühe Abendgeschäft. Ein paar Damen mit Hut und Handschuhen tranken Likör, zwei bärtige Männer diskutierten lautstark über ihrem Bier. An einem Ecktisch saß ein junger Mann mit dunklen, nach hinten gelegten Haaren und aß Eier im Glas, ein vollgekritzeltes Notizbuch neben sich.

Nur wenige Tische waren noch frei, unter anderem einer, der direkt am Fenster stand. Max suchte kurz den Blick des Kellners und setzte sich, als dieser zustimmend nickte, an einen der leeren Plätze. Man kannte ihn hier, der Ober brachte ihm gleich das *Berliner Tageblatt* und einen starken Mokka. Schwarz, wie Max ihn immer trank, mit zwei Löffeln Zucker.

Er bedankte sich und stützte die Ellenbogen auf die zerkratzte Holzplatte des Tisches. Dann blätterte er in der Zeitung, las hier und dort eine Schlagzeile: *Unterausschüsse bereiten Nachbesserungen des* Young-Plans *vor ... Französischer Außenminister Aristide Briand entwickelt Idee von den «Vereinigten Staaten von Europa»*. Aber er konnte sich so recht auf keinen Artikel konzentrieren. Erst, als er bei einem Gedicht hängen blieb, war sein Interesse geweckt. Er las mit Erstaunen und musste schließlich, als er am Ende angelangt war, laut auflachen. Das Stück hieß *Sachliche Romanze* und erzählte die Geschichte eines Paars, dem die Liebe abhandengekommen war *wie andern Leuten ein Stock oder Hut.*

Donnerwetter!, dachte Max und hatte plötzlich vor Augen,

wie Leni und er am Tisch saßen, ebenso sprachlos wie die beiden im Gedicht. Der Schreiberling konnte was.

Als er aufsah, bemerkte Max, dass ihn der junge Mann mit dem Notizbuch am Tisch nebenan beobachtete. Ihre Blicke trafen sich, und sie nickten einander freundlich zu. Der Unbekannte zündete sich eine Zigarette an und deutete auf die Packung vor ihm.

«Möchten Sie auch eine?», fragte er über die Tische hinweg.

Max zögerte kurz. Doch der Bursche war ihm auf Anhieb sympathisch. Er musste um die dreißig sein, zehn Jahre jünger also, und er hatte einen ernsthaften Schalk in den Augen, in dem sich Max wiedererkannte.

«Gern», sagte er, faltete die Zeitung zusammen und stand auf. Dann nahm er seine Mokkatasse und trug sie hinüber. «Darf ich?»

«Bitte», sagte der andere Mann und deutete augenrollend auf die beschriebenen Seiten neben ihm. «Ich komme hier ohnehin nicht weiter.» Er hatte einen leichten sächsischen Zungenschlag, wie man ihn oft in Berlin hörte. Viele Leute kamen aus Dresden hierher, die beiden Städte vereinte seit jeher ein unsichtbares Band.

«Max», stellte sich Max knapp vor und reichte dem anderen die Hand. Im *Café Leon* ging es nicht förmlich zu.

«Erich», sagte der Mann und gab einen leichten Händedruck zurück. Er hielt ihm das Zigarettenetui hin, und Max nahm einen Glimmstängel und lieh sich das Feuerzeug.

Erich schnippte nach dem Kellner. «Noch zwei Kaffee», sagte er. Dann wandte er sich an Max. «Trinken Sie auch einen Schnaps mit?»

«Warum nicht?», sagte Max. «Und ich hätte auch gern ein paar Eier im Glas, bitte, und dazu eine Butterstulle.»

Der Kellner empfahl sich.

«Das geht aber auf meine Rechnung», sagte Max.

Doch Erich winkte ab. «Heute nicht», sagte er. «Ich habe gerade einen schönen Vorschuss bekommen und bin ausnahmsweise einmal flüssig.»

«Vorschuss?», fragte Max und trank seinen Mokka aus.

«Ich bin Schriftsteller», sagte Erich. «Und in wenigen Wochen erscheint mein erstes Buch.»

«So?» Max war interessiert. «Und worum geht es, wenn ich fragen darf?»

Schon erschien der Kellner wieder und stellte heißen Kaffee und zwei Schnapsgläser auf den Tisch.

«Es ist ein Kinderbuch», sagte Erich und kippte seinen Schnaps hinunter. «Aber eines für Erwachsene, zumindest hoffe ich es.» Er zog an seiner Zigarette und beobachtete Max, während er weitersprach. «Ein Junge namens Emil kommt das erste Mal nach Berlin. Ein Dieb stiehlt ihm das ganze Geld, das er seiner Großmutter mitbringen soll, und dann beginnt eine wilde Jagd durch die Straßen der großen Stadt.»

Die Eier im Glas kamen, und Max tunkte die Brotschnitte, die dick mit Butter bestrichen war, ins Eigelb. «Ich würde es gern lesen», sagte er und freute sich über das strahlende Gesicht seines Gegenübers. Erich wirkte regelrecht begeistert von seiner eigenen Geschichte, und Max ahnte, mit welchem Vergnügen er das Buch geschrieben haben musste. «Aber ich bin auch gewissermaßen vom Fach.»

«Sie sind also hauptberuflich Dieb?», fragte Erich amüsiert und nahm einen Schluck von seinem Kaffee.

«Nein.» Max lachte. «Ich bin Pädagoge und lehre an der Universität. Aber ich habe mir hoffentlich ein wenig von meiner kindlichen Seele bewahrt – jedenfalls lese ich gern Literatur für junge Leute.»

«Dann sind wir beide ja geistig verwandt», stimmte Erich ihm zu. «Nur wer erwachsen wird und trotzdem ein Kind bleibt, ist ein echter Mensch, denken Sie nicht?»

Das gefiel Max. Der junge Schriftsteller wurde ihm immer sympathischer. Und ihm fiel ein, wie oft er seinen Söhnen, als sie noch kleiner gewesen waren, Andersens Märchen vorgelesen hatte. Wehmütig dachte er an ihre Begeisterung, an die geröteten Wangen und verstrubbelten Haare, wenn sie zu dritt auf dem Sofa hockten und sich eine Wolldecke teilten. Das waren glückliche Stunden gewesen. Und er war sicher, dass Jona und Rafi die Geschichte dieses jungen Mannes hier auch gern gehört hätten.

«Und schnappt Emil am Ende den Dieb?», fragte er und kratzte den Rest Eier aus dem Glas.

«Nu, klar», sagte Erich in breitem Dresdnerisch. «Er schließt sich mit einer ganz famosen Kinderbande zusammen, und sie jagen den Halunken bis ins *Hotel Sachsenhof* am Nollendorfplatz.»

Vor Max' Augen stand plötzlich eine nächtliche Szene – er und Hulda, eng umschlungen, wie sie durch eine Straße liefen, während hinter ihnen die Nazischergen tobten und grölten ... und im Laternenschein das Schild vom *Hotel Sachsenhof* aufglimmte.

«Gerade neulich stand ich vor diesem Hotel», sagte er, «welch ein Zufall.»

«Ich bin gern in der Gegend um den Nollendorfplatz unterwegs», sagte Erich. «Vielleicht hätte ich dorthin ziehen sollen – aber ich bin gerade mitten im Umzug aus der Prager Straße nach Charlottenburg.»

«Wo haben Sie eine Wohnung gefunden?», fragte Max.

Erich deutete durchs Fenster in die Dunkelheit des Ku'damms. «In der Roscherstraße», sagte er. «Meine erste eigene Bude. Mit Wasserklosett und Fahrstuhl, können Sie sich eine solche Vornehmheit vorstellen?» Er grinste. «Und ich gedenke, dieses Café hier endgültig zu meinem neuen Stammlokal zu machen.»

«Ich komme auch oft hierher», sagte Max. «Obwohl ich kein Literat bin wie Sie, der ein Stammlokal braucht.»

«Wir brauchen doch alle einen Ort, an den wir von Zeit zu Zeit aus unserem Leben flüchten können», sagte Erich lächelnd.

Max musste ihm zustimmen. Er dachte an die stille, dunkle Wohnung in der Pestalozzistraße, an das Schweigen während der gemeinsamen Mahlzeiten, das Unbehagen, wenn er mit Leni allein war. Nein, im Moment fühlte er sich dort von allen Orten in Berlin am wenigsten zu Hause.

«Gefiel Ihnen das Gedicht?», fragte Erich, als hätte er Max' Gedanken gelesen. Er deutete auf die zusammengelegte Zeitung am verlassenen Fenstertisch.

«Ja, sehr», sagte Max mit einem Blick über die Schulter erstaunt. «Woher wissen Sie, dass ich es gelesen habe?»

«Ich habe Sie beobachtet», sagte Erich rundheraus. «Als Schriftsteller darf ich das, es ist sozusagen mein täglich Brot, Menschen auszuspionieren und mir Geschichten zu ihnen auszudenken. Und bei Ihnen habe ich gleich gesehen, dass Sie eine interessante Geschichte zu erzählen hätten. Eine, die nicht nur fröhlich ist, nicht wahr?»

Unbehaglich rutschte Max auf seinem Stuhl hin und her. «Ich hoffe, dass ich nicht Ihr nächster Protagonist bin», sagte er, «denn dann müssten Sie statt einer lustigen Kindergeschichte ein schreckliches Ehedrama mit unklarem Ausgang schreiben.»

«Ach, nein», sagte Erich, «das wäre mir zu langweilig. Im Übrigen irren Sie sich, wenn Sie denken, Kindergeschichten seien automatisch lustig.»

«Das stimmt», sagte Max verblüfft. «Das wollen nur die Erzieher und die lieben Eltern ihren Kindern weismachen, nicht wahr?»

«Manchmal wird schnell Ernst aus dem Witz», sagte Erich. «So wie im *Hotel Sachsenhof*, meinem Schauplatz, an dem, wie ich hörte, just ein wirkliches Verbrechen geschehen ist. Ein Mann kam genau in diesem Hotel ums Leben, in dem mein ausgedachter Dieb es sich auf Emils Kosten gut gehen lässt. Wenn die Fahnen nicht längst im Druck wären, wer weiß?» Er lächelte spitzbübisch. «Vielleicht würde ich dann noch eine Kleinigkeit an meiner Geschichte ändern.»

Er leerte seinen Kaffee, stand auf und streckte Max die Hand hin. «Es hat mich sehr gefreut», sagte er und schob sich einen schwarzen Hut auf den Kopf. «Und was Ihr Ehedrama angeht», fügte er dann verschwörerisch hinzu, als verriete er Max ein kostbares Geheimnis. «Lösen Sie es auf, Mann! Denn am schlimmsten ist doch die Einsamkeit zu zweit, oder etwa nicht?»

Im Hinausgehen sprach er noch kurz mit dem Kellner, dann verschwand er in die Dunkelheit.

Max sah ihm nach, Erichs Worte hatten sich in sein Bewusstsein gebrannt. Und als der Kellner kam und abräumte, starrte Max noch immer Richtung Ausgang.

«War alles recht?», fragte der Ober.

Max nickte und zückte seine Brieftasche, doch der Mann winkte ab. «Herr Kästner zahlt.»

Max runzelte die Stirn. Nachdenklich stand er auf und ging zurück zu seinem ursprünglichen Platz. Dort saß inzwischen ein Pärchen und küsste sich, sie hatten das *Berliner Tageblatt* achtlos zur Seite geschoben und bemerkten gar nicht, dass sich Max die Zeitung griff und sie aufschlug.

Da war das Gedicht, *Sachliche Romanze.* Er überflog es noch einmal, bis er ans Ende kam. Unter der letzten Zeile stand der Name des Verfassers: Erich Kästner.

29.

Mittwoch, 11. September 1929

Am nächsten Morgen wachte Hulda früh auf. Einen Moment lag sie da und lauschte. Draußen vor dem kleinen Fenster ihrer Schlafkammer dämmerte es. Eigentlich hätte sie diese frühen Minuten am Morgen genießen können, da sie ganz allein in der Wohnung war und ausnahmsweise einmal keine Meta etwas von ihr wollte. Doch von Ruhe konnte trotzdem keine Rede sein – aus dem Treppenhaus klang Frau Bodelheims Gesang, während die eiserne Bohnermaschine über die Holzdielen fuhr und rhythmisch gegen Huldas Wohnungstür knallte. Die Nachbarin versah gemeinsam mit ihrem Mann die Hausmeisterdienste und war offenbar mit neuen Kräften von ihrem Verwandtenbesuch zurückgekehrt.

Hulda legte sich stöhnend das Kissen über den Kopf und schlang die Arme darum, doch es half nichts. Heute war Mittwoch, der Tag fürs Großreinemachen.

Schöööööner Gigolo, aaaarmer Gigolo, tönte die Bodelheim'sche Reibeisenstimme bis durch die Gänsefedern in Huldas Gehörgänge. Sie biss die Zähne zusammen, schwang die Beine aus dem Bett und ergab sich in ihr Schicksal.

Und das hieß Arbeit.

Müde klatschte sie sich im Badezimmer etwas kaltes Wasser ins Gesicht – denn über eine Warmwassermischbatterie verfügte die kleine Wohnung, anders als zum Beispiel Benjamins hochtrabendes Charlottenburger Domizil, nicht. Dann zog sie sich einen gefältelten, wadenlangen Rock und eine Bluse an, darüber einen warmen Jumper, und ging in die Küche, um sich einen stärkenden Kaffee aufzubrühen. Doch vom blechernen Boden der Dose lachten ihr nur hämisch ein paar Pulverreste entgegen, und sie pfefferte sie entnervt zurück ins Regal.

Uniform passé, Liebchen sagt Adieu!, sang Frau Bodelheim, und *Rumms, rumms!*, machte draußen die Bohnermaschine. *Schöne Welt, du gingst in Fransen.*

Hulda schnappte sich ihre Tasche, öffnete die Tür – und stockte. Trotz allen Widerwillens gegen die frühmorgendlichen Gesänge kam sie nicht umhin, den Aufzug der Nachbarin zu bewundern. Frau Bodelheim hatte sich ein grellbuntes Tuch um den Kopf geschlungen, als wäre sie eine ägyptische Haremstänzerin. Sie wiegte die beachtlichen Hüften in der Kittelschürze und traktierte den alten Holzboden des Treppenhauses mit Inbrunst. In der Luft hing der durchdringende Geruch nach geschmolzenem Wachs, Seife und Pottasche.

«Juten Morgen, Frollein Gold», schnaufte die Nachbarin bei Huldas Anblick. Sie hielt einen Moment inne und stützte sich schwer auf ihr Höllengerät. «Wo is'n der Fratz? Hab dit Mädel ja ewig nich jesehen.»

«Meta besucht ihre Großeltern in Frohnau», sagte Hulda. Ihr Kopf schmerzte, sie brauchte wirklich ganz dringend eine Tasse Kaffee.

Ein breites Grinsen ging über Frau Bodelheims Gesicht. «Dann haben Sie ja sturmfreie Bude», sagte sie und sah Hulda herausfordernd an.

Hulda verzichtete darauf nachzufragen, was der Nachbarin bei ihrer Bemerkung vorschwebte. Ärgerlicherweise ging ihr aber selbst auch sofort einiges durch den Kopf. Vor allem war da dieses eine Gesicht ... Bisher war seit der Schließung des Kindergartens und Metas Abwesenheit keine freie Minute gewesen, sich erneut mit Max zu treffen. Und je mehr Zeit seit ihrem letzten Treffen im *Josty* vergangen war, desto unsicherer wurde Hulda. Wäre eine neuerliche Verabredung mit ihm überhaupt klug? Max war ein Realist, das spürte sie, kein Wolkentänzer. Und das war es auch, was sie an ihm faszinierte. Aber er war und blieb ja nun einmal verheiratet, und das machte die ganze Situation – mit etwas kühlem Kopf betrachtet – ziemlich vertrackt. Deshalb musste sie auch nicht die erstbeste Gelegenheit ergreifen, sich ihm an den Hals zu werfen. Sie würde wie verabredet auf ein Zeichen von ihm warten.

«Zwee Jroschen für Ihre Jedanken», sagte Frau Bodelheim feixend, doch Hulda schüttelte nur mit dem Kopf.

«Ich muss zur Arbeit», sagte sie und drängte sich an der Nachbarin vorbei.

«Sich regen bringt Segen», rief sie Hulda noch hinterher, ehe sie wieder die Maschine packte und mit dem Bohnern fortfuhr. Es zischte laut, und Hulda machte, dass sie nach unten kam. Bis zur Haustür hörte sie die Nachbarin singen: *Wenn das Herz dir auch briiicht, mach ein lachendes Gesicht, man zahlt und du musst tanzen!*

Zehn Minuten später stand Hulda bei Bert am Kiosk und ließ sich einen zweiten Kaffee aus seinem eisernen Vorrat in der Thermoskanne in einen Henkelbecher eingießen. Er schmeckte wie immer vorzüglich, auch wenn sie zugeben musste, dass sie den köstlichen Mokka, den Felix aufbrühte, trotzdem vermisste. Doch ins *Café Winter* bekamen sie keine zehn Pferde mehr, schon gar nicht nach dem Vorfall mit der SA und ihrem Vater. So sehr sie immer noch hoffte, dass Felix irgendwann aufwachen und seine Nazifreunde endlich mit klarem Blick sehen würde, so sehr ahnte sie, dass ihre Freundschaft am Ende war. Kurz hatte sie überlegt, ins *Café Pony* zu gehen, doch ohne Meta war es nicht das Gleiche. Am Wochenende würden Hulda und ihre Tochter wieder bei Inge sitzen und den Laden verwüsten, das war früh genug. Heute genügte ihr Berts Notration vollauf.

«Schmeckt's?», fragte Bert und lehnte sich pfeiferauchend aus seinem Kiosk. Die Arme hatte er auf ein Kissen gebettet, das im Fensterrahmen lag – wie bei den Klatschtanten in den Schöneberger Souterrains, die den ganzen Tag ihre Straße beobachteten.

«Hervorragend», sagte Hulda und genoss mit halb geschlossenen Augen jeden Schluck, während die warme Septemberluft ein paar gelbe Blätter um ihre Nase segeln ließ. «Ich hoffe, ich trinke Ihnen nicht alles weg?»

Bert machte eine wegwerfende Handbewegung. «Der Arzt hat mir ohnehin geraten, auf Kaffee weitgehend zu verzichten», sagte er. «Und wie Sie wissen, halte ich mich stets an die Anweisungen der Doktoren.»

«Sicher», sagte Hulda mit einem spöttischen Blick auf sein qualmendes Pfeifchen. «Sie sind wirklich ein mustergültiger Patient.»

«Wer ist krank?», fragte da eine Stimme hinter ihr.

Als Hulda sich umdrehte, erblickte sie Arnold, Berts *guten Freund*. Sie freute sich, den netten Herrn wiederzusehen.

«Stresemann ist krank», sagte Bert schnell. «Fräulein Gold

und ich sprachen gerade darüber, was die Krankheit unseres Außenministers für das Land bedeutet.»

Hulda runzelte die Stirn. Dann fiel ihr ein, dass Bert Arnold nichts von seiner Krankheit erzählt hatte.

Immer diese Heimlichkeiten, dachte sie und erinnerte sich sogleich an Jettes Ehekrise, selbst unter Liebenden. Warum nur konnte man nicht einfach der sein, der man war – wenigstens vor denen, die einem am nächsten standen?

Arnolds Blick wurde besorgt. «Es bedeutet nichts Gutes, fürchte ich. Das Kabinett ist ohnehin schon wacklig, es braucht unbedingt seinen langjährigen Fürsprecher Gustav Stresemann.» Dann fügte er noch hinzu: «Nach den Streitigkeiten um den *Panzerkreuzer A* und den *Young-Plan* stehen die Parteien der Großen Koalition ohne Mitte da, die sie zusammenhält.»

«Wieso?», fragte Hulda, «ich dachte, wir werden gerade von den großen Volksparteien der Mitte regiert?»

Bert kam aus dem Kiosk und gesellte sich zu ihnen. «Das mag so aussehen», sagte er. «Aber tatsächlich ist die SPD immer weiter nach links gerückt. Sie demontiert sich selbst, indem sie gegen die eigenen Beschlüsse votiert. Irgendwie hat sie jede Orientierung verloren, scheint mir. Zumindest seitdem die Kommunisten sie mit der Sozialfaschismusthese im Ansehen der linken Wähler schwächen.»

«Die SPD als Faschisten?», fragte Hulda. «Ist das nicht ein Widerspruch?» Sie dachte an Grete und ihre Anhänger auf der Roten Insel. Tatsächlich hatten die Kommunisten schon damals, vor drei Jahren, behauptet, dass die SPD ihre Ideale verriete. Hulda hatte es in den Kneipen dort allzu oft gehört. Aber sie deswegen als Sozialfaschisten zu bezeichnen, das ging ihr zu weit. «Ich verstehe sowieso nicht, weshalb die linken Parteien nicht zusammenhalten», sagte sie. «Gerade jetzt, wo die radikale Rechte sich zu immer neuer Gewalt aufschwingt.»

«Eine linke Einheitsfront», sagte Arnold, «das wird wohl leider für immer ein Traum bleiben. SPD und KPD sind bis aufs Blut zerstritten.»

«Die bürgerlichen Parteien dagegen», sagte Bert und fuhr sich über seinen Moustache, «rücken geradewegs in die andere Richtung. Das Zentrum flirtet mit dem Papst und seinen erzkonservativen Anhängern wie zu den schlimmsten Zeiten des Kaiserreichs. Und die einst liberale DVP ...»

«Ach, Stresemanns Partei ...», warf Arnold ein. «Sie liebäugelt auch immer mehr mit den rechten Kräften. Wäre nicht Stresemann, der ewige Vernunftrepublikaner, der den Karren da gerade noch so zusammenhält und auch unser Ansehen im Ausland aufpoliert ...»

Bert nickte betrübt. «Dann gute Nacht», sagte er düster. Er deutete in den hellblauen Septemberhimmel. «Ich habe zwar keinen direkten Draht zum lieben Herrgott da oben, aber wir sollten alle zu irgendeiner Gottheit beten, dass Stresemann bald wieder auf dem Posten ist. Nicht viele hätten schließlich so ein Wunderwerk vollbringen können wie er, als er von den Franzosen das Versprechen erwirkte, dass sie das Ruhrgebiet wieder räumen. Ohne ihn sieht es düster aus.»

«Das wird schon wieder», sagte Arnold. «Er hält doch schon so lange durch. Und er ist ja auch gerade erst knapp über fünfzig. Unsereins, lieber Bert, gehört dagegen längst zu den Scheintoten.»

Die beiden Männer sahen sich an, und Hulda bemerkte den tiefen Blick und das vertraute Lächeln, das schon zu lange andauerte, als dass man es noch für ein rein freundschaftliches

Einverständnis halten konnte. Sie musste schmunzeln und wandte sich ab.

«Ich nehme eine *Vossische*», sagte Arnold schließlich.

Bert händigte ihm die aktuelle Ausgabe aus und winkte ab, als der Freund nach seiner Brieftasche griff.

Wieder lächelte Arnold verschwörerisch, dann hob er dankend die Zeitung. «Ich revanchiere mich heute Abend», sagte er leise und verabschiedete sich.

Bert sah ihm nach, wie er über den Winterfeldtplatz davonging, und schüttelte sacht den Kopf. «Wir benehmen uns einfach idiotisch», sagte er zu Hulda und zuckte grinsend mit den Achseln. «Aber ich kann nicht anders.»

«Ich finde nichts daran idiotisch», sagte sie. «Sie sind glücklich, Bert. Ist das nicht wunderbar?»

«Absolut wunderbar», bestätigte er hilflos. «Und eine seltsame Nebenwirkung von diesem ungewohnten Gefühl ist es, dass ich auch alle meine Mitmenschen am liebsten ebenso glücklich sehen würde.» Er musterte sie. «Oder jedenfalls diejenigen, die mir am Herzen liegen.»

«Falls Sie mich meinen ...», sagte Hulda und zögerte kurz. «Ja, ich denke, auch ich könnte glücklich sein.»

«Und das Eintreten dieses Zustands hängt wovon ab?»

«Von diversen Dingen», sagte sie. «Sie kennen mich ja, nichts darf bei mir einfach sein, wenn es auch kompliziert sein könnte.»

«Nein», gab er zu, «das würde nicht Ihrem Naturell entsprechen, liebste Hulda.»

«Aber ich bemühe mich», sagte sie, «wirklich.»

«Glücklich zu sein?»

«Glücklich und vernünftig zugleich», gab sie zurück. «Das Richtige zu tun, wissen Sie?»

«Ich wünsche Ihnen von Herzen Erfolg dabei.» Bert drückte kurz ihren Arm. «Aber erst, wenn auch Sie hier tanzend und springend über den Platz kommen, kann ich mich zurücklehnen und mein eigenes Glück in vollen Zügen genießen.»

Hulda betrachtete ihn verstohlen. Es rührte sie, dass Bert so viel an ihrem Schicksal lag. Und auch ihr war fast nichts so wichtig wie der Umstand, dass er hier in seinem Zeitungskiosk stand, gesund und munter und sogar so kreuzfidel wie seit Jahren nicht. Niemand, der es nicht wusste, hätte glauben können, dass er vor nicht einmal zwei Wochen mit Atemnot und Herzrasen auf eben diesem Marktpflaster zusammengebrochen war. Und mochte seine neue Bekanntschaft auch alles in seinem Leben in frische, lichte Farben tauchen – etwas lastete auf Berts Seele, das ahnte Hulda. Etwas, das jederzeit wieder hervorbrechen konnte, etwas Dunkles, Schweres, das vermutlich in seiner Vergangenheit zu suchen war. Sie wünschte ihm sehnlich, dass er diese Schatten noch lange, lange in Schach halten konnte, um den Augenblick des Glücks zu genießen, der ihm endlich einmal zuteilwurde.

«Gibt es eigentlich neue Erkenntnisse zu dem Einbruch bei Ihnen?», fragte sie und räusperte sich, um die Befangenheit zu überspielen, die sie ergriffen hatte.

«Wie man's nimmt», sagte Bert. «Eine Kriminalbeamtin hat mich aufgesucht. Irgendein kleiner Vogel hat bei denen auf dem Revier gesungen.» Erneut strich er sich über seinen Bart. «Aber das heißt noch lange nicht, dass ich auch mein Geld wiedersehen werde.» Er hob die Schultern. «Dieses junge Ding, das sie geschnappt haben, sitzt jetzt jedenfalls in einem Erziehungsheim. Und mir tut es fast leid, dass ein armes Mädchen meinetwegen so leiden muss. Ein solcher Ort ist ja kein Zuckerschlecken.»

«Ein junges Mädchen hat Ihren Kiosk ausgeraubt?», fragte Hulda verblüfft. Ihre Gedanken wanderten zu Milli. Doch diese konnte nichts damit zu tun haben, sie saß ja nicht in einem Erziehungsheim. Und sie wäre wohl auch zu alt für eine solche Anstalt.

Bert nickte. «Es scheint sich um eine ganze Bande zu handeln», erklärte er. «Die Beamtin sagte, diese seien vorher in der Gegend rund um den Potsdamer Platz aktiv gewesen.»

«Was denn für eine Bande?», fragte Hulda.

Wieder dachte sie an ihr Gespräch mit Milli. *Jede von uns hat mehrere Vergehen am Hals*, hatte die junge Frau gesagt. Und Hulda war davon ausgegangen, dass es um Prostitution ging. Was aber, wenn da noch mehr war? Hatte Jette nicht von dem Schuhmacher erzählt, bei dem eingebrochen worden war? Allerdings hatten die Ganoven da nur Damenschuhe erbeutet ... Oder waren es Ganovinnen gewesen?

Leise fielen die Puzzleteile in Huldas Kopf an ihren Platz.

«Bei Ihnen hört man es ja förmlich rattern», sagte Bert schmunzelnd.

Huldas Gedanken wirbelten umher. «Ich habe von einer Frau gehört, die hier in der Gegend ihr Unwesen treibt», sagte sie, ohne sich um seinen Spott zu kümmern. «Sie nennt sich die *Principessa*.»

Jetzt lachte Bert leise auf. «Soso. Und nun interessieren Sie sich für Ihre Durchlaucht?», fragte er.

Hulda schwieg.

«Ich verstehe schon», sagte er und schüttelte sacht den Kopf. «Fräulein Gold ist mal wieder auf einer heißen Fährte unterwegs.» Er nestelte an seiner Taschenuhr. «Tatsächlich habe auch ich schon einmal von dieser Dame gehört», sagte er. «Aber in einem anderen Zusammenhang.»

«Was wissen Sie von ihr?» Hulda spürte, dass sie nervös war.

Bert schmunzelte. «Sagt Ihnen der *Toppkeller* etwas?»

Stirnrunzelnd sah sie ihn an. Der Name kam ihr bekannt vor, aber sie war sicher, selbst noch nie dort gewesen zu sein.

«Eine Bar hier um die Ecke», fuhr Bert fort. «Ganz in der Nähe Ihrer früheren Mansarde bei Frau Wunderlich.»

«So?»

«Ja», sagte er, «in der Schwerinstraße.»

«Ah, Moment», sagte Hulda, der jetzt etwas einfiel. «Ist das dieser Ort, an dem ...» Sie biss sich auf die Lippen.

«Ganz recht», sagte Bert süffisant. «Ich bin sicher, Frau Wunderlich hat Ihnen davon berichtet. Sie machte sich eine Zeit lang Sorgen, ihre Untermieterinnen, die *Fräuleins* aus dem Erdgeschoss, könnten dort womöglich ein und aus gehen. In diesem Sodom wird nämlich, wie man hört, so ausschweifend und sündhaft gefeiert wie nirgends sonst in der Gegend.»

Hulda spürte, wie ihr eine leichte Röte ins Gesicht zog, gleichzeitig ärgerte sie sich über diese prüde Anwandlung, insbesondere vor Bert.

Aber es stimmte, einmal hatte Frau Wunderlich hochrot vor Empörung und Sensationslust erwähnt, dass es da einen Ort gebe, an dem die Sündhaftigkeit des Viertels auf die Spitze getrieben würde – und zwar hauptsächlich von Frauen, die sich dort miteinander vergnügten. Das musste der *Toppkeller* gewesen sein.

«Sie sind im Bilde, wie ich sehe», sagte Bert. «Was gedenken Sie jetzt zu tun?»

«Ich weiß es auch nicht», sagte Hulda zögernd. «Kennen Sie das Etablissement aus eigener Anschauung?»

«Bedaure», sagte Bert. «Ich war selbst noch nie dort.» Ein Lächeln huschte unter seinem Schnauzbart vorüber. «Wozu auch?», fragte er verschmitzt. «Das sogenannte starke Geschlecht ist dort nun einmal nicht gern gesehen. Die Damen bleiben am liebsten unter sich.»

Hulda starrte ihn an. Wieder dachte sie an Jettes Bericht vom Raubüberfall auf die Apotheke. An die vielen Damenschuhe, die man dem Schuster in der Bülowstraße gestohlen hatte. Und an Milli und ihre Angst vor der *Principessa*.

Als sie sich an das blasse, puppenhafte Gesicht der jungen Schauspielerin erinnerte, an deren Sorge um ihr Kind, stieg Mitleid in Hulda auf. Und noch etwas – Wut auf diese Unbekannte, die im Leben so vieler junger Frauen die Fäden zu ziehen schien.

«Habe ich zufällig etwas Interessantes gesagt?», fragte Bert mit spöttisch hochgezogenen Augenbrauen. Doch Hulda schüttelte nur den Kopf.

«Ich muss los», sagte sie brüsk, drehte sich um und stürmte Richtung Nollendorfplatz davon.

30.

Mittwoch, 11. September 1929, abends

Wirklich, Hulda», sagte Viktoria, «deine Erziehung von Margareta lässt zu wünschen übrig.»

Augenrollend hielt Hulda den Telefonhörer ein Stückchen von sich weg. Im Hintergrund hörte sie Meta schreien und zetern, dazwischen erklang dumpf die Stimme von Jolante, die das Mädchen offenbar zu beruhigen versuchte.

«Aber was ist denn los?», fragte Hulda stirnrunzelnd und hielt sich den Hörer wieder ans Ohr. *Und übrigens, sie heißt Meta*, fügte sie stumm hinzu. Sie wusste nicht, wie oft sie es Viktoria schon erklärt hatte, dass ihre Tochter wirklich und wahrhaftig Meta hieß. So stand es auch im Geburtenregister in Schöneberg, und niemals hatte sie vorgehabt, das Kind Margareta zu nennen. Doch für Viktoria Wenckow war Meta nun einmal nur eine Kurzform und kein richtiger Name, und sie beharrte in ihrer unnachahmlichen Art auf dieser Version, die in ihren Ohren wohl eher zur altehrwürdigen Familientradition passte.

«Was soll schon los sein», sagte Viktoria am anderen Ende der Leitung. «Das Kind denkt, es könnte sich hier bei uns genauso ungebärdig aufführen wie bei dir. Aber da hat sich die junge Dame getäuscht!»

Obwohl die ganze Stadt zwischen ihnen lag, schien es Hulda, als könnte sie Viktorias stechenden Duft nach Zitronenseife wahrnehmen. Und sie hatte auch die zusammengekniffenen Lippen von Metas Großmutter vor Augen, wie sie in ihrem Salon neben dem Telefontischchen aus Teakholz saß und die Fransen der bestickten Tischdecke mit ihren beringten Fingern kämmte.

«Was ist passiert?», versuchte Hulda es noch einmal und bemühte sich, nicht die Fassung zu verlieren.

«Eine teure Vase hat sie zerbrochen», fauchte Viktoria. «Und dann hat sie Reißaus genommen und behauptet nun steif und fest, sie sei es nicht gewesen.»

«Ich ersetze dir die Vase», sagte Hulda und bereute dieses Angebot sofort. Sämtliche Gegenstände im Anwesen der Wenckows wären für sie unerschwinglich.

Das wusste natürlich auch Viktoria. «Nicht nötig», sagte sie spitz, «das ist nicht deine Kragenweite, Hulda.»

«Soll ich Meta lieber heute schon abholen?», fragte sie resigniert. Sie hatte eigentlich nur in Frohnau angerufen, um die Abholzeit für Freitag zu verabreden. Doch nun schien es ihr auf einmal undenkbar, Meta noch länger in der Obhut der Wenckows zu lassen. Gleichzeitig sah sie vor ihrem inneren Auge das Gesicht ihrer Vorgesetzten, wenn sie schon wieder ihren Dienst absagte. Bereits im letzten Frühling, als Meta dicht hintereinander Scharlach und Mumps bekommen hatte, war ihr unmissverständlich klargemacht worden, dass man in Zukunft mehr Stabilität von ihr und ihrer Arbeitskraft erwartete. Sonst wäre eine Kündigung unausweichlich.

«Ich bitte dich!», sagte Viktoria scharf. «Wir werden mit dem kleinen Früchtchen schon fertig. Geh du ruhig deinem Tagwerk nach, Hulda. Wir sehen uns am Freitag.»

Hulda schwankte zwischen Aufatmen und Sorge. Immerhin hatte das Geschrei im Hintergrund abgenommen, Meta schien sich wieder beruhigt zu haben. Und Hulda kannte die Wutausbrüche ihrer kleinen Tochter schließlich zur Genüge, wusste, dass sie aufbrachen und wieder abebbten und man wenig mehr tun konnte, als sie auszuhalten. Schimpfen und Drohen nützten bei Meta gar nichts. Sie war ein Dickkopf – genau wie ihre Mutter, dachte Hulda mit grimmigem Lächeln.

«Kann ich vielleicht noch kurz mit Meta sprechen?», bat sie, die Muschel des Telefonhörers sehnsüchtig ans Ohr gepresst. Doch da tutete es bereits, und das Fräulein vom Amt meldete sich.

«Die Verbindung wurde unterbrochen», sagte die fremde Frauenstimme. «Wünschen Sie eine neue?»

«Nein», sagte Hulda und hob die Achseln, obwohl das Fräulein sie nicht sehen konnte. «Das hätte keinen Sinn.»

Sie hängte den Hörer auf und starrte auf die mahnenden Worte *Fasse dich kurz!*, die auf einem Schild im Fernsprecher standen. Und tatsächlich, als sie sich umdrehte, sah sie bereits zwei Wartende draußen auf dem Gehsteig, die von einem Fuß auf den anderen traten.

Rasch verließ sie die enge Kabine.

In Huldas Innerem tobten widerstreitende Gefühle. Erleichterung, weil sie nun doch weiterarbeiten konnte. Wehmut, wenn sie an ihre weinende Tochter dachte, die von Viktoria ausgezankt wurde. Ferner Schuldgefühle, weil sie Meta im Stich ließ – und auch ein wenig, weil die Saat aus Vorwürfen von Viktoria unwillkürlich austrieb. War sie vielleicht wirklich keine gute Mutter? Warum gelang es ihr nicht, Meta ordentliches Benehmen beizubringen? Sollte sie strenger mit dem Mädchen sein, ihm mehr Grenzen setzen? Aber wann eigentlich? Es war immer zu wenig Zeit, das ganze Leben bestand nur aus Arbeit, Haushalt, Schlafen.

Hulda seufzte. Ob es allen Müttern so ging, dass sie immer nur am Rande der Erschöpfung entlangbalancierten, im verzweifelten Versuch, alles richtig zu machen und doch einfach nur den nächsten Tag zu überstehen?

Verdrießlich stapfte Hulda Richtung Eisenacher Straße.

Die Grübelei über verzweifelte Mütter führte ihre Gedanken unweigerlich zu Milli. Nach ihrem Gespräch heute Morgen mit Bert war sie direkt zum Theater gelaufen und hatte erneut am Hintereingang geklopft, doch diesmal hatte ihr nur ein fremder Bühnenarbeiter geöffnet, der sie mit anerkennenden Blicken von oben bis unten taxiert hatte und ihr dann mitteilte, dass Milli nicht zur Stelle sei. Nein, heute sei auch keine Probe. «Obwohl», hatte der Kerl im Blaumann noch hinzugefügt und genüsslich in seine Stulle gebissen, «wenn Sie mitspielen, Schönheit, mach ich das Licht wieder an.» Da hatte Hulda es schnell vorgezogen, mit erhobenem Haupt und brennenden Wangen abzuziehen.

Also kein Gespräch mit Milli – wo auch immer sie stecken mochte – über ihre Geheimnisse, die *Principessa* und Räuberbanden. Keine Meta, die sie an sich drücken konnte. Und nicht einmal die Aussicht auf einen vergnüglichen Abend, nur auf das einsame Warten zu Hause, darauf, dass endlich etwas passierte.

Mit jedem Schritt kribbelte es Hulda mehr und mehr im Bauch. Sie wusste, wo Max wohnte, er hatte es ihr gesagt und ihr sogar die Nummer seines Telefonanschlusses aufgeschrieben. Der Zettel lag in ihrer Rocktasche und brannte beinahe ein Loch hinein. Wie einfach wäre es, zurück zum Fernsprecher zu gehen und sich verbinden zu lassen. Doch die Möglichkeit, dass Marlene Dessauer abheben würde, ließ Huldas Blut gefrieren. Was sollte sie dann tun? Behaupten, sie habe sich verwählt? Frau Dessauer darum bitten, einer Fremden doch, wenn es keine Umstände machte, ihren Ehemann ans Telefon zu holen? Einfach auflegen wie eine Schulgöre, die einen dummen Streich spielte? Oder wie ein Flittchen, das sich einem verheirateten Mann an den Hals schmiss?

Bei diesem letzten Gedanken verwarf Hulda die Idee mit dem Anruf restlos. Sie beschleunigte ihre Schritte und rannte förmlich nach Hause. Ihre Laune war rabenschwarz. Da hatte sie schon einmal, wie Frau Bodelheim so treffsicher behauptet hatte, sturmfreie Bude – aber sie konnte die Gunst der Stunde nicht nutzen. Es war alles festgefahren, und das Gefühl von Euphorie, das sie nach dem letzten Treffen mit Max erfüllt hatte, war in den langen Tagen ohne ihn einem aschigen Geschmack im Mund gewichen. Sie machte sich doch nur zur Närrin mit ihrer Schwärmerei! Ein Professor, verheiratet mit einer Professorin, die beide zu den intellektuellen Kreisen der Stadt gehörten – nein, das war nicht Huldas Kragenweite. Was wollte er denn überhaupt von ihr? Was, außer natürlich dem, was alle Männer von jüngeren, weniger gebildeten Frauen wollten? Es war einfach lächerlich, dass sie weiter an dieser fixen Idee festhing. Sie sollte sich in ihre Küche setzen, eine Schallplatte auflegen und sich in aller Bescheidenheit einen schönen heißen Tee aufbrühen – ach, wie sehr sie Tee hasste! Aber er passte zu diesem Bild des Mauerblümchens, das ihr plötzlich allzu scharf vor Augen stand. Sie konnte auch ein nettes Buch lesen, die Ruhe genießen, ihre Krampfadern zählen und früh schlafen gehen. Eine Frau wie sie, in der Lebensmitte, musste schließlich darauf achten, nicht zu schnell zu verwelken, musste sich fernhalten von kindischen Anwandlungen und sinnlosen Sehnsüchten, die ihr nur den Schlaf raubten und ihre Falten vertieften.

Jette fiel ihr ein und die Aussage der Freundin – deren Mundwerk allerdings schon ein wenig vom Likör gelockert gewesen war –, dass sie beide in einem Alter seien, in dem man nicht nach dem Morgen fragen sollte, sondern nur nach dem Hier und Jetzt.

Aber ach, was wusste Jette Martin schon? Ihre Fallhöhe war eine ganz andere, dachte Hulda grimmig, stapfte die Stufen ihres Treppenhauses hoch und sperrte die Wohnungstür auf. Stille schlug ihr entgegen, Stille und Dunkelheit.

Jette war immerhin verheiratet, hatte ein gut gehendes Geschäft und ein Sparkonto. Alles Dinge, von denen eine wie Hulda nur träumen konnte.

Rastlos ging sie in ihren vier Wänden auf und ab, wie ein Tier im Käfig. Warum nur war sie so kribbelig?, dachte sie verzweifelt, was war los mit ihr? Seit Jahren hatte sie sich nicht so gefühlt. Als würde sie auf einer Klippe stehen und hinunter in eine tosende See blicken, mit dem überwältigenden Wunsch, zu springen. Sich einfach fallen zu lassen, sich endlich wieder einmal zu spüren.

Etwas geschah mit ihr, dachte sie überrascht, etwas war neu erwacht. Die Schwangerschaft und das Stillen, dazu der Schlafentzug, hatten ihren Körper jahrelang lahmgelegt, hatten alle Bedürfnisse und Sehnsüchte ausgetrieben und die des Kindes darübergesponnen wie ein Netz. Doch nun, da Meta größer wurde und sogar tagelang nicht im Haus war, befreite ihr Körper sich. Es pochte darin, als wollte etwas hinaus, das lange eingesperrt gewesen war.

Die Unruhe machte Hulda fast wahnsinnig, und endlich entschied sie, dass sie nicht länger hier herumwandeln wollte. Draußen tobte das Leben! Sie war noch längst nicht zu alt dafür, um daran teilzunehmen. Und wenn Max Dessauer sie warten lassen konnte, nun, dann konnte sie es erst recht. Sie hatte dieses kleine Spiel doch quasi erfunden!

Außerdem gab es da draußen etwas für Hulda zu tun.

Wild entschlossen stürmte sie in die Kammer und wühlte in ihren Sachen. Ganz unten in einer Truhe fand sie, was sie suchte – ein altes *Flapper*-Kleid, das sie seit vielen Jahren nicht angezogen hatte. Sie holte es hervor und ließ den Stoff über ihre Finger gleiten. Es war aus silberner Kunstseide und mit Perlen bestickt, der Rock endete in fließenden Silberfäden, die wie eine Quaste mit Huldas Finger spielten. Sie hatte es einst geschenkt bekommen, es stammte aus dem Kostümfundus eines kleinen Theaters und war niemals besonders schick gewesen – hatte jedoch öfter seinen Zweck erfüllt.

Beinahe atemlos schlüpfte sie aus ihrer Kleidung, streifte sich das Kleid über und drehte sich vor dem Spiegel. Auch bei diesem Modell kam es ihr zugute, dass die Taille schon lange ausgedient hatte. Der Stoff floss wie Wasser um ihren Körper und verhehlte geschickt die sanften Speckröllchen, die seit der Schwangerschaft an ihrer Hüfte saßen.

Neugierig schwenkte Hulda den Rock ein wenig hin und her und lächelte ihrem Spiegelbild unsicher zu. Der tiefe Ausschnitt zeigte etwas mehr von ihrer Brust, als sie es gewohnt war. Doch andererseits musste sie zugeben, dass sie auch mit dreiunddreißig noch mehr als passabel aussah.

Ehe sie es sich anders überlegen konnte, tuschte sie sich die Wimpern schwarz, legte etwas Puder und Lippenstift auf und strich sich die dunklen kurzen Haare aus dem Gesicht. Es war merkwürdig – einerseits fühlte sie sich in dem alten Fetzen und mit der Schminke im Gesicht verkleidet. Andererseits war ihr, als kehrte sie zurück zu einer Hulda, die ihr wohlvertraut war und deren Existenz nur ein paar Jahre zurücklag. Und doch schien es ein ganzes Leben her zu sein – Metas Leben, dachte sie erstaunt.

Mit der Geburt ihrer Tochter war Hulda in eine andere Zeitrechnung eingetreten. Aber es verwunderte und erleichterte sie zugleich, wie rasch sie sich zurückverwandeln, wie leicht sie diese frühere Hulda, ja sich selbst wiederfinden konnte.

Wäre ihr Ärger über die aussichtslose Verliebtheit in Max Dessauer nicht gewesen, hätte sie das vielleicht nicht entdeckt, sagte sie sich verblüfft. Und wenn Liesbeth Färber darauf geachtet hätte, stets auch selbst warme Strümpfe zu tragen, wohl auch nicht.

Kurz darauf stand Hulda an der Ecke Frobenstraße. Die Turmglocke vom nahen Winterfeldtplatz schlug zehnmal, die Glockenschläge hallten über die Dächer. Hinter ihr erhob sich das riesenhafte neue Telegraphen-Fernamt aus Backsteinen, die in der Dunkelheit fast schwarz wirkten. Es nahm mit seiner fast hundert Meter langen Fassade die halbe Straße ein – hier liefen die Telefondrähte der Stadt zusammen.

Hulda ging die Frobenstraße entlang, bog dann wieder links ab in die noch schmalere Schwerinstraße. Alles wirkte ruhig und verschlafen, und sie begann zu bezweifeln, dass hier, wie Bert behauptet hatte, die wildesten Partys des Viertels tobten. Doch dann fielen ihr drei Frauen auf, die in ähnlich freizügiger Kleidung durch die Straße huschten und in einem Toreingang verschwanden. Neugierig folgte Hulda ihnen und trat schließlich selbst durch das Tor. Hier gähnte dunkel der Hinterhof, kein Fenster war erleuchtet.

Konnte das wirklich der richtige Ort sein?

Da erkannte sie ein kleines Pappschild, das an die Hauswand gepinnt war. *Mont-Martre im Toppkeller*, stand da. *Täglich außer montags Tanz!*

«Traust du dich nicht rein?», fragte eine weibliche Stimme hinter Hulda, und sie drehte sich um. Zwei junge Frauen standen hinter ihr, auch sie beide in kurzen Röcken. Die eine war mollig, mit heller Haut und blondem Haar, die andere eher dunkel.

«Komm mit», sagte die Hellhäutige und fasste nach Huldas Hand. «Wir nehmen dich mit, wäre ja Verschwendung.»

Die Dunkle lachte glockenhell auf und griff nach Huldas anderer Hand. Zu dritt schlichen sie über den düsteren Hof, stiegen an einer Wand ein paar Stufen hinunter zu einer Tür und befanden sich kurz darauf in einem lichtlosen, unterirdischen Gang. Unter Tage liefen sie weiter, vermutlich noch ein oder zwei Höfe tiefer hinein in das unterirdische Gewirr der Mietskaserne. Und Hulda fragte sich bereits, wie Viktoria Meta erklären sollte, dass ihre Mutter leider in einem Schacht auf dem Weg in eine lesbische Bar für immer vom Erdboden verschwunden war. Doch endlich kamen sie an eine Tür, die am unteren Rand einen Lichtschimmer hindurchließ. Hulda meinte, ein paar Saxophontöne zu hören.

Die beiden Frauen öffneten, schlüpften hinein und zogen Hulda mit sich. In dem engen Korridor empfing sie laute Musik – und eine Gestalt, bei der Hulda nicht sicher war, ob es sich um einen Mann oder eine Frau handelte. Die breite Hose mit Hosenträgern und die speckige Kappe auf den streichholzkurzen Haaren ließen alle Möglichkeiten offen.

«Wat schleppt ihr denn da an, Gerlindchen?» Die Stimme war weiblich.

Die Dunkle links von Hulda kicherte. «Frischfleisch», sagte sie beinahe zärtlich und ließ ihren Blick anerkennend über Huldas Körper gleiten. Es war ein Déjà-vu – hatte der Bühnenarbeiter sie heute Morgen nicht auf ähnliche Weise taxiert? Hulda schlang die Arme um ihren Oberkörper.

«Frischfleisch ist immer gern gesehen», sagte die Türsteherin und winkte sie durch.

Hulda lächelte hilflos und ließ sich weiter mitziehen. Sie begann sich zu fragen, welches Teufelchen sie bloß geritten hatte, heute Abend in den *Toppkeller* zu gehen und nicht einfach in ein ganz gewöhnliches Tanzlokal. Doch dann dachte sie wieder an ihr Gespräch mit Bert, und die verflixte Neugier, die schon immer eine ihrer Schwächen gewesen war, gewann erneut die Oberhand. Nun, da sie schon einmal hier war, konnte sie sich die Sache auch genauer ansehen.

«Nicht weglaufen, Süße», sagte die Blonde mit den weichen Kurven unter dem engen Kleid. «Wir sind gleich wieder da.»

«Wir pudern uns nur die Näschen», kicherte die Dunkle. «Das ist nichts für dich – für Anfängerinnen, verstehst du? Später vielleicht, jetzt hol dir erst mal was zu trinken.»

Hulda sah den beiden nach, wie sie in einem Bad verschwanden, und verbiss sich ein Grinsen. Oh ja, es hatte sehr wohl Zeiten gegeben, als auch sie sich ab und zu auf Feiern wie dieser *die Nase gepudert* hatte, aber heute verspürte sie nicht mehr die geringste Lust dazu.

Mochte sie auch dasselbe Kleid tragen wie damals, etwas hatte sich eben doch verändert, dachte sie achselzuckend und ging tiefer in die Bar hinein.

Es war schummrig, nur wenige Wandleuchten schimmerten ihr entgegen, vermochten aber die Düsternis des Ortes nicht gänzlich zu vertreiben – was sicher Absicht war. Hulda betrachtete skeptisch den Boden zu ihren Füßen, der vor

Dreck zu starren schien, und die wenigen durchgesessenen Sitzmöbel, die am Rand vor sich hin moderten. Sie wollte lieber nicht zu genau wissen, was so alles in diesen Polstern lebte, und sie nahm sich vor, nach Möglichkeit auch die Toilette zu meiden, deren Zustand sie bereits erahnen konnte.

Auf einer winzigen Bühne, die eigentlich nur ein Bretterhaufen war, spielte eine Kapelle. Die Sängerin in schwarzem Garçonne-Anzug rekelte sich lasziv am Mikrophon, während eine andere Frau sie am verstimmten Klavier begleitete. Der Gesang klang halb nach kindlicher, halb nach heiserer Stimme, auf jeden Fall nach starker Berliner Mundart.

Der Text des Liedes war richtig gut, fand Hulda, und sie lauschte einen Moment verblüfft, weil sie nicht mit einer so hochwertigen Darbietung in dieser Kaschemme gerechnet hatte. Es war das *Lied von der Seeräuberjenny*, und die Melodie jagte Hulda, die den berühmten Song aus der *Dreigroschenoper* kannte, wie gewohnt einen Schauder über den Rücken.

Das Publikum vor der Bühne jubelte und applaudierte. Auch einige Männer waren darunter.

«Auf dich, Claire!», rief ein junger Flapper, der ganz vorn am Bühnenrand stand, und prostete der Sängerin zu.

Hulda zuckte zusammen. War das etwa Claire Waldoff, die Legende aus den Varietés?

Sie brauchte ganz entschieden etwas zu trinken, dachte Hulda und steuerte die schmuddelige Bar an. Vorsichtshalber entschied sie sich für ein Flaschenbier, ein *Berliner Kindl*, und trank durstig, denn es war warm und stickig. Überall standen Gäste, schmiegten sich aneinander, tanzten auf engstem Raum, küssten sich hemmungslos. Die meisten waren Frauen, nur an der Bar hingen auch noch ein paar Männer rum mit glasigen Augen und betrachteten halb ungläubig, halb selig das Geschehen. Sie waren *Zechemacher*. Voyeure, die geduldet wurden, weil sie ordentliche Getränkemengen konsumierten.

Hulda fühlte sich immer mehr an ihre wilden Zeiten erinnert, als solche Orte ihr sehr vertraut gewesen waren.

Plötzlich rempelte sie jemand von hinten an, und Hulda fuhr herum.

«Verzeihung», sagte eine fremde Frau, die etwas weniger aufreizend gekleidet war als die anderen Gäste. Sie trug ein hochgeschlossenes Kleid und hatte dichtes, welliges Haar, das ihr bis auf die Schultern fiel. Es glänzte kupferfarben.

«Nichts passiert», sagte Hulda und lächelte.

Da drehte sich die Begleiterin des Rotschopfs zu ihr um und starrte sie an. Die Frau hatte sandfarbenes Haar, das ihr lang und schwer bis über ihren nackten Rücken fiel. Ihr Kleid besaß hauchdünne Träger und war aus einem Material, das nur mit viel Wohlwollen als Stoff bezeichnet werden konnte, es schien vielmehr aus Spinnweben zu bestehen.

Hulda erkannte sie sofort.

«Na, so was!», sagte Marlene Dessauer und verzog die grellrot bemalten Lippen. Dann schien ihr etwas einzufallen. «Oh, armer Max! Das wird ihn ungeheuer treffen, dass Sie eine von uns sind.»

«Was?», fragte Hulda. Dann verstand sie und hob abwehrend beide Hände. «Aber nein», sagte sie hastig, «Sie missverstehen.»

«Ihr kennt euch?», fragte die Rothaarige.

«Gitte», sagte Marlene zu ihrer Begleiterin, «das ist Hulda Gold. Sie ...» Ein boshaftes Lächeln zuckte über ihr Gesicht. «Ja, wer sind Sie eigentlich?»

Hulda zog es vor, nicht darauf zu antworten. Sie schüttelte nur kurz die Hand von Gitte, die sie arglos anstrahlte.

«Ich habe heute Geburtstag», sagte die Frau und klatschte wie ein Kind in die Hände.

«Herzlichen Glückwunsch», stammelte Hulda. Sie hatte ihre Fassung noch immer nicht wiedergefunden. Ihre Gedanken rasten. Wenn Leni hier war und Max nicht ... und wenn diese Rothaarige, die sich so unmissverständlich an Max' Ehefrau schmiegte, das war, wofür Hulda sie hielt, nämlich Lenis Geliebte ... Was bedeutete das dann für ihre Ehe mit Max? Und noch viel wichtiger – für sie, Hulda?

«Leni, wo bleibt mein Champagner?», flötete Gitte.

«Geh schon mal zur Bar, Süße», flüsterte Leni und wollte Gitte zärtlich von sich schieben. Doch diese legte ihr die Arme um den Hals, und sie küssten sich.

Hulda wandte schnell den Blick ab, weil der Kuss sehr leidenschaftlich geriet. Erst als die beiden sich endlich wieder trennen konnten und Hulda mit Leni allein war, fand sie ihre Sprache wieder.

«Es tut mir leid», begann sie, «ich wollte Sie neulich beim Polterabend nicht brüskieren. Ehrlich gesagt, wusste ich bis dahin nicht, dass Max verheiratet ist. Jedenfalls nicht genau», fügte sie im Bemühen um Vollständigkeit hinzu.

Leni lächelte. Auf einmal wirkte sie viel freundlicher als bei ihrer ersten Begegnung. «Wissen Sie», sagte sie, «ich war selbst überrascht, wie ich reagiert habe, als ich Sie und meinen Mann zusammen sah. Denn wie Sie heute Abend selbst sehen können, steht es mit der Ehe zwischen Max und mir nicht zum Besten.» Sie schaute zu Gitte hinüber, die an der Bar stand und auf ihren Champagner wartete, und warf ihr eine Kusshand zu. Dann konzentrierte sie sich wieder auf Hulda, und ihr Blick war jetzt ernst. «Aber es ist nun mal oft so im Leben – Theorie und Praxis sind nicht dasselbe. Denn obwohl ich

Max schon so lange keine gute Ehefrau mehr bin, tat es doch weh, meinen Platz so plötzlich von einer anderen besetzt zu sehen. Daher die kalte Schulter an jenem Abend.» Sie zuckte mit den Achseln. «Nichts für ungut, ja?»

Hulda nickte. Sie verstand Leni. Auch sie selbst, die sicher war, über Karl hinweg zu sein, sprach noch immer nicht gern den Namen seiner Frau aus. Doch das musste sich ändern!

«Es ist sehr freundlich von Ihnen, so offen mit mir zu sprechen», sagte Hulda. «Ich...» Sie zögerte, die Worte kamen ihr schwer über die Lippen. «Ich werde versuchen, nicht länger in Ihre Ehe zu pfuschen.»

Leni lachte auf. Sie musterte Hulda. «Aber nein!», erklärte sie schließlich. «Das war es nicht, was ich sagen wollte. Max und ich sollten endlich auch offiziell getrennte Wege gehen, wir hätten es schon längst wagen müssen. Aber die Kinder ... Ach, Sie wissen schon.» Sie seufzte. «Ich habe an jenem Abend sehr wohl bemerkt, wie er Sie ansah. Und ich kenne meinen Mann, das wenigstens kann ich guten Gewissens behaupten.» Sie streichelte über Huldas Arm. «Sie sind für ihn nicht irgendeine», sagte sie. «Und ich muss zugeben – er hat einen guten Geschmack.»

Mit diesen Worten löst sie sich und drehte sich zur Bar. Doch Hulda hielt sie am Handgelenk fest.

«Soll das heißen ...?», fragte sie mit Herzklopfen.

Leni nickte. «Sie verstehen schon.» Sie kicherte. Dann drängte sie sich zu Gitte durch, die sie sofort eng an sich zog und erneut küsste.

Auf der Bühne begann Claire Waldoff ein neues Lied zu singen, es war eine halb schmelzende, halb ruppige Ballade über die Qualen der Liebe. Und Hulda wusste plötzlich nicht mehr, wo ihr der Kopf stand.

31.

Mittwoch, 11. September 1929, spätabends

Kaum waren Leni und Gitte im Gewühl des *Toppkellers* verschwunden, torkelten die beiden Frauen, die Hulda durch den Tunnel hierhergebracht hatten, aus der Toilettentür und kamen zu ihr an die Bar.

«Na?», fragte die Dunkle, die am Eingang auf den Namen Gerlindchen gehört hatte. «Amüsierst du dich?»

«Wieso trinkst du denn Bier?» Ihre hellhaarige Begleiterin rümpfte beim Anblick der Flasche in Huldas Hand die Nase. «Damit kommt man nicht in Stimmung, weißt du das denn nicht?»

«Wir holen dir was Richtiges», sagte Gerlinde. «Was möchtest du? Und wie heißt du überhaupt?»

Hulda spürte, dass Widerstand zwecklos war. «Ein Kognaksoda, bitte», sagte sie. «Und mein Name ist Hulda.»

«Klingt schon besser!» Die Frau strahlte und wandte sich an die Bedienung hinter der Bar, um ihre Bestellung aufzugeben.

«Ich heiße Ulrike», sagte die Hellhaarige und rückte ein Stück näher zu Hulda. «Und du bist wirklich zum ersten Mal hier?» Sie wischte sich die laufende Nase und sah sich um. «Ordentlich was los heute. Aber wenn Claire Waldoff und ihre Freundin Olga von Roeder da sind, kracht der Laden ja immer.»

«Kann ich mir vorstellen», erwiderte Hulda. «Ich finde die Sängerin wirklich toll.»

«Stell dich hinten an», war die flapsige Antwort. «Claire ist zwar schon etwas älter als Gerlinde und ich, aber sie hat Charme für drei. Und viele hier würden sich die Augen auskratzen, um sie einmal ins Bett zu bekommen.» Die Frau lachte. «Aber Olly wacht eifersüchtig über sie. Die beiden sind schon seit vielen Jahren ein Paar.»

«Ihr seid also oft hier, du und Gerlinde?», fragte Hulda und betrachtete die armseligen Papiergirlanden, die von der Decke hingen. Sie waren der einzige Schmuck im ganzen Raum und hatten auch schon bessere Tage gesehen.

«Andauernd», sagte Ulrike, «ist die beste Adresse für unsereins.» Ihr Blick glitt erneut über Huldas Körper, und ihre Augen verengten sich zu Schlitzen. «Du bist aber keine von uns», sagte sie, «oder?»

«Nein», gab Hulda zu. «Ich bin heute nur hier, weil ich jemanden suche.»

«Wen denn?», fragte die andere Frau. «Etwa die mit dem Schwanenhals in dem Hauch von Nichts, die eben mit dir geturtelt hat, als wir zu dir kamen?» Sie schüttelte den Kopf. «Die Arme – du solltest sie nicht an der Nase herumführen!»

«Das ist eine alte Bekannte», sagte Hulda ausweichend, «und wir haben nicht geturtelt. Nein, ich suche ...» Sie räusperte sich. «Es klingt vielleicht albern», sie lehnte sich ein wenig näher zum Ohr der anderen, «aber ich suche eine Frau, die sich selbst die *Principessa* nennt.»

Zu ihrer Überraschung zuckte Ulrike zurück und verschränkte die nackten Arme vor der ausladenden Brust. «Zu Leonore willst du?»

«Du kennst sie?»

Die Frau schnaubte. «Na, hör mal», sagte sie, «natürlich kenne ich sie. Jede hier weiß, wer sie ist. Sie hat eins der Hinterzimmer gemietet. Ich schätze, der Standort ist günstig für sie, ihre *Girls* können hier fröhlich ein und aus gehen und ihr die Pinke bringen.» Sie musterte Hulda erneut. «Ich wundere mich nur, dass eine wie du mit Leo Geschäfte macht. Ich hätte dich für seriöser gehalten.» Sie biss sich auf die Lippen. «Oder jedenfalls für weniger verzweifelt.»

«Ich mache keine Geschäfte mit ihr, sondern will sie nur etwas fragen», sagte Hulda. «Weißt du, wo ich sie finde?»

«Hinten, im Stübchen», sagte Ulrike und deutete mit dem Kinn zu einer Tür hinter der Bar. «Dort hält sie an manchen Abenden Audienz, die Vögelchen fliegen bei ihr ein und aus. Aber ob du willkommen bist, weiß ich nicht, Kindchen.»

«Das werden wir sehen», sagte Hulda und zwang sich, das heftige Herzklopfen, das sie überfallen hatte, zu ignorieren. «Wie komme ich da rein?»

«Ich frage Fernanda», sagte die Hellhaarige und wandte sich zur Barfrau, die gerade Huldas Kognaksoda mixte und dabei mit Gerlinde flirtete, die sich weit über den schmuddeligen Tresen gelehnt hatte. «Fernanda», sagte sie, «diese hübsche Puppe hier sagt, sie will Leo sprechen.»

Die Frau zog die feinen Augenbrauen bis hinauf zum blonden Haaransatz. «Bist du sicher?», fragte sie heiser und musterte Hulda. «Du bist zu alt, um eins ihrer Mädchen zu sein.»

«Das stimmt», sagte Hulda. «Aber ich habe etwas mit ihr zu besprechen – unter Erwachsenen.»

Fernanda und die beiden Frauen sahen einander an, und alle drei brachen in Lachen aus.

«Eine wie dich frisst die *Principessa* zum Frühstück», sagte die Barfrau und strich sich ihr goldenes Haar hinters Ohr.

Hulda schwieg und hielt ihrem Blick stand. Offenbar überzeugte ihr Schweigen Fernanda schließlich, denn sie warf die Hände in die Luft. «Also rein mit dir», sagte sie, drückte Hulda das Glas in die Hand, das sie eben aufgefüllt hatte, und schob sie zu der kleinen Tür. Sie öffnete sie und bedeutete Hulda mit einem Nicken, den schummrigen kleinen Gang entlangzugehen, der sich auftat. «Es ist ganz hinten.» Links und rechts gingen mehrere Zimmer ab, doch am Ende des Flurs gab es nur eine Tür.

«Klopfen und warten», sagte Fernanda, «und nur dann reingehen, wenn Leo es erlaubt hat. Wenn keine Antwort kommt, umkehren. Verstanden?»

Hulda nickte. Sie fühlte sich vage erinnert an eine Eskapade aus früheren Tagen, als sie schon einmal zu einer zwielichtigen Gestalt der Unterwelt gegangen war, um etwas von ihr zu erfahren. Sie hatte damals sogar dasselbe Kleid getragen, fiel ihr ein, und fuhr nervös mit den Fingern über den glatten Stoff. Doch diesmal erwartete sie hinter der geheimnisvollen Tür nur eine Frau, kein gewaltbereiter Zuhälter. Was sollte schon geschehen?

Als die kleine Tür zur Bar hinter ihr geschlossen wurde, tastete sich Hulda den kurzen Weg über den Korridor bis ans Ende vor. Sie hob die Hand, um anzuklopfen, doch auf einmal schien es ihr ein Fehler, wie ein Schulmädchen beim Direktor Einlass zu erwirken. Zögernd starrte sie das Glas in ihrer Hand an, dann trank sie es kurzerhand in einem Zug aus und stellte es auf dem Boden ab. Mit einer raschen Bewegung drückte sie die Klinke herunter und stieß die Tür so selbstverständlich auf, als wäre sie hier zu Hause.

«Was in aller Welt ...?», rief eine Frauenstimme.

Hulda sah, wie eine Gestalt aus einem Sessel hochfuhr, in

dem sie bis eben geruht hatte. Schnell machte sie einen Schritt ins Zimmer hinein. Auf einem Tischchen flackerten mehrere Kerzenstumpen, das Licht warf zittrige Schatten an die Wände, während die Tür krachend hinter ihr zufiel.

Die Frau hatte sich mitten in dem engen Raum vor ihr aufgebaut. Sie war nicht groß, hatte zarte, schmale Glieder und ein stark geschminktes Gesicht mit gefälligen Zügen. Trotzdem konnte Hulda nicht umhin, sie anzustarren. Denn sie war glatzköpfig.

«Verzeihung», sagte Hulda verwirrt. Eine Frau ohne Haare sah man nicht alle Tage, es hatte etwas Verstörendes. Aber warum eigentlich?, fragte sie sich plötzlich, bei einem Mann würde sie sich nichts weiter denken.

Die Frau griff hastig nach einer Perücke, die auf der Sessellehne lag, und stülpte sie sich über den Kopf. Nun stand eine dunkelhaarige Schönheit mit langer Mähne vor Hulda, in einem bodentiefen Kleid mit Spitzenkragen und mit vielen goldenen Ringen an den Händen. Der kahle Kopf war vergessen.

«Wie können Sie es wagen, hier einfach einzudringen?», fragte die Frau.

Hulda hörte, dass sie sich bemühte, gewählt zu sprechen, aber hinter ihren gestelzten Worten klang eine einfache Herkunft durch, ein gröberer Zungenschlag, den sie sich offenbar mühsam abtrainiert hatte.

«Ich suche die Frau, die sich die *Principessa* nennt», sagte Hulda schnell. «Sind Sie das? Oder soll ich Sie lieber Leonore nennen? Wie ich hörte, ist das Ihr richtiger Name.»

«Und wer sind Sie?», fragte die Frau anstelle einer Antwort. Sie schien mit ihren Haaren auch ihr Selbstvertrauen zurückgewonnen zu haben. Mit zwei Schritten war sie bei einem kleinen Tischchen, auf dem eine Karaffe Wein und ein Glas standen, und sie goss es randvoll. Blutrot funkelte die Flüssigkeit, als Leonore das Glas ansetzte und trank.

«Ich heiße Hulda Gold», sagte Hulda. «Wir haben eine gemeinsame Bekannte.»

«So?», fragte Leonore ungerührt und stellte das Glas mit einem singenden Geräusch ab. «Ich wüsste nicht, wer das sein könnte.»

«Sie heißt Ludmila», sagte Hulda. «Oder kennen Sie sie nur unter ihrem Spitznamen Milli?»

Leonore sah sie spöttisch an. «Ich kenne viele Mädchen», sagte sie ungerührt, «da kann ich mir kaum alle ihre Namen merken». Sie ging um das Tischchen herum und nahm auf dem Stuhl dahinter Platz. Hulda blieb stehen, Leonore bot ihr keine Sitzgelegenheit an. «Und was soll nun mit diesem Mädchen sein?», fragte sie und zündete sich eine *Lord* an, die sie in eine lange Zigarettenspitze steckte. Der Rauch stieg in einer geraden feinen Säule zur Zimmerdecke.

«Ich kümmere mich um Milli», sagte Hulda. «Und um ihre kleine Tochter.»

«Sie kümmern sich?» Leonore lachte geziert auf. «Irrtum, Fräulein Gold. *Ich* kümmere mich. Und das schon seit vielen Jahren. Ohne mich hätte Milli schon lange nichts mehr zu fressen!»

Unwillkürlich fiel sie in eine derbere Sprache, von der Hulda inzwischen sicher war, dass es ihre eigentliche Art zu sprechen war.

«Sie erpressen die Mädchen», sagte Hulda ruhig. Ihre Knie zitterten ganz leicht, doch sie zwang sich, sich ihre Nervosität nicht anmerken zu lassen. «Sie lassen sie für sich arbeiten und verlangen schreckliche Dinge von ihnen. Illegale Dinge!»

«Ich weiß nicht, wovon Sie sprechen», sagte Leonore und

zog seelenruhig an ihrer Zigarette. Sie beobachtete Hulda mit einem katzenhaften, lauernden Ausdruck von unten.

Aber noch etwas lag in ihrem Blick – Neugierde, dachte Hulda. Leonore wollte wissen, wohin das Gespräch hier führte.

Kurz entschlossen griff Hulda nach dem halb gefüllten Weinglas und trank es aus.

«Vorsicht, Fräulein», zischte Leonore.

Doch Hulda überhörte es geflissentlich, goss sich aus der Karaffe Wein nach, ging dann zum Sessel und zerrte ihn mit einem schrillen Quietschen über den Boden bis zum Tisch, wo sie Leonore gegenüber Platz nahm.

Die *Principessa* beobachtete sie ungläubig, dann lachte sie schrill auf. «Sie sind auf Ihre Art durchaus unterhaltsam.» Sie verzog die tiefrot bemalten Lippen. «Mal sehen, wie lange noch.»

«Seit wann sind Sie hier in Schöneberg?», fragte Hulda. «Bis vor Kurzem war es im Viertel recht ruhig, aber nun häufen sich die Einbrüche und Diebstähle. Das geht auf Ihr Konto, richtig?»

«Sie erwarten wohl nicht, dass ich Ihnen darauf antworte, oder?», fragte Leonore und rauchte genüsslich weiter.

Hulda ging auf, dass der Frau das Gespräch Spaß machte. Wahrscheinlich unterhielt sie sich nicht oft mit anderen auf Augenhöhe, sondern spann meist nur ihr Netz, kommandierte herum und verbreitete Angst unter ihren Ergebenen.

«Aber seit wann läuft das schon so?», fragte Hulda, nun mutiger. «Hatten Sie nie vor, Ihre Talente anderweitig einzusetzen? Oder war es schon immer Ihr Traum, eine Bandenkönigin zu werden?»

«Mein Traum?», fragte Leonore mit hochgezogenen Brauen. «Was wissen Sie schon von Träumen? Was sind Sie denn eigentlich, eine Fürsorgerin? Eine Dienstmagd oder eine Putzfrau, die hinter anderen sauber macht? Ja, das hätte ich auch werden können. Viel hätte nicht gefehlt.» Erneut lachte sie kurz auf. «Meine Mutter hätte mich gern in Stellung gesehen, dann hätte sie mich vom Hals gehabt, während sie sich in Seelenruhe den letzten Schuss setzen konnte.»

«Wie bitte?»

«Meine Mutter war eine Hure», sagte Leonore ausdruckslos. «Schwanger von einem Freier, dessen Namen ich nie gehört habe.» Sie spuckte aus, mitten auf den Boden. «Für diese Frau zählte nichts auf der Welt als ihr gottverdammtes Morphin. Das war ihr Gott, ihr Glück und ihr Traum!» Sie schüttelte den Kopf, ihr Gesicht schimmerte hell unter den dunklen falschen Haaren. «Meine Kindheit war die Hölle», fuhr sie fort, und für einen Moment schien es, als hätte sie Huldas Anwesenheit vergessen. «Ein junges Mädchen allein auf der Straße, das wochenlang die Leiche der Mutter bewacht hatte – und dem vor Kummer alle Haare ausgingen. Was hatte ich denn schon für eine Chance?» Plötzlich sah sie auf. «Und da fragen Sie mich nach meinen Träumen?»

Etwas drehte Hulda den Magen um. Sie dachte an ihre eigene Mutter, Elise, an deren jahrelanges Leiden, die Abhängigkeit und ihren frühen, qualvollen Tod. Seit langer Zeit bemühte sie sich verzweifelt, die Erinnerung an ihre Mutter auszublenden, sie niemals die Oberhand über ihre Gedanken gewinnen zu lassen. Doch seit sie selbst Mutter war, drangen die Erinnerungen und Gefühle immer öfter hervor, besonders, wenn sie sich verzagt fühlte. Und bei Leonores Worten standen ihr die grauenvollen Bilder auf einmal wieder glasklar vor Augen, mit einer solchen Wucht, dass es sie innerlich zerriss.

«Wie ich sehe, ist Ihnen so etwas nicht unbekannt», sagte Leonore, und Hulda bemerkte zwischen zwei krampfhaften Atemzügen, dass die andere Frau sie über das Tischchen hinweg aufmerksam musterte. «Da habe ich wohl in eine Wunde gestochen, was?»

Hulda biss die Zähne zusammen und schüttelte den Kopf. Krampfhaft versuchte sie, ihre Gedanken zu ordnen, sich zu sortieren, doch es gelang ihr nicht.

Auf einmal war sie nicht mehr die überlegene, erfahrene Hebamme und Mütterberaterin, die glorreich für einen Schützling kämpfte und hier im *Toppkeller* mal eben eine Verbrecherin überführen wollte. Nein, sie war nur noch das junge Mädchen, das seine Mutter weinend anflehte, es nicht alleinzulassen, endlich auf die todbringende Droge zu verzichten, ihm zuliebe! Doch es hatte nichts genützt, Elise hatte sich immer tiefer in ihre Sucht hineinbegeben und war schließlich an einer Überdosis verendet wie ein Tier.

Hulda fror plötzlich in ihrem dünnen Kleid und schlang die Arme um sich. «Meine Geschichte tut nichts zur Sache», brachte sie gerade so hervor, doch Leonore schnaubte nur.

«Und wie sie das tut», sagte sie, «sie tut genauso viel zur Sache wie meine.»

Ihre Augen trafen sich über der Karaffe auf dem Tischchen, und mehr als zuvor erinnerte Hulda die Farbe des Weins an Blut. Hastig goss sie das Glas erneut voll und trank es aus.

«Vielleicht sind wir uns gar nicht so unähnlich, Fräulein Gold», sagte Leonore lauernd. «Sie sind doch auch ganz allein auf der Welt, das sehe ich Ihnen meilenweit an. Sie haben diesen Hauch von Einsamkeit um sich, dieses Zeichen von Versagen auf der Stirn.» Sie stand auf, kam um das Tischchen herum und blickte auf Hulda herab. «Ich habe mich vor langer Zeit entschieden, dass ich nicht in der Gosse liegen bleibe, dass ich mein Leben genießen will, koste es, was es wolle!»

«Und dafür gehen Sie über Leichen?», fragte Hulda und versuchte mit letzter Kraft, ihr Zittern zu unterdrücken. Wie schon bei ihren Gesprächen mit Milli trafen sie auch die Worte dieser Fremden tief. Was nur machte sie in letzter Zeit so schrecklich verletzlich? «Sagen Sie mir, was mit diesem Mann im Hotel passiert ist», zischte sie. «Er ist tot, und ich bin sicher, dass Sie etwas damit zu tun haben.» Fassungslos starrte sie Leonore an. «Sie zerstören Leben, verstehen Sie das nicht? Ihretwegen gehen Menschen zugrunde.»

«Besser andere als ich», sagte Leonore sanft und strich Hulda übers Haar. «Haben Sie sich denn nie gewünscht, Rache an denen zu nehmen, die Ihnen übel mitgespielt haben? Der Welt zu zeigen, dass Sie kein Dreck sind? Nicht länger den Fußabtreter für alle zu spielen?» Sie schnurrte jetzt wie eine Katze, nichts war mehr zu merken von der Grobheit, die sie zuvor an den Tag gelegt hatte. «Wir Frauen müssen zusammenhalten», sagte sie. «Was bleibt uns denn anderes, als unsere kleinen Tricks? Wir leben in einer Welt der Männer – und der Gewalt, die diese über uns haben. Aber innerhalb dieser Welt bieten sich uns trotz allem noch Möglichkeiten. Was bedeutet denn schon der Tod eines Mannes? Wir können ohne die Männer viel mehr bewegen, wenn wir wollen.» Erneut streichelte sie über Huldas Haar. «Sie und ich sind aus demselben Holz geschnitzt, das spüre ich. Frauen wie wir geraten nicht unter die Räder. Wir sind Kämpferinnen. Aber der Preis ist Einsamkeit, und den bezahlen wir nun mal, habe ich recht?»

Hulda duckte sich unter der Berührung weg. Sie wollte aufspringen, doch sie saß wie angewurzelt im Sessel und schien unfähig, sich zu bewegen. Auf einmal verstand sie, weshalb Milli und all die anderen der *Principessa* gehorchten. Es ging nur teilweise um Zwang, um Angst und Erpressung. Die Frau hatte etwas an sich, das einen dazu brachte, ihr zuzuhören. Ja, ihr sogar Glauben zu schenken, selbst, wenn man eigentlich wusste, dass sie log und einen manipulierte. Die Mädchen waren ihr hörig, und ihr kleines weibliches Imperium, das sie sich aufgebaut hatte, lief offenbar wie geölt. Sie hatte sich eine Identität erschaffen, eine Rolle, die sie spielte und in der ihr niemand mehr etwas anhaben konnte. Und Hulda verstand sie sogar, sie verstand Leonores Wunsch, jemand anderes zu sein und andere Menschen wie Puppen für sich tanzen zu lassen.

Doch dann dachte sie wieder an Milli, an die Blutergüsse auf ihrem weichen, mädchenhaften Arm, und an Edytas kleines spitzes Mäusegesicht. Das Bild gab ihr die Kraft, Leonores Hände abzuschütteln, die Erinnerung an den Todeskampf ihrer eigenen Mutter wieder tief in ihr Unterbewusstsein zu verbannen und endlich aufzustehen.

Sie überragte Leonore um einen Kopf.

«Sie und ich haben nichts gemeinsam», sagte sie kalt. «Wenn Sie diesen Weg gewählt haben, war das Ihre Entscheidung. Aber es war eine schlechte.» Sie richtete sich noch mehr auf. «Und ich bitte Sie, wenigstens Milli in Ruhe zu lassen. Das Mädchen geht sonst endgültig vor die Hunde.»

«Was hätte ich davon, Ihren Rat anzunehmen?», fragte Leonore mit herabgezogenen Mundwinkeln. Sie nahm einen letzten Zug aus der Zigarette, inhalierte tief und blies Hulda den Rauch direkt ins Gesicht.

«Das weiß ich auch nicht», sagte Hulda und wich einen

Schritt zurück. «Mir ist klar, dass ich keine Macht über Sie habe, ich kann nur an Ihre Menschlichkeit appellieren.»

Sie wandte sich zum Gehen, hielt dann aber noch einmal inne.

«Haben Sie denn niemals Angst, dass sich die Mädchen einmal gegen Sie wenden könnten?», fragte sie. «Sie residieren hier in diesem angemieteten Hinterzimmer wie eine Ameisenkönigin, schließen nicht einmal die Tür ab. Was, wenn eines Tage nicht nur eine dahergelaufene Fürsorgerin wie ich hereinkommt und Ihre Schwachstelle, Ihr Geheimnis entdeckt? Oder Sie anfleht, eine Ihrer Schutzbefohlenen in Frieden zu lassen?»

«Glauben Sie mir, es wagt sonst niemand, so hereinzuplatzen», sagte Leonore abfällig und ging mit gezierten Bewegungen zurück zu ihrem Platz hinter dem Tischchen. «So unverschämt wie Sie ist sonst keiner. Und meine Mädchen würden mir nichts tun, sie wissen, dass ich ihnen etwas biete, was ihnen sonst niemand geben kann – Zugehörigkeit, Anerkennung und den Schlüssel zum Überleben. Dafür sind sie mir loyal bis zum Tod.»

«Wenn Sie sich da nur nicht täuschen», sagte Hulda. «Es muss einige geben, die Sie hassen.»

Ihr Blick fiel auf ein kleines Silbertablett, das die ganze Zeit auf dem Fensterbrett gestanden hatte. Darauf lagen eine Spritze und eine kleine Ampulle aus Glas. Leonore war ihrem Blick mit den Augen gefolgt, und ein Schatten flog über ihr ebenmäßiges Gesicht. Plötzlich trat ein gieriger Zug in ihre Miene, und Hulda sah, dass ihre Hände eine Spur zitterten. Doch Leonore sagte nichts.

Auch Hulda schwieg und wandte sich ab. Sie wusste, dass diese Frau sich ihre nächste Dosis spritzen würde, sobald sie allein war. Dass sie es immer wieder tun musste, dass die Sucht sie in festem Klammergriff hielt. Doch Hulda konnte trotzdem kein Mitleid empfinden.

Erst in der Tür drehte sie sich noch einmal um.

«Alles hat seinen Preis», sagte sie, ohne selbst genau zu wissen, was sie meinte. Und sie hörte selbst, wie wirkungslos diese Behauptung klang, wie armselig sie in der Luft schwebte. Sie hätte gern etwas Mächtigeres, etwas Besseres gesagt. Etwas, das diese Frau mit der schwarzhaarigen Perücke ins Mark traf, sie von innen zerstörte. Doch da gab es nichts, und Hulda wusste es.

Eine große Trauer um Milli und die anderen unbekannten Mädchen stieg in ihr auf, als sie den düsteren Korridor zurücklief. Gedämpfte Musik klang vom Tanzkeller zu ihr durch, und Hulda war auf einmal so müde, als wäre sie nicht dreiunddreißig, sondern mindestens hundert Jahre alt.

Gleichzeitig pulste das Blut durch ihre Adern, dass sie sich fragte, wie sie jemals wieder schlafen sollte.

32.

Mittwoch, 11. September 1929, nachts

Natürlich wusste Hulda, dass vor dem Fernamt ein öffentliches Telefon stand, sie hatte es oft benutzt, als sie noch bei Frau Wunderlich in der Mansarde lebte. Immer dann, wenn sie nicht vom Anschluss ihrer Wirtin in deren Wohnzimmer aus telefonieren wollte, wo die Wände Ohren hatten, war sie auf die Straße gelaufen und hatte sich von hier aus verbinden lassen. Sie hatte mit Schwangeren gesprochen, mit Gebärenden in den frühen Phasen der Geburt, mit weinenden Wöchnerinnen und deren hilflosen Männern. Mit Karl hatte sie telefoniert, ins Präsidium, wo er als Kriminalbeamter oft nächtelang festhing, weshalb ein kurzes Gespräch per Draht oft die einzige Möglichkeit gewesen war, sich Gute Nacht zu sagen. Und mit Johann, vor allem mit Johann hatte sie an der Strippe gehangen, hatte geplaudert, geflirtet, gestritten, sich fürs Kino verabredet. Es waren geschäftsmäßige oder angstvolle Gespräche gewesen, die sie hier jahrelang mit Blick auf das *Fasse dich kurz!*-Schild geführt hatte, fröhliche, sehnsüchtige, manchmal wütende.

Doch als Hulda jetzt erneut im Glashäuschen stand und den Hörer in der Hand hielt, hatte sie zum ersten Mal an diesem vertrauten Ort das Gefühl, ihr würden gleich die Beine nachgeben, so nervös war sie. Nervös, angetrunken, aufgewühlt ... Die Gefühle tobten durch ihr Nervensystem und ließen sie keinen klaren Gedanken mehr fassen. Wortfetzen jagten durch ihr Hirn: *Sie sind auch ganz allein auf der Welt*, höhnte die Stimme der *Principessa*. *Du willst mich fertigmachen*, erschallte Elise dazwischen, und Hulda wollte sich am liebsten die Ohren zuhalten. *Eine ledige Mutter wie Sie stellt doch keiner mehr ein*, unkte Professor Stoeckel, ihr früherer Vorgesetzter an der Frauenklinik in Mitte. *Sie können ihn haben*, säuselte Leni Dessauer. *Das ist nicht deine Kragenweite*, zischte Viktoria. *Du bist eine schlechte Mutter, die ihrer Tochter nichts zu bieten hat ...*

Hulda stand wie angewurzelt da und ließ die Stimmen über sich hinwegrauschen wie ein tosendes Meer. Das Schlimmste war, dass sie ihnen jedes Wort glaubte. Ihre Hände zitterten so sehr, dass ihr fast das Hörstück entglitt. Doch sie zwang sich, den Finger zu heben und ein paar Ziffern zu wählen.

Als das Fräulein vom Amt sich mit verschlafener Stimme meldete – wahrscheinlich saß es nur ein paar Meter entfernt, in irgendeinem Saal der Handvermittlung in dem riesigen Gebäude gegenüber –, musste Hulda sich mehrfach räuspern, ehe sie ihren Wunsch hervorbrachte. Dann tutete es erneut im Hörer, und Huldas Herz verlangsamte sich merkwürdigerweise, sie spürte jetzt jeden einzelnen Schlag und sah plötzlich ihr eigenes Blut vor sich, das rot und heiß von dem mächtigen Organ in ihrer Brust durch die Adern ihres Körpers gepumpt wurde, als ...

«Ja, bitte?»

Max klang hellwach, nicht so, als hätte Huldas Anruf ihn aus dem Schlaf gerissen. Eher so, als habe er nur darauf gewartet, den Hörer abzunehmen.

«Ich bin es», sagte Hulda und hörte selbst, wie kläglich ihre Stimme klang.

«Hulda», sagte er sofort, «wie schön, dass du anrufst.»

«Es ist viel zu spät, ich weiß», stammelte sie und sank gegen das Glas der Kabine. «Es ist mitten in der Nacht, und du –»

«Das spielt keine Rolle», sagte er ruhig, «ich bin so froh, dich zu hören. Ist alles in Ordnung?»

Die winzige Sorge in seiner Stimme gab Hulda den Rest. «Ich weiß es nicht», sagte sie wahrheitsgemäß und schlug sich eine Hand vor die Augen, während sie mit der anderen den Hörer umklammerte.

«Wo bist du?», fragte er, jetzt doch alarmiert.

«In Schöneberg», sagte sie, «in der Winterfeldtstraße. Ich habe hier früher mal ... gewohnt, ich ... kenne mich hier aus.» Sie merkte, dass sie stammelte. Was wollte sie eigentlich sagen? «Ich muss nur noch ein paar Schritte gehen, dann bin ich schon zu Hause», brachte sie schließlich heraus.

«Geh», sagte er, «geh nach Hause, Hulda. Ich komme zu dir.»

«Du kennst die Adresse ja gar nicht», begann sie verwirrt, doch er unterbrach sie.

«Ich kenne sie. Vertrau mir, ich komme sofort zu dir. Warte zu Hause auf mich, ja, Hulda? Und dann reden wir.»

Die Verbindung wurde unterbrochen, und Hulda sah stumm auf den Hörer in ihrer Hand. Ehe sich das Fräulein erneut melden konnte, hängte sie ein und trat auf die nächtliche Straße.

Es war totenstill. Die dunklen Baumkronen rauschten sacht im Wind, das war der einzige Laut. Irgendwann klang eine entfernte Sirene vom Nollendorfplatz herüber, doch das Fahrzeug entfernte sich wieder, und Huldas Gefühl, der letzte Mensch auf Erden zu sein, verstärkte sich.

Mit langsamen Schritten ging sie los. Sie kam an Frau Wunderlichs Haus vorbei, der Nummer 34, und wie gewohnt sah sie hoch, doch es brannte kein Licht in ihrer früheren Unterkunft. Wie im Traum überquerte sie die Maaßenstraße, wich in letzter Sekunde einem einsamen, schlingernden Radfahrer mit Schiebermütze aus, der seinen Schwips nach Hause brachte. Sie lief weiter, zitterte am ganzen Körper.

Würde Max wirklich kommen, mitten in der Nacht? War es richtig, dass sie ihn auf diese Weise herbeigerufen hatte?

Sie blieb stehen und sah in den schwarzen Himmel hinauf, an dem ein paar Sterne hingen, als hätte jemand vergessen, die letzten Kerzen vom Christbaum zu entfernen. Die Verzweiflung, die sie seit dem Gespräch mit Leonore gepackt hatte, wich langsam wieder, und Hulda sah etwas klarer, als sie schließlich weiter durch die dunklen Straßen ihres Viertels ging. Doch die Traurigkeit, die wich nicht, sie saß fest in ihrer Brust. Sie sehnte sich so sehr danach, dass jemand sie in den Arm nahm, dass jemand ihre Einsamkeit linderte, dass all die bösen Worte, die in ihrem Kopf widerhallten, Lügen gestraft wurden.

Ihre Absätze klapperten hohl auf dem Asphalt. Da lag der Barbarossaplatz vor ihr, mit dem abgestellten Springbrunnen, in dessen restlichem Wasser sich die Schwärze des Himmels und eine einzelne Laterne spiegelten. Da waren die Eckkneipe und die Geschäfte, da war ihre Straße. Und – Huldas Herz blieb beinahe stehen, um gleich darauf hastig weiterzupochen – da stand eine dunkle Gestalt, über ein Fahrrad gebückt, und schlang die Kette darum. Die Gestalt richtete sich auf, Hulda rannte jetzt fast, und dann flog sie in Max' Arme.

Sie hielten sich umklammert, drängten sich aneinander, verharrten minutenlang in der Umarmung. Endlich löste

Max seinen Griff ein wenig, sah ihr ins Gesicht und küsste sie.

Nach einer Ewigkeit machte sich Hulda los. «Wie bist du nur so schnell hierhergekommen», sagte sie heiser, «du musst ja geflogen sein.»

«Eine Sekunde nachdem wir aufgelegt haben, saß ich praktisch schon auf dem Fahrrad», erwiderte er und klang ein wenig atemlos. «Ich habe gespürt, dass ich dich heute nicht warten lassen darf.»

«Und du konntest einfach so weg?», fragte sie ängstlich.

«Meine Söhne schlafen schon längst», sagte er, «und unsere Haushälterin ist da.» Er hielt kurz inne. «Leni ist auf einer Geburtstagsfeier, sie kommt erst spät zurück.» Er lächelte knapp. «Oder früh.»

«Ja», sagte Hulda, «ich verstehe.» Sie dachte kurz an das rothaarige Wesen in Lenis Armen im *Toppkeller*, doch sie entschied sich, nichts zu sagen, sondern das Thema für einen späteren Zeitpunkt aufzuheben. Jetzt wollte sie nicht mit Leni Dessauer und ihrer Geliebten hier stehen, sondern nur mit Max.

«Kommst du mit rein?», fragte sie. «Meta ist bei ihren Großeltern.»

«Nichts könnte mich daran hindern», sagte er, und Hand in Hand gingen sie zur Haustür.

Hulda schloss auf, machte jedoch kein Licht, sodass sie sich die knarrenden Treppen hinauftasten mussten. Als sie an der Bodelheim'schen Residenz vorüberkamen, hielt Hulda den Atem an, doch ein leises Schnarchen drang durch die Tür, und sie wusste, dass sie sicher waren.

Endlich standen sie in ihrer Wohnung, entledigten sich ihrer Mäntel, und Hulda führte Max in die Küche. Sie wollte automatisch den Wasserkessel aufsetzen. Doch er hielt ihre Hand fest.

«Warte», sagte er. «Du musst mich nicht bewirten. Jetzt will ich erst einmal wissen, was heute mit dir passiert ist.»

Sosehr Hulda zuvor mit ihm hatte sprechen wollen, so verlegen war sie auf einmal.

«Nichts ist passiert», sagte sie abwehrend. «Ich hatte nur einen sehr schlimmen Abend, aber ich weiß nicht einmal, weshalb.»

«Hat dir jemand etwas getan?», fragte er besorgt.

Sie schüttelte den Kopf. «Nein», sagte sie. «Höchstens ich selbst. Weißt du, ich wollte eigentlich die große Heldin mit ihrem Zauberumhang spielen, aber mein Flug war nur kurz, und ich bin sehr unsanft gelandet.» Sie schluckte. «Nichts, was ich tue, ist etwas wert», fügte sie leise hinzu, «mein ganzes Getue führt zu nichts. Ich bin bloß eine Heuchlerin.»

Max runzelte die Stirn. «So etwas darf niemand über meine Freundin Hulda sagen», erklärte er. Als sie etwas erwidern wollte, legte er ihr die Hand auf den Mund. Dann zog er sie einfach nur in seine Arme und streichelte ihren Rücken.

Voller Bestürzung spürte Hulda, wie ihr statt weiterer Worte die Tränen kamen. Max merkte es wohl auch, denn er fragte nicht weiter, hielt sie nur fest, schloss beschützend beide Arme noch enger um sie und küsste ihr Ohr, ihr Haar, ihren Hals, ihre nassen Wangen.

«Hulda», murmelte er, «Liebste.»

«Sag das nicht», weinte Hulda, «du kennst mich doch eigentlich gar nicht.»

«Doch», sagte er ruhig, «ich kenne dich. Seit ich dich das erste Mal gesehen habe, als du da am Kindergarten standest und dein Gesicht in die Sonne hieltest und dann beinahe die Zeit vergessen hättest ...» Sie lachte und schluchzte gleichzeitig auf, das Gesicht an seine Schulter gepresst. «Da habe ich gewusst, wer du bist.»

«Ach ja», weinte sie, «und zwar?»

«Die Frau, auf die ich immer gewartet habe», sagte er schlicht. «Impulsiv, klug, schön, unverschämt und eine Spur verrückt.»

Hulda hatte das Gefühl, dass nicht nur seine Hände, sondern auch seine Worte sie streichelten. Ihr fiel ein, was Leni gesagt hatte. *Sie sind für ihn nicht irgendeine.* Ob sie ihr vertrauen sollte? Und, noch wichtiger, ob sie Max glauben konnte?

Das rastlose Pochen, das sie schon heute am frühen Abend verspürt hatte, meldete sich wieder. Wie ein verschüttetes Wesen hob es seinen Kopf und richtete sich auf. Hulda wollte eigentlich so viel erklären, wollte Max von all ihren Sorgen berichten, mit ihm besprechen, wie es nun weiterginge. Sie wollte vernünftig sein und diesen verrückten Abend, an dem sie sich wie eine junge Göre benommen hatte, wenigstens wie eine Erwachsene beenden.

Aber das pochende Wesen in ihr verlangte sein Recht, und es war stark.

Max' Hände waren warm, sie schienen plötzlich überall, und die Mischung aus Kognak, Rotwein und Adrenalin führten in Huldas Zellen einen wilden Tanz auf. Sie spürte, dass Max sie aus der Küche zog, er schien genau zu wissen, wo sich bei ihr in der Wohnung die Schlafkammer befand, und sie ließ sich mitziehen. In ihre zärtlichen Berührungen schlich sich eine Ungeduld, die Hulda beunruhigte und zugleich elektrisierte. Sie standen dicht voreinander, und Max zog ihr mit lässiger Selbstverständlichkeit, ja Geschicklichkeit das Kleid über den Kopf. Sie erkannte, dass er geübt darin war. Doch das schreckte sie nicht ab, es gefiel ihr sogar. Das hier mit ihm war kein unsicheres, beinahe unschuldiges Tasten wie damals in ihren Jugendtagen mit Felix Winter. Es war auch nicht die verzweifelte, abgrundtiefe Leidenschaft, die sie bei den seltenen Gelegenheiten mit Karl verspürt hatte. Und schon gar nichts hatte ihr Tun gemein mit der leichten, angenehmen Brise, die Johann Wenckows Liebkosungen stets in ihr ausgelöst hatten.

Mit Max war es ernst, richtig ernst, dachte Hulda erstaunt, während sie ihm mit bebenden Fingern das Hemd aufknöpfte und sich erneut an ihn schmiegte. Seine Finger waren selbstsicher, sie berührten Hulda erst zart, dann immer fordernder, und einen Moment fragte sie sich, was er wohl über ihren Körper dachte, den sie ihm dort im Zwielicht ihrer Schlafkammer darbot. Ihr Leib hatte sich verändert, war nicht länger der einer jungen Frau. Doch Max' Hände glitten wie selbstverständlich über ihre Rundungen und Narben. Er erkundete sie, akzeptierte sie, wie sie war.

Endlich fielen sie auf das Bett, und Hulda stubste in letzter Sekunde Metas kleinen Holzkreisel von den Kissen, ehe Max sich darauflegen konnte. Das Spielzeug kullerte über die Bettkante, fiel zu Boden und drehte sich irrsinnig schnell um sich selbst. Max und Hulda sahen sich an und begannen zu lachen. Doch nur kurz, dann wurden sie wieder ernst, als hätten sie Wichtigeres vor. Sie verschmolzen miteinander und tauchten tief, tief ein in einen Ozean, dessen Wellen hoch und immer höher schlugen, bis die Wogen sie beide ganz verschlangen.

Irgendwann musste Max eingeschlafen sein. Mondlicht fiel durchs Fenster. Ohne seine Brille, die neben dem Bett am Boden lag, wirkte er jünger, und seine dichten Wimpern beschatteten seine Wangen.

Hulda lag neben ihm und hätte ihn gern berührt. Doch sie wagte es nicht. So sah sie ihn nur an. Sie war derart hellwach, dass sie fürchtete, niemals wieder müde werden zu können.

Dass die Männer immer gleich einschlafen konnten, hatte sie schon immer gewundert. Sie selbst war nach der Liebe immer so glasklar im Kopf und voller Kraft, sie hatte dann das Gefühl, Bäume ausreißen zu können. Jetzt aber wollte sie nur hier liegen und dem nachspüren, was gerade geschehen war. Sie wusste nicht, ob es an ihrer eigenen, körperlichen Veränderung lag, an der zurückliegenden Schwangerschaft und Geburt oder an der langen Zeit, in der sie mit keinem Mann zusammengewesen war. Aber sie wusste, dass sie niemals zuvor ähnlich gefühlt hatte. Und sie war froh, so froh und dankbar dafür, dass es solche Gefühle auf Erden gab. Dass man nicht erst aufs Jenseits warten musste, aufs Paradies, um Derartiges zu erfahren. Im Gegenteil: Ganz und gar irdisch war das gewesen, was Max und sie geteilt hatten – und doch nicht von dieser Welt.

Kurz flammte die Furcht in ihr auf, dass Max vielleicht anders empfand als sie, dass er gleich aufstehen und sie alleinlassen würde, um in sein eigentliches Zuhause zurückzukehren. Was würde sie dann nur tun? Wie sollte sie mit all diesen verwirrenden, überwältigenden Gefühlen weiterleben?

Doch genau in diesem Moment schlug Max die Augen auf und sah sie an. Er streckte einen Arm aus und zog Hulda näher zu sich.

«Geh bitte niemals wieder fort», murmelte er. Und Hulda schloss die Augen und drückte ihr Gesicht ins Kissen, um nicht vor Freude aufzujuchzen. Denn wenn sie es bis jetzt wundersamerweise geschafft haben sollten, Frau Bodelheim nicht zu wecken, würde sie einen Teufel tun und sich ganz zum Schluss doch noch verraten.

33.

Donnerstag, 12. September 1929

Den ganzen Tag über taumelte und schlitterte Max durch seine vertraute Welt, als trüge er nicht länger Schuhe, sondern Eiskufen unter den Füßen. Er lief kopflos durch die Gänge der Universität, vergaß den Namen seines langjährigen Kollegen, Professor Wieland, verpasste seinen Elf-Uhr-Termin mit dem Dekan in seinem Schreibzimmer und prallte irgendwann in vollem Lauf auch noch fast mit Leni zusammen, als sie beide in entgegengesetzte Richtungen durch den Flur rannten. Sie nickten einander zu wie Fremde und mieden aber in gegenseitigem Einverständnis den Blick in die Augen des anderen. Seine Frau wirkte auch nicht ganz frisch, sie war sogar noch später nach Hause gekommen als Max. Im Morgengrauen hatte er sich auf sein Fahrrad geschwungen und war nach Charlottenburg geradelt. Doch neben dem Chaos, den gestammelten Entschuldigungen und dem unangenehmen Eindruck, vollends die Kontrolle verloren zu haben, war da in ihm all die Stunden über ein solches Glücksgefühl, dass ihm schwindelte und er am liebsten die ganze Welt umarmt hätte.

In seiner letzten Vorlesung am frühen Nachmittag ertappte Max sich dabei, dass er mitten im Satz über das frühkindliche Spielverhalten bei einjährigen Kindern innehielt und minutenlang durch die Sprossenfenster nach draußen starrte, den hinabsegelnden bunten Ahorn- und Eichenblättern hinterhersah und an Hulda dachte. An ihr Lachen, ihre Augen, den Duft ihrer Haut ...

«Verzeihung ... Professor?», holte ihn die Stimme einer Studentin aus dem schönen Tagtraum.

Max fuhr zusammen und blickte erschrocken in einen gefüllten Hörsaal. Wie war er hierhergekommen? Viele Augenpaare starrten ihn an, erwartungsvoll, erstaunt, amüsiert. Und er beeilte sich, seine Unterlagen zusammenzuraffen und den jungen Leuten eine gepfefferte Studienarbeit aufzubrummen, die er nächste Woche einsammeln würde.

Im nächsten Moment hätte er sich ohrfeigen können, denn nur ein Anfänger würde darauf bestehen, vierzig Erstsemesteraufsätze zu lesen, wenn er nicht musste. Doch es war schon zu spät, die Studierenden verließen unter Füßescharren und lautem Geklapper der Holztische den Saal, froh, endlich hinaus ins Sonnenlicht zu dürfen. Max blieb zurück, im Kreidedunst und mit einem, wie er wusste, idiotischen Grinsen im Gesicht. Er konnte es einfach nicht abstellen.

Gestern Nacht war er irgendwann unter unmenschlicher Selbstbeherrschung aus Huldas Bett aufgestanden, hatte seine Hose gesucht und schließlich in einer Ecke der Kammer gefunden, ebenso sein Hemd und die Socken. Er hatte sich angezogen, unter Huldas neugierigem Blick, der ihm aber komischerweise gar nichts ausgemacht hatte. Er wusste, dass er etwas älter war als sie, und dass sein Körper nicht mehr der eines jungen Mannes war. Doch nichts davon zählte, wenn sie zusammen waren. Er hatte das Gefühl, dass er nichts verbergen musste, da auch sie nichts vor ihm verbarg. Niemand von ihnen gab vor, ein anderer zu sein, weil offensichtlich war, dass sie sich gernhatten – genau so, wie sie waren.

Woher dieses Vertrauen kam, wusste er nicht, es war einfach seit der ersten Begegnung da gewesen. Sie hatten sich nicht dafür anstrengen, nicht darum kämpfen oder ihm hinterherjagen müssen. Es war ein unbeschreibliches Gefühl, als der Mensch angenommen zu werden, der er war. Max hatte etwas Ähnliches bisher nicht gekannt. Und deshalb schob er den Gedanken beiseite, dass das, was sie getan hatten, eigentlich nicht erlaubt war.

Wenn er früher ein Verhältnis gehabt hatte, war dieses von Anfang an flüchtig gewesen. Die Begegnungen mit den Frauen, die er traf, waren meist nur von kurzer Dauer gewesen, und alle Beteiligten hatten diesen Umstand akzeptieren müssen. Doch diesmal war alles ganz anders. Kaum hatte er die Tür von Huldas Wohnung hinter sich zugezogen und war die Stufen hinabgeschlichen, hatte er sie schon vermisst. Und als er im Sattel seines Drahtesels saß und trunken vor Glück durch die nächtlichen, schlafenden Straßen zurück nach Charlottenburg fuhr, dachte er schon darüber nach, wie und wann er Hulda wiedersehen konnte.

Er klappte seine lederne Tasche zu und ließ den goldenen Verschluss einschnappen. Dann putzte er sich ausgiebig die runde Brille und setzte sie wieder auf. Niemals zuvor war ihm die Welt derart in rosige Töne gehüllt vorgekommen wie heute. Und niemals zuvor hatte er gleichzeitig so scharf gesehen.

Langsam, in Gedanken versunken, verließ er den leeren Hörsaal. Er schloss sorgsam die Tür ab und ging den stillen Flur hinunter. Die Vorlesungen in den anderen Hörsälen waren noch nicht beendet, nur Professor Dessauer hatte offenbar heute Gnade vor Recht ergehen lassen. Max schmunzelte. Es war in Wahrheit natürlich reine Notwehr gewesen, die Vorlesung abzubrechen, er konnte keine Sekunde länger so tun, als wäre das frühkindliche Spiel etwas, das ihn heute auch nur im Geringsten interessierte. Die Spiele der Erwachsenen, die waren es, die ihm Kopfzerbrechen bereiteten, der ewige Tanz um Zugehörigkeit, Liebe, Begehren und Pflicht.

Leni und er spielten das Spiel schon lange nach ihren eigenen Regeln, sie deformierten die Gesetze bis zur Unkenntlichkeit, maskierten sich und logen, dass sich die Balken bogen. Doch Max war an einem Punkt angekommen, an dem er das Spiel leid und seiner müde war. Ihm fielen die Worte des jungen Dichters ein, den er im Café getroffen hatte. Dass es keine schlimmere Einsamkeit gebe als die zu zweit und dass man sich aus ihr befreien musste, um weiterzuleben. Doch das würde wehtun, auch wenn es ein klarer Schnitt war, aber der wäre nun einmal nötig. Es war Zeit, die Karten auf den Tisch zu legen, das letzte Blatt aufzudecken.

Möglicherweise, dachte er und trat aus dem Universitätsportal ins spätsommerliche Sonnenlicht hinaus, konnte es sogar ohne Verlierer gelingen. Oder war das nur das Wunschdenken seines von der Nacht mit Hulda benebelten Hirns?

Vor dem Universitätsgebäude stand Leni unter einem Baum und schloss gerade ihre Fahrradkette auf. Das Licht der Nachmittagssonne fiel durch die roten, gelben und orangefarbenen Blätterkronen und legte sich auf ihr helles, sandfarbenes Haar.

Sie war eine schöne Frau, dachte Max, eine kluge Lehrerin, die von den Studenten geliebt wurde, und eine herausragende Wissenschaftlerin. Und es gab keinen Grund auf der ganzen weiten Welt, weshalb sie bis ans Lebensende in einer unglücklichen Ehe gefangen sein sollte. Max hatte auf einmal überhaupt keine Lust mehr, länger der Gefängniswärter zu sein, der sie beide weiterhin einsperrte.

«Du bist es», sagte sie, als sie ihn bemerkte, und blickte flüchtig auf. Unter ihren Augen lagen Schatten der Müdigkeit, doch ihre ganze Gestalt leuchtete, und mit einem Mal fühlte sich Max seiner Frau nach ihrer getrennt erlebten, aber offensichtlich erfüllten Nacht seltsam nah.

«Du bist aber früh fertig», fügte sie hinzu. «Hast du nicht noch eine Vorlesung zur frühen Kindheit?»

«Wollen wir zusammen nach Hause fahren?», fragte er, ohne auf ihre Frage zu antworten, und deutete auf sein eigenes Rad, das am nächsten Baum angekettet stand.

Leni nickte ohne große Begeisterung. «Warum nicht», sagte sie. «Ich wollte auf dem Weg allerdings noch etwas erledigen. Jona braucht eine wärmere Jacke, und ich dachte, ich springe noch schnell an der *Kaisergalerie* ab und sehe, ob ich etwas Bezahlbares finde.»

«Ich hatte mich gefragt, ob wir beide stattdessen lieber einen Kaffee trinken gehen, bevor die Jungen aus der Schule kommen», sagte Max. «Die Jacke kann ich doch auch morgen bei *Wertheim* kaufen gehen.»

Sein Herz pochte gegen seine Brust. Er machte es wahr, er würde wirklich mit ihr sprechen, würde die Katze aus dem Sack lassen, und plötzlich war er nervös. Denn natürlich musste Leni bei seinem Vorschlag Lunte riechen, es war Jahre her, dass sie etwas gemeinsam unternommen hatten – nur zu zweit.

Tatsächlich sah sie ihn auch gleich misstrauisch an.

«So?», sagte sie und umfasste den Lenker fester, sodass ihre Fingerknöchel weiß wurden. «Ist etwas passiert, Max?»

«Ja», sagte er schlicht. «Es ist etwas passiert.»

«Sind alle gesund?», fragte sie nervös. «Deine Großmutter? Und die Kinder?»

«Alles in Ordnung», beruhigte er sie. «Aber wir beide müssen uns unterhalten.»

Leni schluckte. Ihre Miene war angespannt, er konnte sehen, wie es hinter ihrer Stirn arbeitete. Beruhigend legte er ihr eine Hand auf den Arm.

«Mach dir keine Sorgen», sagte er. «Wir müssen jetzt vielleicht etwas mehr Mut und Stärke beweisen als bisher. Aber am Ende können wir glücklich sein – wir beide.»

Sie sah ihn zweifelnd an, nickte dann aber. Und plötzlich huschte ein Lächeln über ihr Gesicht. «Gehen wir ins *Moka Efti*?», fragte sie.

Max nickte, ging zu seinem Rad und schloss es auf. Dann schob er es zu Leni hinüber. «Ich radle hinter dir her», sagte er und stieg auf.

Das Sonnenlicht fiel auf ihre Fahrräder, und das Metall blinkte auf, als sie sich hintereinander in den dichten Verkehr auf der Allee fädelten und durch den Tunnel aus buntem Laub nach Westen fuhren. Max sah, dass sich Lenis helles Haar aus dem strengen Zopf gelöst hatte, es flatterte lustig hinter ihr her, während sie in die Pedale trat. Und ihm wurde klar, dass er seine Frau, wenn sie sich endlich aus ihrer Zwickmühle befreien würden und sie nicht länger seine Frau sein müsste, wirklich wieder mögen könnte.

34.

Donnerstag, 12. September 1929, morgens

Hulda hob die Hand, hielt dann aber inne. Einen Moment wusste sie nicht mehr, ob es richtig war, was sie gerade im Begriff war zu tun. Sie starrte auf die braun gestrichene Tür, sah schließlich den Flur entlang. Eine braune Tür reihte sich an die nächste, das Linoleum auf dem Boden war von unzähligen Schuhen blank gerieben. Durch die hohen Fenster tropfte fahles Morgenlicht.

Unwillkürlich dachte Hulda an Karl. Sie hatte ihn niemals hier in der *Roten Burg* besucht, und erst jetzt, da die Sache mit ihm längst weit hinter ihr lag, sah sie seinen früheren Arbeitsplatz mit eigenen Augen. Es fiel ihr schwer, ihn sich hier vorzustellen, mit den Hemdzipfeln, die ihm stets aus dem Hosenbund heraushingen, und den ewig ungeputzten Schuhen, in der Beamtenödnis dieses Gebäudes. Kein Wunder, dass er irgendwann das Weite gesucht hatte. Auch, wenn sein Abgang damals nicht ganz freiwillig gewesen war.

Hulda blickte wieder auf die Tür vor ihr. Ein kleines glänzendes Schild war darangeschraubt: *Kriminalkommissar Siegel.* Sie holt tief Luft und klopfte.

«Herein», erklang eine tiefe Stimme, und Hulda drückte die Klinke herunter und blickte ins Amtszimmer.

Eine uniformierte Frau mit eisgrauen Haaren saß hinter

einem Schreibtisch, die Lampe warf einen sanften Schimmer auf die Aktenberge, die sich auf der Tischplatte stapelten. Vom dicken Zigarillo in ihrer Hand hob sich sacht eine bläuliche Rauchsäule empor.

«Verzeihung», sagte Hulda und sah sich suchend um, doch bis auf die Frau war das Zimmer leer. «Der Pförtner hat mich hergeschickt. Ich suche den Kommissar Siegel.»

Anstelle einer Antwort schnaubte die Frau und machte eine unwirsche Handbewegung, die entweder bedeuten konnte, dass Hulda verschwinden sollte oder dass sie näher treten durfte. Hulda entschied sich für Letzteres und machte einen zaghaften Schritt ins Zimmer. Schwerer Zigarrenduft hing in der Luft.

«Hinsetzen!», sagte die Frau, und Hulda ging gehorsam weiter zu dem Holzstuhl, der vor dem Schreibtisch stand. Sie nahm Platz, wobei sie die Knie zur Seite drehen musste, um nicht gegen die Tischfront zu stoßen.

«Also?» Die Frau zog an ihrem Zigarillo und betrachtete Hulda ohne große Regung über das Chaos auf ihrem Schreibtisch hinweg. Ihre Augen waren wach und eilten flink hin und her, doch der Rest ihrer Miene blieb unbewegt, als erwarte sie nicht allzu viel von diesem Besuch.

«Ich möchte eine Aussage machen», sagte Hulda und strich sich den Rock über den Knien glatt. «Ich meine, ich möchte Anzeige erstatten.» Sie räusperte sich. «Glaube ich», fügte sie unsicher hinzu.

Ehe die Frau ihr gegenüber antworten konnte, wurde erneut angeklopft. Hulda drehte sich um. Ein junger Mann in Uniform hatte die Tür einen Spaltbreit geöffnet und streckte seine Nase hindurch, blieb jedoch mit dem Rest seines langen Körpers vorsichtshalber draußen auf dem Flur stehen.

«Nischt für unjut», sagte er leise, und Hulda hätte schwören können, dass sein Schnauzbart ein wenig zitterte. «Aber der Kriminalrat lässt nach Ihnen fragen, Frau Kommissarin.»

«Komme sofort», knurrte die Frau, und der junge Mann knallte die Hacken zusammen und schloss hastig wieder die Tür.

Hulda betrachtete ihr Gegenüber mit neuem Interesse. Jetzt erst verstand sie, und sie erinnerte sich an ihr Gespräch mit Bert über die Kommissarin, die in Schöneberg ermittelt hatte.

«Entschuldigen Sie», sagte sie und lächelte, «ich wusste nicht, dass es eine *Frau* Siegel ist. Das hat mir unten am Empfang niemand gesagt.»

«Ist mir schon aufgegangen, Fräulein.» Die Kommissarin Siegel hob ihre breiten Schultern, an der die graublaue Uniformjacke ein wenig spannte. «Die Herren unten erlauben sich immer wieder gern diesen Scherz. Aber ich lache schon lange nicht mehr darüber.»

«Das kann ich mir denken», sagte Hulda. Bewunderung für die bärbeißig wirkende Kommissarin stieg in ihr auf. Doch ehe sie weiter darüber nachdenken konnte, räusperte sich ihr Gegenüber ungeduldig.

«Sie haben es ja gehört, ich muss gleich weg zur Sitzung», sagte die Kommissarin. «Also, was wollten Sie mir nun erzählen?»

«Ich bin Hebamme in Schöneberg», begann Hulda, «mein Name ist Hulda Gold. Ich arbeite am Nollendorfplatz in einer Beratungsstelle für Mütter. Und mir ist … etwas zu Ohren gekommen.»

Die Kommissarin nahm einen letzten tiefen Zug, legte den Zigarillostummel mit bedauerndem Gesicht in den Aschenbecher und blies den Rauch langsam aus. Dann griff sie nach einem Federhalter und einem Notizblock.

«Ich höre», sagte sie und notierte Huldas Namen in gestochener Schrift.

«Es geht um diese Einbruchsserie», sagte Hulda. «Wissen Sie, wovon ich rede?»

Die andere Frau nickte grimmig.

«Und wissen Sie schon, wer dahintersteckt?», fragte Hulda.

«Bei einigen schon», sagte die Kommissarin abwartend, «alle Einbrüche konnten wir allerdings noch nicht aufklären.»

«Aber Sie wissen, dass es eine ganze Bande ist, oder?», fragte Hulda. «Eine Bande aus Frauen?»

In den Augen der Kommissarin erwachte plötzlich ein Funke. Sie zog die kräftigen Brauen zusammen. «Die Frage ist vielmehr», sagte sie lauernd, «woher *Sie* das wissen.»

«Ich habe nur davon gehört», beschwichtigte Hulda rasch. «Als Hebamme komme ich viel herum.»

«So», sagte die Kommissarin. «Und was haben Sie noch gehört?»

«Dass Sie noch immer nicht wissen, wie alles zusammenhängt», sagte Hulda. «Und die Strippenzieherin noch nicht gefasst haben. Die *Principessa.*»

«Leonore Täufer?», fragte Frau Siegel erstaunt und lehnte sich zurück. «Sie kennen sie?»

Hulda biss sich auf die Lippen. «Flüchtig», sagte sie ausweichend.

«Ist das alles?», fragte die Kommissarin. Ihre flinken Äuglein fixierten Hulda. «Sie sind doch nicht nur deswegen hergekommen, um mit diesem albernen Namen anzugeben, der uns natürlich längst bekannt ist.»

«Nein», sagte Hulda. «Ich wollte Ihnen sagen, wo Sie die Frau finden.»

Frau Siegel war erstarrt.

«Falls Sie es nicht schon längst wissen», fuhr Hulda fort. «Doch dann, denke ich, hätten Sie sie doch bestimmt festgesetzt?»

Die Hand der Kommissarin umklammerte krampfhaft den Füllfederhalter, aber ihre Stimme blieb fest.

«Und?», fragte sie bemüht unbewegt. In ihrer Stimme klang das Jagdfieber durch, das auch Hulda nur zu gut kannte. «Wo ist sie?»

«Sie finden sie in einer Bar namens *Toppkeller*», sagte Hulda. Und obwohl sie wusste, dass es richtig war, der Polizei zu helfen, und obwohl sie unbedingt wünschte, dass Leonore Täufer geschnappt und aus dem Verkehr gezogen wurde, schmeckten die Worte in ihrem Mund plötzlich schal nach Verrat. Aber trug sie nicht auch Verantwortung für andere, vor allem für Milli? Die *Principessa* dagegen war eine Verbrecherin, und sie verdiente es, bestraft zu werden.

«Wo ist das»?, fragte die Kommissarin, und Hulda nannte ihr die Adresse, die die Frau wiederum in Schönschrift notierte.

«Sie residiert dort in einem Hinterzimmer», fügte sie hinzu. «Und falls sie alles leugnet, werden Sie genug schmutziges Bargeld und verbotene Substanzen bei ihr finden, um sie trotzdem erst mal mitzunehmen.» Sie zögerte. «Aber lassen Sie die anderen Frauen in dem Laden in Ruhe», bat sie leise. «Die meisten sind unbescholten und suchen nur ein bisschen Spaß.»

«Sie sind dort ein regelmäßiger Gast, nehme ich an?», fragte Frau Siegel.

«Nein», wehrte Hulda ab. «Ich war nur einmal dort – rein zufällig.»

«Natürlich», sagte die Kommissarin und machte sich eine weitere Notiz. «Und was wissen Sie über die Vorgänge im *Hotel Sachsenhof*?», fragte sie unvermittelt.

«Nichts», sagte Hulda schnell. «Sie meinen den Mord?»

«Nun, wie es aussieht, war es keiner», sagte Frau Siegel. «Der Tod des jungen Mannes war ein Unglück. Er ist an einem Herzanfall gestorben, sein behandelnder Arzt bestätigte, dass er seit seiner Kindheit an einem Herzleiden litt und Medikamente nahm.»

«Wie schrecklich», sagte Hulda und spürte heimlich dem Felsbrocken nach, der ihr vom Herzen fiel. Das wenigstens würde niemand mehr Milli anlasten können.

«Dennoch interessiert uns, wer in diese Vorfälle dort involviert war», sagte Frau Siegel. «Zeugen haben ausgesagt, dass eine junge Frau vor Ort war. Sie hatte hellblonde Haare, war zart und leicht bekleidet.»

«Davon gibt es am Nollendorfplatz ja genug», sagte Hulda so arglos, wie es ihr möglich war.

«Und woher wissen Sie überhaupt so genau über die Bande und ihre Machenschaften Bescheid?», fragte die Kommissarin. Sie schien nicht lockerlassen zu wollen. «Das hat Ihnen doch jemand erzählt – eine Eingeweihte, nehme ich an.» Sie hielt inne. «Diese *Principessa* hat ja offenbar jede Menge junger Mädchen um sich geschart, die für sie die Kunden bedienen und die Einbrüche verübten. Und zu Ihnen als Hebamme kommen doch sicher eine Menge junger Frauen, die in einer Notlage sind, oder? Sind einige von ihnen vielleicht blond und zierlich?»

Hulda schüttelte den Kopf und versuchte, empörte Unschuld in ihre Miene zu legen. Doch am Gesichtsausdruck ihres Gegenübers erkannte sie, dass es ihr gründlich misslang. «Ich kenne keine Eingeweihte», beharrte sie trotzdem und verschränkte die Arme vor der Brust.

«Eine Amtsperson anzulügen, ist keine gute Idee, Fräulein Gold», sagte Kommissarin Siegel streng. «Das wissen Sie doch?»

«Ich lüge nicht», sagte Hulda. «Aber wissen Sie was? Ich bin nicht verpflichtet, eine Schutzbefohlene zu verraten und sie Ihnen zu überstellen. Nie im Leben würde ich eine meiner Frauen ans Messer liefern.»

«Wenn ich Sie vorlade, schon», sagte die Kommissarin.

«Dann tun Sie das», gab Hulda knapp zurück.

Die beiden Frauen taxierten sich stumm. Es war ein Duell mit Blicken, aber keine von beiden zog den Kürzeren, denn sie wandten gleichzeitig die Köpfe zur Seite.

«Ich muss dann jetzt zur Arbeit», brach Hulda das Schweigen.

«Also gut», sagte die Kommissarin, obwohl Hulda sah, dass sie mit den Zähnen knirschte. «Belassen wir es erst einmal dabei. Aber halten Sie sich bitte zu meiner Verfügung, falls ich noch Fragen habe.»

«Selbstverständlich», sagte Hulda und versuchte, nicht mit der Wimper zu zucken.

Kommissarin Siegel nickte zum Abschied, und Hulda stand auf, verließ das Zimmer und schloss wortlos die Tür hinter sich. Sie lehnte sich aufatmend an die graue Wand des Korridors. Es geschah nicht oft, aber sie hatte das Gefühl, soeben auf eine Frau getroffen zu sein, die ihr an Willenskraft ebenbürtig war – wenn nicht überlegen.

35.

Freitag, 13. September 1929, nachts

Heute hatten zum ersten Mal seit Wochen Regenwolken am Himmel gehangen. Nun wölbte er sich tiefschwarz über der totenstillen Schwerinstraße. Irma warf nach einem letzten tiefen Zug den Zigarillo in eine dunkle Pfütze und sah dem Stummel einen Moment bedauernd hinterher, während sie einen großen Rauchkringel ausstieß. So war es immer – kaum war einer zu Ende geraucht, hatte sie schon wieder Lust auf einen neuen. Doch die Arbeit ging vor, und das Fieber, das sie seit gestern gepackt hatte, stieg.

Heute Abend würde sie, Kriminalkommissarin Irma Siegel, die *Principessa* schnappen, hinter der inzwischen das halbe Präsidium her war, da sogar die Presse Wind von dem spannenden Fall um eine weibliche Bande bekommen hatte. Frauen als Ganoven – das war etwas, womit die Blätter der Stadt selbst in diesen Flautezeiten noch Leser hinterm Ofen hervorlocken konnten. Die Polizei wusste das. Und nun war der Fall, der sich zuerst scheinbar nur um ein paar kleine Huren gedreht hatte, plötzlich brisant geworden. Bisher war es den Herren in der *Roten Burg* nur recht gewesen, dass sich die Polizistinnen von der *Inspektion-K* um dieses weibliche Gewäsch kümmerten, doch nun war ein unerwarteter Hauch von Skandal hinzugekommen.

In der Sitzung mit Gennat war es gestern Vormittag jedenfalls um nichts anderes gegangen. Kriminalkommissar Brunner, der sich inzwischen grün ärgerte, weil er damals zu besoffen gewesen war, um zum Tatort in den *Sachsenhof* zu fahren, hatte versucht, jetzt noch das Zepter in die Hand zu nehmen. Doch Gennat hatte ihn in seine Schranken gewiesen. Der Kriminalrat und Irma hatten sich schon immer gut verstanden. Mit seinem *ewigen Licht*, einer Havanna, hatte er auf Irma gewiesen. «Kommissarin Siegel hat alles im Griff», hatte er gesagt und sich den rundlichen Bauch getätschelt. Und Irma hatte bescheiden genickt und bei sich gedacht, dass sie ein Glückskind war, weil irgendwelche Hebammen zu ihr hereinstolperten und ihr Fingerzeige gaben. Aber das würde sie nicht an die große Glocke hängen. Dies hier war *ihr* Sieg!

Hinter ihr, neben der parkenden *Grünen Minna*, warteten jetzt zehn Schupos mit Pistolen und Taschenlampen in der Dunkelheit auf Irmas Zeichen.

«Los», sagte sie endlich, und die Uniformierten schwärmten aus. Beinahe lautlos rannten sie über den dunklen Hof, stießen die kleine Tür auf, die, wie Irma bei ihrer akribischen Vorbereitung des Einsatzes herausgefunden hatte, zu einem unterirdischen Gang führte, und wurden von der Schwärze verschluckt, die sich dahinter auftat.

Irma folgte ihnen, blieb jedoch zusammen mit zwei Wachen im Hof stehen und betrachtete abwartend die heruntergekommene Fassade des Hauses, die zerbeulten Mülltonnen und die Mondsichel, die über dem Dach des Seitenflügels schaukelte. Gerade überlegte sie, ob es sich lohnte, sich erneut einen Zigarillo anzubrennen, als zwei Frauen in Stöckelschuhen von der Straße her über den Hof torkelten. Beim Anblick von Irma und den Polizisten blieben sie wie angewurzelt stehen.

«Ach du Scheiße!», sagte die eine.

«Komm, wir hauen ab», zischte die andere und packte ihre Freundin beim Arm.

«Tut das, Mädels», sagte Irma. «Heute gibt's hier keinen Tanztee.»

Das ließen sich die beiden nicht zweimal sagen, sie fassten sich bei den Händen und traten eiligst den Rückzug an. Offenbar informierten sie draußen auf der Straße weitere Gäste, denn es kamen erst einmal keine Frauen mehr in den Hof.

Irma trat von einem Stiefel auf den anderen, um sich zu wärmen. Die Nächte wurden langsam kühl. Trotzdem genoss sie den Einsatz, und sie hoffte, dass er ein voller Erfolg würde. Dann könnte sie mit Fug und Recht behaupten, diesen Fall alleine gelöst zu haben. Auch, wenn ein Teil der Lorbeeren wohl dieser Hebamme gebührte. Doch Irma ahnte, dass dieses Fräulein Gold nicht darauf beharren würde, sie einzuheimsen.

Eine Hebamme, ausgerechnet!, dachte sie unwillig und trat mit der Stiefelspitze in eine Pfütze, dass die Tropfen spritzten. Irma selbst war nie in einer Mütterberatungsstelle gewesen, sie hatte auch keine Hebamme dabeigehabt, als ihre Kinder zur Welt kamen. Ihre beiden Geburten waren jeweils schnell und zweckmäßig verlaufen, und dafür war sie dankbar. Ein heftiges Ziehen im Rücken, ein Anruf bei ihrem Hausarzt, dem alten Dr. Blaschko, der sofort kam, ihr gut zuredete und sich dann mit ihrem Mann im Wohnzimmer nebenan einen Klaren genehmigte. Ein paar heftige Austreibungswehen, die Irma stehend allein überstand, während sie sich am Bettpfosten abstützte, und das war's.

Es war nichts gewesen, was ihr Freude bereitet hätte, aber auch nichts, weswegen sie sich lange den Kopf zerbrach. Daheim, auf dem Gut ihrer Eltern, hatten die Kühe gekalbt und die Stuten gefohlt, ohne dass Gewese darum gemacht worden wäre – und so hatte Irma auch das eigene Gebären erledigt. Die Zeit nach den Geburten, allein mit den Säuglingen, war deutlich schlimmer gewesen. Sie hatte sich redlich bemüht, hatte die Kleinen herumgetragen, sogar versucht, sie zu stillen, bei beiden jedoch nicht genug Milch gehabt, sodass sie auf Fläschchennahrung hatte umsteigen müssen. Für Irma hatte sich das ohnehin viel besser angefühlt, als dass so ein winziger Fremdling an ihrer Brust saugte. Nur ihr Mann war ungehalten gewesen und hatte sie gefragt, ob sie etwa keine richtige Mutter sei. Irma hatte darauf keine Antwort gehabt. Sie hatte die Kinder neun Monate lang im Leib getragen, sie unter Schmerzen geboren, und nun kümmerte sie sich seitdem Tag und Nacht um das Wohlergehen der Kleinen. War das nicht das, was eine richtige Mutter tat?

Aber dieselbe Frage kam später auch von ihrer Schwiegermutter, als Irma nach einigen Jahren verkündete, sie werde ihren Beruf wieder aufnehmen und eine Kinderfrau einstellen. Doch da hatte Irma schon lange genug an ihrem Schutzschild gebastelt, sodass die spitzen Worte der anderen ihr nichts mehr anhaben konnten. Kurze Zeit später hatte sie endlich wieder im Präsidium gestanden, und seitdem konnte sie wenigstens für die Dauer ihres Aufenthalts in der *Roten Burg* vergessen, dass sie je Mutter geworden war.

«Sie kommen wieder raus, Kommissarin», raunte einer der Schutzmänner neben ihr, und Irma wandte den Kopf.

Tatsächlich waren jetzt Schritte zu hören und eine weibliche Stimme aus dem Schacht, die schimpfte wie ein Rohrspatz. Gleich darauf zogen zwei Schupos eine schwarzhaarige Frau an Handschellen aus dem Tunnel in den Hof, der

Rest der Männer folgte. Die letzten beiden hielten eine weitere Frau fest, sie hatte lange blonde Haare. Beide Frauen wehrten sich und wanden sich unter den Griffen der Uniformierten hin und her, jedoch erfolglos.

«Bitte sehr», sagte einer der Polizisten und schleifte die Schwarzhaarige bis vor Irma. «Das müsste die Dame sein, die Sie suchen.»

«Leonore Täufer?» Irma betrachtete die Frau näher. Sie hatte ein schönes Gesicht, das jedoch von Wut und Angst verzerrt war. Irma leuchtete ihr mit einer Taschenlampe in die Augen und sah, dass die Pupillen unnatürlich klein waren. «In die Zelle mit der Puppe», sagte sie zu dem Schupo, als die Frau keine Anstalten machte, etwas zu erwidern. «Erst mal ausnüchtern, morgen befrage ich sie.»

«Das können Sie nicht machen», protestierte die Frau jetzt, «ich habe nichts getan.»

«In der Barnimstraße haben Sie die ganze Nacht lang Zeit, darüber nachzudenken, was Sie alles getan oder nicht getan haben», sagte Irma. «Und wenn ich zu Ihnen komme, wird Ihnen schon etwas einfallen, das Sie mir sagen möchten.»

«Barnimstraße?», fragte die Schwarzhaarige kläglich.

«Das Frauengefängnis», sagte der Polizist. «Ist richtig heimelig dort, wirst schon sehen.» Er knuffte sie in die Seite, sodass sie aufjaulte.

«Abführen», sagte Irma. Sie verabscheute Sadismus, aber sie wollte, dass diese Frau weichgekocht würde. Der Schupo schleifte sie durch die Toreinfahrt Richtung Mannschaftswagen.

«Und die da?», fragte der andere Polizist, der noch immer die Blondine festhielt.

«Wer ist das?», fragte Irma und trat näher.

«Nennt sich Fernanda», sagte er, «die Barfrau. Wollte unsere Schönheit warnen.»

«Auch mitnehmen», entschied Irma. «Aber trennen Sie die beiden.»

Fernanda ächzte. «Sagen Sie Ihren Schlägern hier, sie tun mir weh. So behandelt man doch keine Frau.»

«Am besten, man überlegt sich auch als Frau gut, was man tut – bevor man einer Verbrecherin hilft», sagte Irma.

«Haben Sie kein Herz?», zischte die Fremde und spuckte vor Irma auf den Boden. «Dass Sie sich nicht schämen. Sie sind doch auch eine Frau – oder vielleicht nicht?»

Ein Raunen ging durch die Reihen der Polizisten, einige stießen sich in die Seiten, aber Irma überhörte es. Sie war es gewohnt, derartige Fragen gestellt zu bekommen.

«Selbst, wenn wir beide Marsianer wären», sagte sie daher so trocken wie möglich zu der Barfrau, «hätte ich kein Interesse, mich mit einer wie Ihnen solidarisch zu zeigen.»

Dann wandte sie sich an die restlichen Schupos, die sich noch immer vor der Tür zum Tunnel herumdrückten. «Räumen Sie den Laden», sagte sie, «heute Nacht ist hier Schicht. Aber gewaltfrei, wenn ich bitten darf.»

Damit drehte sie sich auf dem Stiefelabsatz um und stapfte quer über den Hof durchs Tor. Die *Principessa* war bereits verladen worden, einer der Schupos schlug gerade scheppernd die Wagentür zu.

«Wollen Sie mitfahren, Kommissarin Siegel?», fragte er. «Ich setze Sie zu Hause ab, wenn Sie möchten.»

Irma schüttelte den Kopf. Sie ging lieber zu Fuß. So konnte sie in Ruhe ihren Gedanken nachhängen und sich eine Fragetaktik für morgen überlegen, wenn sie Leonore Täufer aus der Zelle in der Barnimstraße holte.

Unter ihren Sohlen spritzte das Regenwasser, als sie durch die nächtlichen Straßen marschierte. Am Nollendorfplatz schimmerten ein paar Laternen, und ein leichter Nebel hing in der Luft. Wie eine leuchtende Girlande fuhr eine Hochbahn durch den Himmel an ihr vorbei. Irma kniff die Augen zusammen und sah über den Platz. Dort drüben, im Erdgeschoss eines Gebäudes, hing ein Schild an der Glasscheibe, das ihre Aufmerksamkeit weckte. Irma überquerte die verwaiste Straße und stand vor dem Eingang, im Licht einer Laterne. *Beratung für Mütter*, entzifferte sie. Sie drückte das Gesicht an die Scheibe und spähte in den dunklen Laden. An den Wänden hingen große Plakate, auf denen offenbar Ratschläge für Schwangere und Wöchnerinnen erteilt wurden. Und auf einer langen Bank daneben lagen viele kleine Körper mit runden Glatzköpfen, die sie aus toten Glasaugen anstarrten. Irma fuhr zurück. Es waren Babypuppen aus Porzellan, erkannte sie dann und schauderte.

Rasch machte sie sich wieder auf ihren Weg. Doch sie merkte sich die Adresse, an der dieses vorlaute Fräulein Gold arbeitete. Man konnte nie wissen, wofür es gut war, jemanden wie sie zu kennen.

36.

Samstag, 14. September 1929, später Nachmittag

Die blaue Stunde hatte begonnen, und eigentlich wusste Hulda, dass sie Meta ins Bett schaffen sollte. Sie hatte ihre Tochter heute Morgen wohlbehalten in Frohnau abgeholt, bei einer etwas erschöpften Jolante, die zugeben musste, dass sie auch nicht mehr die Jüngste war – die Meta dann beim Abschied dennoch kaum loslassen konnte. Und bei einer kühl lächelnden Viktoria, die Huldas Dank mit einer eleganten Handbewegung abgetan hatte.

«Morgen schicke ich euch den *Adler*», hatte sie gesagt, und ihr Lächeln hatte sich einen Moment vertieft. «Margareta und ich waren einkaufen, und das könnt ihr unmöglich alles nach Hause tragen.»

«Ich habe fünf famose Kleider bekommen!», hatte Meta gerufen. «Und neue Stiefel! Bei *Tietz*.» Sie hatte den Namen nicht ohne Lispeln aussprechen können, und gegen ihren Willen hatte Hulda lachen müssen. «Na, vornehm geht die Welt zugrunde.»

«Ich hoffe, nicht mehr dieses Jahr ...», war Viktorias schmallippige Antwort gewesen, während sie Meta in letzter Sekunde noch die ewig rutschende Mütze aufs Haar drückte. Dann hatte sie ihre verhinderte Schwiegertochter und die Enkelin mit einem weiteren Handwedeln hinauskomplimentiert.

Für die neu angeschafften Kleider würde sie morgen den Wagen mit Chauffeur nach Schöneberg schicken, Hulda und Meta aber waren mit der Bahn nach Hause gefahren. Die ganze Strecke über hatte Hulda immer noch einen dumpfen Groll auf Viktoria wegen des Streits am Telefon gespürt, der sich mit einem leisen Schuldbewusstsein vermischte, weil sie ihr trotzdem viel zu verdanken hatte. Doch nicht einmal das konnte ihr die gute Laune verderben – und auch nicht Viktorias übergriffiges Verhalten wegen der Kleider.

Alles schien seit Neuestem so mühelos an ihr abzuprallen wie an einem Boxsack. Die Nacht mit Max hatte sich wie eine wärmende Schutzschicht zwischen sie und die Welt gelegt.

Außerdem hatte sie endlich Meta wieder!

Jetzt saß Hulda müde, aber glücklich im *Café Pony*, vor sich eine große Tasse dampfenden Kaffee, den sie zu jeder Tageszeit liebte, und dazu eine Schale Kürbissuppe. Schon auf dem Markt heute hatte sie bei Bäuerin Mergenthin die riesigen prallgelben Kürbisse bestaunt und Appetit darauf verspürt. Zu ihrem Glück schien auch Inge nicht daran vorbeigekommen zu sein. Die Kürbissuppe der Cafébesitzerin war im ganzen Viertel legendär, und Hulda überlegte bereits nach dem ersten Löffel, ob sie eine zweite Portion bestellen sollte.

Meta dagegen mochte keine Suppe, und Hulda, die sich nur zu gut an ihre Kindheit vor vollen Tellern erinnerte, deren Inhalt mit jedem hereingezwungenen Löffel anzuwachsen schien, verzichtete darauf, ihrer Tochter mit dem Suppenkasper zu kommen, der elendiglich verhungerte. Stattdessen bat sie Inge um ein Butterbrot. Und natürlich schmierte diese ihrem kleinen Augenstern sofort eines und schnitt es in schmale, fingergerechte *Reiterchen*. Meta, die wie immer nicht auf einem Stuhl, sondern auf dem Boden am Tresen hockte, teilte das Brot gerecht mit der Katze.

Hulda betrachtete ihr Kind mit unverhohlenem Stolz. Die Kleine erschien ihr hübscher und bezaubernder als sonst, und nach der langen Trennung war das Mutterherz noch enger an das von Meta gekettet, wie durch eine unsichtbare Nabelschnur, die von einer Schere nicht durchtrennt werden konnte. Erst recht nicht durch ein paar Tage Abwesenheit oder eine dumme Vase, die zu Bruch gegangen war.

Hulda wusste, dass einiges im Leben zerbrechen und nicht alles wieder geklebt oder repariert werden konnte – aber nicht ihre Zuversicht, dass sie und Meta zusammengehörten. Die war unzerstörbar.

«Muss Liebe schön sein», seufzte Inge spöttisch.

Hulda blickte von Metas dunklem Schopf auf und lächelte. Wenn Inge wüsste!, dachte sie, und ihre Gedanken wanderten von Meta zu Max. Ja, Liebe war schön, und am schönsten war sie, wenn sie alle Lebensbereiche betraf. Hulda war ganz und gar erfüllt von Liebe, alles um sie herum war seit der vergangenen Mittwochnacht in goldenes, warmes Licht getaucht.

Versonnen sah sie durch die leicht verschmierten Scheiben des Cafés nach draußen – und stutzte. War das nicht Jette, die dort vorbeiging? Ja, es war die Freundin, sie hatte den langen Herrn Martin untergehakt und schaute in dem Augenblick, da sie die Schaufensterscheibe des *Café Pony* passierten, lachend zu ihm auf. Er gab seiner Frau einen Kuss auf die Stirn, und schon waren sie vorbei.

Hulda schmunzelte in sich hinein. In jeder Ehe gab es ab und zu trübe Wolken, doch die Martins würden es schaffen, da war sie sicher. Die Dessauers hingegen – nun, Hulda musste zugeben, dass sie sich für Max und Leni etwas anderes wünschte, und sie fragte sich, ob sie deswegen ein schlechter Mensch war. Aber das Telefonat, das sie gestern Morgen mit Max geführt hatte, als er kurz in der Beratungsstelle angerufen hatte, ließ sie hoffen, dass kein endloses Leiden folgen würde, sondern eine pragmatische Lösung für alle Beteiligten gefunden werden konnte. Und dass ihr, Hulda, das Fegefeuer vielleicht doch erspart bliebe.

Das Glöckchen über der Eingangstür bimmelte, und Hulda staunte nicht schlecht, als Milli hereingeschlichen kam. Sie stand auf und ging der jungen Frau entgegen.

Milli war immer noch sehr blass, aber ihre Augen hatten wieder mehr Leben, mehr Ausdruck. «Ich habe gewusst, dass ich Sie hier treffen würde», sagte sie. «Ich habe Neuigkeiten.»

«Ich glaube, ich kenne sie bereits», sagte Hulda schnell mit einem Seitenblick auf Inge, die Meta auf den Schoß gezogen und begonnen hatte, ihr eine Geschichte zu erzählen. Gleichzeitig dachte sie, dass auch sie Neuigkeiten hatte – und sie erinnerte sich an die Zeitungsseite, die zusammengeknifft in ihrer Rocktasche lag. Doch es war noch zu früh, sie hervorzuholen und sie Milli zu zeigen.

«Waren Sie das?», fragte Milli irritiert. «Haben Sie die *Principessa* an die Polizei verraten?»

Hulda schloss die Augen, atmete kurz durch und öffnete sie wieder. «Am besten ist es, Sie wissen von nichts», sagte sie. «Aber eins kann ich Ihnen versichern, Milli – Sie haben nichts zu befürchten.»

Millis Miene spiegelte Erleichterung – aber auch eine große Erschöpfung.

Hulda sah wieder zu Inge und Meta hinüber. Dann ging sie um den Tresen herum und begann, Milli an der großen *Melitta*-Maschine einen Kaffee zuzubereiten. Sie fing Inges

Blick auf, doch die Besitzerin verzog nur kurz die Stirn, schüttelte dann leicht den Kopf und kümmerte sich weiter um Meta.

«Zwerg Nase fehlte noch das Kräutlein *Niesmitlust*», hörte Hulda sie mit geheimnisvoller Stimme sagen, während Meta an ihren Lippen hing, «denn ohne dieses Kräutlein konnte der Arme sich nicht zurück in einen Menschen verwandeln ...»

Hulda schob Milli den Kaffee hin und setzte sich neben sie. «Trinken Sie.»

«Ich muss zu Edyta», sagte Milli nach zwei großen Schlucken. «Ich kann es nicht ertragen, so lange von ihr getrennt zu sein.»

Hulda nickte. «Gleich am Montag besorge ich Ihnen einen Besuchstermin», sagte sie. «Und ich rufe eine Fürsorgerin an, die ich gut kenne. Sie wird sich mit Ihnen treffen und eine Lösung finden.»

«Und meine Mutter?», fragte Milli. «Ich möchte sie auch gern sehen.»

«Wir kümmern uns darum, alles zu seiner Zeit», sagte Hulda. «Aber ich fürchte, Sie übernehmen sich, wenn Sie weiterhin zu Hause für Ihre Mutter sorgen wollen. Und vielleicht ist sie woanders auch besser aufgehoben?»

Milli seufzte. «Es ist schwer», sagte sie. «Ich habe so vielen Menschen wehgetan. Ich –»

Hulda hatte das Gefühl, Milli lag etwas bleischwer auf der Seele. «Wie ist es überhaupt so weit gekommen?», fragte sie leise. «Erzählen Sie es mir?»

«Viel gibt es da nicht zu erzählen», sagte Milli. «Wir lebten damals weiter nördlich, hinter dem Landwehrkanal. Mein Vater hat uns verlassen, als ich ein Kleinkind war, ich weiß nicht, was aus ihm wurde. Und meine Mutter war immer schon ... schwierig, etwas in ihrem Kopf war nicht richtig.» Milli zögerte. «Wir hatten nie Geld für einen Arzt, und es wurde immer schlimmer mit ihr. Sie vergaß alles, verlegte ihre Sachen und schrie mich an, dass ich sie verbummelt hätte. Natürlich konnte sie nicht richtig arbeiten, nicht mehr als ab und zu als Waschhilfe, und auch das nur unregelmäßig. Meine Kindheit bestand eigentlich nur aus Vorwürfen – und aus der ängstlichen Frage, was wir am nächsten Tag essen würden. Aber eines Tages traf ich diese Frau.» Sie hielt inne. «Sie war sehr schön, so elegant, mit langen schwarzen Haaren. Ich lungerte gerade mal wieder an irgendeiner Ecke herum und hoffte, dass mir jemand etwas zu essen geben würde.» Milli verbarg ihr Gesicht in den Händen. «Oder dass einer der Männer, die vorübereilten, mich mitnehmen würde. Das war schon öfter vorgekommen, es war immer furchtbar, aber sie gaben mir hinterher wenigstens etwas Geld, etwas zu essen ...» Milli hob entschuldigend die Hände. «Was blieb mir denn übrig?», flüsterte sie mit erstickter Stimme.

Behutsam strich Hulda ihr über den Arm. «Ich würde Sie niemals verurteilen», sagte sie. «Sie waren in einer verzweifelten Lage, wie so viele junge Frauen in unserer Stadt.»

«Ja.» Milli schluckte und nahm die Hände wieder herunter. Ihr Gesicht war seltsam ausdruckslos. «Aber diese Frau versprach mir, dass sich alles ändern würde, wenn ich mit ihr käme. Sie gab mir kleinere Aufträge, die leicht zu erledigen waren. Ich wurde schnell ziemlich gut. Man hatte mir schon als Kind gesagt, ich besäße Talent zum Schauspielern, und das kam mir jetzt zupass, die Menschen waren mir gegenüber vertrauensselig.» Sie lächelte schief.

Hulda schluckte. Unwillkürlich musste sie an die erste Begegnung mit Milli denken, und dass auch sie dem Charme der jungen Frau aufgesessen war. Wie verächtlich sie damals über den misstrauischen Kinderarzt geurteilt hatte, fiel ihr wieder ein, und sie schämte sich ein wenig, weil er am Ende recht gehabt hatte.

«Schwamm drüber», sagte sie hastig. «Und weiter?»

«Es ging etwas aufwärts mit uns», fuhr Milli fort. «Plötzlich hatten wir jeden Tag eine warme Mahlzeit. Mutter wurde etwas ruhiger. Ich konnte sogar für kleines Geld private Schauspielstunden nehmen und so meinem Traum etwas näher kommen. Doch dann wurden die Aufträge schwieriger. Leonore verlangte jetzt waghalsige Dinge von mir, schwere Einbrüche, knifflige Betrügereien. Außerdem ...» Milli stockte. «Widernatürliche Dinge, die ich mit fremden Männern tun sollte. Und sie erpresste mich. Wenn ich ausstiege, würde sie mich verraten. Ich käme ins Erziehungsheim, vielleicht sogar ins Zuchthaus, und würde meine Mutter nie wiedersehen.» Sie hob die schmalen Schultern. «Also machte ich weiter. Bis ich vor zwei Jahren eine Stelle im Theater hier am Nollendorfplatz ergatterte. Da nahm ich Mutter und zog kurzerhand um. Wie sehr hoffte ich, dass ich Leonore so entkommen könnte. Doch so einfach war es nicht. Sie spürte mich auch hier auf, als sie anfing, in dieser Gegend ihr Unwesen zu treiben. Und wieder war ich in ihren Fängen.» Sie schauderte.

Erneut legte Hulda eine Hand auf Millis Arm. «Ich glaube, Sie sind jetzt endlich frei», sagte sie. «Sie dürfen wirklich aufatmen. Und ich wünsche Ihnen, dass Sie bald wieder nach vorn sehen können.»

«Ich kann Ihnen nicht sagen, wie dankbar ich dafür bin.» Milli wischte sich eine Träne aus dem Augenwinkel. «Jetzt brauche ich erst mal dringend neue Arbeit», fuhr sie fort und räusperte sich. «Im Theater sieht's mies aus, Piscator macht wohl bald dicht. Er kann die Miete und die Gehälter der

Schauspieler nicht länger zahlen, weil das Mehring-Stück so schlecht läuft.»

«Woher wissen Sie das?»

«Harry hat es mir erzählt», sagte Milli. «Er arbeitet auch im Theater.» Eine sanfte Röte flog über ihre bleichen Wangen.

Hulda musste lächeln. Ihr fiel der junge Mann am Bühneneingang ein, der Milli so standhaft verleugnet hatte. «Sie mögen ihn wohl gern, diesen Harry, und er Sie, oder?», fragte sie.

Milli lief nun tiefrot an. Sie schien zu überlegen. «Ich weiß es nicht», sagte sie schließlich. «Jemand wie ich hat so etwas wie die Liebe doch wohl kaum verdient, oder?»

«Da irren Sie sich gewaltig», sagte Hulda bestimmt. «Sie haben sie sogar mehr als alle anderen verdient, finde ich.» Ihr Blick wanderte zu Inge und ihrer Tochter. Beide waren noch immer in die Geschichte vertieft, die die Cafébesitzerin erzählte. Metas Wangen waren erhitzt, ihr Haar verstrubbelt, während sie gebannt lauschte.

Geschichten und Märchen waren das Elixier der Kindheit, dachte Hulda unvermittelt. Nachdenklich betrachtete sie wieder die junge Frau neben sich.

«Könnten Sie nicht in einem Theater anheuern, in dem der Saal voll ist?», fragte sie. «In dem Sie mehr Sicherheiten haben?»

«Als wenn das so einfach wäre!», schnaubte Milli. Und kleinlaut fügte sie hinzu: «Ich würde alles annehmen, was regelmäßiges Geld verspricht. Aber ein Engagement an einer Bühne ... Nun, die Abende sind, wenn ich Edyta zurückhabe, ohne meine Mutter ein noch größeres Problem.»

Hulda zog nun das Stück Zeitung hervor, das eine ausgeschnittene Annonce umfasste, und schob sie Milli hin. *Kindertheater in Schöneberg sucht Schauspieler*, stand da. *Fünf Tage die Woche spielen wir Stücke für unsere kleinen Gäste an Schulen und in Kindergärten.*

Milli runzelte die Stirn. «Es steht zwar nichts davon, wie viel sie zahlen oder ob überhaupt ...» In ihren Augen lag ein feuchtes Schimmern. «Aber, ach, das wäre ...»

«Sie müssen es eben herausfinden», sagte Hulda.

Milli nickte und schob sich das Stück Papier in ihren Ausschnitt. «Danke», sagte sie und sah Hulda hilflos an. «Warum nur tun Sie das, Hulda? Ich habe Sie beschimpft und Ihnen nur Kummer gemacht – und dennoch halten Sie zu mir.»

«Aber Sie hatten ja recht», sagte Hulda. «Ich bin nicht besser als Sie! Auch ich war schon sehr oft in meinem Leben an einem Punkt, an dem ich nicht mehr weiterwusste. Aber wissen Sie was?» Sie schluckte. «Mir wurde immer geholfen.» Sie dachte voller Dankbarkeit an Grete Fischer auf der Roten Insel, die ihr beigestanden hatte, als Hulda eine arbeitslose ledige Schwangere war. «Immer war da im richtigen Moment ein Rettungsanker, ein Mensch, der zu mir hielt und mir die Hand über den Abgrund reichte. Glauben Sie mir, ich weiß, was aus Menschen wird, bei denen das nicht so ist.» Kurz wanderten ihre Gedanken zu Leonore Täufer. Ob sie dort, wo sie jetzt hinkam, ihre Perücke tragen durfte? Doch das konnte nicht Huldas Sorge sein.

Sie legte einen Arm um Milli. «Sie werden es schaffen, genau wie ich.»

In dem Moment beendete Inge ihr Märchen und strich Meta übers Haar. «Und wenn sie nicht gestorben sind, dann leben sie noch heute.»

Das kleine Mädchen rutschte vom Schoß der Cafébesitzerin und tappte zu ihnen herüber. Sie schlang die Arme um Huldas Beine, und Hulda zog sie hoch auf ihre Knie und drückte sie fest an sich. Müde legte Meta ihren Kopf an Huldas Brust und kuschelte sich ein. Dann deutete sie auf Milli.

«Wie heißt du?», fragte sie, schon schlaftrunken.

«Ich bin Milli», sagte die junge Frau und lächelte zaghaft.

Metas Augen weiteten sich. Sie sah zu Inge, die hinter dem Tresen anfing aufzuräumen. «Fast so wie der Name im Märchen», sagte sie. «Mimi hieß das Mädchen, oder, Inge?»

Die Cafébesitzerin bestätigte es schmunzelnd und begann mit gleichförmigen Bewegungen, die Gläser abzuspülen. «Sie war es, die das erlösende Kräutlein fand», sagte sie. «Eine verzauberte Gans, für die am Ende alles gut ausging, Metachen.» Jetzt sah sie über den Tresen zu Milli. «Mimi hat allen, die sie kannte, nur Glück gebracht.»

Hulda spürte, wie Milli neben ihr einen tiefen, zitternden Atemzug tat, und sie wagte es nicht, die junge Frau anzusehen, bis diese sich wieder in der Gewalt hatte.

Draußen auf der Straße hatte sich die Dämmerung durchgesetzt, wie dunkelblaue Tinte lief sie über die Steine und Fassaden, und die ersten Laternen irrlichterten bereits über dem Nollendorfplatz.

Berliner Tageblatt und Handels-Zeitung
Samstag, 14. September 1929

«Gespensterbande» aufgeflogen

Überraschend für die Redaktion des Tageblatts *hat sich der mysteriöse Fall rund um die gehäuften Einbrüche und Raubüberfälle in Schöneberg aufgeklärt. Es handelt sich bei der «Gespensterbande» offenbar um weibliche «Geister», angeführt von einer bereits polizeibekannten Frau: Leonore Täufer nennt sich als Kopf dieser Mädchenbande seit Jahren die* Principessa. *Mit List und Erpressung brachte sie junge Frauen in ihre Gewalt und stiftete sie zu verbrecherischen Taten an. Laut ersten Stellungnahmen der Kommissarin Siegel hat Frau Täufer ein ganzes Netz aus Betrugsfällen, Prostitution, Diebstahl und Raub über Schöneberg gespannt, nachdem ihr das ursprüngliche Revier rund um den Landwehrkanal zu «heiß» geworden war. Auch hoch dosierte Substanzen wie Morphium kamen während der Überfälle zum Einsatz, wie die Redaktion aus gut informierten Kreisen erfuhr. Im* Hotel Sachsenhof *beispielsweise haben die Bandenmitglieder einige der Opfer ausgewählt und betäubt. Frau Täufer wurde in ihrem Unterschlupf dingfest gemacht und ist geständig. Es ist erstaunlich, welche kriminelle Kraft in dieser Frau und ihren Handlangerinnen steckt. Und sie ist wieder einmal ein gutes Beispiel dafür, dass weibliche List oft stärker ist als die viel zitierte weibliche Unschuld.*

- -

Wetteraussicht für morgen in Berlin und Umgebung: wolkig, Wind aus Nordost, Regen.

EPILOG

Donnerstag, 3. Oktober 1929, knapp drei Wochen später

In der Luft hing der Geruch von Feuer und Asche, überall in den Gärten Schönebergs war heute welkes Laub verbrannt worden. Und auch die ersten Öfen hatten die Berliner angeheizt, weil es nach dem scheinbar endlosen Sommer plötzlich empfindlich kalt geworden war. Die Meteorologen prophezeiten einen harten, langen Winter.

Hulda sog die feuchtkühle Luft tief ein, als sie, die Hände in den Rocktaschen vergraben, durch die Maaßenstraße Richtung Süden zum Winterfeldtplatz lief. Sie hatte Überstunden machen müssen, weil Frau Ludwig mit ihrem nur langsam heilenden Fußknöchel noch immer auf Kur war. Doch die zusätzlichen Arbeitsstunden störten Hulda nicht. Clara hatte sich bereit erklärt, Meta heute aus dem Kindergarten abzuholen, mit ihr in die Wohnung in der Eisenacher Straße zu gehen und sie zu Bett zu bringen. Hulda genoss jetzt diese letzte Stunde nach Feierabend, die nur ihr gehörte.

Überall in den Fenstern der Gründerzeitbauten links und rechts flammten nach und nach die Lichter auf. Die Straßenlaternen schimmerten sanft durch die Dunkelheit, und über den Dächern hing nur noch ein schwacher Lichtstreif von der untergegangenen Sonne, ein zartrosiges Violett, das sich in der Samtschwärze des Abendhimmels verlor. Wie ein letzter Gruß vor der Nacht.

Hulda sah sehnsüchtig hinauf und dachte an Max. Erst letztes Wochenende hatten sie einen langen Spaziergang gemacht und sich ausgiebig im schwindenden Herbstlicht geküsst. Wann würden sie sich wiedersehen? Sie wusste es nicht. Und doch spürte sie, dass sie sich auf ihn verlassen konnte. Die starken Gefühle für ihn webten ein sanftes Geflecht in ihr und trugen sie Schritt für Schritt. Alles, was geschehen war, und alles, was noch geschehen würde, fühlte sich richtig an. Das wusste Hulda einfach. Und dieses Wissen gab ihr Halt und Wärme wie ein schützender Mantel, der, mit beiden Armen ausgebreitet, zu Flügeln wurde.

Nicht einmal die Postkarte von Karl, die er ihr aus Heringsdorf hatte zukommen lassen, konnte sie aus der Bahn werfen. Darauf standen steife Grüße von Pippa und Karl, mit verbindlichem Dank für den Besuch beim Polterabend. Weiter unten las Hulda, dass die zukünftige Adresse der Frischvermählten *Riehmers Hofgarten* lautete – die neue, schöne Wohnanlage in der Nähe des Viktoriaparks.

Hulda gönnte Karl sein Glück von Herzen. Und sie hoffte, dass sie ihn eines Tages wiedersehen und ihm das aus voller Überzeugung sagen könnte.

Als sie sich dem Platz näherte, über den dunkel der Turm der Matthiaskirche ragte, wunderte sie sich über die vielen Menschen, die zu dieser späten Stunde noch unterwegs waren. Auch in Berts Pavillon brannte Licht, und ringsherum war helles, aufgeregtes Stimmengewirr. Ein Fahrrad fuhr wild klingelnd an ihr vorbei, Hunde bellten, und der Zeitungsjunge auf Rollschuhen, der Hulda so lästig wie eine Schmeißfliege war, raste im Zickzack über den dunklen Platz. Er schwenkte eine Gazette wie eine Fahne und brüllte unverständliche Worte, von denen nur Fetzen Huldas Ohren erreichten.

Vor dem geschlossenen Coiffeursalon blieb sie stehen. Ihr Blick wanderte zum *Café Winter* an der Seite des Marktplatzes. Drinnen herrschte großer Trubel, der Raum erstrahlte in Festbeleuchtung, was für einen Donnerstagabend eher ungewöhnlich war. Auch auf der Terrasse drängten sich die Gäste trotz der kühlen Temperaturen. Hulda hörte Geschrei und Gejubel, ein Korken knallte, und ein Mann johlte triumphierend.

Sie wusste nicht, weshalb, aber sie spürte, wie ein feiner Schauder über ihr Rückgrat strich wie eine kalte Hand. Was feierte man bei Felix Winter derart begeistert? Und worüber sprachen alle Passanten, die hier auf dem Platz beisammenstanden, so aufgeregt?

«Extrablatt, Extrablatt!», rief der Zeitungsjunge mit sich überschlagender Stimme. Er kurvte jetzt dicht an Hulda vorbei. «Lesen Sie alles zum Tod des Außenministers in der Abendzeitung.»

Hulda erstarrte. Sie sah zu Berts Kiosk hinüber, vor dem sich die Leute drängten. Alle hielten aufgeschlagene Zeitungen in den Händen, lasen darin, schoben sich ungläubig die Brillen zurück auf die Nasen und tauschten sich mit anderen Umherstehenden aus. Wie Menschen, die einem Schiffsunglück beiwohnten und nach und nach erkannten, dass es längst nicht genug Rettungsboote für alle an Bord gab.

«Bert», rief Hulda. Sie begann zu rennen und kam atemlos am Pavillon an. Als sie den Kioskbesitzer hinter seinem Fenster erblickte, wo er hastig Zeitung für Zeitung herausgab, war sie für einen Moment erleichtert. Solange er dort saß und verkaufte, war die Welt noch immer in Ordnung.

Sie trat näher, bahnte sich einen Weg durch die Menschenschlange, ohne auf das Murren der Wartenden zu hören. Im Schein der kleinen Laterne, die vom Fensterrahmen baumelte, sah sie ihren alten Freund von Nahem. Gerade schaute er sich um, weil der Zeitungsstapel aufgebraucht war, da entdeckte er sie. Huldas Herz setzte aus. Berts Gesicht war aschfahl, seine Augen wie erloschen. Er erhob sich und kam aus dem Kiosk heraus. «Meine Herrschaften», rief er müde, «mein Vorrat ist aufgebraucht.»

«Wir wollen auch noch eine Ausgabe!», riefen einige Leute erbost, doch Bert hob hilflos die Hände. «Mein junger Kollege hat noch welche», sagte er und deutete auf den herumflitzenden Bengel auf Rollschuhen. «Bei mir gibt es erst morgen wieder Nachschub.»

Damit holte er seine Sachen aus dem Pavillon, löschte die Lampe und schlug die Tür zu. Hastig schloss er ab und richtete sich auf. Hulda ging zu ihm, sie berührte ihn am Arm.

«Kommen Sie, Bert», sagte sie und hakte ihn unter. «Lassen Sie uns ein paar Schritte gehen.»

Willenlos ließ er sich abführen. Die Menschenmenge vor seinem Zeitungsstand teilte sich und ließ sie beide durch. Im Vorübergehen fiel Huldas Blick auf eine aufgeschlagene *Vossische Zeitung*. Sie las die Überschrift – *Mehr als ein Verlust – ein Unglück*! hatte der Journalist seinen Artikel betitelt. Und obwohl Hulda noch immer nicht wusste, was genau geschehen war, gab sie dem unbekannten Schreiber innerlich recht. Stresemanns Tod war ein Unglück, und die Schicksalhaftigkeit der Schlagzeile spiegelte sich in Berts bleichem, wie versteinertem Gesicht.

Sie gingen über den Platz, das Stimmengewirr ebbte ab, bis nur noch die herbstlichen Baumkronen stumm über ihren Köpfen standen. Ein Wind fuhr hinein, zauste die Blätter und ließ sie in der Dunkelheit rascheln. Ein Nachtvogel breitete seine Schwingen aus und rauschte über Bert und Hulda hinweg, und der große Steinturm der Kirche schnitt scharf und schwarz ins Mondlicht. Es roch so durchdringend nach Herbst, nach Verfall und dem Ende einer Ära, dass Hulda erneut schauderte, stehen blieb und fest Berts Hand ergriff. Obwohl er aufgewühlt schien, waren seine Finger warm, und das beruhigte sie etwas.

«Was ist geschehen?», fragte sie.

«Er ist tot», sagte Bert. Seine Stimme war seltsam ausdruckslos. «Gustav Stresemann ist gestorben. Ein Schlaganfall.»

«Wann?»

«Am Nachmittag», sagte Bert. «Es ging ihm schon lange nicht gut, und heute kam das Ende dann ganz plötzlich.» Er sah Hulda an, Tränen standen jetzt in seinen Augen. «Sie haben ja keine Ahnung, mein Mädchen», sagte er, «was das für unser Land bedeutet.»

«Aber Bert ...», sagte sie und streichelte seine Hand. «Sie kannten den Mann doch gar nicht.»

«Nein», sagte Bert und schüttelte langsam den Kopf. Sogar sein prächtiger Schnauzbart, so schien es ihr im schwachen Mondschein, hing schlaff und müde herab. «Sie haben recht. Und trotzdem ...» Er schluckte schwer. «Mir ist, als hätte ich einen Freund verloren.»

«Es tut mir leid», sagte Hulda, die nicht wegen des Politikers trauerte, sondern wegen Bert. Er sah aus wie ein Mann, der einen schweren Schlag bekommen hatte und zu Boden gegangen war, und es schmerzte sie, ihn so sehen zu müssen.

«Er war der letzte Demokrat, Hulda», sagte Bert leise und zuckte mit den Schultern. «Nicht umsonst hat er den Friedensnobelpreis verliehen bekommen, er hat wirklich Frieden gestiftet wie kein Zweiter.» Bert schloss die Augen. «Ohne ihn können wir einpacken.»

«Sagen Sie doch so etwas nicht», beschwichtigte sie ihn. «Wir haben eine Große Koalition, vom Volk gewählt, vergessen Sie das nicht! Und die rechten Parteien spielen kaum noch eine Rolle.»

«Ach, Hulda», sagte Bert beinahe mitleidig. «Das mag auf dem Papier so stimmen. Aber Sie wissen doch genau wie ich, dass die Politik nur so gut sein kann wie die Menschen, die sie machen. Und ich fürchte, mit Stresemann ist heute einer der besten Politiker von den Bühnenbrettern dieses kleinen hübschen Stücks namens Republik abgetreten. Wie lange noch, bis der Vorhang ganz fällt?»

Hulda antwortete nicht. Sie wusste nichts zu sagen. Aber ohne dass sie etwas dagegen tun konnte, kamen die Bilder von neulich nachts wieder hoch – der Aufmarsch der Braunhemden, das Gebrüll, das Marschieren schwerer Stiefel, der Fackelschein. Hatte Bert recht? War diese schöne neue Zeit, an die sie alle geglaubt hatten wie Kinder an den Osterhasen, bald zu Ende?

Hand in Hand standen Bert und Hulda im Dunkeln vor den Treppen der Kirche und schwiegen. Der Laternenschein reichte nicht bis hierher, die Düsternis des Herbstabends umhüllte sie ganz und gar. Auch Berts Pavillon schimmerte nicht länger herüber, sondern lag still, wie ein Schemen, auf dem Platz. Die Menschenmenge hatte sich zerstreut, nachdem die letzten Extrablätter verkauft worden waren. Die Schöneberger kehrten nach und nach in ihre Wohnungen zurück, vielleicht vergaßen sie die Dramatik des Augenblicks und wandten sich den alltäglichen Dingen zu – ihrem Abendbrot, ihren Handarbeiten, dem musikalischen Abendprogramm im Radio. Nur noch ein paar zerfledderte Zeitungsseiten schwebten, von ihren Lesern achtlos fallen gelassen, über die leeren Pflastersteine, hierhin und dorthin getragen vom kalten Nachtwind, der darüber hinwegpfiff und mit dem raschelnden Papier spielte.

Hulda folgte diesem Spiel mit dem Blick, sah, wie die Seiten immer weiter von ihnen fortgetrieben wurden auf die andere Seite des Platzes, bis vor die Schwelle des immer noch hell erleuchteten *Café Winter* – eine Insel aus Licht in der Schwärze. Dort blieben sie liegen, und die schweren Lederstiefel neu eintreffender Gäste traten achtlos darauf.

Hulda spürte, wie Berts Finger ihre Hand umklammerten. Die Türen des Cafés wurden jetzt von innen aufgestoßen, und heraus kam Felix, in der Hand eine Flasche Champagner. Er wurde mit *Hallo* begrüßt.

«Nun ist endlich Schluss mit der grässlichen *Erfüllungspolitik*!», rief einer der Männer, die draußen standen.

Der Champagner sprudelte, es wurde gejubelt und gejohlt. Fäuste flogen in die Luft. Hulda erkannte Helene Winter, Felix' blonde Frau, wie immer in feinstem Zwirn. Sie fiel einer anderen Frau um den Hals, die lauthals lachte.

«*Deutschland, Deutschland über alles!*», rief die Fremde mit sich überschlagender Stimme, und die anderen Gäste auf der Terrasse fielen ein. Wieder und wieder skandierten sie die Parole, dann verschwand einer nach dem anderen hinein ins Warme.

Schließlich fiel die Tür hinter dem letzten Gast zu, und Stille legte sich über den Winterfeldtplatz.

Hulda hatte das Gefühl, als säße ihr etwas im Nacken und drückte ihr den Hals langsam, ganz langsam von hinten zu.

«Kommen Sie», sagte Bert und legte einen Arm um sie. «Hier gibt es nichts mehr zu sehen. Bringen Sie mich nach Hause, Hulda.» Er räusperte sich und flüsterte: «Hoffen wir, dass wir morgen aufwachen und alles nur ein böser Traum war.»

Hulda wusste nicht, ob er den letzten Satz wirklich gesagt hatte, oder ob es nur das Säuseln der frierenden Blätter im Nachtwind gewesen war.

Ja, es war Herbst geworden, dachte sie, und der Winter stand vor der Tür. Sie zog den Mantel enger um sich – eine hilflose Geste, um sich gegen das zu wappnen, was da kommen würde.

Arm in Arm gingen sie über den leeren Platz. Berts Gesicht wirkte hart und scharf im Licht der Gaslaterne, unter der sie vorbeiliefen, seine Lippen hatte er fest aufeinandergepresst. Aber seine Hand war trotz allem immer noch warm, und er ließ Hulda nicht los – den ganzen Weg zurück nach Hause.

NACHWORT

Der Berliner Nollendorfplatz, genau auf der Grenze zwischen Schöneberg und Charlottenburg gelegen, war seit dem 19. Jahrhundert ein belebter Verkehrsknotenpunkt und Schmuckplatz. Um die Jahrhundertwende entstand hier eine U-Bahn-Station, eine der ersten Untergrundstrecken wurde über ein prachtvolles Hochbahnviadukt mit Kuppelbahnhof geleitet. Die aufwendige Gestaltung sowohl des Bahnhofs als auch der Grünanlagen und der umliegenden Gebäude durch namhafte Architekten machten ihn zu einem der auffälligsten Plätze der Gemeinde Schöneberg und der damals noch eigenständigen Stadt Charlottenburg. Und schon von Anfang an prallten in dieser Umgebung die typischen Berliner Gegensätze aufeinander. Auf der einen Seite die repräsentativen Gründerzeithäuser, die im Besitz wohlhabender Banken und Baugesellschaften waren, sowie die prächtigen Theater- und Kinobauten – und auf der anderen Seite, zum Beispiel in der Bülowstraße, das Berlin der kleinen Leute mit der engen Bebauung durch Mietskasernen.

Nach der Gründung von Groß-Berlin 1920 entwickelte sich rasch der urbane, quirlige Charakter des Viertels. Hier blühte nach dem Ersten Weltkrieg in den Straßen ringsum eine Szene auf, die insbesondere in der Motzstraße und der Nollendorfstraße zahlreiche berühmte Schwulen- und Lesbenkneipen frequentierte. Viel später, erst im Jahr 1989, wurde hier die erste öffentliche Gedenktafel für die homosexuellen Opfer des Nationalsozialismus in Deutschland aufgestellt. Bis heute ist das Viertel bekannt für seine lebhafte queere Szene.

Natürlich zog der bunte, weltoffene Charakter der Gegend auch vor hundert Jahren schon viele Künstlerinnen und Künstler an, die hier in den Nebenstraßen Wohnungen mieteten und die Cafés, Theater und Varietés mit neuen Gesichtern und Ideen füllten. Christopher Isherwood lebte seit 1930 in einer Pension in der Nollendorfstraße und verewigte die Berliner Schnauze und die prickelnde Rotlichtszene aus Sicht eines amerikanischen Schriftstellers unnachahmlich in seinen Texten. Erich Kästner wählte das heute noch bestehende *Hotel Sachsenhof* in der Motzstraße als Schauplatz für seinen ersten Jugendroman *Emil und die Detektive.* (Ich habe das (fiktive) *Café Pony*, in das Hulda Gold in diesem Band einkehrt, nach Emils Kusine Pony Hütchen benannt.) Else Lasker-Schüler wohnte tatsächlich als Dauergast in diesem Hotel. Nelly Sachs wurde 1891 in der Maaßenstraße geboren. Die Liste der bekannten Namen ist unendlich und könnte ewig weitergeführt werden – Lesser Ury, Ödön von Horvath, Walter Mehring, Claire Waldoff, Anita Berber ... Sie alle und viele mehr zog es in die aufregende, inspirierende Schöneberger Gegend, in der sie sich entfalten und austoben und ihre Kunst zum Blühen bringen konnten.

Im Theater am Nollendorfplatz wurde 1927 die Erste Piscator-Bühne gegründet, ein Avantgarde-Projekt, in dem neben Erwin Piscator weitere kreative Köpfe wie Walter Mehring, Ernst Toller, Tilla Durieux, Helene Weigel, John Heartfield und viele andere Größen in einer Art Kollektiv versuchten, Theatergeschichte zu schreiben. Sie wählten einen ungeheuer modernen, vielschichtigen, technisch aufwendigen Stil, setzten eine regelrechte Maschinerie in Gang – und scheiterten grandios. Mehrmals musste die Bühne dichtmachen, immer wieder wurde ein neuer Anlauf unternommen, wofür vom Intendanten Piscator große Geldmittel bei immer neuen Investorinnen und Investoren aufgetrieben werden mussten. Nach dem Flop des Inflationsdramas *Der Kaufmann von Berlin* im Herbst 1929 musste das Theater am Nollendorfplatz seine Pforten zum zweiten Mal schließen. Der dritte Anlauf erfolgte 1930 dann nicht mehr dort, sondern in Berlin-Mitte. Aber das auffällige Gebäude steht noch heute an derselben Stelle und dominiert den südlichen Platz mit seiner polarisierenden Säulenfassade und den steinernen Maskenreliefs.

Natürlich war das Viertel, wie alle innerstädtischen Kieze, in den 1920er-Jahren neben allem Glamour auch von Armut und Kriminalität geprägt. Die bedrückenden Zustände in den Mietskasernen mit den vielen dunklen Höfen sind hinreichend bekannt. Diebesbanden machten die Gegend unsicher, und die Prostitution blühte. Tatsächlich gab es auch immer öfter weibliche Banden, deren Köpfe sich gern «Baronin» oder «Gräfin» nennen ließen und zeitweise sehr erfolgreich in der Unterwelt agierten – wahrscheinlich, weil sie als Frauen zumeist unterschätzt wurden.

Ich habe mich bei meiner Figur der *Principessa* von der Berliner Ganovin Rosa Genschow inspirieren lassen. Sie machte während der Weimarer Republik im benachbarten Friedenau von sich reden. Ihre Masche war es, Männer betrunken zu machen oder sie mit heimlich ins Glas geträufeltem Opium zu betäuben, um sie anschließend auszurauben. Wie Leonore Täufer (und Hulda Gold) hatte sie eine morphiumsüchtige Mutter. Sie musste sich durch Erziehungsheime und die ererbte Drogensucht schlagen – und geriet auf die schiefe Bahn.

Schon Zeitgenossen wie der zuständige Kriminalkommissar Ernst Engelbrecht, der sie schließlich dingfest machte, sahen in ihr vor allem ein Opfer der Zeit. Einer Zeit, die nicht zimperlich mit Frauen umging. Die Richter ließen für Rosa Genschow daher mildernde Umstände gelten. Denn für Menschen ihresgleichen, die von Vernachlässigung und mangelnder Bildung geprägt waren, gab es oft schlicht keinen anderen Weg als den der Kriminalität.

Das Jahr 1929 ist eins der interessantesten und gleichzeitig schicksalhaftesten in der Geschichte der Weimarer Republik. Und nicht selten ist mir bei der Recherche angesichts der unübersehbaren Parallelen zu heute ein Schauder über den Rücken gelaufen. Auf einen lang anhaltenden Sommer – in dem die Berlinerinnen und Berliner selig tanzten, zu den Badeseen strömten und ihren Hoffnungen auf eine neue, bessere Zeit nachhingen –, auf eine Blüte der kulturellen Entwicklung – die *Dreigroschenoper* wurde 1928 uraufgeführt, Alfred Döblins *Berlin Alexanderplatz* und Vicki Baums *Menschen im Hotel* erschienen 1929 – folgte ein Herbst des bösen Erwachens. Am 3. Oktober 1929 starb der Außenminister Gustav Stresemann recht überraschend. Er war ein Meister des politischen Kompromisses gewesen und hatte zuletzt die wacklige Koalition mit seiner «Politik der Kommunikation» zusammengehalten, weshalb sein Tod die ohnehin ausgelaugte Große Koalition gefährlich destabilisierte.

Nur wenige Monate später, im Frühjahr 1930, sollte dieses letzte demokratisch gewählte Kabinett endgültig auseinanderbrechen – die Zeit der Präsidialkabinette begann. An der New Yorker Börse waren Ende Oktober 1929 am *Black Thursday* (durch die Zeitverschiebung in Deutschland als *Schwarzer Freitag* bekannt geworden) die Börsenkurse ins Bodenlose gestürzt. Obwohl dieses Ereignis, anders als die Hyperinflation 1923, in der deutschen Presse zunächst kaum ein Thema war, ließen die katastrophalen Folgen für Deutschland nicht lange auf sich warten. Ein wirtschaftlicher Erdrutsch begann, der in den Folgejahren Millionen Existenzen in den Abgrund ziehen sollte. Dies alles diente als Nährboden, auf dem die Gewaltbereitschaft gegenüber Andersdenkenden, als «anders» gelesenen Menschen zunehmen konnte. Eine Gewaltbereitschaft, die bereits seit Jahren in der deutschen Bevölkerung unter der glitzernden, champagnerseligen Decke der Goldenen Zwanziger geschwelt hatte. Auch die Judenfeindlichkeit, geschürt von randalierenden SA-Truppen und schärfster antisemitischer Presse, wuchs in die Mitte der Bevölkerung hinein. Die Arbeitslosigkeit nahm eine nie geahnte Dimension ein, und die Frustration der Kriegsverlierergeneration brach sich in den folgenden, letzten Jahren der Republik zunehmend Bahn. Das Jahr 1929 war der Anfang vom Ende.

Und doch darf man die Weimarer Republik nicht immer nur von ihrem Ende her denken. So schreibt der Autor des äußerst interessanten Buches *Höhenrausch*, Harald Jähner: «Die Entwicklung zum Nationalsozialismus war nicht zwingend. So schwach war die Weimarer Republik nicht, dass nicht auch ein anderer Ausgang denkbar gewesen wäre. Die Menschen hatten die Wahl, jeder für sich, nicht zuletzt in der Wahlkabine.» (Jähner 2022, S. 17) Dieser Einschätzung kann ich mich als Historikerin nur anschließen, und sie gilt, davon bin ich überzeugt, heute noch genauso wie damals.

Anne Stern, im September 2023

DANK

Ich möchte erneut den Menschen danken, die auch dieses Mal das Entstehen meines Romans auf vielfältige Art begleitet und unterstützt haben.

Dies sind wie immer meine Agentin und Partnerin in Crime, Julia Eichhorn, die erneut voller Begeisterung und Expertise dafür gesorgt hat, dass der Roman geschrieben und veröffentlicht werden konnte, Ditta Friedrich, meine empathische und kreative Lektorin, und Katharina Dornhöfer, die Programmleiterin von Rowohlt Polaris. Dass ihr drei immer an Hulda Gold glaubt, inspiriert mich jedes Mal von Neuem!

Außerdem danke ich sehr herzlich meiner Mutter, die wie jedes Mal zuverlässig meine Stilblüten im Manuskript aufgedeckt hat. Auch mit meinem Mann Inbar habe ich wieder in vielen Gesprächen der Geschichte von Fräulein Gold nachgespürt – ich bedanke mich für deine Geduld, deinen guten Geschmack und deine Ideen! Schließlich danke ich auch von Herzen meinen drei wunderbaren Kindern, ohne die ich diesen Roman mit einer dreijährigen Nebenprotagonistin niemals so hätte schreiben können. Ihr lehrt mich Tag für Tag das echte Leben, sodass ich niemals in Gefahr gerate, mich in der Welt der Geschichten zu verlieren.

Schließlich möchte ich mich nach dem Schreiben dieses sechsten Bandes auch endlich einmal bei meinen Leser:innen bedanken – für all die freundlichen, manchmal kritischen, aber vor allem begeisterten Zuschriften, die Besuche meiner Lesungen und die vielen schönen Gespräche und Rückmeldungen, die ich in den letzten Jahren geführt und erhalten habe. Nur weil Sie unermüdlich meine Bücher kaufen, lesen, rezensieren, verschenken und weiterempfehlen, kann ich weiterschreiben. Ich könnte nicht glücklicher über meine grandiose Leserschaft sein.

Leseprobe

Anne Stern

FRÄULEIN GOLD

Nacht über der Havel

(Band 7)

Rowohlt Polaris

Erscheinungstermin Dezember 2024

PROLOG

Juli 1930

Ein Käuzchen schrie im Zwielicht zwischen den Stämmen der Fichten und Kiefern, und Jutta spürte, dass Louise einen Moment stehen blieb und schmerzhaft ihre Hand umklammerte. Unter ihren Füßen knackten kleine Zweige und Kienäpfel, während sie sich weiter, Seite an Seite, durchs Dunkel tasteten. Louises Kleid schimmerte weiß im schwachen Lichtschein, ein halber Mond schaukelte hoch oben über den Tannenwipfeln und leuchtete ihnen notdürftig auf ihrem Weg. Wenn sie nur endlich die Hütte fänden, von der Joachim gesprochen hatte! Er hatte sie extra für die Gruppe gebaut, und nun mussten sie sie unbedingt aufspüren. Am besten, bevor die anderen es taten, denn es war schließlich ein Wettstreit.

Jutta hatte nicht viel für diese *Abenteuer* übrig, wie Joachim ihre nächtlichen Aktionen nannte. Doch sie wollte es um keinen Preis zugeben. Am Ende würde man sie aus der *Wandervogel*-Gruppe ausschließen – nein! Außerdem sollte sie nicht mehr dieses Wort benutzen, sondern von *Bewegung* sprechen, erinnerte sie sich, während sie mit pochendem Herzen Fuß vor Fuß setzte. So bläute Joachim es ihnen andauernd ein, er und die anderen älteren Studenten, die bei der *Bündischen Jugend* den Ton angaben. Nur dann würden die anderen Verbände – die Pfadfinder, die *Adler* und nicht zuletzt die *Deutsche Freischar* – ihre kleine Steglitzer Gruppe als gleichwertig anerkennen. Und das, obwohl ja in Steglitz die erste *Wandervogel*-Bewegung überhaupt gegründet worden war, anno 1896, wie Joachim stets hochmütig betonte. Doch daran erinnerten sich die anderen deutschen Jugendgruppen wohl nicht mehr.

Das alles interessierte Jutta nur sehr wenig. Ihr waren ganz andere Dinge wichtiger – das gemeinsame Singen, das Sitzen ums prasselnde Feuer, wenn die Sonne blutrot hinter dem Steglitzer Fichtenberg unterging, die Gemeinschaft mit ihren Freundinnen und Freunden. Und wenn es nach ihr gegangen wäre, hätte sie liebend gern auf die mitternächtlichen Abenteuer mit all ihren Schrecken und düsteren Ritualen verzichten können. Doch es ging nicht nach ihr. Als Allerletztes fragte man sie, das einzige jüdische Mädchen im Bund, nach ihrer Meinung zu den Dingen.

Etwas rauschte ohne Vorwarnung durch die Luft, und Jutta zuckte zusammen. Sie spürte, wie auch Louise neben ihr schauderte, als das Käuzchen, das eben geschrien hatte, plötzlich mit weiten Schwingen über ihre Köpfe hinwegflog. Doch keine von ihnen sagte ein Wort, sie schlichen weiter durch den dunklen Grunewald. Dort hinten, hinter dem undurchdringlichen Dickicht aus Bäumen, Sträuchern und Moos, musste die Havel liegen. Jutta meinte, in einigen Momenten, wenn der Wind sich kurz legte, das Wasser der Wellen gegen den kleinen Strand schlagen zu hören.

Tagsüber war sie schon oft hier gewesen, zuletzt mit ihrer Klasse auf einem Badeausflug kurz vor den Sommerferien. Sie war mit ihren Mitschülerinnen aus der *Auguste-Viktoria-Schule* mit der neuen elektrischen Stadt-Schnellbahn hergefahren, in Begleitung von Fräulein Krugmacher und Fräulein Lustig, den Klassenlehrerinnen. Der Sand an der Badestelle war fein und weich gewesen, das Wasser klar, und der Ort hatte wie ein breites Fenster im Wald gewirkt, von dem aus man aufs Wasser hinaussehen konnte. Und als Jutta das bei einem ihrer Treffen mit Joachim erwähnt hatte, hatte er entschieden, dass dieser Schauplatz unbedingt für seine nächste nächtliche Aktion herhalten musste. Alle anderen – Louise, Hedi, Joachims jüngerer Bruder Günther, sogar Wolf – hatten sofort zugestimmt, wie beinahe jedes Mal, wenn Joachim etwas vorschlug. Es war eigentlich gar kein Vorschlag, wenn er etwas vortrug, sondern immer ein Befehl. Manchmal meinte Jutta, in den Gesichtern einiger anderer Mitglieder ihrer Gruppe ebenfalls eine leise Skepsis gegenüber dem Tonangeber zu lesen, doch nie erhob jemand das Wort gegen ihn. Und Jutta tat es ganz bestimmt nicht. Die wenigen Male, in denen sie erlebt hatte, wie Joachim auf Kritik reagierte, hatten ihr gereicht.

Es war ja auch eigentlich gar nicht so schlimm, nachts durch den Wald zu gehen, es hätte sogar ganz romantisch sein können. Auf jeden Fall war es eine Abwechslung zum sonstigen Trott in der Schule und daheim.

Jutta fasste Louises Hand fester, als die Freundin erneut stehen blieb, sie von der Seite ansah und flüsterte: «Meinst du, es ist noch weit?»

«Ich weiß es nicht», wisperte Jutta zurück. Das gehörte auch zu den nächtlichen Ausflügen – dass man alles nur im Flüsterton äußern durfte, um den Zauber des Abenteuers nicht zu zerstören. Dass man so tat, als wäre man wirklich auf geheimster Mission unterwegs, mit einem Auftrag, der staatsbedeutend war. «Als wir mit Fräulein Lustig hier bei Tag langliefen, sah alles so anders aus.»

«Aber die Richtung stimmt», sagte Louise und zog sie weiter. «Komm, vielleicht gewinnen heute einmal wir den Preis, das wär doch knorke!»

«Ich wette, Günther ist schneller als wir am Ziel», sagte Jutta und ließ sich mitziehen. Leiser fügte sie noch hinzu: «Ich mache mir ohnehin nichts aus Joachims Zigaretten und dem Schnaps.»

Louise kicherte. «Ich finde es toll», sagte sie. «Man fühlt sich nach ein paar Schlucken so herrlich leicht und frei. So, als könnte man alles wagen.»

Wieder warf Louise ihr einen Blick im Dunkeln zu. Jutta erkannte das Gesicht der Freundin nur schemenhaft, den Rest erschloss sie sich aus der Vertrautheit vieler gemeinsamer Schuljahre. Helles Haar umschloss die feinen Züge und die weichen Wangen. Louise war eine elfengleiche Schönheit, die sich dessen als Einzige nicht bewusst war. Sie hatte trotz ihrer siebzehn Jahre noch etwas Kindliches, über das Jutta, die nur wenige Monate älter war, manchmal lächeln musste.

«Joachim sieht sehr gut aus mit dem Schnurrbart, den er sich wachsen lässt, findest du nicht?», flüsterte sie jetzt und schlug sich kieksend eine Hand auf den Mund. «Wie Charlie Chaplin.»

Jutta schwieg, während sie langsam weitergingen. Ja, Joachim sah gut aus, sehr gut sogar mit seinem dunklen gescheitelten Haar und den markanten Zügen. Er hätte ohne Weiteres eine ebenso perfekte Figur auf der Kinoleinwand gemacht wie Louises Idol Chaplin. Joachim gefiel ihr. Und Jutta wusste, dass sie auch ihm gefiel. Manchmal berührte er sie an der Schulter oder strich ihr wie zufällig übers Haar, und dann bemerkte sie den eifersüchtigen Blick, den Louise ihr zuwarf. Doch sie zuckte unter Joachims Berührungen stets zurück. Etwas an ihm jagte ihr einen Schauder über den Rücken, wenn er ihr zu nahe kam. Es hatte mit seinen Augen zu tun, die immer seltsam kühl wirkten, und mit den Pupillen darin, die so groß und schwarz waren. Aber auch mit seiner Unberechenbarkeit, wenn er über einen Scherz erst überbordend lachte und dann mitten im Lachen abbrach und in kaltes Schweigen fiel.

Doch er war nun einmal der unangefochtene Anführer – noch vor Wolf, dem Zweitältesten der Gruppe –, und Jutta hatte nicht vor, es sich mit ihm zu verscherzen. Um nichts in der Welt hätte sie ihren Platz in der Mitte gefährdet. Was bliebe ihr denn noch, wenn man sie ausschlösse? Ihre Freundinnen im Lyzeum würden sie fortan schneiden, so, wie sie es schon mit Rosalind gemacht hatten, als deren Eltern ihr die Teilnahme an der Jugendgruppe verboten hatten. Jutta würde fortan jeden Nachmittag und auch am Wochenende zu Hause in der Wrangelstraße hocken und ihrer älteren Schwester, die bald ein Kind bekommen würde, zur Hand gehen müssen. Vorbei wäre es mit den Liederwettbewerben auf dem Fichtenberg, mit den Wanderungen im Elbsandsteingebirge, wohin sie regelmäßig mit der Bahn fuhren, mit den Lagerfeuern und Freundschaften. Eine nächtliche Suche nach einer Reisighütte und eine kreisende Schnapsflasche, an der sie eben nippen musste, waren da das kleinere Übel.

Und selbst Joachims kalte Finger, die ihr ab und an über den Arm strichen, würde sie weiterhin als Tausch dafür in Kauf nehmen.

Ein paar Meter vom Weg entfernt knackte plötzlich ein Zweig, und Jutta fuhr zusammen. Auch Louise schien erstarrt. Beide Mädchen wagten nicht, sich zu bewegen. Atemlos lauschten sie in die Finsternis hinein.

Vor den Mond hatte sich eine große Wolke geschoben, das Licht war beinahe ganz versiegt. Der Duft des Sommerwaldes stieg Jutta in die Nase, es roch nach dunkler Erde und feuchtem Moos, und sie horchte noch angestrengter in die Nacht. War da nicht ein Grunzen gewesen? Eine Schrecksekunde lang dachte sie, dass sie vielleicht ein Wildschwein aufgescheucht hatten oder sogar einen der Wölfe, die angeblich wieder in Berliner Wäldern hausten. Dann brach etwas durch die Zweige des Gebüschs, jemand lief mit hoch erhobenen Armen auf sie zu und jaulte lang gezogen. Die Gestalt brach in Lachen aus, und durch Juttas Adern schoss so tiefe Erleichterung, dass ihr die Knie weich wurden. Ein Wildschwein trug normalerweise keine Schiebermütze auf dem Kopf, und schon gar nicht hatte es eine Gitarre mit einem breiten Flechtband auf den Rücken geschnallt.

«Günther!», japste sie und fiel dem jungen Mann lachend um den Hals. «Du hast mich zu Tode erschreckt.» Einen Moment lehnte sich Jutta an ihn und spürte seine Wärme, ehe sie sich von ihm löste.

«Das würde ich nie tun», sagte er mit seiner freundlichen Stimme. «Eine so feine Gefährtin wie dich? Ich müsste verrückt sein.»

«Du Armleuchter!» Nun lachte auch Louise und hielt sich an ihrem langen Zopf fest, den sie sich wieder und wieder ums Handgelenk schlang. «Warum heulst du denn hier herum wie ein mondsüchtiger Werwolf?»

«Kommt jetzt, Mädels», sagte Günther, anstatt zu antworten. «Gemeinsam schlagen wir die anderen noch. Ich habe nämlich eine Idee, wo Joachims geheimnisvolle Hütte versteckt sein könnte.»

«Tadellos», sagte Jutta und nickte.

Die drei schlangen einander die Arme um die Hüften und zogen weiter über den dunklen Waldweg, in vertrauter Einigkeit. Nichts als ihr Atem und das Knirschen des Reisigs unter ihren Sohlen war zu hören. Aber immer, wenn Günther sich unter einem Baum hinweg duckte und ein loser Zweig über die Gitarrensaiten strich, klang ein leiser und sehnsüchtiger Ton durch den nächtlichen Wald.

1.

Sonntag, 24. August 1930

«Frag doch mal deinen Vati, ob er dir eine Kugel Eis kauft», sagte der Verkäufer mit der rot-weiß gestreiften Mütze und beugte sich zu Meta hinab. Er zwinkerte ihr zu und nahm bereits eine frische Waffel aus dem Ständer. Dann lächelte er servil in die Richtung von Hulda und Max, die ein paar Meter weiter Arm in Arm auf dem gekiesten Weg des Botanischen Gartens standen und erstaunt die Szene beobachteten. Einen Augenblick waren sie abgelenkt gewesen, weil sie sich im Schatten einer Eibe einen verstohlenen Kuss gegeben hatten, und diese Sekunde hatte Meta offenbar genutzt, um zu entwischen und sich zum Eiswagen zu schleichen.

Hulda sah Max mit hochgezogenen Augenbrauen an, und wie auf Kommando setzten sich beide gleichzeitig in Bewegung, um Meta einzuholen.

«Das ist aber nicht mein Vati», sagte Meta gerade und bedachte den Verkäufer mit einem Blick, als zweifle sie an seiner Auffassungsgabe. Sie wirkte in ihrem blau-weißen Matrosenkleidchen – ein Geschenk der Wenckows aus Frohnau – bezaubernd. «Der ist nämlich tot.»

Über das runde, etwas einfältige Gesicht des Verkäufers lief eine verlegene Röte. «Ach!», sagte er und wusste nicht weiter.

«Das da ist doch bloß Max», sagte Meta belehrend, die nichts von der Pein des Eismannes zu spüren schien, und griff nach Max' Hand, der jetzt mit Hulda ganz herangekommen war. «Er macht meiner Mama ... *den Hof.*»

Sie strahlte, weil sie diesen seltsamen Ausdruck behalten und richtig wiedergegeben hatte. Dann zog sie die Stirn unter dem dunklen Pony kraus, und die Sommersprossen auf ihrer kleinen Nase tanzten vor lauter Anstrengung beim Nachdenken.

«Aber eigentlich heißt er Maximilian», erklärte sie gewichtig, «das bedeutet *der Große.*»

Sie überlegte noch einen Moment und betrachtete Max neben sich kritisch von unten nach oben. Dann erschien in ihrem Mundwinkel eine kleine rosa Zungenspitze, und endlich brachte sie ihren Gedanken zu Ende.

«Er ist eigentlich gar nicht so groß, nicht? Kaum größer als Mama.»

Hulda lachte heimlich, und sie sah, wie es auch in Max' Gesicht zuckte. Der Eisverkäufer wirkte hilflos, lächelte aber immer noch das perfekte Verkäuferlächeln, die Eiswaffel unschlüssig in der Hand. Sie schwebte über den prall gefüllten Kübeln mit Erdbeer- und Schokoladeneis, als hätte ihr Besitzer vergessen, was man damit eigentlich anstellte. Hulda beschloss, den Mann zu erlösen.

«Dreimal Schokolade, bitte», sagte sie zu ihm und fischte nach ihrer Geldbörse. «Vati bezahlt heute mal nicht», fügte sie halblaut in Max' Richtung hinzu und bemühte sich erneut, nicht zu lachen.

«Hier», sagte sie, als sie die Waffeln entgegengenommen hatte, und hielt den beiden anderen die Leckerei hin. «Das wahrscheinlich letzte Eis im Jahr 1930.»

«Das will ich nicht hoffen, Gnädigste», sagte der Verkäufer

säuerlich und betrachtete sorgenvoll den wolkenlosen Himmel, als bräche gleich ein Schneesturm aus dem Hellblau hervor.

Während die nächsten Sonntagsausflügler an den Eiswagen traten, schlenderten die drei weiter, und Meta, die noch immer Max' Hand hielt, schleckte glücklich an der kalten Herrlichkeit. Dann drängte sie sich zwischen sie, und Max und Hulda nahmen sie in die Mitte, fassten sie mit der freien Hand unter den Achseln und schleuderten sie hoch hinauf, sodass Meta hell juchzte. Immer wieder ließen sie das *Engelchen* fliegen, Meta hielt ihr Eis umklammert und lachte aus vollem Hals.

Ringsum blühten Rosen an hohen Hecken, und eine sanfte grüne Wiese schmiegte sich an den hellen Weg, an dem sich die gläsernen Gewächshäuser der botanischen Anlagen im Berliner Südwesten in den Himmel erhoben. In ihren unzähligen Scheiben brach sich vielfach die Augustsonne.

«Noch einmal!», verlangte Meta. «Nicht aufhören!»

Max und Hulda sahen sich lächelnd über Metas flatterndes Haar hinweg an. In Max' Augen lag jetzt ein Ausdruck, den Hulda schon ab und zu darin gesehen hatte, und sie spürte eine ungeheure Zärtlichkeit für ihn. *Nicht aufhören*, dachte auch sie, *nur nie wieder aufhören.*

Für einen Moment richtete sie ihr Gesicht in die warmen Sonnenstrahlen des scheidenden Sommers und schloss die Lider. Sie setzte Fuß vor Fuß, nur noch geführt von Metas Lachen und dem Takt von Max' gleichmäßigen Schritten neben ihr auf dem Kies. Beinahe hatte sie das Gefühl, ein paar Zentimeter über dem Boden durch den Park zu schweben.

«Kann ich meine beiden Lieblingsdamen auch noch für eine kühle Limonade begeistern?», fragte Max.

Hulda öffnete die Augen. Sie waren bei dem Café mit der Terrasse angekommen, die sich entlang des Großen Palmenhauses erstreckte.

«Au fein», sagte Meta.

Hulda nickte und ließ sich von Max zu einem Tisch führen. «Für mich aber lieber einen Mokka», bat sie.

Es war ein heißer Spätsommertag, und sie hatte nichts dagegen, einen Moment zu sitzen. Während sie auf einen der zierlichen Gartenstühle sank, verschwanden Max und Meta im Café, um die Getränke zu holen. Hulda wischte sich ein wenig Schweiß von der Nase und genoss den Schatten des großen Sonnenschirms, der über ihr Gesicht fiel und ein wenig Abkühlung brachte.

Rundherum waren die meisten Tische besetzt. Die Besucher trugen leichte Sommergarderobe, einige Herren hatten die Hemdsärmel hochgekrempelt und die Strohhüte weit hinauf in die Stirn geschoben. Viele Frauen waren am Morgen angesichts der hohen Temperaturen in weich fallende, glockenförmige Röcke aus Baumwolle geschlüpft und trugen dazu kurzärmelige Blusen aus geblümten, hellen Stoffen.

Aus den Augenwinkeln musterte Hulda die junge Frau, die am Nebentisch saß und ein äußerst elegantes blaues Seidenkleid trug, das in der Taille so eng saß, wie es die allerneueste Mode vorschrieb. Aus irgendeinem Grund musste sie an Helene Winter denken, die Gattin ihres Jugendfreunds Felix, die auch stets wie aus dem Ei gepellt und ähnlich wasserstoffblond war. Über der Stuhllehne der Dame hing eine leichte weiße Strickjacke mit rosa Stickerei am Kragen. Die Mode hatte sich in diesem Jahr verändert, das androgyne Modell der Zwanzigerjahre hatte augenscheinlich erst einmal ausgedient und war einer neu erblühten Weiblichkeit gewichen.

Hulda fuhr sich mit der Hand über ihr taillenloses Kleid, das noch aus der vorletzten Saison stammte. Es war aus Leinen und knitterte leicht, und die Säume waren bereits ein wenig ausgefranst. Doch ihr fehlte als allein lebende Mutter und kleine Angestellte noch immer das nötige Geld, um sich jede Saison eine neue Garderobe anzuschaffen. Wenn sie wenigstens etwas begabter gewesen wäre, was Handarbeit anging! In Zeitschriften wie *Die Dame* oder *Die elegante Welt* wurden immer öfter Schnittmuster abgedruckt, die der pfiffigen Hausfrau zeigten, wie man sich ganz leicht eins der Kleider nachschneidern konnte, die Greta Garbo oder Pola Negri bei einer Filmgala getragen hatten. Aber mit Nadel und Faden – außer wenn es um eine Geburtsverletzung ging, die genäht werden musste – war Hulda einfach hoffnungslos!

Die junge Frau in Blau hatte ihren Blick bemerkt und lächelte etwas hochmütig über den Tisch zu ihr. Hulda nickte ihr verlegen zu und sah dann weg. Es war eine Angewohnheit von ihr, immerfort Leute zu beobachten, die sie nur schwer ablegen konnte. Und wie Bert, ihr guter alter Freund vom Winterfeldtplatz, stets behauptete, ließ ihr Pokergesicht dabei leider nach wie vor zu wünschen übrig.

Der Begleiter ihrer Tischnachbarin kehrte zurück mit einem voll beladenen Tablett und setzte sich schnaufend zu ihr. Kaffeetassen klapperten, kleine Gäbelchen wurden sofort in dunkle, schokoladige Herrentorte versenkt.

«Warum hat das denn nur so lange gedauert, Fritz?», fragte die junge Frau mit verdrießlicher Stimme zwischen zwei Bissen.

«So eine jüdische Mischpoke hat den Tresen gestürmt», brummte Fritz, und Hulda zuckte zusammen. «Haben sich mit viel Hallo begrüßt, den ganzen Verkehr aufgehalten und am Ende fast nichts bestellt.» Er schüttelte unwillig den quadratischen Kopf mit dem Bürstenhaar. «Diese Leute sind überall, können unsereins nicht mal den Tag des Herrn in Ruhe genießen lassen. Haben die nicht ihren eigenen Sonntag?»

«*Sabbat* heißt das, Fritz», sagte das blaue Fräulein und wischte sich geziert ein wenig Schokoladenstreusel von den Lippen. «Ja, man könnte meinen, dass sie uns Deutschblütige wenigstens an den Feiertagen unbehelligt ließen.»

«Das wird sich bald alles ändern», sagte ihr Begleiter und stürzte einen Schnaps herunter, der neben seiner Kaffeetasse auf dem Tablett gestanden hatte. «In ein paar Wochen ist die Reichstagswahl, und dann zeigen wir den Sozis und den verdammten Juden, wo der Hammer hängt.»

Hulda stand auf. Ihr Herz pochte wild. Sie tat so, als suchte sie jemanden, schlenderte ein paar Schritte weiter und fand schließlich einen anderen freien Tisch außer Hörweite des Paars.

Gerade kamen Max und Meta aus dem Café zurück auf die Terrasse, begleitet von drei Frauen, die Hulda nicht kannte. Eine war knapp fünfzig, die zwei anderen schienen ihre Töchter zu sein. Die Ältere der beiden jungen Frauen war hochschwanger.

«Hulda ...», sagte Max, als er sie entdeckt hatte, und kam näher. Mit fröhlicher Miene stellte er ein Tablett mit einer Limonadenflasche und zwei dampfenden Mokkatassen ab. «Das ist eine alte Bekannte von mir, darf ich vorstellen? Ursula Rosenzweig.» Er deutete auf die Frau neben sich, die ein Hütchen mit schwarzem Schleier und ein braunes Alltagskleid trug, das noch unmoderner war als Huldas Leinenfetzen. Ihr Gesicht mit den dunklen Augen wirkte müde und schmal. Die beiden jungen Frauen in ihrem Kielwasser lächelten Hulda höflich zu, blieben jedoch mit etwas Abstand stehen.

«Guten Tag», sagte Hulda, die einen verstohlenen Blick zu dem Paar mit der Herrentorte zurückwarf. Die Augen des Bürstenhaarschnitts trafen ihre, und Hulda konnte trotz der Entfernung erkennen, wie der Mann unwillig den Mund verzog. Schnell wandte sie sich wieder ab. Zum Glück schien niemand außer ihr etwas bemerkt zu haben. Meta in ihrem dunkelblauen Rock und mit dem weißen Kragen um den Hals hockte bereits auf einem Stuhl und schlürfte selig ihre Limonade.

«Ich bin Hulda Gold», sagte Hulda rasch und bemühte sich trotz ihres Ärgers über das belauschte Gespräch um einen freundlichen Ausdruck. «Setzen Sie sich doch zu uns.» Sie fuhr Meta übers Haar. «Und das ist übrigens meine Tochter Meta.»

«Wir hatten schon das Vergnügen», sagte Frau Rosenzweig mit einem herzlichen Lächeln, das ihr müdes Gesicht erleuchtete. Sie nahm neben Meta Platz. «Ein echter Diamant, den Sie da haben, Frau Gold.»

«*Fräulein*», berichtigte Hulda. «Ich bin nicht verheiratet.»

Sie und Max wechselten einen Blick.

Dann griff Hulda nach ihrer Tasse und trank einen Schluck von dem schwarzen, heißen, wohltuenden Gebräu. Max schob seiner Bekannten galant seine eigene Kaffeetasse hinüber, die er noch nicht angerührt hatte.

«Hulda und ich sind seit letztem Jahr ... befreundet», sagte er zögernd. «Marlene und ich lassen uns scheiden.» Er räusperte sich. «Sie erinnern sich an meine ... Frau, oder?»

«Natürlich», sagte Frau Rosenzweig, die für einen Moment überrascht gewirkt hatte, sich aber sofort wieder fing. «Ich hoffe, es geht der Familie trotz allem gut?» Sie nippte an ihrer Tasse, und ihre Wangen bekamen etwas Farbe.

«Alle sind wohlauf», beeilte sich Max zu versichern. «Und niemand hegt einen Groll.»

«Außer deine Söhne ...», sagte Hulda leise, doch Frau Rosenzweig und Max überhörten den Einwand geflissentlich. Und Hulda war froh, dass sie die Stimmung nicht durch ihre unbedachte Bemerkung über Jona und Rafael verdorben hatte, die ihr nur herausgerutscht war. Es belastete sie zwar, dass die halbwüchsigen Sprösslinge von Max sie nach wie vor ablehnten, weil Hulda angeblich den Familienfrieden gestört hatte, aber im Alltag hatte sie nicht allzu viel mit den beiden zu tun. Solange Max und sie nicht zusammenlebten, konnte man sich aus dem Weg gehen.

Doch mit jedem Tag, der verging, wünschte sich Hulda, dass sie und Max mehr teilen könnten als Sonntagsspaziergänge, Kinobesuche oder gestohlene Nächte, wenn Meta bei den Großeltern war. Da sogar Wildfremde wie der Eisverkäufer vorhin sie für eine richtige Familie hielten, wäre es dann nicht endlich an der Zeit, Nägel mit Köpfen zu machen? Bei diesem Gedanken hätte Hulda beinahe laut gelacht. War das wirklich sie, Hulda Gold, die so dachte? Hatte sie sich nicht immer ihre Unabhängigkeit bewahren wollen? Und nun, seit Max Dessauer in ihr Leben getreten war, sollte plötzlich alles anders aussehen?

«Ich bewundere Sie», sagte Frau Rosenzweig und riss Hulda damit aus ihrer Grübelei. «Eine ledige Mutter zu sein, ist nicht einfach.» Sie seufzte und deutete auf ihre Töchter, die untergehakt weitergeschlendert waren und zwischen den prächtigen Blumenrabatten entlang der Terrasse auf und ab gingen. «Ich bin selbst früh verwitwet und musste allein in unserem

Dreimädelshaushalt schalten und walten. Und nun hat meine Tochter Hella ein ähnliches Schicksal ereilt – ihr Mann ist vor zwei Monaten bei einem Autounfall ums Leben gekommen.» Sie zog ein Taschentuch aus dem Ausschnitt und tupfte sich die Augen.

«Das tut mir leid», sagte Hulda hastig und leerte ihre Mokkatasse. Kurz überlegte sie, ob sie der Dame erzählen sollte, dass auch sie ihren Verlobten Johann während der Schwangerschaft mit Meta verloren hatte. Doch sie hielt sich zurück – sie kannte Frau Rosenzweig ja erst wenige Minuten. Und obwohl sie wusste, dass Max nicht eifersüchtig war, wollte sie nicht, dass Johann zu oft ihre Gespräche beherrschte. Nur mit Meta sprach sie viel von ihm, erzählte von seinen lustigen Augen, seinem Humor und den Sommersprossen, die ihre Tochter von ihm geerbt hatte. Sie hielt Johann im Gedächtnis der Kleinen so lebendig, wie sie konnte.

Auch Max wirkte betroffen, er legte Frau Rosenzweig einen Moment die Hand auf den Arm. «Wie furchtbar», sagte er.

Ursula Rosenzweig nickte bekümmert. «Wir machen gerade eine schwere Zeit durch», sagte sie und sah mit verhangenem Blick zu ihren beiden Töchtern hinüber. «Hellas Schwangerschaft ist natürlich von diesem schrecklichen Ereignis sehr belastet. Und Jutta ...» Sie brach ab und presste die Lippen zusammen. «Meine Jüngste hat nur Flausen im Kopf», fügte sie dann hinzu. «Auch, wenn sie jetzt gerade so aussieht, als könne sie kein Wässerchen trüben.» Wieder flog ihr Blick zu den beiden Frauen hinüber. «Sie ist in einem dieser Jugendvereine – die *Wandervögel*, Sie wissen schon.»

«Ich dachte, die *Wandervögel* gibt es gar nicht mehr?», fragte Hulda überrascht.

«Nun, heute heißt das *Bündische Jugend*», antwortete Frau Rosenzweig. «Aber es ist doch ganz ähnlich. Dauernd verschwinden die jungen Leute im Wald, übernachten in irgendwelchen Hütten, singen all diese Lieder, in denen es heißt, dass sie sich nichts verbieten lassen, dass sie die Autoritäten verlachen ...» Hilfe suchend sah sie zu Hulda. «Sie sind ja selbst Mutter», sagte sie. «Was würden Sie davon halten, wenn Ihre Kleine», sie nickte zu Meta hinüber, die inzwischen am Grund ihrer Flasche angekommen war und versuchte, ihr auch noch den letzten Tropfen zu entlocken, «in ein paar Jahren andauernd nachts nicht mehr nach Hause käme? Und natürlich sind in dieser Bewegung Jungens und Mädchen zusammen, in wildem Durcheinander ... Ich hoffe nur, dass ich nicht bald zwei vaterlose Säuglinge durchfüttern muss.»

«Ich bin sicher, Ihre Tochter ist vernünftig», sagte Hulda beruhigend. «Und frische Luft hat auch noch niemandem geschadet.»

«Ich hoffe, Sie haben recht», sagte Frau Rosenzweig. «Manchmal weiß ich einfach nicht, wohin mit meinen ganzen Sorgen. Bitte verzeihen Sie, dass ich Sie damit behelligt habe, noch dazu an einem so herrlichen Sonntag.»

«Das macht nichts», sagte Hulda. Sie bemerkte, dass Meta sich langweilte. Doch Max kam ihr zuvor, nickte ihr zu und klaubte die lachende Kleine mit den rutschenden weißen Strümpfen vom Stuhl und setzte sie auf seine Schultern. Hoppelnd und buckelnd wie ein Pferdchen trug er sie über die Terrasse zur grünen Wiese hinüber, während Meta sich jauchzend in seinem dichten Haar festkrallte.

Huldas Augen folgten den beiden, und sie spürte eine vertraute Wärme in sich aufsteigen, wie immer, wenn sie Zeugin wurde, wie liebevoll und selbstverständlich Max mit ihrer

Tochter umging. Ihr Blick traf den von Frau Rosenzweig, und beide Frauen lächelten sich zu.

Dann beugte sich Frau Rosenzweig näher. «Wie bringen Sie denn Ihre Tochter eigentlich durch, wenn ich fragen darf?»

«Ich bin Hebamme», sagte Hulda. «Zurzeit arbeite ich in einer Beratungsstelle am Nollendorfplatz.»

Die Augen von Frau Rosenzweig weiteten sich. «Oh», sagte sie, «also heute ist wirklich ein Tag der Zufälle.»

«Wieso?», fragte Hulda.

«Wissen Sie, die Hebamme, die meiner Tochter bei der Geburt beistehen wollte, ist kurzfristig ausgefallen», sagte sie, und in ihre Miene trat etwas Bittendes. «Jetzt suchen wir verzweifelt einen Ersatz. Es gibt einen furchtbaren Mangel in Ihrem Berufsstand, aber das wissen Sie ja sicher.»

«Allerdings», sagte Hulda und lachte ein wenig bitter. «Das liegt daran, dass unsere Profession immer undankbarer wird. Kaum jemand kann es sich noch leisten, als freie Hebamme zu arbeiten, seit die Klinikgeburten so stark zunehmen und unsereins noch schlechter bezahlt wird.»

«Ich würde es ja auch gern sehen, wenn Hella ins Krankenhaus ginge», sagte Frau Rosenzweig. «Aber sie sträubt sich mit Händen und Füßen dagegen. Beim letzten Mal, als sie eine Klinik betreten hat, musste sie Abschied von ihrem sterbenden Mann nehmen, wissen Sie? Und seitdem behauptet sie, Krankenhäuser seien Orte des Todes.»

«Das kann ich zwar nicht bestätigen», sagte Hulda, «aber es ist im Fall Ihrer Tochter nachvollziehbar.»

Sie überlegte. Schon so lange sehnte sie sich danach, wieder in ihrem alten Beruf zu arbeiten, endlich wieder einmal eine Geburt zu betreuen, ein Kind auf die Welt zu holen und ihre wirklichen Talente einsetzen zu können. In der Beratungsstelle drehte sich alles ums Stillen, um Tabellen, Aufklärungshandzettel und Geschlechtskrankheiten. Es war wichtig für den Bezirk, für Not leidende Frauen da zu sein, das wusste sie, aber es langweilte sie dennoch von Tag zu Tag mehr. Und dieses sehnsüchtige Gefühl verstärkte sich weiter, da Meta wuchs, sie beide seit Längerem wieder durchschliefen und die härtesten Jahre hinter ihr zu liegen schienen. Hulda spürte seit geraumer Zeit, wie ihre früheren Kräfte aus der Zeit vor ihrer Mutterschaft zurückkehrten. Manchmal hatte sie schier keine Ahnung, wie sie diese am besten einsetzen sollte. Trotzdem hatte sie den Sprung zurück ins kalte Wasser bisher nicht gewagt – auch wenn sie in dem Wasser hervorragend schwimmen konnte, wie sie wusste.

«Wo wohnen Sie denn?», fragte sie zögernd.

«In der Wrangelstraße», sagte Frau Rosenzweig und deutete über das Palmenhaus hinweg in Richtung Stadt. «Das herrliche Stadtpalais an der Ecke Rothenburgstraße – mein Mann hat uns damals glücklicherweise eine große Wohnung darin vererbt.» Ein verschmitztes Lächeln erschien in ihrem verhärmten Gesicht. «Sie können es gar nicht verfehlen, Fräulein Gold.»

«Ich kann nichts versprechen», sagte Hulda und erhob sich. «Aber ich werde auf jeden Fall vorbeikommen und einmal mit Ihrer Tochter sprechen, wenn Ihnen das weiterhilft.»

«Ungemein», sagte Frau Rosenzweig und stand ebenfalls auf. «Ich danke Ihnen, Fräulein Gold.»

Hulda schob ihren Stuhl an das Tischchen und verabschiedete sich. Sie entdeckte Max und Meta, die noch immer über die Wiese tollten, und streifte im Vorbeigehen die Töchter von Frau Rosenzweig mit einem Blick. Die schwangere Hella hatte eine Hand ins Kreuz gestützt und sah gedankenverloren in die

Kronen der großen Kastanien, die entlang des Kiesweges im leisen Sommerwind rauschten. Die Jüngere dagegen – Jutta, erinnerte sich Hulda – erwiderte herausfordernd ihren Blick. Lag es nur daran, was Frau Rosenzweig über ihren Wildfang von Tochter gesagt hatte, oder war ihr Kinn wirklich vorgereckt? Das Funkeln in ihren Augen tatsächlich so ungestüm, wie es Hulda vorkam?

Jutta trug ein grün-weiß gestreiftes Baumwollkleid, das ihre hübsche Figur gut zur Geltung brachte, und Hulda schien es, als sei sich die junge Frau ihrer Wirkung auf die Vorübergehenden sehr bewusst. Ein fescher Kerl im Stresemann flanierte vorbei und verrenkte sich fast den Hals nach ihrer Erscheinung. Und Hulda kam sich gegen dieses kraftstrotzende, vitale Mädchen mit den hellbraunen Locken auf einmal vor wie eine ältere Matrone – und nicht wie eine Frau von erst vierunddreißig Jahren.

Doch dann sah sie zu Max hinüber. Er stand mit Meta an der Hand im Hellgrün der saftigen Wiese, hemdsärmelig, mit erhitzten Wangen unter den kleinen Brillengläsern, und strahlte sie erwartungsvoll an, als sei nicht Jutta, sondern Hulda die eigentliche Erscheinung.

Nein, dachte sie und flog auf die beiden Menschen zu, die ihr Herz erfüllten, wer so angeschaut wurde wie sie in diesem Augenblick, konnte niemals alt werden.